万历十八年 之

风起辽东

李浩白 著

河南文艺出版社
·郑州·

图书在版编目(CIP)数据

万历十八年之风起辽东 / 李浩白著. --郑州:河南文艺出
版社,2025.5. -- ISBN 978-7-5559-1667-3

Ⅰ.I247.5

中国国家版本馆 CIP 数据核字第 20241FM966 号

策划编辑	丁晓花
责任编辑	丁晓花
责任印制	陈少强
责任校对	殷现堂
美术编辑	吴 月
插 画	蔡成恩
装帧设计	呦鹿 1015838109@qq.com

出版发行	河南文艺出版社
社 址	郑州市郑东新区祥盛街 27 号 C 座 5 楼
承印单位	郑州市毛庄印刷有限公司
经销单位	新华书店
开 本	700 毫米 × 1000 毫米 1/16
印 张	31.5
字 数	595 000
版 次	2025 年 5 月第 1 版
印 次	2025 年 5 月第 1 次印刷
定 价	78.00 元

印厂地址 郑州市惠济区清华园路

邮政编码 450044 电话 0371-63784396

殷红的鲜血一汪汪地积在书案前的地板上,触目而惊心。

朝鲜使臣黄启祥的尸身仰面朝天地躺倒着,满脸满眼都是一片凝固了的惊惧之色。他胸口处那个拳头般大小的血洞,更是让人看了骇然动容。

刑部派驻、顺天府六扇门总捕头唐鉴蹲在地上瞧了半晌,然后拍了拍手掌站起身来。

"唐大人可洞察到什么?"礼部左侍郎上官平芝走过来,肃然而问。黄启祥是藩国使臣,居然遇害于大明京城的使馆之内。掌管藩务事宜的礼部,自然是不可卸责的有司部门。

"凶手为何要刺杀一个外邦人氏?"唐鉴淡然问道,"礼部询问过使馆里的朝鲜吏员了吧?"

上官平芝捋着颌下须髯,徐徐而道:"黄启祥大人此番进京,据他们使馆中人交代,他是为了向圣上进献一件'秘宝'而来……他猝然遇害,莫非是'怀璧其罪'?"

唐鉴看了看室内箱翻柜倒的情景,若有所思地点了点头。这一瞬间,他也明白了门口处站着的那几名锦衣卫武士是为何而来了——贡品失窃、藩使被杀,皆与圣威有关,内廷锦衣卫介入,自是题中应有之义。

他沉吟着看向了上官平芝:"侍郎大人,你们可曾问明那件失窃的贡品'秘宝'究竟是何物件?"

"据朝鲜副使柳梦鼎报告,黄启祥此番所携的'秘宝'是由朝鲜国王和他的首席陪臣、领议政使柳成龙共同当面交给黄启祥的,并无外人知晓。柳梦鼎也不清楚是何物品。"上官平芝娓娓道来,"前一日黄启祥派人来报礼部,声称他要将这件极为重要的'秘宝'面呈申阁老及陛下。申阁老正准备择时安排他一齐入宫面圣献宝,不料他昨日就惨遭劫杀了……"

"那……那也要搞清楚究竟是何物品被劫了呀!"唐鉴的眉头紧紧锁了起来。

"此案发生之后,柳梦鼎已用我大明朝的八百里加急快骑报讯回朝鲜国去了……朝鲜国王应该会给我朝一个详情奏报的。"

唐鉴在室内缓缓踱了起来,脸色愈发凝重。

"唐大人,您曾是著名的'唐门'暗器高手,您看他胸口的血洞,究竟是为何物所伤?"上官平芝缓缓问道。

唐鉴脚下一定,似是踌躇片刻,才慢慢答道:"依唐某之见,应是为火铳所伤。"

上官平芝大吃一惊:"什么? 火铳? 本朝民间岂敢私藏这等杀人利器?"

唐鉴皱紧了眉头,默然不答。

上官平芝见到那几个锦衣卫武士凑拢近来,便又问道:"你欲言又止,莫非这火铳的来历还有蹊跷?"

唐鉴轻轻一叹,答道:"平常的火铳一弹发出,伤人之处不过一个鸡蛋大小。但像黄启祥胸前这个窟窿,确实大得出奇……"

上官平芝看他又停住了口沉吟不语,就肃颜而道:"你有何疑虑,在此但讲无妨。"

"启禀上官大人:据唐某所知,能在人体之上造成这般大小之血洞者,唯有辽东铁骑营所配备的三眼神铳。"唐鉴的面色显得十分沉凝。

上官平芝顿时如闻惊雷,身形不禁往后一退,拿眼紧紧地盯着他:"你所言属实?"

"唐某所言,九分属实。"

唐鉴此语一出,锦衣卫武士们也惊得面面相觑。

上官平芝长长一叹,往旁边的圈椅坐将下去,沉吟起来:蓟辽总督、宁远伯李成梁,那是何等强势、何等张扬的枭将! 居然是从他麾下的铁骑营里流出的三眼神铳杀害了朝鲜使臣,这又是何等严重的事体! 这后面应该怎么办呢? ……

唐鉴仍是站在原地,静静地恭候着他的决断。

良久,上官平芝方才抬起了头,用手指揉了揉自己右侧的太阳穴,涩涩地开口讲道:"兹事体大,唐大人,你和本座即刻进宫去禀告内阁诸大人吧……"

锃亮的青铜博山炉顶盖上,缕缕香烟直升而起,飘飘摇摇,淡淡蒙蒙,最后弥散在整个厅堂的空间里,化为清清甜甜的气味,驱得室内蚊蝇尽无、空空寂寂。

内阁首辅、中极殿大学士申时行正一个人在这司礼监议事厅的客椅上静静地坐着。他已年过五旬,须发斑白,面容清瘦,唯其眉宇间掩不住有一股沉稳雍容之气溢然而出,令人不可轻觑。虽是在坐候等人,他也舍不得浪费时间,手里还拿着一沓奏本兀自细细阅看着。

"哈哈哈! 陛下今天还给咱们赐了一册全本的《三国演义话本》阅看! 我先前可从没看全过……陛下真是太体贴入微了!"一个爽朗的声音在厅门外响了起来。

另一个平和的声音讲道:"陈矩,陛下这是要咱们学习这话本里'忠义报国、永无二心'的关云长关圣爷,而不能学那冯保一样的老鬼头呐! 你是秉笔太监,这点儿觉悟还是应该有的嘛!"

"张公公,我懂,我懂。"

随着两个话声渐来渐近,一高一矮两个中年太监迈步走了进来。那高个儿太监削瘦如一只紫鹤,发髻高束,双颊下陷,两眼却是精光四射,令人几乎不敢正视。他正是司礼监掌印太监张诚。那个矮太监胖得像一尊弥勒佛,双手捧着肚子,满脸的嬉笑样儿。他是司礼监首席秉笔太监陈矩。

一看到申时行,这二人都闭了口,敛容正色,向他行礼见过:"有劳申阁老久等了。"

申时行起身还礼,待张诚坐回主椅,才又重新坐下。

"这是陛下对这几份文牍的手谕批示。"张诚身形一挺,端端正正地坐着,同时向陈矩微微示意。陈矩把几份纸笺双手递给了申时行。

申时行翻开最上面那一份御批纸笺看了一看:"陛下对雒于仁的旨意是将他削职为民、禁足在府?"

"这个雒疯子,不知实情妄自揣度,为了沽名钓誉,乱上什么《酒色财气四箴疏》,对圣上污蔑至极!虽将他凌迟处死也不为过!"陈矩有些气愤地说道,"幸得陛下如天之仁、如海之量,又加上张公公从中极力周旋,陛下才不予计较,将他削职为民了事!"

申时行连忙起身,面向南方深深一躬:"陛下此举德同尧舜,老臣敬佩至极。"

"申阁老,为了回击雒于仁在《酒色财气四箴疏》里对陛下的污蔑,陛下决定在今年下半年办两件大事。"张诚不疾不徐地开口了,"这两件大事,内阁和相关部院一定要好好筹办,一定要让陛下满意。"

他讲到这儿,有意停了一停,转脸向申时行含笑问道:"是哪两件事,申阁老心里有数了吧?"

"张公公,依老夫之见:第一件应该是九月份要举办的那场午门献俘大典,第二件应该是十二月的巡边阅视大典。陛下身为大明中兴之英主,自然当以汉武帝、唐太宗之辉煌形象宣示四方,以破除雒于仁之流的谣言。"申时行面无波澜地缓缓道来,"不过,老臣听闻陛下身体违和,他可以亲身参加吗?"

张诚正色道:"为了扬国威于四方,为了示王道于朝野,陛下唯有御驾亲为。"

"好的。"申时行恭然颔首,"内阁下来后会召集兵部、礼部、鸿胪寺等有司认真办理。"

张诚静默了片刻,忽向陈矩吩咐道:"你去门边招呼一声,不许闲杂人士再来近前。"

陈矩答应着向厅门口走了过去。

申时行也知道张诚此举是为了保密安全,心神一凛,准备着打起精神应对。果见张诚向他郑重言道:"阁老,陛下还有一件事儿,以口谕的形式让咱家告诉您。"

"哦……"申时行又要立身而起。张诚却摆了摆手:"您不必拘礼。您知道的,前任司礼监掌印太监张鲸因专权跋扈、恣意贪墨,被圣上贬到应天府(今南京)为太祖高皇帝守陵。据说他很快就发了疯病,天天念叨着:'张相饶我!张相饶我!'应该是活不久了……"

申时行目光一跳:"他这副临死之状,似曾相识?"

张诚悠悠然说道:"万历十三年张四维居家暴毙之前,不也是和他一样神神道道地念什么'张相饶我!张相饶我!'莫……莫非张……张居正的鬼魂真有这么厉害?如今隔了七八年还能显形索命?"

陈矩正好走近,咳嗽了一声,说道:"圣母皇太后以现世佛母之金口说过'因果报应,最是灵验'。"

张诚无声地横了他一眼。

申时行亦轻轻叹道:"张鲸当年封闭张府、抄家索财的时候,强行死锁大门,不许人丁出入,连续半个多月,活活饿死了多少张家人氏?圣母皇太后当时就垂下慈悲之音——'始作俑者,其无后乎'?张鲸落到今天这般田地,也是他的报应吧。"

"是啊,是啊。"张诚再也憋不住了,急忙说道,"当年咱家可与张鲸不同,当年咱家只是替圣上斗垮了冯保那个老鬼头,并没有掺和到前朝张居正那一码子事儿里去。申阁老,您说是吧?"

"那是,那是。张公公宅心仁厚、福泽深厚,岂是张鲸那样的宵小之辈可比?"申时行拈着须髯,微微而笑。

"申阁老,您才是宅心仁厚,在满朝上下对张居正一片'开棺戮尸、赶尽杀绝'的聒噪中,只有您拼命谏议'从宽从缓',为'君师尊严'留一丝体面……所以,这一念之宽,让您后福绵绵。而今,您也成了陛下最为信任的'帝师'啊!"张诚说到这里,竟然站起身来,向申时行深深行礼。

"不敢当!不敢当!"申时行慌忙避座回礼。

"是啊!申阁老,您看,都察院左都御史方应龙天天上疏攻击您'圣眷太过、威势太重',陛下却对他的奏疏是来一份就烧一份!"陈矩含笑而道,"陛下还让我等敬奉您为师尊哪!"

申时行双目泪花闪闪:"陛下之深仁厚德,老夫唯有鞠躬尽瘁而报之。"

陈矩又笑吟吟地说道:"这个方应龙是当年张四维、张鲸手下清洗张居正一派的头号干将,现在又自居为朝中清流派的掌舵之人,近来他的'胃口'大得很呢!"

申时行听在耳里，恍同未觉，没有接话，而是看向了张诚："张公公，请把陛下的口谕明示给老夫吧。"

张诚也微笑着向他看了回来："口谕？陛下的口谕，咱家已经带到了呀！"

陈矩在旁亦是笑而不语。

申时行的眼波却不禁微微一闪，神情若有所悟。

张诚又道："陛下与申阁老情同师徒、心有灵犀，还需要咱家从中明说吗？"

"老臣已然明白圣意。对万历十二年前的一些人、一些事，老臣自会秉公处置。"申时行肃然言道，"经历了这些年风风雨雨，陛下是越来越聪明睿智了。"

"陛下手握万机、乾纲独断，麾下不会再有张居正、冯保之流的人臣了。"张诚也正容言道，"想必外廷的列位臣工心底对此应是十分清楚。"

陈矩长叹而道："就是像雒于仁那样的言官聒噪得厉害……申阁老对他们也还是要约束一些……"

他俩言谈之间，申时行不好插言，只是静坐不语。

正在这时，陈矩目光一掠，见到锦衣卫"十三太保"之一、"飞鹰署"副千户何远在议事厅门口敲了敲门框。他讶然而问："你没听到咱家刚才吩咐过不许随便靠近厅堂吗？"

何远冷冷答道："卑职这里有万分紧急的要事上报！"

"什么急事？"张诚一向对何远十分宠信，倒没训斥他方才的失礼之处。

何远的目光瞥了瞥申时行，没有即刻答话。

申时行会意，咳嗽了一声："张公公、陈公公，你们若无圣谕传达，老夫便去外廷值事房了。"

"申阁老且慢。内廷和外朝始终是一体，有什么事情不可共见共闻的？"张诚为了向申时行示好，便摆了摆袍袖，"何远，你只管当着申阁老的面如实道来。"

何远略一颔首，躬身而答："启禀各位大人：朝鲜藩国使臣黄启祥遭到劫杀一案中，出现了可疑线索——顺天府和礼部已经查勘出他是被辽东铁骑营的三眼神铳所害。礼部上官平芝大人和顺天府衙唐鉴捕头正在外廷值事房等着向申阁老禀报。"

"什么？"张诚和陈矩都吃了一惊。

"哦？竟有这事儿？"申时行锐利的目光徐徐抬起，"他们查勘得确实吗？"

何远以不容置疑的表情点了点头。

陈矩立刻言道："我等须奏告给陛下。"

"这是自然。"张诚沉吟了一下，"申阁老，陛下应该也会将这事儿批转给司礼监和内阁共同办理。那您怎么看？"

申时行面若平湖,微眯双眼:"事已发生,不可张皇。老夫以为,应当外松内紧、细细查实。李成梁和辽东军,事关边镇安宁,大意不得。"

张诚由衷地佩服道:"阁老行事,总是这般滴水不漏。"

"这个……这个……"陈矩还是直通通地脱口讲道,"司礼监已阅过礼部、兵部报来的奏帖,此番即将举办的午门献俘大典之上,辽东军所献的土蛮俘虏为数最多……这时若因黄启祥遇刺一事牵涉李成梁,须当如何善后?咱们不能事先做好两手准备吗?"

张诚又看向了申时行:"阁老,陈公公所虑亦不无道理。"

"两位公公,此事之虚实底细,目前尚言之过早。若是因先入之言而无端生疑,岂不自乱大局?"申时行悠悠而道,"一切等到有关方面查清实情后再说吧。"

听罢他这一席话,张诚和陈矩对视了一眼,觉得眼下也只有照他的建议去办较为稳妥,就只得默默认可了。

到了此时,一切该说的话都已说完,张诚便往外唤了一声:"上茶。"

一个蓝袍内侍应声端着红漆木盘趋步走了进来。

陈矩抬头一看,觉得有些眼生:"崔二怎么今天没来奉茶?你是哪个管事太监的手下?咱家怎么从来没见过你?"

那内侍半垂着头,低低道:"启禀祖宗,孙子是几天前才新入宫的……"

"几天前进宫的新人就能来议事厅侍候了吗?"张诚双目亮光一闪,捏着圈椅扶手的右掌五指慢慢扣紧,声音开始变得又冷又硬,"你究竟是不懂规矩还是假冒他人?"

何远脚下一掠,身动如风,已是迅速护到了张诚、申时行等人的前面。

申时行容色淡定,只是静静地看着这一切。

那蓝袍内侍蓦地往后一退,将掌中红漆木盘一翻一甩,化作一团赤光,挟着"呼呼"风响,朝张诚迎面飞劈过来。

何远立身在前,不躲不闪,一记铁拳直击而出,硬生生擂在了那一团赤光之上。

"嘭"的一声,赤光散开,碎屑纷飞。那蓝袍内侍倒撤六尺,看着一动不动的何远,不禁吃了一惊。

张诚和陈矩也是稳坐不动,只冷冷地笑了一下。

那蓝袍内侍一咬牙,两眼凶光一闪,飞快地从靴套中抽出一柄明晃晃的尖刀,"唰"地一响,挽起斗大一朵刀花,直向何远疾卷过来。

何远双手空着,也不慌张,倏地扯下自己背上的披风,往外猛力一舞,宛若一片红云,直将那内侍连人带刀罩在当中!同时,他身形一纵,化掌为爪,五指屈曲如铁钩,隔着那层披风,朝那内侍头颅一把抓下!

那内侍反应也甚是敏捷,虽被披风遮住视线,但听风辨位之下,手中短刀一挥,"哧"的一声,竟是穿透了披风——刀刃贴着何远的衣袖一划而过,割将进来!何远暗一运劲,臂肘上的肌肉陡地往里一缩,避开了他的刀锋。

同时,那内侍就地一滚,遁出披风的笼罩,又似肉球一般弹跳而起,腾空一刀刺向了申时行——他分明看出这位老人乃是这间厅堂里毫无武功的最弱之人。

"贼子敢尔?!"随着张诚冷厉的叱声,一道乌影似腾蛇般斜飞而至,一下便封住了他的去路。他慌忙落地,注目一看,竟是自张诚袖中伸出了一条细细的牛皮黑鞭,闪闪缩缩,锁定了自己上半身至少八处重穴!但见那鞭身黑里透红,不知是否因为浸透了太多的人血,所以才显得如此森寒可畏。

原来这个大太监居然是武学绝顶高手!那内侍方寸大乱,转念之下,挥舞着短刀又要往外硬冲!

却听"沙"的一响,那条长鞭带着锐风已是横掠转来!那内侍用短刀一挡,竟挡了个空:长鞭犹如有形无质的虚影,从他刀下穿过,在他的心口处狠狠一抽!

那内侍"啊呀"一声,竟被击得倒翻出去,跌坐在地。这边,何远急忙扑近前来,双爪一舞,正要拿他。他却突然将嘴唇紧紧一咬,一股黑血顿时从他唇角直流而下……

何远刚刚捏住他的下颌,他的身体却已飞速地软了下去,双瞳也变得一团灰暗——不消说,他必是咬破了藏在齿床上的含毒蜡丸自杀绝口了。

申时行望着这一幕情形,沉沉一叹。

张诚收回了软鞭,若无其事地问向何远:"阿远,你辨认出他的身手路数了吗?"

何远拈起那内侍手中还握着的那柄短刀,瞧了片刻,说道:"这是辽东人氏常用的猎刀,厚背薄刃、短小锋锐,用法十分简便。"

一听到"辽东"二字,在场的另三位皆是面色一变。

何远又翻开那个假内侍的肩头和膝盖看了一番,又道:"他的肩膀和膝盖都有硬皮老茧,显然是经常身穿重铠铁甲之人。至于他的身手路数,也说不清是哪门哪派,但大体上似是军中短兵交接的实战之术居多。"

厅堂之内顿时陷入一团莫名的沉寂之中。过了一会儿,陈矩才沉沉问道:"何远,你的意思是他来自辽东军?"

"属下只是依据自己亲眼所见的事实而陈述。"

"申阁老您受惊了。"张诚却向申时行宽颜而道,"那张鲸被抓那天的晚上,咱家和陈公公也曾遭过他的几个'余党'的暗算……"

"他并不是张鲸余党。"申时行慢吞吞地说道，语气里却透出一股说不出的严厉，"司礼监深居禁城大内，竟也混进了这等刺客白昼行凶！圣驾所在，天下之重！老夫真是有愧职守啊！"

闻得此言，张诚、陈矩等齐齐变了脸色。片刻，张诚眼帘低垂，向申时行放软了语气："申师傅教训得是。我等下来后一定严查密备，绝对保证圣驾的安全。不过，此事还请申师傅千万勿要泄之于外，以免引来不必要的聒噪，反而误了正事。这，也不是一向以稳健持重而著称的申师傅您所希望看到的吧？"

"两位公公放心。老夫不是方应龙，不会像他那样唯恐天下不乱。"申时行终于缓和了颜色，看着地板上那假内侍的尸体，微微皱紧了眉头，"看来，今年真是多事之秋啊！一边是朝鲜使臣被杀、进贡'秘宝'被劫，一边是司礼监议事厅竟发生白昼行刺之事，而且线索都一同指向了辽东军……这很是蹊跷啊！"

张诚凛然说道："申阁老勿扰。以我东厂、西厂、锦衣卫之能，任何妖魅都无所遁形。"

申时行听了，一言不发，只是静静地盯着他，唇边露出一丝似笑非笑的表情。

张诚被他看得渐渐泄了狂气，干咳几声，恭颜问道："这个……这个……申阁老您有何高见？"

"如今京中大案迭起，且又敌我难分、实情难明，我等必须另辟康庄。"申时行身形一正，沉肃言道，"老夫建议可以寻觅一位中立于外的精锐之士，顺势入局，协助我等彻查实情以报陛下。"

张诚和陈矩、何远交换了眼神，见他俩并无异议，便向申时行答道："亦可。您所荐的'精锐之士'是谁？"

"蓟镇喜峰口守关参将白清卓。他智勇双全、果锐多才，堪当重任。"申时行双目闪亮有光，话语间甚是笃定。

"白……白清卓？"陈矩一愕，"咱家好像在哪里听过这个名字……"

"就是七年前以'圣手狂生'之名而妄议天下大事的白清卓？"张诚慢声言道，"他合适吗？"

"民间流传他以南人而当边事、以书生而抚劲旅、以文略而安强胡，其才识不亚于当年的谭子理（明朝著名儒将谭纶，字子理）、羊叔子（晋朝著名儒将羊祜，字叔子）。"申时行正视着他，认真答道。

"当年，戚继光被迁调广州之际，似乎正是他站出来为戚继光'血书上谏'、鸣冤辩护的。"陈矩这时完全回忆起来，"他在受到四十棍廷杖之后，又自请外放到喜峰口处理边事……"

申时行点了点头:"正是。"

"这个……这个……"张诚和陈矩对视了一眼,"言官们一直攻击他是'张氏余党'……"

"难道两位公公忘了你们方才传达给老夫的'口谕圣意'了?老夫刚才已经说了:对万历十二年前的一些人、一些事,要秉公处置。"申时行这时的语气变得刚毅至极。

场中静默了许久。张诚终于沉吟着开口了:"白清卓这些年在边关的口碑确也不错。我们东厂这边一直盯着的。他也没再有什么出格之举。眼下,任用他起来协助查案,亦无不可。但是,我内廷用人借力亦自有法度,这不是要为年底的御驾阅视做好准备而巡边察吏吗?你内阁派一个人,都察院再派一个人,我司礼监这边就派何千户,借此机会去现场考查他一下。如果他名副其实,便召他回京;如果他名不符实,便不必用他。申阁老以为如何?"

申时行的表情一下放松下来,语气也变得十分缓和:"张公公此意,自是周全。老夫坚信,白清卓一定不会让在座诸君失望的。"

"恩师,这是晚生给宝棠公子带的一幅黄庭坚亲笔的楷书字帖真迹,这是晚生给宝芹小姐带的一份唐玄宗所作的《天花散》琴谱……"都察院右金都御史高正思满面堆笑,打开了那具黄花梨木匣,指着里边的礼品向方应龙一一介绍着。

"为师让你过来议事,你却带什么礼物嘛!太见外啦!太见外啦!"方应龙故作嗔怪,嘴里虽是这么说着,实际上毫无推拒之态。待高正思介绍完毕,方应龙才让他靠在自己左首的椅位上坐下。

右首那边,京畿道监察御史邬涤尘恭候已久了。

方应龙眉眼间尽是喜色,开口便道:"今天告诉你俩一个好消息,这一次咱们扳倒'辽东王'李成梁终于大功可成了!"

"大人,是不是朝鲜使臣为辽东军三眼神铳所劫杀的大事?"邬涤尘急忙接上了话头。

"不错。"方应龙含笑点头,转脸瞧向高正思,"正思,你意如何?"

"凶手用三眼神铳劫杀了黄启祥,确实搅起了一池春水。"高正思侃侃而道,"无论实情如何,辽东军对火铳器械管理不善的问题是摆不脱的了。我们都察院可以先从这里做文章,然后把火越烧越旺……"

方应龙事先也在心底盘算过了:他借着此番三眼神铳事件,可以一石三鸟。其一,是精准打击当年的张居正余党、自己的政敌李成梁;其二,是间接打压一向与自己针锋相对的兵部尚书王一鹗;其三,是借此余波,直逼李成梁,就可以扶持己方派系中的蓟镇总兵萧虎臣上位了。有了萧虎臣在北疆的势力支撑,自己的首辅之位可以更进一步了。

于是他出言暗示道:"正思、涤尘,这一次萧虎臣大人给本座进献了十三箱新鲜肉苁蓉,一根根粗壮得如同小儿的手臂一般,应该是上好的珍品了。本座哪里吃得了这么多?你俩稍后一人拿一箱回去享用吧。"

高正思、邬涤尘急忙起身,齐声谢道:"多谢大人垂爱。"

"本座只是借花献佛而已,你俩何必客气?"方应龙摆手笑道,让他俩赶紧落座。

邬涤尘会意,遂迎合道:"大人,咱们有萧总兵能堪大用,那么扳倒李成梁后就不必担心辽东方面继任无人了……"

方应龙点了点头,向他吩咐道:"涤尘,你下去立即着手散布一条流言,就说李成梁贪利嗜货,因向朝鲜国私求茶马贸易不成,故意派人用三眼神铳劫杀了朝鲜使臣,以此炫示他身为'辽东王'的霸道……"

"好的,好的。邬某下来后一定尽快办理。"

"恩师,高某在外边也听到关于萧总兵的一些议论。"高正思倒是一个直脾性,肃容而问,"萧总兵一向威望不隆、战功未著,而北疆又有胡虏虎视眈眈,他究竟镇不镇得住蓟辽一带的大局呢?"

方应龙将了将颔下的须髯,缓缓答道:"萧虎臣和本座私底下也交流过了:在蓟镇,北兵营已经完全在他的掌握之中,但唯有南兵营尚待驯服。"

"这……这是怎么回事?"邬涤尘诧异问道。

"南兵营全是戚家军,是戚继光当年借张居正之谬令从江浙沿边招来的人马。"方应龙徐徐道来,"他们就是张居正当年以法外之恩培植而成的'虎狼之师',自是恃势而骄。萧虎臣对他们也是头痛得很哪!"

"这怎么行?这怎么行?"邬涤尘恨恨说道,"他戚家军如此骄横跋扈,咱们可得替萧总兵压一压他们的气焰哪!"

"涤尘所虑甚是。"方应龙呷了一口温茶,"正巧,内阁批转过来一份巡边察吏的诏书,要让本院调派一名监察御史去巡察蓟镇各个关口守将、守令的情况。这自然也包括了南兵营里的那些将校。涤尘,你就去亲自落实一下吧。到了蓟镇,该怎么办,你心里有谱吗?"

邬涤尘急忙恭恭敬敬地答道:"请大人放心——邬某心里自然有谱。不管那些南兵营的将校、军尉何等嚣张,邬某一定把他们收拾得服服帖帖的。"

北风卷地白草折，胡天八月即飞雪。

忽如一夜春风来，千树万树梨花开。

散入珠帘湿罗幕，狐裘不暖锦衾薄。

将军角弓不得控，都护铁衣冷难着。

瀚海阑干百丈冰，愁云惨淡万里凝。

　　顾少伦在县衙的后堂中负手而立，朗声而吟。旁边的牟万琛轻轻拍手而赞："顾大人文采飞扬、倜傥不凡，牟某佩服之至。"

　　"牟老板取笑本座了！京城方宝棠、卢光碧等'四大公子'才真的是文采飞扬、倜傥不凡！"顾少伦转过身来，深深凝视着牟万琛，"本座向牟老板吟哦这首岑参将军写的诗句，其实是在和本座先前生活的苏州府做一个对比。"

　　"顾大人，牟某懂得了，懂得了。"牟万琛笑容可掬地答道，"您想迁往江南名郡也好，您想调任京师部院也好，我德润斋一定鼎力相助。"

　　顾少伦知道他背后的人脉甚广，便直问而道："你这一次来，又拿到了兵部的边市配额？又准备卖什么东西给朵颜部、俺答部？本县令丑话说在前面，依律法，不能有茶叶、食盐、火药、金银铜铁等违禁物资混杂而出。"

　　"顾大人放心——绝对没有，绝对没有。"牟万琛摇手直说。

　　"听说你此番要卖五千套棉袍给朵颜部、俺答部？"顾少伦眉头微皱，"我们喜峰口关城的驻军也需要啊！只怕南兵营白参将那里又要给你截留一部分……"

　　"是啊！顾大人，您管一管白参将吧！他哪里是什么儒将嘛，分明是强买强夺的儒匪！"牟万琛一脸的苦瓜样儿，"我德润斋没有一笔生意不遭他'揸油'的……"

　　"算了，算了，他能拿走你多少好处？你始终赚的是大头嘛！"顾少伦一甩衣袖，"我只是遵化县小小县令，从六品而已！他可是喜峰口关城参将，正四品的禄位！我都惹不得，你也只有认了！"

　　牟万琛连连点头："这个白参将硬是强悍得很！牟某让兵部的郎中包天符给他打招呼，他也不怎么买账！"

　　"你牟老板不是搭上了他们南兵营的校尉杨寒了吗？他和白参将关系很好，就没帮你通融通融？"顾少伦含笑问来，"牟老板，你可是本座所见到的最会做生意的'钻地鼠'！据本座所知，朵颜部、俺答部买你德润斋的棉袍，是用鹿皮、豹皮、虎皮来交换的。一套棉袍，最多只值三五钱银子；一件鹿皮，拿到关内值一两六钱白银；一件豹皮、虎皮，值三四两白银。你说，你这五千套棉袍要赚多少银两？你分一些利润出来，是天经地义！"

"唉！你们是官儿，牟某是草民，'民不敢与官争利'。"牟万琛放软了语气，"听说圣上今年年底要巡边阅视，您顾大人就不想让牟某帮您做出民丰商茂的政绩来使陛下满意？"

"嗯。这件大事，你我下来要细细办好。"顾少伦若有所思地点了点头，"你上个月不是说要在喜峰口关城里开设一个德润斋的分店吗？本座觉得可行。"

"白参将不是说关城之内'商无常驻、民无久居'，以免引谍生奸吗？"牟万琛试探着问道，"顾大人不怕他那里反对？"

"皇上若要来喜峰口巡边阅视，总要有一些看得过去的东西嘛！"顾少伦认真说道，"这件事情，本座去和白参将交涉。你只管放心去办。"

"既是如此，牟某这里便感激不尽啦！"牟万琛见话头聊得差不多了，就走到书桌旁，缓缓打开了桌上那口红木小箱，"顾大人，您瞧一瞧这次牟某给您带什么来了？"

在顾少伦微微惊诧的目光中，一座一尺六寸余高的天然磐石小假山赫然呈现：它通体上下碧光莹莹，千孔百窍，玲珑剔透，温润如玉。半山腰上还横刻着"庆云岫"三个篆书大字，字体线条流畅，显得甚是灵动。

看了好一会儿，顾少伦才回过神来："这简直是一座小玉山嘛！牟老板，这么一大份手笔，您这是……"

牟万琛微微躬了身子："顾大人，此乃我家主人送给您的一点儿小心意，请笑纳。"

"主……主人？你上面还有主人？"顾少伦吃了一惊，"他是哪位尊客？"

"这个……请恕牟某暂时不能告知。"牟万琛敛颜而答，"在合适的时候，您会见到他的。"

"也罢，你不愿明说，顾某便也不强迫。"顾少伦走近那"庆云岫"，用手指在石顶上轻轻一弹，竟然发出"叮"的一响，清脆之极，"你们探知顾某乃是苏州人氏，可能会有嗜石之癖，便送了这座小玉山来——可真是体察入微啊！顾某只怕想推也不能推，是吧？"

听得那一声脆响，牟万琛的瞳孔不禁微微一缩，但即刻又恢复了正常，一副若无其事的表情。

"这块磐石还不错。"顾少伦点了点头，从袖中取出一锭银子递向了牟万琛，"牟老板，这'庆云岫'，顾某必须出钱买下，不然朝廷的法度可饶不了我！"

"也好。顾大人一向清正廉明，牟某也不便令你为难。"牟万琛接下了那锭银子，又开口言道，"不过，君子赠人以言——牟某可以再送您一个消息：此番朝廷派来巡边察吏的人很快就会到喜峰口了。我家主人和其中一两位大人关系甚好，他会让他们在有司面前为顾大人您多多美言几句的。"

顾少伦面露微笑:"那就请牟老板代顾某回去传达对贵府主人的谢意了。"

牟万琛忽又压低了声音对他讲道:"牟某还探得一个消息:上边有人似乎对这个白参将很不满,想借着这番巡边察吏把他踢开去呢!"

顾少伦斜睨了他一眼,冷冷笑道:"看来你家主人才真是对白参将很不满哪!可是你们能把他踢到哪里去?他已经被放置到这边塞关邑了……"

"你放心——总有什么大事件逼得他在这里无处容身的。"牟万琛阴沉沉地说道,"咱们骑驴看唱本——走着瞧吧!"

牟万琛走后,顾少伦的神情才凝重了下来。

在喜峰口关城,他这个遵化县令就是管理民间杂务的,当然也为驻扎在这里的蓟镇南兵营提供后勤保障。而南兵营首席参将吴惟忠、喜峰口参将白清卓,都是和自己经常打交道的人。吴惟忠也就罢了,只是一个勇武豪爽的老将军,和自己交往也还十分客气。唯有这个白清卓,能刚能柔、又刁又精,令顾少伦很是头痛。而且,他身边的侍卫兼师妹凌兰,自号为"剑池女侠",更是多次戏弄于他。可是,顾少伦虽然不太欣赏白清卓,也不太希望他被迁走。因为,从某个角度上讲,白清卓算是他在这里唯一的一个同为儒生出身的"知音"了。尽管白清卓常常取笑他的诗作,如果一下子没了他,顾少伦在这里可真就孤独得很了。

案头上,吏部发来的公函显得十分醒目。公函里写得十分清楚:三天之后,吏部、都察院和内廷司礼监三方组成的巡察队就要来喜峰口巡边察吏了。天哪!这是怎样的一个边塞偏城啊!居然劳动了三方有司一齐驾临巡察!而且,派来的都还不是普通的人物:吏部那边来的是考功清吏司郎中卢光碧,京城著名的"四大公子"之一;京畿道监察御史邬涤尘,响当当的"铁胆獬豸";而内廷司礼监那边来的则是御前从四品带刀侍卫何远,也是所谓的"十三太保"之一。面对这些"狠角色"的巡察,顾少伦觉得自己简直是头大如斗了。

他倚坐在红木椅上,用手掌摩挲着那座"庆云岫"磐石,慢慢地平复自己的心情。过了好一阵儿,背负双手,他缓步踱到厅堂的雕花窗边,向外面静静地看了出去。

堂外,又起风了。塞北起风的情形就是这样:干燥的北风,带着凄厉的啸声,像难听的战马嘶鸣;北风中,还夹着一蓬蓬的尘沙,刮在脸上如同刀割般疼痛。而且,只要一起风,天空就变得昏黄昏黄的,暗沉得很。莫非这一次朝廷的巡边察吏届时也会如同这朔风般凌厉而古怪?从牟万琛的话语来看,有一股势力竟想把白清卓迁走。但白清卓又妨碍谁的利益了?细细想来,白清卓在这里也真的是孤立无援呀——蓟镇总兵萧虎臣似乎就很少来这里视察和关照。当然,白清卓迁不迁走还在其次,自己能否抓住这一次机会实现内迁?难道自己下辈子真想待在这里喝黄泥水吃西北风吗?这次巡边察吏是个机会,年底的"巡边阅视"也是个机会,自己一定要好好把握,不能轻易放过啊!

恰在这时,一阵激越嘹亮的军号哨令之声破窗而入,震得他心头一颤。顾少伦这才想起了那位白清卓参将此时正在练兵。自己是该过去和他打个招呼了。

喜峰口关城墙根下的练兵场里,只见一千余名守关士卒整整齐齐列队而立,虽是风沙扑面力可撼石,一个个士卒却如铁枪般站得笔直,纹丝不动,任由衣襟袖角被吹得猎猎作响。

军队前方,有一个似白杨般英挺兀立的清瘦身影赫然映入了顾少伦的眼帘。不用细看,这样的风骨、这样的气宇,必是那南兵营次座参将白清卓无疑了。除了他,还有谁会这么认真地带领手下士卒风沙无阻地在练兵场上真刀真剑地操练呢?

白清卓的职位自是在顾少伦之上的。"兵符在手",这四个字放在白清卓的身上倒是十分贴切——他和吴惟忠各自统领着五千戚家军南兵。只不过,这统领指挥总人数仅为五千甲兵的"军权",也实在是太小了一点儿。但在顾少伦看来,白清卓的眼里把这区区五千士卒看得倒像是一支十万雄师,始终都是一本正经地对他们进行严格训练与严厉教导,其劲头之足、态度之实,连顾少伦也为之叹服。

顾少伦此刻远望着白清卓的身影在风沙中身先士卒地演习搏击着,不禁又想:白清卓在这边塞苦地里这么执着、严肃、认真地日复一日地操练士兵,又是为了什么呢?在这"总为浮云能蔽日,长安不见使人愁"的边疆,你就是将这一个个懒散士卒训练成天兵天将般勇猛善战,又有何意义?终究是谁也看不见你这番业绩啊!你白清卓虽然这般努力,末了不也是和我顾少伦一样困居偏方穷壤?

他沉吟之际,远远地只见那个白衣身影动了一动,抬手之间,一缕清亮悦耳的箫声高扬而起,顿时,那千余名南兵立刻团团散开,摆出了一个"灵龟八卦阵",各个持刀向外,彼此护背护后,生龙活虎一般精神抖擞;随着箫声一低一转,南兵们又渐趋渐拢,形成一个"大鹏展翅阵",分为一个巨大的"八"字形排开,杀气森然,逼人眉睫。

顾少伦没料到白清卓还有这等"吹箫布阵"的绝技,正看得目瞪口呆,一个劲朗的声音忽地在他耳边响起:"顾大人来此有什么要事吗?"

他侧脸一看,正是那个从来都与白清卓形影不离的校尉庄驰。看到庄驰冷冰冰的面孔,顾少伦心头一荡:呵,瞧你这话说的——是不是没什么"要事",我就不用过来了?竟还嫌弃我来打扰你们?看来,武夫终归是武夫……但白清卓的官阶是正四品,比他这个从六品的县令大多了!他再不愉快,也只有在庄驰面前低声道:"烦请庄校尉转告白参将：吏部、都察院和内廷司礼监的巡察队这两三天就要到喜峰口了！请问他可做了相应的准备？”

庄驰面无表情地言道：“这个事儿，庄某早就禀告过白参将了。白参将说：顾大人您自准备您的，白参将他自准备他的。您放心，白参将这边南兵营的事情决不会影响到顾大人您的。”

顾少伦没料到庄驰的话来得这么直接、透亮，不禁干咳了一声，嗳嗳道：“你……你这是说到哪里去了？顾……顾某是怕白参将没认识到这次迎接三方有司巡察的重要性！你可要劝他切莫掉以轻心啊！当心来者不善……”

庄驰悠然一笑：“多谢顾大人关心。我家参将心中自有分寸的。”

顾少伦想了一想，觉得自己已对白清卓讲得仁至义尽了，便告辞而去。他回头远远望了练兵场里白清卓的身影一眼，只觉得他依然站得那么笔挺而端正。

南兵营厢房的后院里，一棵老槐树下，白清卓练兵回来，已经换下了衣甲，在红木椅上半倚半坐，神情有些委顿，一声紧似一声地咳嗽着。

此刻他身披轻裘，腰束青绦，手持一支紫玉箫，面色苍白如雪，而一双瞳眸却似两泓寒泉一般深沉明亮而又英华内敛。

庄驰向他禀报：“我们派往塞外的细作回报：近来朵颜部有个怪僧，法号叫作‘百劫上人’，被朵颜上下奉为‘镇国大法师’。这怪僧四处传扬他的‘佛法’，蛊惑了不少边境士民前去‘受教’。他们还带回了一段流言：‘百劫成圣，万众归心。胡化为佛，八荒普度。’朵颜部的狼主兀尔赤对他非常宠信……”

“百劫上人？他是何来历？”白清卓一下止住了咳嗽，认真地问道。

“据细作回报：这百劫上人从来是青布蒙脸，不以真面目示人。他的来历也十分神秘，一时探查不清……”庄驰肃然禀道。

“此人不可轻视。你再多派一些精干人手前去细细打探。如果他对我大明怀有异心，我们不可不加以未雨绸缪。”白清卓紧皱眉头，沉声吩咐道。

“好的。属下稍后便去认真落实。”庄驰朗声应道。

这时，从院落偏房里走出一个亲兵。他端了一碗药汤过来：“白参将，您该喝药了。”

白清卓接过药碗，正欲喝下——却听“呼”的一响，从院墙上飞下一个身材高挑的窈窕少女来。她一袭宝蓝色紧身劲装，显得全身曲线玲珑；面貌虽不施脂粉，但在常年日光沐浴之下，肤色如麦而明润，目似点漆而闪亮，顾盼之际自有一股英爽之气豁然而来。

顾少伦想了一想，觉得自己
已对白清卓讲得仁至义尽
了，便告辞而去。他回头远
远望了练兵场里白清卓的身
影一眼，只觉得他依然站得
那么笔挺而端正。

她一落地，见到白清卓便嚷了起来："二师兄，你身体不好，方才肯定又到练兵场上去亲自带队操练啦，你看你咳得这么厉害……"

"小兰，我若不以身作则带队操练，别人会怎么看我这个掌营参将呢？我一个人在房里也闲不住啊！"白清卓淡淡地笑着。

"今后就让庄驰和杨寒代你领队操练嘛！你总是一个人大包大揽、事必躬亲，你的身体怎么好得起来嘛！"那少女大大咧咧地讲道，"庄驰，明天起就是你带队去操练了！你若不听我吩咐，小心我揍你！"

庄驰笑着弯腰答道："好，好，好，凌兰姑娘的金口玉言，在下一定完全照办。不过，你明天一早可要过来亲自守着白参将莫出这大院。"

"那是自然。二师兄就交给我来照管。"凌兰的声音回答得又响又亮。

白清卓也不与她争辩，把那碗药汤一饮而尽，然后问她："我的剑池女侠，今天你又去哪里折腾啦？"

"二师兄，我去偷看顾少伦那小子了——他又在收那个牟老板的贿礼了。"凌兰脸上露出调皮的一笑。

白清卓哈哈一笑："你呀，仗着你轻功敏捷、身手灵巧，在这喜峰口里里外外如入无人之境。这会让别人很不舒服的！比如这位顾大人……他的所作所为都被你一件不落地看在眼里，你让他怎么当官？怎么过日子？"

"二师兄，我是替你监视他呐！"凌兰嘻嘻笑道，"如果他是个坏人，小妹就替你宰掉他得了！"

"坏人？谁是真正的坏人？你二师兄我不也是向牟老板索过贿收过礼吗？我就是坏人吗？"白清卓微笑着看向她。

"二师兄，你把索贿来的东西全部分给南兵营的弟兄们，您才真的是大公无私！"

白清卓笑了一笑："你以为顾少伦把那些钱和礼品都揣进了自己的腰包？我告诉你：为了给南兵营的弟兄们发薪发饷，顾少伦私底下已经借给你二师兄七八千两白银了！"

"真的呀？"凌兰吐了吐舌头，"他这么有钱？还这么好心？"

白清卓咳嗽了一声，脸上掠过一丝窘色——他不好意思明说顾少伦借钱给南兵营的目的之一是请求自己约束好凌兰，不要让她再戏弄他了。他顺势转移了话题，问凌兰："小兰，这些时日你在喜峰口闷坏了吧？"

凌兰双眉一挑："陪护着二师兄，小兰不闷。"

白清卓又咳了几声："顾大人年少英俊，又行事圆融，而且家财丰实，你今后不要再戏弄他了。你可以和他好好交朋友嘛！"

"他？顾少伦？油头粉面，一身的酸气，还故作清高，小妹不喜欢。"凌兰撇了撇小嘴。

"其实顾公子为人是很好的。为兄不会看错他的。"白清卓的口吻像媒婆一样开始絮叨起来。

"打住，打住。"凌兰声音一厉，"二师兄是嫌弃小兰，想赶小兰走了？"

"哪里，哪里。"白清卓摆了摆右手，"这样吧，几天后还有一个和为兄交好的卢公子要过来。他虽然没有顾少伦这么富裕，但为人却更为稳重一些。你到时候和他好好交往吧。师妹，我真的是为了你好。你总不能在南兵营陪我混一辈子吧？"

凌兰拿手指绞着自己的衣角，嘟起了嘴唇，不再多说什么了。

庄驰急忙引开了话题："参将，两天后，就是吏部、都察院、司礼监三方有司来巡边察吏了，方才顾大人过来也是着重提醒一下您这件事儿。"

"本来呢，巡边察吏完全可以由吏部、都察院两方执行即可。司礼监既然来人，应该便是为年底御驾亲临巡边阅视先作铺垫吧。"白清卓把玩着掌中的紫玉箫，淡淡地说道，"他们来了也好，白某正巧向他们反映为南兵营讨薪、补薪之事！"

他停顿了一下，又长叹道："我们南兵营的欠薪已经如此严重——连杨寒上个月返乡探亲的路费都是我们几个人共同凑齐的！那天杨寒临行前悲愤欲绝的眼神，让白某一直都忘不掉啊！朝廷不能再这样亏待戚家军了……"

庄驰没有答话，面沉如水，却将自己腰间的刀柄捏得紧紧的。

三

邬涤尘一进到南兵营的议事堂内，抬眼便看见正壁上高高悬挂着戚继光和谭纶一左一右两幅画像。他的脸色立刻沉了下来，也顾不得和同行的卢光碧、何远二人商量通气，径自就端起官威发作了起来：

"蓟镇南兵营还是不是陛下的神武之师了？厅堂之上，不见陛下的圣像，却是两个臣子的挂像。白清卓、吴惟忠，你们这是大不敬之罪！"

他这劈头盖脸的一顶"大帽子"扣将下来，吓得跟在白清卓后边的顾少伦心头剧震，不知如何转圜。

吴惟忠老将军满脸的笑意也为之冻住，不禁看了看白清卓。白清卓却是镇静如常，右手轻轻一摆，安抚住吴、顾二人，不紧不慢地开口了：

"邬大人还请细看：这两张挂像之上'精忠报国'那四个楷书大字的方匾，可正是出自当今陛下的手笔！是万历十六年陛下交由内阁颁赏给我们镇边驻军的！而陛下的赫赫圣像，怎可轻示于人？只能是供在我等臣子的心中永远朝拜！对吧？"

说到这里，他目光一闪，话锋一转："邬大人，据白某所知，你们都察院的正厅之上似乎也没悬挂陛下的圣像吧？你们这些监察御史还是不是陛下的獬豸之士了？若是认真起来，白某也想向贵院方应龙大人讨教讨教！"

"你……你……"邬涤尘顿时被他噎得两眼一阵翻白，却又无言以对。来此之前，方应龙便点名告诫他要小心这个白清卓。今日一交锋，此人果是不好对付。

满面含笑的卢光碧插话进来打了个圆场："邬御史，南兵营高悬御笔方匾，已然足见他们对圣上的耿耿精忠，至于谭纶、戚继光二人亦是代君治军，他们这些将士挂念两位将军的威容，其实也等同于萦怀陛下的圣明嘛！咱们还是先办正事要紧。"

邬涤尘一听，便知自己今天这个下马威是要不出去了，只得冷冷一哼，怏怏然自去客座首位上坐下。

何远这一路上对邬涤尘的狐假虎威、装腔作势甚是难耐，也不顾他的邀请，只去挨着卢光碧右手边坐下。

卢光碧倒是富有涵养，手里拈着一柄银绸洒金折扇，轻轻落座之后，向坐在对面的吴惟忠、白清卓、顾少伦三人讲道："巡边察吏，贵在求真核实。你们有什么真才实绩，先自己谈来吧。"

白清卓捂着胸口，一阵轻咳，朝顾少伦递了个眼色。

顾少伦会意，便拿出自己预先准备好的稿笺，带头禀报道："下官顾少伦不才，在这里先行献丑了。下官在遵化县任职三年以来，恪守'清、慎、勤'，执行'法、律、令'，养民'精、细、实'，所做之业绩如下……"

他就把自己那花团锦簇的一番自我推介侃侃道来，直讲得天花乱坠、一泻如瀑。

卢光碧、邬涤尘两人听得煞是认真，只有何远不住地打量着白清卓，注意力大半都不在顾少伦这边。

一刻钟之后，顾少伦终于讲完。卢光碧又看向了白清卓："白参将，该你了。"

白清卓一抬手却道："此番巡边察吏，有劳诸君远来。这军营之中'卓异'的评号，自当归于吴老将军。白某只求一个'称职'而已，也不想在此啰唆了。请有司酌情处置便是。"

吴惟忠一掀须髯，面露激动之色，看着白清卓："清卓，你何须过谦？"

顾少伦没想到白清卓这般仗义，亦是十分感动。

邬涤尘板起了一张长马脸："白清卓，考察边吏自有成法。你想让给谁就给谁？你以为你是谁？"

卢光碧咳嗽了一下，道："白参将，此番巡边察吏并未限定卓异评号的数额。"

他口里喊的是"白参将"，目光却瞧着邬涤尘。

"卓异？卢大人，卓异这个评号不能给他这种捐了武职出身的人。"邬涤尘冷冷说道，"本官还要报他一个'力不胜任'……"

何远"扑哧"一笑，道："邬大人，你真的确定他是捐武职来这边关苦寒之地的？捐官嘛，也应该是捐到内地繁华之都邑里去吧？"

邬涤尘翻了翻眼，不好接他的话头。

白清卓脸上却无波无澜，只是静静地对视着他。

卢光碧连忙抖了抖折扇，将话题拉了回来："涤尘方才说得对。谁是卓异、谁是称职，我等自有成法而评定之。何大人，涤尘兄，这里有一份吏部关于白清卓参将的历年功绩簿，卢某念来给大家先听一听吧——

"万历十二年四月，俺答部一批土蛮劫杀通商客户十余人，白清卓率兵问罪斩杀，悬首关门以儆效尤。

"万历十四年六月，朵颜部四王子柯义罗前来比武挑战，被白清卓派出五个普通步卒以五行汇元阵击败，大振国威。

"万历十五年十月，一百二十余名山西流寇扰乱边关互市，白清卓亲自带兵追剿收降。

"万历十六年正月，喜峰口关城南坊突发火灾，波及两百余户商民。白清卓指挥若定，带兵扑灭火灾，民间口碑甚佳。

"…………"

卢光碧把这一桩桩事迹念毕之后，瞧向了何远："何大人，您觉得如何？"

何远此番是奉了张诚密令特来考察白清卓的。在他先前的想象中，申阁老赞不绝口的这个白清卓应该是劲气四溢、威武雄壮的枭猛之士。不料今日初见之下，他却是一个气弱体虚的儒生。不过，从这些事迹上看，这个儒生竟还多次亲自披坚执锐、冲锋杀敌！如此巨大的差异，让何远也不敢相信自己的眼睛。

他沉吟了一会儿，瞥向了那端坐如钟、红光满面、气宇轩昂的南兵营首座参将军吴惟忠，便若有心又似无意地问道："白参将这些大大小小的功勋事迹，吴老将军想必也都一同参与了吧？"

他的言下之意非常明显：如果是吴惟忠参与了这些事迹，那么大部分的功劳肯定是吴惟忠推让给白清卓的。

不料，吴惟忠双拳一拱，却道："惭愧惭愧，白参将体谅老夫年迈体衰，通常是让老夫留守后方坐镇不出，而他却总是不顾病体亲自上阵……我们南兵营的很多得力校尉就是白参将这样一次次手把地带练出来的……"

何远十分认真地听着，望向白清卓的目光里便多了几分莫名的含意："如此讲来，白参将倒像是一位'病虎'似的奇才：一上阵便雄姿英发，一下场便这般体气虚弱？"

白清卓迎视着他，毫不回避："七年之前，就有一位先生送了两句话给白某——'抱恙未敢忘忧国，根浅却是擎天柱'。"

邬涤尘又忍不住厉声喝道："你好大口气！简直是太狂了！"

"涤尘，他就是一个'狂生'啊！"卢光碧折好那份功绩簿，淡淡笑道，"你有所不知：他正是万历十一年之际为镇北名将戚继光受谗南迁而公开击鼓鸣冤、血书谏君的圣手狂生！"

邬涤尘顿时僵住了，张大了嘴几乎合不拢。

吴惟忠缓缓念道："辕门遗爱满幽燕，不见胡尘十六年。谁把旌麾移岭表，黄童白叟哭天边！"

他吟诵的正是当朝名士陈第为戚继光所写的《奉送戚都护归田》一诗。

厅堂内顿时陷入了一团莫名的沉闷之中。

邬涤尘吭吭哈哈了一会儿，才开口道："戚……戚……戚继光是'张氏余党'……"

"'张氏余党'？什么'张氏余党'？"白清卓目光一厉，"你们左都御史方应龙当年和张四维一样是张太师一手提拔起来的要员大臣——他恐怕才是现存于世最大的'张氏余党'吧？"

邬涤尘勃然说道:"白清卓,你三番两次针对方应龙大人,不要太过狂肆了!"

"都察院和方大人若是不想被人如此针对,就请办几件实事来服众吧。"白清卓的面色忽然变得平静之极,"邬大人,您是巡边御史,有采风奏事之职权。白某今日亦有要事举报,还望您带回去奏报朝廷尽快处置。"

"何事?"邬涤尘的语气显得十分僵硬。

"当年戚大人从江浙一带招募了一万余名精锐子弟过来,在这蓟镇组建了南兵营,成为抗击胡虏的主力军,多年来贡献极大。戚大帅和谭纶尚书在任时,考虑到他们是背井离乡而来,于是给他们定下了等同于当地'北兵'双倍的薪饷之制。但自戚大帅迁调后,南兵营的双薪之制就执行得不到位了,时行时不行,至今算下来有司已经拖欠他们四五年的薪饷总额了!这些南兵上有老下有小,养家之费不足,在军营中已然是怨声载道——白某希望都察院,还有内阁、司礼监对这件头等大事真正用心关注一下!白某在此不胜感激!"白清卓一边侃侃谈来,一边向他们肃然作礼,容色认真至极。

等他一讲完,吴惟忠也抱拳说道:"白参将讲出了我们南兵营所有将士的心声,万望各位大人不可轻忽。"

顾少伦亦硬着头皮站出来证实道:"为了替南兵营补薪,下官在县衙这边也是多方筹措,甚至还发动过驻地商户捐款相济,但都填不住缺口啊……"

何远和卢光碧对视了一眼,表态说道:"何某会把你们反映的这个情况带回司礼监的。"

卢光碧微一转脸,唇角笑意一凝,沉沉地唤了一声:"邬御史?!"

邬涤尘的脸色紧绷着,盯了白清卓许久,才慢慢答道:"这件事儿,本官会再核实一下。你们南兵营也要反思一下:为何会出现欠薪、缺薪的问题?"

白清卓听到此处,目光幽幽地闪动了一下:"邬大人此言何意?"

邬涤尘身形一正,双掌撑在桌上,冷然讲道:"听闻你们南兵营对蓟镇总兵萧虎臣不太尊重?本官在此讲一句大实话:军人素以上意为圭臬,你们这些南兵既不尊重萧总兵等,又怎能奢望他们为你们争取薪饷?"

吴惟忠正要答话,白清卓眼底寒芒一掠,却正容言道:"诸位大人应知:将师者,兵卒之父母也。父不慈、母不爱,又怎求子女之欢心?萧总兵怎样对待我们这些南兵的,大家有目共睹。我南兵营多年来被朝廷欠薪欠饷,家中上下嗷嗷待哺,囊中总是空空如也——如此困窘之惨状,而萧总兵视而不见、听而不闻!他对上既无争取济助之意,对下又无安抚善待之举,我南兵营只把他看作行尸走肉一般!你让我们如何对他尊重得起来?"

卢光碧在一旁静静地听着,眉头也不禁蹙了起来。何远因他说到封疆大吏之事,也不好表态,只是沉默着。

倒是顾少伦为白清卓紧紧捏了一把冷汗,不禁暗暗跺脚。

邬涤尘果然雷霆大作:"天下无不是的父母,亦无不是的上司!白清卓,你们南兵营岂敢如此轻慢于上?"

"邬大人,你说天下无不是的上司,那白某问你:胡惟庸当年一手遮天、欺上瞒下,太祖高皇帝难道将他杀错了?严嵩当年弄权舞弊、贪墨无度,嘉靖圣君难道也将他拿错了?这两个人的官位比你我都大,难道他俩就算天下无不是的上司了,你我便应该听凭他俩的胡作非为?当年太祖高皇帝立法垂范:若官不合法,民亦可纠之!农民陈寿六把违法县官扭送京师面圣治罪的事迹,那可是写进了《大诰》里的!同样,萧虎臣之懒政无为,不该被你们都察院问责追究吗?"白清卓这一番话来得畅快至极,也锋利至极。

果然,邬涤尘再一次被噎得满脸灰青,嗫嚅着答不上话来。

"白参将言重了。我等相信萧总兵不是懒政无为,他也有不得已的苦衷。白参将,你们对他不可轻易忤逆,否则南兵营会更加难受的。"卢光碧急忙出来再次打圆场,"你们也要相信邬御史:他回去后一定会把南兵营欠薪缺饷的事情呈报给都察院的。"

邬涤尘坐在那里,脸上终于挤出一丝非常难看的笑容,朝白清卓、吴惟忠等人点了点头。

正在此刻,庄驰在厅门前朗声禀道:"吴将军、白参将,我们营里从牟掌柜那里买的狼粪已经运到,请你们过去查验。"

白清卓立刻长身而起:"请诸位大人陪同白某前去视察一下营中庶务,如何?"

卢光碧抖着折扇微笑着言道:"也好。我们可以目睹你们在营中的实际作为。"

何远当即响应。邬涤尘不得已,也只好附议。

吴惟忠起身道:"这件事儿,清卓老弟你先去处置吧。吴某稍后去训练南兵营的'车轮阵',以待诸位大人前来视察。"

白清卓把头一点:"那就有劳吴老将军了。"

出得议事堂,走在半途上,白清卓看着何远:"这位何大人是新近才进的锦衣卫高手?有些眼生。"

"何某是万历十六年进的北镇抚司。"何远回视着白清卓,"久闻'圣手狂生''天峰秀士'等前辈当年都是文武双绝的奇才,何某倒是很想领教一下。"

"什么'文武双绝'?如今只是一介病夫而已。何大人居然还记得我大师兄天峰秀士林映夕?"白清卓一愣。

"张诚公公和何某谈起过:当年他与'天峰秀士'比武竞技,连斗三百个回合,硬是没赢一招。"

"都是陈年往事了。我大师兄早已杳然无踪,连我也不知道他身在何处。"白清卓长叹一声,又在何远的脸上深深盯了一眼,"不过,白某如今虽然体弱多病,但眼力应该还在。如果白某没看错的话,何君所修炼的,乃是武夷山玄阴掌一脉的奇功异学吧?"

何远听在耳里,心头却是大震:这白清卓一眼便觑破了自己的内功根底,果然是非同凡响。

卢光碧却在一旁抢过话头:"哎呀!两位都是朝廷命官、青年俊杰,一见面就谈武论技的,岂不有失体面?"

"体面不体面的,倒没什么。"白清卓仿佛很随意地谈道,"一个人身手再好、武功再高,在火铳、阵法面前,又算什么? 不过是匹夫之勇罢了。"

何远听得愈发心弦震颤,却不好再多讲什么。

到得营房大院,众人分位次站定:却见八九个挑夫挑了几十个竹筐摆在地上,里面全是黑乎乎、臭烘烘的粪团。

邬涤尘顿时捂住了鼻子,一脸的嫌弃样儿:"你……你们还收粪来干什么?"

听了他这番话,庄驰和几个亲兵都抿嘴笑了起来。

"我们收的是狼粪,用来燃作烽火台上示警四方的狼烟。"白清卓一边介绍着,一边走过去,接过庄驰递来的一根木棍,在竹筐的粪堆里挑来拨去地查看着,"唐人段成式写道:'狼粪烟直上,烽火用之。'宋人陆佃亦曾有言:'古之烽火用狼粪,取其烟直而聚,虽风吹之不斜。'当然,这几年据白某亲眼观察,狼粪燃烟,也没有他们说的这般神奇,只是比其他兽粪更浓更直罢了。"

然后,他不顾污秽,又用木棍挑起一点儿粪块在鼻孔前嗅了一嗅。卢光碧、何远看到这一幕,都忍不住侧开了脸。

嗅毕之后,白清卓对那些挑夫冷声喝道:"你们牟掌柜现在的东西是卖得越来越作假了。这一趟又掺杂了不少牛粪进来'鱼目混珠'!"

那挑夫头儿自信给这些粪团洒过狼尿和狗尿的,便嚷道:"白参将,这气味哪有可作假的? 您闻闻这臊气! 这些狼粪,可是咱们亲自到漠南草原收捡回来的……"

"你们当我真的是'四体不勤、五谷不分'的白面书生?"白清卓目光灼灼地扫了邬涤尘一眼,话锋却刺向了那个挑夫头儿,"且不说这粪块里混杂着草料的气味,单看它们的形状也不大对头——狼粪如细条状,牛粪如粗块状。看来是这些狼一个个都长了牛屁眼,所以才屙出来这大团大团的粪便来!"

在场诸人听了,禁不住哈哈大笑起来。

那挑夫头儿满脸涨得通红,不敢反驳一句。

白清卓放下手中木棍,吩咐道:"这样吧,原来狼粪的价钱是半钱银子买两斤。你们挑来的混合粪,我们也收下,只是价钱要算半钱银子五斤。"

挑夫头儿哭丧着脸:"白参将,您再涨一涨价钱吧……"

"和我们南兵营做生意呢,莫想暴得大利,要讲究细水长流。"白清卓掸着自己身上的白裘,"你们若是嫌价钱低,喜峰口关城里愿意帮助我们捡狼粪、捡牛粪的人多得很。"

挑夫头儿思忖了一下,咬了咬牙,只得说道:"好吧,好吧。这一趟就这个价钱吧……白参将,我们可真是亏惨了……"

待那些挑夫走远了,卢光碧才用折扇掩着面庞,近前来问:"白兄,既然用牛粪做不了'狼烟',那你还留这些牛粪何用?"

"卢大人,牛粪也有用处的,至少在眼下这个天气里燃起来可以驱蚊杀虫,有助于弟兄们晚上在营房里睡个好觉。"白清卓含笑回答,"他们可没有你们这些贵公子用檀香、薰香养生安眠的好福气。"

卢光碧吐了吐舌头,叹道:"白兄之精敏务实,堪称陶侃重生。"

众人说说笑笑正往练兵场那边走去,猝然听得"呼"地一阵风响,半空中一道蓝影似飞鸟般疾掠而下,直朝白清卓等人一射而到!

"何人大胆?!"何远劲叱一声,身若游电一迎而上,转瞬之间便和那道蓝影碰了个正着。

众人惊疑未定,只听得猎猎有声,眼前一阵人影闪动,倏起倏落,忽闪忽蹿,几乎看不明切。

唯有白清卓安然不动,目视前方的团团人影,眼角还挂着一丝笑意。

"啪啪啪"数声脆响过后,一红一蓝两道人影骤然左右飞开,各自落地站在一侧:却是何远和一个高挑少女对面而立。

"凌兰,不得无礼。"白清卓这时才开口喝道,又向卢光碧、邹涤尘介绍道,"这是白某的小师妹凌兰,最是喜欢胡闹,惊扰到诸位了。对不起,对不起。"

凌兰却是一脸天真烂漫的笑容,把左手扬了一扬,朝白清卓亮出一个白瓷小胆瓶:"二师兄,我给你送药汤来了。"

说罢,她又盯着何远,将右手一举,掌心中现出何远那块系在腰间的"北镇抚司"

虎头银牌："二师兄,这位是你的朋友吗? 身手蛮不错嘛! 小妹难得像今天这样耍得尽兴——你知道吗? 刚才我和他交换了十三招也……"

这时,却是顾少伦跳了出来:"凌兰,这位是锦衣卫的何大人,是你二师兄的贵客! 还不向他赔礼! ……"

"无妨,无妨。"何远看清了凌兰的相貌,讶然之中透出一丝欣赏,也把右掌一翻,手心里一束金色丝穗在阳光下闪闪发亮,"这可是凌姑娘剑柄上的? 凌姑娘今后给你二师兄送药汤,希望不要再这么'电光石火'的了。你二师兄身体不好,万一被你撞翻了怎么办?"

"你的手脚比我要快一点儿,这个我服气。"凌兰大大方方地把他的腰牌扔了回去,"今后有机会再找你切磋切磋。"

何远微微一笑,一手接过腰牌,一手也把掌中那束剑穗掷给了她,目光里却有了一种别样的意味:"好的。你若和你师兄到京城来,何某随时奉陪。"

白清卓看着他俩一接一答的情景,唇边不禁浮起了浅浅的笑意。

只有顾少伦瞪着他俩,表情却显得有些莫名的复杂。

烟络横林，山沉远照，迤逦黄昏钟鼓。烛映帘栊，蛩催机杼，共苦清秋风露。不眠思妇，齐应和、几声砧杵。惊动天涯倦宦，骎骎岁华行暮。

当年酒狂自负，谓东君、以春相付。流浪征骖北道，客樯南浦，幽恨无人晤语。赖明月、曾知旧游处。好伴云来，还将梦去。

四

卢光碧凝望着书房南墙上这幅字，在口中轻轻地吟诵着。这首词乃是自号"庆湖遗老"的南宋贵族词人贺铸所写之《天香》。常人看来，它不过是一段激越苍凉、伤时感遇的咏怀之词罢了，但在当年朝内清流儒林眼里，这首名词还寓有另外一番意味。

"林……林兄台这些年真是神龙潜隐，你也一直没找到？"卢光碧此刻没有了在官场上的故作姿态，而是转脸看向白清卓，非常随和地问道，"申师傅也找了他很久，却都杳无音信。"

白清卓静静地注视着那张笔力沉雄的字幅，没有即刻答话。这首词当年是由大师兄林映夕亲笔写好送给他的。而"林映夕"这个名字其实也嵌化在这首慷慨动人的名词之中——"烟络横林"中的"林"、"烛映帘栊"中的"映"、"迤逦黄昏钟鼓"所呈现出的"夕"。

那些年，白清卓和林映夕从师门学艺下山后，都考取了翰林院的庶吉士：白清卓自号圣手狂生，林映夕自号天峰秀士，均以激扬文字、勇于谏争而誉满京师。张居正、申时行等重臣都视他俩为"后起之俊秀"。万历十一年，他俩一同为戚继光遭谗南迁之事而血书上谏、午门鸣冤，一同遭受廷杖刑罚，一同被贬官外放。只不过，白清卓却自请来到边关任事赎过，而林映夕则挂冠而去，不知所终。当年朝廷党争之崩坏淆乱，现在回想起来，白清卓仍是暗暗为之扼腕。

好一会儿都没等到白清卓的回应，卢光碧有些错愕，慢慢转过身来，徐徐向他走近。

窗外落日的余晖斜照进来，投映在白清卓的脸上。在那斜阳余晖映照之下，白清卓清瘦的面庞似刀劈斧削般棱角分明。卢光碧静静地看着他这一张被塞上风沙打磨得如岩石般线条刚硬的脸，慢慢地湿了眼眶：当年那个圣手狂生有临江放言、血谏社稷的清逸倜傥，而今凸显得更多的是一种苍黄大漠般的沉静笃实。

在卢光碧深深的目光中，白清卓轻声答道："若他还在，我一个人应该不会这么累吧。"

"这七年来，真是苦了清卓兄你一个人了。"卢光碧的声音突然哽咽了。

"没什么苦不苦的，你今天也看到了，我在这里过得挺好。"白清卓还了他一个深深的笑容。这一笑，掩去了多少沧桑岁月的艰辛，又盖住了多少孤军作战浴血沙场的执着。卢光碧忽然觉得一阵惭愧浮上心头。当然，在与白清卓分手的这七年里，自己也曾在朝中追随申时行整肃吏治、严正纲纪，但大多是坐而论道、口辩笔伐，又岂如白清卓这般驰骋疆场、流血流汗？同是效忠朝廷匡扶社稷，但面对白清卓的境遇和作为，卢光碧忽然有了一种几乎不敢与他正视的感觉。

这七年来，当初比白清卓晚一科入仕的卢光碧都已做到了吏部郎中的要职，而白清卓却还屈居在边远关隘当一个小小的参将。只要一想到白清卓付出之巨大与所得之微薄，卢光碧便是心头一震。不，不，不能让他再在这里待下去了。他深吸了一口长气，缓缓说道："清卓兄，雪衣姑娘知道我这次来喜峰口，便让我给你带了一些东西来。"

他去书桌边拿起一叠食盒，向白清卓介绍道："这是她亲手为你做的'东坡蜜饼'，很香很甜的。"

"雪衣？"白清卓突然剧烈地咳嗽了起来。他缓缓平息之后，掏出那只小瓷瓶，喝了瓶里的一口药汁，这才悠悠而道："她这些年来给我写了很多信，都在书桌上那个匣子里装着。她应该明白我的苦衷吧？"

"雪衣知道你一向喜欢辛弃疾的词章，这次亲手抄了一份辛弃疾的《念奴娇·书东流村壁》的下阕，让我带给你。"卢光碧悠悠然说着，将一张清香四溢的粉红纸笺朝白清卓递了过来。

白清卓接在掌中，一边阅看，一边念道：

> 闻道绮陌东头，行人曾见，帘底纤纤月。旧恨春江流不断，新恨云山千叠。料得明朝，樽前重见，镜里花难折。也应惊问，近来多少华发？

他读罢后，将纸笺轻轻放下，徐徐一叹："罢了。与其让她来日悔，何如让她今日恨？"

"清卓，你终归是要离开这里的。"卢光碧一边从胸衣里摸出一份信函递来，一边沉吟着缓缓开口了，"这是申师傅给你的一封亲笔信。清卓，这可能是你重返京师声名鹊起的一个绝佳机会。"

白清卓接过那封信，埋下头来，细细看了一番。然后，他低低地说道："原来是为朝鲜使臣被劫宝暗杀的事情……蓟辽这边早就传开啦！李成梁恐怕又会成为第二个被落井下石的戚大帅。"

卢光碧看着他，没有插话。

白清卓捏着掌中的小药瓶，也慢慢思忖起来。现在朝中格局有了微妙的变化：当年靠反张、倒张而起家的大宦官张鲸猝然倒台，方应龙在朝内孤掌难鸣，而申时行的权位也得到了空前稳固。那么，在这样的朝局背景下，自己倒还真有可能回京师做出一番作为。所以，在这份信函里，申时行才会用辛弃疾的另一篇名词《满江红·建康史帅致道席上赋》的上阕来暗示和勉励自己。

　　鹏翼垂空，笑人世，苍然无物。又还向，九重深处，玉阶山立。袖里珍奇光五色，他年要补天西北。且归来，谈笑护长江，波澄碧。

在这段词中，他也确实感受到了申时行对自己的情深义重。于是，他心念一定，不再说什么废话了，直接向卢光碧庄肃言道："这样吧，你此番返京先转告申师傅，我会尽快回到顺天府帮朝廷分这个忧的。"

卢光碧一听，脸上顿时喜色四溢，连声喊道："好！好！好！"

白清卓看着他，又有些自失地一笑："其实我这几日来一直都在犹豫自己该不该返回京师……你知道吗，朝廷拖欠我戚家军南兵营的薪饷已经太久了，很多战友在江浙老家里的父母妻儿都快揭不开锅了——我已经被逼得又要像七年前一样到午门去击鼓鸣众、面圣讨薪了！"

"啊？你又要出演这一场'大戏'？"卢光碧一惊，急忙劝道，"如今申师傅位居首辅，德高望重，有他上下调剂，何至于此？只要协助朝廷把这件大案查细查实，你大功在身，所求之事自然无不顺遂。"

"好吧。白某希望一切如你之吉言吧。"白清卓的面色始终有些幽沉，"方应龙和所谓的'清流派'那边，希望申师傅届时也压制得住吧。"

南兵营的客房里，邬涤尘紧皱眉头，倚着昏黄的烛光，正在苦苦思忖：这一次出来巡边察吏，他本想替方应龙镇压一下朔边军营中反对萧虎臣的势力。但现在看来，以白清卓为首的南兵营确实是桀骜不驯，难以对付。自己又想私底下和卢光碧、何远通气，准备联手搞掉白清卓，不料他二人反而对白清卓的表现赞不绝口。这一下他孤掌难鸣，在巡边察吏的报告文牍中也对白清卓做不了什么手脚。而越是如此，他觉得自己越应该尽快把这个萧虎臣的绊脚石白清卓踢开才行！但方法何在呢？他一时又苦思不出。

就在此刻，房门被人从外面轻轻敲响。

邬涤尘急忙过去开门，果见是顾少伦站在门口。顾少伦一副受宠若惊的模样："邬大人夜召在下，有何贵干？"

邬涤尘瞧了瞧他身后，低声问道："只有你一个人来吧？没有谁跟踪吧？"

顾少伦也低声答道："没有，没有。下官很小心，一路上无人跟踪。"但他心底一想到那个神出鬼没、仿佛无处不在的凌兰，又是隐隐一惧，却又不好向邬涤尘说起。

"来，来，来。"邬涤尘关紧了房门，让顾少伦在身边坐下，收起了白天时的咄咄威势，换了一副面孔，和颜悦色地对顾少伦说道，"顾大人在这里三年的边关守备生活很辛苦吧？"

"为圣上守边抚民，下官岂敢言苦？"顾少伦恭然答道。

"其实顾大人不必过虑，我们彼此都不是外人。本座和德润斋的牟万琛牟二掌柜也很熟。"邬涤尘缓缓道来，"老牟谈起过，顾大人你是江南素封之家出身。你家中本想让你笃行陶朱之道，结果你自己却考取进士之业。你这算得上是违逆家族之命而从文入仕的哟！"

顾少伦听着，心中暗想：这个牟万琛，果然有些门道，居然和都察院也有关系！他脸上却装得若无其事，谦逊说道："古人云：'达则兼济天下'。顾某还年轻，不想在市坊之间独善其身。"

"是啊！本座也希望你能在仕途有所建树，光大你顾家的门楣。"邬涤尘脸上的笑容半深半浅。

顾少伦立刻会意，递上一张三百两的银票："这是下官的小小心意，恭请邬大人笑纳。"

邬涤尘却似毫不在意地推了回来："你的心意，本座全然明白。你我之间，来日方长。"

顾少伦还要再送，却听邬涤尘不轻不重地说道："白清卓这个人很是犀利，你和他相处得来？"

顾少伦一怔，从邬涤尘阴沉下来的脸色中，仿佛意识到了什么，便很小心地答道："还行吧。顾某这三年来也习惯了。"

邬涤尘俯过身来，低声说道："告诉你一个好消息，你可能会被调任苏州府通判或礼部主事。这次巡边察吏，本座给你上报为'卓异'。"

"多谢邬大人抬爱。"顾少伦的心情十分激动。

"但你先要写一份弹劾表来交换。"邬涤尘的声音低如耳语。

"什……什么弹劾表?"顾少伦吃了一惊。

邬涤尘的目光似尖刀一样逼视着他:"以你遵化县令的身份,揭发并弹劾喜峰口南兵营参将白清卓刚愎自用、欺诈商户、结党营私、目无法纪!"

"这……这……"顾少伦面色紧绷,显得煞是为难,"白参将并没有欺诈商户、结党营私的实事啊! 顾……顾某不好捏造呀! 这个……这个,非要这样对他不可吗?"

邬涤尘铁青着脸:"白清卓是张居正余党,上边有人对他十分不满。"

顾少伦脑海里一浮现出凌兰那冷若冰霜的俏脸,便不禁往窗外看了又看,期期艾艾地说道:"下……下官觉得你们上边可以用'患病失职'的理由将他处置了呀。"

"哦? 本座还要你来指教怎么做事?"邬涤尘瞪了他一眼,又觉得自己不好过度发作,就闷闷地说道,"你没看到卢光碧一直袒护他吗?"

顾少伦咬了咬牙,只得直言相告:"邬大人,下官此刻也不好出头去当这个'恶人'呀!"

"哦? 看来你负了牟二掌柜一番苦心哪。"邬涤尘幽幽说道,"今夜本座也不逼你。你暂且回去吧。有一天你想通了,随时可以找本座。"

顾少伦面色有些暗沉,便也不再逗留,急忙告辞而去。

邬涤尘心中烦恼,也未起身相送,待他走远之后,才长长而叹:他本想强迫顾少伦写出弹劾表,但一来顾少伦毕竟有些背景,二来德润斋那边似与顾少伦关系匪浅,他只好暂时按捺住这股冲动。既然在这里做不了白清卓的文章,那就回京再另想办法吧。

他心念方定,忽听风声一响,窗户顿开,一个蒙面黑衣人持剑飞落在他桌前,正目光闪闪地瞪着他。

邬涤尘面色一变,却冷笑道:"你是白清卓派来的人?"

蒙面黑衣人手腕一翻,那柄利剑一划而出,横在了他的颈侧。

邬涤尘的声音顿时显出了几分凌乱:"你……你是白清卓的那个小师妹? 这……这剑穗我白天见过……"

"你这个狗官,竟在背后指使别人放冷箭陷害我二师兄!"那个声音清脆有力,果然正是凌兰。

邬涤尘忽然有些明白顾少伦为什么会那么快地拒绝自己了。他定下心神,脑筋一转,倒又稳住了声气:"凌姑娘,你觉得你二师兄一直拖着病体枯守在这个位置上,真的很合适吗?"

凌兰没有答话,剑锋在他颈边也没再移前。

邬涤尘又板起了脸:"你今夜有胆真敢杀我?"

"你看我敢不敢?!"凌兰怒叱一声,剑锋又往前推了一推。

邬涤尘身子朝后一缩,急声道:"凌姑娘,我知道你能杀我——但你知道有多少人在等着你给我这一剑吗?你这一剑下来,就坐实了他白清卓擅杀朝廷清流的罪名!你愿把他牵涉进来吗?"

凌兰缓缓收回了利剑:"你确实是一个'真小人'。但凭你,还害不了我二师兄。"说罢,身形一纵,从窗口飞掠而出。

邬涤尘这才长长呼出一口气来,伸手摸了摸自己的颈侧,一脸的后怕之色。

为时三天的巡边察吏很快就结束了。白清卓、吴惟忠、顾少伦一起将卢光碧、邬涤尘、何远三人一直送到了十里长亭之处。

临别之际,卢光碧神色肃然,把顾少伦单独留下来在一边谈话:"德润斋的招呼也打到卢某这里来了。看来这几年德润斋在喜峰口靠着你发了不少财。"

顾少伦恭恭敬敬地答道:"启禀卢大人:民丰商茂、百姓康乐,可是陛下年底巡边阅视的重点。"

卢光碧瞅了他一眼:"德润斋的背景很深,你自己恐怕都不知道他们真正的底细。今后,你务必多一个心眼,还是谨慎周全一些。"

顾少伦连忙点头:"下官一定谨记您的教诲。"

卢光碧注视着他,宽颜一笑:"卢某今天能单独找你交谈,是因为卢某知道了邬御史曾经夜召你商议过'要事'。"

顾少伦神色一变,耸然答道:"下官不明白卢大人在说什么。"

"呵呵呵。"卢光碧浅浅一笑,"很好。清卓兄没看错你——在他的大力推荐下,你在此番巡边察吏中被评为卓异了。回京之后,吏部会行文让你升为从五品的秩级。"

顾少伦的神情忽然变得有些扭捏起来:"这个……这个……请卢大人恕罪——顾某还是希望能够'内迁',哪怕是不升秩级也行。顾某想在家乡父老面前实现'锦衣昼行'的心愿。"

"说实话,'内迁'有什么好的?"卢光碧怔了一下,"你弃商从政,总不会是想学邬涤尘这样在三司六部里蝇营狗苟吧?"

"这个……这个……"顾少伦一时有些语塞:难道你卢大人不也是在三司六部里混吗?

卢光碧想了一下,问他:"有两句诗——'君是当今镇远侯,赋诗横剑在雄关。'你知道是谁送给清卓兄的吗?"

顾少伦又是一惊:"下官如何得知?"

"这两句诗是当今兵部尚书王一鹗亲笔题送给清卓兄的。所以,少伦啊,俗话说得好,'十步之内,必有芝兰'。跟着清卓兄在这里好好干事,你将来一定会脱颖而出的。"卢光碧直接向他点明了底细。

顾少伦深深一礼,脸上的表情却显得十分复杂:"卢大人既有如此明示,下官自当尽力而为。"

"来来来,这是昨天南兵营的巡防队在城外草原里猎到的几头野狼,它们的肉烤得可香了!"白清卓在饭桌上笑盈盈地给顾少伦夹了一筷子油滋滋的烤肉块,"咱们军营里像这样'打牙祭、添口福'的机会并不太多哟。"

顾少伦被他请来共进晚餐,倒也没怎么在意菜品如何,只道:"白参将你这话可说得顾某都不敢吃下去了! 顾某喊外面的衙役到街上再买几份肉肴回来?"

"不必,不必。"白清卓微微笑道,"你知道的,我又沾不了多少油荤。凌兰,你好好陪顾大人吃个痛快。"

凌兰拿了一柄匕首在旁边自顾自地切着狼肉大口大口地吃着,像是没听到白清卓的吩咐一般。

顾少伦端起酒杯向白清卓敬来:"卢大人说了,白兄有阴德于顾某,顾某感谢不尽。"

白清卓以茶杯回敬道:"顾大人是个好人。"

顾少伦放下酒杯,感慨而言:"白参将,顾某这三年来竟不知你是天下闻名的圣手狂生,失敬失敬。你看,你的师妹凌姑娘武功这么高强,那么你也应该是身手不凡了?"

"顾大人,你认为白某这痼疾缠身之状是装出来的?"白清卓打开那只白瓷瓶,徐徐呷了一口药汁,苦得他微微皱眉,"这七年来每天三次喝这么苦涩的药汁,装得再像,脾胃怕也是受不了吧。"

顾少伦夹了一块烤狼肉放进嘴里:"顾某到现在才知道你白参将是一个深不可测的高人。顾某也不知道你的肚子里还藏着多少惊心动魄的秘密。"

"二师兄,你就把实话对他说了吧。"凌兰拿帕巾擦了擦手,"顾大人,我二师兄当年一身绝学,远在小女子之上……只是当年他在午门遭受廷杖时不知被张鲸那奸贼做了什么手脚,挨打之后竟伤了元气,所以一直是体弱多病……"

白清卓一抬手止住了她:"我们奇男子伟丈夫立身行道,岂可凭恃区区匹夫之勇、剑侠之艺也? 智勇双全、刚柔兼备,才称得上是'万人之敌'! 顾君,你说是也不是?"

顾少伦肃然起敬："白参将所言极是。"

"另外,顾大人,白某还要和你谈一桩正事儿。"白清卓含笑看他,"顾大人来自江南富绅之家,府中资财充盈。白某想向顾大人借款支用一番,你意下如何?"

"看来白参将从来不做亏本买卖,也从来没有免费的'狼肉宴'。"顾少伦干咳一声,"如果这番话被邬御史听到了,您必又会添上一个'宴请索贿'的罪名!"

白清卓长叹一声："南兵营已有数月未能发足粮饷,白某甚是焦虑。"

凌兰放下了筷子里夹着的肉块,忽然一阵鼻酸："二师兄!你……你……"她又转头看向顾少伦,语气顿时变得异常温柔："顾大人,你就帮帮二师兄吧……"

顾少伦听到她突然变得柔和之极的声音,心头一个激灵,急忙表态道："这个……这个,顾某可以再借给白参将你一万两纹银。"

凌兰朝他甜甜地笑着："二师兄说得没错,顾大人真是个好人。"

"但南兵营共有一万健儿,每个人分得一两白银,又济得何用?"

"唉,此时能够为他们多争得一两是一两吧!"白清卓眉宇间阴云隐隐,"后面的事情,我们要另辟蹊径呀!"

"蹊径?什么蹊径?你讲来听一听?"顾少伦不禁莞尔一笑。

白清卓的面庞上现出肃重之色来："这一次,白某可能要赴顺天府一趟,顾大人和白某同去吧。"

顾少伦一愣,敛起了笑容："难道你真的要进京向兵部、户部和内阁当面讨薪?"

"如果不及时补齐南兵营的欠薪欠饷,弟兄们人心浮动、怨声四起,顾大人认为年底的巡边阅视会圆满举行吗?"白清卓灼然而视,对他说,"你我二人届时又脱得了干系吗?"

听罢这话,顾少伦的表情顿时凝固了。他静默了半晌,才搁下筷子,沉沉言道:"我知道卢光碧是你的朋友,我也猜得出你可能还有更深的背景,但你确定能把这件事办成?"

"实话说,白某也没有十足的把握。"白清卓慢慢捏紧了掌中的白瓷瓶,"但若不去拼一拼,又怎么知道结果究竟如何呢?"

顾少伦听罢,面容凝肃,正视着他:"好吧。白参将,难得你如此勇于任事,顾某此番便与你同进同退。"

白清卓微微一笑,往凌兰那边掠了一眼:"师妹,如何?顾大人不仅是一个好人,更是一个好官吧?"

凌兰向顾少伦也了一眼,却并不置评,而是说道:"二师兄,你去哪里,我就跟着去哪里。我要一路陪护你。"

白清卓还未及开口，忽听得庄驰在门边敲了一下。

"庄驰，什么事？"白清卓马上唤了他进来。

庄驰入屋之后便急声禀道："白参将，我们在喜峰口关外的细作送来了异常情报。有几股蒙古土蛮匪队突然出现，对进出关口的商户造成了严重干扰。"

"是俺答部的人还是朵颜部的人？"白清卓认真地问。

"细作也不太清楚，这些土蛮都是蒙面行动，乘马挟弓，来去如风。"

"他们是何时冒出来的？"

"就在这两三天里。"

"那真是巧了，这两三天，正巧是巡边察吏期间。"顾少伦插话道，"白参将，你遇匪则不得不剿，剿匪则无暇外出。莫非有人不希望你离开关城而返回京师？"

"会吗？这可能是一个巧合吧。"白清卓的目光闪了一闪，"庄驰，你稍后去把这个情况报告给吴老将军。从明天起，由他派人出城护商驱匪吧。白某从明天起，要离开喜峰口一段时间。"

庄驰一愕，却还是朗朗地答应了一声。

吩咐完毕之后，白清卓又深深看向了顾少伦："当然，如果这个情况不是巧合，反倒更让白某坚定了赴京师的决心。"

说罢，他突然面朝窗外，凛凛言道："何方来宾，还请现身。"

他话犹未了，凌兰已是闪电般立身而起，掌中利剑在握，护在了桌前。而庄驰则掠在了白清卓的身畔，目光紧盯向了窗口。

但觉微风一动，人影一闪，一个身材清瘦似垂柳、面目姣好如女子的锦衣秀士犹如从地底冒出一般在屋内兀然而立。他朝白清卓含笑施了一礼："白参将能有如此决心赴京师查清辽东军三眼神铳之疑案，在下代李督帅谢过您了。"

"原来是蓟辽总督府的参军李井方大人啊！失迎失迎。"白清卓摆了摆手，让庄驰退开一边，脸上波澜不兴，"李督帅府中果然卧虎藏龙。白某赴往京师，主要还是为了南兵营讨薪。"

原来此人竟是蓟辽总督李成梁的心腹参军！顾少伦顿时惊住了。

李井方"咯咯"一笑，柔声说道："白参将，有些事情，李督帅会和你亲自沟通的。你我心知肚明。"

讲罢，他容色一正，从袖中取出一张洒金雪绢请柬递将过来："白参将，在下谨奉宁远伯、蓟辽总督李成梁大人之钧命，特来向您恭送请柬。李督帅盛情邀请您务必参加他三日后在锦州举办的'备边论策大会'。"

五

锦州是一个什么样的地方？它北依松岭山脉，南临渤海深湾，东托辽阳城，西护山海关，堪称大明东翼之门户重镇。

名相张居正曾在朝中明言："锦州既是如此之要塞，则坐镇之人非国之栋梁不可。"恰巧，蓟辽总督、宁远伯李成梁名字中的这个"梁"字，正与他口中"栋梁"二字交相辉映。

锦州城雄伟壮观的坚墙炮台，只是锦州的"躯壳"；李成梁父子和他们麾下的辽东铁骑，才是锦州真正的"灵魂"。

而宁远伯府邸，更是锦州城中气势最为恢宏、构筑最为雍容的标志之物。它占地足有半条街之长，外围一百零八间厢房，尽是李成梁的家丁家将、义子义孙聚居之处。

府门前开阔的地坝上，铺满了青莹莹、厚墩墩的石砖。几辆马车缓缓行进，车轮在路上留下"辚辚"声响，直到大门处无声停下。

为首马车里跳下了李井方。他腰肢轻扭，满面春风，款步走到第二辆马车车门前，亲手掀起垂帘——掩口咳嗽的白清卓，一身锦袍宽带，在顾少伦和凌兰一左一右的扶持下走下地来。

白清卓斜斜抬头，望向宁远伯府邸大门前左边高高耸立着的一座巨碑，上面那"栋梁之臣、护国宁远"八个朱红大字甚是醒目。

"陛下的御笔墨宝真是'颜筋柳骨'、刚柔得当啊！"他望着这八个大字，"它们似乎是万历十二年时经由申阁老转赐给李督帅的吧？"

"不错。白参将居然连这些情况也如此清楚？"李井方微有惊色。

白清卓悠悠一叹："李督帅这些年能一直在辽东之域屹立不倒，实属不易啊！"

李井方脸上笑如桃花："在下坚信李督帅还能在辽东永远屹立下去的。"

"李大人，你真是李督帅难得的'好参军'。"白清卓收回目光，在他的脸上深深看了一眼。

恰在这时，"轰隆隆"一阵阵闷雷似的巨鸣从街头那边传来，震人耳膜。

白清卓、李井方等人循声回首望去，竟是一队队铠甲鲜明、刀枪锃亮的骑兵疾驰而至，直踏起滚滚烟尘，似浪潮一般涌近。

白清卓看得分明，咳嗽了一声，拿丝帕挡在面前，把扑面而来的烟尘轻轻拂开："果然是'金戈铁马、气吞万里如虎'啊！"

尘土渐渐散尽，只见那大明骑兵军阵的前头，立马驻着一位相貌堂堂、威风凛凛的中年将军——浓眉大眼、方面垂耳，举手投足间豪气逼人。他正是蓟镇总兵萧虎臣。

李井方一看，也不禁叹服道："蓟镇北兵营的军容军貌也丝毫不亚于我们辽东军铁骑营啊！"

顾少伦紧张得手心里都捏出汗水来："原……原来是萧总兵！"

白清卓却瞧着李井方，慢吞吞地说道："你此言不虚——蓟镇南兵营的军费大多被他挪来装备在北兵营上了，当然不会比你们辽东军铁骑营差多少。"

那边，萧虎臣见了他们，抖了抖背后的斗篷，身形一正，直朝他们放马过来。

他骑马来到白清卓面前，也不下马，仗着自己铁塔般魁梧的身材，端坐马鞍之上，居高临下地盯视着白清卓："白参将别来无恙？"

"多谢萧总兵垂询——白某别来有恙，不便施礼了。"白清卓捂着心口重重地咳嗽了五六声。

萧虎臣眼中直把李井方、顾少伦等人视作无物，径自又向白清卓款款讲道："你'有恙'也是该得的。在喜峰口关城喝风吃沙这么多年，你身子骨又弱，不'有恙'才怪！你怎不来找本座帮你挪一挪？本座保你决不吃亏。"

他语气之亲热，连李井方听了也直眨眼睛。

白清卓淡淡答道："多谢萧总兵如此厚爱。白某的身子骨在喜峰口待习惯了，换了地方会更不舒服。"

"白参将，俗话说得好，'树挪死，人挪活'。"萧虎臣的口吻仍是异常亲切，"大同镇副总兵的职位即将空缺，又是从三品的秩级，你过去岂不是名实双收？你若有意，本座立刻为你争取过来。如何？"

白清卓也不想再和他弯弯绕绕，直接答道："白某也愿多在其他边关闯荡，但南兵营尚有余责未了，白某岂敢轻弃而去？"

"俗话说，'铁打的营盘，流水的兵卒'。有何轻弃不轻弃的？"萧虎臣开始冷笑起来，"你在喜峰口为将，难道还真的会为手下的兵卒们负责一辈子吗？像扁担离不开箩筐一样，走到哪里都还要带着他们？"

白清卓正颜道："萧总兵，白某便实言相告，南兵营补薪补饷的事情一天不解决，白某一天就不能弃南兵营而去。"

萧虎臣双眉一耸："白清卓，难道这大明朝的军界之中，就只有你一个人是爱兵如子？镇边南兵营至少还在本座的麾下吧？你口口声声要对南兵营负责到底，又置本座这个蓟镇总兵于何地？本座就是不喜欢看你一副自命不凡、舍我其谁的模样！"

他这一番声色俱厉的发作甩下来，恍若雷霆骤降，不仅是顾少伦，便是李井方也被震得面容失色。

唯有白清卓神情沉静如海，微波不生。他深深地回视着萧虎臣："白某真没想到，在萧总兵您这样一位封疆要员的心目中，竟是如此看待白某的。"

萧虎臣几乎是咆哮起来："你知道吗？目前在蓟镇各个军营里，人人盛传你白清卓如何爱兵如子、练兵成魔的种种事迹！甚至有一些参将、千户、校官，居然以你为榜样来推搪本座的军令！本座已经忍无可忍！"

白清卓淡淡答道："是非断之于心，毁誉听之于人，成败付之于天。如斯而已。"

萧虎臣浓眉一竖，眼中精光四射："张居正当年处置名士汪伯昆时不也曾经讲过'芝兰当道，不得不锄'吗？"

随着他这凌厉的话声直劈而出，他身后一队亲兵立刻哗啦一响按刀催马逼将前来！

凌兰一声冷哼，拔剑在手，倏地掩在了白清卓的身前。

刹那之间，宁远伯府邸大门前的空气紧张得几乎爆炸开来！

然而，白清卓仍是亭亭玉立如宝树，潇潇临风似高杨，悠悠言道："今日之情之景却有所不同，你萧总兵不是恩威并施之张相公，我白清卓也不是华而不实之汪伯昆。萧总兵，你的引喻，似乎不太恰当。"

"你……你……"萧虎臣被他噎得眼眸一翻，右手紧紧按住了自己腰间的刀鞘。

恰在此时，一个苍劲而雄浑的声音从府门深处远远传来，却令众人听得清清楚楚："佳客驾临，老夫失礼。井方，还不快代老夫将萧总兵、白参将欢迎进来！"

听到这个声音，在场众人皆是神情一变：那位蓟辽总督、宁远伯——李成梁，终于还是亲自发声了。

李成梁的心胸仿佛和他的肚腹一样大得出奇，只把方才在府邸门前发生的那一幕情形视而不见：尽管萧虎臣如此率众前来大兴威仪，甚至还当着他的门几乎要对白清卓动刀动枪，他都沉沉静静地忍了下来。

白清卓入府之后，便已经细心地观察出：李成梁虽然仍是那般鹰眉虎目、顾盼生威，而眼角的愁云却若隐若现。尽管他高高地坐在宴会主位之上，表情呈现出平日所没有的笑容可掬，可是他脸庞的肌肉扯动却略显僵硬。

他的左边坐着萧虎臣，右边坐着自己的长子、辽东镇副总兵李如松。萧虎臣以下，坐着蓟镇副总兵章世彦、白清卓、顾少伦及蓟镇其他参军、将校等人；李如松以下，坐着辽东军方面的李如柏、李如梅、祖承训、查大受、李宁、李有声等偏将。

"此番宴会虽名为'备边论策'，而实则是老夫召集大家来聚一聚、谈谈心的。"李成梁双手按膝，声如洪钟地讲道，"老夫是个粗人，本不喜欢什么莺歌燕舞、花红柳绿的,也不如萧总兵、白参将那般通文达武、倚马千言。但在今天宴席之上,老夫还是请了一个擅长吟诗唱曲的高人,为大家助助酒兴。"

萧虎臣作为场中地位最高的来宾兼李成梁的属下第一人,自然是要先行表态的:"我等多谢宁远伯的盛情厚意。您对我等真是太过礼遇了。"

李成梁抬眼注视着他:"萧总兵可是当年首辅张四维阁老选中的文武双全之良才。稍后,你肯定也是要当众唱和一首好诗好词的。"

萧虎臣的目光却向白清卓这边轻轻划来:"这些年萧某驻守边镇,提刀的时间远远多过提笔的时间,坐马的时间也远远多过坐席的时间,满口的刀枪剑戟,腹中再也没有什么好诗好词了。"

"萧总兵,你在老夫面前,又何必如此谦逊客套?老夫又不能助你连升三级、封侯入阁。"李成梁朗朗一笑,把手往外一摆,做了一个无声的手势。

在众人注目中,厅堂左角一帘纱帐缓缓垂下,随风飘拂之间,里面乍然现出一个高挑人影,以慷慨激昂之音调吟诵道:

> 湖海平生,算不负、苍髯如戟。
> 闻道是,君王着意,太平长策。
> 此老自当兵十万,长安正在天西北。
> 便凤凰、飞诏下天来,催归急。

他吟到此处,忽然语气一转,又变得婉转低回,款款吟道:

> 车马路,儿童泣;风雨暗,旌旗湿。
> 看野梅官柳,东风消息。
> 莫向蔗庵追语笑,只今松竹无颜色。
> 问人间、谁管别离愁,杯中物。

在座诸人听得纷纷叫好。白清卓心下明亮:这一首宋词正是辛弃疾所作的《满江红·送信守郑舜举郎中赴召》。李成梁让人当众吟诵此词,显然是在向蓟辽两镇的文武将官宣示自己仍为朝廷所倚重,虽有三眼神铳之疑案,自己还可"不负苍髯如戟",而且依然有"便凤凰飞诏下天来"的恩宠。

果然,李成梁转过头来,朝萧虎臣含笑讲道:"老夫粗通文墨,却也觉得这首词甚是符合老夫此时此刻的心境。萧总兵,你说是也不是?"

萧虎臣目光闪烁，徐徐言道："李督帅位居方伯、威震朔边，确实是不负'苍髯如戟'啊！"

李成梁大手一挥："萧总兵，你再来唱和一首，莫要推辞。"

萧虎臣应了一声，身形高高立起，扬声而道："在下便吟唱一首元朝名士卢挚所作的《蟾宫曲·邺下怀古》——

> 笑征衣伏枥悲吟，才鼎足功成，铜爵春深。软动歌残，无愁梦断，明月西沉。算只有韩家昼锦，对家山辉映来今。乔木空林，几度西风，慷慨登临。

场中忽然静默了下来，蹊跷的是谁也没敢开口喝彩，都把目光投向了李成梁。

李成梁却深深地看向了白清卓："白参将当年号称圣手狂生，颖悟过人，你来谈一谈对这首元曲儿的看法？"

"对这首元曲儿，白某是这样理解的：曹孟德壮心未已，东征西战，不失为国捐躯之实；韩相公急流勇退，筑堂自娱，则负先私后公之名。"白清卓淡然而答，"要学曹孟德，还是要学韩相公，全在当事人之一念之间耳！"

"白参将说得甚好。"李成梁抚髯一笑，向白清卓伸出手来，"白参将才是真名士自风流，你也唱和一曲？"

白清卓咳嗽数声，向那坐帐之人开口说道："那位帐中高人，白某气虚声弱，吟诵诗词是有心无力。烦请您代白某高诵一首元朝名士张养浩的名曲——《普天乐·大明湖泛舟》。"

那帐中人清了清嗓子，腔调又是一变，竟然是和白清卓一模一样的声音，只不过更加低沉有力：

> 画船开，红尘外，人从天上，载得春来。烟水闲，乾坤大。四面云山无遮碍，影摇动城郭楼台。杯斟的金波滟滟，诗吟的青霄惨惨，人惊的白鸟喈喈。

"白参将，你的这首元曲儿选得还很是欢快。不错，不错。"李成梁听罢，哈哈一笑。众人这才纷纷鼓掌喝彩。而萧虎臣只是冷冷地远眺着白清卓，脸上毫无表情。

笑毕之后，李成梁又望向了他身边坐着的顾少伦："白参将，这一位是……？"

"这位乃是遵化县县令兼南兵营协理顾少伦，也是白某在喜峰口最好的朋友和助手。"

李成梁眉毛一扬："哦？既是白参将的朋友，想来绝非泛泛之辈。顾大人，你也请唱和一首吧。"

顾少伦紧张得满头热汗,却又推辞不掉,急忙问白清卓:"我……我应该选哪一首诗词?"

白清卓不言不语,用竹筷蘸水飞快地在桌面上写了"张养浩《庆东原》"六个字。

顾少伦无奈,只得起身吟道:

鹤立花边玉,莺啼树杪弦,喜沙鸥也解相留恋。
一个冲开锦川,一个啼残翠烟,一个飞上青天。
诗句欲成时,满地云撩乱。

他这首元曲儿刚一吟完,李成梁、萧虎臣、白清卓三人的目光齐齐抬起,在半空中碰撞了一下,然后各自又十分默契地分了开去。最后,还是李成梁大笑说道:"顾大人果然是白参将最好的助手!"

听到李成梁这句评语,顾少伦坐在席下,不禁用袖角擦了擦额头的热汗,只能是有些窘然地一笑而应之。

李成梁端起酒杯敬过大家一圈之后,又将目光扫向了左右部属,正待开口,这时他身边的长子李如松却奋然而起,侃侃而道:"父帅,我等将士坐席谈饮,岂可一味吟诗唱曲?孩儿愿离席舞剑吟词以助诸君之酒兴!"

听了他这话,李成梁向萧虎臣那边掠了一眼,正容叱道:"李如松,在公务之所,这里没有什么'父与子',只有上司和部下!你连这点儿规矩都不懂吗?"

李如松面色微微一僵,看了看父亲眼神所去的方向,只得改口道:"李督帅,属下愿当众舞剑吟词以助酒兴。望督帅大人允准。"

左右席间蓟镇方面过来的众人顿时暗暗心震:这一场筵席,中途陡然冒出这一出"项庄舞剑"的节目,岂不更是坐实了今天吃的便是宁远伯府中的鸿门宴?!

他们齐齐把目光看向萧虎臣。萧虎臣却面无一丝表情,一语不发。

在静默之中,又是白清卓的话声悠悠响起:"李督帅,如松将军说得对,我等毕竟是军营中人,哪能光听吟诗唱曲呢?过于文绉绉的,不太好。如松将军的剑法出自明师,誉满辽东,我等蓟镇中人正想一睹风采呢!李督帅,您可不能拂了我等的兴致!"

李成梁听他说完之后,双眉微微一扬,这才沉着脸点了点头。

李如松遂长身而起,手持长剑越席而出,昂昂然步入场中,转首看向那边的帐中人讲道:"井方,我舞剑之际不愿分心。你且帮我吟诵一首岳武穆的《满江红·写怀》,我可以放手舞剑。"

白清卓和顾少伦相顾一惊:原来那帐中的吟唱之人居然是李井方! 真未料到他竟是一个罕见的口技高手!

李井方在帐中高声而应,又清了清嗓子,开口便有一股慷慨苍凉之气溢然而来:

怒发冲冠,凭栏处、潇潇雨歇。抬望眼,仰天长啸,壮怀激烈。

随着他回味悠长的吟诵之声,李如松肃立似岳的身形微微一旋,右手握剑横胸往外一划,立刻绽开明晃晃似磨盘般大的一朵剑花,光亮夺人双目。

众人见状,不禁齐声喝彩。

三十功名尘与土,八千里路云和月。莫等闲,白了少年头! 空悲切!

吟诵之声愈来愈响亮,而场中李如松的身法已如蛟龙出海,剑光似游电穿梭,嘶嘶破风,带给厅堂上阵阵凉意。蓟镇方面的部将几乎每一个人都能感觉到李如松的剑风似暗刃一般从自己面颊上、颈侧边、胸腹间一刮而过! 他们在毛骨悚然之中,却也不得不心服口服地鼓掌叫好。

而唯有萧虎臣直直端坐,静静而视。

靖康耻,犹未雪。臣子恨,何时灭? 驾长车,踏破贺兰山缺。壮志饥餐胡虏肉,笑谈渴饮匈奴血!

到李井方的音调愈高之处,李如松倏地拔地而起,身轻似燕,手中利剑宛若一道银虹凛凛然直贯而上!

待从头、收拾旧山河,朝——天——阙!

在李井方硬邦邦的最后一段词抛将下来时,李如松剑光如瀑从半空中一泻而下,骤然向萧虎臣桌前疾卷而去!

"啊!"众人齐齐惊呼失声! 只有李成梁手抚须髯,不言不动。

顾少伦惊呼之余,右手一举,似要有所动作——不料白清卓左手一截,拉下了他的手腕。在他惊骇回视的目光中,白清卓向他微一摇头。

果然,场中很快就静了下来。李如松静静地站在那里,剑脊上平平稳稳地托着一只酒杯,竟然是原本放在萧虎臣面前桌上的那只。而那杯中,此刻居然滴酒未溅。

他面色恭和,但手底的动作却十分直接:将剑上的酒杯往前缓缓一递,直送到萧虎臣面前的四寸之处才停了下来:"李某向萧总兵敬酒施礼!"

好个萧虎臣,也是安坐如山,面似沉渊,显得丝毫不惊丝毫不慌。他手里竹筷倏地往上一点,正中李如松手中剑背:那只酒杯立时弹跳而起,极巧极妙地飞到了萧虎臣的唇边,被他一口含住,把酒一吸而尽。

李如松这才徐徐收剑,深深一躬:"李某方才妄发狂兴,失礼勿怪。"

萧虎臣慢慢放下酒杯,含笑说道:"剑上敬酒,美事一桩,何来失礼?"

李成梁哈哈笑着拍了几下手掌:"好好好!萧总兵果然是每逢大事有静气!难怪蓟镇在您手中是固若金汤啊!"

萧虎臣一敛容色,转脸向李成梁恭然答道:"蓟镇固若金汤,一切仰仗您宁远伯指挥有方。"

李成梁看着李如松缓步退回座位,话锋却没放过萧虎臣:"李如松刚才舞剑完毕,请问诸君有何赐教?萧总兵?"

萧虎臣轻轻抬了抬眼:"李督帅龙父虎子,后继有人,萧某钦服。"

李成梁呵呵笑道:"据闻左都御史大人方应龙之子方宝棠以文才自旄,名动京师,那才真的是龙父虎子吧?老夫这里只是军户世家,萧总兵谬赞了!"

萧虎臣脸色一绷:"方大人乃是朝中柱石,非末将所敢妄议。李督帅说的是笑话吧?"

"笑话,当然是笑话。"李成梁呵呵一笑,不再在这个话题上深谈下去,而是又一次瞥向了白清卓:"白参将,你也点评两句?"

白清卓拿手帕掩着口轻咳了几声,坦然迎视着李成梁:"李督帅是希望白某实话实说?"

顾少伦连忙暗暗扯动白清卓的衣角。白清卓却向他淡淡一笑,表示并不在意。

李成梁双手撑在桌上,直直地盯着他:"本督一向最喜欢听真话、听实话。难道弱不禁风之白参将,居然真的很懂剑法?"

"如松将军的剑法是出自'青藤老人'徐渭徐文长先生的真传吧?"白清卓目光平转,问向了李如松。

李如松大吃一惊:这套剑法是当年徐渭应戚继光之邀北来边关时密授给他的,却不料今日竟被这白清卓一眼识破根底!看来,父帅一直显得那么重视他,果然确有理据。他心念至此,也不得不向白清卓点了点头。

白清卓又缓缓说道:"如松将军的剑法奇招迭出、攻守自如,确是玄妙无方,白某佩服。但是——"

众人听得一愕。

他继续说了下来:"请问如松将军,您这剑幕舞得是'水泼不进、针插不入'——倘若白某拿你们辽东铁骑营之三眼神铳开火射击,如松将军的剑锋可以挡住几颗火铳铁弹?"

场中顿时一阵哄然,而后又沉沉地静寂了下来。

李成梁和萧虎臣都是面无异色。

片刻后,李如松闷闷地答道:"不能。"

李成梁终于沉沉开口:"白参将,您有话请讲,本督洗耳恭听。"

白清卓侃侃然讲道:"此话已藏我心底许久,今日得此机缘,不得不一吐为快。当年戚继光戚大帅郑重指出,来日之战争,关键在于军械之优良与阵法之严谨,而不在单兵肉搏之优劣。白某希望辽东军不可过于偏重单兵技击之长,而须补军械与阵法之不足,方能百战百胜、威震蛮夷!"

全场又一次深深地静默了下来。气氛里透着一丝古怪、一丝沉郁,又有一丝凝重。

"戚大帅?难得你还记得戚大帅。可见你是个有心人。他比本督还年轻十多岁,却离去得比本督还早,可惜了呀!"李成梁的话声忽然变得莫名感慨,"万历七年,当时我俩还联手抗击过蒙古土蛮……他手下的南兵营一摆开阵法,有战车冲锋、有藤牌盾护体、有雁行刀出击,蒙古土蛮只有望风而逃!那几仗,打得真是过瘾啊……"

萧虎臣在一边听着,目光闪动个不停,却是一声不吭。

最后,李成梁长叹一声,又看了看李如松,肃颜说道:"如松,白参将的这番忠告,你一定要牢记在心、知行合一啊!本督已经老了,将来蓟、辽两军的'再铸辉煌',就着落在你们的肩上了!"

说罢,他把深深的目光投向了那个似不可及的远方,仿佛看到了那尊曾经和自己并辔冲杀、纵横无敌的魁梧身影,不禁慢慢湿了眼眶。

送走了卢光碧，申时行坐回到圈椅里，双手以食中二指轻轻地揉着自己两边的太阳穴，同时静静地思索着。

书桌之上，嵌在那方紫檀木砚屏当中的玉璧里，镌写着申时行最为欣赏的"四如箴"：立心如魏徵，处事如王导，行文如陆贽，进贤如荀彧。这是白清卓当年亲笔所书而敬赠给自己的，自己也将它一直引为座右铭。然而，万历十年之后的朝局风起云涌、暗流激荡，自己虽身为首辅，在上有偏执之君和下有清流派等偏激之臣的夹击之下，每一件事都要如履薄冰，每一句话都要三思而发，每一步路都要谋定而动，过得实在是艰难万状。自己既难以做到魏徵那样以谏正君，也难以做到王导那样镇静群臣。他隐隐感觉，自己的百般努力似乎也维持不了多少年了。然而，既在其位，便不得不善谋其职。自己既在内阁当一天"住持"，便念好一天的"经文"吧。

卢光碧来告诉他，在此番巡边察吏中，白清卓已通过锦衣卫何远的亲临考察，而且白清卓也愿意及时动身回京襄助。这个消息让申时行近期沉郁之极的心情终于大大缓解。

不久前爆发的黄启祥被三眼神铳劫杀案和自己与张诚在司礼监议事厅遇刺事件，其实十分险恶，也十分蹊跷。虽然它们的线索都明确指向了李成梁的辽东军，但申时行凭着丰富的阅历和敏锐的直觉，恰恰认为这两件案子绝不会是辽东军蓄意所为。没有谁蠢到把确凿的证物、证据都留在现场来个"自我暴露"，李成梁等人真要这么做，不是等同于自己跑出来当众找死吗？李成梁会是这么轻躁这么粗愚的人吗？而且，从万历十六年开始，李成梁就一直来函乞求内阁向圣上转呈他致仕养老的心愿。这些函件，都是被自己一手压下的。这样一位封疆将臣，会在自己意欲临退之前捅出一个惊天大祸来殃及家门吗？所以，李成梁本人和他的亲信派系绝不会是这两件案子的指使者。

然而，又会是谁制造了这两件案子来嫁祸给李成梁和辽东军呢？他们的目的又是什么？这让申时行百思不得其解。他此刻亦无意妄加猜测。只不过，三眼神铳、辽东猎刀等凶器基本上是来自辽东方面。所以，辽东军内部多多少少也出了状况。李成梁自己还是要负上一个"失察"的责任。因此，清流派借此敲打他一下，申时行并不在明面上强行反对。

但是，最关键的风向来源于圣上朱翊钧。从张诚、陈矩返回来的消息中，朱翊钧在得知司礼监议事厅刺客事件后，还是动了疑心。听闻圣上似是有意释放一个动作：

以先行免掉李成梁蓟辽总督之兼职而专任辽东总兵之举为暗招,试探一下李成梁的反应。如果李成梁反应过激,便对他步步设防;如果李成梁坦然受之,便可待查而明。

申时行却知道方应龙、萧虎臣一党与李成梁一派的暗斗是何等激烈。圣上一旦有了这个动作发出,岂不是更催动他们一哄而上、群起而扰之? 他只得又向司礼监密请面见圣上,劝谏圣上暂缓行动。后来,张诚、陈矩把他的建议转奏给圣上后,圣上虽然没有答应接见他,但终归还是听取了他的谏言,只是要求尽快查清案件真相,而且务必赶在午门献俘大典举行之前!

圣上既然这么发话了,申时行这时只能愈加寄期望于白清卓快快入京助自己一臂之力。那么,他现在可赶到哪里了呢?

正在此刻,老仆申和在书房门口禀告道:"阁老,上官侍郎前来求见。"

"上官平芝?"申时行默默自语了一句,把手一招,"让他进来。"

不多时,一身便装的上官平芝笑吟吟地踱步而入。他右手托着一方丹红木匣,进门便朝申时行呼道:"申阁老,下官给您带来了一件好东西,让您高兴高兴。"

申时行站起身来,迎了上前:"本座近日确是心情不爽,上官侍郎能让本座笑逐颜开,那可是大德一桩啊!"

上官平芝把那木匣匣盖徐徐打开,只见里边竟是一块手掌般大小的玛瑙文石把玩件。它通体呈椭圆之形,外面裹着一重重淡白色的祥云之纹,当中却有一抹深紫色的奇纹,状如一只展翅高翔的仙鹤,莹洁透亮,活润可爱。

申时行一见之下,就拿将起来,握在掌中,虽是身处盛夏,却感到一股清凉之气透肤而入,体内沁沁生凉。

"申阁老,这是一块'天鹤奇石',它的来历十分奇特。"上官平芝徐徐介绍道,"据闻是宋仁宗之时,一位著名玉工外出四方寻觅玉材,行到终南山上清潭之际,见到一只紫羽仙鹤伫立于潭心中央,而其足下实则是无石可支。微风一起,紫鹤如梦而逝。玉工急召邻近渔户到鹤立之处寻之,终于捞起了斗大一块方石。

"众人搬运这块'石斗'上岸之时,竟隐隐听到里边似有涵水'咕咚'动荡之声。玉工遂以利器细细剖开石斗,果得这块玛瑙文石于'水胆'之中。他因此石有鹤纹宛然如生,又加之曾经亲见紫鹤幻形,便名之为天鹤奇石,奉入大内尚方署。宋仁宗鉴其有仙鹤翔云之美纹,遂赐予名相范仲淹,而流传至今。"

"难得你苦心寻来此物,确是令人心爽神快。"申时行将那天鹤奇石把玩不已,微微笑问,"不过,天生奇石之精,申某何德何能可以受之?"

上官平芝款声答道:"此文石上面若是龙纹,在下必是献给圣上;上面又若是凤纹,在下亦必是献入后宫。但此文石上面既是紫鹤之纹,正与申阁老您朝服补子上面的'仙鹤'全然相似。然则此石若不归您处,又该归于何处?"

"平芝,没想到如此难觅的珍石,你也找得到。德润斋现在都没有你的门道更宽啦!"申时行收了这块天鹤奇石,却从书桌上拿起一幅字画递给上官平芝,"来而不往非礼也。上官侍郎,本座这里有一幅苏东坡的《同席赏月帖》,你务必收下。"

"阁老您真太客气了。"上官平芝知道申时行从来不会白收礼物,只得将那《同席赏月帖》收入袖中。

申时行捏弄着那块天鹤奇石,忽而又问:"平芝你今日前来,真的就是单单为送天鹤奇石而来?"

上官平芝这才敛了面色,望了望屋内屋外,觑得四周无人,径去把室门严严关上,然后回步走到申时行面前,递了一沓纸笺在他手上:"您请过目。"

申时行一阅之下,脸色渐渐泛青:这是朝鲜副使柳梦鼎托交礼部转呈御前的一份密报,其内容声称李成梁在今年年初曾因边关互市之事向朝鲜国王李昖索贿二十万两白银。李昖难以承担,只凑了十二万两交付辽东军。而黄启祥则是当时朝鲜国中极力反对李昖输贿于李成梁的大臣之一。所以,柳梦鼎在密报中怀疑黄启祥就是被李成梁派人以三眼神铳报复致死的。

读罢这份密报,申时行沉思有顷,淡淡地讲道:"这个柳梦鼎真是有些可笑啊!他也想跳进这摊浑水吗?平芝,依末座之见,这份密报只是柳梦鼎的个人猜测而已。它可以转交唐鉴、何远两位大人作查案之佐料。至于柳梦鼎意欲上呈御前,本座先和司礼监商议一下,看一看有无这个必要。"

上官平芝悠悠说道:"下官也是如此思虑的,所以一早就赶来您这里禀报。"他瞧了瞧申时行,又道,"下官也懂得识大体、顾大局。不过,都察院在六部各司布有耳目,方大人他们迟早也会得到这份密报内容的。"

"你做得不错。"申时行捏了捏掌中的天鹤奇石,横掠了他一眼,"你让柳梦鼎管好自己的口舌就行了。万一都察院非要捅出来,本座再来化解吧。"

"是。"上官平芝恭然而答。

申时行把玩着掌中的天鹤奇石,忽然提起了另外一个话题:"你可知道白清卓近日即将返回京师?"

上官平芝的双眉顿时微微一颤。

申时行又道:"申某听闻,你的女儿雪衣小姐当年与白清卓堪称'一对璧人'啊……"

"往事如烟。"上官平芝眯了双眼,深深而叹。

"你也不要怨怪白清卓后来的决绝。"申时行款款言道,"我想,当年清卓在午门鸣冤、血谏上书之前,便故意贬斥你父女二人,其实是为了不让自己后边的过激行为牵累到你们吧?"

上官平芝沉默着,没有答话。

"但这七年来,你却真的和白清卓形同陌路,老夫着实是有些不解。"申时行的语气略略变重了。

上官平芝叹道:"阁老您是知道的,下官起自明州寒门,多年来上下周旋才慢慢近得礼部三品之位,岂敢轻易涉足旋涡?为着女儿的终身幸福和长远之计,下官也只能在当时倒张派和保张派两大势力之间保持中立……这一点,申阁老应该能够理解。"

"所以,昨天下午你也曾去方应龙大人家里'敬送'了一幅米芾的字画真迹?"申时行直视着他,面露一丝微笑。

"这个……这个……下官也是不得已。"上官平芝顿时面红耳赤。

申时行的目光静静地投向了北壁上白清卓亲笔所写的那张"直方大"三字楷书横幅,缓缓而道:"他此番回了京,老夫希望你们能够对他好一些……"

法坛上的观音圣像高高耸立,眉目如生,衣飘若飞,右手拂柳枝,左手托净瓶,垂眸观心,妙相庄严,仿佛于无限的静穆之中又洋溢着无限的绚华。

李成梁双掌合十默祈完毕,缓步上前,在她面前的铜炉里插上三支线香,又躬了三躬,这才退到白清卓的身畔。

白清卓岿然而立,身形一动未动。

"你不过去礼敬献香?我们这青岩寺里的菩萨很灵验的。"李成梁向他悠悠说道。

"白某乃是儒门出身,'拜天拜地拜父母',不拜神佛和菩萨。"白清卓仰视着观音圣像,淡然而答。

李成梁深深地盯了他一眼:"你果然无愧于圣手狂生之大名。"然后,他又悠悠一叹:"我们先前年轻的时候也像你这样意气风发,自以为百事可为,而今老了弱了,却不得不求神拜佛以获心安。希望你无须再走我们的老路吧。"

白清卓看了看他,欲言又止。

出得观音大殿,站到那座凌空高悬的天然观景石台之上,李成梁和白清卓肩并肩俯望着下面锦州那依山傍海、自东往西逐渐开阔的城池,不禁各自心生慨叹:果然是江山如画,引无数英雄竞折腰啊!

静待有顷,李成梁开口了:"老夫的宁远伯府也不是很安全。所以,老夫请你到这里来谈一谈正事儿。"

白清卓斜视了一眼站在边上伺候着的李井方。

"井方儿是老夫的参军,也是老夫的四十八义子之一,更是老夫最为得力的助手。"李成梁平平而言,"你知道吗?你们一行人等离开喜峰口到这里来,一路上至少有两股人马暗中跟踪过你们。只不过有你的师妹和我的井方儿护得周全,他们没能找到空隙暗下毒手而已。"

"所以,他们干脆撕破脸皮,居然要在宁远伯府邸大门前将白某当场格杀?"白清卓悠悠一笑,"幸得李督帅您亲自发声阻止。白某不胜感激。"

"你是四品参将,又是申阁老所青睐的高徒,萧总兵不会疯到将你当场格杀的。他是在向老夫示威啊!"李成梁徐徐叹道,"老夫这个蓟辽总督,在他眼里,只怕已是日薄西山了吧。"

"希望您用这一场'鸿门宴'震慑住他们吧。"白清卓眉头微皱,"辽东军可不能乱哪!"

"震慑不了。都察院发来函告,高正思即将亲自前来清查我们三眼神铳的账目,对三眼神铳的铸造、配备、使用等情况都要一查到底。"李成梁脸上愁云重重,"你不知道,为了解决辽东军的缺饷问题,老夫从三眼神铳等军械款项里挪用了不少……老夫甚至还敲过朝鲜藩国的竹杠……"

白清卓拿眼瞥了瞥李井方那边:"您府中蓄养的十三位参军和掾吏都是吃白饭的?"

"真还有吃白饭的!黄启祥这个案子,我们辽东军留京署就成了'瞎子'和'聋子',什么消息都没给老夫打探出来!"李成梁狠狠一跺脚,"井方!你过来!"

李井方容色一变,急忙趋步近前而来。

李成梁回转身来,任山风吹得他须髯横飞。他正视着白清卓:"白贤侄,其实我李某人这些年来,一直明里暗里也对你们戚家军多有保全,你自己也是看得清楚的。但老夫身份特殊,不好在明面上表现得太过积极——外人称老夫与戚大帅为'西戚东李',是张相爷放在北疆而倚以自重的左膀右臂……老夫的身上,也被他们打上了'张氏余党'的烙印,老夫和辽东军的日子并不比你们戚家军好过多少……井方,你把那张字帖给白贤侄看一下……"

李井方上前,把一张字帖在白清卓眼下徐徐展开,只见上面写道:

"万历十一年,巡边御史冯景隆上奏弹劾李成梁'贪功冒进、虚受皇恩、宜行夺爵'。

"万历十二年,左都御史方应龙率众上奏弹劾李成梁父子'擅利专权、养兵自重、盘踞辽东、祸不可测'。

"万历十四年,监察御史邵庶以'位列枢机而所为不法'之罪名诬陷李如松、李如柏兄弟。

"万历十六年,任养心、高正思等言官联名弹劾李成梁父子'兵权太盛、尾大为患'。

"…………"

白清卓看得双眉紧锁:"想不到李督帅和辽东军也整日行走在荆棘丛中。"

"是啊!这些心心念念以反攻清算张相爷为己任的所谓清流言官,不仅搞走了戚大帅、苛待了戚家军,而且对老夫和辽东军也是毫不手软……白贤侄,你要相信:我们辽东军和你们戚家军是唇齿相依、手足相济的关系,我帮你们就等于帮我自己,你们帮我也等于帮你们自己——"李成梁讲到这里,忽然停顿了一下,思忖了片刻,又向白清卓郑重说道,"老夫知道你最在意的是为南兵营补薪补饷的事情。老夫这里有一个极好的办法,应该能够解一下你的燃眉之急。"

"什么办法?您请讲。"白清卓的眼神一下亮了起来。

李成梁的眼珠转了几下,却看向李井方:"井方,你和白贤侄好好讲一下。"

李井方应了一声,把白清卓拉到石台的一边,细细讲道:"白参将,您知道这一次午门献俘大典吧?各大军镇参与这次大典,朝廷也是有奖金的。据李某所知,内阁和司礼监定下的是一百二十八个献俘的总名额。他们准备这样分配:贵州、广州两地,交来山匪各十五名。剩下的九十八个献俘名额,全在蓟辽方面。每一个献俘名额,朝廷奖赏黄金二百两。李督帅经过慎重权衡,决定以蓟辽总督的名义上报辽东军五十八个献俘名额,而你们南兵营则是四十个名额。这样一来,你们南兵营即可受得八千两黄金,既得褒奖,又获补薪,可谓一举两得!"

白清卓听罢,大喜过望,不禁双手捏紧了拳头,两眼放出奇光来:"太好了!太好了!多谢李督帅对南兵营的大恩大德,白某没齿不忘——只不过,井方兄,可否请李督帅给南兵营再添几个名额?"

"白参将,李督帅可是一个献俘名额也没给北兵营留啊!"李井方眼波流转,"嘻嘻"一笑,"这样吧,我代李督帅做主,再添三个,不能再多了!六百两黄金,又可换好几千两白银呐!"

"八个!八个名额!"白清卓不死不休地逼了上来。

"五个!就五个!"李井方一口咬断,"不能再添了!我们辽东军铁骑营也是要补薪补饷的呀!他们也都是眼巴巴地望着这笔奖金来补贴呢!"

"这……这……"白清卓见他面色坚定,又看了看另一边满脸平和的李成梁,只得答道，"好吧，好吧。南兵营四十五个献俘名额，说定了哈！"

李井方瞅了他一眼："白参将若是经商务贾，必是一个出类拔萃的好手，德润斋的牟二掌柜也做不过你。"

白清卓哈哈一笑，跟着他又走回了李成梁身边。李成梁莞尔一笑，伸手拍了拍白清卓的掌背："白贤侄，井方和你可谈好了？"

"谈好了，谈好了。"白清卓深施一礼，"白某代南兵营谢过李督帅您的大恩大德。"

"蓟辽方面能够顺利参加午门献俘大典而领赏补薪，完全在于查清黄启祥案件的真相，还辽东军一个清白。"李成梁深深地看着他，终于亮明了底牌，"倘若案件不得侦破，白贤侄，你刚才和井方儿所谈的便终将是一场空话。"

"李督帅，您有什么需要小侄帮忙的？"白清卓含而不发，等着他自己把事情说破。

"白贤侄，你一向博学多才、聪颖特达，老夫希望你能出面进京帮辽东军周旋一下，化解掉这场'无妄之灾'。"

白清卓似笑非笑地看着他："您就如此信任在下？"

"白贤侄，你是完全可行的：申阁老是你的座师，上官侍郎是你的世交，各部院许多主事堂官是你的同窗，你当年又以圣手狂生之名在京师积望甚高——只有你出面，才能客观中立地为我辽东军鼓与呼、辩与争！"李成梁认真讲道，"更何况，你也希望南兵营、辽东军都顺利参加午门献俘大典而受奖领赏吧？"

白清卓幽幽一叹："既是如此，小侄唯有勉为其难。"

"很好。井方，你过来。"李成梁凝视着李井方，肃重之极地吩咐道，"从现在起，你就协助白清卓公子入京处置黄启祥疑案等庶务。你要全力配合白清卓公子，一切听从他的指挥，奉他如奉我、敬他如敬我！"

李井方闻言，立刻朗声回答："是。孩儿遵命。"

李成梁面色不变，又拍了拍手掌。在白清卓诧异的目光中，一个辽东亲兵双手托着一方紫檀木盒走近了来。

李成梁亲自动手打开匣盖，取出一支粗若儿臂的紫参，对白清卓说道："老夫知道你体气极虚、痼疾缠身。这是老夫让人这几年里特意为你寻找的'千年参王'。你知道的，这种固本培元的天材地宝，真的是可遇而不可求。"

白清卓也不虚辞，大方而自然地伸手接过："多谢李督帅。"

李成梁又拿出另外一件宝物递在白清卓的眼下：这是一方坚润如玉的玛瑙石砚，通体有五彩花纹缠护上下，左下侧有一抹深青色，状如独角犀头；右上侧则有一点圆眼,色似雪白,形若山间小月。

"哦?这不是宋相王安石先前收藏过的'灵犀望月'天石砚吗?"白清卓见多识广,一眼便认了出来。

李成梁微笑说道:"申阁老清正廉明,不贪货宝。但他终是斯文卿相,这一方奇石砚,他应该可以收下吧?清卓贤侄,你且代老夫转呈于他吧。"

白清卓抬眼深望着李成梁。他终于明白这位和戚大帅一般深受张居正倚重宠信的李成梁,为何能在万历十一年后那一场场险象环生的朝局中安然脱身了。原来,他"以贿自保、上下结纳"的手法已然是出神入化。

青岩寺依山而建,层层叠高,仿佛直入云端。

山脚下,顾少伦站在马车边,仰望着半山腰那座平伸出来的天然石台,问凌兰道:"凌姑娘,你看那里有几个人影,莫不是李督帅和你二师兄他们吧?"

凌兰蹲坐在马车的护栏上,嘴里嚼着一根狗尾巴草,翻了翻白眼,没答话。

顾少伦却是没话找话,又道:"凌姑娘,你觉得你二师兄踩进蓟辽方面的这摊'浑水',今后会有好日子过吗?你不劝你二师兄多为自己的未来考虑考虑?"

"我二师兄当不当这个'穷官'都无所谓:朝廷要他当呢,他就在位一天尽一天的职责;朝廷不要他当呢,他正好可以退隐江湖去养病修身,然后继承师父的衣钵,收几个弟子,也活得很舒服。他不像你,一门心思只想讨好上司、衣锦还乡……"

顾少伦听得满脸冒红:"你……你这是什么话?我进仕途,虽不是奔着享福来的,但也没必要非得一味自讨苦吃不可吧?我只想干干净净地当一个好官,挣一座'口碑'回苏州老家去!"

"我二师兄当年还不是你这个想法?结果还不是被骂成了'狂生'!"凌兰冷冷一笑,"过几日到了京城,你会知道你现在是多么的天真。"

顾少伦沉默少顷,又讲道:"说起来,你二师兄真的是很怪啊:一是有书卷气,可以和卢郎中、邹御史等人谈经论典;二是有商贾气,可以和德润斋牟二掌柜等人锱铢必争;三是有痞匪气,竟敢和萧总兵他们拔刀相向!真不知道你二师兄是经历了多少事情才变成这样的……"

凌兰将那根狗尾巴草拿在手里一舞,居然发出"嗤"的一声破风之响:"我二师兄最丰沛的是他那一腔的侠气!他才是真正的大侠、奇侠!你那些看法,都没看全……"

"反正,他一定是个怪人!你们南兵营里最奇怪的人一定是他吧?"

"不,不是他。他哪里怪了?"凌兰认真地回答道,"我们南兵营里的那个杨寒才是最奇怪的。他可以整整一天不言不语地埋头做事，我们都叫他孤狼。"

"杨寒？他不是请长假回去照顾他的家人了吗？"

"他是向二师兄请了两个月的假，应该要回喜峰口了吧。"凌兰随口答了一句。

顾少伦忽地若有所思，回头望着西南的方向："是啊，这一次咱们前往京师办事情，也不知道要过多久才能回喜峰口呢。"

七

一幕璎珞成串的帘帐背后,桌几上那尊青铜博山炉中有香烟一缕袅袅而升,盘曲如龙蛇交缠之状。到得半空之后,烟气徐徐散开,似一层薄薄的青纱,浮将下来,蒙住了桌几后面那位缁衣僧人的面庞,朦朦胧胧的,让人看不真切。

缁衣僧人脸蒙青巾,垂目端坐,右掌托着一只青狮碧玉雕件,口里正低低地念诵着唐代名相裴度所作的《真慧寺》一诗:

> 遍寻真迹蹑莓苔,世事全抛不忍回。
> 上界不知何处去,西天移向此间来。
> 岩前芍药师亲种,岭上青松佛手栽。
> 更有一般人不见,白莲花向半天开。

室门开处,一个劲装蒙面人走了进来,朝着帘帐跪伏在地。

缁衣僧人停住念诗,双目依然微闭而不睁:"洪尔林的后事处理干净了?"

"上人,已经处理干净了。"劲装蒙面人恭恭敬敬地答道。

"内阁首辅和宦官大头领在大明皇宫的司礼监议事厅公然遇刺,这本应是轰动朝野的大事件,不料,却被大明朝廷强行掩盖了下来。看来,申时行、张诚二人还算明智,懂得大事化小,不想引来朝野震荡啊。"缁衣僧人缓缓而言,"不过,他们压得了初一,还压得了十五吗?盖得了第一件,还盖得了第二件、第三件吗?"

"朱翊钧德不配位,天下士民不屑其已久矣。星星之火,必可燎原。"劲装蒙面人抬头正视着帘帐之后,肃声言道。

"朝鲜使臣黄启祥遭到三眼神铳刺杀事件,来得十分蹊跷,居然和我们所谋划的司礼监议事厅刺杀事件几乎同时发生。"缁衣僧人在蒙蒙香烟背后说道,"看来,有人和我们一样,都把李成梁和辽东军选为了突破口……"

劲装蒙面人冷声问道:"上人,黄启祥被三眼神铳劫杀案,会不会影响到李成梁的地位?会不会影响到午门献俘大典的举办?"

"本座希望会影响到李成梁,但实际上应该不会。"缁衣僧人若有所思地讲道,"当所有的线索如此刻意而明晰地指向李成梁和辽东军,再加上在司礼监议事厅的刺杀案,反而在朱翊钧他们心底为李成梁洗脱了嫌疑。因为,没有一个正常人会同时制造两件大案子,'此地无银三百两'地把这么多线索套在自己身上。李成梁就是想找死,也不是这么个死法吧!"

劲装蒙面人咬了咬牙:"那么,是谁制造了这一起黄启祥劫杀案呢?目的何在?作用又何在?"

"依本座之推测,此案应该是方应龙、萧虎臣一派的人刻意而为,其目的就是打破李成梁这几年来的韬光养晦之计,把李成梁从'水面'下拉出来,置于众矢之的的处境,逼李成梁退位交权,逼辽东军自剪羽翼。"缁衣僧人双目深处精芒闪动,握紧掌中的碧玉青狮,似欲将其"碎骨","这一切,一如他们当年对蓟镇戚家军之所为。"

劲装蒙面人微微颔首:"您的意思是,黄启祥这个案子,只是那些清流派对付李成梁的一个'导火索'……"

"不错。其实他们不光是要打倒李成梁。"缁衣僧人慢慢平静下来,"近来申时行以帝师之尊而平步青云。方应龙一派肯定不会高兴他如此得志。而打倒李成梁,就是在斩断申时行在外藩之中的臂膀。"

劲装蒙面人顿有所悟:"原来如此。不过,如此一来,方应龙、萧虎臣他们倒会为我们转移一部分的嫌疑。"

"你可知道,申时行已经召唤白清卓返京相助了?"缁衣僧人眼底忽然精光闪烁。

"白……白参将也回京了?"劲装蒙面人骇然一惊,"那……那我们该怎么办?"

"不要管他。他还发现不了我们。"缁衣僧人的双目又缓缓闭上,"而你,只管办好你该办的事情。"

顺天府的永定门遥遥在望,在暗灰色的天穹之下耸立如一座小山,显得异乎寻常的巍峨和庄严。

白清卓端坐车厢之内,让凌兰掀起了马车的窗帘,远远地注视着那座城门,表情凝然不动,脸上却渐渐泛起红潮。他的心情,想必已是澎湃不息。

五六丈开外,一辆青篷双辕的精丽马车正在那里静静地等候着。马车顶侧插着的那个写有"上官"二字的小木牌,在朔风中格外醒目。

顾少伦从窗口处看得清楚,讶然而道:"上……上官?上官平芝?礼部侍郎大人……"

坐在他对面的凌兰听到"上官"二字,不禁紧紧地皱了一下眉头,表情流露出了一丝深深的厌烦来。

白清卓自然也看到了那辆马车,却重重地咳嗽了一声,目光里飘荡着一股莫名的茫然。

凌兰咬了咬嘴唇,说道:"二师兄若是不想见他们,我们只管直驶过去……"

"不必。"白清卓轻轻一叹,"她……她毕竟是和别人不一样的。"

凌兰瞪着白清卓,恨恨地说道:"她在你心目中,比天仙还珍重……可是你在她心目中呢?"

白清卓把右手一举:"停车。"

凌兰只得闭上了口。

马车外一直骑马同行的李井方见白清卓在顾少伦扶持下下了车,不禁惊问道:"白参将,你怎么了?可是有些不舒服?咱们很快就进城了,您可以好好歇一歇。"

白清卓默默地摆了摆手,双目直视着前边那辆青篷马车,神情变得愈发复杂起来。

"哗啦"轻轻一响,一只洁白如玉的手掌缓缓伸出,在阳光映照下是那么的好看。然后,这手掌轻轻一摆,把马车的珠帘徐徐拨了开来。紧接着,一位身着如雪白衫的女子探出了身,宛若一朵盛开的玉兰,赫然映入众人的眼帘。

她长裙委地,宽袖缓带,长及腰际的秀发盘成祥云之髻,然后梳成三绺,一绺似瀑布般披垂脑后,左右两绺从耳侧泻到胸前,仿佛从瑶池月宫中一步一步走下了凡尘。

刹那间,李井方、顾少伦等人都看得有些痴了。

细看之下,这白衣女子在十分的娇美艳丽之中,却透着七分的温雅秀逸,另有两分的冷艳高峻和一分的雍容华贵,似乎人世间所有女子的美态都浓缩在了她的身上。最有特色的是她那张面庞,宛如一块莹莹然宝光流转的明玉,亮丽得令人感到一丝莫名的奇幻脱俗。

白清卓仿佛受不了她熠熠生辉的注视,微眯了眼,侧过了脸,轻轻地咳嗽起来。

"清卓,你终于又回来了。"白衫美女的声音清婉若黄莺,在顾少伦耳里听来竟有一种说不出的舒服。

白清卓的目光斜斜地看向了旁边:"雪衣,别来无恙?"

白衫美女悠然道:"一别五六载,久久不见君,雪衣过得很不好。"

白清卓这才回过了脸,平平静静地迎着她:"你有些变了。"

"是不是我变得有些更加白净了?我今天来此之前,服过了几剂'凝血霜'。"白衫美女清清脆脆地说道,"为着见你这一面,我准备了好久。"

"你何必如此?"白清卓的身形微微一晃,"凝血霜虽能润肤嫩肌,却是有毒的。"

"只要清卓君你看了高兴,我什么都可以做的。"白衫美女柔声说道,"我……我父亲说,待清卓回京之后,还是到我们府里去居住休息吧……"

白清卓把目光转向了李井方:"这位是宁远伯的参军李井方公子。他已经安排我在辽东留京署住下了。"

她长裙委地，宽袖缓带，长及腰际的秀发盘成祥云之髻，然后梳成三绺，一绺似瀑布般披垂脑后，左右两绺从耳侧泻到胸前，仿佛从瑶池月宫中一步一步走下了凡尘。

李井方回过神来,急忙答道:"上官小姐,白参将有我们安排,您……您就不用费心了。"

上官雪衣一瞬间流露出深深的失望之色。很快,她又恢复了止水般的平静:"也好。你和他们先聚一聚。凌兰姑娘也陪着清卓你回京了吧?"

白清卓向自己车厢那边看了一眼:"是的。"

上官雪衣也直盯着那个车厢的小窗:"有她在身边陪侍你,我就放心了。"

顾少伦这时候突然结结巴巴地插进来一句话:"我……我也会一直陪护在白参将身边的。"

上官雪衣优雅地横扫了他一眼,却把疑问的目光投向了白清卓。

白清卓咳了一声,有些尴尬地说道:"他是我在喜峰口结交的朋友——顾少伦,是遵化县的顾县令。"

上官雪衣这才向他含笑说道:"多谢顾公子和清卓兄交为好友。他一向很少交到真正的好朋友的,我为他感到高兴。"

白清卓瞥了她一眼,没有讲话。

顾少伦激动得连连搓手:"好的,好的。"

上官雪衣转过身来从自己腰间解下一个五彩锦缎香囊,向白清卓递了过来:"清卓,我知道你近年来因气血不足而体弱畏寒,所以我为你做了这只暖玉香囊,你佩戴在身上会有益处的。这也是我今天给你的见面礼。"

白清卓也不推辞,接在手中,只觉这香囊裹着一颗圆珠形的温玉,恰似半热不冷的炭块,入手便有暖气沁体,十分舒适。他深深谢道:"难为雪衣你如此有心。我倒要还你一件礼物才是。"

上官雪衣甜甜一笑:"那么,现在我便陪你们一同进城吧。"

恰在此时,白清卓忽然眸中精光一闪,深深地望向了她的身后某个地方,沉沉然讲道:"我想,你应该先行离开了。这里还有一位你我都不想看见的'故人',他已经不请自来了。"

上官府的青篷马车渐渐行远,如同一个小黑点消失在白清卓的视野。在另外一个方向,却有一座披绸带缎的豪华大轿,在八个青壮家丁的合力共抬之下,从驿道上缓缓行近。

"果然还是喜欢摆弄那么大的'花架子'。"白清卓望着那座豪华大轿,微笑着说道,"今天我们可真是有福——连都察院左都御史方应龙大人都来亲自迎接了。"

"什……什么?"顾少伦似是吓了一跳,"他……他恐怕是来意不善吧?!"

白清卓看了看他和李井方："你们先回避一下。"

李井方、顾少伦应声退了回来，只留下白清卓如潇潇白杨般站在原地。

这时，马车门帘一掀，蓝影一闪，凌兰飞跃而出，一掠而至，在场中与白清卓并肩而立。

白清卓的喉结动了一下，终是没有发话。

大轿终于在他身前二丈开外停下。轿门里缓步走出一个身穿光洁锦服的六旬老者。他背负双手，往平地里一站，一股逼人而来的威风竟使白清卓心头微微一凛。

锦服老者方应龙注视着白清卓，一字一句地说道："白、清、卓，你真的要回来？"

"有些事情，在下不得不回来。"白清卓不卑不亢地答道。

"很好。你倒有几分锐气，颇像老夫当年的情形。"方应龙走近来，"听说邬涤尘都在你手下吃了亏？"

"邬大人心浮气躁，想不吃亏也难。"白清卓微微一笑。

"哦？听闻你自诩'敏于行而长于言'？果然有些言下无虚。"方应龙脸颊的肌肉暗暗一跳。

白清卓无语以答。

"年轻人，京城里的浑水不好沾染，一旦有失则洗脱不得。"方应龙的语气忽然变得柔和起来，"不要以为有个好座师，就能在京城里意气风发啦。七年之前，你是怎么离开京城的？难道你又想让七年之前的那场'闹剧'重演？"

白清卓冷冷笑道："七年之前离京的是圣手狂生，七年之后返京的却已是铁头参将了。"

方应龙脸上微微变色，抬头望着雾蒙蒙的天空，仿佛又想到了什么："你过来，老夫想看一看你的那一双手。"

凌兰有些紧张起来，横身挡在了白清卓的前面。

"师妹，无妨。"白清卓大大方方地走上前。

就在白清卓走到方应龙身前二三尺之处时，原本悠闲以对的方应龙陡然感到心头一紧，四下里竟有一种莫名的可怕的无形压力骤逼而至，仿佛是谁在看不见的地方握着弩箭对准了自己的全身要害！看来，这周围埋伏了不少人正暗中窥视着这里的一切！

他咳了一声，向身后的大轿回头看了一眼。然后，他的目光往四周平平一扫，神态却依然显得镇静至极。

场中，一时静得连一丝风吹草动都能清晰可闻。

白清卓若无其事地将双掌在方应龙眼下摊开：红润如丹的肤色，长满老茧的掌肌,深长清晰的手纹……方应龙将他的手掌细细察看,忽然吟道:"'兵符纹现掌中央,年少登科仕途昌。节钺定居白虎堂,震戎边塞拥旌幢'。难怪萧虎臣有些压你不住! 你想做第二个谭子理和戚继光?"

说话之间,他的目光渐渐变得刀锋般亮利!

白清卓很坦然地注视着他:"我只想做好我自己。"

方应龙盯了他好久,才轻轻一叹:"你以为申时行能够成为第二个张居正?"

白清卓也迎视着他:"我以为当今圣上堪称一代明君。"

方应龙静了片刻,缓缓转过身去,一步一步走进了大轿。

仆役和家丁们立刻簇拥着那座大轿飘然而去。

白清卓望着他们的背影远去,这才全身一松,在凌兰的扶持下慢慢走了回来。

顾少伦、李井方急忙迎了上前。

白清卓只淡淡说了一句:"好吧,现在我们进城。"

在大轿中,方应龙看着榻席上另一边倚坐着的那个人:"今天这里来了不止我们这一路人。"

"我知道。看来有人是很想他进京搅动这一池秋水啊!"那个人悠悠答道,"这个姓白的,貌似体弱乏力,实则精芒内敛,应该是一把能够遇佛杀佛、遇魔杀魔的好刀。"

"可惜,他始终不为我们所用啊!"方应龙叹息道。

那个人冷然一笑,缓缓握紧了拳头:"顺天府里的日子还长着呢! 慢慢来吧。至于蓟镇那边,我替你们且好好看着。"

八

　　"我原以为辽东镇的留京署应该是正规的府署,却没想到会设在这座东霖院里。"顾少伦讶然说道,"据我所知,东霖院曾经是闻名江湖的一个门派……"

　　说这话的时候,他就站在东霖院临街的一个楼阁上。从窗户望下去,街上人流如潮,车水马龙,煞是热闹。

　　白清卓在他对面倚桌而坐,悠悠言道:"东霖院到现在只怕也还是一个江湖门派吧?幕后的金主,也本就是李督帅。对吧?井方兄?"

　　李井方有些不好意思地点了点头。

　　白清卓看向了另一位商绅打扮的中年人:"这位便是辽东镇留京署的长史、东霖院的院主——韦生晖大人了?"

　　那中年商绅领首回答:"在下正是韦生晖。"

　　李井方冷哼一声,右手一翻,掌中一块盘蛇形金牌灿灿然亮了出来。

　　韦生晖一见,面色大变,"扑通"一声,屈膝跪了下去。

　　李井方举着金牌,厉声叱道:"李某代督帅大人训斥韦生晖:你们东霖院在京城里是整天吃白饭的吗?辽东军连被两个案子栽赃嫁祸,你们居然什么东西都没有查出来!"

　　韦生晖微仰着脸,颤声答道:"参军大人请转告督帅大人:我东霖院已经尽力在京中黑白两道上去寻人追查了。"

　　"你们若是查出了什么,还需要李某今天赶到这里吗?"李井方近来因重任在肩,心中压力极大,此刻便不禁迁怒于韦生晖。

　　韦生晖双目一暗,低下了头。

　　白清卓这时却止住了李井方,插话问道:"你们东霖院在哪些地方去追查线索了?"

　　韦生晖张了张口正欲答话,白清卓又是把手一扬:"罢了。你现在只讲你觉得最为可疑的那条线索,其他的不用多讲了。"

　　韦生晖沉吟了片刻,小心翼翼地答道:"韦某以为:三眼神铳一向是军中秘器,除了辽东镇之外,只有兵部武库有样品存件。兵部武库司包天符,是目前最为可疑的对象。"

　　白清卓听罢,眼底渐渐亮了起来。他注目看向李井方:"井方兄,韦先生盯上了包天符,应该也是一个不错的方向。包天符这个人,白某因南兵营军械事宜曾经和他有过交往。他确是有些贪心。东霖院就顺着他这条线索细查下去吧。"

李井方点了点头，面色似有缓和："听白参将这么说，你和东霖院近日里还算有所作为。这样吧，遵照督帅大人的钧令，从今以后，我们和东霖院都要以白参将为首，听其差遣，为督帅大人和辽东军洗清冤屈，求得真相，捕到真凶。"

"在下谨遵督帅大人之钧令。"韦生晖跪在地上恭敬答道，同时为白清卓方才的婉转回护而报以感激的目光。

"好吧。"白清卓看了看李井方，"你们可否先下去互相交接一下？一路行来，我和顾大人有些乏了。"

李井方会意，急忙喊起韦生晖，双双退了出去。

白清卓走到窗口边，和顾少伦并肩站着。在他俩的眼下，街道人来人往，有无数挑担的、骑驴的、抬轿的、叫卖的、跑腿的、摆摊的，纷纷而过，热热闹闹，市井之气溢然。

白清卓望着他们，眼帘里徐徐漫开了一层雾水。他悠悠而叹："咱们终于又回京师啦！"

凌兰在他背后一边整理着行李，一边半是说笑半是感慨地讲道："二师兄，你是不是想说：咱们在喜峰口天天喝风吃沙，难道不就是为了这些人、这些城的安宁祥和吗？"

"小兰，你讲得真好。"白清卓含笑而道。

顾少伦却在这时突然开口打断了白清卓的话："顾某一入京来，便在心底做了一首名为《回京偶记》的新诗，不知究竟写得如何，有请白参将指点一二。"

花间蜂蝶尽乐狂，宝马香车如梦长。
十三楼前灯火耀，顾盼自得意气旺。

"你这首诗是另有深意啊。"白清卓淡淡一笑，"我也直说了吧！此番回京，我这边恐怕是要影响到你衣锦昼行、平步青云的梦想了。你这些话恐怕一路都憋坏了吧？"

顾少伦的脸色渐渐沉郁下来。

"今天上午你见到方应龙对我那样，可是害怕？"

顾少伦的目光在他身上转来转去："真……真没想到你连方应龙大人的面子都不给……"

"进了京城，不要说方应龙的面子，还有很多人的面子我都不会给。而且，我的敌人，远远比我的友人更多。这一点，你一定要清楚。"白清卓坦然说道，"你若是担心跟着我会误了你的前程，顾县令马上可以离去。毕竟，他们一个个位高权重，顾县令你是万万招惹不起的。"

当白清卓讲出这段话时，凌兰在一边"腾"地瞪向了顾少伦："确实，我二师兄说得没错。顾公子，你若有异议，确实可以走了。"

顾少伦也踌躇了起来："我……我……方……方大人被你拂了面子后一定会发动都察院的人弹劾你的。我……我也害怕被人说成是白参将的'朋党'……我……我……"

"没关系。你可以回避。"白清卓平平和和地看着他，"我也没料到，刚到永定门，居然是方应龙亲自来堵我进城！当然，与我为友的后果，我应该完完全全告诉你。你今天见到的那位上官小姐的父亲、礼部侍郎上官平芝大人，堂堂从二品官阶，当年都选择了与我避而远之——何况顾君你呢？"

顾少伦的额角滴下汗来："这……这样吧，我……我……我先搬出去住几天……"

白清卓脸上的笑容始终是纯纯淡淡的："好啊。你也不差钱，就到外边去住吧。谢谢你陪我走了这么多天。李井方那里，我去给他说清楚。李督帅也不会对你有什么异议的。"

顾少伦直视着他，眸中泪光隐现："清……清卓兄，我……我……我只是一个想衣锦昼行、光大门楣的平常人……我做不到您这般挥斥方遒、傲视群雄……"

凌兰上前嗔道："莫说废话了，要走就快走。"

白清卓马上喝住了她："小兰，你怎可对顾公子这般无礼？顾公子这样做，我很安心。"

顾少伦抬眼看了看凌兰，又看了看白清卓，顿时满脸通红，向白清卓躬了三躬，往门口处直退而出。

在他离去之后，凌兰方才转过头来，看着白清卓，脸上掠过一丝黯然："二师兄，没想到他……你一定有些伤心吧？好不容易能有一个和你合得来的……"

"他若真能成我的朋友，终究能成；他若真不成我的朋友，也终究不能成，强求不来。你二师兄倒也没什么可伤心的。"白清卓款款言来，"你看方应龙这一次公然跳出来堵我进京，这是何等巨大的压力？而且，都察院马上会吹毛求疵地对我们展开各种攻击。我和李督帅自然是不怕的，但他一个小小的七品县令怎么受得起这个阵仗？所以，我今天便给他郑重说明，让他还来得及后悔。"

凌兰忽然抬眼看向顾少伦刚刚走出去的那个门口，咳了两声，又道："不过，我总觉得他……"

"小师妹，此番进京城事务繁多，我可要时刻补足精气神呢！"白清卓又坐回那躺椅之中，"李督帅送的那支'千年参王'可不能白白放着。你且去削成片给我熬参汤来喝。"

很早以前就听闻白清卓圣手狂生的大名，唐鉴一直对他充满了好奇。可是，在见到白清卓之后，他却有些失望了：原来传说中意气风发、倜傥不凡的一代才子，如今竟成了一个咳咳喘喘、面黄身瘦的病夫俗子！

他进了白清卓的客房，正好看到凌兰端着一碗参汤一勺勺地喂他嘴里喝着。难道白清卓衰弱得连自己端碗的力气都没有了？！那他居然还能出来帮辽东镇协助查案？而那李井方坐在白清卓的身边，一半清秀如女子的容貌，一半沉雄似猛男的气质，也让他心中暗震。

等到白清卓喝完了参汤，才见李井方如同下人一般，向他恭声禀道："白公子，唐捕头来辽东留京署交谈一下黄启祥案件的情况。"

白清卓早就从韦生晖手里看过黄启祥一案所有档案卷宗的复写件，在躺椅上双目微闭，朝唐鉴慢声说道："唐大人，白某身患顽疾，请恕不能起身示礼。您可是在查案中找到了什么新的线索，特来此处告知？"

唐鉴觉得自己被白清卓狠狠地轻慢了。他心头暗怒，在白清卓对面坐下，板起脸孔，冷冷讲道："唐某也就开门见山了。唐某是奉刑部、顺天府的双重指令，特来询问辽东方面：三眼神铳究竟是怎样流失出来的？辽东方面应该有个说法吧？"

"哦？唐捕头原来是为这个问题而来？"白清卓瞥了瞥李井方，"李参军，你和他谈一谈。"

李井方向白清卓报以会意的一笑，款款答道："我们辽东军铁骑营每一次在与蒙古土蛮、女真游匪等敌人的作战之中，都会损失或遗失一部分三眼神铳。所以，它们极有可能是被土蛮、游匪等可疑之人从战场上捡拾后流失到外面的。我们辽东方面恰好需要唐捕头这样的能吏干员帮我们追查到底呢！"

"哦？这个说法，韦老板已经向唐某讲过了。"唐鉴还是有些不死不休。

"高正思御史不是专门去辽东镇调查铁骑营三眼神铳的配备使用情况了吗？"李井方笑得微微眯眼，"实不相瞒，即使是我们李督帅亲自到此，也只能是在下刚才的那个说法。"

唐鉴咳了几咳，没有再追问下去。

这时，白清卓却含笑插话道："对了，白某记得，兵部武库司那里也有一部分三眼神铳的样品存件，唐捕头就没有去调查过它们的现状吗？"

唐鉴的眉头几不可见地一耸："我们自然也去武库司查过了，那里的三眼神铳样品存件没有什么异样的状况。"

白清卓的目光一下变得锐利起来："可是我们怎么听说兵部武库司里似乎少了三把三眼神铳、五袋铳弹呢？"

唐鉴暗吃一惊，没料到辽东方面的情报居然做得如此细致。他只得认认真真地回答道："兵部武库司是这样禀报的：近年来该司一直在清理废旧物品，发现这三把三眼神铳、五袋铳弹因受潮腐烂，便销毁丢弃了。"

"哦？这就是兵部武库司的说法？他们的说法，似乎和我们的说法有异曲同工之妙吧？若是有人不认可我们辽东方面的说法，自然也就不会认可兵部方面的说法，对吧？"白清卓字字句句好似剑走偏锋，向唐鉴斜刺而来。

唐鉴这才察觉到白清卓的厉害之处，只得沉默了好一会儿，慢慢答道："白参将所言有理。"

李井方看在眼里，脸上不禁浮起了一丝深深的微笑：这个白清卓，果然无愧于李督帅的重托，确实机敏不凡！

白清卓轻轻一咳，注视着唐鉴，双目神光湛然："唐捕头似在万历十三年从济南府衙调入顺天府衙的，白某听闻吏部当时对你的升迁评语是'严谨密实、才堪重用'，对吧？"

唐鉴一听，额头不禁微微冒汗："唐某真没想到白参将居然和吏部的郎官们如此熟识。"

"说到'熟识'二字，白某倒是想到了一点情况。"白清卓不紧不慢地讲道，"其实，从你们顺天府衙的现场勘查来看，黄启祥临死之前并无剧烈挣扎等情形，这表明他是死于熟识之人的手中。他一个藩国人氏，在大明朝京都的社交面不会太广。你们从这一点着手，应该会有所突破。"

"这条线索，我们已经在排查了。"唐鉴剧烈地咳嗽起来，声音比白清卓的咳声还大。

"那么，有什么可疑的对象给我们提供吗？"白清卓直逼而上。

唐鉴咳嗽得愈发厉害："这个……这个……目前还没有什么真凭实据，所以也就没有什么可疑对象给你们提供。"

"顺天府应该收到内阁和司礼监的文牒了吧？"李井方实在是忍不住了，"关于黄启祥被三眼神铳劫杀一案，上面是让顺天府、刑部和我们辽东军三方共查会审的！"

唐鉴的声音有些发硬："我们顺天府、刑部能够给辽东留京署提供的，自然会提供的。"

白清卓取出小瓷瓶，呷了一口药汁，直直地盯着他："那好。想必唐捕头很快就要告辞了。临别之际，白某忍不住提醒您一句：这天下所有捕快的天职是什么？是'去伪存真、惩恶扬善'！"

唐鉴站起了身，向白清卓和李井方双手一拱："多谢白参将提醒。唐某一直都会记得你方才所说的那八个字。"

然后，他身形一转，就那样扬长而去了。

待他走后，白清卓和李井方对视一眼，都露出了淡淡的冷笑。

就在这时，凌兰柳眉一动，朝屋顶直望去："二师兄，在喜峰口和卢光碧一起来的那个人又当'梁上君子'了！"

随着一声长笑，何远从屋顶横梁上飞掠而下，站在他们面前："这阁楼里一丝一毫的风吹草动都瞒不过凌姑娘的耳目。"

白清卓摸了摸自己的鼻头，咳了一声："何……何大人光临寒舍的方式真是有些特别。"

何远也毫不掩饰地看向李井方："何某对东霖院的人不太放心，所以只有踏瓦穿梁而来，请李参军见谅。"

"你放心，他早看到你了，不然会一直瞟你到现在？"白清卓嘻嘻一笑，"我小师妹的耳目，恐怕还不及他敏锐。"

"无妨，无妨。"李井方笑得眼眯如线，"在下正愁如何与何大人尽快会面呢，何大人便屈尊前来了！"

何远瞅了一下白清卓，开口问李井方："你把那件案子给白参将说过了？"

李井方点了点头："目前白参将是李督帅派来京师的全权特使。"

"那好。"何远把衣角一摆，径去唐鉴方才坐过的椅子上坐下，正色道，"司礼监议事厅刺杀案件，我们宫中是严守机密的，不许向外泄露分毫。何某今日赶来此处，也是因为锦衣卫已经查出一些线索，和白参将、李参军共同参详。"

白清卓面色也一下变得十分凝重，拿出丝帕掩口闷闷地咳了几声："你讲吧。"

"那个'猎刀'刺客当日是混在禁苑杂务署的送水工中进来的。他走了一条最短的路，在路上换了三次服饰，易了两次容貌，钻了三次沿途岗哨换人的空隙，最后才潜到司礼监议事厅的。"

白清卓一听，微微变色："看来，你们皇宫大内也有他们的'内线'，不然，他怎会如此便捷地闯到议事厅？"

何远沉肃言道："张诚公公已经对相关岗位人员进行了轮换和整肃，加强了大内警卫的力度。对那个'内鬼'，我们也正在深挖严查。"

"不错。正所谓'雁过留影、水过有痕'，只要有足够的细心和耐心，没有什么线索是找不到的。"白清卓向他宽慰道。

"这是自然。此番案子一出，咱们锦衣卫十二官署的弟兄们全员出动，尽心尽力，定会将那幕后真凶擒拿归网。"何远朗朗然讲道，目光忽又往白清卓脸上一扫而过，"白参将，你也要注意方大人他们的种种反击。"

白清卓从他的目光之中、话语之间读出了一丝深深的关切，便微笑着点头示谢。

凌兰把头一扬，畅快一笑："我说我二师兄虽然体弱多病，但他从骨子里却是天生的大侠、奇侠！方应龙那个老鬼哪里吓得住他，对吧？"

"嗯……是的，是的。"何远突然微红了脸，目光往凌兰的面庞上飞了一下，又赶紧移了开来。

白清卓满面的平和之色，向何远肃然言道："何君，白某有一种预感：这黄启祥遇刺案和司礼监议事厅的刺杀案几乎同时发生，看似不相关联，而实则隐有呼应，其中的勾连之处是共同以辽东军为陷害目标。当然这一点，锦衣卫的办案高手也可以看得出来的。不过，这两件案子对比起来，还是有所区别的：黄启祥遇刺之案的烈度，远不及司礼监议事厅刺杀案，似乎并非同一批人所为，后者凶手之狠厉嚣张明显胜于前者凶手。而这些区别，就是调查这两案的注意点。对吧，何君？"

"嗯。你讲得有理。我会再回去和弟兄们商讨一下。"何远听罢，微一点头，却又举目看向了李井方，"我们用八百里加急快骑送过去的东西，你们调查得怎么样了？"

李井方从怀里摸出那张"猎刀"刺客的描实画像，铺放在桌面上，侃然讲道："我们辽东军根据锦衣卫送来的这张刺客画像，在各营中展开辨认追查。他确实是辽东'血刀营'的一个老兵，单身入仕，无亲无戚，名叫洪尔林。而且，根据档案记录，他曾经在全营五千名精兵比武大赛中脱颖而出，名列冠军。不过——在三年前与蒙古土蛮的金刚堡激战中，他便已牺牲了，而且被军务署纳入了'亡卒名册'。至于他现在是怎样'复活'的？又或者他是怎样从那场激战中逃遁出去，并变成了今天这样的刺客狂徒——还有待于进一步的深查。"

"你刚才说的是什么战役？"何远忽然双目亮光一闪，"金刚堡战役？他是在那一场战役中'假死'的？"

"不错。军务署的'亡卒名册'里是这么记载的。"

何远的面色愈发严峻："和他熟识的战友在你们军营里还有多少？他们是怎么评论这个洪尔林的？"

"和他熟识的老兵目前还剩下两个，有一个还和他一同参加了金刚堡战役。但他俩已经解甲归田了，辽东军正派人去他俩的原籍寻找。找到他俩之后，我们就会送到锦衣卫来的。"李井方回答得十分清晰。

"很好。就这么办。找到一切与洪尔林有关的线索后,立刻联系何某。"何远顿了一下,迅速立身而起,"那么,何某就此告辞,日后再来相会。"

白清卓和李井方双双起身相送。却见何远一揖之后,身形一纵,从窗口处似飞燕一般疾掠而出,很快消失在对面连绵的屋脊之上。

凌兰瞧着他的去向,"嗤"地一笑:"这个何大人可真有趣。"

白清卓缓缓转脸,向李井方问了一句:"你看出来了吗?"

李井方一怔。

白清卓又喝了一口药汁,脸庞上漫开浅浅的阴云:"其实,唐捕头和何大人是有些不同的。唐捕头一来,便锋芒刺人,似无平情之语。而且,他本来是一个'严谨密实'的刑名老手,也自有一套'线人网络',但这十多天来他在黄启祥一案上却似毫无作为,居然连一些明显的破案要点还需你我提醒明示,这说明了什么?"

李井方双目幽光一闪:"说明他根本不想查清三眼神铳案件的真相? 又或说明他在游移观望、见风使舵?"

白清卓垂下眼帘:"国事之坏,全在'党争'二字之上。你让东霖院去查一查唐鉴的门户背景。也许,他应该是方应龙那一派系里的人。"

李井方勃然而怒:"他会不会屈打成招、栽赃嫁祸给我们辽东军?"

白清卓摆了摆手:"他可以消极无为,他可以袖手旁观,甚至还可能引入歧途,但屈打成招、栽赃嫁祸,有你我在场,他会有这个胆子吗?"

李井方慨然而道:"想不到这世间竟有这样的昏官、庸官! 他对我们辽东军尚且是这般嘴脸,又何况于平民百姓乎? 顺天府里,哪还有什么'明镜高悬'?!"

"是啊! 俗话说得真好,'当官不为民做主,不如回家养头猪'!"白清卓也不禁深深长叹。

"那么,何大人呢?"李井方平静下来之后,开口又问。

"何远大人倒是对辽东军不偏不倚,并无成见。"白清卓语气微微一顿,又思忖着说道:"但他听到'金刚堡战役'这五个字后显得如此敏感,似也有些蹊跷。"

李井方会过意来,马上便道:"那我火速飞鸽传书回辽东镇,让他们把当年金刚堡战役中的所有详情尽快传送过来!"

金銮殿的九龙紫金灯盘上的烛焰日夜不息，镶嵌在云纹底座上的一颗颗鸽蛋般大小的夜明珠，散射出晶莹而多彩的光辉，照耀着四面墙上层叠繁复的《万里河山一览图》彩绘壁画，以及高耸凌空的穹顶藻井，令整个殿宇充溢着恢宏如海的气势。

九

一幕珠帘垂挂在殿中，把大殿一分为二：珠帘之后，皇帝朱翊钧身着织金云锦，靠坐在五爪金龙楠木圈椅之上。右手边的飞凤青铜鼎炉之中，龙涎香飘然四溢。

珠帘前面的两个杌子上，首辅申时行和次辅许国并肩而坐，恭颜敛色，正倾听朱翊钧说话。

朱翊钧在帘幕后徐徐而言，声音不缓不急，音调甚是平正："两位爱卿，朕近日得了风寒外感之症，头重体软，据说还会传染于人，所以朕今天只能与你们隔帘相谈，还望勿怪。"

申时行和许国急忙下跪，齐声说道："臣等祈愿圣体金安，谢过陛下拳拳呵护之隆恩。"

"平身吧。两位爱卿不必多礼。"朱翊钧亲切说道，"两位爱卿近日连章求见，有何要事只管道来。"

"启奏陛下：臣等受各部同僚之所托，再一次请求陛下速立储君，以安国本。"申、许二人同声奏道。

原来，朱翊钧曾经临幸李太后身边的侍女王氏，生有皇长子朱常洛。后来，他又宠幸上了郑贵妃，对其所生的皇三子朱常洵颇为偏爱。故而，他迟迟不立朱常洛为东宫储君，已引起朝中众臣对他意欲"废长立幼、不合礼法"的深深忧虑。而申时行、许国等人身为内阁辅臣，自然是被百官推到最前线来提醒朱翊钧的。

听完他俩的奏言，朱翊钧也是一改常态，立时显得很不耐烦："朕亲政享国近十年，未及不惑，何必如此过早就册立东宫？两位爱卿不必多言。"

许国性格刚直，举笏郑重说道："陛下，天下万事皆可稍缓，唯立储一事不可有缓。老臣恳请陛下速速定之。"

朱翊钧咳嗽一声，放慢了语气，半轻半重地说道："两位爱卿，皇长子、皇三子，究竟立谁为嗣，暂时还不能确定。皇祖父当年连立数子而暴夭，岂非前车之鉴？朕也不得不有所顾虑啊！"

申时行闻言，不由得迟疑了一下。许国却不依不饶，继续直言道："陛下若有此意，臣等自会徐徐待之。但求陛下尊重礼法大义，切勿效仿袁绍、孙权、杨坚等人之所为。"

珠帘前面的两个杌子上,首辅申时行和次辅许国
并肩而坐,恭颜敛色,正倾听朱诩钧说话。

朱翊钧的脸色顿时重重一沉："朕是何等样的君主？许爱卿，你岂可拿袁绍、孙权、杨坚等人来相比？你这可是忠君辅君之正言乎？"

刹那之间，整座大殿之内的气氛为之一凝。

许国吓得慌忙免冠谢罪："老臣言语憨直，有失礼数，请陛下降罪！"

在沉寂之中，申时行急忙从旁转圜说道："许大人，您确是不懂圣意而妄发言语。陛下已经明确谨遵礼法，您又岂可引喻失义？"

同时，他又向朱翊钧劝道："陛下，许大人对陛下、对大明也是一片赤诚之心。他虽有言语不当之失，但陛下亦应似唐太宗、宋仁宗一样包涵之。"

朱翊钧这才缓和了面色："许爱聊，你不应该是雒于仁那样的'沽名卖直'之小辈，你应该努力成为邺侯李泌那样的'公忠体国'之重臣。这样吧，你且出去歇息了吧。"

许国只得在地板上磕了三个响头，垂手倒退了出去。

申时行见状，自觉气氛不妥，也欲退身而出，却被朱翊钧一口喊住："申爱卿暂且留下，朕有几件要事须问。"他只得又坐回了杌子上。

待许国脚步声远去之后，朱翊钧才在珠帘内深深问道："张诚、陈矩来奏，称说您一直力保李成梁。依朕之见，李成梁虽年过六旬而勇猛异常，堪称'宝刀不老'，是可与当年'千里计日平辽东'之司马仲达相比肩乎？"

申时行沉吟了好一会儿，斟酌着字句娓娓答道："启奏陛下：依老臣之深思，司马懿可谓'虎父狼子'，若不得司马师、司马昭二枭之助，以他之高龄亦难成霸业。而今，李成梁手中仅握辽东一镇之兵权，其威势远不如司马懿之出将入相、名实兼备；其身后之子李如松勇过于智、李如柏平平无奇、李如梅文武不通，如何能够成势？陛下春秋鼎盛、福祚深长，不必生此无端猜疑。"

朱翊钧一字不漏地听完，坐在珠帘后面，静静地看了他许久，才悠悠地答道："申爱卿所言鞭辟入里，为朕、为大明而未雨绸缪得滴水不漏。朕心甚慰。"

申时行又恭然奏道："老臣听闻有不少奏本呈进御前，攻击老臣与李成梁之间交通贿赂。老臣也确实收了李成梁不少的礼物，目前它们全部封存在府，随时可以上交内务署。陛下是如何看待老臣这样做呢？"

朱翊钧呷了一口参茶，默然有顷，开口说道："古语有云：'将相和，则天下安；将相离，则天下危。'申师傅清正廉洁、一尘不染，怎会贪财好利？您收他的礼品，其实是代朕而收。你不收他的礼品，反而让他有猜疑疏离之心。朕懂得的。"

申时行俯下头去，深深言道："陛下圣明。"

"也不是朕的圣明。是……是以前一个老臣给朕解析过的。"朱翊钧正讲之间，忽然顿了一顿，没有点明那个老臣的名字。然而，申时行却隐隐约约猜出了他是谁。

朱翊钧转移了话题，敛颜问道："在午门献俘大典正式举办之前，李成梁在黄启祥遇刺案、司礼监议事厅刺杀案中的嫌疑可以完全洗清并让人无话可说吗？"

"老臣定会尽力促成。"申时行郑重答道。

朱翊钧又问："朕很好奇，朝鲜国究竟是送来了什么样的'秘宝'，居然给黄启祥带来了杀身之祸？朕觉得，它应该是破获此案幕后真凶的关键。"

申时行答道："内阁已经正式行文前去咨询，相信不久之后朝鲜国王李昖必会给陛下一个清清楚楚的交代。"

朱翊钧徐徐颔首，侃然而道："申师傅，今年的午门献俘大典和'御驾巡边阅视'，是一定要搞的。朕意以为，用午门献俘大典，可以威镇华夷；用'御驾巡边阅视'，可以怀柔靖远。朕一定要把这两件大事热热闹闹地办成。"

申时行脸上带出浅浅的笑容："陛下的用心，老臣一直是体会得到的。老臣也衷心希望陛下能够恩威并施，一统华夷而坐致太平。"

朱翊钧拿起御案上一只黄澄澄的小金牛镇纸，在掌中慢慢地把玩起来："朕既然有志于成就汉武帝一样的丰功伟业，便明白离不了卫青、霍去病一样的奇才猛将相助。"

申时行仰视着珠帘背后高高坐着的青年天子，缓缓言道："陛下既有此心此意，则人才自当应运而兴、层出不穷。"

朱翊钧手掌中的小金牛镇纸忽然被一捏而紧，他的目光森森然直刺出来："朕真的能和汉武帝比肩于世吗？他能公然修成'尧母门'，朕可以做到吗？申师傅，您说呢？"

申时行面色一白，突然剧烈地咳嗽起来，咳得撕心裂肺的。看来，朱翊钧还是想效仿汉武帝晚年"废长子而立爱子呀"！但"立嗣以长"，这是礼法的根本，也是天下儒士的政治底线。申时行在这个问题上，也难以与朱翊钧并肩而立。

而朱翊钧一言不发，仍在静静地等待他的咳嗽完毕。

半晌过后，申时行才慢慢止住了咳嗽，款款答道："请恕老臣无礼。陛下方才问了什么？老臣一时病发而咳，竟没听清一字一句。请恕老臣无礼。"

朱翊钧眼底顿有一丝亮光幽然闪过，同时放下了手中小金牛镇纸，轻轻言道："申师傅既然一时没有听清，那便罢了。朕，不会逼你。"

申时行的鼻子忽然有些发酸，眼眶也热了起来："老臣谢过陛下，老臣谢过陛下。"

场中稍稍一静。守在殿门处的陈矩却忽然禀道："陛下，左都御史方应龙在小黄门外跪伏不去,执意求见陛下。"

朱翊钧在垂帘之后悠悠开口:"方应龙此人最爱生事。申师傅,你觉得朕该不该见他?"

"光明正大,无心不可与人共见,无事不可与人共议,这才是明君贤臣之道。"申时行的语气十分平和。

"陈矩,去引他进来。"朱翊钧吩咐了一声。

方应龙刚来殿中跪下,朱翊钧便直言道:"方爱卿,朕已经有些乏了,只给你两刻钟的时间,朕便要去休息了。"

听完了朱翊钧的讲话,方应龙居然是满脸的平静之色:"老臣方才打扰了陛下的清修,老臣有罪。老臣今日面圣,只谈一件事情:陛下,您端居九重,就没有感到朝廷之上会有第二个张居正出现吗?"

他这话一出,朱翊钧和申时行都是面色一震。

片刻之后,朱翊钧缓声开口了:"方爱卿,感觉只是感觉而已,您在都察院是靠着感觉办事的吗? 若无真凭实据,休得妄议同僚!"

"老臣自是握有真凭实据。"方应龙凝颜而道,"据老臣亲身探访,申阁老竟然重新起用张居正之余党介入朝中机务,他这是意欲何为?"

"张居正余党?"朱翊钧瞥向了申时行,却朝方应龙继续问道,"朕已亲政近十年,哪里还会有什么张居正余党?"

"前任翰林院庶吉士、现任喜峰关参将白清卓。他当年曾为戚继光南迁广州而血书上谏、午门鸣冤!"方应龙的话语间已带出了浓浓的杀气,"戚继光可是张居正生前最为倚重的武将! 所以,白清卓必是张居正之余党!"

"白清卓?"朱翊钧微微眯起了眼缝,又握起了那只小金牛镇纸,"朕想起来了,他当年为戚继光鸣冤血谏之际,还主动请求前去守边卫国……这个人,活得很有志趣啊! 朕罚了他一顿廷杖之后,便听从申爱卿的建议,'以迁代惩',答应了他的请求。申爱卿,您解释一下?"

"启奏陛下:方大人当年就指责过白清卓是张氏余党,老臣今天还是用当年的回答来回复他:请问张居正生前提拔过白清卓吗? 褒赏过白清卓吗? 网罗过白清卓吗? 白清卓又写过歌颂张居正的长篇大论吗? 同样,戚继光提拔过他吗? 褒赏过他吗? 网罗过他吗? 这些问题,方大人当年便没能答得出来,恐怕今天一样答不出来!"申时行目光炯炯地注视着方应龙,一句接一句地直逼而来。

"但……但他和张居正、戚继光心意相通,为其打抱不平,就……就是张氏余党!"方应龙反击道。

"心意相通？为其打抱不平？"申时行莞尔笑了，"陛下，这八个字可以作为实证吗？他既无求于张、戚，便无利益纠葛；既无利益纠葛，便是据本心而论事，你们都察院不少名士也是这样做的。难道你们监察御史今后因为谁被褒扬了两三句，也便是他的'朋党'了？因为他们'心意相通、为其打抱不平'嘛！"

"你……你……"方应龙狠狠地瞪着他，"哪怕你巧舌如簧也没用。老臣相信陛下懂得老臣话中之意的。"

申时行正视着珠帘之后一语不发的朱翊钧，字字清晰而又不徐不疾地奏道："至于方大人奏议老臣给白清卓擅授朝廷机务，不要忘了，他是蓟辽总督李成梁的部下。据老臣所知，他是李成梁派来京中协助刑部、顺天府、锦衣卫查清有关案情的全权特使。方大人，您看到老臣及内阁授给他一官半职的任命书了吗？"

方应龙一愣，立刻又直叱道："申阁老，谁不知道他是你的门徒？他在借你内阁首辅的这张'虎皮'做大旗！"

"天下之士子，都可以假借老臣的'虎皮'做大旗，只要他们走的是正确之路，做的是正确之事！有什么问题，老臣一肩担下，决不推诿！"申时行夷然回视方应龙，双目之中竟是熠熠生辉，令人不敢对视。

朱翊钧在珠帘内听得心潮汹涌，双眉一扬，正欲开口，外边方应龙已是吼了出来："申时行，老臣会让都察院行文参劾你这'滥用权柄、树恩于下'的行径！"

"罢了！"朱翊钧沉沉然低喝一声。

恍若晴空响过一个霹雳，申时行、方应龙双双长跪下来，不敢再行言语。

"方爱卿，古语有云：'朝政宜一，大臣宜和。'你整天参这个、参那个的，这等浮躁不安，可有贤明大臣之风？"朱翊钧双手撑着龙椅扶手，冷然问道。

方应龙脑门上汗珠直滚："陛下，请恕老臣聒噪。张居正生前钳制言路而使皇权不立、皇威不张，老臣今日今时所为正是为陛下而激浊扬清啊！"

朱翊钧肃然言道："御史言官，闻风奏事，用以激浊扬清自是为佳，用以党同伐异则实不可取。尖酸刻薄之语，化玉帛为干戈，今后如何让人读得下去？朕时常阅览都察院的奏章，多是拿鸡毛蒜皮之事而吹毛求疵！方爱卿及都察院众臣都要深思啊！"

方应龙乖乖地敛色而答："老臣遵旨。"

朱翊钧的目光在申时行那边转了一下，又收将回来，望着殿门口的那个方向："朕也收到过锦衣卫的密报，白清卓在外放守边、'以迁代罚'的这几年里，一直都是在训兵练阵、备战防寇，也立过不少军功，倒也没生什么事端。至于他这一次回京协查要案，亦无不可，你们都察院也可以对他随时监督嘛！'听其言，观其行'，他若有丝毫谬误，只管呈送御前，朕自会'兼听则明'、审而断之！"

"是，老臣遵旨。"方应龙不得已，再一次恭然而应。

"就这样吧。朕体已倦，你们退下吧。"朱翊钧一边说着，一边长身而起，径自往殿中侧门走了下去。

随着侍女推开厅门，包天符一见卢光碧便笑了起来："光碧老弟能邀请包某来赴家宴，包某真是荣幸之至啊！"

餐席客座上，户部郎中吴承信早已在位，迎着他亦是大笑而道："包兄也来啦？光碧老弟说他家请了一位'神厨'，让咱们过来大饱口福，我可就不见外了，一早便到了。"

卢光碧连眼角眉梢处都飘着笑意，上前来拉包天符："京城最好的'山海楼'你们想必也都吃腻了，今天我就请了这位神厨给大家换一换口味。"

包天符急忙随他入席，挨着卢光碧坐下，点头直言道："卢大人是吏部高官，素来是阅人无数，自然也是阅厨无数，你不会让我和承信兄失望的。"

卢光碧仍是满脸含笑，待他二人坐定，便举手拍了拍掌："上菜。"

几个侍女款款而入，给他们每人面前摆上了一碗开胃汤。那汤液似乳汁一般雪白，醇香扑鼻，一闻之下令人胃口大开。

吴承信端起碗来喝了几口，大惊道："这……这至少是五百年老鳖熬成的汤汁吧？口感如此鲜美，喝了后胃里暖洋洋的。"

"是不是五百年或八百年的老鳖，我不知道，我只在它被抬进后厨时看过一眼，整个身子足有车轮般大小……"卢光碧在旁含笑说道。

"值了！值了！"包天符将碗中鳖汤一口喝完，"我这一碗汤下去，是把百十两银子喝到肚子里啦！"

卢光碧又一招手，侍女们赶紧上了第二道菜品，却是芝麻饼、绿豆糕、蜂蜜花生、水晶包子等甜点。

包天符、吴承信抓起那些糕点，便大口大口地吃了起来。吴承信还禁不住感慨道："光碧老弟，你请的这'神厨'确实了得——做的点心也是甜而不腻！"

"两位兄台悠着点儿，下面还有更可口的美味佳肴呐！"卢光碧这时才慢慢进入了正题，"你们一边吃着，一边听卢某说个事儿。我有一位至交好友，想择日和两位兄台见一见面，如何？"

"你的至交好友？当然没问题，不要说见一面，见十面、见百面都可以。"吴承信往嘴里塞满了绿豆糕，口齿含糊不清地讲道。

"他是谁？竟能让光碧老弟来为他如此说项？"包天符也很随意地问了一句。

"白、清、卓。"卢光碧握着竹筷,轻轻地说了这三个字。

包天符和吴承信的动作一下全部停止了。

卢光碧唇角依然带着微笑,不动声色地瞧着他俩。

包天符放下手中的芝麻饼,眉角慢慢挑了起来:"在喜峰关南兵营当参将的那一位?"

吴承信也有些结巴地说道:"在永定门外公然硬顶方应龙大人的'圣手狂生'?"

卢光碧无声地点了点头。

这时,侍女们已将多道菜品放满了桌面:粉玉虾卷、麻辣白鱼、金菊脆骨、银针肉丝、紫云南瓜、一品红菌等,荤素分明,应有尽有,菜色绚丽,精致异常。

但包天符、吴承信二人却似完全没了食欲。

卢光碧伸手一引:"两位兄台请用膳啊!"

吴承信搁下了筷子:"他又是来谈南兵营补薪之事的吧?"

"他一门心思就只记得这个事儿……"包天符也嘟哝了一句。

卢光碧看了看他俩:"我去年也为他找过二位兄台。现在看来,二位兄台已经和他很熟了吧?"

"人倒是见过一两次,基本上每个月会准时给咱们部里发一份公函催款。"吴承信还是夹起了一根银针肉丝丢进口里,"可不是我不帮忙,朝廷缺钱得很哪——不要说给南兵营补薪补饷,贵州、云南、广州等边镇的将士们也欠着薪俸呢!吴某怎能厚此薄彼呢?单给了他们南兵营,那些边镇找我们户部闹起来怎么办?"

卢光碧没有直接拿话堵他,而是又笑眯眯地看向了包天符:"包兄这里,你是兵部武库司主事,可以从'更新军械、以款代物'的角度划给他们一笔经费吧?今年你似乎帮大同镇便操作了一次?你知道的,兵部王一鹗尚书是很欣赏白清卓的。你那边呈报上去,王尚书一定会迅速批准的。"

包天符没有马上答话,而是拿筷子夹了一块金菊脆骨在嘴里慢慢嚼着。兵部上下,自然是对白清卓很熟悉的,就连王一鹗提起他来,也是满口"小白""小白"地叫喊着,喜爱之情溢于言表。但正是这一点,让包天符极为不快。兵部有一个侍郎之位空缺了出来,部里一直传闻王一鹗想迁调白清卓来当这个侍郎。而包天符本来在部里资历深厚,也是接替这个侍郎之官的重要人选。那么白清卓一来,便对自己的上位构成了莫大的威胁!难道自己会这么傻,还会帮自己的竞争对手在政绩上增光添彩?更何况还有丽影别院的那一层因素呐!想到这儿,包天符嘴里"嘎嘣"一声把那根金菊脆骨嚼得粉碎,吞进了肚里。

然后,他双手一摊:"光碧,你说的这个事儿,眼下不好操作呀!近来都察院正像疯狗似的在兵部里翻找白清卓的'把柄'——邬涤尘三天两头就往部里跑！这个时候，我武库司还敢和他联手做这更换军械、以款代物的设局？于他于我，这不是自寻死路吗？"

"你只要同意上报，王尚书再用印批准，这便等同于整个兵部都支持他白某人。都察院能拿整个兵部怎么办？你哪有什么后患可忧虑的？真是闹到了内阁，你觉得方应龙能够一手遮天吗？"卢光碧没有正面看他，只是用筷子在拨拉着碗里的那一块麻辣白鱼。

"你……你说得轻松，方应龙大人那可是权重势大，我一个小小郎官敢得罪他吗？他是不会拿王尚书、白清卓怎么样，可我怎么受得起？光碧老弟，你我兄弟一场，也好歹为我考虑考虑！"包天符的话语说得有些冷硬了。

他先前可从未有过如此生硬的态度啊?!卢光碧颇感意外地斜视了他一眼，不再和他讲话，而是又把目光射向了吴承信。

吴承信回视着他，耸了耸肩："光碧老弟，我可以答应你——但是石星尚书那里，你可以去摸一摸底。这个石尚书对南兵营补薪是一直强烈反对的。我签字上报也没什么用的。"

"石尚书那边是受到了方大人的影响？"卢光碧问了一句。

"应该是吧。"吴承信喝了一口老鳖汤，"石尚书一向和方大人走得很近。他会为了白清卓而公开得罪方应龙？"

"对啊！对啊！"包天符也叫了起来，"永定门事件，其实就是方大人和都察院向文武百官公开发出的信号：他们和白清卓势不两立，谁若敢帮白清卓，就会遭到他们的报复打击！我听说，原先和白清卓关系不错的那个遵化县令，姓顾的，本来一同进京的，现在不也是离开他了吗？"

卢光碧抬起了脸正视着他俩："你们既知道得不少，就不晓得白清卓的后台是谁吗？你们害怕得罪方大人，难道就不害怕得罪站在白清卓背后的申阁老？这种事情，还需要我在这里为两位老哥挑明吗？"

场中立时静默了下来。包天符和吴承信的面色却显得无比沉郁。

卢光碧也不想逼得太紧，便缓和了口吻，举起筷子道："这样吧，这件事情，今天暂时不谈了。两位兄台回去后再慎重权衡一下。也不用先急着表态，后面再说。大家先吃菜！吃菜！"

他此话一出，包天符、吴承信这才仿佛松了一口气，又喜笑颜开、热热闹闹地吃了起来，似乎刚才什么事情都没有发生过一样。

餐厅侧厢的房间里，竟是一身简装的上官雪衣在配菜调味。原来，她便是卢光碧请来帮厨的那位神厨。

她配完最后一道菜品后,把旁边先前挑选出来的几盘粉玉虾卷、金菊脆骨、银针肉丝、一品红菌装进了食盒,喊来侍女小芸,吩咐道:"你给住在东霖院的白公子送过去。这些是他最爱吃的菜品。"

小芸应了一声,提起食盒便要出门。

上官雪衣略一沉吟,又喊住了她:"罢了!还是我自己给他送去吧。"

小芸提醒道:"有凌兰那个'母老虎'守在那里,小姐你不方便去那里吧?"

"凌姑娘不会把我怎么样的。"上官雪衣淡淡说道。

"但……但白公子回来的这几天,却并没过来招呼您一下呀!"小芸忍不住说了直话。

上官雪衣的动作一下又停顿了下来。许久,她才幽幽言道:"也是。我现在这个样子,哪里还有脸面去见白公子?我自己都觉得自己很脏!"说着,她脸庞已是清泪如珠滚滚而下。

"小姐……您……"小芸急忙来劝。

上官雪衣自己慢慢擦拭着泪珠:"你快送去,免得菜品凉了伤胃。"

白清卓倚坐在窗口边,手里握着那只"暖玉香囊",天上的月华在他全身镀了一层浅浅的银辉。

他的眼角,依稀有隐隐泪光。

凌兰则在上边的屋脊处抱膝而坐,仰望着那轮明月,没有发声。

许久之后,白清卓把目光收了回来,投在桌上小芸送来的那方食盒上。他的思绪飞扬起来,仿佛回到了万历十一年那时:那一年他为戚继光南迁广州之事而义愤填膺、扼腕长叹,于是他和大师兄林映夕商量后,决定写下血书谏文,准备次日辰时去午门公开击鼓鸣冤。

他还将这份谏文给当时的女友上官雪衣一同看了。上官雪衣十分支持他,并承诺他万一受罚而外放州县,她甘愿不辞艰辛与他一道同行远去。那天晚上的月亮如同今夜一般圆如玉盘,上官雪衣的笑容里溢满了圣洁的明辉,令他永生难以忘怀。

不料,他血书上谏并受完廷杖后被送回府中养伤之际,上官雪衣却突然没了踪影,再也不曾上门。

第三天一早,白清卓便公开发布了《与上官侍郎绝交书》,斥责了上官平芝一家的"蝇营狗苟"之后,自请外放守边、以迁代罚。

从此,他远处喜峰关,极少回京。

　　而今，自己回到京城，又该如何面对上官一家若深若浅的逢迎呢？他紧紧地捏着暖玉香囊，久久不能平静。

　　终于，凌兰清脆而有力的声音从他头顶上传了下来："二师兄，您难道还愿意被她伤害第二次吗？如果再出现上一次的情景，您还能受得起吗？"

　　听到凌兰的话声，白清卓心神一定，从繁乱的思绪中一下挣脱出来。他朗声言道："小兰，你去我和大师兄曾经一同居住过的那个旧宅——'云峰居'，把我们收藏的那只'八宝匣'拿来。"

　　凌兰哼了一声："你想怎样？那匣里可都是你的心爱之物。"

　　白清卓长叹了一声："南兵营的弟兄们缺钱得很哪！我能挤出一分是一分吧！"

十

第二天一早,李井方便来见白清卓,伸手递来一张银票:"您应该会送些礼品去见申阁老他们了吧?这里有三千两银票,您拿去使用便是。这……这也是李督帅的意思。"

韦生晖在后边看着,惊得眼珠都快掉出来了:李督帅对白清卓居然如此看重,一出手就是整整三千两!

白清卓却明白这是辽东方面在催促自己加紧工作了。他暗暗一笑,向凌兰丢了个眼色:"李督帅的这番好意,白某怎好推辞呢?小兰,替为兄收下吧。"

凌兰脆生生地答应了一声,接过了银票。

李井方当时便欲带着韦生晖退身而去。

"今天白某是一定会出门的。"白清卓却慢悠悠地又开了口,"白某还要去西市龙尾胡同买几个小物件送给王一鹗尚书。李参军可愿同去?"

韦生晖一听,心头一动:没想到白清卓的脸皮这么厚实,居然连去兵部钻门道的钱也还要辽东镇付出。他到兵部去会谈三眼神铳的事儿吗?还不是谈他南兵营补薪的事情!

李井方一脸的若无其事,仿佛早已司空见惯,又掏出五百两银票递了过去:"白公子,李某可否不与同去?你一个人能办则办,足矣。"

白清卓把银票接在手中,嘴里却毫不放松:"井方兄,你最好还是与我同去,自有好处的。"

李井方眼珠一转,脸上依然是笑容可掬:"也好。李某就觍颜同去了。"

他说出这"觍颜"二字时,白清卓的面色纹丝不动。

韦生晖咳了几声,识趣地退了下去。

"龙尾胡同"里最大的店铺便是著名的德润斋了。这条胡同的三分之一铺面就是他们开的。

来到德润斋位于胡同最深处的主店,却见到一排劲装大汉在门口处抱臂而守。很显然,普通人等根本无法进入。

李井方一见,便要上前。白清卓止住了他,向凌兰微一示意。

凌兰几步过去,对那为首的护院壮汉说道:"我们是东霖院的人,要见你们牟掌柜。"

"哪一位牟掌柜?我们这里有牟大掌柜、牟二掌柜两位。"

"牟万琛是哪一个掌柜?"

"他是牟二掌柜,但他今天不在。"

凌兰仍是直逼过去:"但我们今天必须进你们主店的'精品阁'买东西,顺便问候一下你们今天在家的那位牟大掌柜。"

那护院壮汉正在迟疑之间,一个眉清目秀、相貌伶俐的年轻人从门口跑了出来,呼道:"这位姑娘,你们可是喜峰关白清卓公子等一行人吗?"

凌兰点了点头。

那年轻人立刻十分热情地把他们往院里带:"今天是牟大掌柜在家,我是他的贴身伙计牟健。他吩咐我过来请你们进去。"

李井方冷然一笑:"德润斋果然非同凡响!只怕我们刚到西市入口就被你们盯上了吧?"

进了院门,白清卓停了脚步,开门见山地说道:"我们到你们主店里来是要买一些好物件的。你先带我们去里边的'精品阁'逛一下。"

"这个……这个……"牟健踌躇了一下,"我们牟大掌柜一向是深居简出,常人削尖了脑袋也不容易见他一面的……"

"井方兄,你怎么看?"白清卓的目光闪亮了一下,"这位牟大掌柜可真是有些特别啊——和他的弟弟牟二掌柜大不相同。"

李井方却把手一挥:"这位伙计,无论如何,任何店铺都是以顾客为尊主吧?我们先去精品阁,后去见你们牟大掌柜。"

牟健一边满脸堆笑地应承着,一边竖着耳朵仿佛在倾听院子深处的动静。直到里面传出"当"的一声云板脆响,他才迈开了脚步,嘻嘻笑道:"好了。我带你们先去精品阁选一选。"

"精品阁是什么宝贝都有吗?"白清卓乜了他一眼,"白某曾经听你们牟二掌柜介绍过。"

"白公子,您放心,我们精品阁里有金银珠宝,有绫罗绸缎,有笔墨纸砚,有瓶壶鼎罐,有刀枪剑戟,可谓应有尽有。"

白清卓笑盈盈地逼上一句:"可有辽东军的三眼神铳在卖吗?"

"三眼神铳?这是什么东西?"牟健犹豫了一下,"应该在其他分店有存货吧?您稍后去问牟大掌柜吧。"

"好。"白清卓和李井方对视了一眼,深深然一笑,"放心,我会问你们大掌柜的。先去精品阁吧。"

进了"精品阁",里边倩影绰绰,已有数名少女正在寻宝。白清卓目光一扫,见到她们当中装束最为贵气的那位少女甚是醒目：她生得不高不矮，身材纤秾合度，上身是碧绿的翠烟衫，下身是绯色的水仙散花裙，面颊珠明玉润，双目莹莹溢彩，看起来满脸都是温柔之色，满身尽是轻灵之气。

她回眸过来，和白清卓对视一眼，彼此含笑一礼过后，又低下头去挑选物品。白清卓也转身问向牟健："文石、奇石、怪石等物件摆在哪里？"

"喏，就在西边的百宝架上。我带您过去？"

"暂时不必。"白清卓又问，"你们这精品阁里价钱最低的物品在哪一边啊？"

"北边的百宝架上。它们至少也都是二三十两银子的价钱。当然，白公子您是贵客，我们会给您折价的。而其余三面的百宝架上都是一百六十两以上的物件。"

白清卓呵呵一笑，问向李井方："井方兄，你要不要陪我一起去'沙里淘金'？"李井方笑道："德润斋里高手如云，个个目光如炬，怎会有你沙里淘金、凭空得宝的机会？"

听罢这话，白清卓也不回答，径自去到北边的百宝架上细细地寻觅着：一会儿掂起这个东西瞧一瞧，一会儿托着那个东西敲一敲，神态闲适至极。

两刻钟后，他挑中了一支白银长簪和一只黑漆漆的椭圆形水盂，朝牟健付了三十两银子。

然后，他把那支白银长簪送给了身边的凌兰："小兰，这是二师兄送给你的礼物。"

凌兰忙接在手，喜滋滋地说道："二师兄，多谢啦！"

李井方在旁边实在看不下去了："白公子，你就送你小师妹这样一支白光光的银簪子？走，小兰姑娘，我带你去那边，挑一支嵌珠玉钗，我付钱送你。"

"不用，不用，只要是二师兄送的，哪怕是一支木簪，我都喜欢。"凌兰拿着那支白银长簪，在掌心里高兴地看来看去。

白清卓微微一笑，一伸手拿回那支银簪，手指在簪头上轻轻一弹，"沙"地一响，一溜寒光直逼眉睫：原来此物竟是一柄小小的簪刀，长达四寸有余、宽约一指，外边套着一层薄薄的银鞘壳，里面的刀身抽将出来却是乌沉沉、冷冰冰的，夹在他指缝间一晃，居然隐隐似有苍龙清吟之声，余音激越深长。

他把这簪刀平放在手掌之上，递在凌兰面前："小兰，这其实是一柄非常实用的'寒铁簪刀'。你没看出来吗？它可以削金切玉，是一件极好的防身利器。"

"二师兄送给我的，果然是武林奇珍。"凌兰大喜过望，将那刀身重新收回鞘壳，又是银亮亮的一支长簪，手指一扬便把它横插在自己发髻之中，完全显得毫无异样。

牟健也回过神来，有些结巴地说道："白……白公子，恐……恐怕这根簪子的价钱远远超过了十几两银子吧？”

白清卓咄了一声：“你们自己不识宝物把它放在低价栏里，莫非此刻还要反悔？”

“不，不，不。”牟健看了看他手中那个毫不起眼的黑石小水盂，好奇问道，“这个水盂又有什么地方让白公子您看上眼了呢？”

他刚才那一阵结结巴巴的惊呼早已引来了阁内其他人士的注意力。就连方才那位翠衫少女也闻声缓步走近，观看白清卓这一次又如何答复。

白清卓面带笑容，却是不言不语，取过一碗茶水，徐徐倾注在那只黑石水盂之中。

众人围了过来，齐齐凝神看去。只见片刻过后，随着茶水渐渐注满，那漆黑的石盂底面上浮现出星星点点的金斑，居然汇聚成一只展翅而翔的金凤，翎尾分明，活灵活现。

李井方、翠衫少女、凌兰等人都不禁惊呼起来。牟健也摸着脑门很诧异地说道：“怪了！怪了！咱们先前也往里面倒过清水用来润笔，怎么那时候不见这只‘金凤’呢？”

白清卓托着那只黑石水盂，款款笑道：“你们当时一定往里边倾注的是清水而不是茶水吧？这只金凤斑纹玄石盂其实是一件茶具而不是一件文具。你们使用不得其法，又焉能察见其妙呢？”

众人这才明白过来，个个向他投来钦佩的目光。

牟健却再也忍耐不住，一下抓住白清卓的衣角，急声道：“白公子，这个茶盂……您……您不能用十几两银子买走了！请恕罪！请恕罪！大掌柜若知道后，一定会重罚我们的！”

李井方在旁脸色微微一沉：“牟健，白公子方才已经付过账了。你们这样做，未免有些过分！”

牟健急得脑门上青筋暴起：“白公子，算我们求您了！算我们求您了！您不知道，大掌柜对店内缺乏眼光而误断事物的人处罚多么严厉……”

白清卓悠悠一叹，把那金凤斑纹玄石盂还给了牟健，仿佛十分随和地说道：“既然你讲得这么恳切，这石盂我就还给你们。只是我稍后再买东西，你们一定要给我最优惠的价钱。”

牟健紧紧地捧着那金凤斑纹玄石盂，连声应道：“一定，一定。白公子，您的恩情，我们没齿难忘。”

这时，那翠衫少女款款过来，面含浅笑，向白清卓施了一礼，柔声而道：“这位公子能于寻常中见异常、于平凡中识不凡，目光犀利至极。小女子也想为家兄购买一方佳砚，目前有些选择不定，可否请公子您不吝相助？”

"可以,可以,白某乐意效劳。"白清卓点头答应,随着她走了过去。

桌面上放着两方古色古香的砚台:一方是"菊花纹石砚",足有圆碗般大小,通体幽碧如潭,上有朵朵菊花之纹盛开,甚是莹洁;另一方则是风字形"贝叶纹石砚",长约六寸、宽约两寸、厚约四分,通体白润光滑,仿佛是由无数晶莹的细贝微螺凝聚而成,层层叠叠,密密实实,但又自有一种神秘图饰之美。

白清卓看得微微颔首,借过凌兰那支寒铁簪刀,先在菊花纹石砚上轻轻叩击,砚身随即发出铿铿之音,清脆悦耳;他又敲了几敲贝叶纹石砚,上面亦发出笃笃之声,余音低回悠长。

然后,他轻声问翠衫少女:"这两方砚台是多少价格?"

翠衫少女的身旁侍女答道:"都是二百四十两白银。"

白清卓将寒铁簪刀还了凌兰,莞尔笑道:"这位小姐,以白某之见,您也是富家千金,府中也不差这钱。这两方古砚都是文房异宝,您都可以买走,决不会吃亏的。"

"多谢公子指点。"翠衫少女似是十分信服他的建议,让侍女去付了银两,然后又问向白清卓,"那么,这两方宝砚,我肯定是送我家兄一副之后,自己也要留用一副的。公子又有何建议?"

"贝叶纹石寓意'富贵双全、才气逼人',它可以送给您兄长;菊花纹石寓意'高雅脱俗、坚贞秀逸',它就留给您自己吧。"

翠衫少女听得十分认真,用纤纤玉指轻抚着那块菊花纹石砚,脸上红云隐隐,目光在白清卓身上转了几圈,甜甜一笑:"今日幸会白公子,小女子甚有知音之感。请问白公子高姓大名?"

"在下白清卓。"白清卓简短答道。

翠衫少女深深地看了他一眼:"白清卓? 你的姓名,小女子似曾耳闻。小女子姓方,住在城南的'琴心小筑'。方便的时候,白公子可来做客。"

她刚一说罢,侍女们便过来催她回府。她和白清卓相视一笑之后,就告辞而去了。

牟健又凑了近来:"白公子,您现在可移驾去见我们大掌柜了吗?"

"不忙。"白清卓转头看向他,"你们最好的年轻女装在哪里? 取来看一看。若是白某满意,无论多少钱,都会买。"

李井方闻言,侧头向凌兰低声说道:"你看,你二师兄对你真好。"

凌兰白了他一眼:"他不是给我买的。"

那边,牟健听得白清卓报过身材尺寸之后,立刻喊来一个伙计,仔细吩咐了下去。那伙计去了阁室后厢,半盏茶的工夫,双手捧着一方锦盒出来,在白清卓眼底下轻轻开启。

里面是一套湖蓝色的衣裙,颜色十分明媚十分鲜艳,仿佛是春日底下发出粼粼波光的湖面,微微的风吹起一波一波的涟漪,再定神细看,果然是衣裙上都用细细密密的银线绣着一片片庆云繁花的图纹,美不胜收。

白清卓看了,深感满意,他又问了一下尺寸:一切正与上官雪衣的身材相适合。他叹了一声:"真巧。"那牟健又介绍道:"这套衣裙都是用上好纯银拉成的丝线织成,工序繁复得很,二三十个工匠合在一起半年内只能做这一套。皇宫大内也没咱们这儿手艺好!"

李井方立刻知趣地过来,替白清卓付清了衣款。白清卓吩咐牟健道:"你稍后把这套衣裙派人送到礼部上官侍郎的府邸,送给他家的上官雪衣小姐,落款写一个'白'字即可。"

看到牟健又要张口欲言,白清卓一笑:"我再去选两件东西,然后马上去见牟大掌柜。"

牟健无可奈何,只得让他自去阁中寻觅。

半炷香过后,白清卓走了回来,双手各握着一块精心选中的奇石:他左手里是一颗紫莹莹的玛瑙石球,大如鸡卵,拿在掌中一摇一晃,立刻朗朗有声、清音袅袅,正是百年难得一见的"天音响石";他右手里则是一块形如生姜的南京雨花文石,天然光润,上半部的明黄色纹理似层层峰峦向上直升,下半部的浅蓝色纹理如重重波涛铺陈奔涌,非常绚丽。

看着牟健像热锅上的蚂蚁一般焦急的表情,他一边让李井方付款,一边笑嘻嘻地说道:"好吧,我现在就去见你们的大掌柜。可能他也确实等坏了。"

　　　　天水碧,染就一江秋色。鳌戴雪山龙起蛰,快风吹海立。
　　　　数点烟鬟青滴,一杼霞绡红湿,白鸟明边帆影直,隔江闻夜笛。

雍容低沉的吟诵之声从那座彤云厅里徐徐传出,众人听得分分明明。

白清卓知道这是南宋著名词人周密所作的《闻鹊喜·吴山观涛》,不禁清眉一扬:"牟健,你们这位牟大掌柜真是一个有趣之人。"

牟健笑吟吟地讲道:"我家大掌柜从来都是书不离手、出口成章的。请进吧,白公子。"

凌兰、李井方正欲随他同入,却被牟健一伸手拦住:"我家大掌柜只请白公子一个人进去面谈。"

李井方掠身凑了过来，在白清卓耳畔低声道："这厅堂周围至少埋伏了身手不亚于李某的七八位'暗卫'高手……"

白清卓举手一摆，也低声答道："无妨。"然后，他向凌兰使了个眼色，让他俩留在外边。

进得彤云厅后，迎面便是厅中一幕各色各样璎珞编成的垂帘入目，在微风中拂动，闪闪烁烁，如星光般迷人。

前厅那张镶金嵌玉的香几上，放着《易经》《荀子》《淮南子》《韩非子》之类的典籍，一缕清清的墨香，微微有些醉人。

"大掌柜，白公子到了。"牟健向垂帘幕后的后厅轻轻呼了一声。

在珠光朦胧之中，里面慢慢站起了一个高大的身影，缓步向外走了出来。那是一位年过半百的玄袍长者，神态宁和，双目顾盼间熠熠生辉，唯有面色却是一种浅淡而不自然的蜡黄。

但白清卓以其敏锐异常的目光一眼便看出：这位长者的脸上是戴了一层极逼真的人皮面具的。这更让他从心底对这位牟大掌柜平添了一丝神秘感。

牟大掌柜走出来后，注视着白清卓，开口讲话了，语调里散发出一股令人说不出的亲和之力："白公子在精品阁里都选到满意的东西了？"

牟健屏息敛神地恭然答道："是的。"

"收白公子的钱了？"他仍是平平和和地问着话。

牟健脸色大变，"扑通"一声跪了下来："小人该死。"

"钱款全部退给白公子他们。"牟大掌柜的脸皮上泛起浅浅微笑，"今天德润斋可让白公子笑话了。"

"是，是，是。"牟健在地板上连连磕头。

白清卓只好自己来打破眼下这个奇怪的气氛："牟大掌柜好大方啊！白某领情了，在此感谢了。"

"圣手狂生难得一遇，区区见面之礼，何足挂齿？"牟大掌柜依然是非常亲切地微笑着，那一份诚意隔着面具也完全传递了出来。

白清卓摇了摇头，语气里大是诧异："您和您弟弟牟二掌柜真不一样。他抠门得很。"

"'龙生九子，各个不同'。他叫'万琛'，我叫'万珍'；他喜欢管钱，我喜欢管人。"牟大掌柜笑眯眯地走到香几前，拉开一张覆盖着的帛纸，底下竟然露出那只金凤斑纹玄石盂来，"白公子既然于蒙尘庸品之中识得此宝，便尽管拿去。"

白清卓脸皮也厚，向牟健笑道："既然牟大掌柜这么说了，白某就却之不恭了。"

然而，牟健却战战兢兢地跪在地上，竟然没有接他的话头。

白清卓目光无意中斜斜一掠，看见金凤斑纹玄石盂旁的一个小小瓷碟上，赫然放着一只血滴滴的新鲜眼珠，显然是刚刚从某人身上挖将下来的。

他面色顿时一变："这是——"

牟大掌柜托起金凤斑纹玄石盂递在牟健手里，仍是满脸带笑地看着白清卓："我精品阁的这位鉴宝师才不符实、有眼无珠、目不识珍，所以他的左眼便不要也罢了！一切让白公子见笑了。"

白清卓也是杀伐决断的人，却对这个满口甜言蜜语的牟大掌柜从心底里生出一丝寒意："牟大掌柜此举未免太过？"

牟大掌柜叹了一口气："我德润斋就像您的南兵营一样，若无如此严明的纪律，又怎能做到今天这'京城第一、举国前茅'的局面？白公子，您要理解。您当时若是直接带走了这只玄石盂，这个鉴宝师可就不是只失去一只左眼这么简单了！"

牟健也急忙在一旁说明道："大掌柜这是'菩萨心肠，霹雳手段'，我……我们心服口服。"

白清卓咳了一声，不好再说什么。他将目光转了开去，准备另找话题以解尴尬。不料，他眼神一动之下，却被厅内正壁上一幅字画深深吸引住了，不禁向它走近。

那幅字画其实很简洁：夕阳在山，一脉小溪，一抹绿岸，一个轻蓑小笠的红衫书生，手持钓竿，细细垂丝伸入溪中，几尾金鱼游转灵动，绕饵逡巡而不知危机暗伏矣。

这画的笔法轻重得宜，浓淡相间，神韵鲜活，充满情趣。白清卓看得十分入神，注目之间又发现图画左下角题有一首小诗，名曰《垂钓》：

> 曲岸有林生，持竿映山晖。
> 所图不在鱼，只是钓秋水。

白清卓若有所思，侧过头来，看着牟大掌柜："请问这幅字画是谁人所绘？"

牟大掌柜笑而不语。

"这幅字画可否转售？"白清卓又问。

"敝帚自珍，恕不外卖。"牟大掌柜的态度坚决得令人意外。

白清卓深深地凝望着他："牟大掌柜真是一位超越于商贾之外的大商贾。白某佩服之至。"

牟大掌柜在圈椅上缓缓坐下："白公子今日来见，有何贵干？直说便是。"

"德润斋万物俱备、应有尽有，可曾买卖过辽东军铁骑营的三眼神铳一物？"

"顺天府衙的唐鉴捕头在这里追问过十多次啦,也清查过十多次啦。下面的人告诉我:他没有找到德润斋买卖过三眼神铳的任何痕迹。"牟大掌柜笑得那么风轻云淡,"当然我也可以敞开所有库房,任由您和东霖院的人找个够。"

"不必了。我相信牟大掌柜。我也认为牟大掌柜不是会在这种枝枝节节的事情上撒谎的人。"白清卓话锋忽又一转,"那么,以德润斋之耳目灵通,可否告知我等京城中还有哪些商社有三眼神铳?"

"这个,我真不清楚。我只是在德润斋主店管内务管人事,万琛才是外面跑腿的。"牟大掌柜轻轻一笑,"等他回来后,他可以给你们提供力所能及的帮助。"

"多谢。"面对牟大掌柜的滴水不漏,白清卓也只得缓缓吐出了这两个字。

"白公子,你是内阁首辅申时行的得意门生,是蓟辽总督李成梁的全权特使,是一代名士圣手狂生,又协查的是钦案大案,我们德润斋掂得清其中的分量的。"牟大掌柜继续往更深处点明了一下。

"难怪德润斋能在蟠龙卧虎的京城里历经多年风雨而蒸蒸日上,果然大有本源!"白清卓也不由得赞叹了一句。

牟大掌柜笑了一笑,又道:"你最关心的问题,我已经向你回答了。今天你我难得相见,我和你再谈一谈其他话题,与俗世庶务丝毫无关,可否?"

"可以。您有话直问。"白清卓爽朗答道。

"白公子当年的壮举,老夫也曾听闻过。不过,老夫一直想问白公子一个问题:你当年为了一个戚继光,就舍生忘死地血谏鸣冤;如果这天下,还有十个戚继光、一百个戚继光、一千个戚继光,都落进了相同的遭遇,你该怎么办? 你天天都到午门去血谏鸣冤吗? 你一个人,又能有多少热血为此而流呢?"牟大掌柜颇有兴致地款款问来。

白清卓听在耳里,却是全身一震。他张了张口,一时竟不知如何回答。

牟大掌柜呷了一口温茶,又向他悠悠问道:"你如今的壮举,我也听闻过。你在喜峰关一隅,为南兵营里一万名兄弟的衣食薪俸而奔走呼吁、尽心尽力,确是感人至极。若是这天下,还有十万兄弟、百万兄弟、千万兄弟,都落进了相同的遭遇,你又该怎么办呢? 你就浑身是铁,又能为他们打得了多少颗钉子呢?"

白清卓静了半晌,淡淡而答:"我只能尽心做好我目前该做的事情。"

牟大掌柜哈哈一笑:"你现在是一名参将,将来有一天应该也会走到王一鹗、申时行的位置上去的。那时候,你就要面临这些问题啦!"

白清卓苦苦一笑:"从眼前来看,我能保住我现在这个参将都不太容易。"

牟大掌柜双眸精芒闪射,深深沉沉地直视着他:"那是你还没有遇到你的机缘。若有一天,你碰到了这个机缘,我俩倒是可以再来好好促膝交谈。"

"西市的烧鸡味道没有东市的味道好了！引凤堂在东市开的几家女装店也更招京中妇女喜欢……再这样下去，东市那边的人气会越来越比西市旺了！"罗乞泰一边大口大口地啃着手中的鸡腿，一边和身边的几个青年乞丐絮絮叨叨地说着，"让弟兄们多分流一批到东市去要饭，人气一旺，财气就足嘛！讨要的东西也就更多了！"

他一头像鸟窝似的蓬乱头发，脸上是红一道黑一道的泥痕，破破烂烂的衣衫，但除了淡淡的汗臭之外，却无其他异味。毕竟他是顺天府十六家养济院的总丐头，管着当地的几千家丐户和所有的外来游丐，又经常出入府衙各署，故而还是要注重一些仪表体面的。

"好的，好的。罗老大说得对。"那几个青年乞丐纷纷答应着。

正在这时，一个乞丐敲着竹杖过来禀道："老大，外面有一个蒙面公子要见你，他还递了一张字条进来，说你一看到后就知道他是谁了。"

罗乞泰漫不经心地一手接过，只见上面写着一个不大不小的"白"字。他顿时停住了啃咬鸡腿，脸色变得十分庄肃。思忖了片刻后，他对那来报的乞丐说道："你快去带他进来。"同时又吩咐另外几个在场的青年乞丐道："你们都去外边把风，谁也不许靠近这里。"

进来的这位公子确是青布蒙面，只留眉眼在外，双眸亮光闪闪，语调却是江南人氏那样的平和绵柔："我是白清卓公子的朋友，代他过来请教一些问题。"

罗乞泰把鸡腿丢在一边，大咧咧地将那张写着"白"字的纸条抖了一抖："我罗某人不太会识别这笔迹，不晓得是不是仿冒的。"

"那好，我再说一件事情证明自己的身份。罗乞泰，你在万历八年七月十六日之前名叫罗四狗，对吧？万历八年七月十六日后，你就改名叫'罗乞泰'了吧？"

罗乞泰把手一摆："少来。这个事情当时有不少人知道。"

"他们不知道的是你这个名字正是白公子帮你改的，而'乞泰'二字则是'乞求国泰民安'之寓意，对吧？"蒙面青年徐徐道来，"你当时还想改成'乞太'，寓意为'乞求太平盛世'。白公子说，你身为丐头，多一份灵动的'水性'最好，还是坚持让你改名为'乞泰'。这个细节，恐怕更是只有你们二人知晓了。"

罗乞泰立刻谦恭至极地站了起来："公子原来真的是白恩公的朋友，这个秘密确实只有我和白恩公才知道，没有第三者知道。"

蒙面青年却面色平静,直直地盯着他:"时间已经过去了近十年,罗君也从当年东城巷的小丐头做到了今天顺天府的总丐头。真是沧海桑田、白云苍狗啊! 不知罗君变了没有? 又或变了多少呢?"

原来,万历八年之时,内阁次辅张四维为了巴结首辅张居正,鼓吹"张公德高,天下无丐",上书建议把顺天府的养济院补助款从每月三千两削减成了一千两,把京中的丐户强行外迁三分之二。而当时罗乞泰便在这外迁名单之中。他悲愤之中便欲跳河自尽,却被白清卓救下。白清卓问清情况后,上书给申时行,申时行又转呈张居正。张居正从善如流,废止了张四维的迁丐之举。事后,罗乞泰视白清卓恩同再造,一直感佩于心。

此时听到蒙面青年如此问话,他依然是极为恭敬地回答道:"无论世事如何变化,罗某对白恩公的一片感恩效劳之心永远不会改变。"

"那七年前白公子离京前送你的那件信物还在?"

罗乞泰"嗯"了一声,急忙从胸口贴肉处取出一块小小银牌递在蒙面青年手里:它正面镌刻着"金白水清"四字,背面镌刻着"卓尔不群"四字,笔法刚劲有力。

蒙面青年看过之后把它又还给了罗乞泰,深深点头说道:"难为你还始终佩戴着它,说明你确实是一直把你白恩公挂在心头的。那你可知道你白恩公现在回京城来办什么事情了吧?"

"恩公作为辽东镇的特使,特来京城协查黄启祥被三眼神铳劫杀案。我已经在下面做了一些功夫,就等着恩公上门来取。"

"那好。"蒙面青年依着白清卓交给他的问题清单,一项一项地问道,"最近……也就是黄启祥出事的前两三个月至今,京城中有什么异常的人物和异常的事情?"

罗乞泰扳着手指头一件一件地说道:"德润斋近来施舍给丐户们的米粥越来越浓稠了,越来越喜欢做不赚钱的生意了,这异不异常? 琉球国的商人东方胜在东市坊增开了一片店铺,取名引凤堂,近年来风生水起,居然就在德润堂眼皮底下做大了,这异不异常? ……"

蒙面青年也认真地听着,老老实实地拿笔全部记录了下来。

然后,他拿出洪尔林的人头画像递给罗乞泰:"把这幅人脸画像拿去给你们所有的弟兄辨认回忆:谁在什么时候、什么地方见过这个人在办什么事情,一一火速报告上来。"

罗乞泰看了看那画像,卷好了放在兜里。他手下所有的京丐和游丐都是他的"耳目"细作,追踪调查有关人氏也确是熟门熟路。

蒙面青年又点道:"兵部武库司包天符这个人,你们要重点盯梢他。对他的任何异动,都要及时来报。"

罗乞泰"咦"了一声:"辽东留京署东霖院那边也有人在盯他。"

蒙面青年的声音一下硬了起来:"他们盯他们的,你们只管盯你们的。"

罗乞泰也明白了:白清卓在防备东霖院里有内奸。他想了一下,问道:"罗某收集到了这些消息后,到哪里来交给白恩公呢? 还是送到东霖院去?"

"不能送到那里。"蒙面青年双目灼然生光,"你就拿着这块信物银牌到北城的喜来客栈找我,我住甲字号单间房。如果我不在,你就以银牌为凭证,找那里的崔掌柜,他会替我收好消息的。"

"好。"罗乞泰朗朗而应。

"既然你已知道白公子为黄启祥案件而来,那你应该也在这方面下了不少功夫了。"蒙面青年又款款问道,"我问你,那个黄启祥,生前在京城中比较熟识的是哪些人氏?"

"一类是从他们朝鲜国过来京城定居的商绅,一类是朝廷礼部的官员,还有一类……可以说还有一个人,可能你们连想也不会想到。"

"谁?"

"黄启祥一向喜好诗文,和左都御史方应龙大人的公子方宝棠素来交好。"

"方应龙的公子?"蒙面青年微微一怔。

"是的。黄启祥多次赞叹方宝棠为'京城第一才子',那位方公子也回赠他是'三韩第一秀士'。"

蒙面青年马上单刀直入:"那你们可调查过了,黄启祥被杀的那天晚上,方宝棠可有不在场的证明?"

"我的弟兄们回报:那天晚上,很多人看到方宝棠在'春香楼'和高正思、邬涤尘等公子贵人们饮酒作乐。"

"哦。看来,没有他直接介入此事的证据啊。"蒙面青年淡淡一叹,"没有第一手的证据,便不好说啊。"

"可是他如果也像今天您代表白恩公来见我一样派人去见黄启祥呢? 由方宝棠亲笔书写一张凭证字条,那个人再带在身上,然后就可以堂而皇之地见到黄启祥了;黄启祥也不疑有他,而被那个人当面一铳毙命。"罗乞泰侃侃而道。

"这样的推理调查,顺天府唐鉴也已经做过了吧?"蒙面青年冷不丁地问了一句。"

"唐鉴? 唐鉴怎么敢去这样调查、询问方应龙的公子?"罗乞泰摇了摇头,"唐鉴这个人最擅长见风使舵……"

蒙面青年淡淡说道:"白公子也没准备寄期望于他们顺天府衙。你刚才说的,其实只是一种假设。"

"没有大胆的假设,哪来对真相的挖掘?"罗乞泰搓了搓手,"目前,遵循获利最高者可疑的常识判断,李成梁和辽东军一旦被定罪成功,最大的获利者就是方应龙和萧虎臣那一帮人。你看,现在都察院对李成梁的攻击那是何等密集、何等激烈?所以说,方宝棠为他老子如此活动和设局,也在情理之中。"

蒙面青年笑了一下,直接给他挑明:"你白恩公向我分析过:黄启祥案件震惊中外、影响巨大,方应龙和他的手下没这个胆子去做。他们不会主动栽赃李成梁和辽东军,只会落井下石趁机诬陷。当然,一切要靠证据来说话。你也可以按照你刚才的假设去追查,只是如果没有确实的证据,你便不能妄言妄动。方宝棠和他背后的势力毕竟非同小可。"

"好的。罗某自会谨慎小心。"罗乞泰肃然而答,"另外,有些事情,我要向你先说明一下:其实也有人在找我们来盯梢白恩公。所以,白恩公让你代表他来见我,实是十分英明。"

"谁让你们盯梢白公子的?"蒙面青年不动声色地问。

"唐鉴,就是那个唐鉴。他是顺天府总捕头,我是总丐头。他管着我。他让我派人盯梢白恩公的。"

"原来是唐鉴?"蒙面青年若有所思,"他让你派人盯,你就派人盯吧。说不定,他还有另外的耳目在盯白公子呢。你放心,白公子让你们看到的踪迹,就是他想让你们看到的那个样子,影响不了什么事情。"

"好的。白恩公事先明白就行。"罗乞泰连连点头。

蒙面青年掏出一张八百两的银票向他递来:"我知道你们'养济院'的弟兄们也很辛苦。这些茶水钱,你拿去分给他们吧。"

罗乞泰很生气地将银票推了回来:"'养济院'的弟兄们为白恩公奔走效劳,乃是万死不辞!决不会要他一分一文的!"

"很好,很好。你的诚意,我一定带给白公子。"蒙面青年起身临别之际,忽然又想起了一件事情,"另外,你再帮白公子调查一件事儿。"

"什么事儿?"罗乞泰还是那么积极地问道。

"七年之前,白公子在午门血书上谏之后,礼部侍郎上官平芝一家至今所有活动情况,包括上官雪衣为何会背叛白公子,她这七年里又在做什么。"

"这……这也是白公子自己指定要调查的?"罗乞泰十分诧异。

"不错。这桩任务,你也要尽快完成。"蒙面青年的眼中异光一闪,口吻却显得极为坚定,"尤其是上官雪衣的一切动态。"

"好的,好的。"罗乞泰摸了摸后脑勺:白清卓离京前倒是说过让他们丐帮平日关照一下上官小姐的情况,但像今天这样明确要求对上官家深查、细查的做法却有些令人意外。莫非白恩公也怀疑上官平芝彻底倒向了方应龙一派?

清亮亮的井水一股股注入那方贝叶纹奇石砚池之中,一粒粒晶莹剔透的细贝、圆螺顿时浮凸而现,栩栩然流光溢彩,闪烁如星,煞是好看。

方宝棠站在案前,轻袍华冠、一身贵气。他手拈墨块,瞧着砚中这一幕奇景,几乎不忍下墨细研:"宝芹帮我选的这方宝砚可真漂亮! 弄得我都不好拿来研墨而污了它的珠光宝气!"

高正思、邬涤尘、吴承信等人围成一圈在旁边观赏着,也是连声赞道:"宝芹小姐的眼光真好! 这宝砚可真是稀世奇珍!"

方宝棠似笑非笑地斜眼看着他们:"你们知道这方石砚是谁推荐给我妹子买下的吗?"

"我看砚角有德润斋的印记,自然是德润斋那些鉴宝师吧……"高正思开口说道。

"非也。据宝芹所讲,竟是一个自称'白清卓'的人从旁推荐的。"

"白清卓?"高正思、邬涤尘、吴承信等人不禁面面相觑,"居然是他? 宝芹小姐还见过他?"

"难道不应该是他? 从这方宝砚来看,他识物辨宝的眼光还不错嘛! 圣手狂生,果然有些意思。"方宝棠欣赏了贝叶纹奇石砚半晌,终于还是忍不住了,拿着那块父亲所赠的"御墨",在砚池里慢慢研磨了起来。一缕黑线在清水中徐徐扩散开来,淡淡的墨色轻轻掩盖了砚底的细贝光彩。

"咳咳咳……我去巡边外察时看到的白清卓,身上很少有书卷气。"邬涤尘随时随地都要贬损一下白清卓,"他简直是一个'老兵痞子'……"

"丹池诗会就要举办了。"方宝棠仿佛十分随意地讲了一句,"今年的办会款项已经有着落了。"

"应该还是像去年那样由德润斋出钱主办吧?"高正思问。

"去年是一万两的预算,全由德润斋负责。今年却是一万四千两的预算,德润斋这一次只承担三分之二,另外的三分之一是由东市近年兴旺发达的引凤堂承担。"方宝棠提起了一支玉管狼毫笔,徐徐伸入砚池墨汁之中,"引凤堂派人来求家父的亲笔墨宝题名,就是引凤堂三个字。这大概也是他们愿意为丹池诗会出钱的条件之一吧。

家父让我来代笔。"

高正思敛色叹道："方大人、方公子为筹办丹池诗会真是苦心孤诣、不辞劳苦。"

邬涤尘见方宝棠已经准备挥毫泼墨，就把高正思、吴承信拉至一边，说道："我们就不要打扰方公子书写墨宝了，到这边来谈一谈怎样对付白清卓吧。"

"要对付他，还不容易？"高正思冷笑了一下，"自古武将最贪财。你查到白清卓在南兵营参将职位上有什么贪墨行为了吗？"

邬涤尘连连摆手："没有，没有。我翻来覆去到处追查——他却是把所有的薪俸都捐给了南兵营，而自己还为解决南兵营欠薪问题在德润斋牟万琛那里借了不少银两。"

高正思叹了一口长气："照你这么说，他可是比咱们都察院里最清廉的监察御史还清廉！都快赶上海刚峰了！"

吴承信却从旁直问："我听闻他身边一直有个小师妹在跟着他，这其间会不会有什么苟且之事？"

"似乎也没有。"邬涤尘暗暗抽了一口冷气，"这个……这个，这个凌姑娘不好招惹呀！况且白清卓目前还是单身未婚，身边有一个女子陪侍，似乎也不好定他一个什么罪名。"

"那他就真的没有一丝漏洞？"高正思咬了咬牙，看向吴承信，"吴兄，你也说一下？"

吴承信却直直地迎视着他："对了，我们也不要单单打倒白清卓一个人呀！高大人，你近来去辽东镇清查三眼神铳配备、使用等情况，又查出了什么？"

"这件事情我已经向方大人禀报过了。辽东镇对三眼神铳这种'国之利器'还是十分重视的。每一次战役结束后，该镇军械署都把三眼神铳在战场上遗失、损毁的情况登记在册。我对每一份记录都核查过了，不似有作伪的情况，而且和兵部提供的底单也相吻合。所以，从这一点入手，做不出什么'大文章'。"高正思也细细地答道，"辽东镇麾下人才济济，在这方面应该是有高人指点和协助的。"

"难道他们不会把一部分三眼神铳借着对外遗失、损毁为名而私藏在手？"吴承信直问过来。

"你怀疑得对。但他们到底私藏在哪里、私藏了多少件，又或者流失到市面有多少件，这些疑问是要拿证据来说话的呀！"高正思长叹一声，"我们可以以风闻奏事众口交攻，但是要给他们定罪到位，却不能光凭空口白话啊！你要相信，我绝不会放过辽东镇一丝漏洞的。"

听高正思讲得如此直白，吴承信一时也无话可说。

高正思静了下来,也想到了前天自己从辽东镇调查回来后和方应龙的一番交谈。当时,他也对方应龙直言道:"高某也赞成对辽东李氏施以打压,但万一黄启祥劫杀案的背后另有真凶呢?我们岂不是被人利用而替真凶火中取栗了?"

方应龙沉沉答道:"为了让萧总兵真正在朔方掌权上位,哪怕黄启祥一案确是另有真凶,我们也要把它栽在李成梁父子的头上!这是一场你死我活的决战,你此刻千万不能有半分动摇。"对此,高正思当时也只有沉默不语。

这时,邬涤尘按捺不住,重重地一拳砸在桌面上,焦躁至极地叫道:"难道我们真的就拿白清卓、李成梁他们一筹莫展了?"

"慢着,慢着。"吴承信阴险地说道,"我们还有一件事情可以做一做文章,用来一挫白清卓的锐气。只不过它拿到台面上来,似乎让人感到稍稍阴损了一些……"

"哪件事情?"高正思和邬涤尘几乎是同声问道。

"白清卓不是一直对外声称南兵营缺薪、缺饷吗?他不是一直在以南兵营补薪代言人而自居吗?甚至还托了卢光碧等人到处试图打通'关节'。我们可以来一招釜底抽薪,要堵得他无话可说。"吴承信的目光愈发阴寒而尖利。

"哪一招釜底抽薪?"高正思不禁探身追问。

"吴某翻查户部的旧档,知道了这样一件事情:十多年前,戚继光自称为了防寇,组织戚家军和大量工匠修建了长达两千里的蓟辽长城,每一里城墙耗银四千五百两,合计总费九百万两白银;又修了二千零七十一座空心炮台,每座耗银七十两,合计总费十四万四千余两白银。当时的国库为之损费三分之一。那么,如此巨额的工程款项,有多少笔不是落进了戚家军的腰包?他们以役获薪,每个人还不是分得油水多多?哪里还有缺薪、缺饷之说?咱们把这一大笔烂账重新翻出来,白清卓只怕也唯有结舌认输!"吴承信像是挖到了什么绝招秘诀一样,越讲越是兴奋,两眼都放出炙热的光芒来。

听了他这长长的一席话,高正思和邬涤尘却坐在那里面面相觑,也不似他这般激动,神色更是平淡得很。

吴承信也察觉了他俩的异样,愕然而问:"你……你们怎么回事?"

邬涤尘有些尴尬地咳了几声:"吴郎中,戚家军修长城的款项账目,我们都察院在万历十年张居正死后就开始启动清查啦……你认为,这么大的一个'把柄',方应龙大人会白白错失?不过,当年似乎就没查出什么问题来……"

"那……那为什么户部竟然没有他们修长城的存底账本?"吴承信讶然说道,"既是没有账本,那便还有文章可做……"

"咳咳咳……你是在万历十四年后进的户部,可能有所不知:当年内阁和司礼监最后不都是认可了戚继光的说法吗？那些账本是被潜入军营的外贼细作放火烧了吗？"高正思也有些吞吞吐吐地说道。其实，这件事暗底下真实的原因是：张四维、张鲸见从账面上找不到戚继光的漏洞，干脆派出刺客去偷偷焚烧戚家军的账本，然后栽赃给戚继光。不料，那些刺客却被戚继光手下精兵生擒活捉，并押送到了内阁、司礼监。张四维、张鲸遭到如此打脸，才迫不得已对外宣称戚家军账本系外贼奸细所烧，对内则不敢再拿此事诬陷戚家军。而这一内幕，当时朝廷上下都是心知肚明的。

吴承信问清了事情的本末底细，略一思忖，厚着脸皮又道："当时与此事有关的三个当事人：戚继光、张四维、张鲸等而今都已死去，这就叫'死无对证'！咱们便又可以翻出这笔旧账来攻击南兵营！这样一来，白清卓也不得不低头示弱了。"

高正思听罢，转脸望向邬涤尘："老邬，你怎么看？"

邬涤尘有些结结巴巴地说道："这个……这个，我觉得可以照吴郎中所言去试一试。咱们可以拿出这笔旧账来敲打白清卓，让他无法为南兵营争取补薪。毕竟那时的当事人都不在了，而且账本也确实没有留底，咱们闹将起来，他白清卓也不好还嘴。"

高正思在心底暗暗一叹，虽然也觉得这种做法未免太过无耻，但在嘴上却只得说道："如今看来，也只能如此了。"

那边，方宝棠恰巧丢下了手中毛笔，仰天大呼一声："写好了！"

高正思、邬涤尘、吴承信三人亦觉大事已定，心情终于放松下来，各个起身走到桌案前：只见那雪白的宣纸条幅之上，"引凤堂"三个斗大的楷书方字恍若峰耸岳峙，气势雄浑，夺人心魄！他们不禁纷纷喝彩："方公子的书法真是冠绝四海、妙不可言！"

方宝棠斜斜抬眼看着他们："刚才你们一直在那边议论怎样对付白清卓——怎么？他很厉害吗？让你们很头痛吗？"

"他……他就是一个自恃几分才气的'狂生'……"高正思嘻嘻一笑，"吴郎中已经想出手段收拾他了……"

"既然他也是个书生，我们便邀请他参加此番丹池诗会吧！咱们就在文才诗艺上打掉他的气焰，让他从此在京城里直不起腰来！"方宝棠面色一正，森然言道。

"好！好！好！"高正思等三人互相对视了一眼，都不禁鼓起掌来，"宝棠公子出马，必能砸掉他那个圣手狂生的纸牌子！"

李成梁送给申时行的那块犀牛望月文石砚在案头上摆放着，白清卓手持毛笔在砚池中蘸墨后，慢慢地写着书幅。

十二

凌兰拿着一瓶药汁走了进来："二师兄，你知道吗？昨天晚上东霖院里送来的饭菜中又发现有毒。我担心影响您休息，当时就没说。"

"知道了。有你替我把关，什么毒药都到不了我口里。"白清卓接过药瓶抿了一口后，又去伏案泼墨了，"其实我痼疾缠身、病气充溢，若是中了某种合适的奇毒，说不定还能以毒攻毒，一举拔除我体内的病根呢！"

"二师兄，这样的玩笑开不得。"凌兰一下跳到窗口上坐着，同时摆弄着手中那支寒铁簪刀，"干脆咱们从东霖院里搬出去吧……"

"搬出去住？外面哪一家客栈能像这里管吃管喝管住还管玩呢？"白清卓仍旧在纸幅上运笔如飞，头也不抬一下。

"可是这里有人想暗害您呀……"

"想暗害我的人多了，到哪里都会有。至少这里不会有人天天上门闹事打扰吧？"白清卓淡然一笑，"东霖院也不容易，要帮我防备着那么多明里暗里的敌人，做得够可以了。"

凌兰一时无话可说，又想起了另外一件事情，不禁叹道："没想到那个顾少伦那么狠心，和我们告别后就真的再也不上门会面了……"

白清卓拈起笔来，瞅了她一眼："莫非你还惦念上他了？"

凌兰恨恨地说道："人竟为一己之私而趋利避害到这种地步？我……我真没想到他竟是这样的人！"

"你呀，你没想到的事情多了去啦！"白清卓的笑容里似有莫名的深意，"他跟着我们进进出出、来来往往的，既容易变成大家的'鸡肋'，又容易变成大家的'软肋'。他走了，其实对大家都好。"

"顾少伦先前吹的牛皮看来都是假的：他说，他自己当年进京赶考时，看到扬州百花楼里有几个姑娘遭遇太过困苦，又有从良之心，便自掏腰包为她们赎了身，放归民间；他又说，他在京城考试时，受几个装穷装困的同学欺骗，白白捐了一大笔银两……现在，他为了自保营私，终是改了初心！我真为他可惜！我本以为他真的是我们在喜峰关遇见的一个朋友，唉……"凌兰长长而叹，"这世间，能有几个男子能像二师兄这般坚毅不屈？"

"小兰,不要再说啦!"白清卓缓缓提起了笔,招手喊她过来,"你看一看我这幅字写得如何?"

洁白的宣纸上,"雾隐龙潜"四个隶书大字墨迹淋漓、气韵畅快,甚是好看。

"二师兄的这几个字像是一套刀意蕴含其中,杀气内敛而又锋芒半露,确实写得好。"凌兰细细看罢,诧异问道,"你把这四个字送给谁?"

白清卓慢慢搁下了毛笔:"牟万珍大掌柜送了我那么多宝贝,我可不想白白欠他的人情。我便写了这幅字帖回赠给他,就当是还礼啦!稍后就让东霖院的人给他送过去。"

"'雾隐龙潜',你对他的这句评语可不低啊!"凌兰若有所思,"看来那天你和他聊得还不错。"

恰在这时,李井方忽然敲开室门径自而入,手里握着一份卷宗,面色十分严峻:"当年金刚堡战役的底细情况刚刚送到。洪尔林为什么要在司礼监行凶,这个原因也搞清楚了。"

白清卓等的就是这个消息,急忙接过那份卷宗,一页一页地翻开看完,然后思忖半晌,深吸了一口长气,说道:"此事涉及内廷宦官监军之制,确是有些难办。李督帅带了什么话过来没有?"

"李督帅只是请白参将你酌情处置。"李井方皱着眉头,"这确是一个极烫手的山芋。另外,洪尔林当年在金刚堡一役中的老战友田文豹明后天就会由辽东镇送达京师。他是当事人也是证人。我们应该如何安置他?"

"先不要交给锦衣卫。不仅是田文豹,还包括这些卷宗。"白清卓的面色也缓缓凝重起来,"我会马上递帖子到申府求见申阁老。一切,等我见过申阁老后再做定夺。"

几乎与此同时,在内阁值事房内,申时行把一份批红纸件郑重地递到方应龙的手里:"这是司礼监转来的一份圣谕批件,你先看一看。"

方应龙先是满不在乎地接过,后来看着看着,额头上已有一颗颗汗珠直掉下来。

"你看你们都察院、吏部众口一词推荐的所谓'清流佳士'方志毅是何嘴脸!"申时行一字一句虽是来得轻如鸿毛,却似皮鞭一样打得方应龙脸上啪啪作响,"据说他还是你的远房侄儿?你看他在洛阳府任知府时,竟在任上天天饮酒作乐,以文会友,荒废政事,连下辖百姓的税银都收不起来!办一个'牡丹亭诗会',耗尽府银三千两!这样的大手大脚,大明朝再雄厚的家底也被他们败光了!"

方应龙脸色铁青异常:"这样的蠢材,简直是丢尽了我们清流儒林的脸面!"

"陛下已经严厉批责方志毅,将他免官、流放三千里,并要求立刻写入邸报明发天下!"申时行清冷如霜的目光直向方应龙削了过来,"方大人,朝廷需要的是善于真抓实干的能吏,不是清谈误国的昏官!"

方应龙知道自己这一次又被申时行一派狙击得手了,只得认输说道:"申阁老教训的是。但都察院上下同僚一致认为,昏官误国并不可怕;可怕的是桓温、朱温之流的'鹰扬之臣',祸国之患更深。"

申时行凛然说道:"你们说得也不无道理。但对付所谓的'鹰扬之臣',不能全凭捕风捉影、空口白话。拿不出真凭实据,你们就有诬陷忠良之咎!"

方应龙只得再一次沉默了。为了缓解窘境,他转移了话题,嗫嗫说道:"这个方志毅也确是无能,办个牡丹亭诗会便耗费官银三千两! 活该被罚! 我们清流儒林在京师举办那么大规模的丹池诗会,就从来没有让官府掏过一文钱。"

申时行听到丹池诗会四个字,容色微微一动:"既然没有挪用官府的钱款,你们该办还是要办。午门献俘大典,可以彰显我大明朝之赫赫天威;丹池诗会群英竞秀,也可一扬我大明朝之盛世风华。内阁自是乐观其成的。"

方应龙微感意外地瞥了他一眼:"申首辅真是通达时务,对任何事物都不会一棒子打死啊!"

申时行沉沉地盯着他:"方大人,儒学之精华全在'中庸'二字。都察院同仁们对这两个字还须下来多多领会啊!"

在东霖院的一间密室里,韦生晖向李井方肃然问道:"金刚堡战役的真实底细情况,你怎么能仓促间交给白清卓呢? 万一他拿去得罪了司礼监,后果不堪设想! 你认为李督帅现在离得开张诚公公他们的支持吗?"

"白清卓身后站着当朝帝师、内阁首辅申时行!"李井方也一剑直指要害,"你认为李督帅现在离得开申阁老一派的支持吗? 你知道的——如果不是申阁老事先暗中打过招呼,兵部这一次会巧妙配合我们辽东镇顺利地通过高正思的严密调查? 三眼神铳使用、配备、损耗等有关数据就真的那么'无懈可击'?"

韦生晖怔了一下,愤愤道:"白清卓他终究是一个外人,不是我们辽东镇本土派系的人。"

"可是李督帅完全信任他,这就够了。"李井方沉声说道,"而且,我相信白清卓一定能给出一个最佳的处置。"

"好吧。你现在持有金蛇令,我无话可说。"韦生晖只得闭上了口。

李井方平复了心情,转移了话题:"包天符那里,你手下的人调查到了什么没有？”

"我们埋设在包府马夫身边的一个细作近日来报：包天符似乎在外面包养了一个情妇，每逢休沐之日，就会避开所有人，独自去一个地方鬼混。"

"凭什么断定他是在包养情妇？"李井方追问过来。

"他的马夫有一两次到指定地点去接他时，都能闻到他身上有胭脂香气。"

李井方又问："包天符近来的交际圈如何？"

"包天符近来和引凤堂的交往颇多，也把兵部里的不少生意推介给了引凤堂。"

李井方目光一亮："东霖院就顺着这些线索追查下去。一有异状，即刻禀报。"

阁老府中，申时行见到白清卓的第一句话便是："清卓，你瞧着好像变黑变瘦了呀！"

白清卓也热泪盈眶地迎视着他："老师，您看起来也须得多保重身体啊！"

申时行缓步上前，拉着他的手进入小厅："千钧重担在肩，就是铁人也被压弯腰杆，何况老夫呢？"

白清卓嗫嗫而言："弟子这么晚还过来叨扰您……"

"你是该来我府上的呀！"申时行引着白清卓坐到餐桌旁，款款道来，"今天我一到家便听说你亲自过来递了帖子，马上就让人通知你前来。这不，老夫的晚饭才刚刚上齐，你应该也没吃。咱们师徒俩一齐用餐？"

"弟子知道老师一定会'一饭三吐哺'地接见弟子的。"白清卓眨了眨眼睛，提起一个食盒放到餐桌上，"所以，弟子也给您带了几份您喜欢吃的小菜过来。"

于是，二人就面对面地一同吃起了晚饭。

席间，白清卓笑道："老师，咱们还是和先前一样，边吃饭边对联？"

"好。"申时行一停筷子，顺口说了一句上联："天雷隐隐乘风来！"

"烈炬明明映空去！"白清卓飞快地答道。

申时行喝了一口菜汤，换了一个柔和的调子："朱户月沁虚弄影。"

白清卓咽了一口白饭，笑答："玉阶星燃不闻声。"

申时行双眉微微一抖："也无风雨也无晴。"

白清卓哈哈笑着为申时行夹了一块麻婆豆腐，朗声吟道："只有长啸只有拼！"

申时行也夹了一块红烧肉在白清卓碗里："果然还是不脱江湖本色。你身体不好，多吃一点儿养筋骨。"

在谈笑风生中，二人已经不知不觉地吃完了晚饭。

一切收拾停当之后，白清卓把那方犀牛望月玛瑙文石砚取了出来，放在申时行面前："这是李督帅托弟子敬献给您的一点儿小小心意。"

申时行拿在手里翻看了一番，又轻轻放下，悠悠而言："这让老夫想起了宋代名士米芾米元章的一则小故事：'米元章守涟水，地接灵璧，蓄石甚富，一一品目，入玩则终日不出。杨次公（指宋代名士杨杰）为察使，因往廉焉，正色曰：'朝廷以千里郡邑付公，哪得终日弄石，都不省事？'米径往前，于袖中取一石，嵌空玲珑，峰峦洞穴皆具，色极清润，宛转翻覆，以示杨曰：'如此石，安得不爱？'杨殊不顾，乃纳之袖。又出一石，叠嶂层峦，奇巧又胜，又纳之袖。最后出一石，尽天划神镂之妙，顾杨曰：'如此石，安得不爱？'杨忽曰：'非独公爱，我亦爱也！'即就米手攫得之，径登车去。"

讲罢，他又亮出那枚上官平芝所送的"天鹤奇石"，笑道："你看，这是上官平芝送给老夫的。"

白清卓温颜笑道："宋代杜绾的《云林石谱》里说：'天地至清之气，结而为石，负土而出，状为奇怪。……物象宛然，得于仿佛。'这也由不得老师您如米元章一般爱不释手哪！"

申时行一笑而起："走。咱们一起往府里新近装修过的万石苑去瞧一瞧。"

仰望着精舍门口上写有"万石苑"三个大字的匾额，白清卓深深赞道："老师，您这万石苑三个字取得真好！"

"这有什么好？不过是形容老夫收藏的奇石异岩有成千上万之多罢了……"

"可是，方应龙他们说，这'万石苑'还有另一层寓意：'万石'者，食禄万石之'万石'也，三公传世之官秩也。老师，您现在官拜首辅、位列三公，不正当得起'万石'二字吗？"白清卓的笑容里透出几分调皮。

"老夫哪里是什么'三公'？皇上曾经想封老夫为太师，老夫是坚辞不受了的。"申时行含笑答道。

白清卓又看着"万石苑"门口两侧立着的两方石碣：左边那方上面镌刻着"直方大"三个楷书大字，右边那方上面镌刻"曲圆慧"三个隶书大字。一见之下，他顿时眼眶一热：原来，这是申时行四十九岁寿辰大会时，他宴请诸位门生，为测试大家的学识优劣，他出了上联"直方大"三字，而只有白清卓的"曲圆慧"三字作为下联对得最为精妙。如今，申时行把当年这上下两联在"万石苑"处公开镌刻出来，就是在毫不掩饰地向外人表明自己对白清卓的青睐和支持。

一念及此，白清卓从怀里掏出那枚圆润光洁的"天音响石"，在掌中摇出清清朗朗的声声脆响，朝申时行敬献上："这枚天然石球正与'曲圆慧'三字之寓意暗合无失，希望老师能够满意。"

申时行也大大方方地接在手里，然后引着他登阶而上，进了"万石苑"精舍，笑道："老夫虽有这么多藏石，却很少对外开放，今天便让你一饱眼福。"

进得室内，只见各座木架上奇石纷呈、琳琅满目、气象万千，白清卓一时看得也有些痴了。

申时行慢慢玩转着掌心中那枚"天音响石"，问白清卓："既是赏石、谈石，我们便须知石、懂石、爱石。老夫问你，石亦有德，你可知否？"

白清卓娓娓而答："弟子记得《易经》之'豫卦'六二爻辞为'介于石，不终日，贞吉'。《象传》注释曰：'不终日、贞吉，以中正也。'所以，弟子认为：石之嘉德，在于刚介中正。"

申时行微微领首，走到南边一座百宝架旁，指着上面一块形体如扶杖仙翁而须眉宛然的耸立之石，又开口笑问："石亦有灵，你可知否？"

"弟子记得《搜神记》里是这样写的：'豫章有戴氏女，久病不差。见一小石，形像偶人，女谓曰："尔有人形，岂神？能差我宿疾者，吾将重汝。"其夜，梦有人告之："吾将佑汝。"自后疾渐差。遂为立祠山下。戴氏为巫，故名戴侯祠。'"

申时行向那块"仙翁石"躬身三礼之后，又朝白清卓继续发问："石还有启智发慧之妙，你又知否？"

"这个事情写在晋人所编的《西京杂记》里：'五鹿充宗受学于弘成子。成子少时，尝有人过之，授以文石，大如燕卵。成子吞之，遂大明悟，为天下通儒。成子后病，吐出此石，以授充宗，充宗又为硕学也。'"白清卓莞尔一笑，又是随口拈来。

申时行最后在一块明洁如镜、光可照人的三色绚丽天然石屏面前停了下来，深深凝视着里面自己的面影："你可知道自古以来圣贤明君还曾以奇石为教化人心、移风易俗之重宝？"

白清卓肃色答道："弟子知道。《周礼》有云：'以嘉石平罢民。'唐代贾公彦注释曰：'嘉石，文石也。树之外朝门左，欲使罢民思其文理，以改悔自修。'"

申时行听他讲完，方才抚髯领首："这些年来，想不到你在'博文好学'这方面也没有落下功夫。很好，很好。为了奖励你，老夫这一块'四象太白石'赠送给你。"

说着，他亲手把西边百宝架上一块恍似白茄子般色样的文石取来，郑重地递在白清卓掌心之中。

白清卓把这白茄子似的文石捧着，细细观赏之下，才发现它的通体莹白之中，居然含有四层脉络纹理：最底下的一层似羊脂之白，白而明润；往上一层，似宣纸之白，白而且燥；第三层则似瑞雪之白，白而清寒；最上边的一层是牛乳之白，白而生温。

"怎么样？满意吧？"申时行含笑又问，"你还从中看出了什么？"

"老师这是在用四象太白石教导弟子以识人制事之道。"白清卓把这块文石托在掌心，凝思而答，"您看，这一块文石中的同一种颜色都要分成润、燥、寒、温四个脉络层次，又何况于世间之万事万物乎？弟子受教了。"

"聪慧莫过于白清卓啊！"申时行徐徐坐下，继续娓娓问来，"你可知道这世间哪一样奇石才是最坚硬的吗？"

白清卓想了想，答道："昆仑刚玉？于阗极品坚玉？西域金刚钻？……"

申时行微笑着摆了摆手，从一个锦盒里取出一块大如鸡卵的文石放在他眼前："以老夫之见，这种'晶中石'才是最为坚硬的。"

白清卓仔细看去，只见那文石似一个剥了外壳的生鸡蛋，一汪透明如冰的"蛋清"中心处，却有一团金黄色的异质，如食指指头般大，形状恰似一尊小小的坐佛。然而，它并不是琥珀，握在手里沉甸甸的，感觉坚逾精钢。

"它不会是最坚硬的。以金刚钻划之，这块文石表面上应该还是有划痕的吧？"

"老夫说的是这石心之中的'小金佛'玛瑙。外面的水晶厚壳不论被如何划伤，却都波及不到它的'本体'吧？"申时行淡淡笑着，"老夫认为，这种奇特的'晶中石'，天生保障之壳，外透明而内坚实，宛若穿着一层厚厚的铠甲，比起那些'裸露体肤'的其他坚石来，自是更加刚硬。对吧？"

"老师讲得有理。"白清卓若有所悟，深深点头。

就在他俩赏石谈话之间，几个仆人早已进来收拾好了室舍内一张天然生成的太湖石桌，摆上茶水、糕点、瓜果，做得繁而不乱、颇为丰盛。

申时行让他一同倚桌入座，自己端起茶杯抿了一口，润湿了一下嗓子，这时才正颜说道："说完了赏石，咱俩就来谈一谈正事儿吧。你此番入京，一半是为了帮辽东镇破案，一半是为了帮南兵营讨薪。前一半，我不多说；后一半，我想你并不是仅仅为南兵营战士多讨那每个月几两的俸饷吧？"

"讨薪当然只是一层表象。"白清卓沉吟回答，"弟子还想为他们讨得一个公道。"

"又仅仅是讨个公道吗？"申时行笑如温水，把手掌中的"天音响石"摇转得朗朗作响。

白清卓这才感到面前这位长者的思维之敏锐、目光之犀利，就老老实实地答道："弟子认为戚大帅当年在军中创下的'择优招募制'值得永续长存。"

"对了，这才是你前来为南兵营正名讨薪的真正原因。方应龙他们一时看不透，老夫还是看明白了的。"申时行却又微微一叹，"此制因戚大帅而兴，又因戚大帅而废，也实属可悲。"

白清卓无声地点了点头，忽又有些犹犹豫豫地说道："那么，老师，您能不能……"

"能不能强行压下方应龙他们的无理取闹而促使各部为南兵营补薪?"申时行唇角含笑,淡淡地自问自答,"可惜,老夫不能。"

"为什么?"白清卓语气有些激动。

"因为老夫不能做第二个张师相。"申时行回答得很慢很慢,"如若老夫强行插手,说不定后果更糟。"

"您秉公而为,有何不可?"白清卓朗声问道。

"压得了一时,压不了一世。"申时行将目光徐徐移开,凝注在白清卓手边那块四象太白石上面,"卫所制和招募制这两条线,是朝廷军制改革的两个方向。一旦改制,就连圣上也不可掉以轻心。或许只有将来大家都认识到了南兵营招募制的优越,现在的方应龙们和未来的方应龙们才不会无理取闹。"

说到这儿,他双目一抬,注视着白清卓:"而这件事情,只能由你这个参将自下而上地做起来。你明白了吗?"

白清卓也昂然直视着他:"弟子一定尽力而为,誓必有果。"

申时行这才垂下眼帘,慢慢吹着茶杯面上的水汽:"除开这件事儿,你在顺天府还有什么要老夫帮助的吗?"

"弟子暂时不需要。弟子只需要让京内京外的人看到:都察院对我那么多的明枪暗箭,都能在您的'袖里乾坤'之下化解于无形,这就够了。"

申时行把自己吹温了的那一杯茶向白清卓迎面递来:"今天老夫已经敲打过方应龙了。他们应该暂时不会对你进行直接的人身攻击。"

"多谢老师。"白清卓接过茶杯,由衷地谢道。

"说到戚大帅,老夫倒想起了一件事情。"申时行徐徐盘弄着那块"天音响石",娓娓谈道,"近日礼部报来一个琉球国的本子,据他们讲,海域之外的扶桑国,也就是倭国,由一个名叫平秀吉(即"丰臣秀吉")的'关白'——相当于我们中原的'丞相',削平群敌、一统全岛,居然威胁琉球国向他称臣纳贡……琉球国特此向我大明朝求助。可是他们远在万里海波之外,又不如安南等地近在肘腋,我大明朝实在是鞭长莫及啊……"

白清卓右手一拍膝盖:"近年东南沿海水师不振,我们也只能望洋兴叹,若是戚大帅尚还在世,唉……"

"后来司礼监批了一个'和稀泥'的办法,行文给琉球国,允许他们向大明、扶桑两国分别通贡……"申时行轻轻一叹,"老夫也知道有所不妥,但暂时也只能如此了。"

"东南各省饱受倭寇之患,老师你们不可等闲视之,可以通知各省一边密察倭情,一边有所警备。"白清卓建议道。

"好。老夫明早拟个条陈发下去。"申时行呷了一口清茶,目光流转了一下,又问道,"上官平芝的女儿你见过了?"

白清卓点了点头。

申时行犹豫了一下,却又提起了另外一个人:"实际上,方应龙虽然为人浑蛋,但他的女儿方宝芹却不错,负有'京中第一才女'之名。那天你在德润斋也已经见过了。"

"弟子目前公务繁忙,实是无暇分心。"白清卓脸上微微发红。

申时行徐徐又道:"老夫理解。不过,京城的格局近年有些复杂。一些情况,老夫可以提醒你一下,德润斋背后可能有藩王的势力入股。你和他们打交道时,要注意一下。"

"好的。"

"你能和上官府交好,其实也是你将来事业的一个铺垫。在这朝野上下,老夫还有两三个人没有看透,其中一个就是上官平芝。"申时行望着石桌上放着的那一枚圆润透亮的"晶中石",深有所思。

白清卓不禁浅浅一笑:"上官大人只是礼部侍郎而已,他又没什么对外的大作为。您看他要什么'透'与'不透'?"

"上官平芝外示谦冲而内蕴实力,不可小觑啊!以他之才,若是靠向我申某,一定可以做到次辅;若是投向方应龙,也一定可以做到右都御史。"申时行缓缓道来,"但他既不随我,也不从方,在朝中兀然而立,却隐隐有'鼎足而分'之势:左投则左胜,右投则右胜。而他却是迟迟不动,定另有谋算,或许所谋者甚大。"

白清卓沉吟有顷,眉尖跳动了一下:"师相把话讲得如此深切了,弟子也便坦言相告:黄启祥案件、洪尔林案件,而今就是牵动整个朝局的两条暗线——该波动的,也一定会波动起来的,或往左或往右,谁都不能置身事外。"

"好吧,我们'听其言,观其行'吧。"申时行悠悠颔首,忽又笑道,"你方才说'波动'二字——都察院的方应龙可不只是要波动,而是上蹿下跳,活跃得很,抓住黄启祥案件大做文章。唉……你们在外边看老夫这个首辅,仿佛身为帝师、大权在握、风光至极,其实也就是大明朝这个'大家族'里的一个稍能当家主事的'媳妇'罢了:上要安抚宫里的'公公婆婆',下要协调好六部各省的'儿儿女女';既要两头受气,又要两头讨好;既要两头代过,又要两头抹平。万一将来老夫两头都不见重了,便也该告老还乡了。"

白清卓双拳渐渐握紧:"为了社稷苍生,真是苦了老师您了。"

申时行捻着那枚"天音响石"，长长一笑："可笑那方应龙之辈，居然还想争着抢着来当这个'媳妇'！等他晓得其中的滋味，恐怕也便死心了。"

"大明朝如今内安外靖、百业俱兴，一切还等着老师更推一把、再上层楼！您不该讲这些话。"白清卓向他正色言道。

申时行拿过那块"晶中石"，在手心里摩挲一番，缓声说道："功成必是有我，而功成则不必在我。一切，看天意吧。"

白清卓向窗外看了一眼，只见天色已晚，便直入正题："今夜弟子前来，就是想询问老师一句话：司礼监张诚、陈矩二人一向待您如何？"

"皇上待老夫如何，他俩便待老夫如何。"申时行似笑非笑。

"张诚、陈矩堪当司礼监之重任否？"

"张刚陈柔，一刚一柔，也还相得益彰。"

白清卓听罢，似有所思地点了点头，从自己怀中取出那份金刚堡战役内情卷宗，一脸深沉，递给了申时行："老师，请看这份卷宗。"

申时行接了过去，认真启开，细细地看完了那份卷宗。他眼底波澜渐起："原来当年金刚堡大捷背后的真相是这样的呀！怪不得张诚后来再也不愿出任藩镇监军，而且他从那以后也不太主张由宦官担任外镇监军……从小的方面来看，这个案子只是洪尔林针对当时辽东镇监军张诚的一次私人报复行为；从大的方面来看，这个案子也可能是一针见血地指向内廷监军之制。确实有些微妙……"

"如果张诚、陈矩二人与您交恶，弟子便会将它巧妙透露给都察院。但刚才老师所言，弟子便觉得还是一切交由您来建议。"白清卓深埋着头，低沉而言。

申时行似是没有听到他说话一般，自顾自慢慢合上卷宗："这件事情不可外泄。当然，这件事情皇上终究会知道。废除内廷宦官监军之制的这个建议，就由老夫去办吧。"

白清卓又问："司礼监和张诚那边……"

"很简单。这个卷宗你可以请司礼监、张诚等过来一同查处，但对这个案子，只能是'对事不对人'。要让张诚他们明白，洪尔林的那把'猎刀'是刺向那个坐在监军位置上瞎指挥的人：无论是张诚，还是王诚、刘诚，他这一刀都是要劈刺出来的！让他们自己为之耸然警醒！"申时行把卷宗又轻轻还给了他。

"好。一切就照老师说的这样去办。"白清卓朗声答道。

"不过，"申时行的语气顿了一顿，"你也不可以掉以轻心——看来，这个案子似乎还远远没有结束……"

东霖院府第大门对面的百仙聚酒楼底层,宽阔的大厅里,二十几张方桌旁竟都坐满了奇装异服、各色各样的江湖人士。

十三

当中的一张大桌上面,摆着一把太师椅,上边坐着一个穷酸书生打扮的中年人,短须浅眉,眼转如珠,正摇晃着一柄折扇,在那里侃侃而谈:"……如今一代奇侠圣手狂生重出江湖,就住在对门的东霖院,大家自当是有恩的报恩、有仇的报仇,而且谁若拿了他的人头还可领取重重奖赏啊!"

一个满脸刀疤的粗壮汉子笑了起来:"圣手狂生白清卓? 可他现在不是四品参将的官身吗? 还能在他身上套搬江湖规矩?"

"对啊! 对啊! 他当年不是公开发表了一首诗,然后宣布退出江湖、弃武从文了吗?"四座听众里有人嚷道,"'穷散人',你既说这江湖事,便知江湖人,你还记得当年他那首诗是怎么写的吗?"

那穷酸书生笑道:"是不是那首《廿二自述》:'遥看云潮滚滚来,八宝莲下四部书。金白水清洗人间,从此劈开通天路。'对吧?"

"你这脑子倒还记得……"刀疤脸汉子冷笑了一声,把扛在肩上的大砍刀舞了一下,顿令四周之人感到劲风扑面,"那你还传呼我们过来杀他这退出江湖之人?"

"白清卓在喜峰口七年,把他当年从江湖各派中淘到的各类刀法都毫无保留地传授给了南兵营的士卒! 这算不算他先坏了江湖规矩? 而且他现在已成病夫废人,天天药不离身,几乎武功全无,杀了他最是简便!"穷酸书生一双眼睛滴溜溜直转,"杀了之后,便能得到一千两黄金和绝色美女! 大家不吃亏呀!"

"一千两黄金? 你说话算不算数?"那刀疤脸汉子喊道。

"我说话当然算数! 你知道我的名号! 我是穷散人,江湖上名头响当当的牵线人——你看那边八张桌子后的朋友们,刚才都在我这儿签了'揭榜书',每个人也拿到了一百八十两白银的预付定金!"名为穷散人的那个穷酸书生底气十足地回应道,"这位好汉,你来这里签个名字,也拿了定金去刺杀圣手狂生!"

"那好! 我来签! 马上领定金!"刀疤脸汉子立刻提着大刀朝那穷散人甩步走了过去。

"算了吧! 只怕你们有命拿钱却没命花钱啊!"一个阴恻恻的声音不知从何处飘游而出,仿佛萦绕在大厅内每一个人的耳边,"这个'刀疤脸',你晓得吗? 已经有十三个杀手从这里领了定金出去暗闯东霖院,结果有七个被东霖院的护院高手打跑了,还有六个被圣手狂生那个疯魔小师妹弄得断手断脚、鬼哭狼嚎的……"

"刀疤脸"一下停住了脚步:"你是谁? 老子又不是吓大的!"

那穷散人正要开口说话,另一个不高不低的清朗声音从门口传了进来:"圣手狂生的那条性命,是小爷要定了的。谁若想和小爷硬抢,今天就在这里见个分晓!"

随着这话声,一个身形高瘦的蒙面青年从门口大步而入,抬眼往大厅内一扫:那两道清澈明利的目光,居然刺得有些人不敢直视。

那"刀疤脸"汉子跳了起来:"你小子算哪根葱啊?!"一刀挥出,向他迎面劈到!

他这一刀劈出,当真是呼呼生风、凌厉至极! 大厅内其他人士见了,也不禁暗暗咋舌。

不料,那蒙面青年仍是原地直立不动,伸出右手食中二指往外一晃,众人感到眼前一花,待定过神来,"刀疤脸"手上那柄大砍刀竟已被他那两根手指轻轻巧巧地夹住了刀刃!

更让众人哭笑不得的是,那"刀疤脸"几乎使出了吃奶的力气,像一个小孩儿般拉着刀柄拼命往后直扯,挣得脸红脖子粗,却硬是拽不动刀身一分一毫。

"就你这副身手,也配去讨要圣手狂生的人头?"蒙面青年微微一哂,双指之间暗一使劲,"嘣"的一声,那大砍刀便硬生生断成了两截!"刀疤脸"手里乍然一空,一下往后摔了一个大筋斗,直跌得四脚朝天、爬不起身!

"哗"的一声,那边八张桌子旁坐着的"揭榜"杀手顿时走了大半。

穷散人瞧得分明,嘻嘻笑道:"这位公子好内功! 好指法! 只是凭你目前这一手功夫,似乎还不足以独占一千两黄金和绝色美人的揭榜书!"

蒙面青年叹了一口气,从腰袋里摸出一块硬邦邦、圆溜溜的鹅卵石,右掌一抖,直向那厅中有一人合抱之粗的大木柱一掷而出。

"咚"地一响,鹅卵石化作一道黑光,把那大柱倏地撞穿了一个鸡蛋般大小的透亮窟窿! 穿过柱身之后,鹅卵石又直接撞到墙体之上,嵌了一大半进去。

剩下的应榜杀手们顿时又走了十之八九。还有两三个坐在原地,也似在权衡考虑之中。

"这位公子,您看,还有几个呢……"穷散人拿手中折扇指了指最后剩下的这几个人。

蒙面青年轻轻一笑,走了过去,从墙壁上取下那块鹅卵石,又走回到穷散人面前,把它夹在右手食中二指之间,微一使劲,只听"咯咯咯"一阵细响,那么坚硬的一块鹅卵石便似豆腐一般碎成了渣渣。

须臾之间,酒楼大厅里的那些江湖人士走了个干干净净。

打扮得像乞丐一样蓬头垢面的罗乞泰其实一直守在门外。当他看到最后一个应榜杀手也被蒙面青年吓出来后，不禁暗暗叹道：这位蒙面公子不愧是白恩公请来的好帮手，武功造诣几乎不亚于白恩公当年啊！

里面，穷散人望着自己脚下桌子上堆满的退回来的各个银票信封，干笑了几声，摇着折扇对那蒙面青年说道："其实，我想我应该知道你是谁了——'一曲周郎顾，一指弹回天'？"

"不要废话。"蒙面青年讲起话来竟然带有一种莫名的居高临下的腔调，"我现在就是这悬赏榜书的唯一揭榜者，你应该将立榜者和他的悬赏经过给我交一交底儿。"

"你确定需要吗？"穷散人冷笑道，"一旦完成任务，你拿钱领赏走人便是，何必多问这些？"

蒙面青年用脚尖拨了拨地板上那堆碎石渣，目光冷厉至极："办明白事，做明白人。你给不了我这个明白，我并不介意用另外的手段让你自己说个明白。"

"好，好，好。我怕了你了！"穷散人连忙弯腰抱拳，从太师椅上跳下地来，"其实我只是一个牵线人，从你们的交易中间抽取一点儿分成而已。我和立榜之人见面时，也是被蒙着眼睛带到一个不知道位于何处的山洞里的。那人也是蒙了面巾的，自称是什么'炎阳宫'的人。而且，他再三强调：如果有谁能刺杀了圣手狂生，完成了任务，不仅会得到一千两黄金的重赏，还会得到他们炎阳宫里一个名号为'千面仙子'的绝色美姬服侍……"

"动之以重利、诱之以美色，这手段够厉害啊！"蒙面青年冷然一笑，"既然他们都说是什么千面仙子了，不知道究竟拿不拿得出手去钓这些江湖杀手呢？"

"可是那个千面仙子真的出来亮相了。"穷散人啧啧说道，"那个立榜之人应该是为了增加我的信任度，于是解开蒙眼罩布，让我亲眼观看了一下那个绝色美女。她隔在一面大镜的后面，展露着她的身段风姿——"穷散人讲到这里，口水都快流到了衣襟上，"她确实美如天仙，但她也会'变脸'，片刻之间至少变换了七八张'美人脸'，可胖可瘦、可大可小、可纯可淫，沉鱼落雁、闭月羞花，要多漂亮就有多漂亮……"

"原来他们是要通过你的口头宣传先引诱更多的江湖杀手来对付圣手狂生？"蒙面青年若有所思地讲道。

"是啊！我是非常出名的江湖牵线人，一向口碑极佳。我做出去的宣传，自然是无人不信、无人不服的。"穷散人得意扬扬地吹嘘着自己。其实，他积极投身这场悬赏招人活动之中，还有一个原因是立榜人答应他在事成之后，亦可享用这千面仙子一番。这确实也带给了他极大的动力。

蒙面青年冷笑连声："我看，以你的宣传，似乎只能钓来二三流的角色……毕竟真正的高手是不需要在这种张扬、喧闹中出场的。"

"这一点我也想过。"穷散人厚着面皮说道,"或许立榜之人也知道这样未必杀得了圣手狂生,但只是为圣手狂生在江湖中多多树敌,令他防不胜防、疲于应付。毕竟他一出手就预付了数额不少的定金,你也看到还是有不少人上钩的……"

"舍得这样大把大把地撒银子预付定金、找人暗杀,确实是来头不小啊!"蒙面青年轻轻自语道,"江湖中还会有这一号人物?"

"这个揭榜书,你到底签不签?"穷散人催促道,"我能给你说的,都已经说完啦!"

"我当然会签。但你不要再找别人来了,除非那人比我武功更高,否则,我知道一次打你一次,知道是谁就打谁!因为,这些庸才只会干扰我的刺杀大计!"蒙面青年说罢,提起笔来,飞快地在那张揭榜书末尾处签了一个字。

穷散人看了那个字后,脸上微露笑意,把揭榜书慢慢卷起收好,说道:"那,我就在这'百仙聚'酒楼里静候你的'捷报'了。"然后,往楼上的厢房走了回去。

蒙面青年并不立刻离去,而是喊过躲在角落的店小二,递给他一串铜钱,作为方才打穿柱子的赔偿。又让他用碗装起了地上的碎石渣。同时,他指着大柱上那个透心穿的窟窿,对店小二说道:"若是以后再有人到你店里议论圣手狂生的这些事儿,你就让他瞧一瞧这柱子上的窟窿。若他还不服,就把这碗碎石渣给他看。他们自然便消停了、安静了,你们也好做生意了。"

店小二连连点头称是,弯腰作揖地把他送出了店门。

蒙面青年刚一离去,酒楼最往里处的一间雅室里,走出了变服易容的李井方、韦生晖二人。原来,方才那"阴恻恻"的话声,便是李井方待在此间用口技之术凭空发出的。

韦生晖侧视着李井方:"这个蒙面公子是何来历?需不需要派人跟踪?"

"暂时还不用。"李井方的目光投在那大柱柱身上那个透亮的窟窿处,眉头微微展开,"我大约也猜得出他是谁。"

然后,他把目光缓缓移向对面东霖院白清卓所居的那栋顶阁窗口处,徐徐一叹:"他可真是埋得一手好棋啊!"

虽然田文豹在卷宗里的年纪写的是四十八岁,但真实的他看上去却似已经五十八岁的衰老模样了:满脸尽是核桃壳一样的皱纹,右眼如白石球一般浑浊无光;说起话来,嘴巴也是瘪瘪的,竟已掉了小半口牙齿。尤其醒目的是他的左手:手掌显然是被齐腕砍去的,整只手臂绑紧在袖口里,神情却还显得似有几分精干。他如今在辽东老家当一个石匠。

　　而白清卓从第一眼见到他时,心底便溢满了敬意。在蓟镇喜峰关任职以来,他已见过太多像田文豹这样为国辛劳一辈子的老兵了。但白清卓从来对他们都是以礼相待,毫不傲慢。

　　辽东镇的人把田文豹刚送到东霖院,何远便飞快地现身了。他只让白清卓、李井方一道,把田文豹又转送到了锦衣卫在京城的暗所——城北"精诚别馆"的密室里。凌兰也想跟来,被何远劝阻了:有他和李井方两大高手,保护白清卓绰绰有余。而这一举动背后的含意实际是:内廷显然希望这件事情知道的人越少越好。

　　田文豹战战兢兢地坐在木凳上,看着屋内这三个表情不一的年轻人,一脸的惊疑与迷惘。他抖索着声音问道:"各……各位公子,军所不是送……送老汉我来……来见老战友洪尔林吗? 他……他……现在在哪里?"

　　对面坐着的那位白衫青年满面是笑,和颜悦色地开口了:"老人家,不忙,不忙。洪尔林得了重病,被辽东镇送到京城里诊治了。现在朝廷对当年金刚堡战役一事很关切。你们血刀营七百名战士斗败蒙古土蛮一万劲旅,歼灭一千九百多名敌寇,杀到最后只剩你们三个人。朝廷不少大臣很感动,认为应该优恤你们。但眼下要求你把当年的战斗经过原原本本如实说清,也顺便把洪尔林和你在战中、战后的表现讲一下,我们才好形成卷宗上报朝廷追赏、追奖。"

　　听了白清卓这番话,田文豹却是半信半疑:先前辽东镇的人也来追问过自己关于金刚堡战役的亲历情况,但没说什么"追赏、追奖",态度也不冷不热的,哪里像今天这个白衫青年讲得这么喜气? 他用右手抹了抹脑门上的汗珠,有些莫名不安地说道:"那天军所不是让人来问了嘛,还记在了卷宗,又让老汉我签字画押了……"

　　白清卓笑微微地说道:"卷宗我们看过了。我们三个人就是往上追报奖赏的录事员。现在,我们想亲耳听一听您亲口再讲述当年那场战斗过程。这也方便我们把卷宗写得更扎实,是不是?"说着,他伸手按在桌几那沓卷宗封面上,看着田文豹,目光温和可亲。

　　"老人家,不要急,先喝口水吧。"李井方倒了一杯茶水递给田文豹。

　　田文豹的情绪安定下来,"咕嘟咕嘟"地喝完了那一杯茶水,这才放松了语调,慢慢地讲了起来:"其实我和洪尔林都是辽东镇血刀营的弟兄。你们知道血刀营吗? 当年可是响当当的一支队伍,杀得土蛮、女真无不望风而逃……"

　　"血刀营就是辽东军中专门使用利刀劈刺冲锋的骑兵营,是全军当中仅排名在'火铳营'之后的主力精锐。"李井方补充介绍道。他这是让坐在一旁的何远有所了解。

　　何远的神情颇为严肃,始终沉默着,一如他身后那一座乌纱屏风。

而白清卓以其敏锐至极的耳力，听到了屏风后面传来的细细呼吸之声。他隐约猜出了此人是谁，却也装作全然不知。

"这位公子懂的还不少。"田文豹看了一眼李井方，继续说道，"当年在金刚堡时，李督帅留下我们血刀营七百弟兄死守金刚堡，本来是以我们为钓饵，诱使那来犯的一万蒙古土蛮骑兵全部进入我大军的伏击圈……当时我们虚张旗帜、夸大声势，让敌人误以为我们在堡内至少屯有三四千人马，所以把他们的注意力从一开始就吸引过来了。而李督帅大军便分锦州、辽阳两路赶来对他们合围包抄……李督帅的这条计策，我们当时还是清楚的，也觉得他这么做在当时是没错的。"

"确实不错。"白清卓也是富有经验的战将了，听罢之后点了点头，"如果让李督帅两万大军赶到后包成一个'大饺子'，那蒙古土蛮的一万人马几乎会被全歼吧？"

"是啊！我们血刀营的所有弟兄就是这样想的。当时我们坚守了七八天，守着那最后一点儿干粮和水源，其实已经是筋疲力尽了，而李督帅的大军据飞鸽传讯来报，还有三天的路程……就在那时，土蛮军也似乎察觉不妙，准备集结撤退。在关头上，究竟是追是守，我们也不好决断。毕竟当时围攻金刚堡的土蛮先锋队有三千多人，而我们整个血刀营只有七百人！再加上在这七八天里，我们也折损了两百多名弟兄！但外边敌人还屯集着好几千的主力部队。我们能够守住城堡就已经是谢天谢地谢祖宗啦！"田文豹一口气说完，喘息了一会儿，又不无痛苦地回忆着，"那几天我们是怎么熬过来的呀：踩着弟兄们前仆后继的尸体跑上跑下丢滚石、推云梯，顶着从不停歇的箭雨打旗帜、堵漏洞，连往嘴里塞一口馒头的工夫都没有……我的那只眼睛就是被敌人的飞箭射瞎了的，当时忙得几乎顾不上包扎，血水流了我满脸。后来还是洪尔林硬拖我到一旁去裹了白布的……他的身手太好了，几乎没有受什么伤，哪里有缺口，他就冲上去堵住。而且，他还一直给我们打气……"

这些事迹，白清卓先前也在卷宗上看见过，心底想起当初洪尔林在战斗中的种种表现和后来他在司礼监议事厅的孤注一掷，对比之下真是让人感慨万千。

何远仿佛感到了自己身后乌纱屏风后边那个人的心情波动，便重重地咳嗽了一声。

李井方会意，急忙开口转移话题，悠悠一叹："老人家，你们本就是一支诱敌之兵，或战或守于你们都没有太大的意义。关键还是看当时李督帅的大军能否东西合围对敌军主力聚而歼之……"

"我们当时困在城堡里怎么知道外面的消息呢？不过，靠着城堡的工事，我们和他们拼了那么久，也只牺牲了两百多弟兄。再守个三四天，应该是没大问题的。"田文豹讲到这里，语气忽然低落了下去，"就在这个时候，一切都突然改变了……"

白清卓和李井方都看过卷宗，也都知道发生这一突然转折的缘由是什么，互相对视了一眼，都不好插嘴说什么。

田文豹蓦地声音一振，右掌在一旁的桌面上重重一拍："但这个时候，辽东镇的监军，那位张公公却火速传来三道紧急追缉令，让我们血刀营剩下的五百左右弟兄必须全部出堡追击土蛮军，引来他们的反扑，以便于拖住他们撤退！其实，在那种正面之敌比我们多出好几倍的形势下，我们出堡主动追击挑战，也等于是让我们去主动送死！"

白清卓立刻听到乌纱屏风后面那个人的鼻息之声一下变得粗重起来。

同时，何远的表情也有些波动起来。他准备张口讲话，却被白清卓冷锐非常的一道目光逼了回去。他略一迟疑间，田文豹又已讲了开来：

"当接到这三份紧急追缉令后，我们金刚堡中剩下的这五百兄弟也进行了激烈的讨论：因为我们先前领受的任务只是固守城堡、虚张声势、引诱牵制敌军主力，而现在上司却要我们出堡追击、主动出战、拖住强敌，那么我们究竟应该怎么办？我们内部分成了两派：第一派的人认为无须理会这三份紧急追缉令，甚至可以做做样子假装出堡一下以应付上司，理由是我们主动出击实为以卵击石，完全是白白牺牲战士性命。

"第二派的人则认为这是上司看到敌人有可能会失去耐心而撤退，所以要求我们必须出城为饵，诱使敌军回马作战、推迟撤离，从而为即将赶来合围的辽东大军赢得宝贵的时间。对这两派的意见，我当时是无可无不可。而洪尔林则是后一派意见的坚定支持者。当时，我们血刀营的营长已经战死。而洪尔林在幸存的所有弟兄中资历最老、身手最好、杀敌最多，所以他被大家推选为血刀营临时的头领。他在里边显得最为顾全大局，拼命说服了另一派的人一起执行这三道紧急追缉令。他为了心目中这一战最后的胜利而付出了自己最大的努力。但他当时根本没想到，这三道紧急追缉令全然不是我们的'催胜符'——'催胜符'这三个字是他在游说大家时说的，而实际上却是我们的'催命符'！他……他和我们，那时候真是傻得可爱啊……"

说着说着，田文豹忽然哽咽了起来，右拳捏得紧紧的。

白清卓仍是静静地听着，眼眶里闪烁出晶莹的光亮。

田文豹突然察觉了现场气氛的沉寂，不禁定住心神，有些犹豫地问道："这……这……三位公子，这些内容，我能不能讲？上边的人不会喜欢听这些话吧？我……我……"

何远咳嗽了一声，正要顺势发话，却被白清卓右手一摆挡了一下。他正视着田文豹："您讲，您继续讲。什么内容都不要落下。您也不要怕。我们会一直认真地听。"

何远不得不开口说出话来："清卓兄,有些话听起来使人不太舒服……什么'催胜符''催命符'……"

"何大人,"白清卓也冷硬异常地点破说道,"古语云,'良药苦口利于病'。白某相信,内廷的各位大人还是有足够的胸襟和雅量,可以听完一个老兵陈述事实经过的。'内相''内相',宰相肚里能撑船嘛!"

何远张了张嘴,听着身后屏风背面的动静。那里一直沉默着。于是,他也只好闭上了口。

李井方只埋头做着笔录,一句话也不多说。

田文豹在白清卓的积极鼓励下,也就放开了胸臆,继续侃侃讲道:"血刀营的弟兄们一次次冒死冲出城堡挥刀追逐砍杀,果然激怒了蒙古土蛮人的兽性,引来了三四千敌军的分割围堵。那可杀得好惨烈啊!我的左手就是这样被一个蒙古蛮兵砍断的。我们一直激战了三天三夜,五百名血刀营弟兄也杀得只剩下四五十个人了。到了第四天时,敌人仍是把金刚堡围得水泄不通,再无撤走的迹象。我们都高兴极了,都热切地盼望着大军从东西二方合围而至,把敌人一网打尽——洪尔林甚至把他珍藏着的最后一壶老酒也拿出来给大家喝了几口。要知道,他一向都是那么抠唆的人……"

讲到这里,他的语气变得悲怆起来,泪珠更是大颗大颗地滚出了眼眶。

尽管白清卓、李井方、何远都看过了金刚堡战况卷宗,也都从各个证人笔下知道后来发生了什么事情,但听到田文豹说到此处时,三个人都不禁齐齐动容,各自暗暗一叹。

田文豹几乎是嘶吼起来:"结果,结果,在这个时候,我们又收到了那位张监军发来的飞鸽传书,而且又是连续的三道传书——他居然命令我们无须等候援军,即刻自行突围,往辽阳方向撤退!那一刻,我们其实都已经绝望了。原来他一早就骗了我们,援军不会再来了,我们必须自谋生路。"

白清卓沉沉地"唔"了一声,同时听到屏风后面那人的呼吸变得越来越凌乱。

田文豹又哀哀说道:"三位公子,你们想一想,当时我们血刀营只剩下四五十个弟兄,而外面的敌军成千上万,我们该怎样突围?先前,李督帅的部署只是让我们坚守城堡以待形成包围圈;中途,张公公让我们不顾一切地主动出击以拖延敌军三天时间;末了,大军却不过来支援解围,反而让我们放弃城堡自行突围……这不是瞎折腾吗?完全是把血刀营的弟兄们当成烂砖一样乱搬乱丢!洪尔林那时候最后悔也最愤怒。愤怒的是,监军大人如此愚弄前线将士,视人命如草芥,实在令人心寒至极!他一个从来没掉过一滴眼泪的铁汉子,当时硬是又哭又骂了半个时辰……他一直都觉得自己对不起死得可惜的四百多名弟兄……"

白清卓沉默地听着，拼命压制着胸中的勃勃怒气，一双拳头在袖中捏得紧紧的，根根青筋绷得暴凸而起。他的目光此刻也变得锋利如剑，完全能够把人大卸八块。

李井方斜视了他一眼，吓得赶紧垂下头去，不敢多说一句。

何远低低地叹了一口气："老人家，直接说最后的结果吧……"

"最后的结果就是：大家哭过了、骂过了之后，只能是不顾一切地出堡逃命——敌军一路追啊追啊，我们一路逃呀逃呀。四五十个弟兄，逃到最后就剩我、洪尔林、徐方深三个。洪尔林真的很厉害，像一头疯狼一样，我和徐方深最后得以逃出生天，全靠了他拼命厮杀……"

何远在这里插话了，而且显然是有备而来："既然你们三个是逃出来了，那洪尔林又怎么成了'亡卒'？你们没回军镇去报到吗？"

田文豹抬头看着他，一时没接上这个话头。

白清卓瞧了一眼那座乌纱屏风，便把话题摊开了来问田文豹："这位大人的意思是，洪尔林那个'亡卒'身份是怎么报上去的？是谁报上去的？老人家，您把您所知道的都讲出来吧，没关系。"

"哦，你们是问这个事情呀。"田文豹回想了一会儿，认真地回答道，"他的'亡卒'身份当然是他自己要求我和徐方深替他上报的呀！他自己不想再回辽东军了。"

何远又十分尖锐地追问道："您确定？他的'亡卒'身份就没有人在幕后操作？他真的愿意抛下军中的一切待遇，甩手就走了？"

"他的'亡卒'身份怎么会有人操作嘛！"田文豹苦笑一下，"他自己说了嘛，在那样昏庸、冷酷的监军手下当兵，随时都会被出卖和抛弃。他觉得自己不想再这样活下去了。他还在临行前立了一张字据，希望上司在发放'亡卒'抚恤金时，将这些钱分给我和徐方深……可惜后来辽东镇军务署不认可他这张字据，他又没有亲人，这笔抚恤金就充公了……"

白清卓平平和和地问道："那张字据还在吗？"

田文豹泪流满面，从胸口处摸出一张字条递了过来："我还一直保留着……原本想这次和他见面后还给他……"

白清卓和何远一齐向那张字条上面看去。那是用咬破手指后流出的鲜血蘸着写成的，一个个字迹猩红而醒目："洪某死后，所发'亡卒'抚恤金留与田文豹、徐方深平分。洪尔林，万历十六年八月初五绝笔。"

何远看罢，点了点头，没有再说什么。

白清卓把这字条摩挲了片刻，递给李井方："井方，这也是曾经的一个'亡卒'的

'遗愿'。辽东镇军务署应该把它重新落实一下吧？"

李井方看了一下何远，见他似无异议，便立即答道："好的。"

"那么，洪尔林分手后又去了哪里，您知道吗？"白清卓又问。

"他说他本来就是江湖人士出身，来辽东镇参军也本是想建功改命。现在既然成了'亡卒'，他便重回江湖，杀富劫贪，好不快哉。"田文豹悠悠答道，"后来他去了哪里，我便再也不知道了，直到近日你们来问起他，我才知道他来了京城……唉！这都是各人的宿命啊……你们所说的什么'追赏''追奖'，我其实并不稀罕，我就是想在生前再和这个老战友聚一聚，回忆一下我们当年冲锋杀敌的日子……"

场中渐渐静了下来，最后只留下田文豹一个人的唏嘘哽咽之声。

半晌，待他平静之后，白清卓缓缓站起，掩口咳嗽了一会儿，然后容颜一正，在田文豹讶然的目光中，深深躬下身来："田大爷，白某替大明的朝廷和天下的百姓，感谢您和您的战友们所做的一切。大明不会忘记你们的，史书也不会忘记你们的。"

李井方和何远都站了起来，随着他一齐连躬三礼。

田文豹慌得手足无措地来拉他们："你……你们这是做什么呀？用……用不着的……"

稍后，何远唤了一个仆役过来，把田文豹带到隔壁侧厢去休息等候。

他一出门，何远便凝重了脸色，向白清卓肃言道："清卓兄，虽然接下来的有些话可能很难听，但我也不得不说，请见谅。"

"你们可是要让田文豹永远闭口？"白清卓的面色微微一沉。

"他这个人，我们锦衣卫必须留下。"何远硬硬地答道。

李井方也不得不开口了："何大人，你看，他看上去都五六十岁了，又是半残之躯……"

何远咬了咬牙："但他能在金刚堡七百弟兄当中活成最后的三个人之一，岂是泛泛之辈？洪尔林的身手，我可是亲自见识过的……"

"这样吧，"白清卓伸手指着那张桌子，沉声说道："金刚堡战事的卷宗材料全在那儿，我们一页纸片也不会留，这还不够？"

"张公公刚刚清洗了张鲸一派在大内禁苑的残余势力，他不希望这件旧事被翻出来，更不希望在这时候因斯人斯事而授人以柄。而且，我相信申阁老也会理解他的。"何远不得不摊明了底牌。

李井方闻言，长叹一声，坐了回去。

然而，白清卓却仍是不退不让，凛凛言道："何远，请恕白某直言，当年他在金刚堡战事上确有误军之咎，难道就没明白今天这一切是他身为当年监军所应当承受的代价？站在当年被蒙蔽被枉死的血刀营几百兄弟的尸骨上，站在洪尔林当年金刚堡之战的感受上，换了你是洪尔林，你又会做出什么事情来？何况田文豹更是无辜！'天理'二字，你们真的认为只是写在纸上吗？"

说着，他身子一挺，直直地瞪着何远，双眸之中骤然精光大盛，炽烈如初铸出炉之剑，直逼得何远微微侧目不敢正视。

"好好好。不愧是睥睨生威、气吞万里如虎的圣手狂生。何远，你差远了呀！"随着一个平平缓缓的苍劲声音，一位身着紫袍的年长太监从那座乌纱屏风后转身而出。他鹰目狼颊，气宇沉雄，一步一步走将过来，同时口中吟道：

"遥看云潮滚滚来，八宝莲下四部书。
金白水清洗人间，从此劈开通天路。

——当年的圣手狂生，至今也仍是侠骨依旧啊！咱家很是佩服。"

"张公公……"何远和李井方急忙退开一边，恭肃而立。原来，他就是司礼监掌印太监张诚，也正是田文豹口中所讲的那个曾经的辽东监军"张公公"。

白清卓也慢慢敛去眼中的锋芒，毕竟张诚官居一品，便向他欠身一礼："白某见过张公公。"

张诚面无喜怒之色，直视着他："你刚才说得对——咱家身为'内相'，这点儿胸襟还是有的。咱家若有歧念，你认为你们辽东镇能把当年的金刚堡战事查得下去吗？自上次何远来报洪尔林出自金刚堡血刀营，咱家可从没插过手干扰你们。对吧？"

"确是如此。"李井方弯腰作答，"辽东镇感谢张公公的雅量。"

张诚踱了几步，慢慢发话："田文豹，就放在你们辽东镇吧。"

"如此甚好。"白清卓容色一松，"多谢张公公。"

"卷宗给我。"张诚向何远扫了一眼。

何远急忙捧过那叠卷宗交在张诚手里。

张诚也不多看，就把那厚厚一沓卷宗托在掌上，也不见他的手指如何动弹，一页页纸张似是自动震弹起来，在其掌心中接二连三地碎成了细屑，微风一吹，满屋里竟是"蝴蝶"纷飞四散。

"好精纯的内家真力！"李井方惊得容色大变。

白清卓张口吹开迎面飞来的纸屑，浅浅一笑："张公公'毁书灭迹'的功夫的确是非同凡响。"

张诚听了，似笑非笑地言道："现在，田文豹再说什么，也只是一个'孤证'，谁会信他？何远，有申阁老和圣手狂生双双作保，大可放心。"

"是。"何远恭然而答。

白清卓缓和了神色，向张诚道："去者不可追，来者须为鉴。一切请张公公深思。"

张诚在圈椅上坐了下来，皮笑肉不笑地看着他："白参将，你现在有意和咱家这个'大罪人'谈话了？你们是不是认为咱家急功近利、草菅人命、误国乱军，活该千刀万剐？活该满门抄斩？——白参将，你那块四象太白石还佩戴在身吧？一白之色，尚有'润燥寒温'四象之分，何况对咱家这个谋国多年的'内相'呢？"

白清卓没有答话，只是沉默地听着。

张诚调匀了一口气息，慢慢道来："田文豹所说的确实是金刚堡战事的真相，但不是全部的真相。当年，在辽东镇做监军，咱家还算是比较贤明的，这可是李成梁的原话。而实际上，金刚堡一役，在朝廷看来，也是一场不容置疑的胜仗：以血刀营七百战士，换来敌寇多出几乎两倍的首级，这不是胜仗吗？

"这些话，咱家压在心底很久了，也想和你们谈一谈。田文豹也好，洪尔林也好，他们都不知道当时宏观上的形势背景。初时李成梁准备实施东西合围伏击战之计，咱家是大力支持的。但在中途，局势发生了变化，一部分蒙古土蛮援军也在沿线设伏反击李成梁大军……所以，李成梁大军是无法在三天、四天甚至七八天内合围驰援金刚堡了，这是铁的事实。那么，金刚堡留在那里，就成了一个'鸡肋'，救也不能救，弃又不忍弃……"

"既是如此，那这三天的空隙期，你身为监军，就不该发令让他们以主动送死的方式来困住大队敌军！"白清卓一谈到军事问题，也是针针见血，"你这样做确是瞎折腾、乱指挥！如果这三天里他们不主动出击送死，然后组成一个'尖刀阵'强行突围，至少会保存三分之一以上的兵力坚持下来，而不至于几乎全营覆没。"

张诚直直地盯了他一会儿。何远、李井方看在眼里，都不禁为白清卓暗暗捏了一把冷汗。接着张诚突然笑了起来："你说得对，你说得很好。这么好的主意，咱家当时怎么就没想到呢？还要等到今天来听你白参将的指教？"

白清卓脸上微微见红，却并不示以退让。

张诚慢慢呷过一口清茶，才字字凝重地讲道："那三道紧急追缉令，咱家确实不该发出。但，连李成梁都知道，咱家的这三道追缉令，又不得不发出。你没发现，他李成梁在这场金刚堡之战的后半截是完全躲开了的吗？"

"为……为什么？"白清卓双耳之内顿时一阵轰鸣。是啊！那样的失策，以身经百战的李成梁之才，又怎会看不出来呢？他为什么后来也对洪尔林他们不闻不问呢？

"因为在开战之初,张鲸便传来了密令,声称必须在八月十七日陛下的万寿节来临之前借金刚堡之役打出一个胜仗来添一添喜气!而且,方应龙他们也从京城左一个建议书右一个预祝函地发到了辽阳城来,令咱家也渐渐失了分寸。所以,咱家决定逼金刚堡血刀营置之死地而后拼,拼尽全力而后胜!"张诚说完最后一个字时,仿佛如释重负。他紧紧地捏着掌中的茶杯——茶杯没碎,茶水却四溅而出。

"原来如此,原来如此。普天同庆的'万寿节',真的是需要这一场大捷来锦上添花。"白清卓低沉至极地说道,"你可知道,这献祭出来的七百壮士若是放到其他战场上配合适当的阵法,会取得更大更好的战果?"

张诚没有答话,何远、李井方也没有说话。

室内陷入静默之中。

半晌,张诚才站起身来,仿佛一下苍老了许多。他背过身去,朝着金刚堡所在的东北方向,喃喃地说道:"咱家已在申阁老废除内宦监军之制的奏疏上附议同意。或许,今后不会再出现金刚堡战役这样的悲剧,也不会再出现第二个洪尔林、第三个洪尔林这样的复仇者了。"

送走白清卓、李井方、田文豹等一行人后,何远回到那间密室,看见张诚依然端坐在满地的纸屑当中,神情苍凉而沉郁,若有所失而又若有所获,很是复杂。

"义父,您也休息一下,宽宽心再回宫吧。"何远向他十分亲切地劝解道。

张诚抬眼看了看何远,悠悠而语:"今天能和白清卓一吐胸臆,泄尽咱家这多年的郁结之情,也算没有白来这一趟了。"

何远诚恳地讲道:"义父向来是'有铁肩敢担当'的好汉,白清卓他们不晓得,但孩儿却是素有深知的。"

张诚徐徐一叹:"自冯保、张鲸接连被驱逐后,其实我们司礼监在陛下心目中的地位已是渐渐下滑了……所以,咱们附议申时行废除内宦监军之制,也是想试探陛下一下。但看起来,这个结局似乎已然注定……"

何远不敢接他这个话头,只得沉默不言。

张诚端起杯来,呷了一口茶水,突然没头没脑地说道:"咱家觉得这个圣手狂生白清卓似乎没有失去武功。他逼咱家现身那一刻,咱家在屏风后也觉得他劲气凌人呢!但咱家一露面,他马上又似病恹恹的样子,真是看他不透……"

何远有些哭笑不得:"原来您一直还在想这些问题……"

"你我将来是要和他打交道的,怎能不想这些问题?"张诚正色言道,"白清卓这个人,亦侠亦官,能刚能柔,高深难测,不是可控之才。你们要小心。"

"好的。孩儿记住了。"何远答道。

"其实咱家要把田文豹留在锦衣卫,也不是想封他的口,而是他身上还有一些疑点。"张诚眉头微皱,沉吟着讲道,"不知道你发现了没有? 这个田文豹虽是老兵出身,书也读得不多,但讲起金刚堡事件来竟然头头是道、明白晓畅,一句多余的废话都没有,就……就仿佛是很自然地在讲诵心中的'腹稿'……"

"义父,是不是近来向他询问金刚堡事件的人多了,他自己也整理出这一套说辞? ……"何远插话问道。

"整理? 谁帮他整理? 他自己能整理得这么脉络清晰吗?"张诚射了他一眼,"咱家也听锦衣卫设在辽东镇的暗探禀报了,他们去试探过田文豹,但他平日里各方面待客可是有些木讷得紧——怎么到了白清卓和你们面前却会变得如此'口若悬河'呢?"

"也许是辽东镇的人教过他怎么回答我们的询问。"何远又提出了自己的看法。

"嗯。这也有可能。"张诚目光一转,"但如果不是辽东镇的人指教他的呢?"

"您怀疑他身后另有'高人'在指使、操纵?"何远呼吸一紧。

张诚缓缓颔首:"这,就需要你们日后用心多多审察了。"

何远抱拳答道:"义父看得明切。孩儿一定照办。"

张诚又道:"白清卓为他心头的义愤之情而蒙蔽了自己的'慧眼',又由于同情田文豹、洪尔林等人而先入为主,这都不是成熟之举啊! 何远,你今后要注意汲取他身上的教训。"

何远郑重地点了点头,忽又想起了什么似的,开口讲道:"义父,洪尔林此番司礼监刺杀事件,看来确是他的私人报复行为,而与辽东军、李成梁等无关了吧?"

"哦? 你是这么认为的? 那好,咱家来问你:洪尔林这一事件,目前在朝局中产生的直接后果是什么? 是促成了内宦监军之制的废除! 那么,废除内宦监军之制后的最大获利者是谁呢?"

"自然是手握兵权的各地藩镇。他们正好可以摆脱我们司礼监的牵制。"何远顺口便答。

张诚半深半浅地笑着看他,没有再说什么。

"哦? 依您的意思,手握天下最精锐之雄师的辽东镇李成梁岂不更是各地藩镇中最大的获利者?"何远顿有所悟,脱口说道。

张诚把双手叠放在自己的小腹丹田处,慢声慢气地说道:"这个案子还没结束。洪尔林能够如此顺风顺水地闯到司礼监议事厅,是他一个人办得到的吗? 当然,我们也可以说是幕后有张鲸的残余势力在作怪。但若不是张鲸余党干的呢? 万一又有人跳出来了呢? 所以,白清卓、辽东镇,还要给我们一个彻底的答复。"

缁衣僧人的左掌缓缓抬起，然后向外一
翻，一股无形的劲气随即笼罩而出。

十四

在他掌心所对的前面，青铜博山炉的缕
缕香烟冉冉上升，在升空七寸余高之处突然
定住——被他所发的劲气徐徐团聚、徐徐浓
缩，最后悬空形成了一个脸盆般大小的深青
色"祥云"。

同时，他的左手五指伸了出来，朝着虚空指指戳戳，"嗤"然有声，似有一柄柄看
不见的小刀飞削而出。那团深青色祥云状青烟宛若实物一般，渐渐被他的指劲一笔
一笔刻画成一张栩栩如生的佛祖面相，是那般的慈眉善目、宝相玲珑。

"上人的功法真是出神入化，足可'化虚为实''巧夺天工'！在下叹为观止。"劲
装蒙面人在他面前屈膝而跪，看着那张越来越生动的佛祖面相，不禁脱口称赞。

"雕虫小技而已，没什么可惊人的。"缁衣僧人不紧不慢地用隔空指劲削刻着佛
祖面相上的螺髻纹理，口中很随意地问道，"白清卓带着田文豹去见过张诚他们了？"

"见过了。据说张诚当面保证会配合内阁一齐废除内宦监军之制。白参将这一
出手，还是立竿见影的。"

"立竿见影？逼得张诚能够引咎辞职，这才是真正的立竿见影！你看，白清卓还
是选择了对事不对人，把金刚堡事件抹平下去，也不敢追究张诚的误国乱军之罪，他
还是示弱了。本座想来，应该是申时行影响了他。"缁衣僧人凝视着那张佛祖面相，
沉沉然言道。

"申时行？"

"这个执政近八年的当朝首辅，一直都喜欢婆婆妈妈的，从来不敢大刀阔斧。他
既想保住花花草草，又不愿斩断枝枝蔓蔓，始终是不能让大明的天下刷新而治的。现
在，他又把这一套做法移植在白清卓身上。可惜、可叹呀！"

讲到这儿，缁衣僧人虚抬在空的左掌突地往里一收，"呼"的一声，那慈眉善目的
佛祖面相顿时一下变成了怒目金刚的面相！他的目光也倏然变得犀利："佛家讲究
因果报应。真正的恶因在金銮殿坐着的那个人身上。不劈刺到他，什么张诚、什么张
鲸都只是'替罪羊'而已！白清卓他们既然砍不到根子上，我们便当仁不让吧！"

劲装蒙面人在地板上重重叩头："在下谨遵上人的法旨。"

"其实，本座也理解白清卓、申时行不好在金刚堡事件上向司礼监翻旧账，这实
属无奈之举。"缁衣僧人的语气又缓和下来，那张怒目金刚面相又慢慢发生了变化，
"这不——戚家军修长城工程时以工代薪的旧账也被别人翻出来了呀！说不定，到

时候申时行、白清卓还得求着司礼监帮忙去救火、灭火呢！"

"什么？戚家军当年修长城时的旧账？"劲装蒙面人不由得失声惊呼，"戚大帅当年不是逼着张四维、张鲸承诺了'永不翻账、永不作怪'吗？当时朝廷众卿都知道这一内幕啊！"

"你还是太天真了——那些狗官的话，你也信得？毕竟戚继光、张四维、张鲸他们三个当事人现在都死了呀！有一些人便借着那笔旧账又来做南兵营的文章啊！"

劲装蒙面人捏紧了拳头："他们想怎样翻这笔旧账？"

"根据本座的'眼线'来报，昨日一早监察御史邬涤尘就呈上了一道与户部郎中吴承信以及另外几个巡边御史联名签署的弹劾表，声称戚家军在当年修长城工程中上下其手、瓜分其利，每个将士都捞得钵满盆满，现在居然还有脸面来讨薪补饷，实属无耻之举，该当追责！申时行没理睬他们，也没接他们的弹劾表。他们就扬言自即日起轮流来到内阁值事房门口当众诵读那份弹劾表，直到闹得戚家军颜面尽失……"

劲装蒙面人右拳的骨节直捏得"咯咯"连响。他咬牙切齿地说道："这些狗贼真的是太过分了！"

那张怒目金刚的面相慢慢模糊了，在半空中又变成了一团圆如明月的浓浓香烟。

缁衣僧人注视着这一团香烟，话语间有一股沉沉的杀气缓缓溢了出来："是啊！你看，这就是白清卓忍气吞声、四平八缓造成的后果！让这些无耻之徒愈发放肆！所以，对这些事情就是不能捂着盖着，对这些恶人就是不能忍着让着！一刀斩断是非根，从此恶狗不敢吠！对吧？"

劲装蒙面人冷声答道："在下知道怎么做了。"缁衣僧人收起双掌，徐徐合十："听说江湖中有个名叫炎阳宫的帮派和一个叫千面仙子的妖女，在重金悬赏刺杀白清卓。"

"炎阳宫？千面仙子？本座可从未听闻过。也许是两个化名吧？有可能他们并非江湖中人，却想借江湖刺客之手暗害白清卓。"

"莫非又是方应龙一派所为？"劲装蒙面人嗤笑道，"有东霖院和那位女侠守护白清卓，他们怎能得手？"

缁衣僧人双目凝视着面前的虚空之中：那一团香烟失去了他的劲力支撑，正在徐徐消散开来。他轻轻说道："这倒未必。说不定正是黄启祥案件的幕后主使之人所为。其实，本座倒想探一探他们的虚实底细。"

京城东市著名的"陆羽茶楼"上，最里边的一间雅室内，桌几两角各放着一杯刚刚泡好的清茶，水汽袅绕，幽香浮动，整个氛围静谧如潭。

　　高正思进得门来，双手背负，向那桌几缓步走近，忽然眼眸一亮：桌面上铺开了一幅极漂亮的水墨丹青图——一脉山岭，自近而远，前低后高，愈远愈高，层层叠嶂至天际云根，颇有凌空逼压之咄咄气势。同时，整幅画卷又散发出一种异香，清清甜甜，十分诱人。

　　高正思本人也是丹青妙手，遇见如此美妙的奇画顿时暗生喜欢，就忍不住伸出手指轻轻描摹起其中的笔法脉络来。他正愈研愈深、津津有味之际，却听一个平缓而谦和的声音从身后传来："高大人可是十分喜欢此画？"

　　他徐徐回身，却见一位长衫商绅从屏风那边走来。这人年近四旬，肤色微黑，身材偏胖，讲话却有闽越之音。他皱了皱眉："你是何人？上官大人也约了你来此处？他人呢？"

　　"上官大人今日突然有事不能亲临。"长衫商绅恭然施了一礼，"在下东方胜，乃是上官大人的义弟，谨奉他的嘱咐，代表他前来和高大人商议一切事情。"

　　"引风堂的老板东方胜？"高正思讶然而言，"没想到你竟是上官大人的心腹亲信！"

　　"我们琉球国商人能在天朝上京落户开店经商，全凭了上官大人的礼部从中全力周旋。所以，我已是上官大人的'异姓兄弟'了。"东方胜面带浅浅笑容，"当然，高大人也很快会成为在下的'异姓尊兄'。"

　　高正思冷笑一声："上官平芝果然老练，用你这样一个外邦人氏做自己的'黑手套'，确是进退自如、滑不溜丢啊！真要出了什么事情，你往海上一跑，他往海外一推，谁也抓不到真章。果然老练！"

　　"在下随上官大人做的都是有利于大明的事情，须是欣欣向荣、天长地久，怎会如高大人所言'一逃了之'呢？今后一切还要仰仗都察院庇佑我引风堂做大做火呢？"东方胜的口齿甚是伶俐，"此前在下还见过方应龙大人，他对我们引风堂赞助丹池诗会的盛举一直是称赞有加啊！让我等极为感动！"

　　他把话语都点得如此巧妙，高正思也很快就回过味来了。他马上展颜欢笑，转移了话题，用手指那幅图画，问道："东方老板居然也是风雅之士？这幅画很不错，出自哪位名家之手？"

　　"此乃日本国京都升龙寺高僧长川一拙大师所作的《升龙山之图》。"东方胜介绍道，"这画中的颜料混合了日本国特产的'樱花粉'，所以闻起来很香很甜，很能提神醒脑。"

　　"难怪画里的笔法和我中原人氏似有不同，原来是海外珍品，难得！难得！"高正思连连称赞，"扶桑一脉的画作，颇有可鉴可赏之处啊！"

"高大人若是喜欢,尽可拿去。"东方胜上前把这幅《升龙山之图》徐徐卷起,向高正思送了过来。

高正思推辞了一番,扭不过东方胜的浓浓美意,只得收了此画。然后二人对面而坐,开始进入正题。他开口直言:"那高某便开门见山了。吴承信、邬涤尘等人在内阁值事房宣读戚家军瓜分长城工程款一事,想必上官大人已然知道了?"

"知道。"东方胜点了点头,"上官大人和在下谈起过。"

"那个白清卓,上官大人是熟知的。他肯定会为戚家军之事而上蹿下跳、大展拳脚。都察院希望上官大人的礼部在此时此刻站稳立场。"

东方胜端起杯盏,呷了一口清茶,方才沉肃回答:"针对白清卓公开为戚家军南兵营讨薪一事,上官大人是站在礼法的角度来看的。他说'从古至今,恩自上出方为帝王之道。雷霆雨露,皆是君恩。对南兵营的扣薪、欠薪,是当年陛下制裁强藩、自树恩威的一大举措。谁会以为真是吴承信、包天符乃至方应龙大人等人做得下来的?而白清卓挺身而出,口口声声要为军讨薪,这反而是缘木求鱼!白清卓求鱼!白清卓一旦讨薪成功,便是恩自下出,南兵营一万多劲卒从此以后感谢的是他白清卓,而不是当今陛下!'你觉得哪一家帝王会如此大度如此宽容,容忍白清卓如此窃取恩威之名?所以,陛下肯定不会答允白清卓的讨薪之求。而这一点,正是我们这些臣子自当细细体会的。"

"不愧是深谙礼法的上官大人!他讲得太好了!"高正思听完,不禁连连鼓掌,"稍后,高某还会把这一段精辟之语带给户部的吴承信、兵部的包天符他们,使他们心头更有底气。"

"至于清流派若想压倒申阁老一派,上官大人还有一个建议。只是在出口之前,还要请高大人等恕罪。"东方胜又幽幽说道。

"是否建议我等行文参劾白清卓他们?"高正思闷闷一叹,"我们早就想过了……"

"不是。"东方胜冷冷一笑。

"那你但讲无妨。"

东方胜咳了一下:"你们应该知道当今圣上至今还未立东宫?"

高正思面色骤变,静默下来,久久没有答话。

"如何?"东方胜追问道。

半晌,高正思抬起脸回视着他,容色肃正至极:"你这个计策,方大人也不是未曾考虑过。然而国本事大,压倒一切。他说了:我们都察院最有用的武器是礼法,如果连都察院的人都不顾礼法了,我们也就和司礼监的大小太监们没什么两样了。那么,天下士林还需要我们吗?后世史书又怎样写我们呢?所以,这一步棋或许妙,但我们永远不能走。"

东方胜一怔，蓦地双眼一睁，双手一拱："诸位大人果然是朝廷柱石、儒林清流，守正不移、立身无瑕！佩服！佩服！"

一身便服的卢光碧走上喜来客栈的第二层楼梯，极为警惕地往四周观察了一番，确定无人跟踪，才去里边"甲字号"单间门板上轻敲了三下。

"请进。"一个清朗有力的声音传了出来。

推开房门，他缓步而入，只见里面靠窗坐一个年轻人，正伏在桌案上阅览着一张张字条。

那人抬起头来，朝他粲然一笑：正是顾少伦。

"顾公子，你选的这个地方安不安全？保不保密？"卢光碧却似并不意外，向他认真问道。

"卢大人请放心，这个喜来客栈是我姑苏顾家的在京产业，里里外外都是自己人，绝对安全，绝对保密。"顾少伦立身而起，迎着他施了一礼，"倒是您卢大人，在前来此处的半途上被人盯了梢，自己却一直未曾察觉。"

"我可是易容换服过来的，谁能跟踪到我？"卢光碧摸了摸自己脸腮两边的假胡子，"难道我装扮得不到位？"

"您还记得刚才在您经过的蚯蚓胡同十字路口处发生的一起行人相撞争吵事件吗？"

卢光碧点了点头，他记得那两个人就在他身后两丈左右的地方相碰撞，然后一直在那里拉拉扯扯。

"那两个相撞争吵的人当中，有一个是一直在跟踪您的'细作'！另一个则是下官派去拦截他的朋友。"顾少伦笑意盈盈地说道。

卢光碧大吃一惊："真的？卢某还真遭人跟踪了？"

顾少伦含笑说道："这还有假？清卓兄一进顺天府，先前在京师中所有与他曾经交好的各部郎官其实都被人监视了起来，您觉得您会是一个例外吗？"

卢光碧一捏拳头："方应龙他们太过分了！"

"不光是方应龙一派在这么做，还有其他连下官也没查清楚的人。"顾少伦平和地说道。

卢光碧的目光向他斜掠而来："他们肯定也监视了你呀！"

"他们似乎对下官倒是不太上心——毕竟下官在喜峰口一向和清卓兄吵吵闹闹，又加上进京后便和清卓兄'主动断交'。他们认为下官至少不是清卓兄的'同路人'。

而且，下官位卑职微，应该还没有被他们派人监视的资格。"顾少伦眨了眨眼睛，"您算一算，派来监视你们的每一个'细作'，一天十二时辰的报酬至少不会低于一两银子——谁会舍得在下官这个进京告病、无所事事的区区小子身上花这些'空钱'？"

"可他们还是对你下手了。邬涤尘没有在喜峰口拉拢到你，究竟还是鸡肠鼠肚啊！"卢光碧把一沓纸笺在顾少伦眼前晃了一晃，"都察院弹劾你的本子送到吏部来了，骂你是'玩忽职守、不务正业'……"

顾少伦嘻嘻一笑："下官那就马上返回遵化县去吧……"

"内阁已经根据你在蓟辽总督府备案的在京养病告假书，否掉了都察院邬涤尘等人对你的弹劾书。"

顾少伦眼珠一转："倘若都察院下一次又攻击下官在遵化县'官商勾结、中饱私囊'呢？"

"卢某听闻你在喜峰口关城和德润斋走得很近？"卢光碧颇有深意地问了一句。

"不错。他们的牟二掌柜牟万琛，还和下官比较熟络。"

"那么，都察院不会在这方面过多攻击你的。因为，德润斋和方应龙的关系更加熟络。方应龙总不会为你一个小小的县官而把德润斋也牵扯进来吧。"

"您说得很有道理，一语点醒梦中人啊！"顾少伦称赞道，忽又忆起了什么，"谈到牟万琛，下官倒还记起了一件事情。"

在卢光碧有些惊诧莫名的目光中，顾少伦端来一个木匣，从中取出那座"庆云岫"奇石，放在了桌案上。然后，顾少伦又点燃了一支细细的线香，将它插进"庆云岫"底部的一个小孔里。只见那"庆云岫"通体上下的千窍百孔里袅袅然升起一缕缕的香烟，然后绕满了石身，聚成一团小小的云朵，在桌面上凝然不动。

卢光碧点头赞道："果然是一件稀世奇石。"

顾少伦拱手一礼："清卓兄让下官将这块'庆云岫'奇石送给您。"

"白清卓不知道吗？——卢某倒不是十分喜欢收藏奇石。"卢光碧听得一愣。

"您可以自己转送给申阁老嘛。"

卢光碧顿时会意，哈哈一笑："既是如此，卢某便却之不恭了。"然后，他又盯了顾少伦一眼："清卓兄安排你跳到外边在暗中独当一面，确是一着妙棋。"

顾少伦身形一正："下官只求幸不辱命。"

"这个……这个……白清卓许诺给了你什么好处？你居然能如此死命帮他，倒是难得。"卢光碧惊讶地问。

"因为下官非常喜欢他的小师妹凌兰姑娘啊！难道上一次到喜峰口'巡边外察'，您老人家居然没看出来？"顾少伦"厚颜无耻"地答道。

"你……你……你说什么？你俩不是经常又打又闹还吵架吗？"卢光碧怔怔地看着他，"而且，凌姑娘似乎对她二师兄更亲热一些……"

"俗话说，'打是亲，骂是爱'嘛！下官觉得小兰对我挺好，经常管着下官'守正不移'，经常管着下官'立身无瑕'……"

卢光碧叹道："你……你这是不是应该叫'见色起意'？"

"'见色起意'？卢大人，您怎么能这样评价下官呢！"顾少伦顿时像是受到了天大的委屈一般。

"是'义气'的'义'，不是'意图'的'意'——你因为喜欢凌兰姑娘，而爱屋及乌，甚至对她的二师兄白清卓也生出了义气。"卢光碧瞪了他一眼，"卢某所讲的'见色起义'，其实是这个意思。"

"太对了！太对了！您不愧是吏部考功清吏司的好郎中——'见色起义'，这四个字总结得太好了！"顾少伦听得心花怒放，向他连声夸赞。

卢光碧看他一直在那里夸个没完，只得开口转移了话题，问道："你近来一个人隐身在外，可曾查到了什么？"

"包天符和吴承信都有问题。"顾少伦迅速回过神来，沉吟回答。

卢光碧冷冷一哼："怪不得他俩对我一直是'虚与委蛇'——现在吴承信干脆公开跳出来要往戚家军身上泼脏水！"

"吴承信这一次能跳这么高，是因为他的上司户部尚书石星也是极力反对给戚家军南兵营补薪、加薪的人。没有他在幕后纵容，吴承信敢这么胡闹？而包天符只能在暗底下'阴阳怪气'，是因为兵部王一鹗尚书始终是站在清卓兄这一边的。"顾少伦向他细细说明。

"看来你调查得很是细致。"卢光碧又问，"那么，根据你掌握的全部情况，包、吴二人之中，谁最可疑？"

"这个包天符目前是最可疑的。三眼神铳和铳弹，有可能是从他那里流出的。"

"高正思、邬涤尘他们一直在说是辽东镇内部的人私放出来的。虽然他们没有拿到实证，但这也是一种可能呀！"卢光碧皱眉言道。

"李井方和清卓兄谈起过，三眼神铳和铳弹当然也有可能是遗失在战场上后被别人拾起的。但这几年来，'火铳营'所战之敌均为蒙古土蛮各部。所以，拿走这些遗失铳弹的，只能是蒙古土蛮。"顾少伦娓娓说道，"我们都对此觉得不可思议：难道蒙古土蛮还能把它们卖到京城里来？……"

"可是蒙古土蛮确实也有嫁祸栽赃给辽东军的动机……"卢光碧直点而出。

"当然，蒙古土蛮确有栽赃辽东军的动机，但我们根据现场勘察，已经认定以三眼神铳劫杀黄启祥的,是他的熟人。"顾少伦细细讲来,"而黄启祥在京城的交际圈里,完全没有出身蒙古人氏的熟人和朋友。他的那些熟人和朋友,也和蒙古人氏没有任何关系。所以,他应该不是被蒙古人氏的'细作'所劫杀。那么,回到原点:既然三眼神铳不是从辽东镇流失出去的,那最大的可能是从包天符的武库司外泄出去的。我们对包天符及他手下的监视是一毫也不能松懈的。"

卢光碧听得十分入神,末了赞叹道:"你们可真厉害!推断得如此严密,卢某也挑不出什么纰漏来。"

"卢大人,其实不是下官厉害,而是清卓兄厉害。他才是幕后真正的大棋手。"顾少伦向他郑重提醒道,"今天在这房间里下官向您讲的每一个字、每一句话,您都要严格保密,一定不能外泄分毫。"

"卢某知道,卢某一定守口如瓶。"卢光碧肃然答道,"那么,你们需要卢某能提供什么帮助?"

顾少伦思忖了一下,说道:"您掌管各部官吏之升迁进退,自然也对他们背后的人脉关系和门户背景相当熟悉。您就帮我们暗中调查包天符、吴承信二人身后的一切关系背景和交际网络,以便我们探寻他们的幕后主使之人。"

"好。卢某回去后就立刻照办。"卢光碧欣然点头,"清卓有什么用得着卢某的地方,随时可以通知。你自己也要防备敌人的各种明枪暗箭——你这一着'暗棋',一定要万无一失啊!"

顾少伦从桌案上拿起一张青巾往自己脸上一蒙,完全遮住了自己的面容:"下官一直是在假扮一个神出鬼没的'蒙面大侠',令他们完全摸不着底细!"

"你扮什么'蒙面大侠'嘛!这不笑死人了吗?"卢光碧捧腹大笑起来,"你又不会武功!……"

顾少伦面不改色,非常淡定地答道:"卢大人也许还不知道,下官其实还是会一点儿武功的。"

"不要胡闹!"卢光碧忍住笑声,正色喝道。

顾少伦不再争辩,只是伸出右手食中二指,在桌上那座被层层香烟笼罩的"庆云岫"石身上轻轻一弹,"当"的一声,余音绕耳,竟似金铁交鸣一般脆亮。

卢光碧吃了一惊,也用自己手指往"庆云岫"石身上重重一弹,非但毫无声响,而且指节痛得有些钻心。他失声说道:"你……你这手指竟似铁棍一般……你真会武功?!"

热热闹闹的京城东市,摊位横列,百货杂陈,人来人往,摩肩接踵,各种吆喝叫卖之声不绝于耳。

十五

街边一口大铁锅上面,牛骨、羊骨、猪骨、鸡骨混合着各种调料熬煮而起的浓浓汤气,远远飘散开来,令人闻到后垂涎不止。

白清卓在这摊位前停了下来,看了看那张"五味什锦汤"的招牌,含笑问凌兰:"想不想喝一碗?"

"好啊! 好啊!"凌兰十分高兴。李井方过去点了几碗,一一用银针试过无毒,再亲自端到白清卓、凌兰面前。

白清卓喝了一口,顿觉鲜美异常,与自己平日所喝之汤大不相同,便问不远处正往锅里撒料配味的熬汤师傅:"师傅,你这汤的味道非常不错,是独家的配方吗?"

熬汤师傅瞧了瞧他,摇头说道:"俺不能告诉你。"

白清卓一边慢慢地喝着,一边笑着问道:"你既是不能说,那么必是从外边买的调料啰? 在哪家店里买的?"

"为什么他不能说,二师兄你就认定他是从外边买的调料?"凌兰有些好奇地问道。

"如果是他们独家的配方,肯定会大大宣传,不该是这么憋着不说。"白清卓一笑说道,"而且,我猜他们能买到那种调料的地方也并不难找。"

熬汤师傅张着嘴巴看着白清卓,没有否认。

李井方丢出一串铜钱:"你不说,我们去别人那里也问得出。你若说了,这些钱赏给你。"

熬汤师傅瞅着里边自己的摊主正在忙前忙后,便飞快地收了那串铜钱,对白清卓说道:"我们放了引凤堂特制的汤品调料'美味散',价格很贵的。但是用了它后,我们这里的生意比以前好了几倍,回头客也多起来了。"

"哦? 这琉球商人开的引凤堂连这样的小生意也做?"白清卓一愕。

"说是琉球人,他们的样子长得和我们大明百姓差不多。"熬汤师傅又往灶里添了几把木柴,"只要能赚钱,哪样生意不能做? 大到金银玉器,小到针线镜盒,引凤堂的货品都是有口皆碑的。"

白清卓想了一下,对李井方说道:"看来这引凤堂和德润斋一样,也不过是一个做生意的'大杂烩'罢了,也似乎没有销售什么出类拔萃的极品妙物,居然还能和德润斋一争雌雄?"

李井方浅笑道："我们东霖院也做过调查，不少京中的郎官能把自己职权所辖的生意拨一部分给引凤堂，这就是他们的生财之道。"

"哦？一个外邦商铺，竟能做到这一点，确是有些厉害。"白清卓若有所思地自语道。

熬汤师傅兀自还在那里说着："……现今东市的'春香楼'大妓院听说都被引凤堂买了下来……"

白清卓咳了一声，就当没听到他这段话一样，向凌兰、李井方笑道："那我们今天可要去引凤堂店铺里挑选几件好东西了。"

离了"五味什锦汤"摊位，白清卓一行三人继续往东市大街更深处逛去。卖花的、卖饼的、卖瓜果的、卖酒食的，高喝低唱，迎面而来，络绎不绝。

李井方怕弄脏了自己的衣衫，一边巧妙地闪让着行人，一边笑问白清卓："白公子是一尘不染、超凡出世的人物，行走在这纷纷纭纭的烟火人间，又是什么感觉呢？"

白清卓微微抬起头望向那苍蓝的天穹："我和南兵营弟兄们在喜峰口那里吃风喝沙、流血流汗，不就是为了这个充满烟火气的人间求得一片安宁吗？"

李井方闻言，不禁慢慢敛了轻笑之颜，肃色赞道："公子之高风亮节、中正仁和，井方叹服。"

凌兰却是目光一紧，全身气机一收："二师兄，有杀气。"

话犹未了，一个挑着瓜果摊子的灰衣汉子从人流中挤过来，有意无意地往白清卓身上越凑越近。李井方眉头一动，手中折扇"呼"地一下挡了过去："老丈，小心一点儿。"那灰衣汉子一甩担子，手底一翻，一抹寒光划出，与铁骨折扇一碰，"叮"的一声，火花四溅！

李井方随即右掌一伸，在灰衣汉子肩头上一拍。

灰衣汉子惨叫一声，连退数步，吐出一口瘀血，自知力不能及，身子一扭，便往人流中一逝而去。

在另一边，一个手提竹篮、叫卖花束的妇人也走近了来，面色举止毫无异常。她刚一靠近白清卓，便被凌兰从中一截。那妇人兀自向白清卓笑道："这位公子，买几束花送你小娘子吧！"

凌兰微微一笑："他不会挑选，还是我自己来挑。"

"小姑娘的眼光可不见得多好哟！"那妇人嘻嘻一笑，手中花束一挥，一蓬青光激射而出。

凌兰右掌一划，寒铁簪刀化作一抹银虹，将那蓬青光一扫而尽。同时，她柔身直上，左手如剑，直向那妇人面门刺去。

妇人仓皇一退，竹篮向前一掷，又是一团白烟爆开！凌兰以右掌捂住口鼻，左手从腰间抽出一条丝带，凌空一舞，劲风飒然，将那团毒烟往半空中一裹一甩，荡散开去。

妇人大惊失色，就地一滚，钻入人群，逃之夭夭。

白清卓站在原地，还是那样的气定神闲、毫无异色。他看了看一左一右护持过来的凌兰、李井方，道："我这算不算是'以身作饵、引蛇出洞'？"

"我看您是自投险地、不可再行！"李井方急道。

凌兰却嫣然一笑："二师兄，你引出的这两条'蛇'太小了！"

白清卓正欲答话，蓦然容色微变，幽幽一叹："若是真的引来了一条大蟒蛇，你们可别怪我。"

他话音未落，一串狂笑之声便似炸雷一般凭空响起："圣手狂生，你还认得老夫吗？"

随着这震人耳膜的笑声，一个紫袍老者宛若幽灵般从天而降，站在大街当中。他生得白须白发，唯有两道乌黑浓眉却似双刀直竖入额，面目之间杀气重重，令人望而生畏。

街上行人商贩顿时"哗"地一下四面散开，几乎跑了个干干净净。

"原来是'紫府神君'驾到。失敬失敬。"白清卓拱手一礼，淡然说道。凌兰听了，却是禁不住呼吸一紧：这老怪竟是三十年前与师父宋西华齐名江湖的邪派绝顶高手、"紫府神君"郑北雄！她立刻拔出鞘中利剑，护在了白清卓身边。

郑北雄气势极为嚣张，恶狠狠地盯着白清卓："老夫倒是不在乎那个什么炎阳宫开出的千两黄金，但那千面仙子确是人间极品，老夫为了得到她，只有来取你性命了。"

白清卓面无一丝异色，仍是浅浅笑道："白某身患沉疴，又毫无武功，阁下以前辈之尊、名宿之身，前来杀人如儿戏，岂不是枉行江湖数十年，连一张老脸也不要了吗？"

"少废话！我比你强，你奈我何？"郑北雄右手五指成爪如鹰钩，就要向白清卓扑过来。

李井方也看出这老怪非比寻常，急忙撮唇尖啸了一声。

片刻之间，东霖院埋伏在暗中的护卫高手们纷纷应声跃出，站成一排，护在了白清卓三人身前。

"紫府神君"郑北雄却视若无人，大步上前，右袖一挥，舞起"哗哗"风响——只见一阵人影闪动之下，那一排护卫高手还没和他过几招，全被他一个个打得似滚地葫芦一般翻飞出去!

凌兰一见,娇喝一声,手中宝剑挟着一溜精芒向郑北雄迎面射去!她蓄势已久,这一剑之威足可洞金破石,凌厉至极。

郑北雄见她剑光刺眼如针、剑风刮面生寒,身形微一后倾,闪了开去。同时,他举袖一卷一拂,"沙"的一声,宛如一块钢板,朝凌兰狠狠砸来。

凌兰用剑一挡,只听"铮"地一响,剑锋如中巨石,竟被震得几乎脱手飞去!而郑北雄一声怪笑,横身而出,一掌似闪电般向凌兰当胸拍来!

这一瞬间,李井方身飞如燕扑过来,一柄铁骨折扇从旁疾射而出,重重地敲在了郑北雄右臂之上。

不料,郑北雄功力精湛,那一扇敲中,竟然如击钢柱——李井方也被震弹而开,身形滑出八尺。

而郑北雄的出手也因此而缓了一缓!

"二师兄快走!"凌兰大喊一声,火速拔出寒铁簪刀,划出一道冷电,向郑北雄的胸削去。寒铁簪刀吹毛断发、锋利无比,郑北雄也不敢硬接——他身形一旋,恰似大鸟盘空,已是飞升而起,避开了凌兰的迎胸一削。

李井方再次出手,铁骨折扇张了开来,化作一片白光,利如刀锋,又向郑北雄飞旋而至。郑北雄大喝一声,左袖一拂,罡风如潮,直吹得那折扇改了方向倒飞而回。与此同时,他借势斜飘七尺,身形如鹰如隼,朝白清卓头顶上直扑而下!

就在这一刻,一声尖厉刺耳的锐啸破空传来,一点紫莹莹的"流星"不知从何处飞射而出,直接迎面击向身在半空的郑北雄。

郑北雄听风辨音,看出这一点"流星"来势十分劲猛,右袖随即贯注真力往外一挡。"砰"的一声闷响,他的衣袖竟被那点"流星"一击而碎!同时,他右掌一抄,把那"流星"也抓在了手中——赫然竟是一枚在空气中摩擦得滚烫的小小石子。

他目光一瞥,只见十丈开外,一个蒙面青年飞鸟般疾纵而来。

"你来晚了!"郑北雄心底冷笑一声,面对离自己三尺之内的白清卓,他一冲而前,正欲将其毙于掌下!

"二师兄——"凌兰一边尖叫,一边从后边拼命起来——然而,似乎是一切都来不及了!

凭空之中,响起"砰"的一声,一蓬火光迸射而开!

紧接着,"紫府神君"郑北雄十分刺耳地惨叫了一声,乍然倒翻而回,立住身形,低头往自己胸前一看:心口衣襟处,拳头般大小的一朵血花绽了出来。

白清卓仍是安然无恙地站在原地,面容深如渊潭,只是右手上突然多了一样东西——那是一柄二尺来长的火铳短枪,前端共有三个枪管,三个枪口呈三角形围柄而排,枪头突出,乌黑锃亮,正有一缕青烟冉冉冒起。

"三眼神铳?"李井方惊喜之极地大呼了一声。

郑北雄自知今日大势已去,忍着剧痛,一提真气,身形拔地而起,往远处飞遁而去。

那即将赶到的蒙面青年一见白清卓依旧平安,便也身形一转,跃上一栋屋顶,飞纵而去。

白清卓看着扑近身前的凌、李二人,晃了晃手中的三眼神铳,微微笑道:"当初离开锦州时,李督帅特意送了白某一柄三眼神铳以做防身之用。没想到今日它果然一鸣惊人,救我性命!那老怪内功再好,也未必受得了这铳弹的穿心一击!"

"二师兄,你差一点儿把我们吓坏了!"凌兰用玉手拍着胸口说道,"看来,今后咱们不能再轻易外出了。"

"小兰,你放心——此番连一代魔君郑北雄都没能伤我分毫,从今以后炎阳宫在江湖上再也不会找到杀手来对付我了。"

凌兰忽又想起了什么似的,往一栋屋顶上看去:"二师兄,刚才好像也有一个蒙面人要救你,他会是谁?"

"我怎么知道?"白清卓莞尔笑道,"大概是一个路见不平、见义勇为的江湖游侠吧。"

李井方目光幽幽地看着白清卓:"清卓兄,说不定他还是我们都认识的一个熟人呐!"

白清卓也回望了他一眼:"是啊!也许到了该让我们认识的时候,他便会让我们会面的。"

"你俩在说什么啊?我怎么听得云里雾里的?"凌兰甚是疑惑。

他们正说之间,只听得脚步声骤起。东市街头那边,唐鉴带着大批捕头赶了过来。

"这个捕头来得可真是时候啊!"白清卓冷冷一叹,"总是在你不需要的时候出现,然后在你需要的时候消失。"

"你不用和他交涉。我去。"李井方会意,上前便冲着唐鉴笑道:"唐捕头,我们留京署的人在光天化日之下、市坊大街之间,竟遭到江湖恶徒的公然追杀,这该往哪里反映求助呢?"

唐鉴也非庸人,立刻板起面孔,挡了回来:"俗话说,'江湖事,江湖了。民间事,民间了'。若非江湖人,何来江湖事?只是可惜波及了市坊间的无辜百姓。"

李井方斜眼看他:"唐捕头,李某乃辽东参军,白兄乃四品参将,只因追查黄启祥案件,遭到江湖杀手雇人行凶,你居然要推到江湖纷争上去?"

"究竟是江湖纷争还是受雇行凶,待我等查明后再下评判吧!"唐鉴把手一摆,"本座还听到一个传闻,说是有人为了一个所谓的千面仙子而争风吃醋呢!"

李井方没料到他胡搅蛮缠的功夫如此厉害,不得不冷笑道:"唐捕头原来是这样捕风捉影、断案如神的呀!李某今日倒是开了眼界!"

唐鉴还欲再讲,忽然听到边上白清卓重重一声咳嗽,他便转了口风,抱拳答道:"两位大人请回。我们顺天府衙现在就开始查案了。有什么线索,彼此多加沟通即可。"

李井方无话可说,只得走回白清卓身边。

"回东霖院吗?"凌兰问白清卓。

白清卓依然目视前方:"到引凤堂的路,今天似乎才走了半截。"

"还去引凤堂?"凌兰诧异非常。

白清卓点了点头。

"你可真是'明知山有虎,偏向虎山行'啊!"李井方不禁叹道。

引凤堂最大的主店名为"鸾和楼",屋宇连绵,前低后高,看上去层叠如浪,颇有汉唐之风。

白清卓一行三人走到"鸾和楼"大门前,正在驻足观赏之间,一辆华美马车从后边缓缓驶到。

白清卓往旁边一让,忽然听到那马车里传来一个银铃般清亮悦耳的声音:"白公子,好巧!你也在这里?"

他循声侧头,只见马车车帘掀处,一个甜甜美美、温温柔柔的翠衣少女探出了身,一跳下车而来。

那一瞬间,白清卓的视线有些朦胧了,仿佛多年以前那个美妙动人的亭亭身影又重新映回了自己的眼帘,带着一地碎金似的阳光,向自己袅袅而来!

"雪……雪衣。"他低低呼唤了一句。

凌兰在他身侧重重地咳嗽了一声。

白清卓赶紧回过了神:"原来是方小姐。"

"嗯。"方宝芹笑盈盈地站到了他身边,忽又把目光投向了前方。

白清卓顿时有所感应,抬头看去,那"鸾和楼"大门台阶之上,一位身着湖蓝色衣服的绝美女子正凝望着他。

她的身姿仍是那样的曼妙,仪态仍是那样的优雅,周身的气质也仍是那样的清冽绝俗,那张不施粉黛却能倾国倾城的脸庞仍是那样的明艳光洁,一对星眸恰似春水盈盈,顾盼之间荡人心魄。

而她那一身彰显其美色的湖蓝衣裳,正是他自己精心选送的。

白清卓迎着她的清澈目光,轻轻说道:"你果然也在。"

"清卓,我也在这里买东西。"上官雪衣缓缓下来,步步生莲,"听说方才前街那里发生了当街刺杀案件? 你可安好?"

"安好,安好。"旁边的李井方插话道,"他们没有得手。"

方宝芹急忙盯向白清卓:"白……白公子,你刚才遇刺了?"

凌兰横了她一眼:"大约是那位都察院的方大人指使下人做的吧?"

方宝芹更是花容失色,几乎要掉下泪来:"白公子,我想应该是误会。我爹不至于……"

"的确是小兰在胡说。方大人与我政见不同,但还不至于买通江湖魔头取我性命。"白清卓神色极为平和,"方小姐,你不必在意。而且,你兄长已经盛情邀请我八月十三参加这里举办的丹池诗会——试想一下方大人怎会在他儿子还未以文才公开战胜白某之前就把白某白白杀掉呢?"

李井方"扑哧"一笑,伸手拍了拍凌兰的肩头:"你师兄说得真逗,不过确也在理。"

方宝芹看着白清卓英挺的气质、镇静的面容,不知为何,总是心头漾然。近期以来,她听到关于白清卓的故事太多了。高正思、邬涤尘几乎是天天提起他,说他目空四海、傲视当世、狂妄至极,甚至在永定门外公然挑战父亲方应龙的权威! 但他同时又很清廉很能干,高正思、邬涤尘等又抓不到他的一丝漏洞而只能骂之恨之! 这让方宝芹站在局外倒看得很清楚:人人都骂白清卓是"狂生",但他的确有狂傲的底气。反过来看,高正思、邬涤尘等人,却有些嫉贤妒能、党同伐异,不值一哂了。

她慢慢捏紧了粉拳,深深地直视着白清卓:"白公子放心——我不会让方氏一派的人用这样下作的手段对付你的。"

闻得此言,白清卓和上官雪衣同时震动了一下。上官雪衣的唇边划过一丝浅浅而又涩涩的笑意。

而白清卓也很认真地回视着方宝芹:"我相信你。"

上官雪衣仿佛微微失去了平日的从容,用玉手拈着自己的漂亮衣角,款款笑道:"白大哥,你上一次送我的这套衣服真是既合体又漂亮,小妹很喜欢。小妹也是刚刚到这里——我们一起进去吧?"

说着,她莹莹的目光一掠而出,和方宝芹横划过来的目光隔空一碰,又各自闪了开去。

白清卓将询问的目光看向方宝芹:"方小姐,你……"

方宝芹甜甜笑道:"高正思向我介绍,这引凤堂里有扶桑国的名家画作和书帖,确是另有一番风采,我今日便过来欣赏。白公子也是书画奇才,我们一起进去吧?"

上官雪衣听了,不言不语,只是面庞上隐隐泛起了一丝波澜。

这时,一个店小二迎了过来:"方小姐,我们早就为您准备好了日本高僧长川一拙的精品画作,请吧。"

东方胜徐徐铺开画卷,向方宝芹、白清卓、上官雪衣介绍道:"诸位,请看,这便是日本国著名高僧长川一拙的名画——《黄雀占枝图》。"

那画面之上,一只活灵活现、鲜润可爱的黄雀,站在几簇梅花衬托的树枝上,翘首远视,张嘴鸣啼,仿佛连画外之人都能听到它的缕缕清音。

方宝芹细细看着,赞叹道:"扶桑之画妙在写实,简直把这黄雀画成了一只活鸟。白公子怎么看?"

"是啊!我中原之画追求意趣,喜欢阔远疏淡,所以留白多于描实。若是能将这种扶桑笔法借鉴过来,形成'虚实相生、刚柔相济'的画风,便能尽善尽美了。"白清卓娓娓谈道。

东方胜抬脸看了白清卓一眼:"白公子果是高见。"目光中却蕴有深意。

上官雪衣柔柔地言道:"白大哥将来得闲,便可融合中日两国之长,令大家一睹为快。"

白清卓呼吸一顿,却是幽幽一叹。

东方胜已让店小二在桌旁研开了墨汁,递过一支狼毫细笔:"难得'京中第一才女'方小姐驾临本店,可否请您为这幅《黄雀占枝图》题诗一首?"

方宝芹不愧是名门闺秀,大大方方地接了毛笔,略一思忖,在此画右上角空白处以一手庄美娟秀的小楷写了一首《咏黄雀》:

> 百花开后红霓在,雪尘落尽最可爱。
>
> 独占枝头向天鸣,一声清啼唤春来。

然后,她拈着毛笔,笑吟吟地问白清卓:"清卓公子以为如何?"

"不错,不错。方小姐的诗颇有灵性,白某佩服。"

"那么,清卓公子,我想请您也以《咏黄雀》为题在画中作伴题写一首小诗呢!"方宝芹将狼毫细笔朝白清卓递将过来。

"哦？方小姐就不想请我也题诗一首吗?"上官雪衣纤手一扬,从中把那支狼毫细笔截了过去,"你眼里可不能只放着我白大哥一个人呐!"

李井方、凌兰站在一边,分明感觉到这两大美女之间似有汩汩暗潮相涌相撞。

方宝芹一愕,随即笑道:"上官小姐也会作诗?"

上官雪衣脸上笑若春花:"白大哥,你给她讲。"

白清卓淡淡说道:"雪衣姑娘在万历九年时就已有'京中第一才女'之美誉了。"

方宝芹深深地看着他:"想必那个时候的'京中第一才子'就是清卓公子你了。"

上官雪衣也不再多话,挥毫在图画的左上角空白处写下她的《咏黄雀》:

> 花雨霓沉湿薄衣,高飞低逐总相宜。
> 婉转清啼酬知己,只为东风第一枝。

然后,她脉脉注视着白清卓:"白大哥,此诗如何?"

方宝芹看罢,目光亦是有些幽深起来:"上官小姐果然才气非凡。"

白清卓微微垂下眼帘:"我一直都知道,你的诗总是好的。"

上官雪衣也将那毛笔递向他来:"我和方小姐都写了,你也该题诗相和了。"

"我没什么雅兴,只想在这里取个巧。"白清卓缓声言道,"我只把你这首《咏黄雀》改动三个字,即成一首新诗。"

上官雪衣脸泛笑容,眸中春水盈盈:"你念,我写。"

> 花雨霓沉湿薄衣,高飞低逐总相宜。
> 婉转清啼酬大义,岂为东风第一枝?

他念罢之后,上官雪衣自然也是非常流利地写完了。看着白清卓改过的那三个字,她微微怔住,却是什么话也说不出来。

李井方瞅在眼里,心底不禁暗暗感叹。

上官雪衣和白清卓之间,终究还是隔了一道无形的壁障。

"清卓公子,你可不能厚此薄彼啊。"方宝芹柔声而笑,"你也和我题诗相和?"

白清卓从上官雪衣手中默默拿过那支细笔,递在方宝芹手里:"那我只对你这首《咏黄雀》改动一个字,调换两个字,即成一首新诗。"

"你念,我写。"方宝芹已执笔在手伏下案去。

> 百花开后红霓在,雪尘落尽最可爱。
> 独占枝头向春鸣,一声清啼换天来!

方宝芹一气写完之后,搁下毛笔,连连拍掌:"好! 好! 好! 清卓公子这改一字、调二字,却是另有一番英风豪气! 小女子诚然有所不及!"

上官雪衣退开一旁,静静地看着,表情一平如水,不见喜嗔。

方宝芹又向白清卓笑道:"八月十三的丹池诗会,你一定要参加。你若不参加,必是当今文坛一大憾事!"

"好的。我一定会参加的。"白清卓哈哈一笑。

正在这时,一个仆人从楼梯上下来,招呼道:"清卓公子、宝芹小姐,上官大人邀请两位一同上楼品茶。"

东方胜急忙解释道:"上官侍郎一早也来了这里……他最爱清静,所以不让我等告诉别人。"

白清卓目光一闪,瞥了上官雪衣一眼:"雪衣,你可听见了? 尊父同邀我和宝芹小姐。"

上官雪衣面色微动,却又只得忍住不语。

"那……那这幅《黄雀占枝图》……"东方胜很小心地问道,"方小姐有意收藏?"

方宝芹却慢慢把它卷了起来,笑道:"我把它送给白公子。"

白清卓瞅了瞅上官雪衣,喊过凌兰,让她接下。

方宝芹走到白清卓身边,正要迈步登梯,上官雪衣却徐行而至,右手一引:"雪衣带二位同去品茶。"

室门开处,望见白蒙蒙的水汽之中,一位气质雍容儒雅的中年文士端坐榻席。他身披宽松的流水云纹素净长袍,神色沉静安闲,挺拔身姿如亭亭玉树纤毫不动,只是一双眼眸似古潭一般幽深。

他身前桌几之上,已经摆了三盏清茶,屋角却有红陶小炉冉冉升焰,煮着一锅新茶。

看到俊男美女入得屋来,那文士便朗朗然吟起了唐代诗人韦应物所作的《喜园中茶生》一诗:

　　洁性不可污,为饮涤尘烦。

　　此物信灵味,本自出山原。

　　聊因理郡余,率尔植荒园。

　　喜随众草长,得与幽人言。

　　白清卓听得他朗诵之声,脸上微微泛笑,也回吟一首苏轼所写的《惠山谒钱道人烹小龙团登绝顶望太湖》之诗:

　　踏遍江南南岸山,逢山未免更流连。

　　独携天上小团月,来试人间第二泉。

　　石路萦回九龙脊,水光翻动五湖天。

　　孙登无语空归去,半岭松声万壑传。

　　上官平芝缓缓抬头,迎视着白清卓:"好久不见,清卓你果然风采依旧啊! 请坐,请坐。"

　　白清卓和方宝芹向他施了一礼,径去他对面坐下。

　　上官平芝掠了一眼上官雪衣。上官雪衣会意,已是恭恭敬敬地过去跪在黄梨木地板上,用小团扇为红陶小炉扇风燃火煮茶。

　　"清卓有'京中第一才子'之旧名,方小姐有'京中第一才女'之美誉。"上官平芝笑得十分亲切,"二位并肩同席,恰似一对'璧人',本座也觉得十分养眼啊。"

　　他说出这话来,方宝芹暗暗一惊:难道上官平芝居然没看出自己女儿那般倾心于白清卓?! 他这番话又置上官雪衣于何地? 她回眸去看坐在一角的上官雪衣,只见她的身影似乎微微颤抖了一下——但她进屋后一直背对着他俩,什么表情也看不到。

　　而白清卓却是面如平湖,没有激起半点风波。

　　"听闻二位在下面给那位日本画僧长川一拙所绘的《黄雀占枝图》题诗相和,本座也想起了宋代诗人于石所写的《野田黄雀行》一诗。"上官平芝抬手请他二人呷饮清茶,同时又慢声吟道:

　　鸣不择上林,栖不依华屋。雄飞各呼雌,翩翩自相逐。

　　渴饮野田水,饥啄野田粟。

　　一饮一啄能几何? 慎勿远飞投网罗。

　　君不见金笼老鹦鹉,向人空作闲言语!

方宝芹已然看出白清卓和这上官平芝之间的关系十分微妙，便不好轻易发言，只是静静饮茶。

白清卓手里端着茶杯，却在唇边挑起一丝笑意："好一个'慎勿远飞投网罗'！以上官大人之才略，这世间哪有一张网罗罩得住您？"

"本座只是可惜你的雄才大略。"上官平芝缓缓加重了语气，"虽然你曾对本座不恭不义，本座终是不忍弃你——你何必与戚家军南兵营站在一边？你越是站在那里，别人就越发认为你是张居正余党！那些依靠倒张、反张起家的朝臣，就会对你形成天然的对抗！而你一个人又能摆脱多少张'网罗'？"

他见白清卓不言不答，便又娓娓劝道："就算现在申阁老荫护你，可是申阁老终会老去，到了那一天，你又将是怎样的结局呢？也许你不仅会害了你自己，还会害了你身边很多无辜的人……方小姐今天也在这儿，平心而论，我作为一个父亲，会放心地把女儿托付给你吗？我作为一个父亲，又会放心自己的儿子成为你的朋友吗？"

方宝芹微微动容。上官平芝所讲的一切，她其实都清楚——单就京中方氏一派众人对白清卓的敌意，完全是显而易见的。自己今天与白清卓如此交往，还不知道回府后父亲和兄长如何处置自己呢！

白清卓幽幽亮亮的目光向她投了过来："方小姐，你这幅《黄雀占枝图》还送我吗？你可后悔今天与我交往吗？"

方宝芹慢慢咬紧了朱唇，毅然回答："世间匹夫匹妇都明白一个道理——为众人抱薪者，不可使其冻毙于风雪。"

白清卓听了她这话，竟是微微一怔，徐徐敛起了嬉笑之色。

而背对着他俩的上官雪衣却在满脸的苦笑之中缓缓流下了两行清泪。

只有上官平芝的脸色阴沉下来："方小姐，你若欣赏白公子，便应该劝他……"

方宝芹淡淡答道："有些时候，我也很想劝一劝我父亲。"

上官平芝呆了一下，凝定心神，又向白清卓讲道："清卓，你饱读典章，那你应该知道，自古以来，'龟龙麟凤'四大瑞兽之中，为何会有玄龟的一席之地？"

白清卓正视着他，没有答话。

"你何不忍耐一下？只要你忍着不要介入南兵营事务，你必能回到京城担任兵部侍郎，你也将是本座、方应龙大人和申阁老三方共同认可的人——你将来封侯入阁，自是轻而易举。"上官平芝讲得十分恳切，"等到你封侯入阁、大权在手，不消说一个南兵营，就是还有什么东兵营、西兵营、北兵营，你都能予取予夺了！"

白清卓淡若轻云的笑容升了起来："我怕自己忍着忍着就失了初心，变成了上官大人您一样。"

上官平芝听罢,就似被无形的钢针刺了一下,双瞳慢慢收紧:"既是如此,本座也只有祝你好自为之了。"

白清卓没有再与他争辩,而是缓缓吟起了苏轼所作的那首名词《水调歌头·尝问大冶乞桃花茶》:

> 已过几番雨,前夜一声雷。旗枪争战,建溪春色占先魁。采取枝头雀舌,带露和烟捣碎,结就紫云堆。轻动黄金碾,飞起绿尘埃。
>
> 老龙团,真凤髓,点将来。兔毫盏里,霎时滋味舌头回。唤醒青州从事,战退睡魔百万,梦不到阳台。两腋清风起,我欲上蓬莱!

听着他的低吟浅诵,上官平芝的眼中尽成一片暗沉。上官雪衣也是双肩轻颤,似在伏地而泣。

只有方宝芹双眼闪闪发亮,深切地凝视着白清卓,觉得他比自己先前见过的任何一个男子都更加俊朗非凡。

十六

"百仙聚"酒楼第三层朝北的一间客房里,郑北雄倚桌而坐,正自默默运气疗伤。他面色苍白如纸,胸前被布包扎着的伤口处不时传来的隐隐刺痛,令他不由自主地呻吟失声。

这个白清卓太狡诈了!居然用火铳弹破掉了自己的护身真气。幸好自己在危急关头避开了心脏要害部位,否则自己真的就栽在当场了!即使如此,自己也受伤不轻,一身功力至少损耗了三四成。

忽然,他耳轮一动,隐隐听到窗口处传来一缕极轻极细的风声,顿时冷喝一声:"谁?"迅速向后拍出一掌,只见一抹淡淡红影随掌飘了开去,身法轻灵似飞鸢。

郑北雄忍着伤痛,提气一跃,闪身而起,不等那人身子落下,又是一掌拍去,奇道:"好诡异的身法!"那人在半空中一晃而至,因接上了郑北雄这一掌之力,斜掠八尺,轻飘飘落下地来。

"你……"郑北雄这时才看清来人的面容,一怔之下,硬生生将隔空劈出的一掌收了回来——竟是一个绝色少女,身披薄薄红纱,全身曲线玲珑,颜如美玉,雪肤丹唇,一双明眸如漾春水,顾盼之间风情暗流,无声之间勾魂摄魄。

这少女迎着郑北雄灼热而贪婪的目光,脸上盛开了桃花似的笑容:"小女子正是炎阳宫的千面仙子,特来致谢'紫府神君'郑前辈。"她的声音甜美至极,仿佛小猫之爪直挠人心。

饶是郑北雄功力深厚,也一时微微失神。片刻之后,他的语调才恢复了正常:"千面仙子果然名不虚传。穷散人没有欺骗老夫。老夫此番揭榜出手,倒也确实值得。"

"郑前辈如此尊贵的客人,竟为小女子区区蒲柳之姿而以身犯险刺杀白清卓,还深受伤害,小女子很是过意不去。"千面仙子的笑容显得愈发娇媚。

"你刚才说你是'特来致谢',"郑北雄的声音沙哑而沉重,"那你应该是怎样一个谢法?"

千面仙子向他身上靠拢过来:"待郑前辈养好伤后,小女子必定信守承诺,任郑前辈为所欲为。"

"仙子确是守信。"郑北雄慢吞吞地说道,"其实炎阳宫悬赏一千两黄金和绝色美人侍奉,本意只是想召集一些小角色给白清卓捣乱而已。你们也认为他们未必能够成事吧?但应该没想到老夫竟会为仙子你而揭榜出手吧?"

千面仙子用玉掌轻轻摩挲郑北雄的肩肌。她也甜甜笑道："小女子其实也明白，郑前辈纵横江湖数十载，见过的人间美色恐怕比小女子的头发还多，前来揭榜出手，又怎会仅仅是爱慕小女子的庸脂俗粉之色呢？"

"仙子确是美貌惊人，老夫此行有一半的原因真是为你而来。另一半的原因，却是老夫听闻了穷散人的介绍后，对仙子你修习的功法颇感兴趣。"郑北雄直视着她。

千面仙子听罢，却没有立即答话，沉吟了一会儿。她看见郑北雄微微皱眉暗暗抽气，知道他胸口的铳伤一定痛得厉害，便取出一个小瓷瓶，十分体贴地递给郑北雄："郑前辈，我这里有一件极灵异的药丸，服用之后最能止痛养神……"

郑北雄打开瓶盖往里嗅了一嗅："原来是爪哇国产的'乌香'（指鸦片），仙子手中果然是宝贝多多啊！难怪能够笼络人心为己所用。"

千面仙子一脸的纯洁天真："小女子从来没听说过什么叫'乌香'，小女子只知道这些药丸称为'升仙丸'。"

"还是回到仙子你的独门功法上来吧。"郑北雄收好了升仙丸，向千面仙子直言道，"其实，仙子此刻的面貌也并不是你的真容吧——据老夫所知，普通的易容变脸之术，几乎都是依靠贴戴人皮面具、涂抹特制药膏等外物相辅而成，却不能使人的脸庞从皮到骨真正改换。但老夫还知道有一种从域外传来的'画皮大法'，却能真的让人做到'一人千面、变换自如'。"

"郑前辈果然见多识广。"千面仙子的笑声似银铃般清脆，"您是希望我变成清秀型还是娇媚型？是端庄型还是放荡型？是瓜子脸还是银盘脸？我现在都可以给您变出来……"

"暂时不必。"郑北雄的语气忽然变得十分坚定，"老夫可以养好伤势后帮你刺杀白清卓——但你必须在事成之后将这'画皮大法'的秘籍妙诀交换给老夫。"

千面仙子咯咯一笑："想不到郑前辈居然会对小女子的一技之长如此重视。"

"仅仅是一技之长吗？你刚才和老夫交手几招，已然是一流高手的修为。难道你这一身功力不是拜'画皮大法'所赐？"郑北雄悠然说道，"实不相瞒，这'画皮大法'是老夫心目中一个最重要人物的心仪之术。老夫一定要帮她得偿所愿。"

"好的。我们成交。"千面仙子也很认真地回答道，"下次我们要刺杀白清卓的时候，会事先联系郑前辈的。平日里，请郑前辈不要擅自行动。"

郑北雄点了点头，又若有所思地问道："老夫有些不明白，以仙子你目前的身手，又加上你精于'画皮大法'，只要巧加掩饰，混到白清卓身边，也不是没有一击必中的机会。但你为何……"

千面仙子美目流转，脆声而笑："有些事情，我们可以自己直接去办；有些事情，却只能假手他人去办。您能想到的法子，我们自然也能想到。一切随机应变吧。"

"啪"的一声，金凤斑纹玄石盂被重重地摔在兵部议事厅的青石板上，然而却是丝毫未缺。

王一鹗俯身拾了起来，托在掌心中左看右看，连连点头："这确是一件极坚极硬的好宝贝，砸也砸不破、摔也摔不坏！小白，这才是'华而又实'的极品奇珍嘛！既好看，又耐用。"

白清卓翻了翻白眼，道："王大人，您也喜欢收藏奇石异宝，但意趣却与申阁老大不相同啊！"

"他是内阁首辅，多多少少不能不注意一下表面上的光鲜亮丽嘛！"王一鹗爽朗说道，"老夫是兵部尚书，天天想的是如何调兵遣将、克敌制胜、务求实效，所以肯定要更加注重物件的实用和耐用嘛！"

说着，他指了指自己议事厅正壁两边的箴言对联字幅，又道："你瞧我这些兵部箴言对联，就没有他内阁值事房那些条幅清雅含蓄，更多的是单刀直入、畅快淋漓！"

白清卓仰面看去，见那副对联是这样写的：

明伦堂穿铁靴，钉钉扎地而巴实；
演武场放铜炮，炮炮通天而到位。

他读罢之后，不禁失声"扑哧"一笑。

"笑什么笑？你这小白，先前是翰林院庶吉士出身，后来又去当了四品参将，现在进京却做了探子、捕快！还不是和老夫一样喜欢'剑走偏锋'？"王一鹗嘻嘻笑道，"老夫也是军户出身，然后考取功名，再这样一步一步过来的。"

白清卓浅浅一笑："在下以一个参将的视角来探查案件，似乎还感觉游刃有余。"

王一鹗伸头来问："咦？小白，你这么讲，倒让本座可真有些看不懂你了。你可从黄启祥案子查出什么没有？"

白清卓沉沉看了他一眼："黄启祥案子分明是做出来针对李成梁和辽东军的。只是幕后真凶太隐蔽，而且动机也不甚明朗……"

"你这是什么意思？"王一鹗讶然问道，"听说你在京城东市遭到了叫什么'紫府神君'的江湖魔头的狙击？黄启祥案子不会是像元末'白莲教'那样的邪教干的吧？"

"当今之世风调雨顺、国泰民安，怎会有'白莲教'的容身作乱之地？"白清卓双眉深深一皱，"唯一可虑者，在于朝中党争之风愈演愈烈，只怕将来国家失了安宁祥和之元气啊!"

"方应龙他们就喜欢吹毛求疵、上蹿下跳、煽风点火、无事生非!"王一鹗一拳重重搌在桌案之上,"隔三岔五闹得各部庶务都难以开展了! 还是万历十年前,朝廷朝令而夕行,重实而不务虚……"

白清卓静静地听着,不发一语。

王一鹗发完感慨之后,拿起一张纸笺,又向白清卓说道:"说到辽东军和李成梁,老夫这里有一个事情想和小白你探讨一下。"

"请讲。"

"李成梁近日又递进一份求致仕表,同时他提出在自己临退之前,有一个'以夷制夷'的方略呈上。"

白清卓眼帘一抬:"哦? 什么'以夷制夷'的方略?"

"他建议起用辽东建州女真部族小头领努尔哈赤为建州卫指挥使,专门压制那些不甘于臣服大明的海西女真各部。"王一鹗沉吟着又道,"但是,老夫有些担忧努尔哈赤会借着朝廷的扶持而坐成大势……"

"李成梁自己是怎么考虑长远布局的?"白清卓徐徐问道,"您所担忧的,他不会不有所说明的。"

"撇开他满口夸赞努尔哈赤的什么'忠勇诚笃''一心报国'等词句不提,他倒是有了一个安排。他已收努尔哈赤为义子,而其长子李如松便为努尔哈赤之义兄。他认为自己退休致仕之后,李如松应该可以制衡努尔哈赤。"

白清卓思忖了片刻,答道:"李督帅既是如此布局了,想必应该也有六七分把握的。'以夷制夷'本是军国长策,只要蓟辽雄师神威长存,不消说一个努尔哈赤,便是将来出现十个努尔哈赤也镇压得住。所以,李督帅的计策不无可取,只要朝廷扶持蓟辽雄师一直屹立不倒,即可防患于未然。"

王一鹗点了点头:"你讲得对。借这一次午门献俘大典,兵部便召努尔哈赤进京考察一下吧。"

他说罢之后,却忽地站起了身,走到厅门口站着的两个侍卫亲兵处,吩咐道:"你们去外边严格把守,不许任何人靠近偷听。"

那两个侍卫亲兵应了一声,便照办而去。

在白清卓有些愕然的目光中,王一鹗缓步走回,肃重说道:"你的司礼监议事厅刺杀案一事办得很好啊。陛下已经批允了申阁老和张公公的联名建议书,明文废止了内宫监军制。兵部和外镇从此少了一大掣肘。你功不可没。"

白清卓淡然一笑,并不多言。

王一鹗慢慢走到桌案之旁,往那金凤斑纹玄石盂中徐徐注入清水,瞧着盂底的点点金星浮泛而出,在眼前闪闪亮亮,甚是好看。他缓声说道:"蓟镇总兵萧虎臣给兵部上了一道推荐书,推荐你升任兵部侍郎,你怎么看?"

"萧总兵这是想拱走我这块绊脚石啊。"白清卓叹了一口气,"在他的麾下,却出了我这样一匹悍马,他应该很头痛吧。"

王一鹗目光中隐有锋芒:"在朝中方氏一派当中,方应龙一向稳健持重、谋定而发,不会轻易破格冒险;而萧虎臣却刚锐果决、敢于破格,所以本座有些怀疑他是不是瞒着方应龙做下黄启祥案件,然后再栽赃给李成梁和辽东军的?"

"实话说,我也曾经这么想过。"白清卓认真答道,"但实际上,黄启祥案子应该不是他做的。理由有三:第一,如果他要这么做,岂不是公开引火烧身? 他和李成梁之间的不和已是有目共睹,难道他会蠢到如此栽赃而授人以柄? 第二,他派人杀了黄启祥就罢了,又为何要劫夺黄启祥手中的朝鲜'秘宝'? 这样画蛇添足,不符合嫁祸于人的路数。第三,李成梁在京师广布耳目,在蓟镇也广布耳目,萧虎臣若有异动,他岂能不知?"

王一鹗缓缓听罢,颔首说道:"听你这一段话,你果真有几分神探、神捕的风采了。小白啊,你果然不会让老夫失望。你初来京师,只怕人手有些单薄。本座麾下有一支绝对忠诚保密的暗卫队,若到紧急关头,可以随时调给你使用!"

"多谢王尚书如此关照。"白清卓向他深施一礼。

王一鹗又郑重言道:"这次丹池诗会你一定要参加。通过这次丹池诗会,你才能大展风采、一鸣惊人! 听闻陛下也十分重视这次诗会,还内定了诗会的诗魁有幸列席参加此番午门献俘大典。"

"王尚书,我自是要去参加这次丹池诗会的。但我可不是冲着争那个诗魁去的。"白清卓向王一鹗调皮地眨了眨眼睛,"我是要利用这个丹池诗会为南兵营筹款!"

"什……什么筹款?"王一鹗惊惑不解。

白清卓答道:"在下听闻成为丹池诗会的诗魁后,可以当众高价拍卖自己的墨宝和可贵之物……"

王一鹗听着,脸色一板:"老夫听懂你的言外之意了——你这不是在将老夫的军吗?"

白清卓嘿嘿地笑着,并不插话。

王一鹗疾步走到厅门,向外面喊道:"来人! 去传包郎中过来议事。"

不多时,包天符从厅门外几乎是飞步进来,急急而问:"王大人有何要事?"一转头却看到白清卓也在场，顿时明白了。

"包郎中，你坐。"王一鹗右手在金凤斑纹玄石盂身上细细摩挲着，满脸平和地讲道，"你看，小白……白参将在老夫这里软磨硬泡了一两个时辰，非要部里给他南兵营一些支持不可，不然他在下面没干劲……而且，南兵营这几年来也立了不少军功，加上内阁也对他们颇为满意——我们部里实在磨不下这些面子呢！还是须得对他们有所表示才行。你说呢？"

包天符也是笑得十分诚恳："当然！当然！白参将有什么难处，南兵营有什么难处，包某一定尽力帮忙！尽力帮忙！"

"多谢包郎中全力支持。"白清卓也向他还了一礼。

王一鹗正了正脸色，吩咐道："天符，那你就拉个账单出来，以'更换军械、以款代物'的名义，拨给南兵营十四万两白银。本座签押后呈递内阁处置。"

所谓的"更换军械、以款代物"，即是由兵部不定期给各大军镇拨一笔军械更换、清涤、修补的经费。这笔经费弹性极大，基本上由各军镇自报自销，除更换购买必需的军械之外，若有节余款项也不用收回，军营可自行处置。实际上，大家都明白，在暗底下，对南兵营而言，这笔经费就是对欠薪、欠饷的一个补助。

"十四万两？"白清卓笑得十分可爱，"尊敬的王尚书，今年是万历十八年，又逢午门献俘大典之际，求个吉利，您就定成'十八万两吧'！我南兵营众兄弟一定为兵部大人们烧高香！"

王一鹗把须髯一掀："小白，你晓得不？去年年底贵州军镇只批了八万两，今年年初广东军镇也才批了九万两，你一个蓟镇的南兵营，我让兵部拨十四万两，你还不知足？"

"十六万两！"白清卓依然面带微笑，"六六大顺！大家图个吉利！您看，今天是八月初八，在下也是专门选择了这个吉日到兵部来的……"

"好，好，好，就定个'十五万'两的金额吧。"王一鹗把袍袖一摆，止住了白清卓，面向包天符，"包郎中，你下去填单子吧。"

包天符听完，神情却踌躇了起来，把白清卓看了又看，欲言又止："王大人，这……这……"

"你有话直说，小白他不是外人。"王一鹗的面色凝重了。

"那下官就实话实说了。"包天符不和白清卓对视，只是直盯着王一鹗，"我的尚书大人，您不知道？如今户部的吴承信、都察院的邬涤尘等人天天堵在内阁值事房外边，散布戚家军在修建长城工程中上下其手、瓜分其利，闹得沸沸扬扬，不可开交。您还敢让下官去做'以款代物'的账单？您不怕被吴承信、邬涤尘他们抓住这个事情借题发挥、乱上添乱?"

"我们问心无愧,还怕他们骂吗? 我王某人也不是被人骂得垮的!"王一鹗双眉一振。

"大人的高风亮节,下官自然是清楚的。"包天符急忙讲道,"可是户部那边的态度很蹊跷啊……吴承信到内阁闹了好几天了,石星尚书可是从没管教过他呀……"

王一鹗沉吟了起来。

白清卓冷冷一哼:"包大人没听过辽东一带的一句俗话——'听见喇喇咕叫,就不种庄家啦?'"

"白参将,说实话,我宁可私下送您几百两银子,也不好帮您这个忙。"包天符仿佛很是为难,"您想,谁敢在这个关头顶风冒雷为南兵营申报这个账单啊? 尚书大人,下官劝您一句:您也最好不要强行推动此事! 您就是硬推上去,也会被户部、都察院的人给乱骂回来的!"

"他说的在理。"王一鹗转头看了看白清卓,"小白,要不咱们先缓一缓? 等吴承信、邬涤尘他们消停了之后,咱们再来推一推? 况且,石星尚书那里……"

白清卓在心底把吴承信、邬涤尘这两个混蛋骂了个千百遍,也只得点头:"好吧。暂时先这样吧。"

包天符闻言,心头一松,眼底不禁掠过一丝得意的冷笑。

不料,白清卓突然正视着他说道:"包郎中,你还是下去要把那个账单整理好。白某这边一旦解决了吴承信、邬涤尘他们的问题,你那边就要即刻启动。"

什么? 白清卓居然有底气说他能解决吴承信、邬涤尘的闹事? 包天符心中一时凌乱,却只得有些僵硬地点了点头,也不知道自己嘴里是怎么表态的。

小小的金佛在那莹亮透明、一清似水的水晶玛瑙石中心之处,如同悬浮于空中般凝然端坐,体态逼真,妙不可言。

朱翊钧静静地欣赏着这枚申时行贡献上来的晶中佛奇石,然后看向随着它一同献进的那张纸笺,低声念道:

> 六载功成便出山,顶旋螺髻耳金环。
> 大悲愿力因无尽,离世间还入世间。

这其实是本朝奇僧、"缁衣宰相"姚广孝所作的一首小诗。朱翊钧念罢之后,缓步踱到望天阁的露台栅栏处,眺望着天际的朵朵游云,仿佛是自言自语地问道:"申师傅送来这块晶中佛和这首姚广孝的短诗,是为什么呢?"

　　陪侍在他身边的张诚会意,轻声答道:"依老奴之见,申阁老送这两样东西,是希望陛下成为功德无量的'现在佛'而兼济天下、普度众生吧!"

　　"是啊!'过去佛'已逝而不可返,'未来佛'尚远而不可即,唯有这'现在佛',朕可以有志而成。"朱翊钧含笑一叹,"所以,雒于仁把朕骂得那么难听,朕还不是忍了下来?"

　　"雒于仁大不敬于陛下,就该遭到严惩重罚!若非陛下的佛爷心肠,他……"张诚恨恨说道。

　　"严惩重罚?"朱翊钧乜了他一眼,"你在金刚堡战事上妄言妄行,引来刺客的疯狂报复,居然钻到司礼监议事厅来大开杀戒了!你该不该遭到严惩重罚?"

　　张诚慌得双膝跪地:"老奴有罪,请陛下责罚。"

　　"有罪无罪,轮不到外面的一个小小兵卒来指手画脚!"朱翊钧脸上漫开深深的寒意,"你若真是有罪,还能在司礼监一直站到今天来?你放心,朕不会责怪你的。张鲸当年授意你借金刚堡一役杀敌立功,为朕的'万寿节'增光添彩,朕是事先知道的。"

　　"陛下,陛下……"张诚心头不禁百感交集,一时答不上话来。

　　"洪尔林背后必有指使者。你们现在查到哪里了?"

　　"启奏陛下,锦衣卫已经查到洪尔林曾在京郊广法寺匿名借宿过一段日子……"

　　朱翊钧容色一冷:"不要和朕谈这些细枝末节。这样吧,你让锦衣卫和白清卓彼此分享消息,合作破案。"

　　"陛……陛下也知道白清卓?"张诚一愕。

　　"朕怎么不知道?他一入京,方应龙就跑到宫里来咋咋呼呼。朕对他不留意也不行啊!"朱翊钧微微眯了眼睛,"他是申师傅的门生,朕也曾受学于申师傅,算起来朕和他是师兄师弟的关系呐。"

　　"陛下何必与他这般相提……"张诚把"并论"两个字吞进了肚里,小心地讲道,"他永远只是一个小小的臣子……"

　　朱翊钧遥望着那天穹云海深处缓缓亮出的一轮红日,悠悠然言道:"张诚,你知道朕今年多少岁了吗?朕今年就二十九岁了。汉武大帝在元朔元年之时,也是二十九岁左右,那一年,他已经派遣将军卫青取得雁门关大捷,斩杀匈奴强寇成千上万,然后收服东夷部众二十八万余人,开设沧海郡以治辖之。这是何等的丰功伟绩?!"

　　张诚垂下头去,恭声说道:"陛下春秋隆盛,四夷拱手,八方宾服,远胜汉武帝。"

　　"远胜?青海蛮夷火落赤率众多次骚扰洮州、河州,西北军镇竟然扫荡不净,这岂是靖边安民之功?"朱翊钧深深一叹,"朕眼下也很想尽快找到一个属于我大明朝的卫青、霍去病。"

张诚款款而道:"我大明朝物华天宝、人才济济,陛下必能广揽英才而用之。"

朱翊钧忽然淡声问道:"你是亲眼见识过白清卓的,你觉得他如何?"

张诚顿时小心翼翼起来,斟酌着词句答道:"启奏陛下,这个白清卓,依老奴看,他确是亦侠亦官、能文能武,不同于高正思、吴承信之流。"

朱翊钧双目微微眯起:"听闻方应龙那一派的清流名士已经给他下了战书,特邀他参加今年的丹池诗会? 那分明是方应龙、高正思他们想在'文斗'上压倒他呢……"

"不错。白清卓自己也接了这份'战书'。"

朱翊钧唇角划过一丝微微的笑意:"既是如此,咱们便等着观看丹池诗会的'好戏'上演吧。他白清卓自己不脱颖而出,谁又能把他举到天门上去呢?"

张诚垂眉而答:"老奴明白了。"

"朝鲜国的李昑究竟是怎么回事?"朱翊钧忽然想起了什么,龙颜微肃,"这都过去二十多天了,怎么还没把被劫的朝鲜'秘宝'的信息送过来? 不少人都等着从它这里找线索呐。"

"陛下莫急。老奴稍后下去直接通知上官平芝往朝鲜再催一催。"

朱翊钧又慢慢走回阁室之中,注视着那块在御案上平放着的晶中佛奇石,缓缓而问:"午门献俘大典是由礼部和兵部共同筹办的,现在做得如何了?"

张诚跟随进来俯身答道:"启奏陛下,礼部上官大人对此十分用心。前几天他还找到老奴说,午门献俘大典有一个仪式是'燔鹿祭天'——他已经安排给山东巡抚,准备运来六根泰山特产的、数人合抱之粗的大松木来焚燔花鹿……"

"哦? 他这是取意用泰山封禅时的'五大夫'之松燔鹿祭天而显至诚至敬之道,朕觉得很满意。"朱翊钧含笑点头而言,"上官平芝这个人,在朝中独树一帜、不偏不倚,只知埋头做事,而且深体朕躬,倒也难得。朕下一步准备提拔他任尚书之职。"

张诚站在一边,不敢乱插一语。

朱翊钧又道:"张诚,你要告诫锦衣卫、顺天府,一定要确保午门献俘大典顺利召开,不能出现任何岔子。朕决定在八月十五日公开宣布大典的开幕日期,就是九月十六日,让各地军镇做好献俘入京的准备……"

张诚甚是小心地问了一句:"陛……陛下不再怀疑李成梁和辽东军了?"

"申师傅已经为李成梁做了担保人。"朱翊钧语调微微一顿,"朕相信申师傅。"

在一间幽静的雅室之中，一位眉目清秀、身形颀长的玄衫青年站在书案之旁，左右双手各自握有一支毛笔，在两张纸上同时运笔如电、挥墨而写。

十七

他左手执笔写的是宋代词人刘学箕所作的一首名词《菩萨蛮·杏花》：

> 昨日杏花春满树，今晨雨过香填路。零落软胭脂，湿红无力飞。
> 转头春易去，春色归何处？待密与春期，春归人也归。

他右手执笔写的是唐代诗仙李白所著的长诗《同族侄评事黯游昌禅师山池（之一）》：

> 远公爱康乐，为我开禅关。萧然松石下，何异清凉山？
> 花将色不染，水与心俱闲。一坐度小劫，观空天地间。

他这两首诗词几乎是同时写完。落笔之际，站在书案边上的那个青纱蒙面的红衣女子一边观赏着他的字帖，一边娇笑道："'玉笔判官'崔波公子果然名不虚传，双手能写两样字，一刚一柔自不同！而且，左手写艳词，右手写禅诗，您这'一心二用'之术确也了得。"

原来这玄衫青年便是"京城四大公子"之一的崔波。他脸上表情无波无澜，淡声说道："崔某只是奉我家主人之命特来合作。阁下有何要求，只管直说。"

"崔公子确实爽快。"蒙面女子的声音非常好听，"玉笔判官之所以号称玉笔判官，是因为你这一支笔连圣旨御笔都能模仿得无疵可寻。"

"阁下想要崔某模仿谁的笔迹？"

蒙面女子递过来一本簿册："这是那个人和别人来往手笔书信，以及一部分他的亲笔文函。你要揣摩好他的语法口吻，还要临摹好他的手书笔迹。等你达到以假乱真的地步，我再来告诉你后面怎样做。"

崔波一手接过了簿册，翻开之后细细一看，冷冷笑道："原来你们是想模仿他的笔迹来大做文章啊……行，我答应你们。"

"你肯定会答应，他其实也是你家主人的一个劲敌。"蒙面女子忽地柔媚一笑，"我还有一个事情想请崔公子帮忙。"

"帮什么忙?"崔波把玩着自己手中那支玄玉管狼毫笔,随口问道。

"帮我们除掉一个人。而且,这个人应该也是你家主人想除掉的。"

崔波笑了起来:"不就是这个让我模仿他笔迹的人嘛……不用弯弯绕绕。但我近不了他的身旁啊……"

"不是他,而是另外一个人。"

"哦? 是谁?"

"'圣手狂生'白清卓。"蒙面女子冷声言道。

"原来是他呀?"崔波笑了一下,"对不起,我家主人暂时还没有除掉他的意思。"

蒙面女子微微一愣:"莫非你家主人还想收服他为入幕之宾? 那是不可能的。不过,我相信你一定会视他为大敌吧? 他投靠到你们麾下,玉笔判官你的地位必然会被他超越;他若不与你们为伍,那你又终究会面对他的锋芒。所以,无论如何,你都应该除掉他——不是为你家主人,而是为了你自己!"

崔波慢慢捏紧了手中的玄玉笔,眼底之色变得越来越阴沉。

"你若愿意与我联手对付他,我可以给你想要的东西。"蒙面女子的声音忽然变得柔腻如春水。

"阁下这里竟有我想要的?"崔波迎视着她。

"只要是一个男人,都想从我身上要到的东西——'零落软胭脂,湿红无力飞'。"蒙面女子的笑声越来越诱人。

崔波直直地盯着她的面纱:"我听说近来有一位千面仙子,从来没有她迷不倒的男人。"

蒙面女子用莹莹的眼波回敬了他:"我就是。"

"我又听说你这位千面仙子要价极高。但是若能付足代价,你能让任何男人欲仙欲死、极乐未央。"

"只要你答应和我们联手对付白清卓,我不会让你失望的。"蒙面女子一边缓缓地说着,一边慢慢摘下了自己的面纱。

崔波这时候才见到她的容貌:颜面如玉,眉枝似画,明眸若星,肌肤胜雪,顾盼流连之间,端的是千娇百媚、讨尽万方怜爱。一切便似他心底深处那个最美女子的形象凸现而出!

他在半醉半梦之际,不禁脱口吟起南宋词人辛弃疾所作的《念奴娇·洞庭春晚》里的一段词:

洞庭春晚,旧传恐是,人间尤物。收拾瑶池倾国艳,来向朱栏一壁。透户龙香,隔帘莺语,料得肌如雪。月妖真态,是谁教避人杰。

白清卓倚着圈椅,轻轻吟着宋代词人蒋捷所写的《昭君怨·卖花人》:

> 担子挑春虽小,白白红红都好。卖过巷东家,巷西家。帘外一声声叫,帘里丫鬟入报。问道买梅花? 买桃花。

凌兰在一边听得仔细,失声惊道:"这……这也是诗词? 怎么听起来这般的明白如话?"

"对啊! 这就是极好的诗词啊!"白清卓嘻嘻一笑,"你再听为兄念一个'明白如话'的?"

"你念,你念。"凌兰竖起了耳朵。

于是,白清卓又念出了宋代词人辛弃疾所写的《清平乐·村居》:

> 茅檐低小,溪上青青草。
> 醉里吴音相媚好,白发谁家翁媪?
> 大儿锄豆溪东,中儿正织鸡笼。
> 最喜小儿无赖,溪头卧剥莲蓬。

凌兰听罢,笑道:"倘若诗词竟是这般明白晓畅,小妹也学写得来。"

旁边坐着的卢光碧大笑起来:"凌姑娘,这些短诗小词儿,都是这些大诗人、大词人化繁为简、返璞归真的佳作。我和你二师兄没个十几年的工夫还琢磨不出呢!"

"真的吗?"凌兰撇了撇小嘴,"照你这么说,写那些文绉绉、干巴巴的文字更容易,写这些明白如话的倒很难了?"

卢光碧拿折扇在桌面上点了一点:"武学中不是有'无招胜有招''无相破万相'的说法吗? 其实就是这个理儿。"

"这倒是。师父先前常挂嘴边的就是这十个字。"

白清卓横视了卢光碧一眼:"也不要刻意去强求和硬写,还是凭着自己天赋的气脉走。李太白不是说了吗——'清水出芙蓉,天然去雕饰'?"

"你讲得对,你讲得我无话可说。"卢光碧知道自己在文章诗词上说不过他,便转移了话题,"我听说玉笔判官崔波近日也回了京城——这一下,'京城四大公子'聚齐,一起要在丹池诗会上斗一斗你这个'圣手狂生'了!"

白清卓浅浅笑道:"你卢光碧也是'四大公子'之一,我的文才胜得过你吧? 我胜得过你,他们三个就不在话下。"

"高正思倒也罢了,方宝棠、崔波二人不可小觑呐!"卢光碧直点头说道。

正在这时,一个仆人敲门来报:"白公子,外边有两个姑娘找您。"

凌兰一下跳了起来:"姑娘? 二师兄,你又在哪里招来的'桃花缘'?"

"什么'桃花缘'?"白清卓莫名其妙,"这些天你不是都跟着我嘛……"

谈话之间,却见李井方领着两个少女走了进来:"这两位姑娘其实都是凌女侠先前见过的。"

凌兰一看,认得其中一个是上官雪衣身边的丫鬟小芸,另一个似也有些眼熟。她一时不再叫嚷了。

李井方向白清卓介绍道:"白公子,这一位是上官府的小芸姑娘,这一位是方府的画雀姑娘。"

"你们……你们有什么事吗?"白清卓愕然问道。

小芸看了一眼画雀,上前递来几张纸笺,款款禀道:"白公子,这是我家雪衣小姐精心为您配制的几道食谱单子。雪衣小姐说,白公子您向来喜鲜不喜腻,所以要提醒东霖院的厨子多买新鲜食材,少做油腻之物;白公子喝了太久的药汁,口里通常发苦得很,可以多弄一些蜜饯和甜品。这些,都能让白公子胃口大开。"

白清卓怔住了。卢光碧替他接了过来。凌兰却扭过头去,不想多说。

小芸又奉上一个盒匣:"还有,白公子的衣袍,我家小姐也亲自挑选了几套,轻暖合体。白公子您试一试,应该是不错的。"

白清卓连咳几声,答道:"有劳你家小姐费心了。她不必如此的。"

凌兰眼波一转,故意问那画雀:"你呢? 你家宝芹小姐又叫你来做什么?"

画雀笑意盈盈地呈上一册诗集:"这是我家宝棠公子近年来的诗词选集,宝芹小姐请白公子先看一看,知己知彼,可以取其长而补其短。"

李井方幽幽一笑:"果然是'女生外向'! 你家小姐居然希望白公子在丹池诗会上胜过她哥哥?"

"哪有? 宝芹小姐只是认为清卓公子的诗作是前所未见的精妙。"画雀轻笑道,"小姐还想多借一下您的诗词大作回去借鉴欣赏一下。"

"他的诗作,稍后我会抄录一些给你带回去。"卢光碧目光电转,盯向她来,"画雀姑娘,我们只是担心丹池诗会是由你家老爷和都察院一手筹办的——万一他们以主欺客,以势压人,居中作弊,不让白公子的诗作生辉夺魁呢?"

"光碧,你……"白清卓急忙劝拦。

"各位公子勿忧。"画雀肃然作答,"我家小姐届时也会参加丹池诗会的。若是真有你所说的舞弊情形,我家小姐定是不依,必会为白公子仗义执言、讨回公道的。哪怕是老爷,她也不惧分毫的。"

粉红的垂帐之中,传来男人粗哑的喘息声和女子娇媚而放荡的呻吟声,更有令人脸红心跳的肉体撞击之声。

这样的声音持续了很久,终于随着男人的一声粗吼才停歇下来。

帐内终于完全安静下来。男人幽幽地开口了:"三眼神铳的事情,东霖院和白清卓那里追得很紧哪!他们又在借南兵营补薪的事情敲打我,我……我快顶不住了……"

"不要怕。我们会尽快制造一个转机,让李成梁和辽东军再次陷入旋涡之中的。"女子娇媚地说道,"到时候,你也能够抽身而出的。"

"希望如此吧。"男人很是疲惫地说道,"这几次我来你这里都发现身后跟了'尾巴',是不是有人怀疑到什么了?我说过,白清卓他们不好对付……"

"你放心。我们会很快砍掉跟在你身后的那些'尾巴'的。"女子轻轻地拍了拍他的后背,娇娇柔柔地言道,"你还要跟着我们一起入阁封侯呐!后面的好日子还长着呐……"

那天在东市街头刺杀白清卓的卖花女杀手截住了罗乞泰。罗乞泰这时正在通往"喜来客栈"的半途上。

她右手一甩,一把毒针疾撒而出,嘶然有声,朝罗乞泰迎面射来。罗乞泰后退一步,将手中的三尺青铜棒舞得虎虎生风,护定了全身上下各处要害。"叮叮叮"一阵乱响,那些毒针被他的棍风纷纷挡落。

女杀手厉啸一声,一提真气,似鹰鸢般飞扑而起,在半空中身形一翻,头下脚上,手势如刀,直向罗乞泰头顶急冲而下。

就在这一瞬之间,斜刺里一道灰影电射而至,往上双掌一封,一招"天王托塔"硬生生接了上去。

"砰"的一声,气流激荡之中,那女杀手竟被一股巨力震弹而起,悬空连翻三个筋斗,才堪堪落在一堵墙头之上。

她怨毒至极地往下看来,口角边已是沁出了丝丝鲜血。

只见一位蒙面青年在罗乞泰身边傲然而立,右手食中二指之间已是拈起一枚铁丸。

"你就是在'百仙聚'楼柱上留了个窟窿的那个蒙面人?!"

卖花女杀手尖声问道。她曾经听郑北雄隐约提起过,这个蒙面青年来历不凡,指法惊人,不可等闲视之。一时之间,她的心底早已怯意暗萌。

果然,蒙面青年瞧着她,冷硬地答道:"或许,我今天还能再在你身上留一个窟窿!"

说着,他双指一弹,那枚铁丸"嗖"地猛射而出,迅若流光,朝墙头上那女杀手一闪而去。

只听得一声惨叫,那女杀手仓皇间捂着右臂肩窝,往墙头那边翻飞而起,逃得飞快——显然是遭了重伤。

罗乞泰咬着牙齿举棒在手,还想追杀上去,却被蒙面青年一把拉住:"她已是废人——我们走吧。"

在"喜来客栈"的甲字号单间里,擂鼓般响亮的痛哭真的是震耳欲聋、远近可闻。

摘下面巾的顾少伦只能是无言无语地坐在那里。他从来没有见过一个男子会伤心大哭到这种地步,而且一把鼻涕一把眼泪的更是毫无章法。他有些束手无策。

终于,罗乞泰的号啕声渐渐低了下来,眼圈通红通红的,仿佛要滴下血来。

"这几天里,我有两个弟兄跟踪包天符,都在半途上失踪了! 他俩一定是凶多吉少了!"他的伤心伤意,完全已无法隐忍。

"你今天还不是险些遭了毒手?"顾少伦看了他一眼,悠悠一叹,"既是如此,你们'养济院'的丐户兄弟可以退出这场暗战了。斗争嘛,总是很残酷的。前段日子在东市大街,你也知道的,连白公子都差一点儿折在江湖魔头的掌下!"

"不行!"罗乞泰擦净满脸的泪痕,"我必须为这两个弟兄报仇! 如果我们现在退出,他俩岂不是真的白死了?"

"你弟兄既然遭殃了,那些人也迟早会追查到'养济院'来的。你定要千万小心。"

罗乞泰长叹一声:"白恩公在京师处处有险,我不帮他,我还是人吗? 听说他还要参加丹池诗会? 那里人多手杂的……"

顾少伦正视着他:"先不去谈这些了。你这些兄弟这段日子跟踪包天符,查出什么线索没有?"

罗乞泰从胸衣处掏出一张图纸,上边画了一片巷道建筑。他铺放在桌面上,指着图纸讲道:"我的那几个兄弟回来报告,他们每一次都是在京师南市的'三才巷'那里跟丢了包天符的……"

"三才巷？"顾少伦看着罗乞泰手指指向的那处位置。

罗乞泰介绍道："三才巷是一条狭长的胡同街巷，路宽只能容纳两个人并肩通行，里边全是店铺，没有民宿客栈……"

"你应该派人蹲守在巷头巷尾两处吧？ 他总要出来的呀……"

"我派了。但只要包天符一进巷，很快便失了踪迹。"

顾少伦思忖了一下，又道："莫非包天符前去狎玩的'情妇'竟是'大隐隐于市'一类的所谓'豆腐西施'？"

"问题是这条巷子里没有什么姿色过人的妇女啊！ 个个都三大五粗的！ 除非包天符对女人有特殊的癖好……"罗乞泰若有所思地说道。

"他去见美女艳妇也罢，去见丑女无盐也罢，都不应该这样鬼鬼祟祟的！ 这里面很有可能是他和幕后主使之人接头的地方。"顾少伦认真地分析道。

罗乞泰点了点头，继续介绍道："三才巷里面，右侧是岩壁高坎，左侧只有七八个铺面。这七八个铺面分别是澄阳酒肆、黄记羊肉馆、保生药房、棺材铺、'寸寸香'面筋店等。我们兄弟去每一个店铺里都反复摸查过，没看出什么异常。反正，包天符只要一进这'三才巷'，就失踪了，再也不会出来。如果后来再看到他回府，就是在北市、东市等其他地方突然现身了。"

"你的弟兄总会看到他走进哪一家铺面吧？"

"据他们禀报，包天符每一次出门见那个'幕后人'，东绕西绕都会来到'三才巷'。进了'三才巷'，他有时候会去澄阳酒肆，有时候去黄记羊肉馆，但都会在一眨眼间的工夫消失不见……"

顾少伦皱起眉头："难道'三才巷'里有地下通道可以四通八达，在北市、东市等处都有出口？ 这……这是何等浩大的一个工程？ ——不过，仅靠你'养济院'丐户兄弟确实不好硬搜了。"

"那怎么办？"

"你先把这边缓一缓。这事儿，我请示一下白公子后再想办法。"顾少伦淡声讲道，"还有，我上次给你说过的，那个'画像'上的人曾经在京郊中住宿过广法寺，你去调查了没有？"

罗乞泰回忆了片刻，答道："我去查过了，他是用伪造的'路引'在寺里借宿的，又捐给了广法寺十两银子的香火钱，所以广法寺的和尚没有怀疑他。"

顾少伦沉吟道："藏身于寺、伺机而动，倒是一条好路子。"

"你的意思是这个人和包天符也是一伙儿的？"

"不是，不是。他是另一个绝密案子里的人。"顾少伦深深地思忖着，"广法寺？

他为什么要选广法寺？广法寺有什么蹊跷之处吗？"

"广法寺也只是京内一个中等寺庙而已，普通得很。僧人们也比较守规矩。"罗乞泰在头脑中搜索着自己调查广法寺后留下的那些印象，"不过听闻近来那里来了一个高僧，偶尔给人讲经加持，道行似乎还不错……我准备让'养济院'的人去那里讨几张'福'字回来……"

"高僧？"顾少伦暗暗一笑，"都是一些揣摩人心、巧于迎合的骗子罢了。你别空费那些工夫了。"

书房内，方应龙想着《黄雀占枝图》上白清卓题写的那首《咏黄雀》小诗。他冷冷地自语道："原来白清卓野心不小嘛！'一声清啼换天来'！他一个小小的狂生，还想在京城里'改天换地'、恣意妄为？"

侍立在他身侧的高正思低低言道："近日宝棠公子也在研读白清卓的诗集，认为他写得不错。宝芹小姐更是对白清卓这狂生赞不绝口……"

方应龙明白高正思对自己女儿的那点儿小心思，便锐声说道："宝芹懂什么？她一向天真得很！自然容易被白清卓这样的江湖老手欺骗！你和宝棠明天一定要争取在丹池诗会上把他一举击倒，宝芹她也就会破除妄念了。"

高正思兴奋而紧张地搓着双掌，答道："在下尽力而为。"

方应龙直视着他："必须承认，白清卓确有奇才，但他终究是申时行那条线上的人哪！"

高正思又支支吾吾地说道："德润斋、引凤堂的人都来盛情邀请您出席明天的丹池诗会……您意下如何？"

方应龙放下手中的《黄雀占枝图》，面色一平如湖："他们不是也邀请了申时行、上官平芝、王一鹗他们吗？"

"听闻申时行推说自己公务在身不能亲临。上官平芝推说身体不适。王一鹗则直接答复自己是'粗通文墨、不宜参会'。"

"既然他们都不出席亮相，本座又怎好去唱一出独角戏？"方应龙幽然而道。

"那……那在下便去牟万琛、东方胜那里替您推辞了吧。"高正思恭敬回答。

方应龙点了点头："本座虽然不会亲临丹凤池，但本座一定会在后方随时关注丹池诗会上的一切动态。"他的语气顿了片刻，又道："本座相信，申时行、上官平芝他们也一定会是这样做的。"

十八

丹池诗会中的"丹池",其实是指京师东市附近著名的丹凤池,因本朝民间不许有号称"龙""凤"之物,所以通常简化为丹池。丹凤池面积颇大,有近百亩之广,南畔建有四里长廊,其中有九座水榭伸入水中,又被民间称为"九星连珠"。四面湖岸垂柳依依,碧草茵茵,确是京中士民舟游行吟、赏心观景的极佳去处。

此刻已近酉末时分,夕阳的明辉映照在波光粼粼的湖面之上,仿佛铺上了一层闪闪灼灼的碎金,晃得人心旌飘摇,煞是漂亮。

白清卓缓步下了马车,身边除了李井方、凌兰及东霖院仆人陪侍之外,竟还多了一个昨夜从喜峰口赶回的庄驰。他手里捏着那枚四象太白石,神情悠闲自若,往丹池诗会的会场入口处含笑走去。

只见得那会场入口栅门左右两边立有两根高大木桩,各自悬挂着一条红布对联,出自李太白的名诗《赠宣州灵源寺仲濬公》——上联是"风韵逸江左",下联是"文章动海隅"。

白清卓脚下一停,浅浅颔首。抬头之际,却是牟万琛满脸堆欢地迎了上来。他原本相貌普通,但笑起来竟然极为亲切和善,到底是在大商铺掌事的,不愧是八面玲珑的人物,说起话来又好听又顺耳,夸起人来更是叫你舒坦得仿佛在天上松软绵柔的云朵里打滚儿。他一开口就是:"一个月不见,白公子的'天人之姿''半神之秀'真是愈发俊朗不凡了!而且,看您这气度这举止,怕是很快便会加官晋爵、平步青云了!"

"牟二掌柜应该是把喜峰口的分店打理好了吧?"白清卓往他身旁瞧了瞧,"咦?牟大掌柜怎么没来呢?白某其实挺喜欢和牟大掌柜品品茶聊聊天的。"

"大……大掌柜在修心打坐,他从不来这喧闹之所。"牟万琛哈哈笑道,"当然,我们德润斋也随时欢迎白公子来做客。"

"牟大掌柜对白某送他的'雾隐龙潜'四个字满意不?"

"满意,满意,他很满意——那张字幅一直被他挂在'彤云厅'的正壁上呢!"

白清卓附在他耳边,轻声道:"他是有眼光的,过了今晚,他那张条幅包管一字千金。"

牟万琛嘻嘻一笑:"白公子看来对夺得今晚诗魁是自信满满呀!"

"那是当然。我二师兄当年也是大大的才子!"凌兰在一旁扬声说道。

牟万琛试探着说道:"白公子可知道方宝棠公子吗?他今天也会来……"

"白公子——"牟万琛身侧的东方胜忽然喊了一声。

白清卓眼风一带,仔细打量了东方胜一番。他四十岁左右的年纪,不丑不俊,略微肥胖,不高不矮,是那种普通到不能再普通的长相,让人看上去七八眼都不太容易有所注意。上一次白清卓到引风堂主店见过,就没在心底留下什么重要的印象。这一次,他认真打量,仍然觉得这人似是平常得很。

"何事?"他问东方胜。

东方胜的目光投向了他的身后:"方公子、方小姐在看您。"

白清卓缓缓转身,迎上的正是方宝芹那炽烈而惊喜的目光。今天的她全身装束得清清爽爽、简简洁洁,极为娴静娇媚,举手投足之际仍是香风习习、魅力四溢。是啊!她今天毕竟是来斗诗斗文的,又不是来赛美斗艳的。而她身边站着的那个英俊青年,自然便是她哥哥方宝棠了。

方宝棠的确也是一表人才,年龄虽比自己差了几岁,但气宇稳重平实,倒不似他父亲方应龙那般锋芒闪烁。

当白清卓徐徐走过来时,方宝芹莫名地脸红了,也莫名地心跳了。

这是方宝芹第三次细细地端详白清卓,他的脸上并没有江南公子的温润,他有高挺笔直的鼻子、宽阔坚实的肩膀,还有手上执刀柄握缰绳而磨出的老茧。而方宝芹喜欢他的眼睛,犹如夜星一般的瞳眸,看着看着就让人不自觉地沉溺了进去。

他双肩披着斜阳的金辉,笑盈盈地开口了:"宝芹姑娘,你若是个儿郎,若去池边探花折柳,包管这沿岸的姑娘们都会挤到水里去!"

方宝棠见他一开口便是诙谐之语,不禁微微蹙眉。他身后的高正思一闪而前,怒道:"白清卓,你说话慎重一些。"

方宝芹却满脸含笑地答了上来:"幸好小女子不是儿郎啊!我倒想看看白公子此刻走到池边去,会引发怎样的情景?"

"我就不往池边去啦。若引发了那样的情景,得给牟掌柜他们平添多少麻烦,今晚的诗会还开不开了?"白清卓嘻嘻一笑。

高正思硬是不管不顾地插了进来:"白清卓,你还知道今晚有诗会要参加啊?高某以为你和李成梁、南兵营那些武夫混在一起,早就丢光了文雅之气呢!"

站在白清卓身边的庄驰顿时面色一凛,恨恨地瞪着他。

白清卓沉色说道:"高大人,诸葛丞相五伐中原,率师布阵,不是'武夫'?他的《出师表》,你写得出来?他的《诫子书》,不是被你高氏奉为圭臬的家训?"

"白公子,今天见了你,我也确想和你好好谈一谈。"高正思冷然而言,"高某先前以为你是清流雅士出身,不料去了蓟镇之后,竟和李成梁、吴惟忠这样的粗鄙悍将

'一个鼻孔出气'！"

白清卓没想到他会在这里发飙，也只得正了正面色："你们也不必三人成虎，一切仍在调查中，尚未定论，'一个鼻孔出气'，从何谈起？"

李井方、凌兰和那边的方宝棠、方宝芹、邬涤尘、吴承信等人面面相觑，都没料到里面的"诗会"没开，外边的"文斗"竟已上场了。

高正思愤愤地讲道："我们都知道，你这一次回京办事，就专门为李成梁一家说项来的……李成梁还特意派了他府中的总管李井方来做你游说各部的'钱袋子'……"

李井方面色一变，正欲发作，却被白清卓一手按住。他冷笑道："说项不说项，白某在这里却也不与你争辩。高大人，反过来你应该这么想，本来就是清清白白的事情，居然还要依靠当事之人的钱财礼物来到处'铺路'游说——这本身不就非常可笑也非常可悲吗？"

方宝芹轻轻一叹，而方宝棠则是微微动容。

高正思锐声言道："白清卓，你不要忘了当年枭将朱温得志之后，在白马驿沉杀唐末清流之大祸！"

白清卓娓娓然说道："这个，白某倒可与你辨析辨析了。唐末白马驿所死之'清流'也，真正当得起'清流'二字吗？不过尽是一些蝇营狗苟、趋炎附势之辈罢了！白某问你，大隐于市的罗隐，朱温杀得了吗？铁骨铮铮的韩偓，朱温杀得了吗？士必自失其节而后才会为人所陷！"

高正思顿时语塞，片刻后才悻悻说道："你巧舌如簧，高某不与你废话了。"

白清卓锋利的目光在他面庞上深深一划："高大人，白某亦无废话可讲。但你身为风宪之官，白某不得不郑重提醒你八个字——'实重于华、行胜于言'。逞口舌之利，开意气之争，误国误民之咎，不亚于洪水猛兽、枭将巨寇也。"

他话音一落，场中便似一潭深水般沉寂下来。

良久，方宝棠微一抬手止住了高正思，淡淡含笑看向白清卓："在下方宝棠。白公子方才所言不无道理。咱们稍后再在诗会上切磋交流，如何？"

白清卓也含笑回答："宝棠公子果然雅量高致。"

方宝棠说罢，便迈步而出，领着方宝芹、高正思、邬涤尘、吴承信等一群人往会场里走了去。

"白兄讲得好！讲得真好！"就在此时，白清卓身后响起了清脆至极的鼓掌之声。

他一回头，却见是卢光碧、何远站在五尺之处。而上官雪衣、唐鉴等人也从另一边行将过来。

卢光碧从衣袖中取出一张纸笺递了上来,眼中盈满了笑意:"清卓,虽然申老师也很想来观看今天这场诗会,但他今天公务缠身来不了,请你理解。另外,他让卢某带了一首辛弃疾的名词给你。他说,你一看就懂了。"

白清卓敛了容色,往那纸笺上看去,果然是辛弃疾所作的那首《一剪梅·中秋圆月》:

忆对中秋丹桂丛,花在杯中,月在杯中。今宵楼上一尊同,云湿纱窗,雨湿纱窗。

浑欲乘风问化工,路也难通,信也难通。满堂唯有烛花红,杯且从容,歌且从容。

他读罢之后,便向卢光碧长笑道:"申师傅写得不错。今夜,就让我们'杯且从容,歌且从容'吧!"

这时,上官雪衣已经走拢了他,柔声道:"清卓,我相信你今夜必能一鸣惊人、蟾宫折桂。"

"雪衣,你……"白清卓一眼看上去,却微微呆住了:今天的上官雪衣仍然穿着那件波光粼粼的湖蓝色衣裳,但在精心设计的巧妆艳抹之下,她面如新月生晕,肤色娇嫩欲滴,浑身散发着莫名而浓郁的幽香,举止顾盼之间更是妩媚万千、姿态迷人。这一下,连牟万琛在旁边也禁不住看直了眼。

白清卓唤了一声:"牟二掌柜?"

牟万琛急忙回过神来:"白公子有何吩咐?"

"方才白某与高正思大人那一番唇枪舌剑,端的是火花飞溅,你们害怕不?"白清卓目光投向了东方胜恭迎着方宝棠一群人入内的身影。

牟万琛嘻嘻一笑:"不怕,不怕。我们是承办了今天这场丹池诗会,但若无各位才子大人的精彩交锋,又如何引来万众瞩目呢?你们耍得越是精彩、越是热闹,今后对我们德润斋、引凤堂的生意就越是火上添油、大红大紫!"

"所以说,你们这些商人才是永远都稳赚不赔的!"卢光碧在一旁嗤笑道。

白清卓又看了看何远:"何大人今夜也有兴趣来参加丹池诗会?"

何远一身劲装,往他身边的庄驰瞧了一眼:"白参将文才出众、风流逸群,何某自然想过来一睹为快。"

白清卓知道他此番前来必有特殊任务在身,也不点破,只是一笑而过:"你这话可愧杀我了!"

何远身后的唐鉴亦是主动招呼道："白公子你们快请入内。外边有我顺天府众人好好守护，必能保得诸君周全无失。"

丹池诗会的会场就设在九大水榭中面积最为宽阔的那一座里。水榭当中搭建了一个二丈见方的平台，上挂悬幅"斗诗台"。台上摆有一张白屏、三张香几。

"斗诗台"四周各是六排长席，每排二十余人，坐着的俱是参会诗客和各界名流。会场东角、西角各有四顶彩棚，专供不便示众的贵客人士入内歇息旁听。

白清卓见方宝棠、方宝芹、高正思等人坐在西边长席的第一排上。东方胜亦在席尾陪侍。而牟万琛则领着自己一行人到东边长席第一排坐下，正与方宝棠他们隔了"斗诗台"而遥遥相对。

他刚一落座，上官雪衣便倚在他左手边款款而坐。而凌兰也扶着佩剑，英姿飒爽地坐到了他右手边。他的清俊脱俗、上官雪衣的风姿美貌、凌兰的孤芳冷艳，一下便将全场一大半的目光吸引过来。

原来大名鼎鼎的圣手狂生竟是如此真容啊！一些诗客和来宾看过之后，不禁窃窃私语。

牟万琛则立即招呼着仆婢们上茶端果，毫不怠慢。

只有李井方闪到会场一角，唤来东霖院事先安插在丹池诗会里的那名细作，问道："这次诗会有什么情况？"

那细作细细答道："启禀李参军，顺天府担心此番诗会有意外之变，于是派唐鉴带了大批捕快过来在外围巡守。何远也带了一队锦衣卫武士过来。我们东霖院也有一部分人混于来宾之中，大家的人身安全应该无忧。这会场里有八座彩棚，其中有两座被神秘人士以高价预订包下了。有一座彩棚周围皆是锦衣卫的便衣武士在把守，应该是宫里来的重要人物……"

李井方微一抬眼，果然看到何远在东边一座彩棚外贴近而坐，显然棚内之人来头不小。却听那细作继续介绍道："另一座彩棚却是一批江湖高手在把守，棚中之人身份甚为神秘，可能是那个传说中的炎阳宫中人……"

"哦？你们要高度戒备这个彩棚，但亦不可打草惊蛇。"李井方双眉一动，"另外，在此番丹池诗会之中，牟万琛、东方胜以及其他人士可有企图舞弊、作弊的？"

那细作回答得十分到位："大家都知道今天诗会最后的对决必然是方宝棠和白清卓，而他俩的背后又站着方应龙和申阁老，恐怕无人敢在这当中搞什么手脚。"

李井方点头道："好。你下去通知在会场里暗中潜伏的兄弟们，一定要切实保护好白参将和凌姑娘。"

他吩咐完毕之后，就向东边第一排长席过来，挨着凌兰坐下。

此刻"斗诗台"上，不少士子诗客去那白纱屏上贴上了自己的诗笺。旁边则有一名声音洪亮的仆役专门当众念诵出来，令台下之人听得清楚。眼下，他朗诵的是一首《老子出关吟》：

> 绿林白雪金画屏，紫气浮漾照玉楼。
> 老君何惧万里行？函关西出任心游。

白清卓听了，笑道："这是一个浸润道家文脉的士子所作呢……"

凌兰哼了一声："二师兄，他们这些诗词都文绉绉的，市井百姓可都不爱听。我们爱听的，还是你那天念诵的那些明白如话的诗词……"

"明白如话的诗词？是蒋捷的《昭君怨·卖花人》那样的吗？"白清卓侧头看了她一下，"你又读到了几首那样的诗词？"

"这几天我在你的诗词集子里翻翻找找，还真发现了两首……"

"你念来听一听？"

"我记得宋代一个姓康的写的《长相思·游西湖》：

> 南高峰，北高峰，一片湖光烟霭中，春来愁杀侬。
> 郎意浓，妾意浓，油壁车轻郎马骢，相逢九里松。

我觉得很好读，也读出了我的心里话，二师兄，你明白的……"

凌兰一边这样说，一边瞥向了那一头的上官雪衣。

李井方和卢光碧都掩着口歪着头到一边"扑哧"笑了。

"嗯，嗯，这词儿确是明白晓畅。"白清卓脸上泛起了一丝红潮，只得支支吾吾地言道，"不过，这个姓康的名叫康与之，是巴结奸相秦桧的无耻之士，你今后要少读他的诗作……"

只有上官雪衣斜斜地削了凌兰一眼，目光中的意味非常复杂。

"斗诗台"上那仆人又在朗诵一首《闻鸡鸣》：

> 琼池冰天冻裂石，月落枝头不敢迟。
> 晨星正欲破云海，挺立高歌第一时。

白清卓又看向了凌兰："你听一听……难道这一首诗还不够明白如话？不……不要光记康之这样你侬我侬的……"

凌兰朝他翻了翻白眼。

这时，"当当当"一阵云板响过，场中立刻安静下来。显然，诗会终于正式拉开帷幕了。

牟万琛领着一位手执玉笔的青年文士上了"斗诗台"，宣布道："今天丹池诗会中的'斗诗'节目即将开始。诗坛大才子、玉笔判官崔波郎君自愿担当'斗诗大赛'的主持人。

"另外，我们还选出了卢光碧大人、方宝芹小姐、上官雪衣小姐为诗歌评判者。在观众认为某两首诗歌有争议的情况下，崔郎君、卢大人、方小姐、上官小姐四人即可举牌决定哪一首诗孰优孰劣、谁胜谁负。"

很明显，丹池诗会如此安排，完全是兼顾了各方势力的均衡——方宝芹来自方氏派系，卢光碧与白清卓交好，上官雪衣代表上官平芝派系，而崔波几乎完全属于第四方势力。所以，这四个人来评判"斗诗"，其结果应该能使旁人无话可说。

台下众人听完，纷纷鼓掌表态，一致认可了牟万琛的这个提议。

牟万琛也不拖沓，随即宣布"斗诗"开始。场中顿时静了下来，鸦雀无声。

崔波坐到"斗诗台"正中的那张香几之后，举了举自己的玄玉笔，扬声宣道："诸位大人、公子，崔某今日只是观金赏玉、聊为陪衬。你们有什么佳作精品，请呈上台来，以辨玉石。"

场内依然是一片寂静。

凌兰嬉笑道："二师兄，你还不快上台去？"

白清卓微微摇头。

李井方笑道："别人还没下场呢……"

崔波又喊了几声，场中众人出奇地保持了谦让。

终于，一个清朗有力的声音缓缓响起："我来。"

诸人微微骚动，举头望去，只见西面长席方宝棠长身立起，已是徐徐步上"斗诗台"，在崔波左手边的那香几旁坐下。

他是京城四大公子之首，背后又有左都御史方应龙嫡子的特殊身份，一时之间气盖全场，竟是无人应战。

众人又纷纷看向白清卓。他却安坐不动，双目微眯，似是并无异样。

方宝棠气度雍容，提起笔来，在纸笺上写下一首精简短诗，递给崔波，同时环顾台下，朗朗笑道："方某不才，先来抛砖引玉。因方某之生肖属午马，以一首《咏马》拙诗恭请诸君相和。"

崔波接过纸笺，拿在手中，脱口朗诵道："方公子所作题为《咏马》之诗，内容为——

> 平生不须待伯乐，奋蹄扬鬃姿态殊。
> 踏燕飞驰千万里，岂有峰山拦得住？"

他的声音劲气十足，十分响亮，全场之人无不听得清清楚楚。

高正思、邬涤尘等人立刻带头鼓掌："宝棠公子的诗果然英气勃勃、超群绝伦！"

上官雪衣眉眼含笑，看向白清卓："清卓，你觉得如何？"

白清卓淡声答道："他们喊得没错，此诗颇有锐意进取之气，看来方公子胸怀大志、身负异才，将来必有一番锦绣前程。"

上官雪衣深深地瞅了他一眼："你若出手，谁与争辉？"

凌兰和李井方见白清卓淡定如常，便也不多言。

那边，崔波高呼道："谁人有诗相和？请上台来。"

吴承信等人齐道："方公子珠玉在上，我等不敢献丑。"

崔波却也不急，把目光慢慢移向白清卓，最后在他脸上定住："若是在座诸君无人相和，我们便……"

"且慢。"白清卓笑意盈盈地站起身来，往"斗诗台"上迈步而去，"白某也有一首小小拙作，愿与宝棠公子切磋。"

方宝芹望着他白杨般挺拔的身影，竟不自觉地脸红心跳起来。

台上的方宝棠目光一凛，也正视着白清卓，脸上浮现出一层薄薄的笑容："清卓公子，方某已经在此虚席而待久矣！"

场中众人都屏住了呼吸注视着这一幕情景：两大俊秀公子一个似云淡风轻，一个如暗流涌动，谈笑之间宛若两个无形的旋涡已在平台上激烈碰撞，只震得风雷隐隐。

崔波侧目看着白清卓，拈着玄玉笔，不露异色："你念，我写。请。"

白清卓在他右手边的席位轻轻坐下："方公子不愧为一代文豪，诗中已有非凡气象。白某比方公子年长几岁，生肖属相为丑牛。白某也作一首《咏牛》诗献丑了。

> 骏马独秀可千里，壮牛负众能致远。"

他这一开口，便直接以牛压马，挑战之意非常浓厚。众人面面相觑，但又觉得他这两句未免有些平实，尚不够含蓄，就个个起了好奇之心，等着他下边的诗句抛出。

片刻过去，白清卓俊颜一肃，长吟道：

> 跨山辟开万丈青，一气东来乾坤旋。

他话音刚落，全场中人顿时齐齐静了下来。

卢光碧和李井方对视一眼，深为他这诗句的雄大气魄而深深震撼。

但，一时之间，场内陷入一片莫名的沉寂。毕竟，这是京中有名有势的两大公子公开斗诗交锋，谁敢率先轻易表态？

崔波咳了几声正欲开口，却见西边首排长席上方宝芹长身而起，亭亭而立。

众人目光"哗"地一下全都盯在了她身上。

她面容淡定，清婉流利的声音打破了所有的静默：

"好诗！好诗！兄长，你的诗固然豪气干云，但立意却从一己之志出发，不如清卓公子这首诗意境开阔远大、全以天下苍生为念！"

高正思、邬涤尘等人的眼珠都禁不住要弹出眼眶：这方宝芹的胳膊怎么还当众往外拐去了？！

卢光碧此刻亦朗声讲道："卢某赞成方小姐的意见。"

崔波在台上徐徐转圜道："其实，宝棠公子的《咏马》诗也有雄远奔腾之气象……"

不料，方宝棠右手一抬，面如秋水，微微涩了声音："宝芹说得对。《咏牛》立意高远、气魄雄大，方某确实不如白公子。"

刹那间，全场喝彩之声响若春雷。

杂音渐渐停歇之后，方宝芹又款款然言道："宝芹在此亦以一首《赞牛》诗相和于白公子——

> 一犁在身从不辞，只为苍生稻粱谋。
> 身畔群英纷纷过，昂首稳步自风流。"

她这诗一出，场中又是一片掌声响起。

白清卓从台上凝望着她，眼波莹莹闪亮，容色隐然泛潮，欲言而又无语。

卢光碧把这情景看了又看：这《赞牛》一诗，真可谓白清卓的"知音"之作也！

就在此时，上官雪衣袅袅而起，也轻轻答道："小女子愿将清卓公子这首《咏牛诗》稍作改动,以彰显他的素怀之志——

骏马独秀可千里,壮牛负众能致远。
千折百回不惧难,心头总有百姓悬。"

众人又是齐声喝彩。卢光碧亦拍掌笑道:"改得好!改得好!虽不及原作之词雄气壮,但也甚是平实沉笃、蕴含义理。"

方宝芹和上官雪衣彼此隔空对了一眼,亦是在无形无声中暗潮汹涌。崔波眉目间笑意充溢:"方公子,您还有什么新诗献出吗?"

方宝棠衣袖一摆,大大方方地讲道:"方某刚才从丹凤池边过来,看见杨柳依依、风景宜人,便写了一首《咏柳》诗——

碧绦摇散艳似绸,倚得东风闹一场。
催花飞絮逐日月,岂惧人间有薄霜?"

"好!好!好!"高正思、邬涤尘等人齐声赞扬。

卢光碧也点头称道:"这个'闹一场'很有意味。"

崔波笑得眉开眼亮:"此诗颇有灵逸之气。清卓公子,你可有诗相和?"

白清卓的目光从水榭栏杆上眺望出去,看着池边的一棵柳树在月光下飘舞枝条,便道:"方公子此作确是一首精品之诗。且让白某细思一番。"

他拿笔在纸笺上涂涂改改了一会儿,忽而抬头笑道:"白某也作了一首《咏柳》之诗——

餐风饮雪度沧桑,金城玉枝粗如矛。"

崔波、卢光碧、方宝芹等人认真听着,也听出了他用的是东晋名将桓温北伐胡虏时金城泣柳的典故。桓温,可是一个不甘人下、意气洋洋的骁将啊!白清卓用此典故,其狂放之气果是溢于言表。

稍一停顿之后,白清卓又将下面两句响当当地抛了出来:

一撑天地一撑月,我自耸然定波涛!

　　全场又是为之一静。大家都看得清楚,白清卓这首诗颇有辛弃疾一脉的刚健明快之风,已经从气韵上结结实实地压倒了方宝棠的《咏柳》诗。

　　方宝棠静坐在那里,面色渐渐泛青:他本不该在诗词写作上与圣手狂生这等的刚明之士进行"气韵之争"的! 白清卓毕竟是真刀真枪一路拼杀过来的,所以胸中劲气充盈、锐意夺人,哪里是自己这个养尊处优、拈笔弄墨的公子哥儿可比的?!

　　高正思见状,只得厚着脸皮出来说道:"依高某之见,方公子的《咏柳》以柔润细腻见长,白参将的《咏柳》以刚正明快见长,他俩可谓平分秋色。"

　　崔波看向方宝芹、卢光碧、上官雪衣等人:"诸君以为如何?"

　　不料,白清卓却坦然说道:"白某认为高正思大人所言有理。"

　　方宝棠容色一动,欲言又止。

　　卢光碧咳了一声,道:"白公子既有宽厚之论,这一局斗诗就是他俩平分秋色吧。"

　　在场众人这才又喝起彩来。

　　崔波含笑又问:"台下还有谁来相和?"

　　方宝芹注视着白清卓,悠悠然而言:"小女子适才想出了一首《咏柳》,正与白公子相和——

　　　　不惧枝柔身自强,从来不扮媚人妆。
　　　　懒同艳骨分春色,宁嫁东风与楚狂。"

　　她这诗一出,卢光碧、崔波、李井方以及其他不少人士都含意不一地把目光投在了一身艳妆的上官雪衣身上。

　　白清卓暗叹一声,垂下了双眸。

　　高正思却是满怀妒意地直盯着他,把牙齿咬得几乎发裂开来。

　　上官雪衣眸中光波流转,也款款笑道:"方小姐既已出口成诗,小女子便也靦颜献丑,以一首《咏柳》相和为答——

　　　　摇散青丝艳似绸,东君不与闹重楼。
　　　　纷纷嫩翠邀明月,岂惧清风送水流?"

　　方宝芹听得明白,一抬眼向她深深望来——二人目光一交,竟似冰刀相击,隐隐有干戈之音。

方宝棠东看看,西看看,忽然明白了什么,沉沉地哼了一声,把冷冽的目光射向了白清卓。白清卓只得缓缓抬头——一向淡定自若的他,也不得不强颜欢笑道:"这个……这个……方小姐和上官小姐的诗都和得很好,灵秀之气溢然可感,彼此也是平分秋色。白某衷心佩服。方公子,对吧?"

方宝棠强忍不快,冷着脸点了点头。

此时,崔波却一举玉笔,哈哈笑道:"既然各位如此雅兴高涨,崔某也以《咏柳》为题和诗一首吧——

餐风饮雪度沧桑,边城柔枝少张扬。
年年岁岁同明月,何羡他人在华堂?"

他刚一诵完,全场立时响起了潮水般的掌声。

里面的"斗诗"正进行得如火如荼,外围挡板北角处,郑北雄似幽灵一般飞掠而至,右掌一舞,便无声无息地劈倒了那几个守护着的顺天府衙役。

他正欲一掌砍开挡板往会场潜身而入,忽见人影一闪,一个蒙面青年拦在了他身旁。

郑北雄似乎毫不意外,只是反手一挥,"飒"地一响,右掌似利斧一般向来人当胸劈出!他这一掌之力,足以断碑裂石。

蒙面青年毫不畏惧,右手中指一竖,"嗤"的一声,亦如钢锥一般直迎而上!

"咚"的一声闷响,双方掌指相交、一触即分:郑北雄似受电击般浑身一颤,掌缘剧痛如遭剑伤,冷哼几声,身不由己倒退数步。

蒙面青年也被他掌力所震,胸中气血翻涌,难受至极,不得不斜闪八尺,暗自调息。

郑北雄本身功力因受铳伤而受损,又仓促间遇到蒙面青年这个劲敌,不禁凛声说道:"'一曲周郎顾,一指弹回天'——果然是姑苏顾家的人!你真是李成梁的走狗?"

蒙面青年直视着他,眸光沉沉:"在下便直说了吧:我的祖父顾东野和白清卓的师父宋西华,当年在江湖上共同创立了'两仪真君'的名号。郑前辈不会不知道吧?"

"原来如此。"郑北雄思忖有顷,自知今日无法硬闯,只得将身一纵,大鸟般飞起,往外边倒掠而去。

躲在一角的罗乞泰这才急忙上前扶住了蒙面青年顾少伦。顾少伦捂着心口,沉声道:"快……快带我出去疗伤。"

　　他俩离开之际,却未曾察觉:在另一个水榭檐角的阴影之中,有一双寒光闪闪的眼睛正远远地观察着方才这里发生的一切……

十九

在诗会会场中，方宝棠丝毫不敢大意，收敛了全副心神，正苦苦思索着第三篇的"斗诗"作品。先前在喻兽、状物两个题材上较量过了，他经过深思之后把第三次同时也是最后一次斗诗的交锋放到了写景方面。而且，他认为这方面是自己最为擅长也最能出彩的。

高正思在台下也极为紧张地观看着他的举动——清流派本想借此番丹池诗会狠狠打击白清卓的气焰，没料到白清卓却是才气横溢、反客为主，处处压了方宝棠一头！如若再让白清卓大放异彩，那么今天的丹池诗会就真是为他做了一套极好的"嫁衣"了！

"斗诗台"上，方宝棠终于郑重落笔，在纸笺上一气写完了诗稿，然后不无得意地把纸笺交给了崔波。

崔波看过，面无波动，只是朗声宣道："方公子这篇诗作题为《游丹凤池》，内容是——

> 百亩清波十亩莲，三分馨风七分月。
> 温温凉凉乐逍遥，倚栏观舟意自得。
> 待到花红荷翠时，风过尽是烂漫色。
> 莺歌蝶舞赏不尽，西子也来绾青泽。"

他刚念完，高正思便带头鼓掌大声喝彩，赞扬道："宝棠公子这诗写得真好！一读之下，仿佛是把丹凤池的旖旎风光活生生地搬到了纸面上！'西子也来绾青泽'——这还不让人遐思无限吗？"

吴承信也附和赞道："方公子此诗深入浅出、华美细腻，虽李太白、白乐天之佳作不能及也！它一经传扬，丹凤池必是驰名四海，人见人慕！"

东方胜也向牟万琛笑道："牟二掌柜，我们两家正准备在丹池旁边扩展商铺——方公子这首诗，可是为我们在这里的生意做了一副绝妙的'金字招牌'！"

听着周围人群对方宝棠几乎是众口一词的阿谀奉承，李井方、凌兰在暗暗厌恶之余，又把隐隐担忧的目光投在了白清卓身上。

白清卓却是面色如常，脸上浮动着一层淡淡的笑意。他静静地翻过桌几上的一沓纸笺，正欲提笔拟稿，忽见得底下有一张纸笺上隐隐似有字迹，随手拉了出来一看，只见上边写着一行草书：

"田文豹及两名陪护士卒已在返回辽东途中失踪。"

他一见之下，顿时心头剧震，静若止渊的面容也泛起了层层涟漪。他握着毛笔的右手一下僵在了半空，竟是落不下纸面去。

众人看了，都是一片讶异之色：白清卓这是怎么了？

凌兰看得清楚，娇躯一纵，飞上台上，朝白清卓递过白瓷小药瓶，低声问道："你不舒服？"

白清卓顺势激烈咳嗽起来，左手拿了那张字笺，身形徐徐而起，闷闷说道："可能是方才着了风寒，我先下去休息一下。"

上官雪衣和卢光碧都急步上台来扶他。而方宝芹也险些离席过来，满脸俱是关切之色。

崔波却似十分敏感，盯着白清卓左手掌中捏着的那张字笺，意味深长地掠过一丝冷笑，开口道："白公子身体忽有不适，暂时下台休息。斗诗也暂停一下。大家先吃酒喝茶，都休息一下。"

只有高正思不阴不阳地说道："'为赋新词强说愁'，白公子冥思苦想得头痛中风啦！不如就此认输，也免得我们空等……"

"高君！"方宝芹实在是听不下去了，终于忍耐不住，目光如刀如剑，向他刺了过来，"你……你怎可如此过分？"

"宝……宝芹小姐，你……你……"高正思被她噎得张口结舌，一时怔住了。

那边白清卓身形一顿，头也不回，凝声言道："最多一刻钟后，白某上台自有交代。"

高正思看着他进了那边的彩棚，才急忙凑近方宝芹，低低讲道："宝芹小姐，我这也是为了宝棠公子能够稳操胜券嘛……难道你不希望你兄长胜出？"

方宝芹灼灼然直视着他："我自然是希望兄长能够一举胜出。但我也是一个公私分明的人。至少在我的眼睛里，揉不得一些脏沙子。"

高正思如同再次遭到了一记重击，脸上忽青忽白，只得侧身无语。

进得彩棚之后，白清卓面色沉沉，也不废话，只是把手一抬，屏退了众人，只留下李井方。

李井方一怔："何事如此紧要？"

白清卓左手一伸，将那张字笺递给了他。

李井方看罢，面容失色："谁写给你的？"

白清卓淡声答道："刚才它就夹放在我台上那张桌儿的纸笺里。"

然后，他目光中锐光一凛："其实你早知道这个消息了？"

"李督帅不愿让你分心，所以让辽东镇近日在暗中调查。"李井方避开了他的逼视，"这几天你不是在忙着准备参加丹池诗会嘛！我也不好打扰你……"

"李督帅是害怕我会找张诚要人而惹出是非吧？"白清卓呷了一口清茶，润了润喉咙，"你放心，我没那么粗直——这事儿可能还真不是张诚他们干的。他上次已经毁掉了所有卷宗，无须再在田文豹身上没事找事。"

"会不会是方应龙、方宝棠他们？"李井方问道。

"方应龙一派未必清楚洪尔林、田文豹这个事情的底细。而且，他们就算清楚了，也不敢乱捅这个'马蜂窝'！"

"那……那……"李井方迟疑了。

"那只能是司礼监洪尔林刺杀案件的幕后推手所为。"白清卓沉沉一叹，"没想到他们连今天的丹池诗会也渗透进来了。"

"但他们这时候想用这张字笺达到什么目的？"

"三个目的：一是以此挑拨离间我们和张诚、司礼监之间的关系；二是扰乱白某的心神，使白某输掉这场'斗诗'大赛；三是借田文豹来要挟白某和司礼监。"白清卓口吻上越是显得云淡风轻，而暗底下他的心潮也越是激烈澎湃。

李井方看着他："那……那你怎么办？"

白清卓正视着他："可能他们今晚还要搞事情。你让大家都小心一些。"

然后，他缓缓站起："但今晚这次'斗诗大赛'，白某决不能输。如若输了，就太对不起那么多的兄弟了。"

李井方瞧了瞧自己替白清卓保管着的那个"八宝匣"，眼圈顿时通红："清……清卓，真是苦了你了。"

在诗会会场的纷纷热议之声中，只见彩棚垂帘一掀，白影一闪。白清卓仍是一袭云衫，面目间重又精神焕发，昂然迈步而出。

场中倏然静了下来。方宝芹见他安然无恙，紧张的心弦这才放松下来。

崔波眸中闪过一丝诧异，仍是含笑而问："白公子可休息好了？"

"多谢诸君关心。白某现已无碍。"白清卓栩栩然径去台上香几后坐下，同时举目环顾全场，容色一振，豪气逼人地讲道，"今晚斗诗至此，白某有言相告：白某素来不会写什么小池小景的小诗，也不会做什么小情小爱的小调，要写就爱写一篇俯瞰山河、席卷风云的大作来——这才对得起自己金戈铁马、驱胡灭虏的塞上岁月！"

"好！好！白公子讲得好！"方宝芹、卢光碧双双带头喝彩——场中的气氛顿时沸腾起来。

方宝棠坐在他对面，却并无异色，只是静观着这一切。

接着，白清卓身形一起，左手背在身后，右掌微微上扬，恍若玉树临风，缓缓走到平台中间，面向台下众人，清清朗朗地吟诵道：

观山海
清江碧壑钟千秀，叠嶂重峦立万骁。
独览风光依险处，百川一色汇东潮！

他此诗一出，全场来宾稍稍一静，随即掌声雷动，经久不息。

这一下，饶是方宝棠脸皮再厚，在"斗诗台"上也坐不住了。他面颊发红，将手中毛笔一掷，躬身而起，作揖说道："白公子这首诗虽是仅仅二十八字，却是吞山吐海、气象万千！方某实不能及也！"

说罢，他便举步往台下走去。

其间，高正思大呼一声："宝棠公子！你……你不可自轻啊！"

方宝棠身形一定，回过头来，朝他苦苦一笑，终是摇了摇头，往西角一座庚字号彩棚掀帘而入，再不出来。

方宝芹急忙跟进，到彩棚里宽慰他去了。

而牟万琛、东方胜等人都不自觉地坐直了身，等着崔波就此宣布白清卓为此番丹池诗会的诗魁了。

那边，高正思望见白清卓在台上端然而坐，终是不甘认输，不禁怒上心头，脱口叫道："白清卓！高某也向你领教领教！"

场中又似死水一般沉寂了下来。

白清卓平静地迎视着他："请吧——高大人，你也想来斗诗？"

"我……我和你斗书法！"高正思狠狠地一咬牙，闯上了斗诗台。

崔波听了，暗咳一声，斜眼睨着他，表情似笑非笑。

白清卓也瞅了瞅崔波，不露异色地说道："很好。高大人请先落笔赐教。"

高正思满脸绷紧成铁青之色，摊开香几上那一张条幅，挥毫如风，以厚重之颜体写成一幅楷书，内容为：

凡狐之求仙者，有二途：其一，采精气、拜星斗，渐至通灵变化，然后积修正果,是为由妖而求仙。然或入邪僻,则干天律,其途虽捷而危。其二,先炼形为人,既得为人,然后讲习内丹,是为由人而求仙。虽吐纳导引,非旦夕之功,而久久坚持,自然圆满。其途虽迂而安。顾形不自变,随心而变,故先读圣贤之书,明三纲五常之理,心化则形亦化矣。

崔波和白清卓一齐看罢,不禁相视一笑。崔波一举手,让仆役将高正思的字帖送到台下传观。

众人也知道他这段话是在暗讽白清卓"由妖而仙、出身不正",个个也不表态,只是静静传阅而已。

高正思依然厚着面皮,伸手一引:"白参将,请落笔!"

白清卓也提起笔来,在字幅上游走龙蛇、一气呵成,用欧体而为,内容是:

天下之伪士,腹无真知,目无灼见,身无实才,所操之术有两端:其一,洋洋洒洒,迂僻冷峭,而使人疑为狷;其二,浅入深出,恃气骂座,而使人疑为专。伪狷之士,多误事以偏;伪专之士,多误人以狭。此二者,皆不足取也。

崔波会意一笑,也让仆役拿下去给大家传阅。

卢光碧看罢,不禁掩口"扑哧"一声笑了出来。

高正思、邹涤尘、吴承信等人面面相觑,都是脸红耳赤。

白清卓容色一正,直向崔波问道:"素闻崔大人笔法妙冠当世,请你现在就下结论,白某和高大人的书法谁优谁劣?"

吴承信在下边听了,冷笑道:"白参将,高大人所书乃是颜体笔法,厚重扎实;而你所书乃是欧体笔法,倒也清劲挺拔。正如玛瑙美玉,各有其妙——你让崔公子如何评定谁优谁劣?"

崔波听着,眼中光亮忽闪忽现,似乎有些踌躇起来。

卢光碧此时却是微微一笑:"吴大人,话可不能这么说。崔公子素有玉笔判官之佳誉,他那一笔好字可是名盖京华啊——若是连他都分辨不出个优劣高低,你这不是在笑话他'虚有其名'吗?"

吴承信的脸庞一下涨得通红:"卢郎中,吴某哪有……"

崔波被卢光碧如此一逼,瞧了瞧白清卓,只得敛起淡淡的笑颜,变得十分认真起来。他将白、高两张字幅分别拿到手中,当众翻将过来一看,只见白清卓的字迹力透纸背,上面的笔画清晰端正,仍是显得金钩铁脚,线条之分明与正面文字毫无二致;而高正思的笔迹则在纸张背面洇成了一团团的浓黑，每一个字都显得十分凌乱而不成框架。

众人一见之下，尽皆哗然。凌兰不知书法，便好奇地问李井方："李公子，他们在说谁的书法更好？"

"凌姑娘，当然是你二师兄更厉害啦！"李井方讲道，"高正思用笔之劲不够均衡，所以在纸背上显出了偏轻偏重之相。而你二师兄的笔锋则中和平稳，远远胜过那位高大人！"

他话犹未了，果见高正思脸色发青，在一片嘲讽的目光中灰溜溜地下台了。

平台之上，白清卓忽然目光凛凛地逼视着吴承信："白某方才听得吴大人似对书法之术颇有造诣，也请上台一叙？"

吴承信满面诧愕："吴……吴某才疏学浅，不敢献丑。"

崔波也横掠了白清卓一眼，不知他此举何意。

白清卓仍是紧盯着吴承信，继续凛然说道："白某这里有一位友人送来的'书帖'，特意点名要吴大人公开赐教，吴大人应该不会当众拒绝别人的诚意吧？"

"这……这……"吴承信没奈何，只得嗫嗫地答应着，不甘不愿地上了"斗诗台"。

白清卓待他站定，又忽然向台下喊了一声："庄驰校尉，你上来。"

庄驰立刻步伐轻健地小跑上了"斗诗台"。他在白清卓的示意之下，掏出一沓纸笺递给了吴承信。

吴承信一愕之下，细细看去，却见上面工工整整地写着几排关于戚家军当年修长城工程时的证词，后面签满了"张老三""陈四狗""曹七斤"等一串串名字，或笔迹粗犷，或字迹潦草，或书写整齐。而且，每一个签名上，都摁着一个鲜红的拇指印。

那一张张纸笺像是变成了炽热非常的炭块，烫得吴承信龇牙咧嘴、脸色大变。

"他们的书法写得如何？"白清卓面无异容地追问过来。

吴承信的声音颤抖了起来："他……他们这……这哪是书法？白参将，你不要搅……搅浑水！"

"哦？你堂堂郎中大人的'书法'就是'书法'，他们升斗小民的笔迹就不是书法？你不应该好好看一看、评一评？"白清卓冷笑几声，同时转脸朝向台下诸人，扬声讲道，"这是当年修长城时一部分匠人、杂工们的证词。他们都还健在。他们已经证明，戚家军在修长城时，和所有工匠、杂工同吃同住同劳动，却从来没有多拿一分一文的工钱和薪饷！更没有这位吴大人所说的'上下其手、瓜分其利'的情况！吴大人，你们的信口雌黄、胡言乱语、造谣污蔑，要到此为止了！"

刹那之间，台下涌起了一片哗然之声。

吴承信就像被打了一记重重的闷棍，表情有些呆滞，半晌才反应过来："白……白清卓，你……你这是设局害我……"

白清卓看了看庄驰："你把这些证词纸笺拿下去送给在场诸君传阅吧。"

庄驰应了一声，拿回那沓纸笺下台而去。

大家纷纷传览着这一份份证词，不禁向台上的吴承信投来了鄙视的目光。

何远也接过一张证词纸笺，看罢之后，向彩棚内送了进去。

李井方则瞥了一下卢光碧，微笑道："清卓公子此番当众公布了匠人们的证词，又借着这场丹池诗会传扬开来——今后吴承信他们再也没脸去内阁造谣胡闹了！"

"高，高，确实是高！"卢光碧也含笑而答，"看来，这才是清卓为今天丹池诗会所准备的一出'重头戏'！难怪他先前一直对吴承信等人的疯言疯语保持缄默，原来是等到在今天这个场合再来猝然发难啊……"

而上官雪衣则是目光幽幽亮亮地看着台上意气凌厉的白清卓，脸上表情显出莫名的平静。

这时，白清卓忽又唤了一声："庄驰，你回来。"

庄驰又健步如飞地上了平台。

"脱衣吧。让大家看看真相。"白清卓沉沉地吩咐道。

于是，在众人惊诧已极的目光中，庄驰解开了襟口盘扣，将外衫脱了下来。外衫落地，他身上还有内袄。袄子去了，还有一层中衣。但庄驰依旧没有停手，直将中衣也一退而下——

众人俱是倒吸了一口凉气，目光齐刷刷地投在他身上。

他裸露着的躯体没有一处完好的肌肤，密密麻麻地遍布着伤痕。有一些是旧伤，已经淡红隐现；有一些是新伤，条条鲜明。有几处伤疤似火块般醒目，又有几条伤疤似蚕虫般粗大。最引人注目的是他左胸上一块伤疤，如拳头般大小，是往里凹进去的，大约是肋骨遭击陷断后还未长齐归位。

众人看得纷纷失声惊呼！刚刚从彩棚里出来的方宝芹竟是不忍直视，掩目而叹。

白清卓娓娓言道："他是白某的兄弟，也是戚家军南兵营的好儿郎。他南征北战十余年，身上共有三百七十八道深深浅浅的疤痕。请问诸位，他身上的每一道伤痕，难道连四五两银子也不值吗？他也替大明朝守边而死去活来了七八次——这七八条重新捡回来的人命，诸君认为应该值多少银两呢？亏得这吴某人还在后方给他们身上泼脏水！"

一些诗客在下边大喊起来："真是不要脸！……"

吴承信恨恨地盯着白清卓："白清卓，我记住你了！"说着，他衣袖一甩，脸色又青又紫,径自跳下"斗诗台",抱头逃了出去。

"吴……吴兄!"邹涤尘慌忙也跟着追了出去。

高正思在袖底捏紧了拳头,本想发作,但是看到群情激愤的情景,又只得暗暗忍住。

白清卓又亮出一张纸笺,举在手中,高声说道:"这是一张南兵营将士一个月的领饷签名单。大家看一看上边的金额,有时是八两,有时是十两! 这就是他们拿去养家糊口的薪饷! 他们吃着最大的苦,却领取如此之少的钱饷,公平吗? 合理吗?"

在诗会会场的上空,他这一连串铿锵震耳的话声,久久地回响着……

全场之中,就连高正思和他都察院的那一群人也只能低头结舌,不敢吱声。

白清卓锐气咄咄地继续逼视着他们:"有些人睁着眼睛说瞎话,还厚颜无耻地聚众造谣,就不怕那些死去的戚家军英灵晚上来找他们说个清楚吗?!"

那几个曾和吴承信轮流去内阁值事房围堵吵闹的监察御史再也坐不下去了,亦是掩面仓皇而逃。

申府后院的万石苑里,申时行正在慢慢地润养着自己的那些奇石。而王一鹗则坐在那块天然石桌旁,酌酒自饮赏乐。

他喝了一大杯酒水,咂了咂嘴,皱眉叹道:"申阁老,您这酒的味道未免太过清淡了。"

"老夫这酒淡而有味,耐人久品! 你喝着喝着,后劲一上来,就挡不住会醉了。"申时行笑微微地说着。他伸手从铜盆里捧起一汪蛋清,轻轻地涂抹在一块块奇石上,一些原本皮糙色沉的奇石顿时慢慢变得鲜亮明润起来。

"咦? 申阁老,您这用蛋清润养奇石的手法,王某还是第一次见到呢……"

"上等奇石,天然光润,不恃外物而自明;中等奇石,半糙半润,须得水泽而自明;下等奇石,粗糙顽劣,纵有水泽而不能润。"申时行摩挲着那些油亮光滑的奇石,娓娓道来,"有些奇石,用油液浸润太久而易受无形之蚀;若用清水浸润,又会脱水而愈燥,难以持久。老夫玩石多年,只有这蛋清之液,既能润石生华,又不会伤石于暗蚀。"

王一鹗眼眸一转,呵呵笑道:"恐怕在申阁老的眼中,当今朝局便如这半糙半润的一块'奇石'——那您用以润养生辉的蛋清之液又选的是谁呢?"

"你这个借喻很妙。你想是谁,便应该是谁吧。"申时行笑得眉舒目展,同时还斜瞥了他一眼,"不过,你也当听到过,有一些人曾经笑话老夫在当今朝局中所施的,乃是当年江左王导一流的'愦愦之政'。"

王一鹗痛饮了一大杯酒，长笑言道："那些人的话只是一孔之见，何足挂齿？依王某所见，王导以多病之身而逢衰世，定东晋百年之基，扼王敦、护皇权、举陶侃、树谢安、亲郗鉴、镇朝野、善抚民，深得黄老之道，堪为一代贤相，岂是王安石、司马光等偏激之士可比？"

申时行从奇石堆边缓缓站起，自去另一个铜盆旁用清水洗净了双手，含笑望向他来："一鹗真乃王丞相之知音也。"

"对了，王某想问，你让卢光碧给白清卓送去辛弃疾的词，就是建议他以雄壮之气在诗会上压倒方宝棠的清贵之气？世人多爱以豪言壮语为上佳，你这个建议巧妙得很哪。"

"随你怎么说吧。老夫只是建议他歌且从容，杯且从容，不要像你这么牛饮豪歌，失了中和之度。"申时行一边款款说着，一边从刚才进来的仆人手中接过一张字条看过后，双眉轻轻一扬，却不多言。

王一鹗目光一闪，故意开口讲道："白清卓进京有些时日了，似乎在黄启祥一案上用功不够精深啊！"

"黄启祥一案背景深远，其幕后推手之周密阴暗非同小可。"申时行捋须而言，"白清卓又不是'千手千眼''未卜先知'的神佛，他也只得一步一步调查过来。莫要操切，再给他一些时间吧。"

王一鹗瞧着他笑了起来："你看，你看，你这护犊子护得毫不掩饰啊！"

申时行缓缓又道："目前，从白清卓追查到的一些线索来看，你们兵部内部也可能有人牵涉其中。王尚书，届时你能自揭家丑协助白清卓秉公明断否？"

"只要他能破了黄启祥一案，抓到真凶，还朝堂一个安宁，王某在兵部对他自是全力支持。莫说揭什么家丑，就是让王某来个大义灭亲都可以！"王一鹗肃颜正色，句句铿锵夺人。

申时行深深地看着他："若是六部九卿都能似一鹗大人您这般深明大义、公忠体国，大明的升平祥和又岂成空文？"

"吴承信、邬涤尘他们天天都来内阁值事房吵闹不休，你准备还拖多久？"王一鹗硬声而言，"依王某的脾性，他们若明日再来胡搅蛮缠，便该乱棍打出！"

"也许，从明天起，他们就再没什么脸面到内阁值事房来撒泼耍无赖啦！"申时行将仆人刚才交来的那张字条递在了他的眼下，"白清卓已经替老夫在方才的丹池诗会上狠狠地教训了吴承信、邬涤尘等人一番！"

"现在,还有谁愿意上台来挑战白公子吗?"崔波朝着斗诗台下朗声问道。

二十

台下,一阵阵鼓掌喝彩之声潮涌而起,几乎将整个会场的顶棚都掀将开去。但,终究是没人出来应战了。

方宝芹、卢光碧、李井方、上官雪衣、凌兰等人相顾而笑:白清卓今夜斗诗,果然不负众望了。

白清卓平静从容地站起身来,向斗诗台下的来宾行礼致谢。

崔波走到他的身边,放低了声音,若无心又似有意地说道:"其实崔某也有一首诗想和白公子你争辉一下——你请看!"

白清卓回眸而视,只见他手头一张字幅上写着一首短诗,题名为《观金陵》,内容为:

青山如潮聚天岸,龙蟠虎踞在掌中。
乌衣巷里出寄奴,白鹿原上夺峥嵘。

白清卓看罢,微微一惊:"崔兄果是高手,失敬失敬。"

"清卓君过誉了。只不过,今晚不是崔某的舞台,崔某只是恭为你们的会场主持人罢了——今后,我们会有机会切磋切磋的。"崔波脸色如常,长笑而去,"后边的节目,崔某便不掺和了。崔某去彩棚里休息了。"

望着他一跃而下的背影,白清卓眸中光芒闪烁,思绪沉浮。

正在此刻,方宝芹满面微笑,盈盈近前:"祝贺白公子了。"

白清卓双目炯炯地正视着她,深深言道:"宝芹小姐在诗会上秉公持正,令在下钦佩至极。"

方宝芹的笑容永远是那么清甜可爱:"主要还是你的诗写得铿锵悦耳、催人奋发,小女子只是在众人面前如实评价而已。"

白清卓往西角彩棚那边悠悠望去:"宝棠公子还好吧?"

"我兄长从未在诗艺上遇到今日这般重挫。他自己先静一静,应该会好起来吧。"方宝芹目光微微一沉,"清卓公子,这也怨不得你。"

白清卓也不好再说什么,只得浅浅而笑。

"方才见了庄兄台的种种情景,宝芹甚是感动。"方宝芹转移了话题,大方地问道,"我愿为南兵营捐款五百两,不知可否?"

"那……那真是太感谢宝芹小姐的深明大义了。"白清卓连忙喊来庄驰,把方宝芹带到一边去记领捐款。

在台下众人艳羡的目光中,上官雪衣袅然款步而至,递了一盏温茶给白清卓:"清卓,看你累得满头出汗的,休息一下吧。"

白清卓面露笑容,将那杯中之茶一饮而尽。

"你用这条丝巾擦擦汗。"上官雪衣又递过来一张轻薄如雾的银线丝巾,上面绣着"鹿鹤同春"的吉祥图案。不过,图案之中,那一群翩翩起舞的小花蝶分明组成了"丹池诗魁"四个篆书。

白清卓接过这张丝巾,一见之下,面色微微一定。

上官雪衣柔情脉脉地看着他:"雪衣早就预料到,清卓兄今晚一定能在这场丹池诗会中一举夺魁的。"

"是啊!十多年前雪衣你就已见过我们那时的恣意挥洒了。只可惜,大师兄在江湖息影了,如今已不在身边了……"白清卓握着那张丝巾,深深叹息,"我想,我们也都变了许多。今天,宝芹小姐的所有举动,不就是雪衣你当年的影子?——"

他看到上官雪衣娇容一动似有话说,便微微摆手止住:"但是,雪衣,你扪心自问,还有我们当年的那种心境吗?"

一听此言,上官雪衣顿觉有一股冰寒的气息从她的脚跟升起,直冲脑门。她隐隐明白白清卓已然察觉了什么,急忙暗中调控住自己的气机,将双手缓缓收了回来,脸上纹丝不起:"她对你的那些心意,我自问比她更浓。"

白清卓听她故意将"心境"偷换成"心意",不由得暗暗一笑,口吻中的锋芒也变得半含半露:"雪衣,这些年你或许真没有改变什么。你看,你的青春芳华依然凝定在十多年前。这让我有时候也禁不住怀疑,你是否修成了某种'长生不老'的秘术?"

上官雪衣莹亮的眼波在隐隐闪动,神色却一如风清月朗:"清卓兄这般夸赞,这是一个女人最大的幸福吧?清卓兄,你也永远是我第一次见到你时的样子,仿佛什么都没有改变。"

白清卓胸口处突然深深一痛,把目光从她身上缓缓移开:"我希望我心爱的那个人永远成为夜空中不落的星辰。我只想远观她,却有些不敢走近她。毕竟,有时候,真相的光芒是很刺眼的。"

上官雪衣的眸光变得愈发幽亮迷离:"你不试一试又怎么知道呢?说不定,你失去的是一颗星星,而得到的却可能是整个太阳。"

她的目光、她的语气、她的淡淡笑颜,竟似有一种莫名的吸引之力,把他的整个心神都仿佛拽入一个沉沉的深渊中去。白清卓隐隐感到了一股危险的气息,正在暗暗挣扎之间,自己的肩头突然被人轻轻一拍——一瞬之间,他心底的剧烈波动随即静如止弦。

——是凌兰站到了他的身侧,她右手还抱着那只"八宝匣"。她盯着上官雪衣,冷冷地咳嗽了几声。

上官雪衣也似受到了什么极大的干扰一般,浑身发颤,居然不由自主地后退了一步。

看到她的容色举止,白清卓顿有所悟,忽然变得有些失态:"雪衣,你下去吧。我还有一些事情要办。"

上官雪衣朱唇发白,欲言又止,终是款款施了一礼,无语而退,却未回席,而是往西角癸字号彩棚里去了。

"二师兄,我以为你的神魂这么快就被她勾走了呢! 连正事儿都全然忘记啦?"凌兰朝着白清卓嘻嘻一笑。

白清卓瞪了她一眼,破天荒地没有回声。这还是他第一次如此失神,他心底隐隐有些不安。目送着上官雪衣退往彩棚的亭亭身影,他眸中不自觉地浮起了深思之色。

这时,早已等在一边的牟万琛、东方胜二人这才走将近来,齐齐笑道:"恭喜白公子现在成为'京师文坛第一人'啦!"

白清卓立刻回过了神,向牟万琛对视而笑:"这么说来,我送给你家牟大掌柜的那四个字现在就能价值千金啰?"

"那是当然。您的手书一向都价值千金——您先前也是声名赫赫的圣手狂生啊! 当然,再加上您今晚'丹池诗魁'的桂冠,您更是一字万金啊!"牟万琛笑得两眼都快眯成了一条细缝。

白清卓咳了数声:"既是如此,你们也都知道'长安米贵,居大不易'这个典故吧?"

东方胜笑道:"白公子,你若有此叹,在下可以在顺天府送一套豪宅给你。"

"这是开玩笑的。难得东方老板您如此爽快啊!"白清卓谢过东方胜,见会场中已渐渐安静下来,便朗朗说道,"今日参加诗会的各方友人们,非英即俊,也非富即贵。白某以丹池诗魁之虚誉,愿意当众出售拍卖自己多年收藏的一些珍品宝物,以博诸君一笑。而所得之钱款,白某则全部捐献给戚家军南兵营的兄弟们!"

李井方、卢光碧等人立刻带头鼓掌叫好。

场中稍静,却见邬涤尘冷笑着站起身来:"白参将,光是你一个人自吹自卖,这怎么行? 你若有胆,咱们斗宝拍卖!"

白清卓坦然直视着他，爽朗笑道："好！邬大人，你们有什么珍品，只管拿将出来！咱们就来个斗宝拍卖，这样也更有趣一些！"

微风吹拂而过，湖水泛起层层涟漪，在月辉映照之下，宛然一片片浮动着的银鳞。

湖畔垂柳的一丛阴影之中，一只小船的船头上，那位缁衣僧人肃然而立，劲装蒙面人则在他身后游目四顾地护持着。

听得那水榭上丹池诗会会场传出的阵阵欢呼声和掌声，缁衣僧人双眉斜掠而起："看来，白清卓终究没有让本座失望啊。"

劲装蒙面人忍不住附和道："在下一直坚信白参将定能顺利夺魁。"

缁衣僧人悠悠一笑："你以为他今晚仅仅是赢得了一个诗魁吗？今天诗会之中，连当今圣上都派了耳目进来！他可是重新赢得了一张足可通天彻地的门符！"

劲装蒙面人紧握着腰间的刀柄，注视着水榭会场照射出的灿灿灯光："没想到白参将今晚剑走偏锋，竟把庄驰都拉出来为戚家军正名了……"

"你以为他做得很高明？他这是书生之见！只知道在这细枝末节上苦心孤诣！"缁衣僧人冷硬硬地说道，"方应龙这个儿子只是稍比他差了一点儿刚锐之气罢了。白清卓若是遇上那玉笔判官对阵，二人亦难分雌雄。"

劲装蒙面人没有接话。

缁衣僧人抬起了头，仰望着夜空那一轮皎洁的明月，任夜风吹得他衣襟飞扬。他自言自语："这一场丹池诗会没多大的悬念。想当年，那些诗会才真是精彩纷呈呢……可惜啊，已经是白云苍狗了……"

他语气微微一顿，眯了眯眼睛，又道："或许，过了今夜，就会有不少精彩的'大戏'上演了吧？我们且细细看着吧。"

劲装蒙面人忽地问道："上人，我们今夜还用得着出手助推一把吗？"

在凛凛的夜风中，忽又送来了缁衣僧人不紧不慢、似浅还深的话语：

其实，本座觉得白清卓刚才有一段话说得很对——

有些人睁着眼睛说瞎话，还厚颜无耻地聚众造谣，就不怕那些死去的戚家军英灵晚上来找他们说个清楚吗？

静静地听着这番话，劲装蒙面人握在刀柄上的手背立时青筋暴起，双目深处也冒出了灼人的火花。

斗宝拍卖会由牟万琛主持。他亦没有啰唆,直接便示意白清卓、邬涤尘双方送宝上台展示。

此刻,高正思心头甚是感慨:本来,每年的丹池诗会到最后都有诗魁展宝、斗宝拍卖这个节目的。他们先前也早就为今夜方宝棠夺魁卖宝做好了准备。结果,万万没料到,末了竟是白清卓一举夺魁! 但是,事先准备好的拍卖之物还是要拿出来卖出去呀! 说不定,还能再糇一糇白清卓这个寒门小子! 他手头哪有什么奇珍异宝能亮出来一争雌雄啊?

念定之后,他托着一只铜箱,随邬涤尘一起上了斗诗台。

白清卓向牟万琛指了指凌兰所抱那只八宝匣,示意自己的宝物亦已到位。

牟万琛先行问道:“高大人、白大人,你俩准备如何斗宝拍卖?”

高正思冷然一哼,径自开口了:“这有什么可说的? 先由我等双方各自展示宝物,以质优物美者为胜,胜者可当众拍卖,价高而售。至于斗宝失败者嘛,则毁物自退。”

牟万琛又看向白清卓:“白大人,你意下如何?”

白清卓微一皱眉:“败者毁物自退——高大人,您这未免有暴殄天物之憾吧?”

邬涤尘直直地瞪着他:“白清卓,是你答应可以斗宝拍卖的。既是斗宝,便定要斗个贱死贵活!”

白清卓唇角带出一线微笑:“好吧。希望高大人、邬涤尘稍后请勿生悔。”

高正思只看着那方铜箱:“高某一向愿赌服输,决不后悔!”

白清卓将手往左一引:“那就恭请高大人亮宝吧。”

高正思打开铜箱,取出了一方古砚。只见此砚大如碗盘,通体黑亮如漆,当中竟有七颗“金眼”莹莹闪光,布列如北斗之状,甚是明润可爱。

台下的卢光碧看得分明,不禁失声赞道:“这便是传说中宋徽宗所用的‘北斗七星砚’? 好宝贝!”

一个商绅则大呼道:“我出五百两银子买下了!”

邬涤尘则接过那北斗七星砚,拿到台下给那些来宾一排排地展示过去,收获了一片又一片的喝彩之声。

高正思冷笑着瞥向了白清卓。

白清卓含笑不语,静立如松。凌兰却是连连点头:“确是一块宝砚,实在是好看得很。”她的语气忽地顿了片刻:“可惜,稍后却会‘砚毁宝灭’,真是不幸至极!”

邬涤尘正好展宝完毕,回到台上时听到她这番话,不禁怒道:“你……你休要胡说! 赶紧亮宝!”

白清卓却向高正思淡声笑道:"高大人,你我皆是爱砚惜砚之人。我现在求你一事,如何?"

"何事?"高正思问得傲气十足。

"白某恳求贵方稍后斗宝失败之后,不要毁了这北斗七星砚,将它送给宝芹小姐、光碧大人等即可,如何?"

"你又在说疯话了吧?"邬涤尘嚷了起来,"我们的北斗七星砚珍贵无双,你哪里斗得赢了?!"

高正思想了一想,摆手止住了邬涤尘,答道:"这样吧!我若输了,这块古砚也无须另送他人,就送给你白清卓了。但你若输了,你的'宝物'却是非砸不可!"

"一言为定。"白清卓一笑而罢,向凌兰略一示意。

凌兰用她的纤纤玉手轻轻打开了那方"八宝匣",也取出一块巴掌般大小的圆砚来。只见它通体青碧如荷,而不深不浅的砚池之中却有一"圆日"、一"弯月"两颗豆子般大小的"石眼"分左右相对而立,并且居然是凸露而出、天然生成的。圆日状的那颗"石眼"彤红如血,而弯月状的另一颗"石眼"则洁白似玉,衬托得整个砚台赏心悦目、漂亮至极。

她以手掌举着这块圆砚,走下台来,向一排排的来宾细心展示着。

一见之下,卢光碧不由得睁大了眼睛,骇然而叹:"难……难道这便是唐明皇李隆基钟爱一生、死而殉葬的那块'两仪砚'?!"

众人闻言,个个惊喜,纷纷聚拢过来欣赏。

一个商绅问道:"那么,这北斗七星砚和这两仪砚相比之下,哪一个更珍贵呢?"

卢光碧呵呵一笑,瞅向了刚刚走出彩棚坐到席位上的崔波,高声说道:"崔公子人称玉笔判官,一向对文房四宝颇有研究。你们这个问题,就请他来解答吧。"

崔波看过那块两仪砚,又让邬涤尘拿来北斗七星砚瞧过,往斗诗台注视着白、高二人,长笑而道:"崔某何敢妄评古砚的优劣贵贱?但文器界亦有一条通行多年的公论:古来斗砚者,斗的就是砚眼。高大人宝砚上的'七星眼',莹亮闪光,材质非凡;白公子宝砚上的'阴阳眼',亦是明润凝亮,异乎寻常。其实都是极品妙物,但——"

"砚眼也有高低、优劣之分。凸于石面之外,如树之生果,经风刷水冲而挺立,最为难得,所以为'高眼''优眼';嵌于石面之内者,遭风刷水冲而抹平,稍为不坚,所以为'低眼''劣眼'。这便是文器界的公论。大家均可据此自行评判。"

一些诗客听得明白,纷纷点头:"依崔公子所言,看来还是两仪砚优于北斗七星砚。"

邬涤尘板起了脸,正欲开口强辩,却见何远进了一趟那座丁字号彩棚,然后少时出来,公开发话了:"我家大人阅宝无数,其意正与崔公子相同——双砚相比,当是两仪砚更为珍稀。"

旁人不知何远的背景身份,在场的官场中人谁又不知?他是来自大内禁苑的人,所以他的话语一出口,场内一时无人反驳,就连邬涤尘也只得退了回来。

牟万琛眉眼堆笑,看着高正思:"高大人,既是文器界公论之所定,您的北斗七星砚便确是稍为逊色了。"

高正思无可奈何,暗暗一咬牙,只得将北斗七星砚递给白清卓:"好吧——这一局斗宝,算你胜出。"

白清卓把北斗七星砚接在手中,莞尔一笑:"谢了。"

台下诸人立时齐齐鼓起掌来。

牟万琛顺势宣布对两仪砚的拍卖大赛即刻开始。

这时,京中专门经营文器生意的"珉秋阁"老板举牌呼道:"我出八百两银子购买两仪砚!"

另一位"虫二居"老板则叫道:"我出一千两。"

…………

直到最后,何远站起来举牌:"我出二千二百两。"这块两仪砚便落到了他的手里。

卢光碧和李井方相视而笑,崔波坐在那里却似有所思。

第二局斗宝大赛又很快开始了。这一次,高正思从铜箱里拿出的是一个圆圆的淡青色玛瑙水盂。

众人定睛看去,这玛瑙水盂的底部现有一朵含苞待放的小花蕾形之赤色图纹。高正思提起水壶,往盂里注入清水,只见那朵"小花蕾"冉冉盛开,"花瓣"愈伸愈长,最后绽放成一大朵艳丽夺目的"牡丹",图纹几乎铺满了整个盂身。高正思托在掌中向台下展示,宛然在手心捧了一朵牡丹花。

"妙!妙!妙!"诗客和来宾们纷纷拍掌而赞。

白清卓淡然一笑,也从八宝匣中取出一只白白净净、透明如冰的玛瑙水盂来,里边一丝一毫的花纹也没有,看上去普通得很。

诸人"哗"地一下笑开了。牟万琛也摇头叹道:"白公子,你这样的水盂,各个书店里到处有卖……"

"是吗?你们且细细再看。"白清卓若无其事地拿过瓷杯,往面前这个透明玛瑙水盂里徐徐倒入清水,倒了一杯又一杯。

在台下诸人渐渐变得惊骇莫名的目光里,那晶莹透亮的盂身中,随着清水注满,凭空浮现出一条须鳞分明的小金鱼,长近二寸,摇头摆尾,姿态灵动,在盂池里游来游去,显得十分可爱。

"这……这真是异宝啊!"不少来宾都禁不住看直了眼。

白清卓不动声色,将盂中之水一倾而尽,那"小金鱼"立刻消失不见;待注水再满,"小金鱼"又在盂内泛然而现。

这一比下来,高正思的"牡丹"是静态之物,远不如白清卓的"小金鱼"灵动巧妙,所以他又输了。他只得又将这牡丹玛瑙水盂送给了白清卓。大家又对白清卓这只小金鱼玛瑙水盂展开了竞买逐拍。

"斗诗台"下,李井方听着那些商绅的一次次喊价,正在兴致勃勃之际,耳边忽然传来一个温柔甜美的声音:"李大人,有扰了。"

他侧脸望去,却见一位陌生面庞的青衣侍女垂眉低眼地站在一旁向自己打招呼。

"有什么事儿?"李井方问道。

"这是我家宝棠公子交给您的一件物事。"那青衣侍女低声说着,顺手递过来一柄折扇,"他说,您看了过后,便请到彩棚里单独面谈一下。"

折扇在李井方眼下轻轻打开,扇面上是一幅京郊春游景色图:远处苍山叠翠,近处绿草茵茵,几位长者乘马徐行,回望着身后几个童子正追着跑着放纸鸢。整个画景显得生趣盎然、气韵清新。扇面左边题有一首小诗,题目是《同朝鲜启祥君共游南郊》,落款为"方宝棠于乙丑年三月初一",内容是:

> 儿童笑奔放马疾,青鸢凭风入碧霄。
> 遥望一线到天边,皓首穷目恨天高。

观罢之后,李井方清冷的目光在"启祥君"三个字上定住了:久闻方宝棠与黄启祥以诗文相交而关系匪浅,莫非他此时还有什么内情告知于我?一念方定,他便站起身来,随着那位青衣侍女往方宝棠所在的庚字号彩棚去了……

斗诗台这边,"小金鱼"玛瑙水盂再一次被何远所属的丁字号彩棚里的客人以二千五百两白银高价买走。

高正思急得双眼都要冒出血来。他铁青着脸,再次拿出己方"压箱底"的重宝——一块玲珑剔透的玛瑙镇纸,通体显出蓝莹莹的光润,宛若一汪纯净的湖水,当中却有一只白鹄形的图纹,恰似浮游在粼粼清波之中,栩栩逼真。

"虫二居"的老板在下面一见,不禁马上竖起大拇指:"玛瑙文石素有'红喧而黄闹,玄珍而青奇,蓝贵而紫稀'的说法。高大人这块镇纸是一色的水蓝,又有天然的白鹄之纹,是'贵上加贵'!绝品啊!"

另一个商绅也连连摇头:"是啊!我看白清卓这一次要压倒他们,有些难!"

在众人的窃窃私语中,白清卓拿出了一块天然生成、不事雕琢的蹲蛙形玛瑙镇纸,如同小碗般大,浑身上下一派金紫之色,绚烂夺目,且两只青豆似的眼睛朝前鼓露而出,鲜活逼真而有气势。

台下诸人正看得津津有味,白清卓右掌托着这只金蛙玛瑙镇纸,缓声吟起了本朝世宗嘉靖年间名相张璁所著的《咏蛙》之诗:

> 独蹲池边似虎形,绿杨树下养精神。
> 春来吾不先开口,哪个虫儿敢作声?!

他这首诗非常贴切这只金蛙玛瑙镇纸的形貌和寓意,引得来宾们纷纷击掌喝彩。但是,接下来,面对台上展示的这两件玛瑙镇纸,大家却陷入沉思之中:这两块玛瑙的材质都非常难得,色彩也非常罕见,图纹更是各有千秋,怎样才能准确判断孰优孰劣呢?

看到台下一时无人出场辨析,牟万琛干脆直接问向白清卓、高正思二人:"两位公子,这一局就由你俩自己来谈一谈各自手中宝物的妙处吧。"

高正思托起那白鹄纹玛瑙镇纸,走下台来向各排来宾极力展示着,同时侃侃而谈:"我这玛瑙镇纸,材色稀罕,又有'鸿鹄高翔'之吉祥图纹,诸君放于案头,必有睹物励志、红运开泰之瑞兆!……"

众人听得喝彩不断,这让高正思、邬涤尘等人不禁溢出了扬扬得意之色。

待得高正思展示完毕,白清卓才缓步而出,亦是手托金蛙形玛瑙镇纸,娓娓言道:"依白某之见,这两块玛瑙镇纸的材色之珍稀,可谓不相上下。而二者所可一争者,在各自图纹、外形之妙处。高公子这块镇纸上有'白鹄畅游'之天然图纹,惟妙惟肖,实为一幅天工之名画;白某这块镇纸,为'金蛙蹲池'之形貌,姿态生动,也实为一座天工之雕件。

"试以人力而论之,绘画之难岂及雕工之难?绘完一幅鸿鹄之画,至少二十四个时辰即可;雕刻一件物像,非数旬多日之用功而不能。市面之上,雕件之贵,胜于图画之价,这亦是公论。所以,这两件镇纸,孰优孰劣,相信在座诸君心中已有明鉴矣。"

他讲罢之后,卢光碧和崔波相视而笑,拍掌叫起好来。其余宾客也纷纷跟进,称赞不已。

何远又从丁字号彩棚里请示出来，扬声说道："我家大人也认为是'金蛙蹲池'玛瑙镇纸更为珍稀。请白公子勿须延缓，即刻展开拍卖！"

听罢此言，高正思的面色顿时一片僵青，看着自己手中的那块白鹄纹玛瑙镇纸，一时进退两难。

白清卓早已觑破他心底的忧思，也不再逼他，含笑而言："高公子，这块白鹄纹玛瑙镇纸价值不菲，而且你似也喜欢得紧，这样吧，你也无须自毁，更不必再赠予我，你自己就留着吧！"

高正思咬了咬牙，没有多言，却还是将白鹄纹玛瑙镇纸装回了自己的铜箱里。

台下有一些来宾见状，发出了一片轻微的嗤笑之声。

方宝芹看到白清卓此刻显得这般大度，也不禁暗暗颔首。

高正思和邬涤尘的脸色都是青红交加，难堪至极。

白清卓又微微然笑道："白某这八宝匣里还有几件宝贝，你们还继续和白某斗宝下去吗？"

高正思闻言，牙疼似的倒抽了一口凉气，跺了跺脚，终于神色一定，双手一拱，厚着脸皮说道："白参将收藏有道、积宝颇丰，我等愧不能及，甘拜下风。"

他说出这段话时，也便等于承认己方一派在今夜的丹池诗会大赛中是完全落败了。

台下旁观的卢光碧不由得松了一口大气，心中暗喜，急忙侧过脸来准备和李井方交谈一下，却见旁边的座位空空如也，想来该是李井方去哪里"出恭"了，于是他便又转头向台上看去。

这时，东方胜已然上前转圜言道："大家和气生财！和气生财！共推丹池诗会圆满成功！高大人、邬大人，你们的那些珍物，我引凤堂自会留意的。"

高正思、邬涤尘得了东方胜这个"台阶"，佯装客气一番，就顺势下场而去。

方宝芹看着他俩下来，心中亦是隐有感慨，却又不好安慰他们什么。而高正思、邬涤尘见了她，也是讪讪的。

"斗诗台"上，牟万琛又主持着拍卖起白清卓的金蛙形玛瑙镇纸来。场中又立即变得彩声雷动、热闹非凡。

坐在会场后边一角凝神守护的唐鉴看到双方终于胜负已分、尘埃落定，未出乱子，心弦也是一松。他表情轻快地大口大口喝起茶水、吃起点心，觉得今夜终于可以平稳度过，一时心安了许多。

没过多久，会场中的拍卖会就顺利结束了。白清卓的金蛙玛瑙镇纸连同后面的另外三件珍品全被丁字号彩棚里的贵宾竞胜买走了，总价达一万余两白银。

白清卓当场就将自己所得全部银票一张不剩地捐给了南兵营,让庄驰上台当众接收了。

场内再一次响起了雷鸣般的欢呼声和掌声,把诗会的气氛推上了今夜的高潮。

然后,诗会便已进入尾声。在卢光碧、牟万琛的陪同下,白清卓亲自下场,向每一排的诗客来宾敬茶答谢。

其间,白清卓目光轻轻一掠,见到丁字号彩棚的那位神秘客人终于出来了。他头戴斗篷、一身乌衣,面目隐没不清,只向白清卓远远一瞅,便在一群锦衣卫力士簇拥之下先行离场。

何远则笑吟吟地向自己走来,近身后低声贺道:"白公子今夜勇占鳌头、风采照人,必会一飞冲天啊!"

白清卓明白了他这是在表明内廷一派势力的态度,轻轻点道:"客人似乎不是张公公?"

"你很快就会知道究竟是谁啦!"何远和他笑着说罢,又看向凌兰,微红着脸讲道,"凌女侠今夜英姿飒爽,和你师兄真是相得益彰啊!"

凌兰白了他一眼:"什么时候可请何大人来切磋一下武艺?"

何远笑道:"好啊!好啊!比拼诗艺,我不如你二师兄;切磋武艺,我自信还能给人指点几招。"

他们这边谈笑风生,而那边方宝芹、高正思则一同起身,往方宝棠所歇的庚字号彩棚走去,准备也请他出来最后露面。虽然方宝棠和白清卓斗诗落败,可能尚有丢脸之嫌,但这迎来送往的基本礼仪仍是不可轻弃。他若再是负气不出,来日京中文坛不光会笑话他"技不如人",还更会讥讽他"德不如人"的!

白清卓为了缓和气氛,在距离庚字号彩棚不远之处,等着方宝棠出来后再握手言和,争取不让丹池诗会尴尬落幕。

一切,都在上下众人欢声笑语、你称我道的喜乐气氛中悠悠沉浮。

然而,这场诗会在最后一刻之际,骇人的意外还是发生了。那边,方宝芹和高正思把彩棚垂帘一掀,往里一看,几乎同时失声惊叫起来!

这慌乱而尖厉的惊叫声顿时划破了会场的热闹和欢腾,几乎所有的人士都停下了言语和动作,往庚字号彩棚怔怔地看来!

白清卓、何远、卢光碧、崔波等人第一时间冲到棚门之处,也不由得被里边的场景惊呆了。

只见棚室当中,方宝棠整个人倒在一汪血泊之中,生死未卜;而那李井方此刻就坐在方宝棠身旁,面色似是有些恍惚,右手里握着一柄沾满鲜血的匕首!

方宝棠整个人倒在一汪血泊之中,生死未卜;而那李井方此刻就在坐在方宝棠身旁,面色似是有些恍惚,右手里握着一柄沾满鲜血的匕首!

"兄长——"方宝芹一呼出口,在棚门边娇躯一软,再也站不住,险些栽倒下去。侍女画雀急忙从旁扶稳了她。

高正思则跑进去一把抓住李井方的衣领死死不放:"你这个杀人犯!竟敢谋害方公子!"

"我……我也是刚醒过来……"李井方一边喃喃地分辩着,一边极力稳住自己的心神。

只有白清卓清朗至极的声音盖过了棚内其他所有的话声:"何大人!请您立刻与唐捕头一道封锁整个会场,暂停一切人士出入!并马上派人去附近调取医师救人!"

二十一

待得何远应声疾去之后，白清卓和凌兰抢步上前，来到仆倒在地的方宝棠身边，见他是后心中刀、血流不止。

凌兰弯下身去，在方宝棠鼻孔下一探，竟然大感诧异，又探了片刻，飞快地回头向白清卓说道："他还有一丝最后的气息……"

白清卓脱口叫道："快止血！"

凌兰应声，立刻玉指如飞，连点连落，一瞬间封住了方宝棠背心伤口处六七道血脉要穴，终于使方宝棠背心的流血一时停缓下来。

"别！别！别！"卢光碧也上得前来，忍不住拦了一下，"清……清卓，你……你这是揽……揽事儿……"

白清卓明白他的意思，朝向方宝芹讲道："此刻若不及时止血疗伤，稳住他最后的气机，后边他便拖不到医师赶来……"

"你……你莫要弄得'百口莫辩'的下场！"卢光碧顿足长叹。

白清卓目光炯炯地正视着方宝芹："宝芹小姐，你信不信任白某？"

方宝芹泪眼蒙眬地抬头看着他，没有立即答话。高正思插嘴道："他可是和这个李井方是一伙儿的……"

在她的眼中，白清卓一双眸子一望到底，深深地映着她的影子。她深吸一口长气，做出了自己最明快的一个决定："信。我相信白公子。"

白清卓马上吩咐凌兰："小兰，把'碧血丹'给他服下！"

"师兄——那是你保命、续命的丹药啊！都没几粒了！"凌兰回头低呼道。

"现在躺着的就是你师兄！你要像救我那样救他！"白清卓面色一峻！

高正思再也按捺不住："你……你们不要乱喂什么东西……"

白清卓疾声道："快！"

凌兰只得取出一粒豌豆般大小的丹丸，碧莹莹、清润润的，异香扑鼻。她拈起这碧血丹，慢慢向方宝棠的口中送入。

高正思再次怒叫起来："方小姐，你……你管一下！"

白清卓只得让凌兰再拿出一粒碧血丹，说道："我也和宝棠公子一齐服下，我总不会当众自己毒自己吧！"

"不必。我相信你！"方宝芹一下止住了他，"凌姑娘，你施救吧！"

凌兰这才催动真气，将碧血丹徐徐送入方宝棠的腹中化开吸收。她又紧握着方宝棠的脉门连输了几道真气进去护住了他的心房。

　　渐渐地,方宝棠的呼吸终于平稳了下来,只是仍然双目紧闭、昏迷不醒,气息也始终微弱至极。

　　凌兰只得以全身真气稳住他这最后一线生机,汗水也几乎沁湿了衣衫。

　　白清卓这时候才向方宝芹解释道:"这碧血丹是生血补血的奇门妙药,我在平日若遇危急情形,也是靠它来救命的。还有,我一向有咳血、吐血、流血不凝的症状,小兰多年来服侍我,早已有了一整套止血、补血、固本护元的手法。所以,我才让她来施救。这个时候,把你兄长的伤势缓上一缓,等到医师们赶到,便可有转机了……你也不要过于焦虑……"

　　方宝芹知道他这是为了让自己安心才说这么多话语的,心底感动至极,不禁哽咽着向他连连答谢。

　　见到凌兰终于暂时护持住了方宝棠,白清卓此时方才缓过气来,连忙又向李井方那边赶去。却见唐鉴已到,满脸焦急之色,正带着几个捕快监控住李井方。而高正思、邬涤尘也围在一旁,口口声声直指李井方就是凶手。

　　"井方……"白清卓唤了一声。唐鉴双目一瞪,扫视过来:"白参将,此处不是你们问话之所。李井方手中匕首已经验明是刺中方公子后心的凶器。他具有重大的行凶嫌疑。"

　　白清卓脚下一定,这才紧张而飞快地思忖起来:先前救活方宝棠是第一要务,而今调查凶案真相又成重中之重矣! 这时,何远向他走了过来:"白参将,我手下的人和顺天府的捕快们已在第一时间封闭了会场出入口,现场众人暂时都没有离开。"

　　卢光碧也跟了过来,问白清卓:"井方怎么办?"

　　白清卓回答他:"井方的事儿,我来办。你去外面镇住会场,小心暗中还会有人借机行事。"

　　卢光碧"嗯"了一声,拔步往棚门外疾趋而出。

　　同时,白清卓转身又向何远低声说道:"何君,白某可否借一步说话?"

　　何远也很聪明,不露异色地随着他走到另一边去。白清卓瞧着他,暗暗为他今夜还留在这里而庆幸。他方才若是陪同那丁字号彩棚的神秘贵宾离开了,自己此刻在会场中才真的是"孤立无援"! 一念敛定之后,白清卓将自己先前斗诗过程中莫名收到的那张关于"田文豹及两卫士失踪"内容的字条取了出来,向何远眼下一亮,告诉他:"这是我先前和方宝棠斗诗到第二个回合时,有人偷偷放在纸笺里的。"

　　何远一见之下,失色言道:"这……这不是宫里干的。这是离间!"

　　"我知道。所以,我一直相信张公公和你。"白清卓向他平静地说道,"若不是刚才出了李井方这件事儿,我都不会让你看到这字条。现在,请你也相信我。"

何远微退一步："你欲如何？"

"本来，你镇抚司今夜是护卫宫中贵人参加诗会的。而今凶案猝发，你可以带我一同顺势介入，不要让唐鉴在此'一手遮天'。我亦可马上在现场亲自展开调查。"白清卓灼然直视着他，"万望你竭诚相助。"

何远沉吟了起来。

白清卓再次点明其中的关窍："方宝棠、李井方分别是清流派、辽东镇的重要人物。此案牵动朝局甚深，非同小可。今日不清不楚，你镇抚司日后也难免会被波及。你相信我，我不会误你分毫的。"

何远面色微微耸动，终于一咬钢牙，定了下来："好吧。我去给唐鉴打招呼。你且等着。"

白清卓也退出庚字号彩棚，往会场一看，场中的热闹气氛荡然无存，在场诸人个个惊疑不定。只见牟万琛、东方胜、崔波等正在场前场后焦头烂额地安抚着那些被暂时停留在原地的各位诗客、来宾。而卢光碧则守在会场出入口，阻止一些客人的乱来。

"清卓……"一声柔柔的呼唤传来。白清卓一转头，看到小芸扶着上官雪衣自癸字号彩棚那边盈盈走近。

双目对视之下，白清卓发现：这时的上官雪衣似已洗净了脸上的脂粉，娇艳之迹淡无，倒是颇为清爽。

他微微一愕："雪衣，你这是？"

小芸一脸嗔怪地说道："白公子，你刚才冒犯我家小姐了！ 害得她在彩棚里哭了一场……这时才洗脸出来的呐！"

白清卓知道是自己先前有些狠心地催促她离场一下，便道："我……我不是有意的。但你那些话……"

上官雪衣却没有接腔，而是看着被锦衣卫力士和捕快们团团围住的庚字号彩棚，柳眉一皱："听说是李井方大人杀了方公子？ 怎么会这样？"

白清卓长叹一声："井方确是遇到了一些麻烦。你和小芸可以回棚等着。今夜一时半会儿，谁都走不了。"

上官雪衣眼波一扫："你又要为李参军讨个清白？"

白清卓正欲回答，一个锦衣卫力士过来喊道："何大人、唐捕头请您到辛字号彩棚里碰头议事。"

辛字号彩棚已经被捕快们火速收拾出来，成了一间临时的讯问室。何远、唐鉴、白清卓、高正思等四人成为此案审理的四名临时主持者。

他们四人并肩坐在一张长桌之后,左边两人是何远、白清卓,右边两人是唐鉴、高正思。而那张长桌之上,摆放着那柄带血匕首、方宝棠赠给黄启祥的那把题诗折扇,还有一个小小锦囊,全是从李井方身上搜出来的所谓"证物"。

李井方坐在他们对面的一只板凳上,四五个捕快在他背后持刀看守着,但李井方本人的表情却显得十分平静从容。

何远以首席主审者的身份开口问道:"李井方,我们如今只想查明真相。大家目前都还在现场,你有什么可说的,就尽快说出来吧。"

李井方看了看满面淡定的白清卓,微一领首,眉峰微动,正容讲道:"李某肯定是被嫁祸的。李某已经解释过了,我自己那时也刚刚从昏迷中苏醒过来,当时正对自己手里莫名其妙地多了一把带血的匕首而惊惑不解。然后,宝芹小姐他们就闯进来了。这便是李某所经历的事实。"

旁边一个捕快执笔在纸笺上迅速地记录着。

高正思叫了起来:"彩棚里只有你和方公子二人,若不是你,还有谁害了方公子?而且棚板四壁毫无损伤,连一只苍蝇也飞不出去——你'密室行凶',被我们'瓮中捉鳖'!"

李井方悠悠一叹:"这一点,本人亦甚为困惑。"

白清卓缓缓问道:"井方,那你就谈一谈,你当时是如何进了这庚字号彩棚来见方公子的? 又是怎样昏迷过去的?"

"事情的经过是这样的。大约是在拍卖白公子你那只小金鱼玛瑙水盂的时候,一个青衣侍女带了桌上那把方公子的题诗折扇来我身边,声称方公子要和我进棚单独面谈一下。我见这折扇与黄启祥有关,便不得不离席与他相见。"李井方清清晰晰地道来,"你们都知道的,黄启祥一案,对我和辽东镇是何等紧要! 我当时以为他要给我提供一些线索,所以我无法拒绝。"

白清卓一边打开那柄折扇,阅看着扇面上方宝棠所题的那首《同朝鲜启祥君共游南郊》之诗,一边继续听李井方讲道:"……没料到,李某刚跨进棚房之中,只看到方公子在前面背对我而坐,正欲发声招呼,便嗅到一股淡淡的异香袭来。我眼前立刻缭乱恍惚起来,我一下便知道自己中了极厉害的独门迷香了……"

"你察觉是谁对你施放了迷香?"何远追问道。

"李某判断,要么是一直跟在我身后的那个青衣侍女,要么就是守在门帘一侧潜伏着的第三者——其实,李某当时察觉不妙,急忙屏住呼吸,还曾甩出自己的那柄铁骨折扇击向后方。但是,应该是被他挡落了……而李某因迷香发作,也很快失去了神智,后边便什么都不知道了……"

"这么说,你口中所说那个人的身手几乎还在你之上?"白清卓皱了皱剑眉。当时李井方身中迷香,反击之时动作虽是稍显迟疑,但他的这自救一击之势,只怕连凌兰也不敢硬挡。而那暗袭之人竟能挡落铁骨折扇,确是非同等闲。难道他们便是暗送田文豹失踪之字笺的那一股势力?

那边,高正思又叫道:"何大人、唐大人,你们看,李井方的那柄铁骨折扇还插在他腰带之上……"

李井方笑了一笑:"既然那人能在我昏迷之后把带血的匕首塞在我手里,又怎不会把我的折扇重新插回我腰间?"

乘着高正思一时语塞之际,白清卓继续问道:"那个青衣侍女看起来是何年纪?是何模样?是何身材?有何明显的体貌特征?井方,你且细细道来。"

高正思插话道:"今日宝棠公子过来参加诗会,身边并未带有什么青衣侍女!可见李井方纯属撒谎!"

李井方毫不理睬他,径自向白清卓回答道:"那个青衣侍女的面貌十分寻常,全身也没什么让人特别注意的地方,只是身材有些矮小。"

何远马上喊来一个锦衣卫力士,吩咐道:"你和几个兄弟即刻去询问场外的众人,有谁看到李井方曾经在第二场拍卖赛时和什么人交谈过,或又和什么人一起进了庚字号彩棚?快去。"

那力士应了一声,飞步而出。

高正思拿过那柄方宝棠的题诗折扇,翻看了片刻,忽然冷冷一笑,也不顾白清卓和李井方的感受,开始了自己的诱导式发言:"何大人、唐大人,高某方才反复思量,已经明白了李井方为何要丧心病狂地刺杀宝棠公子——

"依高某之见,李井方应该是不知从哪里找来了这柄方公子送给黄启祥的题字折扇,自以为方公子必与黄启祥之死有关,才来单独逼问方公子,甚至于要挟方公子为黄启祥之死顶罪!结果,方公子坚持不允,他便动了杀机,或在一时冲动之下出了手……"

李井方斜眼瞥着他,冷笑一下:"以高大人'天马行空'之卓凡才思,若是拿去编写话本,必能引得人人追捧!"

白清卓和何远都憋不住"扑哧"一下笑出声来。

高正思满脸涨成猪肝红:"方应龙大人、我们都察院,已和辽东镇构隙甚深。李井方以行刺方公子之举而报复方大人,也是有可能的。"

"高大人,凡事要讲证据,不能凭空揣测。李井方若有意报复方大人,就是这样在众目睽睽之下和方公子这般同归于尽的？他可是辽东镇的参军，岂会如此浅薄露骨？"何远轻轻笑道，"我们切不可先入为主，而使真正的杀手逍遥法外、渔翁得利。"

听了他这话，高正思微微怔住了。

李井方则是睬也不睬高正思，硬声说道："若是我真的做了，我决不抵赖；若是我实未做过，也请各位还我清白。"

唐鉴双眉一抖："少安毋躁。且先看一看有谁见到你和那个青衣侍女了没？若是无人见过，你便是胡编乱造、欺人惑众！"

李井方坦然迎视着他："清者自清，浊者自浊。你们还是多想一想我所讲的证词吧。休要老在李某身上乱打主意，尽快抓住真凶才是正事儿。"

庚字号彩棚里，东坊最出色的"元康居"医院中的三名上等医师终于赶到了。他们火速接替凌兰开始了对方宝棠的救治。

他们一边为方宝棠敷药止血、包扎伤口，一边交头接耳地慨叹道："亏得前边这位女侠抢救及时，否则方公子已然回天无力矣！"

凌兰看着他们的救治手法还算老练，自己也终于可以歇息一下了，就退了出来，坐到一边静静调息。

其间，为首的医师在稳住方宝棠的伤势后，抹着满脸大汗，趋近方宝芹的身前，躬身禀道："方公子可算死里逃生了！方小姐，您可以放心了。"

一听这话，方宝芹紧张到极点的心弦终于一松，拿着玉手拍了拍自己的胸口，大大地吐出一口郁气来，整个人一下就软倒在座椅上。她侧过脸，瞅着坐在另一边的凌兰，不禁泪流满腮。

旁边守候着的邬涤尘也显得狂喜至极，只差没有原地蹦跳了。

那医师继续禀报道："……方公子此番能够死里逃生，一来是这位女侠以灵丹妙药为他补血续命，二来是方公子本人天生异禀，心房位置恰巧偏右，所以虽是中刀甚深，但竟未刺中心脏要害部位，真的是不幸之中的万幸！是天意要救方公子！……但他失血过多、昏迷过度，须得全力调养……"

邬涤尘听完那医师的禀报，就吩咐道："关于方公子脱离生命危险之事，只能是今夜棚房里几个人知道，谁也不许外泄。各位医师先生，你们帮忙做好软垫担架，稍后便将方公子抬回府中全力救治吧。"

那医师应声照办而去。

这时，方宝芹才调整好情绪，过来便要向凌兰万福行礼："多谢凌姑娘救了我兄长一命！"

"你无须感谢我,要谢就多谢你自己当时能够信任我二师兄。"凌兰直视着她,表情显得非常平静,"我二师兄把自己最重要的保命奇丹都给了你兄长。将来他若病发咳血,我都不知道能够抢救他几次呢……"

方宝芹闻言,眸中晶芒闪动:"他若有这一天,我必以命相报,天地鉴之!"

"嗯。我看你还算是有几分良心的。"凌兰悠悠然言道,"虽然我的脾性不太好,但谁对我二师兄真好还是假好,我还是分辨得清楚的。宝芹小姐,今天在诗会中你为二师兄所做的一切,我都看在了眼里。你能够排除你兄长的亲情困扰,对二师兄不偏不倚、公明中正,我很敬佩你。不然,我是不愿救治你兄长的。

"但是,你也看到了! 你父亲、你兄长所在的清流派是何等敌视和排斥我二师兄,而你又能把那颗以诚相待的'初心'坚持得了多久呢? 上官雪衣当年尚且对我二师兄不能善始善终,你又能超过她吗?"

方宝芹毅然答道:"我心坚如玉,虽千磨万砺,而定然不改其色、不变其质。"

凌兰盯了她片刻,一笑而道:"我二师兄有什么好? 无权无势,不富不贵,而且还树敌如林,你选了他,只能是吃苦受累而不会幸福! 甚至于天天还要为他提心吊胆……"

方宝芹肃然正视着她:"你当初是如何喜欢上你二师兄的,我其实完全和你一样。"

凌兰的眼圈微微一红:"我二师兄其实很傻的。但愿你不要负他。"

方宝芹坚定而有力地摇了摇头。

这边,邬涤尘走近过来讲道:"宝芹小姐,医师们已经把软垫担架做好了……"

方宝芹略一颔首,向凌兰款款说道:"凌姑娘,我马上就要护送兄长回府疗伤了——白公子那边想必也是很忙,我就不过去打扰了。有请你稍后去代为转告一声。"

"好的。"凌兰点头应允,同时向她认真说道,"今晚我还有一段话向方小姐剖心相告:二师兄和我都不认为李井方是谋害你兄长的凶手。此事大有蹊跷。我们希望宝芹小姐将来在真相面前,能够为李井方说几句公道话。"

"嗯。我记得了。"方宝芹答罢,招来了画雀,过去陪同众医师和卫士一起将依然昏迷不醒的方宝棠抬了出去。

白清卓、何远他们又继续等了两三刻钟,其间凌兰也回到了这边。在场诸人得知方宝棠已被护送回府救治,虽是昏迷未醒、生死难卜,但终究还是为之稍稍放下心来。大家等待之中,方才传令出去的锦衣卫力士走了进来,面色显得有些沉峻,似是带有几分为难。

见此情形,白清卓的心一下悬了起来,只是表面上依然云淡风轻。

高正思得意扬扬地讲道:"怎么样? 没有什么青衣侍女吧?"

何远直盯着那力士:"你们查到了什么,只管如实道来。"

那力士拱手答道:"启禀何大人,我们已经查问过了,先前棚外绝大多数人士的注意力都集中到白公子和高公子的'斗宝'拍卖过程中去了,他们几乎都没看到什么青衣侍女。庚字号彩棚门口附近的座席里有几个人的证词很模糊,暂时难以采用。目前只有两个人明确谈起自己看到了李大人是和一个青衣侍女一同进了庚字号彩棚的……"

听到这儿,场中诸人的神情俱是一振。何远脱口问道:"是哪两个人?"

"一个是那位南兵营的校尉庄驰,另一个则是一名姓胡的商绅。目前为止,我们只找到了这两个证人。"那力士回答道。

何远看了一眼唐鉴、高正思,吩咐道:"你们把庄驰和那个姓胡商绅喊进来分别问话。至于李井方,暂时带到别的彩棚里去等候着。"

庄驰是先进来答复询问的。他平平实实地讲道:"在拍卖白参将的小金鱼玛瑙水盂时,是有一个穿青色衣服的姑娘过来喊走了大人。因为我当时就坐在白参将旁边,所以看得比较清楚。他俩所去的方向也正是庚字号彩棚……但后来庄某注意于台上的拍卖事宜,就没再看到李大人后面的那些情况了。"

他讲完之后,退了出去。那个胡姓商绅进来。唐鉴一瞥之间,目光里闪过一丝异色。他亦没有多言什么,只让胡姓商绅认真讲来。胡姓商绅所讲情况也与庄驰差不多。他和庄驰一样,只看到李井方和青衣侍女一前一后紧随着进了庚字号彩棚,后来似乎也没再发现青衣侍女的影踪。

他俩共同的说法,就是那个青衣侍女的容貌非常普通,谈不上有什么大的特征,只是身材较为矮小。

何远立刻吩咐锦衣卫力士们带庄驰、胡姓商绅二人去全场辨认这个青衣侍女。

白清卓提醒了一句:"在中途离场的人士里面,会不会有这个青衣侍女混在其中出去了?"

唐鉴喊来守在会场出入口的那几名捕快问了一下。他们回答:在拍卖小金鱼玛瑙水盂之后直到现在的这个时间段里,只有七八个男性来宾因故离场而去,没有一个女性宾客出去。

白清卓沉吟说道:"那她就还在会场中,让庄驰他们细细辨认吧。"

高正思一脸阴沉之色,倒未多话,只等着最后的辨认结果。

不料,三刻钟过后,庄驰和胡姓商绅回来禀报:场中数十名女宾当中,竟无一人是那青衣侍女。其间,有三四个穿着类似青衣者,身高、容貌又不同;有五六个身高、容貌相似者,一身衣色却不同。最重要的是这些人皆为普通女子,毫无武功,根本不会发放迷香袭击李井方。

白清卓的眸色有些深长起来:"凌兰,你出去一下,陪同他俩再去搜查一下这些女子的随身物品,仔细观察她们身上、脸上可否留有使用过人皮面具、易容药膏等痕迹。这一次大搜查,不仅限于普通侍女,各个小姐来宾也须一视同仁。"

凌兰正欲答应,唐鉴却面添忧虑之色,冷声言道:"何大人,若是这般大张旗鼓再行搜查,只怕会惊扰了京中不少名媛贵妇……"

何远瞧了瞧白清卓,见他态度坚决,只得言道:"为求真相,只要是查案,何事不可为? 何人不可冒犯? 就依白公子的吩咐去办吧。"

又过了三刻钟左右,凌兰、庄驰和那胡姓商绅再次一起回来同禀:"还是不见那青衣侍女的形迹,亦未搜出任何可疑物品。"

这一下,辛字号彩棚内顿时静得每个人的心跳声都清晰可闻。

高正思眼底闪过一抹冷厉之色,发难道:"看来,今夜我们是找不到这个所谓的青衣侍女了。你们还要折腾多久? 眼下已是子时,你们还要把外面的那么多名流、嘉宾扣留到何时?"

"高大人请少安毋躁。"白清卓用不高不低的音调讲道,"依白某之见,庄校尉和这位胡先生的证词是真实可靠的。他俩的话语,也和李井方先前的答词对应得上。这个青衣侍女一定存在,而且还必定混在会场内这些女子之中。只是,不知她用了何种手段改头换面、销声匿迹了。"

"那,你们倒是速速把她搜查出来呀!"高正思亢声说道,"难道你们一直搜不出来,就要硬把这么多的来宾扣留在此吗?"

"这……"白清卓也不由得语塞起来。

听得外面的声音越来越哄闹,牟万琛、东方胜二人也几次进来陈述自己安抚众心之艰难,唐鉴终于面向何远,疾徐得度地开口了:"何大人,唐某今夜一直是尊重您和白参将的,你们应该是有目共睹的吧?"

何远和白清卓对视一眼,都点了点头。

唐鉴一手拦住高正思的插话,徐徐道来:"下面有几句话,唐某不得不坦然相告。既然我们在现场一时找不到这个所谓的青衣侍女,我们便不能不回来审视庄校尉和这位胡姓商绅的证词是否确为真实可信。

"据唐某所知,庄驰校尉乃是蓟辽军镇出身,近日又住宿在东霖院,似与李井方这位蓟辽总督府参军的关系不错。以中立于外的第三者之视角观之,他的证词能是全无偏私的吗?"

凌兰听得柳眉直竖:"庄大哥从来不会撒谎的!"

白清卓把手一抬止住了她,让唐鉴继续说下去。

唐鉴知道自己很快便将面临来自方应龙和都察院的巨大压力,此时此刻必须把"替罪羊"找好,于是也就撕破了脸皮言道:"还有这位胡姓商绅,我唐某人就在这里实话实说了吧——在我们顺天府衙的内部涉密名单里,他的真实身份就是东霖院的暗探,也正是李参军属下。他的证词,还能完全采信吗?"

何远吃了一惊,看向那胡姓商绅:"唐捕头所言属实?"

胡姓商绅微一惊愕,却也坦然答道:"在下确是东霖院的暗探,是奉了李井方大人之令在今夜会场之内暗中保护李大人、白将、凌姑娘等一行人的人身安全的。不过,正是如此,在下才会对李大人的行踪十分注意。所以,在下确实未曾撒谎。在下真的亲眼看到那个青衣侍女,她见过李大人后便带他进了庚字号彩棚的。"

"你既是李井方的属下,而庄驰又是李井方的亲近之人,我们也可以怀疑,你俩都是事先和李参军做了铺垫,待事发之时再来一同作伪证为李井方脱罪呀!"唐鉴咄咄逼问而来,眼底一片冷色,"何大人,您最是中正客观,您觉得唐某此言对不对?"

高正思也不软不硬地递上话来:"一切还请镇抚司秉公处置,不偏不倚!"

何远看向白清卓,脸上露出了深深的为难之色。

就在这时,唐鉴抓起了面前长桌上那只锦囊,右手一摆:"把庄校尉、胡先生带出去,把李井方再带进来。通知外面的各位来宾,可以让他们安然离开了。"

那几个捕快答应了一声,便出棚去办了。何远张了张口,终是没有发声。

白清卓的心底生出一丝冰冰凉凉的涩然来,但他此刻也只能静观其变。对手给李井方布设的这个"陷阱"太周密了,自己只能是尽力淡化它的凌厉攻势,从证人证词中拼命找出一线"转机"来保护李井方。

李井方进棚坐定之后,唐鉴在他面前晃动着那个锦囊,寒气森森地问道:"李参军,这是我们先前从你身上搜出的一个锦囊,你能告诉在座诸位这里面究竟装的是什么吗?"

李井方看到这个锦囊,撇了撇嘴:"李某先前就讲过了,李某从来没见过这个锦囊,也不知它为何在我身上。"

唐鉴冷然讲道:"刚才有好几个捕快在场,你也是神志清醒的——这个东西可是当着你自己的面从你身上搜出来的。"

李井方含笑反击道:"那也不能证明是我的呀!就像这把匕首莫名其妙地就塞

在了我的手里。"

何远见唐鉴一直扭着这个锦囊不放，皱了皱眉："唐大人，莫非这锦囊里有什么蹊跷不成？"

"不错。诸位请看。"唐鉴打开锦囊，从中抽出一张细细的字条，递给了何远，"方才在等候他们搜查青衣侍女的时候，唐某无意中打开这锦囊，居然发现了一丝'线索'。"

何远、白清卓、高正思注目看去，只见那纸条上写着八个字："不入虎穴，焉得虎子"。

看清之下，高正思立即跳了起来："呵呵呵……'不入虎穴、焉得虎子'，这分明是一道暗语指令啊！快快从实招来——是谁写给你的？"

李井方闻言，满面尽是茫然之色。唐鉴让人把字条拿给他自己阅看。李井方接过那字条，细细阅罢，竟是面色微变，但马上又平静下来："这个锦囊本就不是李某的，李某又怎么知道它是何人所写？"

"李参军，我们有理由怀疑这是你的幕后主使发给你的暗语指令！"唐鉴眉目之间溢满寒峻之色，"请你告诉我们，谁是'虎'？谁是'虎子'？"

李井方毫无惧意，哈哈笑道："你们拿着一个不知从何而来的锦囊和一句平平常常的典语，便来质问我这样的问题，是不是太可笑了？"

高正思已经失去自控地大喊起来："方应龙大人是不是你们所说的那头'虎'？方公子是不是你们所说的那个'虎子'？你今天所做的，难道不正是'不入虎穴，焉得虎子'吗？"

李井方长笑道："你们这是先入为主，欲加之罪！"

唐鉴拿着这锦囊、字条，逼向何远、白清卓："何大人、白公子，你们意下如何？"

白清卓瞥过目光，看着李井方，嗤笑道："李井方，亏你还是蓟辽总督府的堂堂参军，怎么行事处事竟如此蠢笨呢？前来刺杀方公子的时候，居然还随身携带着'别人'给你的暗语指令！你是唯恐天下人士不知道是你刺杀的方公子吗？反正你要闹得尽人皆知，那你不如先前在会场内当众动手，还用得着这么弯弯绕绕地钻进彩棚里来暗杀吗？更可笑的是，你这次暗杀，硬是杀出了一个'人赃并获''欲盖弥彰'！你让我怎么笑话你才好呢？你可是足智多谋的幕府参军啊！"

他这一本正经的"正话反说"，立时逗得凌兰"咯咯"直笑。

唐鉴和高正思面面相觑，亦是无语。

何远也憋着笑意，指着那个锦囊，慢声说道："这个锦囊和字条突然出现在现场，岂不是'此地无银三百两'吗？此事暂时存疑，以待后验。"

唐鉴脸色变得甚为铁青："我顺天府衙一定会把这锦囊字条好好存放。"

何远又待发话，却有一个锦衣卫力士匆匆而入，附在他身边低低耳语了几句。何远顿时容色大变，吩咐那力士道："你们继续跟踪下去，一有线索即刻来禀！"

那力士领命，箭步而出。

何远深深吸了一口长气，敛定了心神，回过头来，直视着白清卓，肃颜讲道："白参将，何某以中正之道而言之，无论如何，李参军目前是方公子遇刺一案的现场嫌疑人，有些地方也确实未能说清楚。何某建议，暂时将李参军移送顺天府衙留置，待方公子救醒或有新的线索找出来后，再行裁断。"

白清卓暗暗一叹，瞧了瞧李井方。李井方会意，从腰间取下那块"金蛇令"，向他郑重递来："清卓兄，我去顺天府的这段时日里，你就是东霖院的代行掌院，自韦生晖以下都听从你的调遣。"

凌兰的眼圈红了起来："井方大哥，你……"

白清卓一把拉住她的手，止住了她，十分认真地注视着李井方："你放心。我一定还你清白，护你周全。"

李井方凛然回视着他："不是还我一人之清白，而是还整个辽东镇上下所有的人清白！"

二十二

一颗亮闪闪的流星,宛若一朵小小的水花,从浩浩银河当中飞溅而出,掠过苍蓝色的夜空,悄无声息地往北边的天幕滑落了下去。

静坐在卧室窗前的白清卓依然大睁着双眼仰望着这一幕夜景,掌心里徐徐摩挲着那枚四象太白石。他回府后已经在这里闷坐了半个时辰了,却仍是毫无睡意,仿佛陷入了深深的思虑之中。

众目所瞩、暗潮汹涌的丹池诗会终于结束了。在这场诗会里,前半段一直在自己掌控之中:斗诗斗败了方宝棠,斗字斗倒了高正思,斗宝拍卖也占了上风,同时把为南兵营争饷的事情也巧妙地宣传了出去。自己确实是做得很好的了。所以,在一连串的胜利面前,自己一时放松了警惕,到了最后关头却让李井方陷进了迷案之中。李井方可是自己在京城中的得力臂助啊!而且,还殃及了一个方宝棠这样的"准盟友",这些损失并不是自己今夜斗宝拍卖所得的近二万两白银可比的。尤其是方宝棠遇刺重伤、生死未卜,以方应龙为首的清流派决不会善罢甘休。依高正思、邬涤尘二人的所作所为,回到方府之后他俩必会煽风点火,企图刻意以李井方为凶犯而波及辽东李氏一派的。自己先前还未彻底解决黄启祥遇刺案,现在又冒出了这个方宝棠重伤案!简直逼得自己左支右绌!一想到这里,白清卓便情不自禁地捏紧了自己掌中的那枚四象太白石。是啊!眼下自己的当务之急,不仅仅是保住李井方和辽东派的清白,还应该主动发招、破局而出,把幕后黑手的真身逼出来!而且,自己原本是备下了一记暗招的。如今丹池诗会已毕,宫中势力对自己似还认可,那么自己便能抓准时机发动反击了。

念定之后,白清卓伸展了一下双臂,长身立起,向守候在自己身边的凌兰盼咐道:"离天亮还有一两个时辰,你我都先休息一下吧。明日白昼间还有的是事情忙呢!"

第二天辰时起床早膳之后,韦生晖便匆匆过来与白清卓交谈:"白参将,李大人此番陷在顺天府衙,不知后事将是如何?"

"无妨,无妨。他只是过去配合例行调查而已。"白清卓容色淡定如常,宽慰他道,"东霖院上下大可安心,先前该做的事情,仍是继续往前做去。不过,关于李参军的事情,你们可以适当介入一下——"

"怎么介入进去?您请讲。"

"据白某所知,目前在现场只有庄驰、胡先生二人明确证实那个牵引李参军的庚字号彩棚的青衣侍女是真实存在的。但还有几个来宾对青衣侍女的印象有些模糊,又或许是他们不愿介入此番朝局党争而避实就虚。你们东霖院可以暗底下和这几个来宾沟通一下，争取拿到有力的证言证词。"

韦生晖连连点头："韦某和众兄弟一定全力照办。"

他俩正谈之间，一个仆人在门口禀道："白参将、韦大人，外边有个自称遵化县县令的顾大人前来求见白参将。"

一听此言，凌兰一双明眸顿时睁得又圆又大。

白清卓淡声吩咐道："让他进来。"

不多时，在众人微微诧异的目光中，顾少伦身着华服，打扮得光鲜明丽，盛装而来。他一进阁室，便朝白清卓灿灿然笑道："今日一早便听闻白参将赢得了丹池诗会的诗魁之殊荣，顾某兴奋至极，特来恭贺。"

凌兰冷哼了一声："你居然还有脸面回来？"

"凌女侠，我……我怎么就没脸回来了？"顾少伦振振有词地讲道，"这段时日顾某确是有恙在身、居宅休养，所以才不敢前来叨扰白参将！尤其是怕你嫌弃顾某的病情……"

"养病？你养的是什么'病'？还不是你躲避逃责的'心病'！"凌兰对他说话实在是毫不客气。

顾少伦一脸的伤心之色："凌女侠，你没发现我真的是脸色苍白、容颜憔悴吗？"说着，他又伸出了右腕递上前来，"来来来，你摸一摸我的脉门，你看看我究竟是真病还是装病？"

那边，韦生晖一边捂嘴笑着，一边识趣地退了出去。

而凌兰也无须为顾少伦把脉，只看他气色，便见他双唇发白、气息不匀，确是真病了一样。她咬了咬银牙，也不再笑话他了。

白清卓一伸手，笑吟吟地喊他过来坐下。

顾少伦兀自喋喋说道："白参将，你在丹池诗会上大显风采，可惜顾某身体临时抱恙未能入场亲睹。顾某也作了一首《姑苏吟》之诗，愿与众诗客切磋琢磨，却终是失之交臂，可惜，可惜……"

"哦？把你所作的《姑苏吟》读来听一听？"白清卓颇有兴致地瞧着他。

顾少伦却是毫不脸红，朗朗而道："它的内容是这样的——

　　　　曲曲清河绕城郭，飘飘碧柳拂玄石。
　　　　悠悠钟韵流寒山，漫漫华枫映天赤。"

白清卓听得两眼开花,哈哈笑道:"不错,不错。你的诗写得不错。这样吧,这段时日你就在东霖院住下吧,我俩也好好切磋交流。"

"当然,当然。那顾某便恭敬不如从命啦!"顾少伦满口应承下来,丝毫不管凌兰向他直翻白眼。

白清卓见凌兰那种表情,浅浅一笑,吩咐道:"小兰,你出去一下。我和顾县令要谈一谈南兵营的事情。"

凌兰"嗯"了一声,出屋而去,顺手也将室门关上了。

她刚出门,白清卓的面色便变得甚是冷峻:"你今天怎会'不召自来'?我不是要求你尽量隐蔽得更深更久一些吗?"

"目前你碰到的时局,还能允许我一直潜伏下去吗?"顾少伦认真答道,"昨晚卢光碧便来'喜来客栈'找我了。他把李井方陷进方宝棠遇刺一案给我谈了。我和他都认为,你此刻身边人手不足,我只有亮出来帮你。而且,如今你已取得宫中势力的认可,我出来后也无须再怕高正思、邬涤尘他们的报复了。"

"也好。你现在可以走到明面上来了。我在东霖院也需要你陪护在左右。小兰毕竟是个女孩子,有些事情她不方便去办理。"白清卓容色一松,"所以,方才我才答应你留居此处。"

"昨夜诗会后半段的事情我都听卢光碧说过了。"顾少伦长叹道,"我在会场外守护,只道郑北雄乃是最大劲敌,所以竭力把他逼退。唉,我当时还是应该忍住伤势留下来助你监控会场……"

白清卓见他气色确是有些不好,已知他当时在与郑北雄的交手中必是受伤不轻,不禁在心底涌起了一股暖流,款款言道:"少伦,多谢你了。你昨晚已做得很好了。"

顾少伦皱眉问道:"真的在现场没找到李井方口中所说的那个青衣侍女?她真的是凭空消失了?"

白清卓叹息道:"不错。我、凌兰和何远的手下反复寻查,硬是没找到。"

顾少伦思忖之间,脑中突然灵光一闪,脱口讲道:"难道是炎阳宫的那位神秘莫测的千面仙子假扮的这个青衣侍女?你还记得我给你传讯过炎阳宫千面仙子悬赏刺杀你的事情吧?……"

"哎呀!你这真是提醒我了!"白清卓右掌在膝盖上重重一拍,"对!对!对!我当时怎么没想到呢!可是我和凌兰也翻查过了,场中每一个女子都没有携带人皮面具和易容药膏啊!"

顾少伦沉沉一笑:"清卓兄,你莫非忘了——这世间还有一种功法秘术是可以改变肌肤、易容换脸的!如果再配上'缩骨功'的话,连身材都可以变换自如的。"

"哦？那便是传说中的'画皮大法'了？"白清卓徐徐点头，"原来如此。可惜，白某在现场一时疏忽，放走了真正的凶手。"

"清卓兄，你不必自责。那凶手若是施展了画皮大法和缩骨功，你当时在会场中也很难找出她呀！而且，她能炼成画皮大法，必已身负至少一甲子的内家功力，凌兰和何远联手都未必斗得过她。"

白清卓叹道："怪不得连李井方那般身手，竟也无形无声中遭了她的算计。可是，这人究竟是谁呢？"

"你莫要焦虑。"顾少伦爽然讲道，"只要咱们找到了侦查的正确方向，一直深挖下去，迟早能把这个千面仙子揪出来的。只是苦了李井方陷在这嫌疑之中……"

白清卓心中的底气也禁不住油然而起。他稳了稳心神，徐徐言道："为李井方洗脱嫌疑，还有另外一个方法：暂时先等到方宝棠苏醒过来后再行讯问吧。是不是李井方刺杀了他，他昏迷之前总应该看到的吧。"

"他应该也只看到了当时是那个青衣侍女行凶刺杀，但至少可以证明李井方不是凶手。"

白清卓点了点头，又对顾少伦说道："罗乞泰那条暗线，还是由你来负责沟通，让他们尽量发挥作用。"

"罗乞泰他们察觉到包天符越来越可疑了，但对'三才巷'那边的蹊跷却一直没查出来。主要是他们丐帮不敢到那些店铺里去公开搜查啊！"顾少伦若有所思地讲道。

"我会和王一鹗尚书尽快沟通，待时机成熟便可果断出手了。"白清卓眼底冷肃之色渐浓，"昨晚出了方宝棠遇刺、李井方受陷这件事，已经令我们甚为被动。我们必须破局而出，扭转乾坤！"

"好的。我一切听从你的调遣。"顾少伦朗声答道。

正在此刻，凌兰在外面敲了敲门框，呼唤了一声，然后走了进来。她手里拿着一沓请柬和一只木匣，嘻嘻笑道："二师兄，一夜之间你的人缘就突然变好了耶！这里边有四个侯爷和七个伯爷给你送来了聚会请柬。你现在真是'京中第一名士'了！"

顾少伦立刻也笑了起来："白……白公子，你去参加那些名流盛会的时候一定要带上顾某啊！顾某可是甘为'绿叶'，专门陪衬你这朵'大红花'！"

"你……你这个'官迷'……"凌兰瞪了他一眼。

"小兰，那木匣里面是什么？"白清卓连忙岔开了话题。

"这是德润斋那个牟大掌柜今天一早让人送给你的贺礼，祝贺你夺得诗魁！"

白清卓接过木匣，打开一看，里面竟是一枚四寸见方的猴钮金印，通体光华灿烂，令人不敢直视。

"哦哟！这个牟大掌柜对你寄望不小呢——他认定你将来一定会'封侯佩印、大富大贵'也！"顾少伦在旁笑道。

白清卓淡淡一笑，让凌兰把它收好。

不料，这时又见韦生晖急步而入，气喘吁吁地呼道："白……白参将，宫……宫里边来人了……"

正厅之中，何远陪侍着一位似胖弥勒的中年太监面南而立。这太监身穿一套"金鸡戏五花"锦纹袍，纽扣俱是黄金所制，闪闪发亮，粲然夺目。他赫然正是司礼监首席秉笔太监陈矩。

看着白清卓长跪于地，陈矩简洁清朗地宣道："圣上有口谕：着白清卓本月十五日上午至内阁值事房，与辅臣及各部众卿商议为蓟镇南兵营补薪之事。钦此。"

八月十五日就是明天。白清卓没料到圣旨来得如此之快，大喜之下连连叩头："微臣等恭谢陛下隆恩。"

陈矩传完口谕，这才过来扶起了白清卓，笑眯眯地问道："白参将，白公子，你还记得咱家吗？昨晚丹池诗会上，咱家可是代圣上买走你好些宝贝……"

白清卓恍然大悟：原来他就是昨夜会场中丁字号彩棚里的那位神秘来宾。

陈矩又向白清卓谈道："当时咱家先行离场回宫，后来才知道宝棠公子遇刺一事。陛下听闻后，亦于今晨派出宫中御医进驻方府为宝棠公子疗伤去了。"

白清卓赞叹道："陛下真乃'如天之仁'。"

陈矩又道："陛下也对负责此番会场保安庶务的顺天府衙严厉问责，已经下旨将顺天府尹钱济之削俸半年以示惩戒。同时，要他们务必尽快查出真凶严加法办。"

"陛下圣明，烛照万方。"白清卓朗朗然奉承道。

陈矩微眯了眼，深深的笑意在他细长的眼尾浮现而起："白参将对内廷司礼监待之以至诚，内廷司礼监亦当以至诚而报之。你放心——那些生事离间的贼子，我们是决不会放过的。"

白清卓一听之下，便明白了一定是何远回禀了他们那张"田文豹失踪"字条事件，就含笑而答："申阁老常常教导我们'宫中府中俱为一体'，白某一向是谨遵不忘的。"

陈矩微微颔首，把目光往凌兰身上逡巡了片刻，幽然问道："这位姑娘便是白公子的义妹？"

白清卓点了点头："正是小妹凌兰。"

陈矩收回目光又瞅了瞅何远，只见何远已是面颊绯红。他若有深意地笑了一下：

"白公子,令妹开朗大方,武艺超群,不愧是女中豪杰。咱家很是欣赏。你若闲暇之际,可以带她多来锦衣卫走动走动。咱家会让他们好好接待的。"

白清卓自是听出他的言外之意,抿唇笑道:"公公若是有意种结善缘,白某自是感谢不尽。"

顾少伦在旁边听得明白,脸色一时变得青红交加。

只有凌兰,恍恍然不知他们到底在说什么。

方府后院的卧室内,床榻上的方宝棠仍在半昏迷的状态之中,面色苍白至极。其间,他有时候会苏醒过来片刻,只喝了几口参汤或肉粥后,便又立即沉沉昏睡过去。

但他恢复成这样的状况,已经让现场守护的所有御医、医师都松了一大口气。毕竟,方宝棠总算是从死亡的边缘被抢救回来了。

方应龙起初见到方宝棠那般伤势,慌得六神无主。待到十四日下午看见方宝棠在慢慢好转之后,他才把一颗高悬半空的心落回到了肚子里。缓过神来的他,却禁不住迁怒道:"想不到辽东镇的人竟会以如此卑劣的手段来报复本座!"

一直陪护在方宝棠榻前的方宝芹微微动容,急忙遣退了在场不相干的医师们去厢房休息,然后向方应龙分辩道:"父亲,您不可先入为主。李井方参军只是有行凶伤人的部分嫌疑,但还没有确定的证据来证明他是真凶。"

方应龙一脸的阴郁之色:"为父听闻他手持凶器、人在现场,被你当场发现,你居然还不确定他是真凶?"

"女儿进棚之际,并未目睹他行凶杀人。"方宝芹款款讲来,"父亲,您想,辽东镇的人若要真对兄长下手,那又怎会有白清卓和他的义妹凌姑娘来抢救兄长?御医们也说了,当时若无白公子所献碧血丹和凌姑娘的救助,兄长早就性命不保了!"

方应龙听罢,一下有些怔住了。

侍立一旁的高正思见方宝芹如此回护白清卓,暗暗生恨,于是进言道:"方大人,依高某之见,白清卓也有可能是在和李井方合演一出'双簧戏'啊!李井方专管杀人,白清卓专管救人,一明一暗,一正一邪,其目的都是为了麻痹我们而布局设套!"

方宝芹在这段时间对他的煽风点火之行已甚是不满,娇叱道:"高正思,你这是猜疑无据之言!不可污蔑白公子的一片好心!"

方应龙将手往外一摆,止住他俩的争论,向方宝芹沉沉言道:"芹儿,你太天真了!'人心隔肚皮'啊!官场上的计中之计、局内之局、连环圈套,为父不知见过了多少!白清卓之野心勃勃、计谋多端,岂是你可以识破的?为父会让唐鉴他们彻底查实李井方的罪行的。"

方宝芹凝视着他,幽然而叹:"父亲,女儿只希望你不要被偏见蒙蔽了双眼而错过了真正的凶手。这样的话,兄长就真的是白白受伤了。"

听罢她这番话,方应龙竟是难得地沉默了好一会儿。他转头吩咐高正思道:"小高,你替本座传讯给萧虎臣,让他速送一批精锐之士作为'暗卫'进京备用。"

"是,大人。"高正思躬身应道。

方应龙端起茶盏呷了一口清茶:"刚才陛下传来口谕,要本座明日去与白清卓商议南兵营补薪之事。小高,你怎么看?"

高正思浑身不由自主地震颤一下,脸上泛起了青白之色:"大人,看来白清卓借其丹池诗会诗魁之虚名已引起了圣上的注意。我们都察院不好再在南兵营补薪一事上太过尖锐了……您知道吗? 今天吴承信都不敢再到内阁值事房门口吵闹了……"

方应龙把茶盏往桌面上重重一放,也顾不得方宝芹在旁侧听,恨恨说道:"你们都怕了? 本座是决不会向申时行一派低头的!"

二十三

户部尚书石星是赶到内阁值事房较早的一个人，一边进屋径行，一边还在默默思忖不止。

昨天中午他接到要来商议南兵营补薪的口谕，当时就有些怔住了。前些时日，他手下的吴承信伙同邬涤尘等人每天轮流到内阁值事房门口指斥戚家军对长城工程款上下其手、瓜分其利之事，闹得沸沸扬扬、上下尽知。他身为吴承信的上司，自然也是晓得的。然而，为了借此试探内廷和圣意，他暗暗选择了对吴承信等人睁一只眼闭一只眼。从某个角度讲，他心里其实深深认可吴承信的所言所行，也巴不得让吴承信跳出去先发制人，以这种"泼皮骂街"的方式堵住白清卓为南兵营的讨薪之口。

对这一点，石星没有丝毫的愧疚。他反而觉得自己实在是有万不得已的苦衷。自前年年底接手户部以来，他就切实感受到了大明朝内外交加的财政压力。其实，这几年大明朝的上下开支仅是堪堪持平，"漏洞"不大也不小。虽然目前看起来大明朝似乎还能"大手大脚"，在藩属列国面前还显得十分豪气，却全靠的是那个被打翻在地的一代"权相"张居正遗留给国库的一千二百五十万两白银和二千六百九十万石太仓存粮在撑着。不过，朝廷这几年七支八支、东拿西拿，也只剩下四五百万两白银和一千多万石太仓存粮了。当今圣上和他爷爷嘉靖皇帝一样不爱上朝，耗财也和他爷爷差不多。他爷爷崇道羡仙、贪求长生久视，在修真炼丹上一掷千金而不悔，弄得国库空虚。而当今圣上却信佛好施，到处给京中各庙的佛像塑造"金身"以图福报，同样也是花钱如流水。如此一来，石星这个户部尚书就当得是捉襟见肘、左支右绌。

所以，石星便成了朝廷里最著名的"铁公鸡"，对各部开支一律是"能省则省尽量省"，对各地的税款收入一律是"能挤则挤尽量挤"。而为南兵营补薪之事，更是从来不在他的优先考虑之中。在他看来，户部能够给南兵营发足与北兵营同额的月薪就不错了。至于白清卓一直呼吁的双薪之制，那岂不是近似白吃白拿和胡闹吗？

然而，眼下圣上却突召他前来内阁商议为南兵营补薪，这一举动背后的意味究竟如何？石星一时却捉摸不透。他昨天几乎在接到口谕的同时，也知道了白清卓夺得丹池诗会诗魁一事。莫非是白清卓突然声名大噪，逼得圣上要给他一个说法了？

这些念头在他心中萦萦绕绕，直待他坐定之后才勉强压了下去。他一抬头，却见只有兵部王一鹗已经坐在那里了。他微一诧异：为什么工部、礼部等部堂没来人？又一细想：涉及军队补薪之事，确实也只和兵部、户部有关，其他部堂也是不该来的。

石星沉吟之间，又听得室门外笑语之声传来。张诚在先，申时行、方应龙并肩在后，各个谈笑风生地走进了屋。

最后进来的是一位面带英气的白衫儒生，身材岸然，举止沉稳，想必便是那大名鼎鼎的圣手狂生——白清卓了。

见到方应龙坐在了自己身边，石星急忙低声问道："方大人，听闻令公子在前天丹池诗会上受了伤？可还安好？需不需要石某这边推荐几个大夫？"

方应龙瞅了瞅坐在对面末座的白清卓，沉声答道："犬子目前已无大碍。多谢石尚书关心了。"

那边，张诚见相关人士均已到齐，自己便坐到当中正位，庄肃而言："诸位大人，今日本是中秋佳节，却是劳驾大家了。诸君当知，我大明如今正值太平盛世，不当有咄咄怪事。而近日丹池诗会的诗魁，竟在斗宝拍卖大赛上为蓟镇南兵营筹措薪饷，陛下闻而为之悯然。所以，陛下亲自垂恩，让南兵营参将白清卓与各部公卿齐聚内阁共议此事，以平悠悠众口。"

他讲罢之后，将目光投向了申时行。申时行咳嗽一声，开口言道："也亏得这个诗魁到丹池诗会上公开为南兵营辩白捐饷——从昨天起，咱们内阁值事房门口外终于清静啦！要不然，今天在座诸位又要在某些人的叽叽喳喳中塞耳交谈了！"

方应龙双手按膝，神色一片木然。石星脸上却是隐隐一红。

张诚凛然说道："内阁乃是中枢要地，岂容得有人在此无故聒噪？下次若是有人再来胡闹，报知镇抚司，给他乱棍打出！"

申时行面露笑容："多谢张公公。"

方应龙的脸色从木然顿时又变成了铁青。

张诚看了看白清卓，向石星点名问道："石大人，您是户部尚书，您对南兵营补薪之事意下如何？"

石星眼里溢满了浓浓的笑意，看起来一副人畜无害的模样，但话语间却锋芒暗露："列位，石某一直想不明白：天下四疆之军队，皆为圣上之将士，为何却厚此薄彼？蓟镇南兵营之粮饷，为何非要高出北兵营一倍不可？白参将，你可否给石某好好谈一谈？"

白清卓先前也曾向户部禀报过南兵营的情况，而见今天石星一上来便装痴卖傻，心念一敛，遂愤然答道："诸位大人，请听在下细细禀来。当年戚继光戚大帅招募南兵北守朔边，取其两大优点：一则是南兵之战力堪为天下第一，平倭剿匪功莫大焉；二则是以南兵为楷模，对已呈疲弱之兆的'北兵'施以改良再造，一教十、十教百、百教千、千教万，而成全我朝大一统之雄师劲旅。所以，戚大帅上报兵部、户部许可，对南兵营实行双份俸饷制。一则因为南兵们抛家舍子北来守边，若无优厚之薪俸，何以安抚其心？二则因为南兵于北兵而言,亦师亦友,多了一份教导训练之职责,如何不能'多劳多酬'？"

他这段话一出,值事房里为之一静。

过了片刻,方应龙徐徐抬头正视着白清卓:"白参将,你日前抢救了犬子的性命,本座极为感激。但本座感激之余,却不能因私而废公。所以,白参将,请恕本座直言不讳——

"依本座看来,你方才那段话简直是在这里强词夺理！朝廷当年对南兵营的优厚待遇,完全是出于奸相张居正任人唯亲、倚以自重的私念！他那是在南兵营蓄意培植威望、收买人心！这样的滥赏之制,岂可持续下去？"

白清卓还未开口答辩,申时行已是凛色言道:"方大人,您这一番话恐是妄行猜疑、滥及无辜！"

方应龙脸上露出了寒森森的笑意:"张公公,您看,您仔细看,张居正残存下来的'奸党'终于按捺不住,自己跳出来了！"

王一鹗再也忍耐不住,冷声喝道:"方大人,你知道'党'字怎么写吗？一个'党'字,是由一个'尚'字和一个'黑'字重叠而成！而大明朝各部院,只有你们都察院是两扇大大的黑漆松木门！要论什么'党',你们都察院才是天生的'党'字当头！你还好意思去说别人？"

白清卓没料到这王一鹗口才如此犀利,不禁对他暗暗钦佩。

方应龙一怔之后,立刻勃然反击道:"好你个王一鹗,居然拐着弯儿来这样污蔑我都察院！本院之宗旨乃是'以水为鉴、分清理浊',而五行之中水属玄黑之色,所以大门不得不刷上黑漆——这个还被你拿来借题发挥啦？你……简直是胡扯！"

王一鹗脸皮极厚地朝他呵呵一笑:"我们都是胡扯！看今天谁扯得过谁？"

方应龙又欲发作,张诚却一伸手止住了他,不疾不缓地说道:"诸位,议事便议事,不要斗嘴。白参将年纪尚轻,初进内阁,诸位大人德高望重,不该在他面前失了仪态。"

他这话一出,白清卓脸上不禁浮起了一片浅浅的微笑。

方应龙和王一鹗都微微一怔,各自敛回了锋芒,暂时无语。

石星又眉目挂笑地问向了白清卓:"对了,白参将,蓟镇萧总兵给石某寄来了专函,特意谈到了你和南兵营。石某想以中立客观之第三者的视角,和你唠叨几句。"

他突然提起萧虎臣,白清卓心底甚是诧异,却也不好形之于色,便听他继续道来:"白参将,萧总兵是你的顶头上司,请问他同意为南兵营补薪吗？"

白清卓容色一凛,徐徐答道:"李成梁督帅大力支持为南兵营补薪补饷,所以这段时日白某才会进住东霖院。"

他避开了萧虎臣,只提到了李成梁,其言外之意自然让人一听就懂。

石星漠然说道:"萧总兵在给石某的专函中讲道,他旗下的北兵营平日所承担的任务并不亚于南兵营,而且南兵营也没有向'北兵'尽到教导训练之职责,其中最有价值的'割房刀法'更是未曾传给北兵。北兵也一直对南兵拿双份薪饷颇有异议。他一直压着北兵不让爆发,而南兵反而对他误会甚深。他觉得自己十分为难。这些情况,白参将,你知道吗?"

白清卓灼灼地直视着石星:"白某也实话实说:萧总兵自持节蓟镇以来,只到过喜峰口关城一次,而且连到演习场观操都未能身临。我们南兵营也想和北兵营合为手足之亲,但萧总兵并不让南兵教导训练北兵啊! 这些情况,白某也只能在此呈上,请诸位大人明裁。"

场中又是沉沉一静。申时行和方应龙目光一碰,均是火星飞溅。

石星面色微僵,又干笑了几声,若轻若重地讲道:"白参将,萧总兵毕竟是辖地千里的大将,难道治下就只有一个南兵营? 白参将,我来问你:北兵营今年的战马流行瘟疫,病倒病死了几百匹,它们要不要萧总兵操心去补给? 如果北兵营缺少了足够的马匹,又如何抵挡蒙古土蛮和匪贼的猝然发难? 这个问题的严重性会比你们南兵营的补薪补饷低吗? 万一他压不住北兵营,让北兵吵闹起来,你们南兵营人人还能安枕?"

"这个问题恐怕就不该由白参将来考虑了吧?"王一鹗眉毛一挑,凝声而道,"南兵营的双薪之制在万历二年时就已经实行了。戚督帅当时也是蓟镇之首,兵部却从未听到他麾下的北兵营有何异议。这十多年过去了,到了萧总兵这里,他倒是摆不平了! 他若是觉得吃力,朝廷也可以考虑给他松一松担子嘛!"

白清卓感到王一鹗这段话插得极好,便敛了心神,静观石星的反应。

方应龙咳了两声,也插话进来:"看来,身为蓟镇之首的萧虎臣,也和石尚书一样,觉得不应该在南兵、北兵之间厚此薄彼。他是蓟镇当局之人,白参将确实不应该只图一营之私而乱了全军的大局啊!"

白清卓深深一笑:"两位大人的话语也无须绕得太远。给不给南兵营补薪,最紧要的是让天下军民看到朝廷有没有兑现承诺的诚意。请诸位大人深思。"

张诚和申时行听到这话,都不禁为之容色峻肃。

石星缓了一缓,依然是满面堆笑:"白参将,那些都是写在墙纸上的大话。你我都是一步一个脚印地从下面干上来的,不能把下面的怨气引向上司啊。上司也很难。当今大明朝,上下都很难。千难万难,陛下最难。午门献俘大典的开支、各地藩王的俸禄,总不能削减吧?所以,只能苦一苦咱们这些人,包括你,包括我,自然也包括南兵营。"

白清卓沉默着,看出这石星是阴深老辣,字字句句不动声色而又暗藏机锋,不好辩驳。

正在这时,申时行举手一抬,向张诚侧脸讲道:"张公公,目前局势已经明朗,下边就不用再议了吧:老夫和王尚书赞成为南兵营补薪,方大人和石尚书不赞成为南兵营补薪,二对二,不相上下。有劳您费心,送呈陛下圣裁吧。"

张诚没有多话,只是悠悠一叹:"看来,只能如此了。"

一回到东霖院,顾少伦和凌兰便迎了上来,接着就向白清卓问道:"今天内阁议得如何?他们准备什么时候补薪?"

白清卓徐徐落座,面无异色,却问:"庄驰呢?"

他话一出口,这才想了起来——庄驰已经走了。这一次他们在丹池诗会上为南兵营筹到了两万多两白银,庄驰要急着赶回喜峰口让弟兄们过上一个安心、祥和的中秋节,所以昨晚便带上银两打马回去了。

他喃喃地自语了一句:"我还想让他给吴老爷子带几句话回去呢。"然后转过了脸,看着顾、凌二人,便将今日上午在内阁值事房里诸位大人讨论的情况给他俩说了。

顾少伦怔了一下:"这么说,为南兵营补薪之事又搁浅了?"

凌兰恨恨地言道:"这些衣紫腰金、冠冕堂皇的左都御史大人、户部尚书大人,究竟还要不要脸了?"

"他们也有他们的权衡吧,倒不一定是出于纯粹的私心。"白清卓掌心里摩挲着那块四象太白石,淡声说道。他看着凌兰双眸通红的样子,笑了一声:"怎么?好好的中秋佳节,你还替谁流上眼泪啦?"

"二师兄,你常说'当官要为民做主,不怕上面权与势'。你这样呕心沥血地为南兵营弟兄们争取薪饷,结果你却成了什么奸党、什么不顾大局之人!你这个官儿当得真是憋屈!"

白清卓仍是淡淡笑着,又看向了顾少伦,见他亦是双拳紧握的样子,便言道:"你也觉得想不通?你是不是觉得这个世道很糟糕?该办的不能办,不该办的却大行其道?你真想冲动之下举起一把火将它全烧了?"

顾少伦唇角一歪,沉沉笑道:"在喜来客栈里,听到他们过来禀报的事情那么多,顾某倒还真有了这样一个想法。"

白清卓摇了摇头,望向窗外那人声鼎沸的街市,悠然说道:"千万不要这么想。

大火一起,最先烧掉的是'离离原上草'一样的百姓。吃亏最大的,也还是百姓。你们若是只图一时之痛快,又置百姓于何地呢?"

顾少伦转过身去,背对着白清卓,语调沉沉郁郁的:"但是这样一天接一天地烂下去,终归会殃及百姓的……"

"想不到顾少爷也终于成熟啦!你能看到这些,将来一定有助于你当一个好官。"白清卓笑了一笑,"可是对于白某来说,面对这般的乱局,白某守得一年是一年,守得三年是三年。白某尽心而为,而后人自来承负他们应该承负的。"

凌兰也像第一次才认识顾少伦一般盯着他:"嘿!顾少伦,你这个满嘴铜臭的'奸官',什么时候也和我二师兄谈论起这些大道理啦?"

"小兰,有些事情也可以告诉你啦。少伦的祖父顾东野先生,是我们的师伯。他当年和师父并称为'两仪真君'。他们顾家的弹指神功可谓无坚不摧,连我们师父都要敬畏三分。"白清卓娓娓讲来,"还记得郑北雄那一次当街行刺为兄吗?当时飞奔过来出手阻止的那位蒙面少侠,就是他。"

"什……什么?"凌兰惊得瞪大了双眼,"原来……原来那个蒙面少侠是他?他功夫有这么好?"不禁上上下下地打量着顾少伦,一脸的惊疑之色。难道自己先前在喜峰口关城经常去县衙里偷窥他、戏弄他,他其实都完全察觉到了?他只是隐忍不发?

白清卓继续说道:"少伦的父亲顾思义还经常和我通信呢——少伦能从他们苏州顾府大把大把地借钱来支持我和南兵营,没有他父亲的暗中许可,他行吗?"

顾少伦撇了撇嘴:"有几次他也嫌借得太多了,清卓兄,后来都是我拿自己的俸禄补进去的……"

"嗯。"白清卓点了点头,意味深长地看着一脸吃惊的凌兰,"小兰,你应该记得,我多次对你说过,顾公子是一个好人。你平日还不以为然……"

"所以,你和他一直在我面前演'双簧戏'?"凌兰直瞪着他,"所以,他一直是在我身边装傻充愣?"

白清卓哈哈一笑,向顾少伦示了示意:"让下面的人好好准备一下今晚的中秋佳宴,我们今晚好好团圆聚会一番。"

轻柔似絮的浮云,飘飘悠悠,簇拥着一轮皓月冉冉升空。莹莹清辉遍洒而下,映得庭院中人人眉目可见。

白清卓、顾少伦、凌兰和卢光碧、上官雪衣各自傍桌而坐,正准备着赏月用膳。

今晚的上官雪衣装束得高挑秀雅、气质出众。她身穿一袭洁白衣裙,绣着精美的朵朵青莲,腰间系着绯红的丝带,悬着一块彩凤玲珑玉佩,华贵而不艳俗。雕花金冠束着一瀑青丝,与双肩的明黄缎套肩交相辉映,宛若月宫仙子临凡降尘。

顾少伦还是第一次近距离欣赏上官雪衣的美貌,只看得两眼发直、呆呆出神。

凌兰在一旁见他这副痴相,只恨不能踢他几脚。

白清卓却一直等到韦生晖入院进来,才急忙问道:"顺天府衙那边可愿放井方回来?"

韦生晖摇了摇头,闷闷地说道:"据说是方应龙亲自给顺天府打了招呼,在案情未查清之前,井方大人不能出来。"

白清卓缓缓一叹,让他退了下去:"你马上带几件井方爱吃的食品,给他送过去吧。"

上官雪衣柳眉一动,向白清卓安慰道:"井方大人一定会顺利出来的。就怕方应龙以权谋私,折磨井方大人来泄愤报复。清卓,你们还有什么方法可以帮到他的吗?"

"他折磨井方兄?"卢光碧冷笑一声,"井方兄目前只是配合府衙调查的相关人士!"

"清者自清,浊者自浊。"顾少伦也道,"只要能寻到或证实那个青衣侍女,一切就真相大白啦!"

白清卓坐在那里,却是沉沉不语。

上官雪衣嫣然笑道:"我相信你们一定能够抓到她的。"

"那就多谢雪衣小姐这句吉言了。"顾少伦笑呵呵地答道。

卢光碧也向白清卓讲道:"今天上午内阁议事的情况我已知道了。你也不必过虑。陛下既已亲自过问南兵营的补薪事件,就不会只过问个半截,一定会过问到底的。"

白清卓遥遥地望着宫城所在的方向:"白某相信陛下能够明鉴而断。"

这边,仆役们已似流水般摆上了月饼、桂糕、汤圆、瓜果、甜点等食品。中秋筵席,开始了。

白清卓向大家敬了一圈酒后,来到凌兰面前,轻声言道:"小兰,如今我们内外四周危机重重,不光有朝中方应龙、高正思、萧虎臣他们的'明枪',还有什么炎阳宫、郑北雄之流的'暗箭'。你的武功也要加快提升,才能自保而保人。"

凌兰叹了一口气:"二师兄,内家功力能当吃饭吗? 多吃几碗就长几成吗?"

白清卓从袖中取出一卷图轴递给她:"你看看这是什么?"

凌兰展开那图卷一看:"这不是您在南兵营中独创的'八极游龙行云阵'吗?"

白清卓细细讲道:"你知道的,八极游龙行云阵是一种进退技击的阵法,只要发挥到位,堪能以一当百。我近来把这套八极游龙行云阵简化成了'游龙八步'步法。你以你的轻功尽快练熟它。到时候你一施展出来,可疾速幻化出八个分身和敌人搏击,即使是遇上郑北雄这样的高手也不怕。"

"好的。小兰就谢过二师兄送的这个中秋礼物啦!"凌兰一边连连点头,一边将这游龙八步步法图贴身收好。

就在这时,顾少伦走将近来,手持杯盏,微带醉意地向白清卓问道:"明月在上,美女在席,请问白公子,你心目中的那位'佳人'应该是怎样的呢?"

"十个字。"白清卓的目光缓缓转向上官雪衣,"是辛弃疾在《临江仙·探梅》里所讲的十个字:'更无花态度,全有雪精神'!"

顾少伦也看了一下上官雪衣,笑道:"上官小姐的芳名之中,正巧有一个'雪'字呢。"

凌兰在旁边白了他一眼:"可我二师兄讲的是'雪精神',而不是'雪衣裳'。"

上官雪衣却似未曾听到凌兰的话语一般,径自端着一碗甜汤,笑吟吟地款步过来:"清卓,这银耳莲子冰糖甜汤熬得真好,你尝一尝?"

迎视着上官雪衣近乎完美的身姿容貌,顾少伦在心头感叹不已。蓦然,一个说不出的念头在他心底深处冒了出来。据他所知,女子若要修习"一人千面"的"画皮大法",必是绝世美女的禀赋才行。而那一夜丹池诗会之上,似乎又只有上官雪衣和方宝芹称旷世美颜——方宝芹总不会亲手刺杀自己的兄长栽赃给李井方吧?难道上官雪衣就是那个千面仙子?这个念头一冒出来,几乎吓了顾少伦自己一大跳。

但就在这一瞬间,那白清卓正从上官雪衣掌中接过甜汤碗时,忽然咳了一下,左手一颤,瓷碗一斜一倾,滚烫的甜汁直泼而出,有不少淋在了上官雪衣的手背上!

上官雪衣痛苦地呻吟了一声,白皙如玉的手背上立刻被烫起了几个亮亮的水泡。

见此情形,顾少伦暗暗松了一口气。看来,上官雪衣真的不是千面仙子!若她真是千面仙子,以千面仙子敏捷至极的身手,又怎会避不开那热汤的一泼?而且还能巧妙之极地避开,让人难以察觉!若她真是千面仙子,以千面仙子深厚至极的内力,护身真气自会应激而发,那热汤泼在她手背上,必也是分毫无伤的。

然而,眼下的情景是:上官雪衣却被严重地烫伤了,玉手也因一串亮泡而变得有些难看了。

白清卓已是惊慌失色,顾不得失礼失态,捧起上官雪衣的手背连连吹气,一迭连声地道歉不已。

看得出来,上官雪衣虽然痛得泪花闪闪,但她对白清卓的这些举动毫无反感,反而显得十分满意,唇角溢出了甜甜的蜜意。

正在此时，一个仆役领着何远大步进来。

然后，在众人惊愕莫名的目光里，何远往南一站，容色一峻，朗声宣道："陛下有口谕！"

白清卓、卢光碧、上官雪衣、凌兰、顾少伦及周围所有仆婢"哗哗"地跪倒了一片。

何远继续宣道："着白清卓于八月十七日之晨入宫面圣，参加陛下的'万寿节'筵席。"

全场诸人听罢，一时都呆住了。

二十四

八月十六日一早,兵部武库司员外郎郭一多刚到本司公署房,就被一个堂吏喊去了部里的议事厅。堂吏直接告诉他,王一鹗尚书已经等候他许久了。

议事厅里,桌案之后坐着的是王一鹗,面色甚是沉峻,但眼圈却似微微发黑。他的身边,竟然站着那个刚刚夺得丹池诗会诗魁的蓟镇南兵营参将白清卓。

见到郭一多满脸诧异地进来,王一鹗微一示意,自己兵部暗卫队里的几个武士立刻便去门外守着,不许闲杂人等靠近打扰。然后,他用手指拈起了一张纸笺,直视着郭一多,开门见山地问道:"昨晚本座突施巡察,在你们武库司的档案室中,找到了这张存品销毁单。你上来看一看,根据上面的记录,半年前你和包郎中共同在现场监督销毁了三把三眼神铳和五袋铳弹,而且,你俩还共同签名见证。"

一听他这话,郭一多似是如遭重击,面色骤变:王一鹗居然动用他的备用钥匙绕过武库司所有人士而连夜进入档案室追查资料,这一手来得真是让人意外! 他慌忙接过那张纸笺,在手里抖抖索索地看了一番,才涩涩地答道:"是……是的。"

白清卓面平如水地注视着他脸上表情的细微变化,心底顿时有了几分成算。看来,郭一多果然心里有鬼!

"记清楚了? 你真的在场亲眼看到了那些三眼神铳和铳弹被销毁了?"王一鹗看到郭一多惊慌之下竟对那张存品销毁单没有异议,不禁转脸和白清卓交换了一下眼神,拢在袖底的拳头顿时暗暗捏紧了。

"启禀大人:是……是真的。"郭一多仍是咬定牙根不松口,只是语调有些发颤。

"来人,把他拖出去先打二十大棍后再来回话。"王一鹗的口吻里透出一股令人不寒而栗的肃重之气,"我兵部之内,也是要立军纪、行军法的!"

白清卓没料到王一鹗治吏居然如此严厉,也是对他刮目相看:这位兵部尚书确是非同凡响!

"大……大人饶命啊!"郭一多吓得惊呼失声。

"且慢,王大人。"白清卓忽然开口,轻轻说道,"请让白某来问他。"

王一鹗面色一缓,横视了他一眼,没有再发话。

白清卓从桌案上拿起另外一张纸笺,徐步踱到郭一多面前,不轻不重地说道:"郭司官,你可知道近来轰动朝野的朝鲜使臣黄启祥遇刺案吗? 他可是死在三眼神铳之下! 陛下对此甚为关注——一旦查出有谁捏造事实,欺上瞒下,贻误案情,只怕会有诛族灭门之咎吧？"

郭一多全身上下抖个不停，还一直拿手抹着脸庞上的冷汗。

白清卓把郭一多左手中捏着的那张存品销毁单拿了起来，和自己手掌中的另一张纸笺并列着放到郭一多的眼底之下，指着它们上边的字迹说道："郭司官何必因说谎而空受皮肉之苦呢？您自己看，这张存品销毁单上您的签名墨迹怎么看似还有几分崭新呢？您再嗅一嗅，连墨汁香味儿都还没有消完呐！我这里还有一份王尚书半年前几乎与你们同时亲笔签署的文牍，您再对照着瞧一瞧墨迹的新旧？"

郭一多像是被重重敲了一棒，脸色顿时变得煞白。他低头想了片刻，终于一咬牙关，抬脸迎视着王一鹗，吞吞吐吐地说道："这……这个，尚书大人，您……您要去问包郎中……"

"包天符前天告假，称道回家乡——宣府镇去陪他的老父老母过'中秋节'去了，后天才回来。"王一鹗凛然而道，"本座自是要去问他的。但现在，你却要给本座讲实话！"

郭一多"扑通"一下跪在地上磕起头来："大……大人，这……这个单子是包郎中半个多月前拿来让下官补签的……"

白清卓和王一鹗对视了一眼，眸中神情俱是一片了然，毫无意外之色。半个多月前，差不多正是黄启祥案件爆发之时。

然后，王一鹗冷冷又问："这么说，你并没有和他一起在场目睹那三把三眼神铳和五袋铳弹被销毁了？"

"他……他说是他自己一个人在……在半年前现场监督销毁的，当时忘了喊……喊下官共同见证签名。近……近来，为了应付顺天府、刑部的核查，所以才让下……下官补签一下的。"郭一多战战兢兢地讲道，"他……他还说他已经打通了唐鉴的关节，不会有人认真核实的。下官当时还是有些紧张，后……后来见到唐捕头过来查看签单后确实没说什么，下……下官这才放心了。没料到尚书大人您今天又会翻出这件事儿来……"

王一鹗不再废话，摆了摆手，让郭一多亲笔写了一份情况说明书，在他签字画押后，吩咐自己的暗卫队武士进来："把郭一多送到一个秘密哨点严加看守，让他交代这几年来与包天符共事时所见所闻的一切异常情况。再让人带个话给他的家人，就说他被本座派去大同镇紧急巡察边防庶务了。"

"是。"那几个武士押着郭一多应声退下。

厅内这时只剩下了王一鹗和白清卓二人。王一鹗看着郭一多写的那份情况说明书，不禁幽然叹道："你果然没有猜错。这个包天符确是未曾销毁这三把三眼神铳和五袋铳弹,而是偷偷把它们私藏转移出去了。"

白清卓从桌案的那方镇纸底下又拿出一张写有包天符、郭一多二人签名的存品销毁单,居然和王一鹗刚才递给郭一多的那张存品销毁单几乎一模一样。他静静地端详着,不发一语。

王一鹗见状,又叹道:"你这一次赌对了。"

"白某这不是在赌自己的运气。"白清卓缓声讲来,"其实这张原本的存品销毁单上,确是包天符半年前一个人签了名的。只是他后来心头发虚,觉得应该拉上郭一多共同签名以示无伪无假。结果,他这是'画蛇添足'了,反而更加暴露了自己……"

"清卓,依老夫看,包天符对他这张存品销毁单还是有信心的。上面毕竟只有郭一多一个人的名字是新签的,而且看得出来,包天符对郭一多的这个签名也用特殊手法烘干做旧过,和他半年前所签之墨迹只有毫厘之差。若是先来讯问包天符这张单子,你还真未必拿得定他。幸好你昨夜模仿他俩的笔迹写了这一张几可乱真的存品销毁单,来向郭一多这里下手。结果郭一多心里确是有鬼,经不起你这一'诈',自己就承认了实情……你这也真是在赌啊!老夫都暗暗为你捏了一把冷汗……"

"尚书大人,白某确是没错。但即使是包天符今日在此,白某也能让他无从抵赖。"白清卓唇角浮出一丝冰寒而锐利的笑意,"您忘了白某刚才提醒郭一多要注意签名字迹的墨香了!"

"墨香?可是你看包天符这张存品销毁单上的签名墨香,已经被他处理得很淡了……"

"不是浓和淡的问题,而是墨料的问题。"白清卓拿起包天符做过假的那张存品销毁单,指着"包天符"那个签名,对王一鹗慢慢说道,"白某猜想,你们兵部,在半年前办公所采购的是'松烟墨',而近来所采购的则是'桐油墨'吧?"

王一鹗大吃一惊,仔细回忆了一下,立刻醒悟过来:"哎呀!真是这样!我们兵部先前一直采购使用的是'松烟墨',最近一个多月前才换成了'桐油墨'……而且,这件事情只有供应署的人知道,都没对外面明说……"

"'松烟墨'和'桐油墨'的颜色几乎完全一样,但各自的香味是略不相同的。昨夜白某在察看这张存品销毁单时就嗅出了一点儿异样。"白清卓徐徐道来,"包天符在半年前是用'松烟墨'签了名的,而郭一多则是在半个月前用'桐油墨'签了名的。这一点,恐怕包天符自己也没察觉到。我在郭一多面前没有戳破这一点,就是留了这一记'后招'专门对付后天回京的包天符。他自然不会像郭一多这样轻易认输。但若是白某届时祭出这一记'后招',他也只得乖乖交代实情吧?王大人,您觉得呢?"

"不错。这一点细微漏洞,也只有你这位精通笔墨尺牍的圣手狂生能够洞察得出！你不愧是申阁老引以为傲的高足！"王一鹗颔首赞道,"亏得你昨天深夜要来提取武库司的档案追查到底……说实话,老夫当时还有些嫌你太操切了……"

"这……这也是被时势所逼啊！明天陛下的'万寿节'筵席便将召开,他一定会向白某问起黄启祥被三眼神铳所毙之事。白某若不找到一些真材实料,如何顺利面圣呈奏?"白清卓也是一脸的苦涩之色,"白某现在有了包天符这条线索,总算能对陛下有个交代了。"

王一鹗肃色言道:"你放心。包天符后天从宣府镇一回来,老夫就立刻让暗卫队逮他来见你。"

白清卓告诫道:"依着白某的思量,您应该现在便派出暗卫队去宣府镇把包天符追拿回来。他身上担着黄启祥案件太多的秘密。"接着他又把包天符经常去三才巷那里遁身失踪的情况给王一鹗仔细说了。

"你是说包天符背后还有神秘的指使人?"王一鹗大惊失色,"幸好你今日给老夫道明真相,否则老夫还不知道此事已然如此严重！老夫稍后会让暗卫队赶赴宣府镇逮他回来。"

白清卓正色颔首:"无论如何,您这里千万不可走漏一丝一毫的风声。"

王一鹗坐在圈椅之上怔了片刻,徐徐缓过神来,正视着白清卓,娓娓说道:"清卓,看来你早就怀疑上包天符了。可是你顾虑到老夫的面子,顾虑到兵部的'门面',所以你一直不好和老夫明说。然而清卓,你本不必如此过虑。老夫和方应龙不同,老夫决不护短。你该查就查,一查到底！你的顾虑,倒有可能反而误了老夫、误了兵部！"

白清卓肃然起敬:"王尚书批评得对。白某知错了。白某先前一直忙于杂务、分身乏术,也本是准备就在这近几日向您禀报包天符这件事儿的。"

王一鹗摆了摆袖,安抚住了他,款然说道:"你稍后去找一下申阁老吧。明天面圣,可不是小事儿！你自己也先好好筹谋一下吧。"

白清卓被圣谕亲召参加宫内"万寿节"筵席的消息,很快传到了方应龙的耳朵里。他长长一叹,看来当今圣上果然十分青睐这个白清卓,不仅在诗会上掏钱买了他的那些宝贝,还不惜对他刻意施恩。随着白清卓的深得圣宠,申时行一派的势力又将大大提升了！而对照现实,自己引以为傲的麟儿方宝棠这一次却是输了诗会又重伤,这让方应龙对申时行、白清卓愈发嫉妒起来。

正在这时,一个家仆过来禀报道:"启禀老爷,大公子终于完全苏醒了。"

方应龙心头狂喜,急忙拔腿就朝方宝棠的卧室飞奔而去。

那边,卧室里方宝棠倚坐在榻床的锦垫上,方宝芹扶在一旁陪侍着。方宝棠如今的脸上终于有了几分血色,只是精神看起来颇为委顿,讲话时的语速也比较缓慢。

方应龙跨进室内之际,方宝棠正在向方宝芹讲述自己在彩棚内的遇袭经过:"……为兄当时正一个人在彩棚里背对帘门坐着发呆,觉得自己输了诗赛不好出去见人……突然间嗅到一股从身后飘来的淡淡异香,随即眼前一花,就什么都不知道了……"

"异香?"方宝芹若有所思地问道,"你嗅到这股异香的时候,听到了什么? 又看到了什么?"

"为兄当时还没转身看清是什么人就即刻昏迷过去了。昏迷之前,为兄只听到当时彩棚外正思、涤尘他们正在展示那件北斗七星砚。那些喝彩声、称赞声十分响亮,为兄在棚里听得清清楚楚……大概也正是这些声音掩盖了那施香之人进棚时的脚步声吧……"

方宝芹仔细地听着,默默思忖了一番,若有所悟:"兄长,你嗅到的这淡淡异香,辽东镇参军李井方,就是经常和白公子在一起的那位李大人,他亦曾经提起过——他刚进你的庚字号彩棚时,也是嗅到那种异香之后便昏迷了过去。据白公子、何大人、唐捕头共同分析,那股异香就是一种特制的迷香。如此说来,当时在彩棚内确有第三者潜入,是他(她)出手暗害了兄长,然后嫁祸给李井方的。"

方宝棠很疲惫地看着方宝芹:"怎……怎么? 有人说是李井方伤了我吗? 他……他为什么……"

"芹儿,"方应龙一声轻喝之后,冷声冷气地开口了,"你怎么就没想到会是李井方先用迷香迷倒你大哥行凶后,再给自己也嗅上迷香来个'贼喊捉贼',以此来混淆大家的视听呢?"

"父亲大人,关于兄长那夜遭到刺杀事件的所有证言卷宗,孩儿都调来认真阅看过。"方宝芹肃容正色,双眸亮光闪闪,条理分明地讲道,"据南兵营校尉庄驰和那个胡姓商绅共同证明,李井方是在会场第二次斗宝时白公子展示小金鱼玛瑙水盂之际,才被一个神秘的青衣侍女喊进庚字号彩棚的。而兄长自己刚才也说了,他昏迷之时却是在会场第一次斗宝时高正思、邬涤尘他们展示北斗七星砚之际,李井方当时还在彩棚外坐着呢! 这就说明当时在彩棚内不是李井方施放迷香刺杀兄长的。兄长被人刺杀,果然另有真凶。"

方应龙听罢之后,先是一言不发,瞧了瞧这卧室之内只有自己父女三人和两个侍婢在场,便挥了挥手让侍婢们全部退了出去。然后,他满面寒凛之色,径自说道:"芹儿,你瞎说什么另有真凶? 这里没有什么另有真凶! 棠儿,稍后唐鉴、何远他们应该会来你这儿做调查笔录——你就说你当时突然被人从背后捅了一刀,当时昏死过去,什么都没看到、什么都没听清就行了!不要提起你曾经嗅到过什么迷香!"

方宝芹大吃一惊,炯然正视着方应龙:"父亲!您这是在教唆兄长隐瞒事实作伪证!您……您这是陷害李井方啊!"

"为父这是在为大明朝铲除辽东强藩!"方应龙凛然说道,"棠儿,你就当是为父的铲奸大计做了一番血祭的牺牲吧!"

"父亲!您栽赃给李井方,栽赃给辽东镇,可就查不出刺杀兄长的幕后真凶了!"方宝芹清清朗朗地说道,"这些人何等阴毒!他们就是要以兄长遇刺事件为陷阱来挑起我们与辽东镇的死斗!我们又何苦要做他们的'帮凶'?!"

"芹儿,真相很重要吗?要造成我们所需要的'真相',才是最重要的!——打倒李成梁父子,换成萧虎臣接掌辽东镇,大明朝这个天不会垮下来!"方应龙厉声说道,"你的妇人之见,只会误了大局!"

"父亲,孩儿通读史书,知道不论是什么'大局'也好、'小局'也好,都不能靠指鹿为马、颠倒黑白来达成。您刻意栽赃给李井方和辽东镇,就不怕有一天别人也会以同样的手段报复在我们的头上吗?"方宝芹痛心至极地言道,"北宋年间,苏轼公开反对王安石变法,交锋不已,是政争而不是私斗。后来苏轼落入'乌台诗案',身受莫名之冤,王安石非但没有落井下石,反而为苏轼奔走施救。父亲您官居一品、位列朝廷班首,就不能学一学王安石吗?您若能公私分明、是非分明,天下士民有目共睹之下,我方家又何愁不能永居清流之鳌头?就是白公子他们也会对您心悦诚服的。"

方应龙听得一脸的怒容,双手都发起抖来:"怎么?你在丹池诗会上拆你兄长的台还不够,这时候又教训起为父来了?你果然是中了白清卓的毒了!"

"父亲,"方宝棠轻唤了一声,也是目光澄亮地看向他来,"孩儿觉得小妹讲得颇有道理,望父亲三思。孩儿也不想无故栽赃于人,更何况又是白清卓兄妹把孩儿从命悬一线中抢救了回来……"

"好……好……白清卓,你手段够厉害!"方应龙喃喃自语了几句,忽又面色一寒,口吻冷得刺人肌骨,"你们不必多说了,我意已定。来人,把小姐送到后院休息,这段时日都不许出门。"

才冠一代,纵横江湖三十年;
学富三世,迈越儒林二七载。

缁衣僧人提笔在书案上以颜体笔法工工整整地写下了这副对联之后,悠悠长叹:

"往事如风如尘,繁花尽成枯石。当年泛舟丹池、谈诗论文,已是绝响矣……"

肃立在他身后的郑北雄垂着双手,竟是不敢多言。

"你用苦肉计潜入炎阳宫也有些时日了,"缁衣僧人直起了腰,缓缓回头,注视着郑北雄,"你就真没探查出这个千面仙子的真面目?"

郑北雄低头答道:"上人,炎阳宫待老夫如'客卿',只想借老夫之手除掉白清卓和东霖院,平日里彼此交往不多。"

缁衣僧人直问道:"这个千面仙子有何本领?造诣如何?"

"她修炼的果然是域外'画皮大法'。此功法本有'采阳补阴'之奇效,所以她体内也吸收了足足一甲子以上的内家功力。就是老夫,也只能与她堪堪平手。"

缁衣僧人眼底里寒芒闪闪:"哦?她既有此等功力,为何不去自己动手杀了白清卓?一甲子以上的功力,就是凌兰和李井方联手也抵挡不住她呀?!这一点,甚是蹊跷。而且,贫僧也多方暗查,方应龙和萧虎臣麾下都没有这样的'妖女'高手啊!"

"这个,老夫就不太清楚了。不过,如今姑苏顾家那小子既已回到了白清卓身边,又住进了东霖院,炎阳宫和千面仙子若想动手对付白清卓,已然不太容易了。"

缁衣僧人背负双手,满面冷肃之色,逼视着郑北雄:"顾少伦和白清卓本有渊源,贫僧是知道的。八月十三日丹池诗会那一次,郑前辈你没能进得会场去擒住陈矩,反倒让炎阳宫的人刺杀了方宝棠!咱们的'戏'演砸了,别人的'好戏'却演成了!"

饶是郑北雄身为称霸一方的武林枭雄,听得缁衣僧人如此峻厉的训话,也不禁满脸冒汗,慌忙跪将下来:"在下失手误事,甘领上人之责罚。"

"罢了!你继续潜伏在炎阳宫,千面仙子他们一有异动,便速来禀报。"缁衣僧人衣袖一摆,缓了缓容色。

"在下遵命。"郑北雄拱手答道,"另外,老夫察觉炎阳宫、千面仙子似在用升仙丸迷惑控制自己的部下和一些朝廷人士……"

"升仙丸?"缁衣僧人冷笑了数声,"果然是旁门左道,只晓得用这种卑劣之物置人于桎梏。"

郑北雄目光闪动,又问道:"上人,如今明朝那个小皇帝又是让白清卓列席内阁议事,又是谕召他参加万寿节筵席……他对白清卓似是颇为在意?"

"表面上优待有加,实质上有求而来。明朝诸帝,大多是这种货色。"缁衣僧人冷肃而言,"万历十一年之际,这个朱翊钧觉得戚家军南兵营碍了他揽权树威之大计,遂妄设罪名、借助反张之朋党,翻脸无情,又是南迁戚继光,又是北放白清卓。而今青海土蛮火落赤作乱,西北边镇久战而未底定——朱翊钧这时恐怕又忆起了南兵营的好处了吧!"

郑北雄见他怒色可畏，便没敢插话。

缁衣僧人继续冷笑道："为南兵营补薪加薪，已被方应龙、高正思、石星等庸官狗才视为'违反祖制'的大逆之举。朱翊钧顶不起这个'大帽子'，给不了白清卓什么实在好处的。白清卓只怕又是白白感动了一场。"

"上人，其实您可以和白公子亲自见面好好谈一谈的……"

"现在还不是合适的时机。白清卓满脑子还想着'君明臣贤、相得益彰'的美梦，且让他破了这个执念后再说吧。"缁衣僧人右拳一握，凝重说道，"对了，听闻有人给朱翊钧进献了一件极好的生辰礼物，那就且瞧他明日当着白清卓的面怎样处置那一份'生辰礼物'吧！"

二十五

朱翊钧的净室位于皇宫禁苑的最深处，在碧荫掩映之下微露峥嵘。此刻，朱翊钧只留了张诚一个人在室内陪侍。

凉凉的秋日阳光照进净室，里面黄罗幔帐随风飘动，金线细纹熠熠生辉，华丽的色彩炫扬而夺目。所有的摆设之物，皆是简朴大气，然而详观之下，无一不是极尽雕琢修饰之精妙。

朱翊钧头戴"二龙戏珠"金丝翼善冠，两道深紫色的绣凤发带从双肩披垂而下，胸衣处的"五爪金龙"盘旋出拨云逐日、气吞山河的雄姿，衬托着他身为帝君的威仪与气宇。

他斜倚在龙椅之上，微眯着双眼，遥视着应召而来的白清卓——全身带着一派清清莹莹的亮光，从净室门口缓缓步入。

他产生这种观感自然是有缘由的。白清卓今天特意穿了一身无瑕无尘的银白绸衫，衣袖间绣着青竹缠绕，心腹处盘着朵朵祥云之纹，配上他的剑眉星目、玉面丹唇，恍若珠璧生辉、倜傥不凡。

"果然不愧为'圣手狂生'！"朱翊钧在心底暗暗一声赞叹。

迎着朱翊钧凝然注视的目光，白清卓不卑不亢，衣角一摆，潇然跪下，朗朗而道："值此万寿佳节之际，微臣恭祝陛下生辰吉祥，如天之长，如地之久，如日之升，如月之恒，万民拥戴，永铸太平！"

朱翊钧正了正身子，略一抬手，语调毫无波动："白爱卿平身。"

白清卓徐徐站起，侧立一旁。在静默之中，他的心情也隐隐有几分紧张。他事先全然没有料到朱翊钧会在午时万寿节筵席开始之前，先召自己到净室里来谈话。而其余臣子，包括申时行、方应龙等人，却都还在前庭侧殿等候。

朱翊钧的目光收了回来，看向眼前的御案，上面放着那天从丹池诗会上拍卖回来的两仪砚、小金鱼玛瑙水盂和那只金蛙蹲池玛瑙镇纸等。他悠悠叹道："七年之前，朕虽身居大内，却也曾听闻过白爱卿'圣手狂生'的大名。"

白清卓俯低了身子，平平和和地答道："微臣资性愚钝而负虚名，让陛下见笑了。"

朱翊钧握起那金蛙蹲池玛瑙镇纸，轻轻地摩挲着："如今，你恰似灵蛇出山，重入京师，搅起了这一池秋水，再度夺得这诗魁之名。看来，只怕小小的蓟镇，已然容不下你了。"

"微臣岂敢?"白清卓的身子继续微微一沉,"陛下,势之所趋,微臣似是不得不来。"

"你果然颇有义勇之气! 至今仍是毫不衰减!"朱翊钧双目一扬,精光灼然,正视着他,"朕其实是欣赏你的。所以,当年你自请外放的表章一递进来,朕就允准了。"

他眼角斜光一掠,只见张诚仍是躬身侍立,面无一丝表情。朱翊钧顿了一顿,向着白清卓又道:"至于你当日所受的廷杖之罚,其实也不仅仅是张鲸之流的蒙蔽,朕当时也和你今天一样是势之所趋,不得不为之。你可明白?"

"微臣一直都明白。"白清卓涩涩地一笑。

"你一直都明白?"朱翊钧一愕,眨了眨眼睛,"那你说来听一听?"

"微臣明白陛下当时正在大振乾纲、以立威名,微臣不能'芝兰挡道'。"白清卓答得缓慢而又沉劲,"但戚大帅却不该遭此冤枉,微臣觉得十分可惜。"

"没什么可惜不可惜的。戚继光离开了南兵营,而你毕竟又去了南兵营。朕倒觉得,冥冥之中,这件事儿朕似是做对了!"朱翊钧微微一笑,"来,白爱卿,你在喜峰口的日子,说来给朕听一听。"

白清卓看了一眼满脸沉峻的张诚,轻声问道:"陛下真的想听?"

朱翊钧一叹而道:"朕闷在这皇宫禁苑,就盼着你们来讲一讲外面真实的事情。"

张诚的脸上不自觉地泛起了几丝波纹。

白清卓应了一声,便侃然讲道:"启奏陛下,旁人看得微臣自求外放边关,一则认为微臣是遁身避害;二则认为微臣是意图以战邀功。其实平心而论,微臣哪有一丝一毫喜欢杀人打仗? 实是不得已而为之。谁甘愿抛下锦衣玉食去过这种过了今天不知道还有没有明天,吃了这一顿不知道还有没有命吃下一顿的日子? 京中的清流言官们不愿过这样的日子,但南兵营的战友们却个个以此为常,而无怨无悔。

"我们在边疆、在战场,是把每一天都当作自己生命中的最后一天来过的。几乎每天都会看到曾经最亲密的战友在自己身边倒下,却只能咽着眼泪不管不顾地往前冲! 有一次,我目睹一位兄弟为了护住我这半废之人,挡在我身前替我挨了整整十八箭啊! 而他临死前的遗言就是告诉我把他一直节省下来的薪饷一定要寄到他的妻子手中! 陛下,这就是您的好战士,这就是大明朝的好儿郎!

"生活在这样的日子里,所以连微臣的脾性也被折磨得棱角分明、咄咄逼人。没办法啊! 战场上,来不得一句废话! 更来不得一句扯皮! 微臣希望陛下原谅微臣平日里的各种横冲直撞。"

朱翊钧深深地沉默了下来,在他俯首之间,双眸深处隐隐然有晶光闪烁。片刻过后,他才开口说道:"你讲得很好。你们不负朝廷,朝廷也终不会负你们的。"

白清卓赶紧趁热打铁:"陛下,关于南兵营,微臣还有话说。"

"白爱卿,你不必明言。丹池诗会上,你让那个南兵营校尉当众亮出了领饷签名单,朕已经知道了。"朱翊钧缓缓放下掌中的金蛙蹲池玛瑙镇纸,面色沉肃至极,字斟句酌地讲道,"这件事儿,表面上是补不补薪的问题,而实质上则是募兵制和军户制如何平衡互补的问题。严格来讲,将来甚至还会因战事需要而出现东兵营、西兵营等情况。他们都可能是由朝廷悬赏招募而来的。这些问题,回避不了。

"不过,募兵固然可以解决一时的紧急之需,而军户则是祖制之根本、国防之藩屏。戚继光、谭纶等人是想双制并轨、同向而行,朕也认可。但大部分清流言官却认为厚此薄彼、横生动荡。朕也不能忽视他们的意见啊!"

白清卓一听,明白他似是还在通盘权衡之中,也不好再紧逼过去,便深深低下头去行了一礼:"微臣相信,以陛下之英明果锐,必能令南兵营毫无怨言。"

朱翊钧盯了他一会儿,突然哈哈一笑:"你师傅申阁老都难以做到的事情,你以为朕可以'一掌定乾坤'吗?"他笑过之后,就转开了话题,指着御案上那只小金鱼玛瑙水盂,饶有兴味地说道:"白爱卿,你在丹池诗会上斗宝拍卖的东西,朕很喜欢。你看这个小金鱼玛瑙水盂,如此漂亮的金鱼图纹,见水即现,无水则隐,似真似幻,真是'平时都不见,忽从天外来'啊!"

白清卓恭然而答:"陛下满意就好。"

"还有你这两仪砚色泽鲜明、温润如玉、发墨若油,朕也十分喜欢。"朱翊钧提起御笔,在两仪砚砚池中蘸了蘸墨汁,展开一张宣纸缓缓写了起来,"你不是在丹池诗会上以《咏牛》为题写过一首诗吗?朕把白爱卿你作的那首诗里最后一句改了。你稍后拿去代朕送给申阁老。"

张诚待他写完,才将那张御笔宣纸拿到白清卓眼前,让他细细看过,上面写的是:

骏马独秀可千里,壮牛负众能致远。
跨山辟开万丈青,沉稳内敛五福全。

他连忙伸手接过,恭颜而答:"微臣代申阁老谢过陛下隆恩。"

朱翊钧搁下御笔,又淡声笑道:"你在丹池诗会上所作的那首《观山海》也写得甚好——

清江碧壑钟千秀,叠嶂重峦立万骁。
独览风光依险处,百川一色汇东潮。

此诗意境开阔、气势豪放！朕很喜欢。朕也做了一下改动：

清江碧壑钟千秀，翩翩树姿多窈窕。
独览风光立高处，万山一色掌中绕。

白爱卿以为如何？"

白清卓静静地听完之后，躬身而答："陛下所作之诗浩气弥天、吞吐四海，微臣叹服。微臣这里有一块名为'江山在握'的玛瑙奇石，恰巧与陛下这首诗交相辉映。"

朱翊钧双眉一动，身形往前一倾："是何奇石？快快献来。"

只见白清卓从袖中取出一个锦囊，交给了张诚。张诚接去放在御案上打了开来，里边是一块白、黄、黑三色交缠的小山形玛瑙文石，底宽而顶尖，足有米糕般大小。黄白色的上端部分恰似一峰擎天，险峻挺拔，呼之欲尽；深黑色的底部则是层层叠叠的浮凸之纹，宛若海面上起伏连绵的波涛；中间的明黄色部分则犹如一簇簇山峦聚成一堆，耸耸然拱起了顶部的"白色玉峰"。

朱翊钧看得眉开眼笑："这不正是朕那一句'万山一色掌中绕'的天然写照吗？真是诗谶！诗谶啊！"

白清卓恭言而道："微臣恭贺陛下江山在握，春秋鼎盛！"

朱翊钧拿起这块江山在握玛瑙文石不停地看了又看，同时向白清卓含笑问道："白爱卿，朕知道你为官素来一清如水，不贪不占，无索无求，又怎会拥有这么多的奇珍异宝？朕很是好奇，你也尽可直言不妨。"

白清卓的唇角不自觉地浮现起一抹浅浅的微笑："实不相瞒，陛下，微臣在从文入仕之前，曾是一名少年游侠。微臣当年与师兄一同啸傲风尘、闯荡江湖，从各地无主古墓和深山老洞中探险开掘而出这些宝物。不过，微臣主要的意趣还是探险练心，而这些宝物则可算是附带而来的。"

"古墓？老洞？"朱翊钧浓眉一耸，转头看了一眼张诚，"原来旧陵、古墓、名洞之中，多是藏有这等珍物啊！张诚，朕先前可是忽略了。朕终于明白魏武帝曹操为何会设立'摸金校尉'一职了。"

张诚立刻心领神会地朝朱翊钧点了一下头。他下来之后，便要从内侍、厂卫之中选择精干人员前去各地掘墓取宝以补国用了。

"白爱卿，你既能掘墓取宝，则必有识宝辨宝之眼光。"朱翊钧右手指向了御案左侧平台之上，"朕这里有个特殊的'博山炉'，是德王从济南府给朕献来的万寿节礼物。你瞧一瞧，觉得它如何？"

朱翊钧看得眉开眼笑："这不正是朕那一句'万山一色掌中绕'的天然写照吗？真是诗谶！诗谶啊！"

白清卓注目看去,只见那边立有一座一尺八寸高、浑身紫光莹莹的博山香炉,顿时吃了一惊。这座博山炉的材质非金非银、非铜非铁,竟然是由一整块的极品美玉雕制而成。通体镂空,千孔百窍,玲珑剔透,形如层峦叠嶂,上下左右雕刻着各种祥云纹、珍禽异兽,栩栩如生,明润莹洁。缕缕香烟从炉身的镂孔之中飘游而出,又将整座玉炉紫绕包围起来,仿佛是从一片小小"云海"之中浮升而起的"仙山灵岛"。

"原来是'紫玉博山炉',确是百年难遇之奇宝。"白清卓深深叹道,目光轻轻一掠之下,又被另外一幕惊住了:张诚此刻蹲下身来,用一柄小刀把一块古朴方正的紫檀木削成一小片一小片的,丢进紫玉博山炉炉身去燃烧香料。

见此情形,白清卓更是吃惊。俗谚有云:一寸紫檀一寸金。朱翊钧以美玉为鼎炉、以紫檀而焚香,真可谓穷奢极欲、惊世骇俗了。

"怎么样?"朱翊钧笑盈盈地追问过来,"朕这座紫玉博山炉,与你的各件宝物相比,孰优孰劣?"

白清卓沉默了半晌,方才一咬钢牙,正容奏道:"陛下,后世有人如此作谚:'古有一帝,金丝为幔,妙玉为炉,紫檀焚香,千里流芳。'此乃佳谈乎? 玷誉乎?"

张诚一听,面色骤变:"大胆! 大胆! 一派狂言!"

朱翊钧脸上笑意一凝:"朕以盛意待卿,而卿以清俭责朕。"

白清卓硬声说道:"德王导君以奢,实非忠臣之所为。"

朱翊钧脸上的表情波动了几下:"想不到你这个时候竟和那方应龙、高正思等人是同一个腔调。"

白清卓俯首说道:"陛下,据国史记载,太祖皇帝见西夷藩国贡进'水晶钟漏''琥珀巨樽'等稀世奇珍,不以为恋,而将之发往市坊售卖以充国库。"

"时不同,则事亦不同。"朱翊钧哈哈一笑,"朕之盛世,不愿与民同苦,而愿与民同乐;不愿与民同俭,而愿与民同富。你在丹池诗会上斗宝拍卖,朕不也参与了? 你可是从朕这里大大地赚了一笔呢!"

"这……这……"白清卓一时有些语塞。

"你于市井之间,托福于朕的大度、大方;你又于朝班之列,不喜朕的奢华、浮华。白爱卿,你很矛盾啊!"朱翊钧笑得意味深长。

白清卓凝望着朱翊钧,陷入深思之中。

张诚喝道:"你……你还不向陛下快快认错!"

"且慢。让白爱卿自己好好想一想。"朱翊钧淡然答道,"他若不想通,朕不会让他平身。"

白清卓沉静有顷,抬起头来,双眼精光四射,正视着朱翊钧,款然奏道:"微臣素闻陛下深研佛法,明白'色即是空,空即是色'的真谛。想必推而论之,陛下也会明白'玉即是石、石即是玉''檀即是木、木即是檀'的道理。微臣相信陛下不贪色相而眩目、可重物而莫恋物,在奢与俭、虚与实中能够收放有度。而且,微臣十分叹服陛下'与民同乐、与民同富'的大胸襟与大智慧!"

朱翊钧眼中清光一闪,微微颔首,转头看了那紫玉博山炉一番,然后向张诚吩咐道:"将这紫玉博山炉移去供在佛前,从此只用平常木料和香料焚之。朕终是与民间富绅不同的。"

张诚在心底暗暗松口气来,俯身答道:"老奴遵旨。"

"陛下之圣明,永如三光而映世。"白清卓深深赞罢,忽而含笑奏道,"微臣此刻有一事须打扰陛下,请陛下恩准。"

张诚闻言,脸色微微一变。

朱翊钧却不觉白清卓有何失仪,反而有些好奇:"爱卿想做什么,可自便。"

白清卓谢过之后,掏出一个小瓷瓶,皱了皱眉头,往嘴里倒了一口药液:"微臣体弱易倦,随时要喝一口自己熬的草药汁以固本培元。"

朱翊钧微微一愕:"朕观白爱卿风姿不凡,却没料到你体内素有顽疾?"

白清卓浅浅笑答:"当年有人为微臣的命格推算过,称道微臣是先天四柱缺金,所以肺疾不绝、体气不佳。"

朱翊钧哈哈一笑:"你也是先天八字缺金? 朕也和你一样。不过,朕的体质比你要好一些。而且,朕平日里是以把玩金器以补金气的。"

说着,他举起右掌中摩挲得精光闪亮的小金牛镇纸给白清卓观看。

白清卓莞尔笑言:"陛下也懂这专门以物采气之术?"

朱翊钧摆了摆手:"朕哪有这等异术? 不过是借物明志、以物映德罢了。朕一看到这小金牛镇纸,就在心中提醒自己要注意'存刚正以明断,怀仁义以养气'!"

白清卓俯下身去:"陛下思虑深远,微臣不能及。"

朱翊钧看了他片刻,忽然轻轻说道:"原来爱卿和朕一样,都是身负隐疾重荷,却还得在外人面前,装得意气风发、若无其事! 你我都很不容易呢。"

白清卓的眼眶湿润了:"陛下仁厚,微臣衷心感佩。"

张诚在一旁观看着这一君一臣的一对一答,心中暗暗思虑:看来,这位申阁老为了使白清卓如此"投缘"于陛下,事前给白清卓可谓备足了功课。

他凝思了一下,借着一个空隙,不深不浅地插话进来:"陛下仁德巍巍,如此爱惜臣子,诚然是白参将难得的福缘。不过,以白参将这样弱不禁风、痼疾缠身的体质,居然还能驾驭群英、立功边塞,殊为罕见。若是让老奴易地而处,天天咳咳喘喘,只怕早就撑不下来了!"

他这话一出,竟让朱翊钧微一沉吟,隐隐变了容色:难道这张诚是在暗指白清卓借着装病装弱来窃取朕的同情?!

白清卓在那边亦是瞥了张诚一眼,俊面无波无澜,平平道来:"陛下,其实近期以来,微臣幸得蓟辽总督李成梁大人赠以'千年参王'为助,体质才稍有改善,咳喘之状略为减少。此乃微臣亲身之体验。陛下可曾一试参药之功?"

"服食参药,也确能补精养元。"朱翊钧目光徐徐掠过张诚,令他垂低了头,"说起李成梁,你此番入京为他所做的一切,他就是再送你十根'千年参王'也不为过。"

白清卓义形于色:"蓟辽重镇乃是国之干城,微臣自当竭诚维护。"

朱翊钧见他郑重提起了辽东李成梁,暗一思忖,便也不再回避,向白清卓庄肃至极地讲道:"白爱卿,蓟辽李成梁近来似乎也是'痼疾'缠身哪!虽然朕不怀疑黄启祥事件与他们有关,但内阁洪尔林刺杀事件是当年'金刚堡'的老兵所为,而今左都御史方应龙的嗣子又似乎遭到李成梁幕府的参军所刺……这一连串的事件都围绕着辽东李氏而发生、蔓延,你让朕如何思虑?白爱卿,你既是受了辽东李氏的请托而入京协助查案,那你便须尽快揪出真凶来,才能真正还辽东李氏一个清白。否则,不要怨怪清流派对辽东李氏的猜疑之心越来越重。

"还有,朕决定在下个月十九日召开午门献俘大典,在此之前,你应该有所突破!"

白清卓双眸中精光一敛,认真回道:"陛下,微臣近日在黄启祥案件中觅得有力线索,一路深挖下去必有斩获。微臣承诺,一定抓出设局陷害辽东李氏的幕后真凶,尽快给陛下和朝臣一个明明白白的交代。"

"哦?既是如此,朕就拭目以待了。"朱翊钧目光一闪,瞧向了张诚,"白爱卿,朕信任你。你只管放手去查,无论涉及谁,朕都会为你支持到底。张诚,你派锦衣卫要全力配合白爱卿。"

"老奴遵旨。"张诚敛容答道,态度恭敬至极。

朱翊钧又深深然望向白清卓:"白爱卿,你对朕此番举办午门献俘大典有什么看法?"

白清卓躬身答道:"陛下,依微臣之见,局外之人会误以为升平之世举办午门献俘大典是劳民伤财之举,而微臣以军界之士而观之,午门献俘大典势在必行。不如此,不足以振我大明军威。"

朱翊钧满含笑意地瞅了他一眼:"你讲得不错。你知道吗?青海土蛮火落赤的叛乱,西北边镇费了近一年的工夫才堪堪扑灭下去。但一些先前归顺我朝的蒙古将领,如宁夏的哱拜、哱承恩父子等人,已然有些不敬不服我朝的军威了。朕这时举办午门献俘大典,就是震敌于无形,防患于未然。"

白清卓庄重而答:"陛下勿扰。微臣等定能保得大明朝河清海晏,太平无恙!"

二人对话完毕之际,一个青年宦官在净室门口低低唤道:"陛下,'五行归元汤'炖好了。"

张诚立刻转身向朱翊钧请示谕旨。

朱翊钧很是平和地吩咐道:"送两碗进来。白爱卿,你尝一尝这五行归元汤?它是由黄鹿脯、白雉肉、赤熊掌、黑豹肉、青牛鞭炖煮而成的。朕瞧你也有些乏了……"

白清卓诧异地问:"陛下,您稍后不是要参加'万寿节'筵席吗?"

朱翊钧淡然而答:"那个筵会上礼仪太多、拘束太多,基本上都是在搞'花架子'。你我到时候在筵席上真是吃不了几口。你陪朕先用这五行归元汤垫一垫肚子。"

白清卓感动至极地答道:"陛下平易仁厚,微臣谢恩。"

这个时候朱翊钧仰坐在御案后面,清凉如水的阳光映出了他那张显得莫名孤寂的面庞。他悠悠然注视着白清卓:"白爱卿,朕今天和你谈得很愉快。其实,朕也想和你一样在外面的世界里去挥洒意气,自由自在。

"朕也终于明白有那么多皇帝要佯装成大将军、大元帅去出征去出巡。他们是不想被皇城禁苑这些'无形的监牢'困死啊!白爱卿,你一定要好好的,就当是代替朕在外面感受这个人间,阅历这个人间!"

听着他这些话,白清卓缓缓地感到了一种说不出的鼻酸,只是微微哽咽着点了点头。

二十六

喝完了"五行归元汤",让小太监将白清卓带往前苑偏殿之后,朱翊钧站起了身,离开了龙椅。张诚急忙上前为他整了整衣袍。

朱翊钧径自吩咐道:"让郑贵妃、王贵妃等过来,朕和她们一齐驾临筵席现场。"

张诚随即出去传旨落实了。

这时,陈矩却紧皱眉头走了过来:"陛下,方应龙大人一直守在后苑门口苦苦求见,声称是要当面感谢陛下派遣太医对他儿子的救护之恩。"

"方宝棠既已苏醒,就用不着了吧。让他回前苑偏殿等候。"

"唉,方应龙大人还向老奴提起有机密大事必须面见陛下……"

朱翊钧怔了一下,忽然若有所悟,沉沉一笑:"也好。他看到朕单独召见白清卓,想必已是憋坏了吧? 让他进来,看一看他有何话说。"

陈矩嘟哝了一句:"陛下的脾性真是太好了……"答罢,领旨转身去了。

不一会儿,方应龙进了净室,俯身便跪:"老臣恭谢陛下的救子之恩,我方氏一族永铭不忘……"

朱翊钧大袖一摆:"方爱卿还有何事?"

方应龙不敢啰唆,抬头直视着他:"老臣对一事忧心如焚,特来提醒陛下。"

朱翊钧冷冷淡淡地一笑:"哦? 朕难道又被谁灌了什么'迷魂汤',还需要方爱卿您巴巴地送来'醒酒石'吗?"

"老臣不敢,老臣只是实话实说、不吐不快。"方应龙肃色而答。

"你可以实话实说,但朕希望你长话短说。"朱翊钧容色沉沉,一股威峻之气向他直压下去。

方应龙深吸了一口长气,凛凛地正视着朱翊钧:"陛下难道忘了当年的情景吗?万历十年之际,老臣和张四维、张鲸从张居正府中抄出了一副金牌对联,上面写着'日月共明,万国同仰大明天子;山丘为岳,四方齐敬太岳相公'。张居正可是任由别人把他的表字'太岳'与'大明'相提并论啊! 陛下,您忘了当年'相重君轻'之奇耻大辱吗?"

"朕没有忘记。"朱翊钧腮边的肌肉隐隐一跳,"但申师傅始终是不能和张居正相提并论的。"

"而今,南兵营参将白清卓与申时行一同题字于'博文馆'匾额,白清卓写'春华'二字,申时行写'秋实'二字。他俩这是师徒结党以固权位,其来也渐,其入也深! 陛下不可大意啊!"

"白清卓,朕方才已经亲眼见过了。"朱翊钧无声地一笑,"而方大人你,和他谈话的时间,未必会比朕今天更少吧?"

方应龙咬着牙齿,继续硬声讲去:"陛下勿怪老臣多言。依老臣见,历代朝廷之上,出现了司马懿、司马昭这样的'虎父狼子'固然可怕,但若出现了诸葛亮、姜维这样的'名师高徒',似乎亦非可喜之事,对吧? 西蜀季汉后主刘禅,可是拿独断专行、九伐关中、劳师动众的姜维几无办法!"

朱翊钧眉头微动,沉吟了起来。

方应龙最后再加了一把火:"您一旦听从白清卓、申时行之建言而给南兵营格外开恩、加薪补饷,那么到时候戚家军欢呼歌颂的便不是陛下您,而是他申时行和白清卓! 您忘了那首至今流传在蓟镇一带的诗歌了吗? ——'辕门遗爱满幽燕,不见胡尘十六年。谁把旌麾移岭表? 黄童白叟哭天边!'陛下,您看,这些人至今仍有怨君刺上之意……"

"够了。"朱翊钧一声断喝止住了他,"陈矩,送方大人到前苑等候筵席开始。"

"老臣谨遵圣谕。"方应龙暗暗察看朱翊钧的反应,知道自己刚才那番话已然在他心底种下了一根隐刺,便见好就收,不再多语,恭然退了出去。

待他走后,朱翊钧暗暗皱起眉头深深思忖了起来。这时,一身宫装的郑贵妃从净室侧门转了进来:"陛下,方大人这是在挑拨您和申阁老的关系啊!"

"他心里边的小算盘,朕一向清楚得很。"朱翊钧的唇边掠过了一抹冷笑,"不过,方应龙奏称'恩自上出,方为帝王之道'这句话没错。对南兵营补薪加薪一事,宜于暂缓。但考虑到白清卓的深切之言,亦不得不办。只是朕会选择一个合适的时机亲口宣布于天下的。"

郑贵妃柔柔而道:"陛下英明。"

"朕要么在午门献俘大典上宣布,要么在巡边阅视上宣布,这才显得'天恩浩荡'嘛!"

郑贵妃向他含笑点头称赞不已。

朱翊钧过去牵起了她的纤纤玉手,一齐迎着清清日光向净室外缓步而去:"但这件事儿,朕却不能轻泄于外,免得有人在外面窃弄朕的'威福之柄'。"

二十七

今天是圣上的万寿节，各级官员都放假在家庆贺休闲，唯有顺天府衙的唐鉴和他手下的捕快却比平日更加忙碌几分。

万寿节热闹程度其实不亚于春节。京城内大街小巷张灯结彩、人山人海，而这样的环境才是最容易出乱子的。唐鉴一大早就调派了八支捕快队伍到京师四坊去巡逻防备，犹自感觉人手不足。

他自己也刚于巳时中刻抽了一个空隙回到府衙休息喝茶。这几天来，他的心情一直是复杂而郁闷的。一方面，高正思、邹涤尘始终在逼压他尽快对李井方定罪结案；另一方面，他也看到白清卓这边备受圣宠，居然以边关参将之身被陛下亲自召见，这让他又不敢对李井方轻举妄动。他夹在清流派和辽东镇的重压之下，觉得自己简直快要被硬生生挤成肉干了。

最不能回避的是，这个案子是一烫手的山芋，而他和顺天府衙目前不但不能扔出去，还必须把它捧起来吹冷、剖开，再一寸一寸地切割出里边的"真相"来。

正在这时，一个捕快进来禀报："唐大人，外面有一个自称是朝鲜藩国副使官的柳梦鼎大人求见。"

"朝鲜使臣？"唐鉴双眉一跳，莫非朝鲜那边又有了黄启祥案件的新线索？他一念及此，立刻坐不住了，站将起来连声喊道："快！快请进来！"

不多时，朝鲜副使柳梦鼎疾步而入，还跑得有些气喘吁吁的，额头上也沁出了汗珠。唐鉴和他行礼见过，问道："柳大人前来有何要事相告？"

柳梦鼎稳了稳气息，眼珠转了一转，问道："唐大人，柳某想来询问一下黄大人案子的进展状况如何了？"

"这个……目前此案正在深查之中。"唐鉴只得干笑几声，"你们朝鲜那边的'秘宝'讯报还没送来？"

柳梦鼎被他反口一问，也是有些语塞。他已经派人赶往朝鲜连续催促了三次，但都是石沉大海，没有回音。于是，他也只好干笑着答道："这个……目前也应该还在半途之中。"

唐鉴有些诧然："那……柳大人今日所为何来？"

"是这样的：近日柳某在搜集黄启祥大人的各处遗物，准备装在一起给他的家人寄送回去。柳某也已是找得差不多了。只是前几日柳某和上官侍郎无意中谈起，上官侍郎还记得黄大人一向喜爱在京师东坊的七宝林当铺存当物件。那些物件毕竟也是黄大人生前的遗物,柳某希望把它们全赎回来……结果,柳某今晨去当铺一问,那七宝林的掌柜回答还真有一些物件是黄大人当存在那里的。不过,柳某手里没有当票,又加上黄启祥属于凶案当事人,他们当铺必须要求有你们顺天府衙的人共同在场见证,才能把那些物件赎退给柳某。"

"咦?黄大人在七宝林当铺还当了一些东西?"唐鉴双目中精光一闪,"他们当铺这么说,也是符合大明律例的。柳大人,事不宜迟,唐某便随同您去七宝林走一趟吧。"

他们一行人到了七宝林当铺的大堂,迎面却见到引凤堂掌柜东方胜也在这里和当铺伙计们在交谈什么。

唐鉴有些惊异:"东方掌柜,您这是?"

"在下是来七宝林捡漏一些看得中意的'死当'之物。"东方胜放下手头上正观赏的一只玉环,向他含笑道来,"你们有所不知,他们这些死当物件里面,还不乏令人意外的精品呢!"

"那您继续。"唐鉴也笑答道。

当铺掌柜齐老四拿出黄启祥亲笔签字的当票存根给柳梦鼎、唐鉴等人看了,那上面的抵押金额是八百两白银。

齐老四向柳梦鼎笑道:"柳大人,您须得拿出这八百两银子来,我们才好把东西退给您。"

"八百两?"柳梦鼎吃了一惊,"柳某身上没带这么多银票啊……"

齐老四拈着胡须,把当票存根一收:"那您就不用再看了。"

唐鉴咳嗽一声,肃然讲道:"唐某身为顺天府总捕头,可以为柳大人担保。你且把东西先拿出来……"

"慢着,唐捕头,不是齐某不给您'金面'。"齐老西捏着那当票存根,不冷不热地说道,"先交钱再见货、取货,这是千百年流传的行规。唐捕头,你想,万一你们看了黄启祥大人留下的东西不满意,一甩手便走了,分文也不留,我这东西不就又成了死当了?处置这些死当物件,总是很麻烦的……"

唐鉴没奈何,只得看向柳梦鼎:"柳大人,那你只有先回去取了银两再来?"

柳梦鼎正自沉吟之际,一旁的东方胜听到这些对话后却走了过来,笑眯眯地说道:"诸位莫急莫乱。何必让柳大人费时费力呢?唐大人、柳大人,在下这里可以借给你们八百两银票来赎回东西。"

他出来解困,柳梦鼎自是感激不尽。唐鉴也朝他笑道:"东方掌柜这一派陶朱之风很是不错!难怪引凤堂能在京师蒸蒸日上啊!"

　　齐老四收了八百两银票,这才亮出黄启祥那张当票存根给他们细看——上面写着:红木匣一个、美人图一幅、元代御墨三块、黄庭坚文集宋版书一套、金线锦囊一只。

　　唐鉴双瞳微微凝缩:"快取出来给我们验看一番。"

　　那些东西摆在了唐鉴和柳梦鼎的面前。东方胜也凑热闹在旁边看着没回避。唐鉴因着刚才借了他的钱款,也不好让他回避。他正一件一件拿起来察看时,东方胜嘻嘻一笑:"难怪齐掌柜非要先拿到八百两银票不可,原来这些物件合起来的总价最多也就是四五百两银子……"

　　柳梦鼎拿袖角擦了擦眼角的泪痕:"不管钱多钱少,这些都是黄大人的遗物,柳某总归要把它们送回朝鲜黄府的……"

　　这边,唐鉴翻开黄庭坚文集一页一页仔仔细细地看过,里边并无蹊跷之处。

　　他又拿起那个用金线混杂着雪蚕丝织成的锦囊打开后看了一番,里面亦是空空如也。

　　他刚刚放下,东方胜却一手拿过,将这锦囊放在掌里细细看着,啧啧讲道:"这个锦囊的针工很不错啊!绵密结实,是极厉害的巧工!几乎达到了水浸不入的地步了!难怪黄大人拿它来当!"

　　"水浸不入?没那么厉害吧?"柳梦鼎随口说了一句。

　　"我再来看看它透不透光,就知道它是不是真的'水浸不入'啦!"东方胜笑嘻嘻地将那只锦囊举在手上对着阳光盯去。

　　突然,他面色一变,失声叫了出来:"这……这个锦囊有夹层!"

　　在东霖院的后院空坝上,凌兰手持利剑,正在练习游龙八步。

　　实际上,白清卓简化设计出来的游龙八步,就是让凌兰利用自己敏捷而灵巧的轻功,在极快的时间里占据对敌作战的各个制胜优势点位,进可攻退可守,使敌人猝不及防而难以还击。

　　顾少伦坐在一边的木椅上,一边呷饮着清茶,一边看着她走得越来越熟练、越来越灵活、越来越精妙,不禁深深叹道:"凌姑娘真是好悟性!你二师兄这套步法完全发挥出了你所有的长处!"

　　凌兰脚下微微一停,乜了他一眼,说道:"顾县令、顾少爷,据说你的指法和内功一直深藏不露,几乎不在郑北雄那个魔头之下。这样,且让本姑娘来领教一下?"

　　此时此刻的顾少伦也没了先前的遮遮掩掩,便爽然说道:"也好。依顾某看来,日后咱们碰到的敌手可能会越来越厉害。你我再不互帮共进,将来就保护不了你的二师兄啦!"

　　凌兰哼了一声，娇躯一晃，动作潇洒至极，脚下往"巽"字位一掠，然后倏地倒折而回，闪电般一剑刺向顾少伦的腋下，来得又刁又疾！

　　顾少伦"哎呀"一声，看似惊慌得很，实则身形一弓，巧妙地闪开了凌兰的剑锋。同时，他右手五指划出五道犀利如刀的指风，亦向着凌兰猛射过去。

　　不过，就在五道指风堪堪刺中凌兰衣袖之际，凌兰的身形已然一闪而逝，五道指风全部射了个空！

　　顾少伦丝毫不敢大意，全身真气充溢，外松内紧，全神倾听着周围的风吹草动。

　　却见虚影一晃，凌兰的身躯竟似鬼魅般从"坤"字位骤现而出，一道道剑光团团飞转，汇聚成斗大一朵剑花，朝顾少伦卷了过来。

　　顾少伦一边连连弹指荡开剑光，一边晃动身形左闪右躲。饶是如此，只听"嗤"地一响，凌兰的剑刃还是险险与他擦肩而过，在他衣衫上划破了一条口子。

　　这一下，顾少伦就禁不住暗暗惊骇了：他的内家功力远远胜过凌兰，身手之敏捷先前更是凌兰不能相比——而眼下凌兰一施展游龙八步，自己便对凌兰的剑招防不胜防了！一切真如白清卓所讲的那样，她似乎迅捷得可以变换出好几个"身外化身"，总能及时到位地截住自己腾挪闪转的关键去向——这样的"先手"，在对敌作战中确是大有奇效的。

　　接下来，他俩又如电光石火般交换了八九招。顾少伦觉得有些吃力，遂身形一纵，跳出了圈子，笑道："凌女侠，你还是自己练习步法吧！刀剑无眼，我还是怕遭了你的误伤。"

　　凌兰见他溜得飞快，也不追他，自顾自在场中继续练着。顾少伦抖了抖衣衫，坐回木椅上，喝了一口温茶，却又哪壶不开提哪壶地说道："凌姑娘，如今你师兄又得'诗魁'盛名，又蒙圣上恩宠召见，可谓是春风得意马蹄疾。他身边又有上官小姐和方小姐这两位绝世美女左右陪伴——你担不担忧啊？"

　　凌兰把手中利剑舞得寒光四射："我担忧什么？"

　　"顾某已经看出来啦，再这样下去，你师兄只会离你越来越远啦……"顾少伦重重地说道，"而且，将来还会有什么王小姐、刘小姐来找你二师兄的……"

　　凌兰柳眉一凝，将剑一收，轻轻叹道："无论二师兄将来如何选择，我都会尊重他的。当然，上官雪衣当年在关键时刻背叛过二师兄，让二师兄一个人远走边关，反正我是不会原谅她的。至于方小姐嘛，我也在冷眼观察。她这一次敢不敢顶着家族门户的压力为李参军仗义执言，就是她对二师兄所怀感情的'试金石'。"

　　说到这儿，她语塞了一下。其实，她自己对方宝芹接下来的抉择也是抱有十分矛盾的心态。如果方宝芹真的敢于顶住家庭门户的压力挺身而出秉公直言，那么她在二师兄心目中的分量必会大大增强,而自己则更加难以与其竞争二师兄的感情归宿了。如果方宝芹不敢硬顶家庭门户的压力而像当年上官雪衣一样逃避而去,那么她也一定会再次戳伤二师兄的心灵,让二师兄十分难受。而凌兰自己也不愿意看到二师兄竟会如此不幸。所以,一提到方宝芹,她的心底便是非常的纠结。

顾少伦见她面色变幻不定,知道她心中必是歧念横生,便悠悠劝道:"凌姑娘,我知道你和你二师兄感情深厚至极。但有些东西强求不来,你也要为自己多想一想……"

"你在说什么废话?"凌兰秀眉一竖,"飒"地一剑朝他直刺过来,"快来陪我练招!"

顾少伦的身形急忙斜闪开去,口里不禁叫道:"哎哎哎!你心情不好也不能拿我来练剑出气啊!"

恰在这时,韦生晖一溜烟地跑过来说道:"顾公子、凌姑娘,有好消息了!"

顾少伦避开凌兰的剑招,停下身来问道:"什么好消息?是不是白参将被陛下当场升官啦?"

"我们东霖院又找到了那天夜里丹池诗会在会场的几个证人出面证实,当时确实是有一个青衣侍女陪送李参军一起进了庚字号彩棚的。"

"很好。这几份证词送到了顺天府衙,李参军就应该能被放回来了吧?"凌兰收了剑招,欣喜而问。

"应该是这样。"韦生晖高兴至极地点了点头。

顾少伦也倾听着院外街道上传来的鼎沸人声,不禁微笑了起来:"今天这个'万寿节',应该还算过得不错。"

方应龙一字一字、一行一行地阅读着:

朝鲜国王殿下:

近日无恙乎?贵藩与我辽东相邻,可谓累世之善交也。我等之谊,亦可谓'交深而言深'也。

王君明鉴,老臣身受皇恩深矣久矣,无日不思一报。而今,众心所虑,报效皇恩莫过于使朝廷根本永固。而国本永固,在于速速正位东宫以安众心。今皇长子聪明睿智、清誉传世,依礼法当立为嗣。老臣秉钺在外,不便进言,可请王君殿下自外藩而建议于圣上。

如此而为,则两代之圣恩萃集于朝鲜一域,王君及贵藩可谓大有益也。切望深思老臣之言而行之。另,此函决不可泄于外,王君缄之于心即可。

成梁揖首遥祝君安。庚寅年辛巳月。

读完这封信函之后，方应龙的脸庞上缓缓绷出了一层层的横肉。他倒吸了一口凉气，冷厉至极的目光盯向了坐在他对面的顺天府府尹钱济之和捕头唐鉴二人，沉吟着没有开口。他万万没料到，自己刚从"万寿节"筵会上退场回府，就碰上了这样一个证据似乎确凿的严峻事件：蓟辽总督、宁远伯李成梁居然真的私通外藩谋立皇嗣以邀圣宠！

果然——李成梁并不自甘藩将之位，竟然还想把"黑手"伸到朝堂之上。自己对他的怀疑一直是正确的——他就是桓温、安禄山一流的枭将！方应龙在思忖之余，又想起了自己今天进宫后的一切心路历程。原来在上午时分，自己还在担忧李成梁的靠山申时行派系会因白清卓的骤获圣宠而势力大增，没想到转瞬之间，老天爷就给自己送了李成梁这么严重的一个把柄上门而来！

但是冷静下来后，方应龙又踌躇了起来：谋立皇长子为嗣，在这个问题上，其实朝中所有清流派都和李成梁政见相同。只不过，李成梁身为藩臣武将，和当年的岳飞一样，是不宜以武干政的。如果清流派一旦将李成梁这份密函公之于众，则必会引发当今圣上对李成梁一派的深深猜忌，说不定会将李成梁逼入绝境。而身为天下第一雄师的辽东铁骑之督帅的李成梁，又甘心任由当年岳飞"风波亭"事件重演吗？万一他来个"清君侧、诛奸佞、立东宫"，似安禄山一般狼奔豕突，清流派又能如何善后？

一念及此，他又不敢高兴了。以前清流派在朝堂上大喊"狼来了、狼来了"，如今这头"狼"真的来了——方应龙却不得不慎之又慎了。

钱济之在旁直盯着方应龙的表情变化，心头也是波涛翻滚。他根本没料到唐鉴会给顺天府塞来这么一个"火药桶"，但黄启祥案件事关重大，他又不能回避。为了稳当起见，他这才急急赶来方府和方应龙共商此事。方应龙是辽东李氏在明面上公开的大政敌。顺天府一旦将李成梁写给朝鲜国王李昖的密函上呈御前，则自己必与辽东李氏决裂无疑，他事先务必要为自己找到几个同台助力之士。他可不想让顺天府面对辽东镇孤军作战。

这时，方应龙的气息慢慢平稳下来。他捏着那张函件，朝钱、唐二人不深不浅地问道："这封密函真的是从黄启祥的那个锦囊夹层里搜出来的？"

唐鉴郑重地点了点头："卑职已让当时七宝林当铺所有在场的相关人士必须严格保密、不得外泄。"

"当今的大明朝，有哪个地方是能完全保密的？"方应龙冷笑了一下，又看了看桌面上另外那张"不入虎穴，焉得虎子"的字条，那是从李井方身上那个锦囊里搜出来的。他的双眉紧紧拧了起来："这个字条上的笔迹和李成梁这封密函上的也是完全一样？"

唐鉴颔首回答："对的。"

方应龙直盯着钱济之："钱大人，此事非同小可。你们核实过了，这两份东西确是李成梁的手书真迹？"

钱济之咬了咬牙，抹着脑门上的汗粒，沉沉答道："禀告方大人：前几年宁远伯为扩建东霖院一事也曾给钱某写过几封手书信函，钱某已拿出来认真核对过，乃宁远伯的真迹无疑。"

方应龙腮角的肌肉暗暗一跳："你们准备怎么办？"

"此事涉及宁远伯，又涉嫌贵府宝棠公子遇刺之事，下官特来恭请左都御史大人赐教。"钱济之直言道。

"先不要谈本座'赐教'什么的。"方应龙凛凛的目光射向了唐鉴，"唐捕头，你且谈一谈你们目前对黄启祥案件、方宝棠案件的推理，如何？你尽管直言无忌。"

"启禀方大人，我们顺天府衙对黄启祥案子是这样推论的：黄启祥代表朝鲜国准备呈给陛下的所谓'秘宝'，其实就是一个'密报'。密报的内容，其实就是李成梁督帅写给朝鲜国王的这封密函。朝鲜国王李昖或许是出于某种原因，不敢应李成梁之所言而公开站出来建言我大明朝立储之事。他可能又觉得李成梁如此来函甚为不妥，便将此函以'秘宝'的名义上呈御前。李成梁得知这一消息之后，自然是大为震怒，就派出麾下刺客以三眼神铳刺杀了黄启祥。但他派来的刺客实际上在现场并未找到那份秘宝，只因为黄启祥竟把这秘宝藏在了七宝林当铺里。

"至于贵府方公子在丹池诗会遇刺一事，根据这张李成梁督帅的亲笔字条来看，也是他下了暗语指令，让其参军李井方伺机谋杀公子……只是方公子吉人天相，所以逃过此劫。以上论述，便是我们顺天府衙对这两个案子的推理。"

"听你这一番禀报，倒也环环相扣、严密无失。"方应龙徐徐颔首，"钱大人，您应该庆幸自己身边有唐捕头这样一位得力助手啊！"

钱济之连声应承，又试探着问道："那，接下来方大人您看应该如何办理此事？"

"你的意见是想请本座随同你们一道进宫紧急求见面圣吧？"方应龙端起茶杯，深深地呷了一口。

"这……这……这个，我等也确是希望方大人您能出面相援，毕竟我们面圣告发的是宁远伯啊！"钱济之嗫嗫地言道。

"顺天府衙是黄启祥案件的承办者。如果我们都察院介入太多，反而过犹不及。还是该由钱大人您出面求见上呈御前。"方应龙满脸的平缓之色，字句之间甚为斟酌，"本座今天进宫已经在陛下面前说了太多的话。李成梁这封密函之事，不能再由本座的口舌去奏报给陛下。"

钱济之面露忧虑之容："钱某以顺天府单薄之力，只怕对方势大根深……"

"你放心——本座的亲儿子居然被李成梁在幕后以暗语指令而纵人刺伤，本座岂会袖手旁观?"方应龙沉声讲道，"但本座也无须事事都得赤膊上阵吧?"

"是，方大人。钱某听从您的指教。"钱济之敛眉答道。

"今天你先缓一缓，把事情做扎实一些。本座会让高正思再协助你核实一下李成梁这些笔迹的真伪。"方应龙将那密函和字条还给了钱济之，"今天毕竟是万寿节，还是不要坏了陛下的雅兴。"

从万寿节筵席上回来，白清卓一路上的心情都是难得的愉快。陛下亲自召见了他，虽然暂时还未表态，但他将来下恩旨为南兵营补薪的可能性却是不小。多年来压在白清卓心口上的一块无形巨石终于放下了，他的唇角都不自觉地挂满了笑意。

进了东霖院，迎面而来的韦生晖又告诉了他关于李井方所言的青衣侍女找到了第三方证人证言的好消息。白清卓惊喜之下，便喊了顾少伦、凌兰过来，准备到大街上去游玩庆贺。

凌兰早就按捺不住，雀跃而道："二师兄，今天咱们一定要去市坊里吃最好吃的风味小吃，看最好看的街会游戏!"

恰在此刻，兵部王一鹗手下的暗卫队首领王七三找了进来，跑得上气不接下气的，神色显得有些仓促。

白清卓只当是把包天符带回了京中，便随口问道："辛苦王兄你们了! 包天符现在何处?"

"他……他死了。"王七三一脸的黯然，都不敢抬眼正视他。

刹那间，全场陷入了一种莫名的沉寂之中，连空气也似乎凝结了。

片刻之后，白清卓有些失态地叫了出来："什么?!"随即又强忍下来，压住语调的乱颤："怎……怎么回事?"

"今天早上，我们发现，包天符被人刺杀在他宣府镇老家的书房里，死亡时间是昨天深夜。王某是火速赶回来向王尚书和白参将您禀报的。"

"他的尸体和遇刺现场没被破坏吧?"白清卓肃然而问。

"宣府镇当地衙门的人和我们暗卫队其他兄弟都在那里守候着。不过，衙门的捕快和仵作已经入场。"王七三认真答道。

"你们目前所发现的最大线索是什么?"白清卓已经从座椅上站了起来。

王七三思忖着回答:"包天符是被人一刀割头在地的。他的书桌上放了一张字条,内容是'窃国乱军,罪在不赦,该当斩首,以儆效尤'。"

白清卓听罢,不由得呼吸一紧,凛然说道:"小兰,我们一道马上动身前往宣府镇。"

"好的,二师兄。"凌兰脆亮地应了一声。

白清卓略一沉吟,又将顾少伦喊到一边交代道:"你稍后去找罗乞泰,让他的弟兄们把近期包天符的所有行踪整理出来,白某从宣府镇回来后便要调阅。"

顾少伦虽是惊诧莫名,也只得答应了下来。

然后,白清卓毫不拖延,和王七三、凌兰等人火速出府上车疾驰而去。

他们前脚刚走,顾少伦和韦生晖二人正自面面相觑,门仆来报:方宝芹的贴身侍女画雀找上门来,点名求见白参将。

韦生晖是认得画雀的,急忙和顾少伦一道出去亲自将她迎了进来:"画雀姑娘是来找白公子的吗? 白公子刚刚有要事出去了。"

画雀踌躇了一下,从衣袖里取出一封信函,拿在手中,向韦生晖郑重讲道:"这封信函,我奉小姐之命原本是要亲手交给白公子的。韦院主既是他的朋友,又是李井方参军的属下,我也可以交付与你。它是我家大公子亲笔为李井方参军所写的当日不在场证明的证词信。"

韦生晖一听,惊喜得几乎跳了起来:"方小姐真是得力! 竟然真的让宝棠公子写了证词信来……"

"我家大公子在这封信中承认那日他遭受迷香晕过去之际,李井方参军还在外面会场之中,并不是他进棚行凶的。具体内容,你们自己看吧。"画雀将证词信递在了韦生晖手里,"这幕后,我家小姐确实是出了大力,你们一定要禀明给白公子。"

韦生晖一边阅看着那证词信,一边连连点头:"你家宝芹小姐和宝棠公子真是深明大义、秉公无私! 韦某代白公子和李参军深深谢过!"

顾少伦在旁边暗暗瞧着,心头亦是一暖:白清卓真的没有信错人——方宝芹果然没有让他们失望。

画雀一边向外走去,一边讲道:"我家小姐被老爷禁足在家,我也是偷着摸空出来送信的。既然这封证词信我已然送到了,我就得赶紧回去了,免得老爷生疑。"

二十八

宣府镇包氏老宅后院里，白清卓、凌兰和王七三已在傍晚时分赶到。他们顾不上歇息，立即在现场勘查起来。

在书房外面的院坝里，停放着两具包氏家丁的尸体。王七三指着他们向白清卓介绍道："这两个家丁听说是包天符近日从江湖上重金聘请的贴身护卫，都是身手过人的武林高手。包天符无论到哪里，都带着他俩。没想到，他俩现在也被凶手一起杀掉了……"

凌兰俯下身子，在这两具尸体上查看了一番，向白清卓禀报道："这两个人的虎口上老茧极厚，应该是使用长刀的高手。每个人身上的伤痕有四五道，致命伤都是胸口那一刀。凶手的刀法快、准、狠，完全是久经沙场的实战手法。"

白清卓听到这里，眉头不禁微微皱了起来。他随即又进了书房，看过了停放在角落里的包天符尸体。渐渐地，他的面色变得十分严峻。回过头来，白清卓朝王七三单刀直入："你们兵部暗卫队也算是见多识广，对这个凶手杀死包天符和这两个家丁的手法可有什么看法？"

王七三双眉一挑，屏退了众人，却又显出一副吞吞吐吐、欲言又止的模样。

白清卓灼然直视着他："七三兄，你有什么话，但说无妨。"

王七三沉吟了一会儿，终于还是直言道："白参将，你应该也看出来了，这凶手使用的刀器、刀法都有些特殊，似是来自辽东。"

白清卓的身形顿时禁不住隐隐震颤了一下：洪尔林已死，而失踪的田文豹又是残疾之人，这又是哪来的凶手用辽东猎刀刺死了包天符？

看见他这般反应，王七三立刻紧闭双唇，不再多说一句。

白清卓静默了片刻，抬了抬手，吩咐道："七三兄，你让宣府镇衙门的人进来，把包天符和两个家丁的尸体运走吧。我再在这书房里好好看一看。"

"好的。"王七三喊来外边的衙役，让他们一切照办。

白清卓走到书桌前，看到了凶手公然留下的那张字条，上面"窃国乱军，罪在不赦，该当斩首，以儆效尤"十六个大字，全是凶手蘸着包天符的鲜血写成的，猩红刺眼，令人见而胆寒。

他长长一叹："你来这里杀人泄愤，却让我等从此断了一条线索！可惜，可惜！"

王七三像是没有听清，不禁问了一句："您说什么？"

白清卓转开了话题："他这书房里有什么失窃之物？遗留有什么可疑的痕迹

吗？"

"他的书房里没有被其他人翻找过的痕迹。而且，他的家人也来查看了几次，声称没有丢失什么东西。"

白清卓听罢，沉吟着讲道："这样看来，这凶手既不是劫财杀人，也不是劫物杀人，应该是示警杀人！他想用包天符这条命来警告他想警告的人。"

"那……那他想警告谁？"王七三愕然而问。

"那些人很快就会因为兔死狐悲而自动跳出来的。"白清卓淡淡说了一句，忽地压低了语调问王七三，"你们把他的老宅搜过了没有？发现了什么异常的物件没有？"

王七三懂得白清卓指的是三眼神铳一事，便拱手答道："禀报白参将，我们暗卫队在刚进此宅时就对这院舍里外都搜查过了，没有发现什么异常的物件。"

白清卓一边在书房里缓缓踱行，一边往四下里打量着，款款说道："假如我是包天符，身为兵部郎中，肯定是十分清楚三眼神铳的强劲威力的。他既然私藏也罢，转卖也罢，但总归应该还会给自己留一柄的。他在狗急跳墙时，还会拿来防身开路嘛！

"不过，这一柄三眼神铳又不可能被包天符放在偏远不可及的地方。所以，这火铳，通常来说，要么在他的书房，要么在他的卧室。那些箱箱柜柜、暗格暗室，你们都翻找了吗？"

王七三讲道："我们都察看过了，箱柜没有暗格，墙壁没有夹层，地板也没暗洞……都没找到那火铳。"

白清卓走到书桌后面座椅处的位置："刚才你们禀报说，包天符的尸体当时是倒在这椅子上的？这儿是他被杀的第一现场位置？"

"对的。"王七三点了点头。

白清卓移开那把座椅，往下面的地板重重踩了几脚，发出笃笃的声响，很显然地底下是实心的，没有什么暗洞和暗窨。

他直起了身子，无意中往屋顶一瞥，目光中骤然闪过一丝异芒。心头剧震之下，他忽地冲出房门，跑到隔壁的厢房去了。

"白……白参将……"王七三欲追将过去，却见白清卓又跑回了书房。只是他却一直抬头盯视着屋顶，口里还问道："天上地下、四面八方，你们都搜查过了？"

"天上地下？四面八方？"王七三仰脸往上看去，"天上怎么查？包天符还能把三眼神铳藏在屋脊瓦缝里？"

白清卓举手指着那根座椅直对上去的屋顶横梁，微眯双眼，徐徐言道："你不觉得这间书房的屋顶横梁比别处的屋梁显得低了一些也宽了一些吗？白某站到座椅上，一举手就能触摸到。"

王七三笑了笑："我们也伸手到那横梁上去摸过了，上面没放什么东西。"

"那你们敲过那根横梁的底面了吗？"白清卓不动声色地追问了一句。

"这……这……"王七三目光灼然一闪，不禁跳了起来，"难道那根横梁内部是空心的？"

白清卓缓缓放下手，脸上浮现出一抹深深的笑意。

万寿节过后的第二天早上，朱翊钧刚刚从后宫到御书房来。这几日郑贵妃的温存体贴、皇三子朱常洵的活泼可爱，让他的心情十分愉悦。

但是，钱济之的紧急求见面圣奏报，仿佛给朱翊钧当头泼下了一盆冰水，他的脸色不禁变得越来越难看——什么？李成梁居然也勾结朝鲜藩国介入了朕的立翻之事？而且，为了消灭证据"把柄"，他还暗中指使手下死士用三眼神铳杀掉了黄启祥？甚至，为了报复方应龙的咄咄相逼，李成梁又发出暗语指令派人刺杀方宝棠以示威胁？李成梁真的竟会是这样一个人？他前不久还在连篇累章地上奏请求解甲告老，竟然背着朕在暗底下做了这么多的"小动作"？他可是申师傅以死力保的栋梁之臣啊！难道朕信错了申师傅，也信错了李成梁?!

当着钱济之的面，朱翊钧还是尽量控制着情绪，不让自己发作失态。待钱济之奏报结束后请旨时，他努力保持着面容上的平静无波："朕知道这件事情了。但朕目前听你所奏，你手头也只是有证物而已，无证人、无证言，还不能定案。你还要下去细细查实。在此之前，不得过于声张。你身为一方衙司，该怎么办就怎么办。若有突发情况，你可直接面圣求助。"

钱济之惶惶恐恐地答道："老臣愿肝脑涂地以报陛下。"

他如此回答，倒令朱翊钧目光一凛，死死地盯住了他。

张诚在旁边实在是听不下去了，插话道："钱大人不必如此戒惧。辽东镇只是大明的一隅之地，陛下掌中还握着九州万方、群英荟萃呢！"

钱济之抹了抹满脸的冷汗："老臣失言，老臣失言，请陛下恕罪。"

在他退出之后，朱翊钧再也按捺不住了，脸色一翻，一拳重重地擂在御案上面，震得那只金蛙蹲池玛瑙镇纸跳了一跳！

"陛下息怒，陛下息怒。"张诚、陈矩慌忙跪地劝道。

朱翊钧拈着那封李成梁密函，狠狠地问向了张诚："这上面的笔迹究竟是不是李成梁的？钱济之不会公开冒着诽谤大臣的罪名来诬告他吧？"

"早上钱济之过来奏报此事时，老奴让北镇抚司的高手们把李成梁先前一部分亲笔奏章拿来对比,认为这封信上的笔迹应该是出自李成梁之手。"

"能够确定几成?"朱翊钧追问道。

"他们从纸质、墨料、笔法等各方面认真对比过后,认为是李成梁所写无疑。"张诚徐徐道来,"老奴稍后准备让礼部行文给朝鲜藩国,让朝鲜认真回奏陛下。"

朱翊钧的目光落到了桌面上那只小金鱼图纹玛瑙水盂上,冷笑了起来:"白清卓呢?白清卓不是聪敏多才吗?钱济之之流都能查到的事情,他居然一无所觉?难道他也是在朕的面前揣着明白装糊涂?他究竟在干什么?"

张诚答道:"据今晨锦衣卫密报,前日夜里兵部郎中包天符在宣府老家遭人暗杀,白清卓在昨天万寿节筵席结束后就随兵部的人去了包天符老家现场勘查……"

"哦?包天符也被人暗杀了?"朱翊钧大怒,"究竟是谁在兴风作浪?你们锦衣卫也要立刻给朕介入,把真相给朕查出来!"

"老奴遵旨。"张诚叩头而答。

朱翊钧抓过茶盏猛喝了一大口茶水,直盯着那封李成梁密函,仿佛是在自言自语,又仿佛是在对张诚、陈矩二人讲道:"你们知道汉景帝刘启为何要将周亚夫下狱逼死?宋高宗赵构又为何要以莫须有的罪名除掉岳鹏举?周亚夫、岳鹏举,都是手握重兵的方面大将,一个'怏怏'于割肉受辱,一个擅请奏立东宫,这让哪一个帝君敢于纵容?李成梁私通外藩谋立皇嗣,是何居心?难道连朕的宠信还不够,他还要市恩于朕的儿子吗?"

张诚、陈矩伏在地下,大气都不敢乱喘一口。

朱翊钧沉默了一会儿,面色渐渐凝重起来,沉声吩咐道:"司礼监马上颁传密旨,绕过兵部,以年底御驾巡边阅视的名义,从大同镇调拨四万人马划到萧虎臣的手下,同时让萧虎臣严密监视辽东镇的一举一动!"

张诚大惊失色:"陛……陛下,事涉辽东李氏,您务必三思啊!"

朱翊钧缓了一下语气,继续慢慢说道:"朕还有几句要紧的话发落给你。你稍后都带去申阁老处,和他一起斟酌着处置吧。让申阁老有最坏的打算、做最好的准备。"

"老……老奴遵旨。"张诚闷闷答道。

申时行这几日其实挺忙的。朱翊钧在万寿节筵席上明确宣布了九月十九正式举办午门献俘大典,接下来礼部、兵部、工部等便会真正启动一切筹备程序。比如通知各大藩国的国王遣使入朝参观,比如午门周围的观礼棚台加快搭建,比如号召各州士子撰诗作文以歌颂当今天子的文成武德……

这些事情虽由各部承办,但内阁的指导和督办却是必不可少。所以,申时行和其他阁老是清闲不下来的。

在繁忙之余,申时行也听闻王一鹗禀报了包天符涉嫌黄启祥案件的事情底细。他不禁为黄启祥案件迎来一线曙光而感到高兴。但是,今天上午,钱济之、唐鉴找到那份所谓李成梁致朝鲜国王密函的事情,他也得知了。凭着多年来对李成梁的了解,申时行自然是不相信他会做这种大犯圣忌的事情的。那么,这显然是一个极阴险的圈套把辽东李氏绕了进来,要置他们于死地。究竟是谁如此仇恨辽东李氏,必欲灭之而后快呢?

申时行端坐在书案后面,掌中轻轻地摩挲着那块上官平芝所送的天鹤奇石,深深地思忖了起来:那些神秘势力既已在黄启祥案件上以三眼神铳钉住了辽东李氏,现在更进一步用密函咬定了李成梁,直接的后果便是搞乱大明朝的君臣关系!接下来的午门献俘大典还会办得消停吗? 一念至此,申时行深吸了一口长气:自己这一边确实应该未雨绸缪、防患于未然了。

正在此刻,他微一抬眼,却见那位张诚公公背负双手、容色沉沉地进了内阁值事房。他心头暗动:该来的果然还是来了!

张诚把锐利的眼色往左右一丢,其他不相干的人氏即刻会意,纷纷退了出去。值事房里只剩了他和申时行二人。

望着申时行继续把脑袋埋在文牍堆里不抬起来,张诚咳了一声,缓缓道:"申阁老,咱家刚从御书房过来——您可知道咱家带来了什么事情?"

申时行慢慢抬头,请他在左手边太师椅上坐下,不紧不慢地答道:"老夫大约还能猜出一二。"

"果然不愧是手眼通天的申阁老!"张诚深深一笑,把李成梁致朝鲜国王的那份密函及钱济之的案情奏报表递给了申时行,"你且先看一看这些个实物。"

申时行接了过来,慢慢地一行一行仔细看将过去,面色无波无动。

张诚把控着节奏,在边上直问:"申阁老熟读史籍,应该知道当年岳飞岳鹏举被宋高宗赵构问罪于风波亭的真正原因吧?"

申时行的目光并没有从那些材料上抬起来,而是低低而答:"老夫大约也能知道一二。"

张诚声色一肃:"陛下的金口说了,世人皆以为岳飞是因直捣黄龙坏议和、迎回二圣朝天阙才被赵构除掉的,而实际上赵构对他真正的不满在于——岳飞手握重兵,却竟敢妄议立嗣!"

"李成梁不是岳飞,他没那份胆气。"申时行徐徐抬起双目,眼底精芒四射,竟令张诚一时难以直视，"张公公，您和老夫都在宦海沉浮了这么多年，应该明白这一点，有时候，眼见未必为实，表象不是真相。"

张诚敛容而答："这封信函的笔迹已然经过了不少人士的辨鉴，他们都说是李成梁的手笔无疑。"

申时行呵呵一笑："老夫想起了当年三国末期的一代奸枭钟会钟士季，他伪造出来的邓艾的笔迹，可是把聪明绝顶的晋文王司马昭都骗过了。"

张诚闻言，静默有顷，缓声而道："陛下是极英明的，正在勒令有司衙门严查这封密函的真实性。不过，这期间，陛下也决不会袖手坐视，准备对李成梁和辽东镇采取两项措施。"

"张公公请讲。"申时行平静问道。

"第一，先前李成梁不是曾经上书自请卸职归老吗？陛下允准他辞去蓟辽总督之职，暂时代理辽东镇总兵之责。待他的密函事件彻底查实之后，再作最后决断。"

申时行微微闭目，伸手轻轻压在了那封密函上面。

"第二，陛下已经公开下诏敕封忠勇无双、恪守臣节的关羽关二爷为'协天护国忠义大帝'，并指令由辽东镇在锦州府带头修建关帝庙。"

申时行也懂得朱翊钧这是在迂回出击，对李成梁父子先行敲山震虎。他深深思虑之下，觉得朱翊钧这两项招式倒还刚柔适度、举重若轻，便正颜答道："内阁此时完全赞成陛下对辽东镇推出的这两项措施。"

张诚意味深长地说道："目前李督帅和辽东镇要拿出最大的诚意来自证清白了。"

申时行却岔开了话题，悠悠地说道："田文豹失踪的事情，老夫也听说了，这说明洪尔林背后的人还有后招啊！"

张诚顿时面色一僵。

申时行自顾自又道："老夫一直在思索，金刚堡之战这个事情的底细，陛下知道了会怎么想？张鲸当年那个万寿节添喜气的由头，恐怕不是他一个人自出心裁吧？会不会还有更在其上的授意？"

这更在其上指的是谁，此刻已不言自明。张诚紧闭双唇，一言不发。

申时行看到他这副表情，终于确认了下来。他长叹一声："张公公，那就莫怪老夫直言了。看来，那幕后指使洪尔林之人，真正要报复的其实不是你司礼监，而是当今陛下！"

张诚面如铁石，缓缓答道："多谢申阁老提醒。咱家一定会倍加小心。"

申时行正视着他，肃言说道："老夫有一事请张公公代为转奏陛下。白清卓也一直在调查黄启祥案件,他近日去了宣府镇,看来应是有所查获。请陛下对辽东李氏这边一定不要仓促决断——等白清卓从宣府返京之后,再来审查李成梁密函这件事也不迟。"

"好的。咱家一定代为转奏。"张诚一口便应承下来。

申时行见张诚举步似欲告辞,又唤了一声:"张公公,且慢。"

张诚停下了身,慢慢回转过来:"阁老,何事?"

只见申时行从书案上拿起一块玛瑙奇石,通体湿润光洁,上面凸现一片青莹莹的槐叶之纹,"叶片"上脉络分明,煞是逼真。

"老夫近日收获了一枚奇石,也请张公公代为转呈陛下。"

张诚把这块槐叶纹奇石接在手中,细细看罢,诧异地问:"申阁老,您这枚奇石既是进献给陛下,却又有何寓意?"

"此奇石之寓意有二:一是恭祝陛下大业可成;二是预贺陛下业隆千秋。"

张诚哈哈一笑,朝申时行眨了眨眼睛:"不错,不错。咱家就代阁老您将这枚'千秋大业'奇石转呈陛下——不过,咱家也明白,申阁老,您这也是在婉转提醒陛下千万不可'一叶障目'吧?"

"圣明莫过于当今陛下。"申时行躬身说道,"他自然会懂得这枚奇石的真正寓意的。"

八月十九下午,白清卓、凌兰和王七三快马加鞭返回了京师。

那天,他们在包天符的书房横梁内部果然找到了一个暗格,里面放着一只十分耐用的寒铁匣子。打开那匣子,一柄三眼神铳和一袋铳弹赫然在目。至此,白清卓先前关于包天符的一切推测基本到位无误。果然是包天符私藏了兵部武库司存放的三眼神铳样品!而且,很显然是他把另外两把三眼神铳和其余铳弹给了那个击毙黄启祥的真凶。然而,包天符已死,这条线索暂时又模糊了。不过,白清卓判断包天符在京师的官邸里应该还留有一些蛛丝马迹,遂和凌兰、王七三在处理了宣府镇包宅有关事宜后又返京而回。

一进永定门,他就让王七三、凌兰带着暗卫队前去包氏官邸搜查,而自己则先回东霖院,让韦生晖去把李井方从顺天府衙牢狱中尽快接回来。

凌兰踌躇了一下,犹豫着说道:"二师兄,我们去包氏官邸搜查证物了,谁来保护你们的安全?"

白清卓拍了拍身边一只皮袋:"你忘了辽东镇给我配备了一柄三眼神铳专门防身?那一次连郑北雄都被我打跑了……"

"好吧。你自己多保重。"凌兰只得答应下来,和王七三等人疾驰而去。

马车随即向前驶去,没过多久,车身忽地停了下来。车夫从车帘外喊道:"白公子,有一个乞丐儿拦车求见您。"

白清卓立刻想到是罗乞泰,立即答道:"让他进来。"

车帘掀开,果然是罗乞泰进了车厢。白清卓讶然问道:"发生了什么紧要的大事?你竟来直接见我!"

"确实是发生了地动山摇的大事件。"罗乞泰也毫不迟滞,便将近日顺天府衙从七宝林当铺里黄启祥遗物中搜出李成梁暗通朝鲜密函的事情细细实实地向白清卓说了。

白清卓听罢,面色变了又变,双拳紧紧握住,脑海里急速地思忖了起来。

罗乞泰继续讲道:"现在,通行的说法就是:李成梁利欲熏心,为了固权保位而谋立皇嗣以邀功,写密函给朝鲜国王呼应行动。不料朝鲜国王胆小怕事,不敢妄议立嗣,遂将李成梁的密函作为'秘宝'呈送陛下。李成梁唯恐事泄败露,狗急跳墙之下,派人用三眼神铳刺杀了朝鲜使臣黄启祥,借此堵住'秘宝'上报。但他却没想到黄启祥居然别出心裁,把那份密函藏在了七宝林当铺里!所以,这一下,他算是被顺天府误打误撞抓了个正着!"

白清卓心神一敛,缓缓开口了:"听起来,这个故事倒是编得十分精彩,也能够自圆其说。只不过,这个故事里的'主角'却错选成了李成梁。以白某对李成梁心性为人之了解,他可不是这种敢于擅议国本以闯'雷池'的人。"

"为什么?他总有利令智昏的时候吧……"罗乞泰诧异说道。

"当年戚大帅受谗南迁之际,素与戚大帅交好多年的李成梁,居然三缄其口,不敢为戚大帅辩解一二。当然,他应该也清楚,当时亦不能由他为戚大帅辩解。由此可见,他是何等的谨慎戒惧?!而如此谨慎戒惧之人,还敢效仿岳飞妄议立嗣?更何况还是暗通外藩以行其计?他就那么信任朝鲜人?他就真的不怕朝鲜人反手把他出卖了?若是这等的智力,李成梁也不会在辽东镇一直稳坐到今天了!"白清卓一针见血地分析道,"这是有人给咱们布下了一个天大的迷魂阵啊!"

"好了,白参将,这些事情我不和您多嘴了。"罗乞泰直言讲道,"如今,东霖院已被唐鉴带人查抄封禁了,连顾公子也离开东霖院回了喜来客栈。就是顾公子让我通知您去喜来客栈那边会合的。"

白清卓沉思良久,肃然开口:"你且回喜来客栈代我向顾公子报个平安。东霖院那里,我还是要去见一见韦生晖。"

"白公子!"罗乞泰焦虑地讲道,"东霖院现在已经成了一个大火坑,您还要主动跳进去？唐鉴守在那儿，说不定就是等您上门抓您！"

白清卓的面色甚是从容："白某自有分寸，你不必过虑。另外，包天符涉嫌合谋刺杀黄启祥一事已然确实。你让你的弟兄们从现在起不分昼夜地盯紧了三才巷那里。那里的所有商贩、店员稍有异动，即刻来报！"

刚进街口，白清卓就从车窗看到百余名捕快和衙役封堵在东霖院大门处，还设了几道岗哨在盘查和登记来往进出的人氏。

二十九

他沉吟了一下，仍是让车夫驱车驶将过去。一直蹲守在大门口处的东霖院门仆看见他那挂着"白"字牌的马车驶回，不禁揉了揉眼睛，回过神来后又惊又喜，急忙往里跑了进去。

白清卓喊车夫徐徐停下马车等着，有几个捕快走了上来，拦住了他们的去路，查问了起来。当得知来者正是白清卓后，他们的表情都显得十分惊诧。一个捕快飞快地向那边聚仙楼酒楼急奔而去。

白清卓正欲掀帘发话，忽见院门里韦生晖竟和卢光碧并肩而出，朝自己马车这边疾步迎了上来。

韦生晖进车厢后和白清卓讲的第一句话就是："您怎么真的还回来了？快走，快走！卢大人立即陪送您离开！"

白清卓正视着他："我们已在包天符那里查到了他涉嫌合谋杀害黄启祥的证物证据，要拿回来给李督帅自证清白啊！"

"这两天发生的事情你可能还不知道：据闻是李督帅和朝鲜国王的一封密函犯了圣上的忌讳，现在形势十分严峻！辽东镇这一次在劫难逃了！"卢光碧重重地说道。

白清卓的面色动也不动："这件事情，白某已经知道了。"

"你……你知道了还敢回来？"卢光碧一愕，"那你可知道今晨陛下已经下了圣旨，免去了李督帅所任的蓟辽总督之衔？你看，唐鉴他们正在这里见风使舵、作威作福呢！"

韦生晖也黯然说道："卢大人所言不错。如今辽东镇已然落难——你白参将是蓟镇南兵营的人，和我们辽东镇渊源不深。而且，李督帅又不是你的直接上司，你大可置身事外、超然而去！我们辽东镇不能再拖累白参将你了！顾少爷也于昨天迁出了东霖院……"

白清卓双目炯炯生辉，毫无畏缩怯退之色："白某乃是李督帅派来协助调查黄启祥一案的特使，深受李督帅和辽东镇铁骑营数万雄师之重托，岂能见危而退、半途而废？！"

"白……白参将！你果然是世间罕见的好汉子！"韦生晖的眼圈红了又红，终是长长一叹，"井方他已经被他们完全诬陷进去了，你……你可不能再出事了！"

"井方怎么还会陷在里面？"白清卓微微一惊，"那天我去宣府镇前，你不是禀报找到了几个新证人可以证明青衣侍女的存在吗？这些证据送去顺天府，他应该就会被放出来了呀！"

"白参将你不知道，我们不光找到了新的证人证言，就是宝棠公子在宝芹小姐的劝说下也写来了井方兄当时不在场的证词信……可是目前顺天府衙唐鉴他们硬是认定，那日丹池诗会上从井方怀里搜出的锦囊字条也是李督帅写的暗语指令，所以非但不会放井方出来，听说已经开始对他刑讯逼供了……"韦生晖说着说着，禁不住流下泪来。

"这不是当疑者不疑、不当疑者乱疑吗？"白清卓气得把一双拳头捏得咯咯作声，"他们怎会如此昏庸？"

"不是他们昏庸，而是他们太过精明呀！这一次陛下因密函事件已对李督帅动了雷霆之怒，唐鉴他们这是见风使舵、逢迎上意啊！"卢光碧开口疾言道，"不必再多说什么了。你眼下立刻随我离开此处吧！"

白清卓沉静了片刻，叹息了一声："我还是想回到东霖院里稳一稳弟兄们的人心。韦院主，你一定要清楚，这些事情都是幕后真凶搞出来的迷魂阵，我们自己不能乱了方寸。这一点，我想和你一道进去传达给每一位弟兄！"

韦生晖感动至极地看着他："白参将，你的这些话，韦某都牢牢记住啦。可是你今天真不能进东霖院……"

就在此时，车厢外唐鉴冰冷的声音已经缓缓响起："白参将，唐某求见，恭请下车一叙。"

卢光碧一甩袍袖，瞪了白清卓一眼："你看，你看，麻烦来了吧！"

他们应声下了马车，却见是唐鉴、高正思二人在八尺开外并肩而立。

白清卓掸了掸自己的衣衫，迎视着他俩，声色如常地问道："唐捕头，何事？"

看见白清卓如此镇静如此从容，高正思心头不由得暗叹：这小子果然厉害！连李成梁出事儿这样的坏消息也未能逼他畏缩逃避！叹服之余，高正思此刻亦是满腹郁闷之情。今晨，方应龙让他出面召集了一批都察院、翰林院的清流言官来对李成梁私通外藩谋立皇嗣的事件表态。不料，有一半的清流言官反而认为李成梁重视礼法、立储以长的言论实为大义大勇，在当今陛下有意于"弃长立幼"的背景下尤为难能可贵。所以，他们不愿联名弹劾李成梁。而其余的一半清流言官也是支支吾吾，不好明确李成梁的"罪名"。高正思想来想去，只有让言官们从李成梁派人以三眼神铳刺杀黄启祥、以暗语字条指令李井方刺杀方宝棠这两方面入手来展开攻击，这才勉强整合了清流派的力量开始对李成梁口诛笔伐。故而,他才会亲自来到东霖院门外协助唐鉴督战。他很清楚,若是自己不在现场,唐鉴一个人未必挡得住白清卓的气势。

此时,在他的暗示之下,唐鉴挺好了胸膛,凛然言道:"我等素闻白参将与李井方交好。而今李井方涉嫌接受他人暗语指令而刺杀方宝棠公子,白参将事先可知情否?"

"哦? 竟有这回事儿? 白某从未听闻过。"白清卓淡淡地说道,"白某和东霖院近日一直在追查那个青衣侍女的情况,目前亦有了一部分的新证人新证词,那么唐捕头又知情否?"

唐鉴直接绕开他的反问,冷冰冰地讲道:"无论如何,我等须得例行公事,要带白参将你回顺天府衙接受讯问。"

卢光碧实在是听不下去了,插话道:"唐捕头,你在这里不是已经问过话了吗? 白参将刚从外地回来,车马劳顿,他身体又不好——你们要完善记录,就在这里完善吧!"

"卢郎中,"高正思硬邦邦地发声了,"律法面前,人人平等。唐捕头他们依律依法要带白清卓回衙门问话,岂能轻易推搪?!"

说罢,他转头直瞪着白清卓:"白参将,你若执意不去顺天府衙,一则说明你心虚意怯、有所畏避,二则休怪都察院要弹劾你藐视律例、势压有司!"

"你莫要乱扣什么大帽子!"卢光碧勃然大怒,"白参将又不是什么犯罪嫌疑人,他只是配合你们的讯问而已! 你们居然还要来个霸王硬上弓? 卢某非常怀疑你们要带走白参将的险恶用心!"

高正思冷沁沁的目光向他直刺过来:"你身为吏部郎中,竟然公开偏袒一个藩镇武将,这不是'朋党'吗? 小心高某连你也一起弹劾!"

唐鉴也"唰"地一下拔刀出鞘:"白参将,你若回避顺天府衙的讯问,请恕唐某只有依律严办了! 你硬不去,我们就抓你去!"

卢光碧正欲发怒拦在他身前,白清卓却右手一举止住了他,淡定地说道:"罢了,白某随他们走一趟顺天府衙吧。白某也正想去见一见李参军如何了。"

卢光碧一听,不禁连连跺脚:"你……你这是……逞什么英雄嘛!"

韦生晖也是连连嗟叹,向白清卓道:"白参将,您身体不好,一定要多多保重啊!"

白清卓朝他报以微微一笑,随即脸色一正,当着高正思、唐鉴等人的面,又向韦生晖扬声讲道:

"韦院主,你回去给院里的弟兄们讲,兵部郎中包天符才是合谋刺杀朝鲜使臣黄启祥的帮凶。我们已经查实,是他私窃了兵部库存的三眼神铳交给了真凶。辽东镇在黄启祥一案中是完全清白的。所以,大家都不要怕。从现在起,谁也诬陷不了我们的!"

他的声音响亮得出奇,连远在数丈开外的东霖院大门口那几个门仆都听得清清楚楚,一瞬间都不禁流出了既充满惊喜又饱含感动的泪水。

见到这一幕情景,高正思如同挨了一记铁棍而怔住了。他终于明白这个体弱多病、一身疲态的白清卓为何竟能在戚家军那些骄兵悍卒之中一言九鼎、众星拱月了!他就是这样的铁汉子,他就是这样的飞将军,行事如此明快淋漓,军中谁人不服?!

凌兰、王七三和暗卫队刚到包宅所在的街口,远远望见那里浓烟冲天。原来,包宅竟是起火烧了起来。

王七三和凌兰对视了一眼:很显然,这是有人企图焚屋灭迹、销毁证据!

他们急忙冲到包宅门口处。顺天府衙和京城巡防营的人其实已经过来扑灭了宅院里的火势,正在清理着现场。

王七三向守候在外的衙役们出示了兵部的腰牌。因为包天符自身也是兵部的属员,衙役们便放了王七三、凌兰他们入内自行翻找现场证物。

凌兰看到包宅的大部分房屋都烧成了废墟,书房那边毁坏的情况更为严重。她掩着琼鼻,忍着呛人的烟味儿,一路搜寻进去。只见那根横梁被烧得黑漆漆的,断成了三四截,倒在一片残砖烂瓦里面。

她眼眸一亮,纵身飞近,一剑劈开那第一段横梁:里面尽是实心的木质。

王七三见状,连忙跟了过来。只见凌兰一挥利剑,又劈开了第二段横梁:"叮"的一声响过,热气升腾之中,一只乌亮的铁匣赫然而露。

凌兰见这段横梁的外边已被烧得黑炭一般,而这铁匣居然完好无损,一时心中微惊,伸手一摸,触指之际却感到一片冰凉——原来这也是一只寒铁匣子,不仅甚为耐用,而且烈焰难侵。

王七三高兴得失声叫道:"凌姑娘,你找到证物了!"

他话犹未了,一瞬之间,一道灰影从另一堆废墟中闪射而出,迅若游电,直向凌兰狙击而来!

凌兰何等敏捷,听得风声劲急、来势甚猛,左手抓住那寒铁匣子,身如灵蛇往后一退——"沙"的一声,一道寒芒几乎是和她擦身而过,将地上那段横梁劈得碎屑纷飞。

她侧眼一看,却见来者竟是一个中等身材的蒙面灰衣人,手中持着一柄细细长长的弯刀。这一击不中之后,他刀锋一挑,只见一道白练似的精芒倒卷而上,又向凌兰扑面斩到!

凌兰见他出招甚是刁狠毒辣，每一式都是直劈要害、凌厉至极，当下丝毫不敢大意，右手一舞，挽起明晃晃一朵剑花，把那道刀光接了下来！

同时，在另一边，王七三和另外几个暗卫队队员也被不知从何处冒出的蒙面杀手截住斗了起来。

而凌兰和这蒙面灰衣人交换过十多招后，衣角几次险被他的刀刃划破。显然，此人的刀法是积淀了极深厚的实战经验而练成的。凌兰为了占据上风，心念一转，立刻施展游龙八步，身形刹那间变得飘忽如幻影，乍东乍西，倏左倏右——在这鬼神莫测的步法配合之下，她连人带剑就似舞成了一团白光，虎虎生风，在蒙面灰衣人周围滚来滚去。

他挥动长刀拼命还击，却对这团白光始终是插射不入，刀锋还有好几次如同砍在石球上面一般被震弹了回来。同时，他听得外边衙役、捕快正大呼小叫地赶来，心头一急之下，从腰袋中摸出一枚形状有如展翼蝙蝠一般的扁平钢镖，"嗖"地一下，直朝凌兰猛射而去。

那蝙蝠形镖挟着嘶嘶怪啸之声，盘空飞旋，绕着圈儿地追袭着凌兰的身影。但凌兰仍是若无其事、从容自如地踏行着游龙八步——说来也怪，她总是能在这奇镖就要追到之际，如同泥鳅一般滑掉而开，它始终也伤不到她。

蒙面灰衣人一见自己的蝙蝠形镖也难奏奇功，只得苦心抓了一个空隙，又一记长刀朝凌兰当头劈落。

说时迟那时快，凌兰身形一闪，长发一甩，"飒"地一响，一束寒光暴射而出——"叮"的一声，正中蒙面灰衣人长刀的刀身！

那灰衣人只觉掌中忽地一轻，定睛一看，细长的弯刀已被一柄小小的寒铁簪刀一击而折，断成了两截！

与此同时，凌兰手中的利剑亦如影随形般在他腰际一削而过——他的腰衣之处，一股鲜血立即染了出来。

蒙面灰衣人痛呼一声，火速一招手收回了蝙蝠形镖，打了一个尖锐的呼哨，带着那些蒙面杀手一齐飞身遁逃而去。

凌兰没有前去追赶，而是从地板上捡起他的那半截刀身，仔细地观看着，陷入了沉思之中。

唐鉴、高正思带着白清卓进了顺天府衙之后，高正思自行便去找钱济之议事了。而唐鉴也没让白清卓到正堂问话，却是将他带到了府衙里关押李井方的那间牢房。

在昏黄的油灯光亮中，白清卓一步步走过被多年的血水冲洗得隐隐发黑的青石地板,渐渐看清了牢房深处的惨景:那位原来丰神如玉的翩翩美公子李井方,如今已被打得是衣衫破碎、鲜血淋漓!他上半身朝前倾伏,双手双脚则被向后紧紧贴墙铐着,头颅更是垂向地面。血水、汗水顺着他的脸颊、颈脖一串串滴淌而下,在他脸部下方的地板上积起了一个小水洼。

"井方兄!井方兄!"白清卓急步上前扶住了他,颤声呼唤道。

"清……清卓……"李井方似是听到了他的声音,挣扎着抬起脸来看向他,"没……没事儿……"

"唐鉴!你马上解开他的镣铐,找医师给他疗伤!"白清卓回过头来,目光灼灼地逼视着唐鉴,"我要弹劾你顺天府滥用私刑拷打无辜之人!"

此时此刻的唐鉴就像换了一个人,不再如平日那般圆融和气,而似铁人一般森严生威。他顶住了白清卓锋利如剑的目光,冷笑道:"白清卓,你有所不知,李井方分明是收到那张暗语指令字条后才谋划着刺杀方宝棠的。既然他顽抗着不肯交代幕后主使之人,唐某不用刑罚,如何才能完成陛下金口交办的任务呢?!"

"那……那是栽赃!……"李井方死死地瞪着唐鉴,"我……我之前从没见过那……那字条……"

白清卓咬着钢牙,凛然说道:"我们已经寻到了新证人新证言,方宝棠公子自己也写了证词信,证明井方兄不是那日丹池诗会里的真凶。你们为何却要迫不及待地屈打成招?"

唐鉴把那张锦囊字条取过来,拿在手上扬了一扬:"实话给你说了吧,从李井方身上搜出的这张锦囊字条,已经被诸位大人鉴定是李成梁写给李井方的暗语指令。你如何推翻它?"

"诸位大人的鉴定?"白清卓嗤笑了一声,"你们可找京师四大公子里最擅书法的玉笔判官崔波也鉴识过了?"

"我们派人去请过。这位崔公子却已不在京中,云游四方去了。"

"你……你们……"白清卓语气一滞,双目一转,又厉声说道,"且不论那张锦囊字条的笔迹是不是李督帅亲笔所写。倘若它真是李督帅写的,必是高度机密之要件——李井方还会毫无掩藏地把它揣在身上,让你们如此轻而易举地搜到?它很明显便是那个青衣侍女塞在李井方身上栽赃嫁祸的呀!唐捕头,你断案无数,难道连这一点也看不明切?"

唐鉴的语气依然冰冷如刀:"你不要再替他狡辩了!白参将,你今天若是再不交代你和李井方合谋行刺方公子的勾当,你自己眼下恐怕也难逃皮肉之苦、三刑之痛!"

一听此言，白清卓浑身微微一震，面色倏地平静下来，唇边划出一抹冷笑："原来唐捕头早有绸缪，想在这里把白某屈打成招？！"

唐鉴显然不想再和他多费口舌，铁青着那张长马脸，把手一挥，几个衙役立即挽起袖子拔出佩刀，凶神恶煞地朝白清卓围将过来。

就在这一刹那，被打得遍体鳞伤、垂头喘息的李井方蓦然大喝一声，身形暴然挺立而起，双眸中精芒大放："你们谁敢？！"

他双手一翻，挽住铐链狠狠一拉，"铮铮"连响，直拉得那拇指粗细的铁链似弓弦一般几欲绷断开来！只要他再使一分劲道，全然便可脱缚而出！

同时，他向白清卓喊道："清卓兄，快到我身后来！他们抓不住你的。"

白清卓看到他为了保护自己的安全亦是拼了出来，不禁心头一暖："井方兄，用不着……"

那边，唐鉴却冷笑一声，摆手让那几个吓得屁滚尿流的衙役退到一旁。他盯视着李井方，寒声说道："李井方，你不愧为辽东镇帐下第一高手！原来你一直是在忍伤待机啊！"

说完，他右手利刀忽地一立，"嘶"地一响，一道锐风似无形的锋刀般直掠而出，刮得李井方、白清卓脸颊上火辣辣一阵剧痛！

白清卓将脸一侧，微微眯起了一双明眸："原来唐捕头竟是深藏不露的奇门刀法高手！失敬失敬！"

李井方轻叹一声，转脸看向他来，目光中流露出一丝深深的歉意："清卓，我到底还是连累你了……"

白清卓仰起面来，牢房里潮湿发霉而又腥臭难闻的气味穿梭在他鼻息之间。他却恍若未觉，悠悠叹道："看来，我今天来这里接受你们'问话'，一直都是你们在处心积虑、请君入瓮了？"然后，他话锋一转，又向唐鉴逼射而来，"你真的以为你可以把我关在这里为所欲为？"

"莫非你还有困兽犹斗的本事？"唐鉴双眼寒光闪动，用手中利刀直指着他的面门，"唐某办的是钦案，你若胆敢顽抗，唐某就把你当场格毙了也不怕！"

"那你试一试？"白清卓紧盯着他，红唇微动，缓缓吐出了这五个字。刹那之间，他身旁二尺开外的李井方陡觉浑身肌肤如遭针刺般一紧。他倏地感到一股莫名而犀利的杀气正似无形之剑一般在白清卓的孱弱之身上渐渐凝聚，竟让李井方内心涌出一种陌生的可怕之感！

而远在两丈开外的唐鉴也骤然面露异色，握紧了自己的刀柄，如临大敌似的注视着前方这位看似虚弱得不堪一击的白衣公子。

就在这一刻，一个清朗的声音从牢门外直穿而入："慢着！"

这声音来得极巧极妙，如石击水，把整间牢房里紧张得几乎爆炸开来的气氛泄了一泄。

转瞬之间，白清卓一下精气敛尽，捂着胸口重重地咳着，身子也倚靠在石壁上面，显得疲惫至极。

唐鉴则是暗暗一叹，刀尖垂了下来。他回头看去，果然看见是锦衣鲜明的何远一步跨将近来，只得敛颜问道："何……何大人，您、您这是？"

"你办的是钦案，可白参将也在替圣上办钦案。你若当场格毙了他，那何某是不是也可当场格毙了你呢？"何远双目一横，扫向他来，冷冷地硬声叫道。

"在……在下不敢。"唐鉴只好还刀入鞘，"在下只想请问白参将几个问题。"

白清卓斜眼瞧着他冷哼一声，目光一转，只往身边的李井方那里瞥了一瞥。

何远甚是会意，也盯视着被打得伤痕累累的李井方，眉头一皱："陛下有旨让白参将和锦衣卫合力追查黄启祥和包天符的案件，唐捕头你若把他在这里像李参军一样'问坏'了，就和钱济之一道自己跪到午门去领罪吧！"

"在下不敢。在下刚才问过了，白参将与李成梁密函事件似无瓜葛。"唐鉴吞了吞口水，只得继续恭然而答。

白清卓停住咳喘，突然开口了："何大人来得正好！白某近日前往宣府镇，已经查实包天符私窃兵部库存的三眼神铳，与人合谋刺杀黄启祥。有关详情容后再禀。同时，白某和东霖院也找到新证人新证词，包括方宝棠本人出面做证，那日丹池诗会刺杀之事与李井方无关。望何大人通知顺天府放了李井方，不要在此大兴冤狱！"

何远听完，侧头看向了唐鉴："唐捕头，你觉得白参将所言如何？"

唐鉴暗暗捏紧拳头，直顶回来："何大人，李井方目前涉嫌李成梁手书暗语指令一事，不可轻放啊！"

"所谓的李成梁密函、所谓的李成梁暗语指令，目前仅有两张纸件，而且还未知其真伪虚实。可是你们已经在此对李参军大动刑罚！白某和辽东镇很难相信你的明镜高悬！"白清卓直劈过来，"就连白某方才也险遭你屈打成招！"

唐鉴脸腮上肌肉一绷，双目寒光直射："李成梁暗语指令杀人一事未查清楚之前，李井方不能离开这里！否则，唐某只有前去午门击鼓上告！"

"你……你……"白清卓怒极而笑，"白某真该在刚才让你上来打上一顿，也好叫天下士民瞧一瞧究竟是谁在蒙冤受害……"

"罢了！罢了！"何远挥了挥手，"何某留一个锦衣卫弟兄专门在此看守李参军，若是顺天府再有刑讯逼供之举，定当严惩不贷！"

"在下遵命,在下遵命。"唐鉴只得垂头答道。

"请唐捕头解开李参军身上的镣铐,并请医师为他疗伤。"白清卓正色言道,"此事不能延误。否则白某出去后必将行文参劾顺天府! 那时可休怪白某搅得贵衙上下难安!"

何远咳嗽了一下,没有言语。

唐鉴此刻自知不能再硬顶白清卓,冷着脸答道:"唐某照办即是。"

白清卓和何远从顺天府衙大门并肩出来时,天色已近黄昏。他对何远说道:"有些事情,我俩趁热打铁,找个地方好好谈一谈?"

何远面露微笑地看着他:"不就是包天符的事情吗? 听你刚才的讲述,倘若一切属实,这个包天符还真是胆大包天啊! 何某今天赶到这里来,也真的是为了他这件事儿。张公公、陈公公都在等着何某尽快回去禀报呐!"

"无论如何,白某都要感谢何君你及时赶来的救助之恩。"白清卓也不废话,对他深深谢道。

他俩正说之间,台阶下却传来一声轻轻柔柔的呼唤:"白公子!"

白清卓回头一看,竟是上官雪衣的侍女小芸。而在小芸身后的一辆马车旁,上官雪衣正倚轮而立,双目满含关切地凝望着自己。

"何君,请你稍等,白某去去就来。"白清卓见后,急忙向何远讲道。

"看来上官小姐在外面可是等你很久了。你尽管去吧。"何远笑了一笑,自去一边上了坐骑,"我在街口那边等你。"

白清卓微微停了一下动作,终于还是过去和上官雪衣一道进了马车车厢。他分明感到上官雪衣全身上下都散发着要扑入他怀的冲动,而他却冷静得近乎冷漠地坐到她的对面去,淡淡然开口了:"雪衣,你莫要焦虑,我很好。"

上官雪衣双手拧着自己的衣带,面色剧烈波动着,眼眶渐渐红了,最后也平静了下来。她缓声说道:"你还骗我? 刚才你在府衙里,我在外边为你着实捏了一把冷汗。你知道吗? 今天在这里连我父亲的招牌都毫无用处! 我真的是为你急死了……"

"莫急,莫急。"白清卓向她摆了摆手,"我不是已经在你面前了嘛!"

"你总是这样用你的稳如泰山拒人于三尺之外。"上官雪衣面色微动,"但你不会不清楚,今天有了这第一次,你将来就会有第二次、第三次……我真的只想要你平平安安的。"

"我知道,想要我不平不安的人很多,但我都不怕。"白清卓的语气沉笃得如同波涛里巍立不动的礁石,"你也不用怕。"

上官雪衣苦苦地一笑,拂了拂自己衣角上的灰尘,娇颜一凝,显出一种从未见过的沉肃之色:"清卓,我知道你一直在暗怨我当年的不坚定。但是,有些话语,我已经在心底憋了太久太久。趁着今天这个机会,我想和你谈一谈。"

白清卓目光一抬,也正视着她:"其实我从来没有埋怨过你。不过,你既是如此迫切,我来问你,你要谈的那些话究竟是你父亲的意思,还是你自己的意思?"

"我父亲的一些意思也有,"上官雪衣亦毫不回避他的锐利目光,"但更多的是我自己的意思。"

白清卓缓缓说道:"你那讲吧。"

上官雪衣从车厢的暗格中摸出一柄寒光闪闪的匕首,递在他眼前:"你知道吗?这是有人为了威胁卢光碧不再帮你,在前天夜里插到他枕头边的!他可是你的至交好友!还有王一鹗尚书,也在昨天遇到刺客暗害,幸好有暗卫队的人保护了他……就是我们上官府也收到了同样的恐吓信……"

白清卓深深一叹:"对不起,我真的不想连累大家。但是,现在我倘若半途而废,就会有更多的将士和百姓万劫不复啊……"

"可是第一个会万劫不复的是你!谁都知道,你本是蓟镇参将,和辽东李氏并无深交,可他们今天为何还是非要将你置之牢狱呢?你想一想吧,如果你最后被他们不明不白关在狱中,你最后会变成怎么样?被他们用重刑、暗刑、毒刑活活折磨而死吗?据我所知,李参军可是从昨天开始就昏死了好几次……你呢?你熬得了多久?!"

白清卓看着她泪花闪闪的样子,几欲伸手出去为她拭泪,最后却又拼命忍住,轻轻说道:"何至于此?你过虑了。"

"我真的是过虑了吗?承天之幸,今天下午幸好有何远过来救了你。他若不来呢?可你也清楚,何远来救你,只是圣上从内心深处把你和辽东李氏分了开来,又考虑到申阁老的面子,才留了你一线生机!否则,今天谁也救不了你!"

"可是你若不出来,你那个脾性火暴的师妹一定会去破牢劫狱!那个时候,你该怎么办?南兵营弟兄们听到这些后又该怎么办?"

白清卓静静地听着,眸中渐露异色。他真没想到上官雪衣竟为他的事情想得如此深远。片刻过后,他轻叹而答:"白某相信陛下是英明睿智的,不会再因一面之词而妄断大事的。"

"我知道你的意思——而今你认为有你申师傅在内阁,便能劝阻圣上不要妄断大事。"上官雪衣的话语越来越是锋锐入骨,"但你知道吗?就在昨天夜里,陛下已经直接下了密旨从大同镇增兵给萧虎臣并让他监视李成梁辽东军的动向!连你的申师傅都没有告知！这意味着什么？你那么聪明，不会想不通这一点吧？"

白清卓定定地看着她的面容，心头因为高度紧张的思忖而忘掉了自己该说点儿什么。

"其实，你不要纠结于李成梁密函的真与假。我在这里讲一些犯大忌讳的话，这份密函无论是真是假，都戳中了陛下一直以来意图弃长立幼、弃嫡立庶的痛点！许国不久前曾经建议陛下速正东宫名分，结果呢？从此之后，他的奏议在圣上那里一概不览不批！他完全成了一个'伴食阁老'！这才是圣上心底的真实态度。而李成梁被卷到了这里边，下场也不会好！因为无论他有意还是无意，但他都有这个实力为皇长子保驾护航！你觉得皇上今后还会对他如何？现在暂时稳住他，只是圣上现在暂时没有取代他的砝码罢了！当年圣上稳住了辽东李氏，才敢对戚继光强逼南迁——这一幕活剧难道今天便不能再重演一次吗？而你，又何必非要与他们辽东李氏绑在一起坠入深渊？"

"雪衣，你貌似不问朝事，但这番话讲得却比局中之人更为通透。看来，令尊大人和你谈了不少。"白清卓平视着她，语气淡淡的，却也是重重的，"但是白某为人行事从不算计这许多，你又不是今日今朝方才知晓。我若深算浅算、明算暗算，七年之前我还会血书上谏、午门鸣冤吗？还会外放边关、坚定不移吗？倘若目前辽东李氏又如岳家军一般陷入冤狱，天下何安？我心何安？社稷何安？既然有人企图千方百计搞乱我大明之雄师之城，则幕后必有不可告人之阴谋。白某终是不会坐视不理的。"

上官雪衣也似讲得累了，原本清亮迷人的眸光也变得迷离起来："清卓，天下大势汹汹而来，岂是你这一手一足之力可以撑持也？你何必把自己站位得太高，让自己背负得太重？我们一起逍遥度日，不是更好吗？"

白清卓暗暗抓紧了自己的衣角，极力压住了自己的重重心潮，一字一句硬如钢铁地说道："我自知力小势微，在这浊世洪流之中，也只想尽一份力是一份力，做一件事是一件事。如此而已，别无他念。雪衣，对不起，我终是不能与你独善其身。"

上官雪衣听罢，不再多言，缓缓伏下身去，掩面低低地抽泣了起来。

三十

在距离顺天府衙不远处的另一个胡同巷道里，极为隐蔽的一处角落中，静静地停着一辆帘帷紧闭的马车。

里面坐着那位缁衣僧人，面如渊潭毫无波纹，双眉微垂精芒内敛，只是不紧不慢地捻动着掌中的一串念珠。

灰影一闪，那个蒙面玄衣人似鬼魅般掠进了车厢，在他身前屈膝半跪。

缁衣僧人缓缓睁开眼来："白清卓出了顺天府衙了？"

"不错。就在刚才，是锦衣卫头领何远带他出来的。"蒙面玄衣人疾声答道，语气里透着一股莫名的庆幸之情。

缁衣僧人极为敏锐地捕捉到了他这一细微异常的情感波动，就淡声笑道："你是不是认为朱翊钧还不算太昏庸，对白清卓还是另眼相待的？若是今天白清卓没能顺利走出顺天府衙，那可就真有一场'好戏'看了！你说，对也不对？"

蒙面玄衣人凛然说道："那是自然——剑池女侠凌兰肯定会第一个冲进去劫狱救人，顾少伦、罗乞泰等人也会一拥而上，然后蓟镇所有南兵营的戚家军就会闻讯暴动……您这边就可乘势出手，我们亦会参与进去……"

"是啊！一个白清卓就能提前引爆京师里的整个乱局！如果再加上辽东镇、东霖院的人也众心惶惶地卷将进来，我们便可坐享其成、渔翁得利了。"缁衣僧人的笑意渐渐凝重如铁，"可惜啊，白清卓终究还是走出了顺天府的牢狱之门。这也不是朱翊钧有多么贤明，主要还是申时行比较持重老成。国有老臣，虽乱而不可亡啊！"

蒙面玄衣人思忖着答道："渔翁得利之人也不光是我们，还有李成梁私通朝鲜密函一事的幕后设局之人。他们究竟是何来路？"

"本座隐隐猜出，可能黄启祥事件背后的指使之人应该就是李成梁密函事件的设局之人吧。这两个案子是'连环套'，完全是要逼反李成梁啊！"缁衣僧人徐徐言道，"对此，我们就静观其变吧。李成梁和辽东镇垮掉，对我们也是大有利的。"

蒙面玄衣人叹了一口气："可是白参将一直在锲而不舍地追查……"

"他查他的，我们做我们的。"缁衣僧人眼中寒电一闪，"这一次你们刺杀包天符做得很好，若是没有'李成梁密函'这件事儿从旁转移了舆论，应该能对大明朝廷产生不小的震动。"

蒙面玄衣人敛颜而答："那我们就等到'李成梁密函'事件稍稍降温后，再行另举！"

"朱翊钧已经公开宣布了下个月便要举办午门献俘大典,那才是我们即将主演的重头戏。你休要忘记了!"缁衣僧人锐目一转,看向了蒙面玄衣人,语调里颇为意味深长,"依本座来看,你是不是有些动摇了?毕竟白清卓入宫面圣在争取南兵营补薪一事上似有进展。"

蒙面玄衣人眸光一冷,声色一硬:"请上人放心。下一次任务,在下亲自去执行。"

缁衣僧人直视着他:"本座只是提醒你和你的那些弟兄,不要像白清卓那样,对朱翊钧和大明朝的其他官员抱有任何幻想。要真正改天换地、正本清源,只有依靠我们自己!"

他虽是说得无波无澜、平静如川,掌心中不自觉的劲力外溢却暴露了他隐秘的心情:那一颗颗红珊瑚制成的念珠,原本坚若精钢,但在他紧紧一握之下,竟是纷纷碎成了粉末。

白清卓告别上官雪衣后,与何远继续同行。

何远策马问道:"你现在欲往何处?"

白清卓面色如常:"你不是要看包天符案件背后的真相吗?我带你去。"

正说之间,却见凌兰、王七三等人疾驰而来,和他们半途而遇。

一见白清卓,凌兰就嚷了起来:"二师兄,我听韦院主说你被顺天府衙的人带走了……"

"没事儿。为兄不是已经出来了吗?你看,一根毛发都没少。"白清卓笑了一笑,把一切都轻描淡写地掩了过去,"走——我们去喜来客栈详谈。顾少爷可在那里一直等着呢!"

凌兰咬了咬银牙,瞪了瞪何远,没有再多说什么。何远却被她瞪得是一脸的茫然。

到了喜来客栈,顾少伦急忙迎了上来。他见众人行色匆匆,也不废话,就喊掌柜开了一间壬字号厢房,让众人入内叙谈,同时自己坐到门口把风。

王七三、凌兰打开包袱,把这一次前往宣府镇包氏老宅和今天从京师包氏官邸中搜到的各类证物都摆放到了桌面上。王七三还拿出了户部员外郎郭一多证明包天符伪造武库司销品文书、私藏三眼神铳以及铳弹等事件的签名证词,也递到了何远的眼前。

何远瞧着那支三眼神铳和那一袋铳弹,又细细看完了郭一多的证词,这时才真正认定了包天符果然是参与合谋行刺黄启祥事件的帮凶。他心底暗道了几声"侥幸"——陛下在最后关头让张诚事先提醒锦衣卫不可因"李成梁密函事件"而"一叶障目",果然是英明的。白清卓这边才算是真正抓住了黄启祥案件的线索!

他沉吟之间,凌兰又启开了今天在包氏官邸火灾现场从那群蒙面杀手中保护下来的那只寒铁匣子。

诸人注目看去,只见这匣子里面放了几颗龙眼般大小的乌亮药丸和三四块罕见的奇特金饼。因为这寒铁匣子最能防火散热,所以这些药丸、金饼竟是丝毫未受火灾高温之灼热而融化蚀损。

白清卓拈起其中一块金饼察看,椭圆形的饼身上面绘制有"天正十六""十两"等墨印文字,饼头饼尾都雕刻着小巧而精致的桐花流线纹。

何远也拿起一块金饼瞧了起来,诧然说道:"这个金饼不会是什么人私铸的腰牌或令牌吧? 上边居然还有天正十六这样的符文? 是包天符的秘密代号?"

白清卓将金饼轻轻拈了一拈,只觉得沉甸甸的,似是分量不小。他缓声开口了:"这金饼确实有十两左右之重量。所以,从这十两的字样来看,它倒应该是包天符背后那股势力特制的赏金金饼。"

"难道是刺杀过你的那个炎阳宫?"凌兰也灵机一动。

"不好说。"白清卓向王七三吩咐道:"稍后把这金饼上的所有图纹文字拓印下来,然后公开发布悬赏,交给各路江湖人士一齐帮忙辨认吧。"还转告顾少伦说他们苏州顾家人才济济、见多识广,也可以出一出力。

"好。在下稍后就办。"王七三疾声而答。

何远放下那金饼,忽然见到那几枚乌亮药丸,眸中异色一动,急忙拿起一枚放到鼻下嗅了一嗅,面色骤变:"他……他这里竟然也有这鬼东西!"

"这……这是什么?"白清卓也拈起一枚乌亮药丸嗅了一下,觉得隐隐似有一丝熟悉的气味,仿佛自己曾经在哪里闻到过,只是一时想不起来了。

何远指着这药丸,对白清卓讲道:"白参将,你有所不知,这便是由外藩进贡的怪药——由乌香制成的升仙丸。初时服食它时,犹如魏晋人士之食'五石散',只觉得欲仙欲死、身登极乐,时间一长则再也离不开此物;若是停服此丸,又是痒痛难耐、浑身抽搐无力、生不如死。所以,此丸颇有夺人魂魄、锢人心智之毒性。我锦衣卫一直将其列为密禁之物。但自去年年底以来,锦衣卫暗查到一部分官绅当中似在流行服用此丸,遂对此追查不已,只是至今还未查到其销售源头。想不到包天符这里竟也藏有此丸。"

"既是如此,这也是一条线索,说不定包天符背后的真凶主谋也正是用这升仙丸操控了他。"白清卓立即领悟过来,向何远认真说道,"你们若在这升仙丸方面查到了什么消息，一定要和我们及时分享。"

"嗯。何某正有此意。"何远点头答道。他说罢，又拿起桌面上放着的包天符尸体验伤文牍看了一下，瞳孔不禁一缩，失声说道："怎么？他也是死在辽东猎刀之下？"

"是的。很蹊跷吧？"白清卓唇角一动，似笑非笑。

何远的脸色沉凝起来："实不相瞒，近日包天符遇刺的消息传入了京中，也有一部分人士认为包天符平日因与辽东镇在军械供应上屡有争执，激怒了李成梁，所以有可能是辽东镇派人刺杀了他。而今，如这份验伤文牍所言，他又是死在辽东猎刀之下。这倒是似乎坐实了这些人士的说法。"

"你可不要被这些说法扯偏了。白某起意调查包天符时，情形十分隐秘，也只有兵部王一鹗和七三大哥等暗查队的人知晓内情。东霖院这边，白某一个字儿也未吐露。所以，即使是辽东镇，也不会想到我已经盯上了包天符。甚至于包天符幕后主谋之人也未料到白某如此迅速就锁定了包天符。"白清卓含笑道来。

"白参将，你这些话有什么依据？"何远直问道。

"依据嘛，白某的依据就是：包天符以一介区区四品京官，身边竟然一直有两个武艺高强的江湖高手担任其护卫家丁！这不是很蹊跷吗？是谁向他提供了这两个武林高手？又是谁在幕后保护他、指使他？很显然，应该就是黄启祥一案真正的幕后主谋之人！"白清卓娓娓讲来，"而且，这主谋之人分明也没料到会有一个使用辽东猎刀的刺客猝然暗杀了包天符。因为，他真要想把包天符断命灭口，只需吩咐那两个扮成家丁的高手即可，又何必从外边动用第三者的力量？"

何远面色冷沉沉的，低声说道："辽东猎刀——难道洪尔林身后还有余党存在？"

白清卓看了看凌兰、王七三等人，把眼色一丢。凌兰等人会意，立刻纷纷告辞而出。厢房之内，只留下了他和何远二人。

何远的语气冷森森的："近日申阁老也提醒了张公公要注意金刚堡一事的余波……没料到在包天符这个案子里竟又冒出了辽东猎刀！洪尔林和他背后的人真是'阴魂不散'啊！"

白清卓举杯慢慢呷了一口清茶，凛然正视着他："事已至此，白某只问何大人一句话，你们究竟信不信白某？"

"我们司礼监、锦衣卫这边自是十分信任白参将的。你完全可以放心。"何远的神情甚是认真，"否则，今天下午何某也不会赶去顺天府衙接你出来了。"

白清卓继续庄肃而语："何大人，其实自所谓的李督帅私通朝鲜密函事件爆发以来，已有不少朋友劝说白某在追查黄启祥一案时须当适可而止、明哲保身，你认为白某还应不应该继续坚持下去?"

何远倒也没回避他的灼灼目光,而是把话题移了开去:"昨日申阁老向陛下进献了一枚玛瑙文石,图纹是一片槐叶,我听张公公解析它的寓意可能是'一叶知秋'——陛下也笑纳了。"

白清卓闻言,也暗暗佩服起何远这番话的巧妙之处来。很显然,这番话是何远的那个干爹张诚教给他的。申阁老送那块玛瑙文石,其暗语是劝说朱翊钧此时此刻千万不要一叶障目而误了大局。而张诚对何远肯定是传达这一层意思来的,但这些话又不便向白清卓这个"外人"明说。所以,他教导何远在透露这些内情时,必须把这"一叶障目"改换成"一叶知秋"。如此一来,他们就不会被别人抓住"交结外臣"的把柄。而"一叶知秋"和"一叶障目"两个词语中都有"一叶"二字,以白清卓的领悟力,自然是一点即通的。明白了这一切之后,白清卓也慢慢收敛起了自己的庄肃之气,徐徐然说道:"既是如此,那白某也就向你、向你身后的司礼监和锦衣卫直言相告了。什么'李督帅密函'、什么'李督帅锦囊暗语指令',其实都是别人给我们布下的迷魂阵。我们不能乱了方向,也不能乱了方寸。我们依然要抓住包天符这条线索深挖下去。"

何远直截了当地向他问来:"你既是把李成梁密函一事完全甩开,说明你对包天符这里应该有所心得。何某问你,你觉得包天符幕后的主谋之人到底是何来路?"

"这样吧,白某以自己之研判而郑重言之。这幕后主谋之人确是十分阴深,很难捕捉到他的'真身'。他先是以三眼神铳而扣紧辽东镇,现在又以李督帅密函咬紧辽东镇,极准极狠,入骨三分。对这股势力,白某一时也是猜不透。假设是方应龙,他又怎会舍得孩子来套狼,险些把自己嫡子的性命都搭上?假设是萧虎臣,蓟镇内部也潜伏有李督帅的耳目,若有风吹草动,李督帅亦早有防备,何至于如今处处被动?所以,白某始终看不透这幕后真凶究竟是何来路。"

何远也沉沉一叹:"是啊!何某也想不明白,能够设计出'李成梁密函'这个天大的'布局'的势力,该是何等仇恨辽东李家?而且,他们搞垮辽东李家的势力,又会获得什么样的利益呢?"

白清卓咳了一声,若有所指地讲道:"也许庙堂之上的政争暗斗就是如此的阴暗污秽、无所不用其极吧?有些人而今也在浑水摸鱼,为了打倒辽东李氏,不是正睁着眼睛到处说瞎话吗?李井方在顺天府狱中连遭酷刑,他们还有什么手段使不出来?"

"你看,你看,你又扯到李参军了。你放心,我会让他们在顺天府那边好好关照李参军的。"何远嘻嘻一笑,"别扯远了。白参将,你再给我交一个底儿,黄启祥案子究竟还有没有什么突破口?"

"突破口其实一直都有啊！只是一直都姗姗来迟。"白清卓也轻轻一笑。

"哦？在……在哪里？"何远一怔。

"你没看出来吗？无论是黄启祥遇刺案件，还是此番的'李督帅密函'事件，都共同牵涉到了同一个对象——"

"朝鲜藩国？你是说朝鲜藩国？"何远恍然大悟。

白清卓双目亮光闪闪："对！正是朝鲜藩国。现在不是有人声称那件从黄启祥手中失踪了的'朝鲜秘宝'就是'李督帅密函'吗？只要朝鲜方面关于真正'秘宝'的讯息一送进京师，一切不就真相大白了？"白清卓一语中的地讲道。

"对这件事情，我们锦衣卫已完全介入。"何远细细道来，"据闻朝鲜先前已经派了三拨特使携'秘宝'之讯息赶赴京师，结果却在进入辽东境后神秘失踪了——最近这一次，是由辽东镇方面主动衔接我们锦衣卫的人一同到鸭绿江接待那位朝鲜特使前来京师。相信这一次应该没有多大纰漏了。另外，关于李成梁密函的真实性调查，顺天府的人和我们锦衣卫的人也于近日将从山东登州府渡船出发，前往朝鲜尽快核实。"

"看来，黄启祥一案的幕后主谋一直在阻挠我们和朝鲜方面的直接联系啊！我们和朝鲜的渠道一旦打通，就是所有的疑云彻底澄清之日了。"白清卓搓了搓双掌，"那就让我们一起拭目以待吧。"

"好的。谈完了黄启祥案件、李成梁密函这两件事儿，咱们再来谈一谈包天符被杀吧。"何远徐徐问道，"包天符为什么会被杀？你判断是洪尔林余党杀了他？难道他和金刚堡事件也有什么联系吗？凶手为什么还留下了'窃国乱军，罪在不赦，该当斩首，以儆效尤'这十六字？"

"哎呀，你一下问我这么多问题。让我缓一缓。"白清卓见到桌面上茶壶旁放了一碟糕点，便拈起一块细细吃了起来。

何远只得闭口敛言，静静地等他吃完。

白清卓连吃了三块糕点后，才娓娓道来："包天符之死，确定是洪尔林余党所为，这已毫无异议。他被杀的原因，倒不见得会和当年的金刚堡战役事件有何关联——那时候，他在兵部还没当上郎中，根本影响不了金刚堡一役。但你刚才不是说了嘛——他和辽东镇在军械供应上屡有争执，甚至和我们南兵营也是多有敷衍，这大概便是他窃国乱军的罪状吧，所以才被凶手一刀斩首啰！"

"洪尔林余党？"何远也开动脑筋思忖着，"可是金刚堡之役后幸存的老兵们都差不多死光了呀——洪尔林死了，徐方深死了，而田文豹又是一个残废之人，那么谁还会使用辽东猎刀杀死包天符呢？难道洪尔林他们还有刀法传人？"

"他们有没有刀法传人,我不能确定。不过,依白某从现场验查包天符的伤口来看,那一刀若无数十年的修习苦练之功,是不会劈得那么又快又准又狠的!"白清卓若有所思地问道,"对了,当初白某听田文豹讲述当年金刚堡之役的真相,记得他说当年金刚堡之役只剩下三个幸存的老兵,那么洪尔林算一个,田文豹算一个,还有一个是谁?"

"徐方深啊!我刚才不是说了吗?可是他在去年便病死了。所以,辽东镇就只能找来田文豹当金刚堡之役最后的证人呀。"

"徐方深?"白清卓双眸精光连闪,"哦?徐方深去年就病死了?你们确定属实?依白某的猜测,精通这种辽东猎刀刀法的人,不会是除洪尔林之外,还有徐方深吧?你想,数千名金刚堡守卒,在遭到重重截杀之下,居然只有他们三人逃出来!洪尔林以一己之力竟能真的救出两个碍手碍脚的无能战友?"

"田文豹确已残废,他亦确是武艺不精,这是你我亲眼所见。那么,剩下的就是徐方深和洪尔林一样也是刀法高手。"何远双目锐芒一闪,"我会派人到辽东镇再调查一下徐方深的有关情况。"

"还要派人再去徐方深的老家深入地查一查。"白清卓的目光掠了过来,"万一他是假死呢?"

何远浑身一震:"白参将提醒得对。何某回宫后就去办理。"

"白某有一个推断,京中还会有类似于包天符遭刺这样的大事发生。"白清卓言道,"杀死包天符的这一派人和设局陷害李督帅、李参军的这一派人,其实是大不相同的。洪尔林背后的主谋,依然是用包天符的人头在'警示性杀人'!不过,他这一次警示性杀人的轰动效果被李督帅密函事件给冲淡了。他们难保不会再寻找下一个目标继续杀人来警示世人!"

"不错。依他们的做法,他们确是还会继续杀人来示警。白参将,你觉得他们又会再选哪些人为目标呢?"

"谁有窃国乱军之形迹,谁就会被他们盯上!"白清卓凛然说道,"你看,司礼监张公公在金刚堡一役被他们视为窃国乱军,所以遭到了刺杀。兵部郎中包天符与藩镇多有敷衍也被他们视为窃国乱军,所以也遭到了刺杀。下一个被他们盯上的目标很简单:谁若是在打压藩镇、以文抑武方面做得太过出格,谁就会遭到斩首、以儆效尤!"

"原来是这样啊!"何远看着白清卓,忽然想到了什么,唇角微动之下,却是欲言又止。

白清卓锐利的目光在他脸上一扫而过,容色忽地一缓,微微泛出一层笑意来:

"何君,你是不是觉得白某此刻正在心底暗暗窃喜?我们南兵营也是一直深受某些人士之刻意打压和蓄意敷衍。而这辽东猎刀凶手做了我们想做而不敢做的事情,所以,我们应该是暗暗拍手称快的?"

何远"吭吭哧哧"了一阵儿,苦笑了一下:"以何某对白参将你的了解,何某觉得你不会那样做。"

"你又不是我,你怎么知道我不想?"白清卓浅浅一笑:"其实以包天符敷衍推搪、背公谋私等所作所为,白某也真恨不能将他手刃而后快!"到了末一句,他却深深一叹:"只可惜申师傅言传身教的中庸之道害了白某啊!白某始终是迈不出那一步来。"

何远听着他这番话,一时怔住了。

白清卓凝望着他:"何君,其实你我皆是侠士出身的朝廷命官——你我都应该懂真正的为侠之道,也应该懂真正的为官之道。我们既要有侠道中的见义勇为、奋不顾身,又要有官道中的清正廉明、勤勉务实。但我们切不可学昏官的逢迎敷衍、推搪圆滑,也不可学劣官的狂戾粗暴、横行无忌。"

"清卓兄,何某今日受教了。"何远眉峰一耸,向他深施一礼。

白清卓又轻轻吐出一口气息来:"让朝廷有司把包天符被杀时现场留下的这十六个字警语公之于众吧,让某些在打压藩镇、以文抑武方面太过激烈的人见到后能够收敛一些。或许,这是我们此刻为他们所能做到的最好保护吧。"

"嗯。"何远颔首而应。

"白某请你转呈司礼监,请你们帮白某最后一个忙。"白清卓那冷冽的眼波微微流转,"在合适的时候,让白某亲自验看一下李督帅致朝鲜国王密函、李督帅暗语字条的原件。"

何远对他的固执有些无奈了:"虽然你一直在甩开这两件证物,但那么多的书法大家都验查过了,他们对它俩都没什么异议。"

白清卓正色道:"白某曾有'圣手狂生'的虚誉,也是擅长尺牍笔墨之法的。白某只有亲自验证过,才能有所归宿。"

"好吧,好吧。何某答应你就是。"何远直翻白眼地连声答道。

终于办完了正事儿,望着头顶的满天星斗,何远走出了喜来客栈的大门,正准备翻身上马。

倏然间,一股细细的森寒凌厉之气从后面直袭而到,令他背部的肌肉不自觉地紧绷了起来:"凌……凌姑娘……"

他缓缓回头，果然是一脸冰霜的凌兰在那里提剑而立。他唇边挤出一丝苦笑："凌姑娘，你这是？"

"听说你们官府那么黑暗，先是想对李参军屈打成招，又还想把我二师兄扣在狱中刑讯逼供？"凌兰将剑身一翻，凛凛寒光激射而起，直映得她眉睫发碧，"这还有没有天理了？"

何远立即容色一端："凌姑娘不要担心。我会保护好你二师兄的，请你一定相信我。"

"如果是皇上也让你们锦衣卫对我二师兄下手呢？"

何远笑道："怎么会？白参将可是大名鼎鼎的丹池诗会诗魁，皇上刚刚亲自召见，他又是申阁老的得意门生……"

"如果你们也辜负了我二师兄的一片苦心，我就带二师兄离开京师这个地方，让你们自己去收拾这些烂摊子去——"凌兰仍然是冷冷地说道。

正在这时，白清卓的声音从客栈大厅那边传了过来："小兰！不可！"

凌兰有些委屈地回过了身："二师兄！"

白清卓慢慢走来："小兰，侠有侠之道，官有官之道。何君确实是好人，你不可让他为难。"

凌兰侧过了脸，不看何远。

何远却正视着白清卓："白参将，锦衣卫是圣上最后的一道防线。如果连锦衣卫都胡来，何某也不会再在这边干事了。"

"小兰，听见了吗？"白清卓向他微微一笑，推了推凌兰："你代为兄送何君一程吧。他今天晚饭都没吃，你陪他去吃一吃夜宵。去吧。"

凌兰犹豫了一下，往前缓缓走去。

何远牵着自己的坐骑，在她身后跟了上来。

聚仙楼今晚的生意竟是出奇的热闹。很多食客都是闻风赶来，准备在此一睹"京中第一才女"方宝芹的绝代风华。

三十一

这时，从酒楼的第三层四十九级之高的凌空梯台望下去，闻名遐迩的那位圣手狂生白清卓正在师妹凌兰的陪同下，缓步走将上来。他穿着一身毫无纹饰的洁白衣衫，双肩披着夕阳浅浅的金辉，清逸秀挺如盛绽的白梅，唯有那一双深亮的瞳眸，顾盼之际凛冽如夜半的明星。

而方宝芹，则仿佛是刚刚从画卷中走出的临凡仙子，亭亭站立在梯台顶上，盈盈含笑地迎接着白清卓师兄妹二人步步走近。

她今天能见到白清卓，自然是被父亲解除了禁闭才行的。李成梁密函事件爆发后，方应龙自认为朱翊钧必会深深猜疑黄启祥案件也是辽东镇所为。一切的证物，似乎都把辽东李氏一派钉得死死的。他这个时候便不用再禁闭方宝芹了。反正她和方宝棠的证词信也改变不了辽东李氏被重重围堵的大局。他亦犯不着再在儿子、女儿面前做一个冷酷无情的恶人。

而方宝芹、方宝棠一经解禁之后，便派人邀请了白清卓、凌兰师兄妹二人来这聚仙楼参宴致谢。

其实方宝芹亦是心窍玲珑之人。她在得知李成梁密函事件后，结合自己父亲的种种表现，也在暗底下思忖了许多。李成梁密函在父亲的构思布局中，是一个天外流星般的"变数"。如果这封写给朝鲜国王的密函真的是李成梁自己写的，那么它一旦公开，则李成梁必将与皇上决裂。李成梁会乖乖束手当个解甲归京的"岳飞"吗？辽东镇与京师近在肘腋，万一李成梁豁出命来搞个"清君侧"，父亲方应龙不是首当其冲的第一人吗？父亲很有可能落个"东市晁错"的命运！

反过来，如果这封李成梁的密函是伪造的，那么就说明有第三股神秘势力深度介入了这场朝局之争。而父亲方应龙只是被这股势力牵引进来对付辽东李氏的一枚棋子而已。父亲既是为外人所操弄，又有什么可值得高兴的？往深了去想，连兄长方宝棠的险些毙命也是那股神秘势力所为——父亲面临如此阴险的真正大敌，却还茫然无知，岂不危哉？所以，通盘谋虑之下，方宝芹决定主动迈出一步，与白清卓握手深交，在真正的紧要关头还能为方家留有一线回旋的空间。

此时，方宝芹领着白清卓二人已是进了甲字号雅间。脸色略显苍白的方宝棠早坐在里面等候了。

方宝芹仿佛是刚刚从画卷中走出的临凡仙子，亭亭站立在梯台顶上，盈盈含笑地迎接着白清卓师兄妹二人步步走近。

凌兰一见他，讶然说道："方公子，看起来你似乎还未痊愈，不如在家静养，何必亲自来此？"

方宝棠此刻只能躺坐在锦垫软椅之上，不便起身。他看到凌兰，也是脸放笑容："凌姑娘那日见义勇为、妙手回春、救我性命，方某永铭于心。你不用过虑，我已无大碍。"

凌兰正欲谦辞，方宝棠却从桌边取过一方木匣，轻轻打开，现出一支光华灿烂的珠钗来："这是小妹帮我为凌姑娘你挑选的一件礼物，希望你喜欢。"

众人定睛瞧去，只见那珠钗钗身乃是纯金铸就，形如"丹凤朝阳"，而凤头所回环含衔的，却是一颗奇珠——通体显现着浅浅的紫蓝之色，在灯光映照下泛出一圈圈如同浪花般的水波光晕，莹莹似一泓小小的泉眼，甚是灵动生辉。

白清卓一见之下，便知这是传说中的"水灵珠"珠钗，价值不菲，稀世罕见，急忙说道："小兰只是举手之劳，如何受得起这份重礼——"

他话犹未了，凌兰伸手一招，那珠钗就似自动飞到了她掌中。她把玩不已，心花怒放："还是方小姐懂得女孩子喜欢什么——我进京这么久，二师兄从没给我买过什么好看的首饰。那寒铁簪刀，只能拿来防身；这支水灵珠珠钗，我才能戴出去见客啊！"

白清卓被她窘得面颊发红，欲言未言之际，方宝芹却浅浅笑道："来！小兰妹把它戴上，你看，哪个公子不欣赏你这英姿飒爽、艳光夺人的风采！……"

方宝棠又拿出一册诗集，将话题带了开去："白公子，丹池诗会一番切磋之后，方某已视你为师友。这是方某的拙作，还望不吝赐教。"

诗文之交，即是君子之交。白清卓懂得了方宝棠此举的深意，立刻接过了他的诗集，笑道："宝棠公子以诗相赠，白某自是心领。"

"方公子，你用这支珠钗来谢我救你一命，是把你自己的性命看轻了。"凌兰戴起了那支水灵珠珠钗后，又眨眼一笑，"等你伤好之后，还要请我吃一遍这京师最可口的美味才行呐！"

方宝棠见她戴上珠钗后果然是英华绽放、艳光四射，也微微红了脸颊："好！从今以后，方某会每天派人给凌姑娘你送一道京中著名的美味来——金陵坊的炉闷烤鸭、春晓堂的杂炖牛蹄筋、四海全席的什锦鸡片、青芙阁的八味龟灵汤……包你天天吃得满意！"

"嘿！你这才真是够义气呢！"凌兰大喜过望，走上前去，轻轻一掌按在方宝棠的肩穴上，为他体内输入一股纯厚实的内家真气，同时笑道，"我一向是无功不受禄，就再为你补一补元气，让你很快就能生龙活虎的。"

方宝棠侧过面颊,瞧着她天真烂漫、清甜可爱的笑容,一时竟然看得有些痴了。

"果然是爱笑的女孩讨人喜欢啊!"在另一边,方宝芹和白清卓并肩走到窗口旁。她笑吟吟地讲道,"我很久没看到兄长像今天这么开心地笑过了。"

"依白某所见,宝棠公子经历过这一番出生入死的心路历程后,似是开悟了许多。"白清卓含笑而答,"这也未尝不是他浴火涅槃的一段机缘。"

方宝芹微微颔首,清莹的目光转向街道对面的东霖院大门,若有所思地讲道:"对了,清卓公子,我兄长的证词信送到唐鉴那里后,听说唐鉴的回复是,它能证明李井方参军不是杀伤我兄长的凶手,但不能证明李参军不是杀伤兄长的幕后主谋。看来,李督帅那张暗语指令字条若不推翻,李参军的冤屈就始终洗清不了。不过,我和兄长确实是尽力了。"

"你们兄妹二人的大义,白某没齿难忘。"白清卓的语气微微一凛,"不过,你相信那张字条真的会是李督帅写的吗?"

方宝芹悠悠一叹:"唐鉴、高正思他们非要那么偏执……"

白清卓抬眼望向那漫空的寒星,忽然深深言道:"宝芹小姐,请让我们好好珍惜今晚的欢聚时光吧。今夜过后,我们或许后会无期啦。"

"为什么? 为什么?"方宝芹芳容失色,急促而问。

"别问了。"白清卓淡淡叹道,"我们所要面对的势力太过可怕。白某不想连累你们。"

"没什么可怕的。"方宝芹目光莹莹地注视着他,"我相信你一定能让他们土崩瓦解。"

"这股势力胆敢伪造蓟辽总督的手书密函而兴风作浪,又胆敢以左都御史大人的嫡长子之性命为诱饵步步设局,这还不可怕?"白清卓的语气缓慢而沉重,仿佛在陈述一个冷酷的事实,"我现在只担心,所有我在意的人,都有可能卷入这巨大的旋涡之中,变得危险重重……小兰且不去说了,还有你呢? 甚至,我坚持下去的话,或许还会连圣上都不容! 你们届时怎么办? 或许,我们此刻分手,是彼此最好的选择。"

方宝芹默然凝视着他,双手暗暗捏紧了又松开,松开了又捏紧:是啊,他俩于茫茫人海中相逢、相知,难道又要因不可测度的风险而相离相弃吗? 最后,她艰难地却无比凝重地一字一顿地说道:"你错了。你我此刻分手,不是最好的选择;你我此刻携手,才是最好的选择。我,一定会站在你这边。无论这天底下的人都在谣传什么,无论有多少人背弃你、怀疑你、陷害你——你一定要记住,方宝芹,永远相信白清卓。"

白清卓的眼眸瞬间变得通红,那里面的热潮无法抑制,即将决堤。他仰起了脸,深深地呼吸着,许久方才平抑了自己心口急促而激烈的跳动。

最后，他慢慢地低声说道："京中第一才女，你不该这么笨的。"

"在你身边，我就该这么笨的。"她也慢慢地、低低地答了上来。

在京师东坊一座毫无名气的普通小酒馆第二层楼的癸字号厢房里，千面仙子和郑北雄对面而坐，她诧异地问："郑前辈今夜邀我来此，有何要事？"

"仙子，老夫有一位至交好友，想向您购买一部分升仙丸。"郑北雄捋着须髯，开门见山地讲道。

千面仙子犹豫了片刻，款声而答："我们炎阳宫确有不少升仙丸，但每一颗都自有妙用。请郑前辈见谅。"

"仙子，你们帮了我这位朋友，他亦会有所回报的。"郑北雄沉沉一笑，"炎阳宫素有一统江湖、独霸武林之大志，岂不应有山不厌高、水不厌深之度量吗？"

千面仙子被他这话逼得太紧，只得说道："您这位朋友也喜欢服食升仙丸？本仙子可以赠送他几枚。"

郑北雄深深地盯着她那一副并不真实的面庞："其实，除开升仙丸之外，他还想和仙子你们做一些交易。"

"交易？"千面仙子怔了一下，"他们有什么交易和本仙子可做的？"

"在京师之中翻云覆雨、翻江倒海，甚至翻天覆地，都是我这位朋友可以一手操弄的生意。"

一听此言，千面仙子瞳眸中亮光闪烁："哦？若真是如此，本仙子倒对你这位朋友颇感兴趣。"

郑北雄抬眼瞧了瞧窗外，道："老夫现在就可以召他而来。"

千面仙子妩媚一笑："这栋酒馆之外，本仙子布下的'隐卫'高手不知凡几。你能召他，而他未必能进得来也。"

郑北雄哈哈一笑："出神入化之人，自能踏云乘风而至。仙子，请你不可轻觑了。"说完，他张口一撮，一缕细细长长的锐啸之声远远飞射而出。以千面仙子之耳力，也听出了它一瞬间已是传出了数里之遥。

半杯茶工夫过后，只听得楼房下一阵"扑通"之声响起。一位缁衣僧人宛然凌空飞步而来，走得不疾不徐，自然从容。那些隐卫高手纷纷跃身而出，扑去拦截——不料他们刚一沾到那僧人的衣角，便皆是如遭雷击，一个接一个似滚地葫芦一般跌翻开去。

站在窗边的千面仙子看得清楚，双眉微微一抖："好精纯的'金钟罩'功力！"

话犹未了，那缁衣僧人已是从窗口处一步跨进屋来，身法似行云流水一般来得轻快至极。

"这位是——"郑北雄正要介绍,那缁衣僧人却是一脸微笑,单掌一立,平和而道:"贫僧法号'洁柏','洁净'的'洁','松柏'的'柏',徒众尊为'上人',今日特来参见千面仙子。"

"原来是洁柏上人,失敬失敬。"千面仙子朝窗口外把手一挥,让那些不甘受挫而还欲扑近前来的隐卫高手们退了下去。她回眸在这洁柏上人全身上下打量了一番:"原来上人竟已炼成了无相神功,隐去了真实面目,但这一派高华超然之气却是可敬可感。"

"仙子亦是深通画皮大法,千娇百媚萃于一身——依贫僧所料,仙子的真容一旦显现,必是比贫僧眼前的这副美貌更胜十倍吧。"洁柏上人淡然言道。自他出场之后,郑北雄便似仆隶一般退到一旁,恭然而立。

千面仙子莞尔笑道:"上人的美意,郑前辈已经告诉本仙子了。我们炎阳宫其实只想耕耘江湖,并不愿做什么翻云覆雨、翻江倒海的交易。"

"仙子既见'真佛',便不应虚言。"洁柏上人一开口便是掌控全局的咄咄气势,"你们若是不想翻云覆雨、翻江倒海,又为何要悬赏刺杀白清卓呢?"

千面仙子感到了他言辞间一股重若山岳的莫名威压,暗吃一惊,便故作轻松地一笑:"只因圣手狂生与我炎阳宫先前有一些恩怨。"

"这一两年炎阳宫崛起之时,白清卓作为圣手狂生早就退出了江湖,与你们有何恩怨?"洁柏上人步步紧逼,"而且,白清卓现在是戚家军南兵营的主将,是辽东镇李成梁的特使,是内阁首辅申时行的高徒,还可能是当今天子朱翊钧的宠臣。他若被你们杀了,并不是武林之中翻江倒海,而是大明朝堂之上一定会翻江倒海。你还说你们这桩生意做得不大?"

千面仙子斜眼瞧了瞧他:"有些内情,不足为外人所道。"

洁柏上人合掌笑道:"不是不足为外人所道,而是你们真正想要刺杀白清卓的目的不好明说,因为他是你们要搞乱大明国的一个障碍吧?"

闻得此言,千面仙子双眸顿时一阵紧缩,冰针似的目光掩不住地射了出来。

洁柏上人微微笑道:"仙子,你放心,贫僧也想搞乱大明国,从这翻江倒海之中巧夺暴利。"

千面仙子盯视着洁柏上人,红唇轻轻一勾,媚态毕露:"不知上人是否真已修得大鹏法王的神通? 双翅一展,便真能翻江倒海?"

说罢,她貌似无意,只是一抬长袖拂了拂桌面上的浮尘。

郑北雄从旁一看,见到她衣袖拂过之处,坚硬异常的红木桌面上如遭刀劈斧砍,瞬间裂出无数道细缝。

同时，千面仙子直盯向洁柏上人的那一双明眸也隐隐似有精光流转，泛起一层层足可引人堕落的旋涡。

而洁柏上人却毫不在意地对视着她的眼波。在她眼里的层层旋涡之中，洁柏上人的双瞳变得无光无亮，却似渐渐虚化成了两个深不见底的黑洞，反而让千面仙子始终捕捉不到他的焦点，更是反过来将她的视线深深地扯进了那两个"黑洞"的深处难以挣脱。

然后，在这莫名的静默之中，洁柏上人缓缓开口，念了四个字："阿弥陀佛。"

刹那间，他这四个字音徐徐吐出之际，便似化成了一记接一记无形的巨锤，重如千钧，沉沉地砸在千面仙子的心房之上，震得她胸膛内一股股气血翻腾，险些脱口喷涌而出。

"且住！"千面仙子暗咬银牙，娇躯就地一旋，带着一阵香风，闪了开去。

洁柏上人自然是点到即止，停住了施功发力。

千面仙子稳住了心神之后，正视着洁柏上人，深深言道："上人神功盖世，实为仙子平生所仅见。"

洁柏上人依然是那般山明水秀地微笑着："仙子，你看，今天这一番切磋，你也吃不了贫僧，贫僧一时也降不住你。你我互为劲敌，不如成为合击大明的朋友。对吧？"

千面仙子媚笑道："洁柏上人的神通其实远未亮底，你是更胜小女子一筹的。但是，合击大明之事，还须从长计议。"

"看来，仙子还是不太相信贫僧。"洁柏上人收敛起了笑意，"你总有一天会找贫僧合作的。那么，贫僧现在就和你们从升仙丸的生意做起吧。"

升仙丸对武林人士的用处，是能在极短的时间内使人血脉偾张而功力暴增。洁柏上人购买它的目的，应是如此而无疑。千面仙子自知拒绝不得，只得淡淡地答道："这个自然可以。"

洁柏上人端详着她的面容，突然说了一句："其实，贫僧觉得你非常熟悉。"

千面仙子回视着他："本仙子也和上人你有着同样的感觉。"

洁柏上人垂下双目，莫名地叹了一口气："何必呢？你竟要杀他？"

千面仙子也将目光往窗外的夜空深深投去："那你呢？不也正在对付他？"

八月二十二，白清卓是第二次奉召进入内阁值事房参与公卿议事了。

今天的会议由司礼监张诚主持，参会者为内阁诸辅臣、六部尚书官、都察院首领。

其中,除了户部尚书石星称病告假之外,其余卿臣皆已到齐。白清卓自然又是陪位末座。

张诚身形坐得端正笔直,开口便道:"这五六日来,京中流言四起、人心惶惶,陛下特命咱家前来与各位大人商议如何稳住大局,不能乱上添乱。"说罢,他瞅了一眼申时行。

申时行咳嗽一声,缓缓讲道:"张公公讲得不错。近日以来,一是李成梁密函事件,诸多言官飞短流长、怪话连篇。二是包天符被杀事件,案情扑朔迷离,令人震骇。各位同僚宜当在此各抒己见,以助朝廷正人视听。"

他讲完之后,张诚便接过了话头,直接问向了方应龙:"方大人,您先谈一谈?"

今天的方应龙却显得格外低调,讲话也是十分平和:"张公公、申阁老,据顺天府衙所报,犬子方宝棠重伤在李成梁总兵的参军李井方主谋狙击之下,而且还有李总兵的暗语指令为证,老夫在此还能多说什么? 只盼有司衙门敢于排除干扰缉拿真凶。至于李总兵通朝密函等其余之事,老夫更不能以私乱政、妄加评议,自有天下士林之悠悠众口而辩论清浊。"

白清卓听他讲得四平八稳、滴水不漏,而实际上则是示弱于人、以退为进,字字句句都在给张诚、申时行暗暗施加压力。

他话音一落,已经升为礼部尚书的上官平芝突然站了出来。上官平芝俨然说道:"本座来谈一谈包天符之事。关于包天符的事情,内阁已经将相关材料给我们传阅了。但我们觉得包天符事件疑云重重。据相关案卷所示,包天符最后竟也是死在辽东猎刀之下,这又和辽东镇方面扯上了关系。白清卓参将,你和兵部的人虽是查出了包天符有私窃火铳暗通凶手的嫌疑,但又让我们觉得是辽东方面为了防止事情败露而将包天符杀人灭口啊!"

众人的目光都随之投向了白清卓。

白清卓平平静静地言道:"包天符暗通真凶嫁祸辽东镇,这已是有据可查,但要说他死于辽东李氏之手,却缺乏证据。况且,众所周知,包天符一向对我们蓟辽所属之南兵营补薪暗加反对,也从未亲近过辽东镇方面,他居然还会是李成梁督帅布置在朝中的暗桩? 这一点,恐怕无人相信吧?"

他讲罢之后,王一鹗马上补充道:"白参将所言不错。辽东镇自己都有三眼神铳,还用得着遥控包天符来私窃武库司的存品? 而且,老夫可以证明包天符与辽东镇一直关系不佳。李成梁也曾亲笔写信给包天符,请他出力帮助南兵营补薪,包天符可全是当成了耳旁风!"

上官平芝锐利的目光又剜了过来:"你们的话说得明明白白,我们也都听得清清楚楚。本座向来是中立不倚之人，还是有些话语不得不吐。杀死包天符的凶手给包天符留下了'窃国乱军'的警语罪名，'窃国'且不去说，'乱军'二字必与外藩军镇有关。既然你们都证明包天符与辽东镇不和，那么反过来不正说明辽东镇方面可能也把包天符视为了乱军之人吧？"

他的这一番话来得又刁又狠又准，连王一鹗一时竟也语塞了。

在一团沉寂之中，白清卓却是哈哈一笑打破开来："是啊！李成梁督帅可能是真的老糊涂了，糊涂到对包天符这样的国贼不上告不举报不弹劾，这本来是多省时省事啊！却巴巴地非要自己跳出来代替都察院、大理寺、刑部等有司出刀来以儆效尤！你们说他糊涂不糊涂？"

众位大臣听罢，也都"哄"地一下笑了起来。上官平芝的咄咄逼问，也在这一瞬间被化解得烟消云散。

场中安静下来之后，张诚敛容正色，沉声说道："包天符案件，该怎么查就怎么查，但谁也不许先入为主、妄加猜疑。就像这次李成梁密函事件一样，还在核实调查之中呢，都察院、翰林院等一些人就在吵吵嚷嚷了！方大人，您自己是避嫌缄默，可也应该过问一下。午门献俘大典正准备得如火如荼，结果言官们却让前线将士寒了心肠，这怎么行？"

方应龙见张诚直刺而来，便也硬硬地顶了上来："雒于仁都敢给圣上递进那样言辞尖锐的奏疏，更何况李成梁只是一个藩镇总兵？老夫也是不好约束这些年轻人啊！"

他此言一出，张诚、申时行等人顿时微微变了面色。

片刻之后，张诚冷笑了起来："既是如此，咱家今天就把话讲得通俗一点儿。这朝堂之上，就像一群人围着一张桌子吃菜，有的喜欢吃咸菜，有的喜欢吃酸菜，有的喜欢吃甜菜，各有各的口味，各有各的吃相，各有各的交换；饭桌之上，可以互贬，可以互夸，甚至可以互抢。但是，谁也不能吃独食，谁也不许掀桌子！若是有谁违反了这两条，司礼监、锦衣卫便会代表圣上将他赶下桌去、永不再来！大家听明白了吗？"

他这一席话甩下来，方应龙的脸色忽青忽红变了几变，终是闭上了口不再反驳。

申时行这时候才徐徐讲道："白参将对内阁反映了一些情况，今天要当着各位大人在此当面核验。"

众人一听，齐齐盯向白清卓，目光里的意味复杂不一。

张诚淡淡说道："可以。其实白参将也托何远给司礼监带过话。你说你有把握证实李成梁密函和李成梁暗语字条存在可疑之处？"

"不错。"白清卓深深点头。

张诚丢了一个眼色,一名太监将李成梁密函、李成梁暗语字条两张纸笺原件铺在桌案之上。然后,申时行问道:"顺天府交来的李总兵手书原件都在这里了。白参将,你现在可以指出它俩的可疑之处了。"

白清卓摇了摇头:"白某指不出来。"

上官平芝似是憋不住了,冷笑道:"白清卓,你前言不搭后语,莫非是有意在此戏弄我等?"

"白某岂敢。"白清卓走到桌案之前,缓缓提起一支毛笔,悠然说道,"白某确实是指不出这两份所谓李督帅手书纸笺的真伪虚实。但,白某只凭手中之笔,亦能再制造出和这两份纸笺一模一样的东西来。"

说罢,他再将那两张纸笺细细看过一遍,然后闭目静默半晌,突然双眼一睁,手中毛笔恰似龙行蛇游,在旁边的另外两张空白纸笺上面挥洒而下。

众人站在两侧,一时都看得有些呆了。

一盏茶工夫过去了,那两张空白纸笺上写满了白清卓默写出来的李成梁密函、李成梁暗语字条的内容,一字不差,一词不少——但更加让人瞠目结舌的是,他的字迹完全和那两份李成梁手书原件上的笔迹一模一样,连点画勾连之间的细微之处也全然相同!

张诚看得面色微变:"你们都来看一看,白参将的笔迹仿写得怎么样?"

次辅许国认真看过,只叹了一声:"雌雄难辨,几可乱真。"

王一鹗也细细比对了一番,然后转头看向白清卓:"老夫明白你的用心了。这可能是三国时期钟会仿写邓艾之笔迹而作伪书陷人入罪之毒计!"

张诚又瞅向了方应龙、上官平芝等人:"你们还有何话要说?"

上官平芝深深地直盯着白清卓,幽然一叹:"果然不愧是'圣手狂生'!"

这时,白清卓容色一凛,向张诚、申时行等人侃侃而道:"列位大人,白某既能将李督帅的笔迹模仿得分毫不差,那么这天下之大、世人之众,自然也有第三者能做到白某这般笔法的。"

张诚再一次问向了方应龙:"方大人?"

方应龙刚才看到这一幕情景,早已深深地怔住了。难道真的有第三者在天衣无缝地伪造出这一场大骗局来移花接木嫁祸给辽东李氏?如此一来,满朝言官岂不是都被别人算计利用了?……

他许久后才回过神来,只喃喃说道:"匪夷所思!匪夷所思!天底下真有这仿写得一模一样的字迹……看来,判定那份密函、那张字条出自李成梁之手,确也是有些言之过早……"

　　张诚这才把那四张纸笺全部收好,开颜笑道:"咱家会把白参将今天在值事房的所作所为一丝不漏地呈奏给陛下的。"

　　白清卓微微一笑:"以陛下之圣明,自然是不会偏听偏信先前那些不实之词、无根之谈的。"

　　"不错,不错。"申时行也接过了话头,款款言道,"近日内,辽东镇随行护送朝鲜秘宝的人就会到京了。现在京中关于辽东李氏的谣言四起,本不足为据。方才白参将指出那密函、那字条的不实之处,是让大家不要走得太偏,不要让辽东镇的人见了笑话! 如今,列位都知道今天下去后该怎么办了吧?"

　　许国、王一鹗率众答道:"我等下去之后,一定将问题条分缕析,有效解决,以正视听。"

三十二

在内阁值事房这场小会议结束后的当天下午,顺天府衙就撤走了东霖院大门外的所有封禁岗哨。

随即,韦生晖带着一群仆役到喜来客栈把白清卓和凌兰不胜感激地迎接了回去。

第二天早晨,辽东镇方面帮忙护送朝鲜秘宝的人就抵达了京师。令人深感意外的是,他们的首领竟是李如松。

而李如松带着朝鲜特使和锦衣卫在午门做完交接后,就径自回到了东霖院来见白清卓。

短暂而漫长的一个多月不曾会面,白清卓在李如松眼里看来,已是容貌大变。原来玉树临风的一位翩翩佳公子,现在连眉宇间也隐隐浮动着风霜之色。然而,他的气质却始终如同磐石一般沉稳镇静,仿佛经历了无数的风吹雨刷而依然那般无损无伤。

"辛苦……辛苦你了!"李如松忽然觉得自己此刻讲太多的话都是多余了,所有的情绪都哽在了喉头。

韦生晖更是疾步上前,噙着热泪将这几十天来东霖院所发生的种种事情禀报给了李如松。末了,他慨然叹道:"真是多亏了白参将!若不是白参将在这里苦心绸缪,拼命周旋,多方奔走,东霖院早就解体了!辽东镇的冤屈也无从洗刷了!"

白清卓只淡淡讲道:"白某时刻未忘当日李督帅和李将军你们父子的重托,还算是幸不辱命吧。"

李如松满面感激之色,急忙取出一方红匣递将过来:"白参将,其实父帅和我很早就想来看望你了,只是庶务缠身抽脱不得。听闻上次父帅送你的'千年参王'吃了后颇有奇效,所以这一次我又给你带了几根百年难遇的老山参过来。"

"多谢李督帅和李将军的美意。"白清卓示意让凌兰接过红匣,自己也开始进入了正题,"李将军,今日难得一见,我想和你单独谈一谈话。"

李如松脸色微变,立刻屏退了众人,向白清卓问道:"白参将有何要事?"

白清卓眼底冷焰浮动,毫不回避地问了上来:"如松兄,白某多日来只想问李督帅一个问题,在当年的金刚堡之役中,李督帅当时的念头是什么?为什么一直是当时的辽东监军张诚在向血刀营发号施令,而当时的李督帅却又到哪里去了?"

"白清卓不愧是白清卓!如此尖锐的问题,你终究还是问出来了!"李如松深深地笑了,仿佛亦在预料之中,"父帅在我进京之前便提到了这件事情,他果然对你真是太了解了!我当时还有些不信,认为你碍于父帅的面子有可能回避一二,但现在确实如他所说——不问出这个问题，就不是你圣手狂生白清卓！"

他深吸了一口气后，满脸沉肃之色，向白清卓缓缓讲来："你应该也知道，那几年你们戚家军日子不好过，我们辽东军的日子也一样不好过！张鲸他们又何尝不是把我们辽东军也视为'张相余党'在打压？当时为陛下的万寿节要用金刚堡大捷添喜，虽是张鲸邀宠而发，又何尝不是陛下对辽东军忠诚与否的一次郑重考验？血刀营的弟兄们是必须被牺牲的——他们是我辽东军向陛下示忠明志的'祭品'！你、你明白吗？父帅……父帅他当时也是迫不得已……"

白清卓徐徐闭上了眼睛："君王无端之疑忌，就要用数千条大明朝最精锐的将士之性命来献祭示忠？"

李如松的表情也一刹那如崩如裂。半晌之后，他闷闷地反问白清卓："清卓弟，你素来聪睿无双，那你来告诉我和我的父帅——当时父帅他应该怎样做？他当时若不默许血刀营被献祭，他就会成为第二个戚大帅！你们戚家军'南兵营'已然饱受冷遇，难道同为'擎天之柱'的辽东军也要步其后尘而困顿沉沦吗？我父帅一人之荣辱安危事小，而辽东铁骑护国靖边之巍巍雄业事大啊！"

他讲到这里，白清卓也只得深深地沉默了下来。

一盏茶工夫后，他俩又让门外诸人回到了室内。

白清卓脸上再无纠结之色，开口而问："对了，李将军是如何护送'朝鲜秘宝'进京的？"

"白参将，你可能有所不知，黄启祥案件爆发后，朝鲜为了重新护送'秘宝'进京，先后派出了三拨朝鲜特使入辽而来。前两拨都被一批神秘杀手堵在鸭绿江边刺杀了。只有第三拨特使正巧遇上建州都督金事、女真部首领努尔哈赤，并得他们相救，这才得以安全入境。当时父帅正在辽阳扫荡土蛮，得知这一内情后，便和前来接应的锦衣卫商量，又加上听闻李井方被诬陷之事，就特意让李某和锦衣卫高手一同护送朝鲜特使携宝进京面圣。"李如松讲到这里，顿了一顿，又心有余悸地说道，"清卓，你们是不知道这一路上我们的凶险啊！那些杀手之阴毒凌厉，若不是幸好我们携有三眼神铳护身，早就在半路上被杀好几次了！"

白清卓深深颔首："白某能够想象得到，你们这一趟得以安全到京，实属不易。他们布了这么大的一个'迷局'，肯定是不希望朝鲜方面前来戳破的。"

李如松一副心事重重的模样，又犹豫着问道："有些事情，李某不知当不当问。李某刚过山海关，就接到了密报，陛下竟已免去父帅的蓟辽总督之职，只留了他一个辽东镇总兵的头衔。还……还有什么辽东镇勾结朝鲜外藩拥立皇嗣的传言……我……我们觉得很是想不通啊！"

韦生晖急忙从旁讲道:"大公子,您且安心。这些事情啊,白参将昨天出手已经全部压下去了。京中的流言,今天也消停了许多。"

李如松大喜至极,向白清卓抱拳言道:"多谢白参将死力相救!您真是我辽东李氏一门的救命恩人!"

白清卓摆了摆手,细细解释道:"那封所谓的李督帅密函,白某只是当众指出了它的可疑之处。但真要完全推翻它,一定得靠真凭实据。现在,顺天府衙的判定是,朝鲜方面进贡的秘宝,就是这份李督帅密函,而你们辽东镇为了不让这份秘宝大白于天下,才刺杀了黄启祥……"

"他……他们这是一派胡言!"李如松气得满脸涨红。

"当然,这只是他们臆测出来的一面之词。"白清卓微笑着劝止了他,继续发言,"不过,这个判定是建立在朝鲜秘宝即李督帅密函这个基础上的。如果,今天圣上和司礼监、内阁看到这个真正的朝鲜秘宝,确实不是关于所谓图谋立嗣的李督帅密函的内容,那么你们辽东镇的嫌疑才能算是真正洗清了。"

李如松肃色说道:"李某可以向你保证,那份所谓的写给朝鲜国王的密函,绝不是出自我父帅之手。我父帅宁可向陛下直言密谏,也不会借旁人之口来啰啰唆唆的。"

白清卓笑容微绽:"依李督帅的这番脾性,他确实是不会有此举动的。你也不必焦虑。很快,宫里就会传来答案的,真相也终将大白于天下。只是,我们还要认真思考一下,这一系列阴招,完全是要置辽东军于必死之地;究竟是谁和辽东军有着如此的深仇大恨?"

李如松听罢,双手往前一摊,满脸的苦笑:"实不相瞒,我们至今也是百思不得其解。"

白清卓只好宽慰他道:"白某相信,哪怕是再狡猾的狐狸,也总有一天会露出尾巴的。"

正说之间,室门外传来了顾少伦的呼喊之声:"老白,老白!有个好消息带给你……"

他一脚跨进屋内,见到李如松竟也在场,急忙施礼见过:"卑职见过李将军!"

李如松大笑着把手一挥:"顾大人一直陪护支持白参将出生入死,李某甚是佩服,也甚是感谢。"

顾少伦又连忙逊辞谢过。白清卓向他问道:"你带来了什么好消息?"

顾少伦兴奋至极地答道:"包天符秘匣里那几块金饼的来历搞清楚了……"

白清卓霍地站了起来:"它是什么来历?"

顾少伦眉飞色舞地讲道："近日顾某将那金饼上的拓印图文从各个渠道散发出去，很快我们顾氏商庄在天津卫城的一个分店掌柜就飞鸽传回了消息。这个掌柜先前是在浙东宁波府做过生意的，一两年前他从一个琉球商人手里见过这种金饼……"

"琉球国的金饼？"白清卓一怔。

"不，不，不是。这金饼也不是出自琉球国的。那个琉球国商人给他讲，这种金饼源自倭国，上面的'天正十六'其实是倭国国王的年号，就是天正十六年的意思；'十两'字样，是指这金饼的分量，就像我们十两银锭上刻的十两的意思。而且，这金饼也很少在市面上流通，是倭国国王铸造出来专门赏赐给他们本国的高官重臣的。不知道包天符手中怎会有这样的东西……"

白清卓听罢，不禁沉吟了起来："如此说来，这金饼并非寻常之物，竟是倭国的御用金饼？怪了，包天符还有收藏这种金饼的癖好？又或者，这金饼对他有特殊意义？"

正在思虑之间，他心底突然浮现出一个隐秘而莫名的想法：难道这几块倭国金饼就是他幕后主子付给包天符的一种信物？

一念方定，白清卓吩咐道："少伦，你继续收集这几块金饼的有关消息，从各方面多加印证，最好找到它们真正的源头。"

"好。"顾少伦答道，"我会让江浙、福建一带的朋友们对此多加留意。"

他们正在谈着，一个门仆忽来禀道："李将军、白参将，锦衣卫何远大人前来请见。"

很快，何远飞步而入，一句寒暄都顾不上，面色显得极为郑重："有密谕，给李如松、白清卓二人。"

眨眼之间，顾少伦、凌兰、韦生晖等其他人都远远地退了出去。

何远南面而立，望着跪下地来的李如松、白清卓二人，肃言道："圣上口谕，着李如松、白清卓速速进宫，与司礼监、内阁、各部院共议'朝鲜密报'之事。钦此。"

白清卓和李如松彼此对视一眼，心头都已了然：真没料到，那个"答案"这么快就要真正揭晓了。

白清卓是一个人迈步走进内阁值事房大门的。迎面映入眼帘的，是那座"丹鹤翔云"图案的描金雪纱屏风。

屏风之前的正位上，申时行和张诚并肩而坐。方应龙、许国、王一鹗、石星、上官平芝、钱济之等各大臣依官阶大小分左右两排坐着。看得出来，人人脸色都显得前所未有之凝肃。

白清卓在诸人复杂的目光中徐步上前,依然在末座上坐下。然而,他的心情却是从容而镇定的。就在刚入室门的一刹那,他从申时行深若渊潭的面庞上捕捉到了一丝隐隐的笑意。

待他落座之后,张诚就开门见山地讲了起来,语气十分沉实:"昨天上午诸位刚刚在这里开过会议,今天下午又请了诸位回来。没办法,事态十分紧急,实乃不得已而为之。陛下也是毫无迟滞便下了严旨,让诸位今日必须在此畅所欲言、集思广益。"

方应龙、许国、王一鹗、上官平芝等人面面相觑,却又各怀心事,表情纷纭。

张诚转头向申时行谦敬言道:"申阁老,您素来老成谋国,下面的一些重要话语,就请您来传达吧。"

申时行微一颔首,深切地向白清卓看了过来:"诸位大人,老夫在此先行明言,昨天白参将在这里所讲的一切,几乎是完全正确的。我们内阁和其他部院真的要感谢白参将。若不是他的据理力争、耿耿直谏,我大明朝廷就真的要掉进别人的陷阱而落下千古笑柄了。"

他此话一出,方应龙、上官平芝俱是面色一动。申时行一上场就将白清卓高高捧起,而且司礼监也似毫无异议——那么,今天会场上白清卓必将是星光四射、难以掩蔽了。

那边,申时行继续侃然而谈:"今日早晨陛下亲自批阅了朝鲜特使紧急呈进的所谓'朝鲜秘宝'。确实,如大家所预料,'朝鲜秘宝'不是什么金银珠玉之类的珍品,而是一份扎扎实实的'朝鲜密报'。至于这份'密报'的内容嘛——"

他有意拖了一下语气,直盯着方应龙和钱济之:"它的内容也完全与事前传得满城风雨的'李成梁通朝密函'无关,而是一份朝鲜国对东邻倭国近期种种异动情形的一个密报!换句话说,也就是朝鲜国建议我大明朝廷对倭国提高警戒的一个密报!"

仿佛一个晴天霹雳骤然炸响,全场其他人士似乎一下都被这个消息震得惊掉了下巴!白清卓也是大吃一惊,他千算万算,竟没料到这份'朝鲜密报'的内容是这样的。同时,他的思维之轮也随即飞快地运转起来:如果"朝鲜秘宝"的内容是倭情讯报的话,那么整个事件真相的还原"拼图"又该是怎样一个光景呢?……

申时行深深亮亮的目光向白清卓投了过来,口头上却向一个内侍吩咐道:"把这份'朝鲜密报'的抄件给在座诸位都分发一份,让他们就在这里阅看后归还,不得外泄一字一句。"

白清卓接到那份"朝鲜密报"的抄件在手,细细地阅看了起来。原来,那"朝鲜密报"上的内容是这样的：倭国原本一直处于列藩争强时代，近百年内战而不休。如今，倭国国内骤然崛起一个新"关白"（即当时日本国"丞相"一职的别称），名为"丰臣秀吉"。他如中国之曹操而挟天子以令诸侯，基本上已经底定全国。丰臣秀吉野心勃勃，在今年年初便召集各藩会议，公然定下"渡海侵朝、侵吞大明"之图谋，并于沿海列岸大修名护屋等城池，厉兵秣马，伺机而动。

朝鲜国侦知之后，暗暗惊惧，遂派出黄允吉、金诚一为使臣，于今年三月渡海入倭，以向丰臣秀吉贺寿亲善为名而前去打探虚实。倭国对马岛岛主宗义智接待了他们，并向他们透露——今年正月初八，丰臣秀吉在聚乐城前殿与各位藩镇大名们商议攻打小田原城时就公开宣布：夺得小田原城后，便将掉转马头渡海侵入大明。而黄允吉、金诚一等朝鲜使臣在宗义智的带领下，经过博多州、长户州、名护屋等倭国郡城时，也切实见到各地倭兵正在修整军械、操习武艺，处处以渡海入朝、侵吞大明为口号。

他们愈发惊恐戒惧。在六月中旬将要抵达日本京都时，宗义智更是代表丰臣秀吉给朝鲜使团送来一份倭国致朝鲜的"国书"草稿，大有恫吓威胁之意。于是，黄允吉和金诚一立刻将进入倭国后所见所闻之情形和这份倭国"国书"草稿抄写后，委托朝鲜国派驻在倭国的细作以最快的速度送回国内。

朝鲜国王李昖在收到这一"倭情密报"后，也是惊怒交加。但他亦是左右为难。鉴于丰臣秀吉之顽暴成性和咄咄逼人，朝鲜若将这"倭情密报"向大明朝明言上奏，则恐引来丰臣秀吉的疯狂报复；但若将此事对大明朝隐瞒不报，又于侍奉上国之礼而不足。他在和领议政使柳成龙商议之下，决定以"进贡秘宝"的名义将这份"倭情密报"火速送到大明朝。他们原本以为此举天衣无缝、丝毫不泄，不料，就在准备进呈大明皇帝的前一天，黄启祥被刺杀而亡，那份"朝鲜密报"也随之不翼而飞。而朝鲜后续补送了两次"倭情密报"，也均遭神秘刺客劫杀而亡。这亦可见倭国之异动决非一时狂妄而为，而实乃处心积虑之深谋，千万不容小觑。

白清卓对这份抄件愈看愈是心惊。他翻开那份倭国"国书"草稿，上边的内容是这样写的：

> 日本国关白秀吉奉书朝鲜国王阁下：
>
> 　　吾国六十余州，比年诸国分离，乱国纲、废世礼而不听朝政，故予喜不自胜。三四年之间，伐叛臣、讨贼徒，及异域远岛悉归掌握矣。窃谅余事迹，鄙陋小臣也。虽然，余当脱胎之时，慈母梦日入怀中。相士曰：'日光所及，无不照临；壮年必八表闻仁声、四海蒙威名者，何其疑乎！'依此奇异作，敌心自然摧灭，战必胜、

攻必取。既天下大治,抚育百姓,矜悯孤寡,故民富财足,土贡万倍千古矣。

本朝开辟以来,朝政盛事、洛阳壮丽,莫如此日也。人生一世,不满百龄焉,郁郁久居此乎?不屑国家之远、山河之隔,欲一超直入大明国,欲易吾朝风俗于四百余州,施帝都政化于亿万斯年者,在方寸中。

贵国先驱入朝,依有远虑无近忧者乎?远方小岛在海中者、后进辈者,不可作容许也?予入大明之日,将士卒望军营,则弥可以修邻盟。余愿无他,只愿显佳名于三国而已。方物如目录领纳。

虽然这所谓"国书"的草稿全篇都是日本人氏用汉字写成的,读起来有些不通不顺,但"一超直入大明国""欲易吾朝风俗于四百余州""施帝都政化于亿万斯年"等词句还是深深刺痛了白清卓的眼睛。

他微微闭上双眸,然而内心深处却似在黑沉沉的暗室之中打破天窗透进来了一片光亮。难怪有人如此仇视并暗算辽东军!难怪这股势力对辽东军的陷害已经突破了朝廷党争的底线!原来这股势力就是隐藏在大明朝内部的倭国奸细!也只有他们,身为敌对之国,才能动用其雄厚资本而制造出一个接一个的惊天"迷局"来搅得大明朝上下难安!

这时,申时行待到众人都看罢了这抄件之后,方才开口问道:"在座诸君,目前有何高见?"

许国愤愤说道:"想不到倭寇狼子野心,竟敢如此胆大包天!那丰臣秀吉不过是疯言疯语,我大明定要让他有来无回!"

申时行盯向了钱济之:"钱府尹,你没有什么话可说吗?"

钱济之瞧了瞧身旁一脸木然之色的方应龙,只得抖抖索索地起身讲道:"申阁老、张公公,昨日白参将便向我等指出了李督帅通朝密函的可疑之处,今日'朝鲜密报'的真实内容更是令人触目惊心。我等先入为主、误判案情,冤枉了辽东镇,实在是惭愧至极。"

"你知错就好。"申时行摆一摆手让他坐下,"本座希望顺天府日后多加冷静,不可轻易为人所惑。"

王一鹗这时开口了:"此事太过意外。若不是今日见到这倭情密报,我等也不会猜到原来朝鲜是向我大明传递倭寇企图来犯的消息……看来,如今的倭寇不再满足于似嘉靖年间一般在东南沿海小打小闹了,居然还想渡海侵朝、侵吞大明!我兵部下去后会立刻加强搜集倭国的各项情报,以备万一。"

石星却冷冷笑道:"朝鲜国也未免太过'小题大做'了!这区区倭寇,以弹丸之地、稀疏之众,竟敢似疯狗一般来我大明自寻死路! 诸位尽可放宽心肠,不必太过在意。"

申时行的目光射向了白清卓:"白参将,你怎么看?"

白清卓若有所思地答道:"白某今天才明白,原来黄启祥就是因为这份'倭国密报'而被暗袭劫杀的。"

众人闻言,个个顿时为之一静。

片刻之后,王一鹗才沉吟着问道:"你的意思是有倭国奸细暗袭劫杀了黄启祥? 原来从一开始,倭国奸细便是这一切迷局的幕后主谋?"

白清卓容色一凝,深深地点了点头:"不错。只有确定了幕后真凶是倭国奸细,先前的所有疑云才能解释得通。诸位试想一下,倭国如果兴兵渡海来犯,首当其冲者为朝鲜藩国,而杀过鸭绿江侵入我大明的第二道'雄关长城'就是辽东镇。辽东镇一失,则大明京师无险可守,危不可测矣。所以,辽东镇便是倭国进犯大明的最大障碍。正因如此,他们才制造了黄启祥刺杀案、李督帅密函案,全力搞垮辽东军以便于他们入侵大明。"

"老夫也赞同白参将的说法。"申时行侧脸看向了张诚,"黄启祥被刺杀一案,其实包含了倭贼的两个阴谋,一是劫走倭情密报而掩盖机密消息,不让我们提前戒备倭寇;二是蓄意以三眼神铳栽赃于辽东军而借刀杀人。至于李成梁通朝密函案,则更是'一箭三雕',挑拨离间大明朝廷、辽东镇、朝鲜藩国三者之间的关系,使之互猜互忌、离心离德、自相内斗,而倭国则在外坐收渔翁之利! 倭贼之阴谋诡计,如今想来竟是何等毒辣! ……"

他的目光缓缓掠过方应龙的面庞,最后落在了白清卓的脸上:"幸好还有白参将始终坚持据理力争、明辨是非,否则我大明朝已是遭人暗算而追悔莫及矣! 白参将,你不愧为我大明的中流砥柱!"

张诚咳了几声,插话道:"陛下也一直在幕后一叶知秋、洞若观火、镇之以静。申阁老,若无陛下的知人之明和容人之量,白参将恐怕也难尽其才吧?"

申时行面色微动,立刻正颜答道:"陛下天纵英才,区区迷局早在洞察之中,臣等钦佩至极。"

众人正在啧啧称叹之际,王一鹗也看向了方应龙:"现在看来,方大人的大公子在丹池诗会上遭人刺杀,也是倭国奸细蓄谋而为。他们伪造李成梁暗语指令字条,也是故意嫁祸给辽东李氏,并挑动方大人与辽东李氏自相残杀。但幸好方大人深明大义才没有酿出乱子……"

方应龙听着王一鹗后半段话的内容,脸皮暗暗发热。他直盯着白清卓,心头一时之间亦是百感交集。

钱济之听到王一鹗如此之言，急忙惶恐说道："本座回衙之后，便立即放了李井方参军。"

白清卓静坐其间，脸上微波不起，一直在静静地倾听着他们的讨论。

就在此时，上官平芝眼底浮起一片寒云，忽然提高了语调，敛颜讲道："本座一向中立客观、不偏不倚。针对这些迷案，本座还有一些骨鲠之言，不得不讲。不知诸君可否见谅？"

"诸位今日在此尽可放胆直言。"申时行微一惊愕，目中异色一闪，仍是肃正而言。

"本座听闻这份'朝鲜密报'乃是由辽东镇人氏和锦衣卫武士一同从辽阳那边开始护送入京的。本来辽东李氏就与朝鲜国王有'潜谋暗通'的嫌疑。以第三者之视角而观之，这难道不会是因李成梁私通朝鲜之密函事件在黄启祥暴亡之后，李成梁方面暗暗威胁朝鲜藩国，然后双方联手合演了一出双簧戏，以倭寇入侵为借口，转移朝廷上下的视线，逼迫朝廷对辽东李氏姑息纵容？他们在鸭绿江边、在辽阳城里、在来京途上，随时随地都可以调换所谓'朝鲜密报'的内容啊！"

上官平芝这一段话讲完，全场顿时又莫名其妙地沉寂起来。方应龙、钱济之把头一抬，都露出了沉吟深思之色。而上官平芝则又继续讲道：

"倘若如此，这等内外联手、蒙蔽圣聪之事属实，而我等居中者却不详加审察，将来岂不是也会落下千古笑柄？况且，倭国奸细究竟存不存在，目前也似乎只在诸位的臆测之中。他们姓甚名谁？是何形迹？诸位当中有谁能够说清？而且，本座一向认为，区区倭寇，远处海疆，国小兵弱，岂有这等翻云覆雨、搅动京师的能力？"

"这……这……"石星从旁跟风而上，"上官大人此言虽是逆众而发，似亦不无道理。张公公、申阁老，不可轻忽啊！"

方应龙也重重一咳，沉声说道："老夫也只相信有据可查、有章可循的实事实证，不太看重云遮雾罩、扑朔迷离的推测之词。"

张诚面容微变，转头看向了申时行。申时行却似平和至极，只是向白清卓注视而去。

果然，白清卓抬起了脸，毫无回避地接下了诸人投来的道道目光。他清刚有力的声音缓缓响了起来："我们确定倭国奸细的存在，可不是仅仅依靠方大人所讲的'云遮雾罩、扑朔迷离的推测之词'！如此大案，我们怎敢不做到有据可查、有章可循呢？

"诸位可能都忽视了黄启祥案件中向幕后真凶提供三眼神铳的那个帮凶人物——包天符吧！根据兵部暗卫队从包天符家里搜出的赃物来看，他曾经收受了几枚倭国王室的御用金饼！记住,是倭国王室的御用金饼！这算不算是一个最直接的实证之物?!"

听到此言,上官平芝眼眸里火星一跳,浑身一震,脸色暗淡下来,终于闭上了口,没有再多说什么。而方应龙、石星则又是面面相觑,一时也无话可说。

许国等人则失声惊呼起来:"倭国的御用金饼? 真的吗? 原来这包天符果然被倭人买通了,真该千刀万剐!"

张诚一抬手止住了众人,对白清卓讲道:"包天符收受倭国金饼,确是倭情密报的一大佐证,亦是倭国奸细潜入我国的一大实证。王一鹗、白清卓,你们稍后将包天符通倭卖国、嫁祸辽东的有关证物送进宫来里与陛下亲览——看来,这个包小贼死在窃国乱军的罪名之下,真是毫无冤枉!"

申时行也扬声说道:"听了白参将的陈述,从现在起,大家都不应该再有杂音了。黄启祥刺杀案、李成梁通朝密函案,全部是倭国奸细在幕后操弄而成的。各部有司要擦亮眼睛,与潜入大明的倭国奸细斗智斗勇,不可受其蛊惑。"

张诚在旁厉声补充道:"申阁老讲得不错。从现在起,若再有拿辽东镇李成梁密函、三眼神铳等事件乱做文章、煽风点火者,朝廷一律视为'通倭乱国'而严惩不贷!"

"是。臣等恭敬从命。"许国、王一鹗、钱济之等齐声应道。方应龙、石星、上官平芝等人亦是低声相和。

"诸君,深挖严查倭国奸细,可是目前诸事之中的重中之重。"申时行注视着白清卓,"白参将,你见多识广、足智多谋、明辨事机,在侦破黄启祥刺杀案、包天符通倭案、李成梁密函案中均有非凡业绩,接下来的追查倭谍案,也仍由你一抓到底吧。司礼监这边也会调拨锦衣卫的英才全力支持你的。"

"多谢司礼监和内阁的信任,白某定当全力以赴。"白清卓起身抱拳说道,"白某也在此忠言相告,先前大家都被倭国奸细设计出来的迷魂阵搞乱了手脚。如今既然大家都已知道了幕后主谋是倭国奸细,从此以后就应该摒弃前嫌,一致对外,共击倭寇!"

王一鹗率先鼓起掌来:"白清卓你讲得好! 你放心! 兵部也一定全力协助你抓奸捉谍!"

众人也纷纷喝彩鼓掌,应和了起来。

其间,上官平芝忽然点了一句:"白参将确是足智多谋、破案如神。不过,本座心底还有一个疑虑甚是不明,那个包天符既是通倭卖国之贼,那他又究竟是死于何人之手? 总不成是倭人自己把他夺命灭口的吧? 大明和倭国尚未正式宣战,包天符身为兵部郎中,恐怕对倭贼的价值颇为不小——他们岂会自拔'暗桩'?"

他这话一出,又引得在场众人纷纷杂议起来。张诚和申时行互视了一眼,表情都有些微妙的变化。

白清卓踌躇了一下,定了定思绪,肃然讲道:"怎么不可能是倭贼所为呢?他们刻意用辽东猎刀刺杀包天符,不正是为了嫁祸给辽东李氏吗?为了对付辽东李氏这个最大的障碍,他们牺牲一个区区的暗桩又算什么?"

许国大喊起来:"对啊!对啊!倭贼之阴险毒辣、步步设局,已经到了丧心病狂、令人发指的地步!"

上官平芝深深地看着白清卓,亦是徐徐一笑,不再追问下去了。

白清卓其实自己知道包天符遇刺案幕后另有真凶,但此刻为了平息朝局的争议,尽快形成"共击倭寇"的合力,他亦只能将包天符之死栽在倭人的头上。他刚讲完方才那一段话时,便觉察到张诚立刻朝他投来了一道极富意味的目光。实际上,司礼监一直对洪尔林事件是讳莫如深的,自然也不希望辽东猎刀的一切有关线索泄露出来。白清卓此时当众将辽东猎刀的嫌疑引向了倭人,其实也是替司礼监做了一次巧妙的掩护。自然,张诚及司礼监肯定是会在暗底下感激他这一份善意的。不过,张诚也觉得申时行、白清卓应该懂得己欲立而立人、己欲达而达人的处世真谛。在这一番李成梁通朝密函事件中,清流派和顺天府咄咄相逼,连白清卓都险些陷入牢狱之灾,若无司礼监居中暗加周旋掩护,白清卓岂能全身而退?申时行又岂能将整个局面调控得如此平衡?所以,从七月份以来,围绕辽东镇李氏而展开的一系列朝廷暗斗至此终于落下了帷幕,申时行、白清卓派系和司礼监精诚合作,获得了双赢的结果;而清流派、反申派等则输得七零八落、一地鸡毛。

看到全场最后一丝质疑也被白清卓化解下去,申时行捋了捋花白的须髯,顺口接过白清卓的话头,开始以内阁首辅的身份布置起来:"倭国既有这等狼子野心、阴谋诈局,我大明亦不可等闲视之!王尚书,从现在起,你们兵部就要暗中成立一个备倭司,从福建、浙江两省开辟渠道,密切监视倭国的异动。"

王一鹗朗声答道:"兵部完全遵照阁老您的吩咐去做。我们兵部有一个员外郎,名叫史世用,多年来在福建一带从事对琉球和倭国的侦察事务。王某下来后,会让他牵头组建备倭司,立即开展对倭庶务。"

申时行点了点头,又看向兼任吏部尚书一职的许国:"许大人,老夫记得,去年上半年山东巡抚宋应昌呈进过一篇《备倭海防事宜疏》,看来他算是对倭寇入侵颇有先见之明的人才。等到时机合适,吏部可将他调进京来。"

许国若有所忆地颔首答道:"申阁老您这么一提,许某也想起了这位宋应昌。吏部下去后会将您的意见好好落实的。"

　　白清卓此时却向申时行进言道："申阁老、张公公，白某亦有言须发。而今倭寇企图渡海侵朝来犯，放眼天下，唯有辽东铁骑营、蓟镇南兵营可以抗衡之。但南兵营眼下薪饷困窘、军心难安，众所皆知，一切还望内阁与司礼监深思详处。"

　　申时行和张诚对视了一眼，各自微微一叹。申时行的目光直直地投向了石星："石尚书，您是主管户部的，关于白参将所言南兵营补薪之事，您应该有所担当、有所作为才是。"

　　石星脸上泛起丝丝苦笑："申阁老、张公公，你们是知道的，下个月的午门献俘大典就要耗银近百万两，十一月份的御驾巡边阅视又要拨出大笔开支，户部也是左支右绌啊！我们下来后尽量挤一挤其他款项来给南兵营凑一凑吧……"

　　一向以"铁公鸡"而著称的石星能够讲出这一番话来，白清卓在心底其实已是喜出望外了，急忙向他拱手谢道："多谢石尚书鼎力相助，南兵营上下将不胜感激。"

　　张诚瞅了瞅侍立一旁的何远，向他吩咐道："何远，从今天起，你就代表司礼监、锦衣卫随同白参将一齐抓奸捉谍，把倭国潜伏在大明的真凶主谋彻底查获出来！"

　　何远躬身答道："何某遵命。"

　　张诚又看了看白清卓，对何远似笑非笑地言道："白参将可是朝中百年难遇的大才子、大智囊，何远你在他面前可不要丢了我大内锦衣卫的脸面！"

　　"是。何某一定全力以赴、抓奸立功！"何远庄肃回答。

　　最后，申时行炯炯有神的两道目光缓缓落在上官平芝的脸庞上："倭国此事一出，礼部也要把下个月的午门献俘大典抓紧办实办好！朝廷也要借着这一场万众瞩目的国之盛典来震慑一下所有心怀异志的蛮夷番邦！"

　　上官平芝听罢，面露恭肃之色，深深说道："礼部领命照办，一定让陛下称心满意。"

　　议事完毕，方应龙、王一鹗、石星等人都退了出去。内阁值事房就只剩下了申时行、张诚、白清卓和何远四个人。

　　白清卓看见申时行此刻仍是满脸的肃重，便上前宽慰道："师相，如今倭寇在前、大敌临境，举朝上下必能同心合力、一致对外，您肩上的负担也会轻松许多了。"

　　申时行眉尖一闪，看了他一眼，当着张诚的面，淡淡说道："清卓，你不要看老夫刚才在这把太师椅上指挥若定，而他们也个个显得是其应如响、趋舍罔滞。但回去之后，他们若是真心拿出六七分力气来抓紧落实这些任务就很不错了。防倭捕谍这件事儿，还是要靠你和王一鹗多多用心一些。"

　　张诚听到申时行在这番话里用了三国时期诸葛亮评论政敌李严"部分如流""趋

舍罔滞"这八个字,也明白了他的言外之意,便不着痕迹地消释了一番:"申阁老,您也放宽心境吧。无论如何,这朝廷里总会消停一段时间了吧?"

申时行笑得干巴巴的:"张公公您何等老成,难道竟看不出他们为何暂时消停?只因一直以来他们以辽东李氏为靶子挑起了党争,而今这个靶子已被陛下公开保护下来,又加之倭寇潜入,他们不得已才消停了。但只要他们找到新的靶子,就又会一哄而起、喋喋不休!宛如这宫中掠起的阵阵烈风,何时又真正停止过?"

白清卓眼底浮起了一层晶光:"师相,你们真是太难了。国事政务怎会淆乱如此?"

张诚没有接话,沉默有顷,向何远使了一个眼色。

何远会意,举起双掌很响亮地拍了一下:"李将军,请现身吧。"

那座"丹鹤翔云"屏风背面,一脸激动之色的李如松快步转了出来。原来,他和白清卓刚入宫门,便被一名内侍带去了内阁值事房的侧门,从那里悄悄潜进了房中,在这座屏风背后一直旁听着前边诸人方才的种种议论。

见他此时迎面走来,申时行款款笑道:"李将军,一年前我们见过面的。——此番你在后面都听清楚了?"

李如松一个铮铮铁汉样儿的人物,却在他面前噙着眼泪答道:"在下都听清楚了。"

申时行慢声讲道:"这是内阁会议,各抒己见、争执不休是很平常的。他们也就事论事、有一说一,不要说你父亲李督帅,就是换了张督帅、陈督帅,他们亦照说不误。你只听你应该听的,要忘掉你应该忘掉的。"

李如松腰背一弯,深深躬了下来:"在下心中明白。申阁老、张公公、白公子,在下感谢你们今日对我辽东李氏的鼎力护持!此恩此德,天高地厚,我辽东李氏实在是无以为报啊!"

申时行摆了摆手,让白清卓扶起了他,含笑说道:"你辽东李氏最应该报答的是陛下的深恩博德!我们也只是奉诏而为罢了。"

李如松立刻又跪将下去,面朝金銮殿的方向恭恭敬敬地磕了九个响头。

张诚这时也松了语气,悦色而道:"辽东镇李家军乃是我大明朝之万仞雄关,日后朝廷若要平倭灭贼,还得多多仰仗你们呢!"

"张公公这话折杀我等了!"李如松在语气上虽是尽量显得谦恭内敛,但讲出来的话语却是铿铿震耳,"我辽东军以保疆卫国、奋勇杀敌、马革裹尸为天职——那倭寇胆敢来犯,我辽东军必能打他个落花流水、一败涂地!"

张诚轻轻拍掌笑道:"好!好!好!李将军真是英风习习、锐气凛凛,颇有宁远伯当年勇毅刚武之血性!"

白清卓、何远自知身份所限而不能多言,便并肩站在一旁静静地看着,只是向李如松微笑示礼。

申时行忽地敛起了容色,慢慢踱回书案旁边,从上面拿起一份奏折,徐徐讲道:"李将军,其实就在今天早晨你和宫中交接朝鲜特使的同时,你父亲李督帅关于所谓'通朝密函'的辩白书也送达了宫里。陛下已经阅过。他从来没有为那些谣言所蒙蔽,所以也用不着李督帅这份辩白书,只是通知我们内阁把它退回辽东镇即可。

"你想,陛下近日敕封关羽关云长为协天护国忠义大帝,并钦旨明令由辽东镇在锦州府兴建全国第一座关帝庙,这不正是向四宇九州公开表彰你们辽东李氏一族的'忠勇无双、恪守臣节'吗?陛下的这番深意,你们懂了吗?"

李如松眼中泪珠滚滚而下:"陛下之圣明洪恩,我等永铭不忘。"

申时行蓦地双目一抬,两道锐芒向他凛凛然直射过来:"另外,还有一事,你知不知道——李督帅在这份辩白书中附奏,建议陛下将你留在京师,为你择一清闲之职而安之,从此不用再回辽东,就近为君效力。你对此有何意见?"

白清卓在旁边听得清楚,立刻明白过来:李成梁这是迫于种种舆论压力,要把长子李如松主动留置在京作为人质,以此向朱翊钧示忠不二!可惜李如松刚刚还意气风发地表态要保疆卫国、马革裹尸,转瞬间便将落个郁居闲散、无事可为的境地!他心中一震,正欲为李如松开口直谏——而何远却在身畔暗暗拉住了他的衣角,拼命在劝止他,并朝张诚的方向努了努嘴。

白清卓心头微动,转睛看去,只见那张诚也是目光闪闪地紧盯着李如松,注意着他的所有反应。他心底即刻明白:申时行、张诚二人这是在代表朱翊钧试探李如松呢!于是,他也不好再多言什么了。

李如松在两大元老的灼灼逼视之下,神情大为恍惚,面色变了几变。他最后一咬钢牙,摊开手掌瞧了一番,而后双袖一振,"扑通"跪将下来,声音压得沉沉的:"李某一介边卒,任凭陛下一切措置,哪怕让李某去午门做个甲士,李某也是心甘情愿的。"

他此话一出,阁室内顿时陷入了死水一般的沉寂之中,久久而无声。

半晌过去,申时行转过目光和张诚交换了一下。最后由他来出面收尾:"陛下对你父亲的这个奏议尚在权衡深虑之中。你这段时间就在京师好好休假歇息吧。"

李如松伏在地上,头也不抬,恭声而答:"在下遵命。"

三十三

横看成岭侧成峰,远近高低各不同。
不识庐山真面目,只缘身在此山中。

方宝棠倚着躺椅,执着毛笔在桌儿的纸幅上写下了苏东坡的这首《题西林壁》。

方应龙接过字幅看了一番,面露满意之色,徐徐将须言道:"看来,你的伤势恢复得不错嘛! 字也写得工整有力,不似伤重之人那般虚弱无力。"

方宝棠眸中亮光闪烁:"这一切都得感谢白清卓、凌姑娘二人当时的全力抢救,否则孩儿哪里还能坐在这里与父亲促膝交谈?"

方应龙没有接他这个话头,而是拈着那张字幅,自顾自问道:"你今天故意写这首《题西林壁》,是在暗讽为父近期'不识庐山真面目'、为倭国奸细所迷惑,而对李成梁、白清卓等人'操之过急'了?"

方宝棠撑起上半身,静静地看着他:"高正思、邬涤尘这两天过来时把李成梁通朝密函、'李成梁暗语指令字条'的幕后真相都告诉孩儿了。父亲,您真的是错怪李成梁和白清卓了。如今倭寇在前、大敌临境,孰轻孰重,父亲之意以为如何?"

"棠儿,你想得太天真了。倭寇是我们大明朝所有人的外敌,但李成梁、白清卓这些张氏余党也是我们清流派的政敌。没有倭寇,我们彼此已是斗得不可开交;有了倭寇,谁又会真正罢手呢?"方应龙长长叹息一声,"倭寇此时尚远在海疆之外,而张氏余党的坐大成势却已然触目惊心了啊!"

方宝棠灼灼然正视着他:"父亲此言差矣。白清卓若是真的视您为敌,那日在丹池诗会现场就不会救孩儿于垂死之地!"

"他白清卓或许有一念之仁,但另外那些张氏余党却一直在伺机而动。"方应龙冷冷地讲道,"棠儿,你以为在当年的'反张''倒张'之中,我们就没有付出代价吗?你以为前任首辅张四维在山西老家真的是疯症而亡?你以为为父这些年来就一直是表面上的无风无波?在万历十三年前后,为父也遭到了好几次刺杀和投毒! 若不是司礼监前任掌印太监张鲸派了锦衣卫最厉害的五大高手在我们家中蹲守,为父早就暴毙七八次了! 而且,这一次张鲸本人在南京也死得十分蹊跷! 不是为父不放过张氏余党,而是他们从来就没有放过为父。"

方宝棠等他停下来休息的空隙,继续插话讲道:"但是有什么证据可以证明这些事情是白清卓、李成梁所为吗?"

方应龙正呷了一口清茶在润嗓子,一听他这问话,顿时语塞了。

方宝棠的容色渐渐归于宁和平静："父亲,孩儿这一次死里逃生,已然对很多事情看开了,也想通了。父亲,你们当时为了夺权上位,故而不择手段地陷害张家、打压戚继光。而今发生在孩儿身上的一些事情,岂非'因果报应'?"

"你怎能这样信口胡说! 既然你是倭国奸细所害,为父又怎会轻易放过倭国奸细?"方应龙的脸色立即涌起了一层红潮,厉声说道,"但你可知道——当年张居正视百官如奴仆,驱百官以长鞭,削百官以峻法,天下的官绅早就对他不满至极! 你以为在他的淫威专权之下,你们这些士子可以逍遥自在地开办什么丹池诗会? 就是开办丹池诗会,也只允许你们所有士子向他一个人谱赞歌、写谀词!

"所以,不是为父一人与张居正为难,为父也是在这群官绅推动之下站上前台来清洗张居正'余毒'的! 为父这左都御史的权位,也是他们帮为父争取的! 为父哪有不择手段? 这是清流派和事功派的巅峰对决! 你以为为父真的能凭一己之私就可以集结这么多的反张、倒张之士吗? 便是今天朝堂之上为父与申时行处处制衡,也是朝中清流派不希望申时行以韬晦隐蔽的手法再次成为第二个'张居正'! 户部的石星、礼部的上官平芝,甚至是吏部的许国,还有许多潜伏幕后的侯伯重臣,都是为父抗衡张氏余党的后台! 为父所做的,才是最符合朝中大多数臣僚的利益和呼声的!"

方宝棠静静地听他讲完,半晌才苦笑了一下："白清卓说过,清流派以舌御敌,事功派以剑御敌,孰优孰劣,果是一目了然。"

方应龙狠狠地瞪着他："为父知道,白清卓是你的救命恩人,你此刻自是偏心于他的。但为父向你保证,只要白清卓不来挑衅,为父也不会苛待于他。不过,你以为这朝中只有为父和都察院一直在为难白清卓、东霖院他们吗? 昨日白清卓去户部和吴承信交涉南兵营补薪之事,还不是照样被吴承信用软钉子顶了回来? 为父可没向吴承信递过一句话要他去阻挠白氏等人! 但吴承信为什么还会那么做? 你自己好好想一想吧! 听说白清卓随行的那个女护卫气得当场拍碎了桌子,踢飞了椅子,可这些司官就是死猪不怕开水烫,他俩又能拿吴承信怎样? 不可能真的一刀给他一个快意恩仇吧! 这些草莽人氏啊⋯⋯"

方宝棠闻言,皱了皱眉,不禁"腾"地一下撑起身来："凌姑娘这种英爽大方的女侠也被吴承信激怒成这样,可见吴承信实在是过分!"

看到方宝棠如此维护凌兰,方应龙诧异地盯了他一眼。静默了片刻,他才又幽幽地说道："对了,近期萧虎臣会来京面圣述职。"

方宝棠一听,就明白了过来："是不是因为蓟辽总督一职空缺了出来,萧将军图谋入京暗中猎取?"

"萧虎臣本是蓟镇总兵,手中又多了从大同镇划拨过来的四万劲旅,势力非同小可。这也由不得他不会对蓟辽总督之位产生猎取之心。"方应龙淡声讲道。

方宝棠直盯着他:"父亲肯定是想支持他夺得蓟辽总督之位吧?"

"那还用说?为父自然是对他鼎力支持的。他若出任蓟辽总督,才会对辽东李氏形成有力制衡嘛!"方应龙沉吟了一会儿,还是讲了出来,"不过为父和你谈及此事,是另有一个想法:为父想趁他此番入京相聚,把你妹妹和他的婚事确定下来。你觉得如何?"

方宝棠胸中波澜顿起,不禁摇了摇头:"父亲不可如此仓促行事。芹妹她心头另有钟情之人,只怕您不宜强迫于她呢。"

方应龙作色怒道:"那可由不得她!为父一早就知道她和白清卓那小子之间有些蹊跷……"

方宝棠沉思片刻,为了暗助方宝芹,便迂回说道:"父亲大人,您清醒一点儿——萧虎臣也未必敢和芹妹结婚啊!您想,他若是当上了蓟辽总督,再和您这位都察院首脑左都御史大人结为姻亲,其岂不拥有盖世之势力?进一步说,皇上若是得知他和我方氏联姻的消息,还会放心把蓟辽总督一职赐给他吗?而萧虎臣若想在此时此刻拿到蓟辽总督一职,又怎会答应迎娶芹妹呢?"

方应龙听罢,双眉一抖,面色微变,只觉他所言甚是有理,不禁陷入了深思之中。

这一天,德润斋的伙计牟健送来了大掌柜牟万珍的请柬,邀请白清卓过去一叙。

白清卓澄亮的目光落在那张请柬的银丝缎面上,那用金线绣出的"呦呦鹿鸣,食野之苹。我有嘉宾,鼓瑟吹笙"十六个隶书小字赫然闪亮,透出一股莫名的奢华之气。

当时李如松正坐在旁边,见到如此精美的请柬也是一惊:"看来这德润斋的大掌柜也真是富可敌国啊!一份请柬便至少值几十两银子!"

白清卓静思了片刻,把这请柬往凌兰手中一放:"牟万珍此人颇有异趣,非比寻常,还是值得一交。兰妹,和我一道去吧。"

出得东霖院,牟健便引着他俩上了一辆特备的豪华马车,隆隆然往东坊去了。

来到德润斋主店,白清卓等下车进去后,被牟健带去了后院一座四窗敞亮的厅堂前。厅堂上的匾额正是白清卓亲笔所写的"雾隐龙潜"四个金字。

牟健笑呵呵地向他俩讲道:"自从迎来了白公子的墨宝,大掌柜就把这里唤作了雾隐堂。"

白清卓还以一笑:"你们大掌柜本就是大隐隐于市的高人异士,当得起这四个字。"

他一抬眼，只见牟万珍已在门口等候而立了。牟大掌柜身材依然是那般修长清瘦，穿着一袭红、白、蓝三色交缠的瑞云锦袍，流露出一股莫可名状的高贵庄严之气。他这一番姿态气质，一时间竟令白清卓也不由得敛起了轻放之色。

而最让白清卓惊讶动容的是，方宝芹、上官雪衣二人亦在牟万珍身后盈盈含笑站着。

牟万珍迎着他笑微微地说道："白公子，牟某邀请你今日过来共度良辰，遂也请了你的两位'红粉知己'一同驾临。你应该是喜出望外吧？"

"当然，当然。"白清卓眼中闪过一丝光亮，一边和方宝芹、上官雪衣见过，一边向牟万珍笑答道，"难得牟大掌柜你如此有心。白某多谢了。"

牟万珍朗朗一笑："正所谓'独乐乐，不如众乐乐'。我牟万珍的待客之道是千金散尽还复来。只有让你的知己爱人玩得高兴了，你才会在我这里玩得高兴嘛！"

闻得此言，方宝芹、上官雪衣各自的脸颊上都不禁飞起了一片红霞，看向白清卓的眼神也是暖流涌动。

白清卓也没料到这牟万珍为和自己一叙，竟是如此煞费苦心，不由得微微一怔。

方宝芹已是甜甜然开口道："清卓，牟大掌柜挥金如土以待国士，我等倒是不可拂了他的美意。"

牟万珍径自唤来自己的侍女："来人，带这三位小姐去百宝阁挑选她们喜爱的东西。任她们尽情满意，不得稍有怠慢。"

上官雪衣婉声说道："牟大掌柜，这如何使得？"

牟万珍把手一扬："你们是白公子的红粉知己，我是白公子的忘年之交。我对白公子是'爱屋及乌'，不，是'爱屋及鹊'，又如何使不得？"

那牟府侍女把手往外一伸："三位小姐，请吧。"

凌兰看了白清卓一眼："二师兄，我要留下来保护你。"

牟万珍拿眼风扫了她一下："牟某知道白公子目前是不少人氏的眼中钉。但是你放心——他在牟某的德润斋里，一定会比其他任何地方都安全。"

方宝芹、上官雪衣也朝白清卓投来了关切的目光。

白清卓淡然笑道："你们去吧。我在这里十分放心。"

凌兰还是站在那里一动不动。

白清卓只得耐心地讲道："你们可知道从东霖院到德润斋这一路上，我们至少经过了十二个街口，每一个街口都似乎埋伏了一批人士。但是，你们知道他们为什么都一箭不发一刀不出吗？只因为，他们都知道是京师第一豪绅牟万珍大掌柜特邀了我。"

他这话一说完，凌兰便笑嘻嘻地随方宝芹、上官雪衣等人离开了雾隐堂。

待她们走后，牟万珍才引着白清卓往内走去："白公子，你现在可谓声名鹊起，既是丹池诗会的诗魁，又是抓奸捕谍的神探，还是指挥千军万马的名将——你可是我大明朝数十年来难得一见的奇才啊！牟某是真心和你交朋友的。"

"多谢牟大掌柜美意。我此刻不是已经站到你面前了吗？"白清卓平和地答道。

牟万珍带他到堂中南墙边停下，侧脸说道："说实话，我从来不认为你是一个病人，也不认为你真的需要别人的保护，更不认为你身上所自称的五六种顽症会阻碍你走得更高更远，连灭敌万千的都察院都拦不住你，区区小病小恙又能如何？"

"看来牟大掌柜很关心我的身体状况啊！"白清卓笑了一笑。

"我要和你长期交友，自然当关心你的身体。"牟万珍的语气十分认真。

白清卓乜了他一眼："我若不是病人，还能是什么？病虎？病仙？那你太高看我了。"

"能够决定自己得哪几种顽症，又能够决定自己患病的时间之长短、患病的程度之深浅，甚至患病该如何结束，这样的病人，只怕也是天下罕见吧？"牟万珍的口吻淡漠得仿佛在讲另一个人的故事。

白清卓闷闷地咳嗽了几声，拿丝绢掩住了口："牟大掌柜今天的话语似乎未免太多了。"

牟万珍淡淡一笑："你若像我这般天天'清闲在家'，天天看东看西，天天想这想那，也会变得和我一样话多的。"

白清卓回头看了看他那张一本账册也没放的桌案："你家牟二掌柜一见我就直谈生意，你不和我谈生意？"

牟万珍脸色一正："我和你只谈友谊，绝不会和你谈生意。等到友谊积淀够了，将来也有可能和你谈生意——那时候再谈，就应该是惊天动地的大生意！"

白清卓哈哈一笑："我的俸禄少得可怜，我可没有什么资本和你一起谈什么惊天动地的大生意。你说得对，我和你还是免谈生意，只谈友谊。"

他顿了一顿，继续问道："你说——我们今天的友谊应该从哪里谈起呢？"

"我们之间的友谊，就从请你帮我品评这几幅字开始。"牟万珍微笑着向他俩面前的那堵南墙上面伸手指去。

白清卓目光往上一抬，只见墙壁上悬着的右首第一幅字是这样写的：

知天之所为，知人之所行，则有以任于世矣。知天而不知人，则无以与俗交；知人而不知天，则无以与道游。

他静静看罢，笑道："这一笔楷书正是当年唐代宗李豫的字迹。他平生最爱阅读《淮南子》，所以抄写了这一段箴言用以自励。牟大掌柜对这幅字怕是情有独钟吧？究天人之际、通古今之变，您的志向果然非同凡人。"

"听你讲来，这幅字帖确是帝王真迹无疑了？"牟万珍眉眼带笑，又指向了第二幅字帖，"这一幅呢？"

白清卓看到第二张字幅上用气势雄浑的汉隶写着：

> 以道为竿，以德为纶，礼乐为钩，仁义为饵，投之于江，浮之于海，万物纷纷，孰非其有？

他又细细看罢之后，向牟万珍讲解道："这段文字也是出自《淮南子》，且是宋仁宗赵祯的御笔。牟大掌柜，你可真是神通广大——居然连这位'千古第一仁君'的手迹也搞得到！"

"牟某的广大神通岂止在搜集这些物件上？"牟万珍抚髯一笑，"白公子，就是你这样的能人异士，亦在牟某的求交之中啊！"

白清卓瞅了他几眼："牟大掌柜，你竟是喜爱这些箴言？在我看来，你不仅有商界至尊的气魄，更似有无冕之王的气概！牟大掌柜，你很让我意外啊！"

牟万珍双眉微微一敛，哈哈笑道："商界至尊，你说对了；无冕之王，则言过其实了。"

白清卓又将目光移到了最后一张字上来，上面还是摘自《淮南子》里的一段箴言。他轻轻念了出来："'至人之治也，掩其聪明，灭其文章；依道废智，与民同出于公。'此内容颇有意味，但它究竟出自何人手笔，白某却辨认不出来。"

牟万珍容色一扬，将前胸一挺："这幅字乃是出自牟某的手笔。白公子之意如何？"

"你的手笔？不错，不错。"白清卓侃然道来，"你是想让我把你的手迹和另外两幅字帖对比一下？嗯，依我之见，其实你比他俩写得更好——和唐代宗李豫的柔润内敛相比，你的笔法胜之在雄；和宋仁宗赵祯的清浅朴静相比，你的笔法胜之在厚。沉雄厚实，是牟大掌柜你足可自傲的优势。"

牟万珍朝白清卓深深一揖："白公子，有幸得到你的这般佳评，牟某不禁心爽神快。"

白清卓却还盯着他的那张字幅，半笑不笑地问道："不过，我对你选的这段箴言颇有兴趣——这掩其聪明是何寓意？这灭其文章又是何寓意？牟大掌柜,可否指教一二？"

牟万珍回视着他,笑意越发深沉起来："所谓掩其聪明,掩顺天府误信李成梁密函之自作聪明;所谓'灭其文章',灭高正思胡言李井方嫌疑之不实文章。对吧？白公子？"

白清卓闻言,身形隐隐一震。他深深看向牟万珍："想不到牟大掌柜足不出户,却对天下万机了如指掌。"

牟万珍淡淡笑道："如今白公子的传奇故事在京中不胫而走,都快要写成话本搬上戏台了,牟某确是足不出户便已如雷贯耳。"

白清卓显然对他的避实就虚并不认可,而是平和至极地回复道："借天下之耳而闻风,借天下之目而辨机,借天下之势而助力,这才是真正一代巨商所应有的神通。白某自是理解的。"

牟万珍却还是转开了话题："白公子帮牟某品评了这么久,就不想喝壶茶水润一润喉咙？咱们不能只顾讲话而不休息啊！"说罢,将白清卓引到堂中茶几那里对面而坐。

牟健听得明白,在一旁托着一张用锦布覆罩着的漆金木盘走将过来,轻轻放盘于几,而后把锦布一掀,现出里边的那两件物事来。

白清卓一见,顿时暗吃一惊,脸颊飞快地发热起来:这漆金木盘之上放着的,竟然是圆鼓鼓、白嫩嫩的两团秀女"美乳"！

他倏地看向了牟万珍："牟大掌柜,你……你……"

"白公子定是未曾见过这举世闻名的天妃灵玉壶吧？你再仔细欣赏欣赏？"牟万珍笑得十分耐人寻味。

白清卓一怔,复又定睛看去,却见那两团白馒头似的美乳,原来竟是两只一模一样的玉雕小壶！它们如同巴掌般大小,形状确是让人看了禁不住耳热心跳。壶身饱满浑圆,宛然女子的乳房,肤色明润,细腻可掬;顶上的壶盖如一枚铜币般大小,色泽粉嫩若一轮"乳晕";而这轮乳晕又似隐隐波动一般往着峰尖顶端中心处由浅入深地聚拢着,直至浮凸起一颗初生葡萄般鲜红的"乳珠",看上去莹然欲滴、艳态淋漓,又仿佛活物一般颤颤巍巍、吹弹可破！

然而,这所谓的天妃灵玉壶既无壶嘴,又无壶柄,又如何倒茶饮用呢？但见牟万珍展颜而笑,拿起左边那只玉壶,托在掌心之中,把那壶顶的红玉小珠含在嘴里轻轻吮吸着,神情甚是惬意："白公子,是真名士自风流,你也堪称是阅宝无数了,觉得此壶如何？"

白清卓也托起另一只天妃灵玉壶细细观赏。这小壶差可盈盈一握，其玉质之温润美妙，实为世所罕见——壶身之莹白光滑、壶盖之粉红细嫩、顶珠之鲜艳夺目，处处逼真，交相辉映，妙不可言。他不禁微微笑道："此壶寓大雅于大俗之中，正如牟大掌柜寓大才于大隐之中，真是稀世难逢的妙物啊！不过，您想借它来考验白某的定力和心性，似乎却有些离谱了！"

说罢，他亦将那红玉顶珠含在口中吮吸起来———一股清甜的温液入口而逝，顿觉齿颊生香，回味无穷。

牟万珍待他一饮而快之后，方才含笑问道："这天妃灵玉壶的味道如何？"

白清卓淡淡然放下那只玉壶："清茶可口，余味留芳。"

牟万珍把玩着掌中那只天妃灵玉壶，若有所思地言道："如果你心有绮念，这茶便是芳香牛乳的味道。但你果然达到了'空色如一'的境界，所以喝出来的是茶味。白公子，你虽不是'假道学'，但生活也难免有些无趣。其实，这天妃灵玉壶的妙处，在你日后佳人揽怀、俯瞰山河、啸聚风云之时，才真真正正地体味得出。"

白清卓默默地注视着面前那只天妃灵玉壶，悠悠说道："佳人揽怀、俯瞰山河、啸聚风云？这都是白某十多年前的轻狂梦想了！想起来真是令人难以忘怀啊！"

牟万珍抬眼望向百宝阁所在的方向："正所谓佳人配名士，白公子，你总不想让你心爱之人与你一起殉道受难吧？你也不希望自己像三年前去世的海瑞老先生一样吧？梅妻鹤子，讲得多么洒脱，个中体味却怕是复杂至极吧？"

白清卓叹道："所以，我只想自己一个人扛下这一切。"

"如果是魏徵遇上唐太宗、王猛遇到符坚，他们还会有你这般的纠结吗？"牟万珍轻轻地揉捏着掌中那只天妃灵玉壶，话语却是一句紧似一句，"你该当享受得起这佳人揽怀、俯瞰山河、啸聚风云之风流的。你又没有错。"

白清卓沉默着，一言不答。

牟万珍幽幽亮亮的目光投在南墙上宋仁宗赵祯所写的那张字幅上，徐徐又道："而今倭寇在前、大敌临境，当今陛下最需要的是'李靖之材''岳飞之器'——那么，白公子，你真的觉得自己是吗？"

白清卓苦苦一笑："李成梁督帅和李如松将军应该才是吧。白某哪里能成'李靖之材''岳飞之器'？"

牟万珍也浅浅一笑："是啊！牟某其实说错了——白公子应该是出将入相、文武双全之诸葛亮和范仲淹吧？"

白清卓又一下怔住了——他没料到牟万珍竟将自己心底最深处的那一份自我期许看得如此准确。

牟万珍却又幽幽一叹："可惜，在此时此势之下，除非重开天地，除非时光逆流，你永远成不了诸葛亮和范仲淹。你只能做到谭纶那样的地步。"

白清卓的眉尖不禁暗暗一跳："哦？何以见得？愿闻高见。"

"我看你是能听进实话的人，所以，我也给你摊开了讲一些实话吧。不要看你目前是抓奸捕谍、风光无限，但你将来的出路也是一目了然、明朗无比。"牟万珍又拿起天妃灵玉壶，深深地吸了一大口，"你以为你将来还会重回蓟镇执掌南兵营？你其实也不要为南兵营补薪那点儿小钱而劳心劳力了。我若是上边的人，一定迟早会为南兵营补薪到位，但同时会调你离开。朝廷好不容易抹去了戚家军的印迹，难道又要自己给自己再次树立起一支白家军吗？不要忘了，盛极一时的大唐就是灭亡在各地节度使的私家军手里的！这是他们固执己见的所谓'前车之鉴'。"

白清卓听得无言以对，深深地看着他，只是沉沉一声叹息："所以，在京师原本完全可以一手遮天的德润斋，也不得不扶持起另一个竞争对手引凤堂来分散自己从各方面受到的压力和猜忌？"

"不要谈我，还是继续谈你吧。"牟万珍继续把玩着那只天妃灵玉壶，淡淡然讲了下去，"不过，鉴于你诗魁文士的出身，你应该会出任兵部尚书的。所以，牟某认为你会做到谭纶那样的地步。但是，你这种是非分明、锲而不舍的作风又近似于张居正。张居正是什么样的下场，你我都清楚吧？当今的朝廷，连八面玲珑、稳重老成的申时行都举步维艰，何况你呢？"

白清卓慢慢托起那只天妃灵玉壶，微微笑道："从另一个角度来看，这漂亮的小玉壶其实可以是一朵秀美的祥云。对您的这番赐教，白某心中泰然，不为猛将，便为猛卒；不为良相，便为良吏。进退如一、始终如一，如此而已。"

牟万珍双目中精光闪闪："倘若上天某一日使你拥有可选之机，你又如何决断？"

白清卓一笑而答："假设之事，白某从不多虑。前方的路是踏出来的，不是想出来的。"

牟万珍点了点头："你果然和陆贽宣公一样上不负天子、下不负所学啊！"

白清卓直视着他："牟大掌柜以潜龙之才而雾隐云藏，白某也甚是疑惑。您莫非修炼到了管宁再世的境界？想不想让我在申阁老那里好好推荐一下您？"

"罢了，罢了，你和申阁老在朝局之中尚且解脱不得，还要拉我下水？"牟万珍哈哈一笑，"《淮南子》有一段佳话，是这样写的：'闲居静思，鼓瑟读书，追观上古，及贤大夫，学问讲辩，日以自娱，苏援世事，分白黑利害，筹策得失，以观祸福。'这难道不正是牟某平生之所为吗？既已乐在其中，又何必去追名逐利、贪功恋势？"

白清卓悠悠一叹："你口口声声称白某为可惜之才，其实你也真是可惜之才。"

牟万珍双眉一振，笑得很深很深："所以，你我二人才真的是惺惺相惜嘛！这只天妃灵玉壶，我送给你了。"

"我可没有佳人揽怀的风雅，接受不得此等人间妙物。"白清卓连忙推辞道。

"方小姐、上官小姐均钟情于你，她俩还不算'佳人'？你这话言不符实嘛！"牟万珍吩咐牟健道，"去找个匣子把这天妃灵玉壶装好后送给白公子，免得稍后让各位小姐看了有些唐突。我这只天妃灵玉壶也拿下去，换了茶杯上来饮用。"

牟健领命照办而去。

不多时，外面一阵银铃般的笑声传了进来。然后，一大群婢女拎着大包小包，簇拥着方宝芹、上官雪衣、凌兰迈步而入。

牟万珍和白清卓飞快地交换了一下眼神，都颇为含蓄地笑了。

上官雪衣见了他俩，微笑着问道："你和牟大掌柜谈得很愉快？"

"很愉快。"白清卓点了点头，拈了拈手中那只装着天妃灵玉壶的匣子，"这位牟大掌柜，总能给我带来不少出乎意料的惊喜。"

"是吗？"上官雪衣往牟万珍那边掠了一眼，"大掌柜确实是善于制造各种惊喜的高手——今天我和方小姐就被他铺设出来的惊喜给迷住了！"

"你们在百宝阁挑选得不满意？"牟万珍眉头一皱，直接盯向了上官雪衣身后站着的那名牟府的侍女。

那侍女还未及开口，凌兰已是笑道："我当然是满意的。牟大掌柜可比牟二掌柜大气多了——什么好东西都让人劝着喊着我们挑选。"说着，她伸出手来，晃了晃自己手腕上一个亮闪闪的五色嵌珠金钏："二师兄，好不好看？"

白清卓也向牟万珍含笑说道："大掌柜，你既是送了这么多礼物给我和各位小姐，我也不能不回赠一个礼物——但我的礼物是看不见的，你无从欣赏啊！"

"看不见的礼物才有可能是最珍贵的。"牟万珍一下凑近，"你说来听一听？"

白清卓平平说道："德润斋的生意遍布天下，但似乎还没渗透到朝鲜藩国去吧？近期朝鲜藩国应该会从我大明进购不少备战备荒的货物，你可以去摸一摸底细后自行决断。"

牟万珍眼底精光一亮："这个礼物真是好。白公子为朝鲜国侦破了黄启祥迷案，听说朝鲜特使和柳梦鼎他们对你很是感激？他们邀请了你很多次，你都没去？那我就借一借你的友谊去会一会他们啰？"

白清卓没有直接回答他，而是然然讲道："德润斋实力雄厚，能让朝鲜所需要的各项物资的质量得到可靠保证，亦可帮助他们更好地抗倭自保。牟大掌柜这么做，其实也是为国分忧。"

牟万珍抚着须髯，哈哈大笑起来。但他在目光一瞥之际，却见到上官雪衣和方宝芹都盯着牟府为首侍女手中一方锦匣似有深意。他笑声一止，问了过去："这锦匣是怎么回事？"

牟府侍女将锦匣托上前来，小心翼翼地禀道："有一件妙物，方小姐和上官小姐都看中了。"

白清卓一听，重重地咳了一声，险些喷出口中的茶水来。

"哦？竟有这事儿？"牟万珍吩咐打开那锦匣来看，原来竟是一尊二尺余高的嫦娥玉像。

那玉像雕得栩栩如生，宛若嫦娥仙子真身临凡——秀发梳龙髻，净额点花钿，柳眉扬入鬓，明眸亮如星，容色似新月生辉，衣带若花树堆雪，婉转之姿勾魂夺魄，娇媚之态盈然而露，一动则款款流香，一静则脉脉含情，令人望而心醉。

牟万珍看罢，啧啧称叹道："这尊玉像休说你们两位小姐喜欢，牟某也有些爱不释手啊！可是两位小姐都青睐于它，牟某也不好将它一剖为二再分给两位吧？"

上官雪衣和方宝芹却仍是四目对视，清凌凌的目光交接之下暗暗似有刀剑交鸣之声迸发而出。

牟万珍看出二人互不让步，就瞧了一下白清卓："这样吧，我把这尊嫦娥玉像交在白公子那里，将来由他决定把它送给哪一位小姐吧。"

白清卓没料到牟万珍竟会使出这一招斗转星移，只得无奈地苦笑了。

方宝芹和上官雪衣收回彼此交击的目光，都点了点头。

牟万珍笑眯眯地又讲道："不过呢，两位小姐既然喜欢玉像，那我还是要送的。我这里供养了一位巧夺天工的玉雕大师陆一诺，他可以依照两位小姐的形态面貌雕刻出真人玉像，然后再送给你们。如何？"

陆一诺是万历一朝最出色的玉雕名匠，其技艺之精湛几乎无人能及。方宝芹和上官雪衣听到他这个名字，欣喜万分地向牟万珍连声答应了。

牟万珍满脸挂着他那副招牌一样的和煦笑容，朝白清卓饶有意味地说道："清卓公子，你听到了吧？小姐们最美好的年华和最漂亮的风姿，都能在坚润无瑕的玉像里永远流传下来，不似血肉般易腐，不似纸帛般易朽——而你我的功业呢？又凭什么凝固在历史的漫漫长河里呢？这，可是一个值得深思的问题啊！"

八月三十日，在朝野瞩目之中，蓟镇总兵萧虎臣回京面圣述职。他进宫向朱翊钧表达了他对目前蓟镇增兵扩建之举的无比感谢，并献上驱胡灭匪、备倭防寇等八条建议，甚至请求自己代表大明朝进入朝鲜协助他们整顿军务。

朱翊钧对他的种种举动大加称赞，当场奖赏他八千两白银，并把他的建议让司礼监转内阁研究施行。同时，朱翊钧也向他降下纶音：不久前为蓟镇增兵扩建，是基于朝廷对倭虏不臣之迹的高瞻远瞩，是为了促进蓟镇与辽东镇的精诚合作，共同对付即将从朝鲜登陆大举进犯的倭寇；萧虎臣必须尊重李成梁的资历和经验，在辖区内调动一万人马以上的重大举措必须和李成梁事先通气。当朱翊钧做出这些表态后，萧虎臣后面的话语明显变少了，而且显得更加恭顺了。

他退朝出宫之后，即刻向"闲居在京"的李如松、白清卓、李井方送来请柬，邀请他们光临萧府会宴共欢。由于此番萧虎臣回京带来了从蒙古土蛮部族缴获的马奶酒、风干牛肉脯、牛奶豆腐等塞外美食珍品，他还给这场宴会取了一个"吞胡宴"的名称，听来甚是霸气。

面对萧虎臣这一番热情得不能再热情的邀请，东霖院中，李如松、白清卓、李井方等人展开了激烈的讨论。

"依本座之见，我们可以大大方方地前去参加。"李如松一脸的满不在乎，"萧虎臣不会傻到在他的府第里明目张胆地搞事的。"

李井方叹道："如松，你不能把他们想得太好了。这些人连李督帅的手函都伪造得出来，还有什么做不出来的？"

白清卓倒没有直接反对，而是径自问向了他："参加此宴有何益处？不参加此宴又有何坏处？如松将军，您考虑好了吗？"

李如松一捏拳头，扬声答道："哎呀！白参将，你还没看出来？萧虎臣举办这场吞胡宴，实际上是在向我辽东李氏隐隐示威。如今他麾下新添劲卒四万，已在蓟镇坐大成势。这一次回京面圣，自然必是谋求蓟辽总督而来。他再摆这一出'鸿门宴'，倘若李某畏险怕难而不敢前去参加，显得我辽东李氏无胆无勇，岂不更是激得他气焰日盛？所以，这一场宴会，李某一定要去，而且是非去不可。"

白清卓瞧着他，似笑非笑地说道："当年魏蜀对峙，诸葛亮为引蛇出洞，刺激司马懿以巾帼之辱，司马懿咬牙隐忍而不妄动。如松将军，你就不能装病回避？"

李如松睁大了眼睛，摇了摇头："那般隐忍雌伏的举动，李某实在是装不出来，也不屑为之。"

李井方向白清卓苦笑道："清卓公子，你看，如松将军便是这般宁折不弯的性情。"

白清卓正视着李如松："魏武帝曹操曾经写信告诫轻敌好胜的夏侯渊'为将当有怯弱时，不可但恃勇也'。如松将军，您如此斗勇难静，将来会吃大亏的。"

李如松哈哈笑道："多谢白参将指教。我生性如此，只怕是改不了了！不过，萧虎臣步步示威，我确也不能在此坐视不理。至少去了他的吞胡宴，我们亦可摸一摸他的底细。"

白清卓见他心意已定，只得讲道："若是非去不可，便要防备他派人借着'倭国奸细'的名义潜行刺杀。"

"他真有这般猖狂大胆？"李如松眉一竖。

"希望他不会如此胆大妄为吧。但我们只能是做好万全之备，让他们无懈可击。"白清卓睄向了李井方，"如松将军，你眼下在京师之中可是举足轻重的人物，你的安危关系甚大。井方兄，你帮我联系一下锦衣卫何远大人，请他今夜过来好好商议一下策应相助事宜。"

萧虎臣的府邸位于京城北坊中央地址。似乎是为了和锦州城的李成梁府院比阔气，他的萧府也建得规模宏大，占地极为宽绰，府内楼阁交辉，山水交色，富丽堂皇，气派不凡。

李如松、白清卓、顾少伦、李井方、凌兰、韦生晖等一列车队来到了萧府大门前停下。诸人纷纷下车而立。

在白清卓事先的计划当中，顾少伦是众人中间武功最高的，带他一道参加吞胡宴，至少可以贴身护得李如松的周全。

然而，就在他们刚一下车的一瞬间，寒风骤起，沙尘乍扬——一股浓浓的杀气似天河倒泻一般向他们直涌而来！

这样的气场自是非同常人！顾少伦疾步走到诸人最前面，抬头一望，只见一个魁梧的身影恍若蹲虎一般在萧府院墙横脊上屹然而坐，凌厉的目光如同利刃一样劈到了自己的眼前！

李井方、凌兰耸然一惊，原来是紫府神君郑北雄！他俩都沉默地看向了顾少伦：在场诸人之中，唯有他可以与郑北雄势均力敌。

而顾少伦唇角划过一丝苦笑，斜眼瞥向了白清卓："清卓，看来今天有人不想让我和你们一同进入萧府啊！那些马奶酒、牛肉脯、牛奶豆腐，恐怕只有劳烦你给我打包一些带回来了。"

李如松瞧着白清卓有些踟蹰不决的表情，神色一正："干脆，你们都回去，李某单身赴宴即可。"

白清卓双拳在袖底暗暗握紧，脸上却风轻云淡："可以。你想吃的好东西，我都会给你带回来。既然有人拦你，你自己就去陪一陪他过过招数吧。"

"好啊！这块又老又硬又臭的石头，我去替你们踢开它！"顾少伦身形一纵，拔地而起，宛若一支飞箭，直向那墙脊上的郑北雄疾扑而去！二人一阵腾挪闪转，身影翻飞之下，已往东渐斗渐远了。

白清卓这才收回目光，注视着大门匾额上"萧府"两个斗大的金字，自言自语道："看来，这一次萧总兵举办的吞胡宴排场实在是不小啊！"

凌兰劲声说道："二师兄，我一定会护你周全的。"

白清卓回望了她一眼："你错了。在今天这场宴会上，如松将军才是最值得保护的。你进去后，可以拿三分之一的精力注意我，却务必拿三分之二的精力投到如松将军那边。一定记住了。"

凌兰只得低头答道："好，我听你的。"

白清卓又瞧了瞧被安排守在大门外的韦生晖："我们进去参宴之后，府内若有异动，你们便即刻冲将进来。"

萧府摆设吞胡宴的正厅极大极阔，几乎可以容纳百余人。一进厅门，那高高的"云簇虎跃"状漆金染彩穹顶俯瞰在人们头顶之上，给每一位入府的人士带来一种沉郁的压抑感。

今天萧虎臣请来的宾客也甚是不少：钱济之、高正思、邹涤尘、吴承信等人已坐得济济一堂。据闻萧虎臣还邀请过方应龙父子前来显耀场面，但不知为何，方氏一家竟无一人前来。

就在这些宾客复杂的目光之中，李如松、白清卓、李井方等人终于踏入正厅，均是目不斜视，一脸的从容淡定，缓步前行，径自到西边一排席位上昂然坐下。

钱济之看在眼里，满面谄笑，起身朝李如松走了过来："如松将军，钱某失礼了——钱某一番心意，请如松代为转呈宁远伯。"说着，他让身边的随从献上了一个礼盒。

李如松知道他是在为顺天府误判"李成梁假密函"一事而道歉，也不多话，转过头来，意味深长地看了李井方一眼："李某谢过钱大人在顺天府衙中对井方参军的

'照顾'。"

钱济之面色一室,只得又向李井方赔礼道:"井方参军,唐鉴那样对你无礼,钱某听闻之后亦是十分愤怒,已经扣罚了他半年的薪俸以示惩戒。"

李井方却满面平和,顺手接过那礼盒,笑道:"钱府尹当日之所为,毕竟也是职责所在。往事如烟,希望钱府尹日后慎重行事才是。"

"一定,一定。"钱济之这才放下心来,又和李如松寒暄了几句,然后退回了席位。

凌兰看着他这副变色龙一般的嘴脸,不禁暗暗撇了撇嘴。

白清卓大大咧咧地拿过桌边瓷壶,倒出一杯马奶酒,放到唇边尝了一尝,只觉酒味甘中有酸、微涩香醇,不禁赞叹道:"元代进士许有壬曾在《上京十咏·马酒》诗篇里这样称赞蒙古马奶酒——'味似融甘露,香疑酿醴泉'。看来,古人之诗,诚不欺我也!"

对面席排上的高正思、邬涤尘等人见了,纷纷叫道:"大胆白清卓!广宴之上,你居然旁若无人,失礼至极!"

白清卓又拿过一块牛奶豆腐在口中嚼着,冷笑道:"《世说新语》里写到魏末文人阮籍不拘礼法,于座席之间啸傲自若、饮食随性,而晋文王司马昭任其所为,宽容有加。你们衷心拥戴的萧总兵难道连这份雅量也没有吗?何须你等出头聒噪?"

高正思满脸涨红,正欲驳斥,只听得一声钟响,两队卫兵疾步进来排开阵仗。顿时,全场肃静。

然后,厅门处人影一晃,头戴凤翅冲天紫金盔、身披大红绣狮披风、腰悬四尺金背银刀的蓟镇萧虎臣从中凛然而入,顾盼之际虎虎生威。他冷若霜刀的目光在全场扫视了一圈,落到了李如松的身上,立刻换成一张笑脸迎了上来:"如松老弟,多谢你大驾光临啊!来来来,与我一道上座!"

说着,他大步走到李如松面前,热情地牵起了他的右手,就将他半拥半拉地上了正厅中央的主席桌位分左右坐下。

李如松也任由他把这一场活戏演足,与他并肩坐在主席桌位后面,一脸的扬眉吐气。

场中东厢的钱济之、高正思等人见了,不禁面面相觑:如今辽东李氏避过李成梁假密函一劫,其势汹汹,不可轻视矣!连身为辽东副总兵的李如松都被萧虎臣奉为上宾,尽礼相待!

吉时已到,萧虎臣站起了身,手举高杯,意气洋洋地放声讲道:"萧某今日举办这场吞胡宴,是在与陛下面圣述职时忽受天启,想出了一首短诗,内容是这样的:

龙麟虎象争不了，杀意冲上九重霄。

呼来张口奔万潮，一气吞尽胡儿骄！

诸君，我们聚了此宴，一定要把北胡南倭扫荡干净，为国争光！"

他把这场话讲得铿锵激昂，四下里呼应之声四起。接下来，艳姬歌女翩翩起舞，各席之间杯盏交碰。吞胡宴就这样开始了。

白清卓将高正思、邬涤尘、吴承信等人视为无物，拿了一盘风干牛肉脯递给凌兰："师妹，这蒙古的牛肉脯做得十分好吃。以前咱俩在喜峰口还能经常吃到。这一两个月你可馋坏了吧！"

凌兰大口大口地嚼着："还是二师兄懂我心意。"

这时，萧虎臣持着酒杯，在李如松的陪同下，来到了白清卓面前敬酒。白清卓也只得拿了一杯马奶酒，站起身来应付。

萧虎臣脸放红光，朝他大声笑道："白参将，你可是我蓟镇麾下将士中的骄傲！你看，近段时间你一入京，掀起了好大的风光啊！丹池诗会的诗魁被你夺了，朝鲜使臣黄启祥的案子被你破了，就是宁远伯遭人陷害的假密函也被你查出了……"

说到这里，他转头看向了李如松："白清卓可是我在蓟镇的爱将，然而他的聪明才智却有大半贡献给了你们辽东镇——如松，你和宁远伯好好谈一谈，是不是应该对我蓟镇有所补偿才是？"

"当然，当然，这还用得着萧总兵提醒？"李如松哈哈一笑，"父帅已经决定为蓟镇拨送一百二十张虎皮、十三箱百年山参、一匣东海明珠给南兵营，对他们平日精心照顾白参将而深为感谢。"

萧虎臣握着酒杯的右手顿时微微一僵，脸上笑容依然灿烂得很："看来宁远伯对南兵营的弟兄们真是喜欢得紧——何不建议朝廷直接把南兵营划拨到辽东镇的帐下呢？"

李如松也呵呵一笑，目光直刺过来："这番话可是萧总兵你亲口说的？李某回府之后便将你的表态告知父帅。"

萧虎臣目光一旋，微一转念，开口又道："如松，此乃醉中之言，开个玩笑罢了！四海之内，一兵一卒、一矛一盾皆为陛下所有——我等身为人臣，不可这般妄议！本座甘愿自罚一杯以谢失言。"

白清卓咳了一声，不紧不慢地笑道："四海之内，兵戈人马皆为陛下所有。此语诚然无误。而今倭寇在前、大敌即将临境——如此时势之下，自当不分蓟、辽。敌之所在，而我南兵营必与之同在！想来，陛下也定为嘉许呢！"

"不错。还是白参将讲得实在。"李如松笑得十分响亮。

萧虎臣深深盯了白清卓一眼，淡淡说道："白参将果然不愧为军中第一才子，讲话确是大义凛然、滴水不漏。"

他们碰杯尽酒之后，萧虎臣便和李如松又谈笑风生地回了主席桌位坐下。

就在这时，"轰"的一声巨响，高高的大厅穹顶上乍地破开了一个大洞——尘屑纷撒之际，三团人影似陨星天降般飞落直下，落在场中！

骤变突生，场中顿时乱作了一团！钱济之吓得趴到了桌子底下，而高正思、邬涤尘等人则慌忙逃到柱子后面躲了起来。

卫兵们一边喊着"有刺客"，一边冲上来要围住这三个人！

这三个人均是黑布蒙面、不现真容。其中一个青衣蒙面人锐啸一声，短刀在手，似鹰隼一般凌空扑向了李如松！

而另一个蓝袍蒙面人则就地一滚，向萧虎臣那边杀到！

西厢这里，李井方劲叱一声，纵身而出，手中折扇一点而发，朝青衣蒙面人横截过去！不料，场中剩下的最后那个锦衫蒙面人却是长刀一挥，寒光如电，阻住了他的去路——二人立刻缠斗起来。

白清卓正在吃着一块牛奶豆腐，虽是目睹了这般危局之后，那动作却没有一丝惊慌、一丝畏惧、一丝躁乱，在乱象纷呈的大厅中镇静如一座巨岩。

他淡淡吩咐凌兰："你去帮如松将军。"

凌兰迟疑了一下："你呢？"

白清卓平静说道："我有护身法宝。"

凌兰微一点头，正欲飞身而出——忽听得头顶上传来一阵衣袂带风之声。只见那穹顶大洞之中，悬空缓缓降下了一个红衫窈窕女子，青丝如墨，黛眉似画，明眸皓齿，面容美得不可方物，眼角眉梢更是溢出了春情无限。尤为奇特的是，她身前身后飘拂着一条长长的银丝绫带，衬托得她体态婀娜曼妙，一动便是一种风情，千动便是万种风情，居然让高正思、邬涤尘等人都看直了眼。

她居然毫未蒙面，就这样大大方方地将自己的绝色美颜暴露在众人眼前！

白清卓慢慢放下了筷子，抬起眼来，正视着她："炎阳宫的千面仙子，果然是一人千面、风华绝代，令人真伪难辨。"

撩人心弦如莺歌玉鸣的声音从红衫女子口中缓缓响起："清卓公子，有缘幸会，失礼失礼。"

白清卓深深注视着她："你是倭国奸细？又或是另有背景？为何非要取走白某小命不可呢？"

千面仙子粲然一笑,媚态横生,银铃般笑道:"原来白公子竟是这样一位风流倜傥的翩翩佳公子!今天,本仙子倒是有些舍不得杀你了!"

凌兰一声娇叱:"贱人!"挥剑便欲冲上!

那千面仙子目光一厉:"你找死!"

白清卓双眉一动——只听"唰"的一声,一道雪亮的白光疾射过来,其势锐如闪电,原来是千面仙子朝凌兰甩出了她那条银丝长带!

凌兰大吃一惊,右手利剑挥出了一团剑花,将那道"白光"击偏了开去——"砰"的一声闷响,那银丝长带抽落在凌兰身旁的青石地板之上,力道之大如同锤击,震得地面上石屑纷飞。

在众人惊骇莫名的目光之中,千面仙子抚了一下自己的垂发,笑脸如花,优雅而缓慢地说道:"白公子,你千万不要以为凭你这个半壶水师妹的功力,真的可以挡下或隔开我这破空一击!下一次,我可不会再偏离自己的目标了!"

"我当然知道,刚才仙子还是留了几分劲道的。"白清卓一边淡淡地说着,一边从腰袋里摸出了一柄三眼神铳,隔空对准了千面仙子的前胸,"但是,如果再来一次,你的银丝带固然不会偏离目标,而我的铳弹也不会偏离目标。"

千面仙子清脆悦耳的笑声蓦然一停,瞧着那黑洞洞的火铳枪口,一时有些僵住了。

白清卓笑得十分恬淡:"此时此刻,我也无法去帮助我的战友,你也无法去帮助你的同伴——咱俩只能是针尖对麦芒,好好待在这里观看他们各自的活戏了!"

当那个青衣蒙面人手中锃亮的刀芒逼近李如松面门三寸之处时,李如松才在心头喟然一叹:该来的,终究还是来了!这一出鸿门宴,缺了这青衣蒙面人的迎面一刀,无论如何也不能称其为鸿门宴的。

他不假思索地伸出手中双筷,迅疾如电地向那劈面而来的刀芒夹去!

"叮"的一声,那毒蛇吐信般的刀芒被他手中象牙筷夹了个正着!时间在这一刹那猝然微微一顿!李如松不用侧脸,也隐隐感觉到身旁的萧虎臣一瞥之际而投来的诧异眼神——也许萧虎臣只当他是疆场上叱咤风云的一代猛将,却没料到他内外兼修的功力竟是如此不弱!

听着身边传来的金刃交击之声,似乎萧虎臣和那个滚将过来的蓝袍蒙面人斗在了一起。可是,不知为何,李如松在心底明明白白地察觉到,他俩那边的搏击,仿佛充满了装模作样的进退起伏和装腔作势的呼呵叱骂!想来也是,如果只有李如松遭到狙击,而萧虎臣却始终若无其事,这岂不是此地无银三百两了?

　　既然已是引蛇出洞,若不奋力拼他一下,又何成白清卓所说的瓮中捉鳖?!心念一定,李如松腕上发力、筷内传劲,将那一缕刀芒紧紧夹住,缓缓往后逼退了两寸!

　　青衣蒙面人露在面巾之外的那对眸子里闪过一丝惊讶之色。他冷叱一声,手中钢刀贯注十成内力往前一送!

　　两股潜流般的劲力在激烈地对撞着——李如松和青衣蒙面人都站成了石像一般,陷入了绵绵密密的僵持之中,一时难分难解。

　　萧虎臣在一边看在眼里,心底暗暗焦虑,向对面的蓝袍蒙面人偷偷一使眼色,正欲有所动作——乍听得大厅角落里暴起一声劲喝,一团灰影似飞轮般疾掠而至,一下便插入了自己和蓝袍蒙面人的战团之中!

　　这一情景,几乎让全场中人都惊住了。这是一个玄衣蒙面人,他竟是从宾客丛中杀将上来的!而且显然和前面三个蒙面刺客不是同一来路的!因为,他起初的几刀根本不是朝向萧虎臣,而是"唰唰"几下把那蓝袍蒙面人砍退开去,同时用沙哑而低沉的声音说道:"你滚开!这萧老贼是我的刀下鬼!"

　　那蓝袍蒙面人被他一逼而退,待了片刻,竟真的在旁边站下,只看着他如何施为。

　　萧虎臣已然看出来者不善,满腹惊疑之下,手中金背银刀舞起片片飞雪,向那玄衣蒙面人挡了过去!

　　玄衣蒙面人死死地盯住他,沉沉喝道:"萧老贼,你窃国乱军,罪该万死!"一刀紧似一刀、一刀猛似一刀、一刀狠似一刀,如暴风骤雨般朝萧虎臣全身上下席卷而去。

　　萧虎臣慌忙将自己的宝刀舞出千重刀影,把全身罩护得密不透风、水泼不进!饶是如此,他俩刀刀相接之下,萧虎臣虎口仍被震得隐隐作痛。

　　那一边,玄衣蒙面人口中的"窃国乱军、罪该万死"八个字却似滚滚天雷一般在白清卓耳畔炸响!

　　他全身一震,目光一瞥,深深地盯向了那个玄衣蒙面人的身影,若有所思。

　　千面仙子在旁边紧紧盯着他和凌兰,目光闪动之间,忽地绽颜一笑:"能够牵制住一代奇侠圣手狂生,本仙子也不觉得有失颜面。"

　　白清卓也感到她的无隙可乘,只得沉沉一叹:"可惜你我竟是敌人。"

　　千面仙子听了这话,全身居然为之隐隐一颤,但她笑容里却仍是勾魂摄魄:"你若退出京师,我们便不会再是敌人。"

　　白清卓深深地注视着她:"你若退出炎阳宫,我俩也不会再是敌人。"

　　一瞬间,千面仙子清寒锋利的目光射将过来,正巧与白清卓的眼神对在了一起。

　　两道无形的利剑在半空中陡然交锋、碰撞,迸发出最刺眼的火花和最深沉的涟漪!

许久过去，千面仙子双目微微一闭，神色一暗，幽然叹道："你好硬的心肠！我竟是摄不动你的半分心魄！"

白清卓也将目光缓缓移了开去，沉沉一咳，居然咳出了一口血痰。

"师兄小心！"最紧张的自然是凌兰。她在一旁直盯着千面仙子，防备她对白清卓猝然下手，又一边在暗中注意着李如松和青衣蒙面人那里的情况。很显然，那青衣蒙面人的武功比李如松更胜一筹，手中尖刀已是逼得李如松喘息得越发沉重，身形也摇晃得越发剧烈！

她暗暗扣紧了左掌里的寒铁簪刀，时刻准备着施以援手。

萧府大门之外，耳力远过常人的韦生晖已然听到了府里隐隐传来的惊呼喧闹之声。他面色一变，随即呼啸一声，东霖院的暗卫队员立刻聚拢过来，不多时便已达四五十人。

韦生晖带着他们往大门里直闯进去。

不料，萧府卫兵队却纷纷执盾举刀，拦在了他们前面。

韦生晖亮出李如松的令牌，峻声喝道："我乃辽东副总兵李如松的侍卫首领，现在进府保护李将军的人身安全！"

萧府为首的卫兵队长也厉声喝道："里面有倭国奸细作乱，本府自有处置。外人一律不许入内，免得乱上添乱！"

"贵府情况不明，我们必须进去见到李将军！"韦生晖也顾不得许多，带领众人往前逼近。

双方正在僵持之际，何远领着一批锦衣卫武士飞驰而来！他身形疾纵而起，一下落在那萧府卫兵队长面前，把手中"北镇抚司"的银牌一亮："我等奉旨入内捉拿刺客奸细，速速退开！违者以谋逆论处！"

萧府卫兵队长将那银牌看得明切，只得沉沉应了一声，令手下队员让开一条通道出来。

正厅之中，玄衣蒙面人刀刀凌厉、招招生风，已是将萧虎臣杀得节节败退。而他手下的卫兵们近前相救，却又全被玄衣蒙面人三拳两脚打翻出去，跌了一地。

就在此时，那蓝袍蒙面人突然一跃而前，挥刀将玄衣蒙面人一架："你快滚开！莫要抢了我的生意！"

接着，他全力砍出几刀，竟是替萧虎臣挡下了玄衣蒙面人的攻势。玄衣蒙面人退开一步，盯视着他，冷冷一哼："你果然是做假戏的家伙！也罢！我就把你和萧老贼一起打发上路！"

随即，他也放开了手脚，将刀法尽情施展开来：一招一式简直快如闪电，团团旋舞之下，恰似塞外极北之地的暴风雪，嘶啸有声，使人看之不清，却同时茫茫然铺开来一片浩瀚暴烈的压迫感，竟真把萧虎臣和那个蓝袍蒙面人裹在其中，逼得他俩攻守两难、抽身不得，只有联手苦苦支撑！

一瞧得他这刀法的阵势，白清卓和凌兰亦是暗吃一惊：这刀法虽然看起来万分凌厉、非常繁杂——但里面最关键的几招赫然正是南兵营的制胜之秘割虏刀法！只不过隐蔽在电光石火的变化招式中不易察觉罢了。

白清卓看向那玄衣蒙面人的身影，目光变得深沉起来。

"二师兄，他……他……"凌兰朝白清卓失声呼道。

白清卓却一声劲喝截住了她："休要走神！注意李如松将军！"

他话犹未了，一声暴吼传来，李如松那边果然骤变乍生！

只见那青衣蒙面人双手紧握刀柄，似野兽般一声大吼，刀尖上精芒暴涨！

李如松顿感对方刀身上竟透出一股无形巨力如江河决堤般直逼过来，势不可遏！他亦大喝一声，连人带椅便若遭到巨浪冲击之下的一叶小舟似的飞退而起！但他紧握着那双象牙筷却丝毫不敢松劲，青衣蒙面人的刀芒仍似影附形一样随着他这凌空飞退之势紧逼上来。

而在厅中外人看来，那情景就像那个青衣蒙面人以一柄尖刀竟将李如松连人带椅凭空挑了起来！

谁都感觉得到——李如松危险了！

李井方急得目眦欲裂，手中折扇"呼呼"连挥，势若孤狼，直欲突围过去——却被那锦衫蒙面人以刁狠至极的刀法死死缠住，硬是无法脱身！他只得嘶声大呼："快救李将军！"

然而，环顾四周，高正思、吴承信等各位宾客哆哆嗦嗦、缩成一团，堂下诸侍卫虽是快速前来，却根本插不进手。

那边，正在玄衣蒙面人的重重刀影中靠着蓝袍蒙面人的支持而略有余力自保的萧虎臣，看到这一幕、听到这一幕时，眼角不禁掠过一丝令人不易察觉的阴笑——李如松此番当真是在劫难逃了！今天这场吞胡宴办得不错！

此刻，只听"啪"的一声，李如松手中紧握的象牙筷被对方的刀劲震得截截碎裂——青衣蒙面人手中的利刀刀芒正毫不停滞地向前递进，直向他的胸口处直刺上来。

李如松连人带椅越飞越高，他已无法遏住对方凌厉异常的攻势！那森森刀芒透过来的一缕寒意似针尖般刺得他心口隐隐生痛！

"我命危矣！"他在心头长叹一声。他在喟然叹息中，分明看到那青衣蒙面人逼视着他的双眸中已然闪出了一种得意而狰狞的厉芒。

顿时，四下里惊呼之声大作——然而，一切仿佛都已来不及挽回了！

千面仙子的目光也似被吸引了一部分过去——她红艳的唇角也掠出一丝笑意："他、完、了！"

就在这千钧一发之际，白清卓猝然喝道："小兰！"随着他的话声，一直静默不动的凌兰猝然出手了。她左手一扬，掌中寒铁簪刀化作一抹冷电，闪了一闪，去势迅疾绝伦，几乎连一直监视着她的千面仙子都还没反应过来——"嚓"的一声，竟已射入那青衣蒙面人后背的左肩胛处！

青衣蒙面人如遭电击般身形蓦然一滞！他的目光里顿时闪现出一种突如其来的痛楚和慌乱！他好不容易凝聚起来的所有劲力即刻涣散开来——他的整个身躯一瞬间在半空中便如僵尸一般直挺挺地跌落了下来。

可惜，只差一寸之遥，他的刀尖就能刺进李如松的心口了！然而，最终还是失手了！这柄寒铁簪刀截断了自己的气脉，还以一股寒冰刺骨之气几乎封冻了自己左半身的血流——自己暂时是无力再向李如松出手了！

青衣蒙面人踉跄倒退了几步，眼中浮起一片深深的颓然之色。

李如松一个起落，落在了一群侍卫的保护圈中。他终于安全了。

与此同时，凌兰死命射出那一记飞刀之际，左侧亦是不自觉地空门大开——"呼"地一响，千面仙子恼羞成怒，自然是乘机而发，手中银丝长带宛若一条白蟒飞卷而出，以开碑裂石之劲道，扫向凌兰的左半身要害！

而千面仙子在这一丝带挥出之间，她的身形也即刻似巨蝶一般翩翩倒飞而退，升上了半空——她知道，白清卓也要有所动作了！

果然，白清卓手中的三眼神铳亦是一鸣而放，一蓬火星乍然爆开，铳弹激射而出——饶是千面仙子闪避得极快，左腿还是中了一粒铳弹，痛得她低低闷哼了一声。

就是这一声低哼，听得白清卓心弦剧震——盯向千面仙子的眼神有些浊乱起来！这个声音，隐隐透着一丝熟悉！

另一边，那银丝长带却还是先行一步就要扫中凌兰的左半身了，情势危急至极！

恰在这一刹那，随着一声厉叱，一道寒光划空射来，迅猛至极，一下重重地撞在那条白虹似的银丝长带的半腰处，立刻令它偏闪开去！

"唰"地一下，那道银丝长带从凌兰左侧一掠而过——它挟起的劲风还是划破了凌兰左腰的衣衫，一股鲜血立刻染了出来。

"凌女侠!"何远似大鸟般一纵而至,护在她的身畔。原来,刚才正是他掷出的利刀击偏了那条银丝长带的攻势。

凌兰向他感激地一笑:"没关系——都是皮外伤。"

这时,锦衣卫的武士们和东霖院的暗卫们都已拥了进来,团团围护住了李如松。

千面仙子站在悬空灯架之上,见到青衣蒙面人也受了重伤,蓝袍蒙面人在那边被压制,而锦衫蒙面人只能和李井方斗个不相上下。同时,白清卓这边又添了何远、韦生晖两个高手。很显然,双方实力对比之下,自己这一方今天算是失利了。她必须当机立断了。

锦衫蒙面人却并不甘心,"飒飒"几刀砍退李井方,就要朝李如松扑杀过去——眼前白光一闪,千面仙子的银丝长带已是挡在了他身前,同时她冷厉至极的声音一飘而至:"我们撤!"

锦衫蒙面人一急之下,叽里呱啦地用倭语讲道:"不杀李如松,决不能撤!"

千面仙子像是听到了最大的笑话一样冷笑起来:"那你等着被他们活捉吧!"

锦衫蒙面人瞧着拦将上来的李井方、韦生晖等人,跺了跺脚,只得点头。

看到那蓝袍蒙面人也跳出了战团,千面仙子才远远地朝着白清卓嫣然一笑:"清卓公子,咱们后会有期了!"

说着,她手中银丝长带凌空一旋,撒下一团团浓郁的白烟,就地罩住了青衣蒙面人、锦衫蒙面人、蓝袍蒙面人和她自己的身影,然后几乎弥散了全场——在何远、李井方、韦生晖等人的拼刺劈砍之下,烟气渐渐散尽,他们却已无影无踪了。

只剩那个玄衣蒙面人,正把独木难支的萧虎臣杀得大汗淋漓、狼狈不堪、连连呼救!

白清卓瞅向了何远:"何君,萧总兵身为边藩重臣,不可不救。"

何远正欲过去,李如松在那边也是提了一柄钢刀冲将出来:"萧总兵,李某救你来了!"

玄衣蒙面人一见寡不敌众,随即收回利刀,往白清卓、凌兰这边扫了一眼,然后转过目光,盯视着喘息不定的萧虎臣,厉声叱道:"你今日命不该绝!你日后若再窃国乱军,我必来取你狗头!"

说罢,他身形一起,疾若鹰隼,腾空直上,从穹顶破洞处一掠而去,消失不见。

不知为何,李井方、韦生晖,甚至何远都似无意前去追他。

白清卓则仰望着他的去向,神情显得深有所思。

何远叹了一口气:"今天这个吞胡宴办得有些败兴。"

白清卓闻言,却淡然应道:"今天这个吞胡宴,我们收获不小。"

三十五

数名凶狠刺客,居然突破重重守护,在光天化日之下,于封疆大吏的宴席盛会上公然行凶作恶,这是何等严重的事情!朝野上下,不禁为之一片哗然。顺天府尹钱济之遭到圣旨严词训斥,再一次被连降两级、留职尽责;顺天府主管治安刑狱的通判被免为庶民,流放三千里。

因为那日吞胡宴中有一个锦衫蒙面杀手当场讲了几句谁也没听懂的语言,其间参宴的一个礼部官员做证是倭语,于是朝廷将此事定性为倭国奸细对大明朝的一次公开挑战示威。

朱翊钧也迅速颁下诏书,由锦衣卫武士专程护送萧虎臣和李如松二人尽快离京到职,各回本镇督办备倭防寇事宜。

此诏一下,东霖院内诸人乐成一团。这场吞胡宴遇刺事件,终于促成了原本作为人质而闲居在京的李如松东山再起、重回边镇。

白清卓亦揣测出了朱翊钧在暗底下的想法:倘若李如松万一真的在京师出了意外,岂不是在朝廷和辽东镇之间极其敏感的关系上平添了几分吊诡的变数?李成梁稍微再考虑得复杂一些,岂不会对朝廷暗生猜疑?为了顾全大局,朱翊钧只得重放李如松回到辽东,以示自己的帝心坦荡和皇恩浩荡。

但同时,他通过司礼监也向申时行、白清卓、王一鹗施加了巨大的压力:倭国奸细如此猖獗作恶,他们必须在最短的时间里有所查获,为午门献俘大典的举办赢得一个宁静、安全的外部环境。

李如松在九月四日便奉旨离京返辽了。他临别之前,紧紧握住白清卓的双手,一切尽在不言中。

第二天,罗乞泰进入东霖院,向白清卓禀报了近期京中的一些新闻和消息:京城里经商营业的那些倭人个个皆无异动,并都自愿向官府递交了效忠书,目前丐户们正一对一监视着他们;礼部所需的泰山松木已经运进京师,场面十分壮观;礼部从引凤堂征收了不少匠人参与午门献俘大典,工钱十分优厚,惹得德润斋的牟万琛煞是眼红;三才巷那边的棺材铺子在包天符死后曾经关闭了几天,近来又开业了;京师中有一位外来的洁柏上人颇会讲经,已在一部分大小商绅家眷群中产生极大影响,但他当众出席时素来身着缁衣、面罩青布,不以真面目示人,据他谈起是自己青年时因遭火灾而毁了容颜……

白清卓听着这些小道消息,若有所思地讲道:“依你这么说来,这个洁柏上人来历有些神秘。白某在合适的时候可以去听一听他如何讲经。”

罗乞泰答道："我们对他也是十分注意。但这个洁柏上人通常只是在各个寺庙游来游去，并不与京中外人接触，也始终没有什么可疑之处……"

他们正谈之间，门仆前来禀告，都察院高正思携顺天府捕头唐鉴前来请见。

李井方一听，对白清卓笑道："唐鉴现在没有都察院撑腰，都不敢独自来见你了。"

白清卓面色微变："只怕京中又发生了事件。"便让罗乞泰从后门离去了。

果然，唐鉴和高正思一进来，直接便告诉他们，户部郎中吴承信今晨寅时被人割头于京中著名青楼——香岚楼客房。据陪侍他的妓女交代，当时飞进来一个玄衣蒙面人，也不知是男是女，一出手就打昏了她，她也不知道后来发生了什么事情。苏醒过来后，她便见到吴承信已赤身裸体倒在血泊中，死相十分难看。现场又留下了"窃国乱军，罪在不赦，该当斩首，以儆效尤"十六个血字。

"这不是包天符死时现场的那十六个血字吗？"凌兰诧异而问，"难道此案又是倭国奸细所为？"

高正思冷冷地瞪着白清卓，努了努嘴。唐鉴这才讲道："吴承信一案应该可以排除倭国奸细所为，因为他的职位不同于兵部的包天符，与倭国所图谋的各种军国机密沾不上边。"

李井方有些不客气地直视着他："然后呢？你们又来我们这里……"

唐鉴瞧了瞧高正思，欲言又止。高正思板着一张脸，冷声讲道："你是府衙捕头，有什么话，该说就说。"

唐鉴只得咬了咬牙，鼓足中气讲道："户部、都察院已经提供线索，声称近日只有白参将和吴承信在为南兵营补薪一事上有过激烈的争执，甚至出现了拍桌踢椅的过激行为。据此，有司认为白参将你极有杀害吴承信的动机和企图——因为吴大人死了，就没人胆敢在南兵营补薪一事上阻挠你了……"

站在一边的顾少伦忍不住大叫起来："白参将会谋杀吴承信？这真是天大的笑话！唐捕头，你看看白参将这弱不禁风、沉疴缠身的模样……"

李井方也皱了皱眉头："你们又要搞先入为主、欲加之罪那一套？"

唐鉴被噎得脸色发白，一时说不出话来。而高正思却冷然开口了："他的身子骨儿弱又怎么了？要杀人，并不一定非得自己亲自动手不可呀！"

李井方盯住了他："高大人，您这话是什么意思？"

唐鉴咳了一声，目光射向了凌兰，口中却道："白参将，令师妹虽为巾帼女子，却能飞檐走壁、身手不凡，取人首级如探囊取物一般，是也不是？"

白清卓淡声一笑："她有这个能力,不等于她有这个行为。"

高正思沉吟了一下,终是锋芒毕露地逼了过来:"高某调阅过他们顺天府衙方才的走访案卷——不少人证明,那日在户部争执的现场,凌兰姑娘曾经大骂吴承信是杀千刀的昏官,还当着他的面拍碎了桌子踢飞了椅子以示威胁。当时,吓得吴承信大喊'救命'!而现在,吴承信也差不多是真的被杀千刀了!"

凌兰听罢,莞尔一笑:"依照你的说法,本姑娘骂过他就等于我会杀他?高大人,实言相告吧,我凌兰虽是江湖儿女出身,却也知道像吴承信这种昏官、败类,应当依堂堂律法治其罪、枭其首,才能令天下士民有所服、有所畏。我这样一刀宰了他,倒有些污了我手中宝刀!"

"讲得好!讲得好!"白清卓深深赞道,"师妹,你如今是越来越成熟了。那个真凶虽以窃国乱军之罪名私自杀了吴承信,其见识远远不及你一介江湖女子!"

高正思脸皮涨红,不好再以强势而逼之。唐鉴立刻又插上一句:"既然凌姑娘自称未杀吴某人,那么你今晨寅时却是身在何处?"

"我昨夜一直在侧厢房入睡,顺便保卫我二师兄的安全。"凌兰朗然答道。

"有谁可以证明吗?"唐鉴继续追问。

"寅时之际,夜深人静,没有谁可以为我证明。"凌兰平静而答,"先前韦院主是在厢房里为我配过一个侍女,我嫌她聒噪,遣走了她,所以我后来一直是独身起居。"

"照你这样说来,当时也并无旁人证明你未离开过东霖院了?"唐鉴咳了一会儿,只得厚起脸皮说道,"那……那就有请凌姑娘随唐某回顺天府说个明白。"

"回顺天府说个明白?"白清卓瞧了一下李井方,冷冷一笑:"上一次李井方参军也配合你们到顺天府衙说个明白,后来是怎样一个明白法,你我心中没数吗?你拿出真凭实据来,我立刻让师妹跟你走;你若拿不出来,便请回驾吧。"

唐鉴又被噎得一脸僵青,但他此刻确也不敢再向白清卓甩硬话了,只得瞅向了高正思。

高正思皱着眉头,语气半软半硬地插话进来:"白参将,凌姑娘确有飞檐走壁之能,那一日在吞胡宴上我是亲眼见过的。万一她真的是为泄私愤,背着你神不知鬼不觉地在半夜离开了东霖院呢?你又没一直把她放在自己眼皮底下!你能完全保证无误?"

白清卓正欲开口,顾少伦却大叫起来:"我……我……我能证明!"

"你……你怎么证明?"高正思饶有兴味地看着他,"难道你昨夜竟是一直和凌姑娘共处一室吗?"

凌兰脸色顿时一片绯红,几乎同时和顾少伦一起喊道:"没有!"

"既是没有共处一室，那你怎么证明这位凌姑娘没有半夜离开房间潜往香岚楼刺杀了吴承信？"

在众人惊诧的目光中，顾少伦"吭哧吭哧"了好一会儿，才答道："因……因为昨夜我睡不着觉，在她房间外的院坝里酝酿作诗了好几个时辰，一直没看到她从房间里离开过……"

"一个人待在别人门外酝酿诗思？还酝酿了好几个时辰？"高正思笑得十分隐晦，"顾少爷，你可真是很用心啊！"

"嗯。我一向都知道顾公子很是用心。"白清卓也笑得很深很深，"少伦，看来你的诗作离'踏入佳境'不远了。"

凌兰却跺了跺脚，涨红了玉颜："顾少伦！你……你……"

"我……我就是这样做的……你们可以去问府中扫地的张大爷，今早他还在院坝里碰见过我的……"顾少伦略显紧张而又不失认真地讲道，"而且，我在院坝里也是一边酝酿着诗思，一边暗中护卫白参将的安全嘛……"

"你……你还能护卫白参将的安全？"高正思诧异说道，他从不知道顾少伦的底细，"你看你，连撒个谎都圆不过来了……"

唐鉴在那边却是横眉一竖："顾少伦，其实你真的一直待在凌姑娘房门外守着，也不能为她证明什么。"

"为什么？"顾少伦又叫了起来。

"原因很简单，你和白参将、凌姑娘都是来自喜峰关的同事，而且彼此间关系甚为密切，你完全有帮助他俩故作伪证的动机！"唐鉴的话来得十分尖锐！

"你……你……你真是满嘴屁话！"顾少伦被气得有些失态。

唐鉴自己明白，这几日里，先是萧虎臣、李如松在吞胡宴上遭到倭国奸细公然刺杀，后是户部高官吴承信在香岚楼被人斩首示众，顺天府衙在风口浪尖上已是岌岌可危！如果这一次再找不到顶缸的，钱济之、唐鉴自己都会被一撸到底、革职下狱！于是他心肠一硬，脸色一厉，向白清卓肃然说道："白参将，请恕唐某无礼——唐某一定要带走凌姑娘回衙门问话！"

高正思也从旁讲道："白参将，唐捕头是依法办事，你身为朝廷命官，不该知法而阻法。"

白清卓见他二人紧逼上来，不禁冷声笑道："白的就是白的，黑的就是黑的，谁也颠倒不了黑与白。我再说一次，高大人、唐捕头，你们拿不出真凭实据，便休想带师妹走。"

一时之间，双方横目怒视，僵持了起来。

正在此刻,何远的声音从室外悠然传来:"你们双方都是想破获真凶的,何必如此对峙? 何不随我去现场查看一下吴承信究竟是怎样死的,然后再来讨论谁是谁非!"

吴承信的尸体横躺在木板上,全身上下深深浅浅、长长短短足有一百多道伤痕,显得纵横交错、沟壑成网。看得出来,凶手恨他甚深,对他下手极重,在他临死之前,对他折磨甚厉。

白清卓、何远、凌兰、李井方等人都上前细细察看着,神情似是各有所思。

高正思在一旁冷笑道:"他这惨状,哪怕是称不上'杀千刀'的,也至少是被'杀百刀'了! 他若确有该死之罪,似也不当受此折磨! 泄私愤而忘律法,岂是侠士之所为?"

他话语间阴阳怪气,白清卓、凌兰、李井方等人听了只当放屁。

而唐鉴则凛然而立,只是看着他们的举动,并不多言。

半晌过后,何远已看罢尸体的所有刀痕,身形一起,和白清卓交换了一下眼神。他突然拔出刀来,令人极其意外地朝凌兰"呼"地劈了过去:"凌兰! 看来这人真是你杀的,还不快快束手就擒!"

变生骤然——凌兰猝逢狙击,惊怒至极,也不及答话,慌忙跳开一步,而何远的刀锋已然紧随而至。她只得本能地抽出腰间利剑使劲格挡起来!

"你……你……"顾少伦正欲跃起,却被白清卓一把紧紧拉住,向他暗暗使了个眼色。顾少伦顿有所悟,这才停下了身。

只见何远身似游龙、刀若流光,一招一式挟有海雨天风一般的咄咄气势,劈来时劲沉如山,挑去时力拔千钧,抡圆之际恍同团团刀花,把凌兰裹在当中四面逼近。

他的刀势之猛不留余力,连李井方看了也暗暗皱眉,不禁为凌兰捏了一把冷汗。

而凌兰则是翩若惊鸿、剑似寒光,使出吃奶的劲力,上封下挡、左支右应,一柄利剑舞成朵朵银莲,风声飒飒,姿态曼妙至极也灵动至极。

在"大珠小珠落玉盘、长箫短箫和瑶琴"的一片清越悠长之音中,他俩已是硬碰硬刀剑相交,不知交换了多少绝招。

但很显然,还是何远刀法更胜一筹,刀刀刚猛、层层逼近之下,已迫得凌兰娇喘微微、香汗涔涔。

全场只有高正思在旁边看得心花怒放:这凌兰若是作为真凶一旦被拿下,白清卓还能中立于外、独善其身吗? 不过,这一次锦衣卫怎么会突然帮助自己这一方呢? 难……难道白清卓已在宫中失宠了?

他正暗暗思忖，却没察觉自己身边的唐鉴脸色变得越来越铁青。

终于，"铮"地一响，何、凌二人的刀光剑影蓦地一触而分，双双倒飞开去，对面而立。

凌兰瞪圆了一双美眸，气呼呼地盯住了何远："何远！我看错你了！原来你也是一个黑白不分、是非难辨的莽夫！只知道乱砍乱杀！"

顾少伦再也按捺不住，大声喝道："何远，你刚才刀刀都是杀招，再这样我可不客气了！"

何远面沉似潭，一言不发，待得呼吸平复之后，才转脸深深看向唐鉴："唐捕头，你可看清楚了？"

唐鉴一直是铁青着脸，没有即刻说话。

高正思回过一丝异味来，诧然问道："怎么回事？"

"我刚才已经将凌姑娘所有的招式都逼出来了，大家也都看到了。"何远收刀还鞘，娓娓地讲道，"杀死吴承信的刀法，又快又准又狠，无一招不是刚猛至极，完全是壮健男子所用的阳刚一路。凌姑娘的刀法，或者说剑法，又轻又快又巧，多是刺穴伤人，缺乏那一份久蓄而成的悍厉之气。所以，吴承信绝不会是她杀的。顺天府应该另寻真凶了。"

高正思怔了一下，马上又怒喝起来："你说不是就不是？凭什么？"

"凭我何某人是锦衣卫里数一数二的刀法行家！"何远将腰间刀鞘重重一拍，眉峰直耸，傲然说道。

高正思还欲发作，唐鉴闷声闷气地把他拉过一边："高大人，何大人所言甚是有理。"

凌兰这时才明白过来，盯着何远的目光中不觉透出了一丝娇嗔："原来你是用刀法逼我出招自证清白啊！但你刚才确实下手太狠，万一我招架不住……"

何远直直地看着她："若是一不小心伤了你，我来照顾你便是。"

顾少伦在一旁瞧着他俩言来语去，表情显得又惊又急，却又只能干瞪眼而已。

何远忽然又换上了一副温煦的笑容，转向唐鉴款款而道："你回去告诉钱府尹一声，这个吴承信的案子，就由我们锦衣卫接手了。也免得你们顺天府像没头的苍蝇一样乱抓乱闹，反而损了京师的祥和之气。"

当祥和之气四个字从一向冷面如铁的锦衣卫头领何远口中文绉绉地说出来时，在一旁听着的白清卓不禁"扑哧"一下笑出了声。

本来正垂头丧气、自叹倒霉的唐鉴听得此言，明白这烫手的山芋竟被人接了过去，他大喜道："多谢何大人如此美意。我顺天府感激不尽！"

　　回到东霖院后，何远屏退了其他诸人，单独和白清卓留在阁室里。他双手负背，眉头紧皱，神色颇为峻肃，一开口便向白清卓直问而来："你看出来了没有？吴承信尸身上的刀伤似是用四五种不同的刀法所造成的……"

　　"其中有一种就是来自金刚堡血刀营的辽东刀法，上一次我们曾经在包天符的尸体上见过。"白清卓也直截了当地答道。

　　何远微微一叹："我从顺天府衙的暗线口中得知现场留有窃国乱军四字，就即刻赶将过来了。所以，我才会阻止唐鉴他们的乱抓乱为。"

　　白清卓端起茶杯徐徐呷了一口："那日在户部和吴承信就南兵营补薪一事争执时，我看见他那副死猪不怕开水烫的嘴脸，曾经想到过此人在打压边军、以文抑武上做得如此露骨，竟然丝毫没有吸取包天符的教训，可能会落个与包天符一样的下场——结果，他果然被那一股势力斩杀了……"

　　何远眼底的光芒闪了一下："上一次大家都认定了包天符为倭国奸细所杀，可能吴承信也没想到'窃国乱军'四个字会是针对自己而发吧！不过，从现在起，这血淋淋的'窃国乱军'四个大字会让一部分人好好反思一番了。"

　　白清卓沉默片刻，才悠悠而言："他们采用这种血溅五步的手段终究是不对的。善政，从来不会建立在恐惧的基础之上。"

　　"'圣手狂生'不愧是'圣手狂生'，这几句话可谓是圣哲之言。"何远深深赞同，似又想起了什么，认真讲道，"有一个消息，我也是昨天下午才收到。派去徐方深的老家调查情况的锦衣卫兄弟们回来了。先前他们在乡间到处询问，乡邻左右谈起徐方深的去世都毫无异议。后来，他们偷偷掘开了徐方深的坟墓，发现里面果然埋着一具空棺！但后来拿了徐方深的家人们讯问，他们竟也不知道是怎么一回事儿……"

　　"他果然是以处心积虑的'假死'来瞒天过海。把他的家人们都放了吧，免得累及无辜。"白清卓长长一叹，"徐方深作为一个死士，必是背着他的家人在暗中做了这一切。你们在他的家人口中问不出什么东西的。"

　　"你呀！总是这么好心肠！"何远微笑了一下，"我也是这样吩咐下去的。不过，既然从他们口中找不到真相，那么就只有你帮我们寻找真相了。"

　　"哦？你这是拿徐方深家人来绑架我了？"白清卓浅浅一笑。

　　"唐鉴、高正思也未必不清楚吴承信并非你白清卓所杀。他们又何尝不是拿凌姑娘的所谓动机嫌疑来逼你出手追查真相？"何远嘻嘻笑道。

　　白清卓像是看到了世间最可嫌弃的一张面孔一样失声叫道："所以，你又从中跳出来上演一场英雄救美的好戏，在赢得我小师妹一腔好感之后，末了却把追查真相的担子甩在我这个冤大头的肩上?! 我告诉你,你后边至少还有两三个强劲对手,你想独占我小师妹的芳心,还难得很! 你最好不要先把我得罪了!"

"占你小师妹的芳心,我自己去办,暂时不用你帮忙。"何远脸上挂着一层厚厚的笑容,"你还是先帮我们追查吴承信案件幕后的势力更加要紧。"

白清卓瞪了他几眼,终于言归正题:"关于徐方深的刀法造诣,他生前的邻居、友人和辽东镇那边是怎么评价的?"

何远思忖片刻,答道:"辽东镇幕府当时所存的几个老吏谈及,徐方深在血刀营的刀法水平仅次于洪尔林,是金刚堡驻军里面的第二高手。难怪在当年金刚堡一役中,他俩可以护着田文豹一路杀出重围。"

白清卓叹道:"那个幕后主谋把洪尔林、徐方深这样当年曾受窃国乱军之苦的老兵干才聚拢起来对朝廷施以报复,实在是处心积虑、机深刺骨啊!"

何远皱眉说道:"无论如何,总是任由这些徐方深之徒擅开杀戒、耸动人心也不行啊! 你可有什么应对之策?"

白清卓取出那枚四象太白石在掌心中把捏着,深深叹道:"这一股势力的目标其实很明确了,包天符被他们视为窃国乱军,吴承信也被他们视为窃国乱军,而在百官之中与包、吴二人言行相似者还有谁,谁就是他们的下一个目标。"

"朝廷里重文轻武、以文抑武的官员可多了:方应龙、石星、高正思,等等。"何远掰着手指头数了过来。

"既是如此,就在他们这几个人身边埋下你们锦衣卫的暗桩,然后便守株待兔也可、引蛇出洞也行。"白清卓淡淡道来,"特别是方应龙、石星,他俩位高名重,徐方深之徒一定会找上他俩的。"

"你说得对。不过,采用守株待兔之法,未免太过愚钝了……"何远若有所思地言道。

"你想引蛇出洞?"白清卓笑道,"你准备如何引蛇出洞?"

"依何某之见,还是可以利用南兵营补薪这个导火索,你和凌兰再佯装去石星那里大闹一场……石星若不反对也就罢了,倘若石星仍和吴承信一样强烈争执、态度严苛,他必会引来徐方深之徒的斩首猎杀。那时候,我们便可在他身边收网捕鱼了。"何远双眸寒光闪闪,沉声道来。

白清卓听完,突然沉默了,眼底精光一凛,深深然射向他去:"原来你今天弯弯绕绕做了这么多前戏,就是想把这一条计策从我的口中钩出来呀! 不对,你没有这么聪明。应该是你那位义父张公公教你这么说的吧?"

何远满脸发红,似是承受不住他这两道目光的重量,缓缓垂下头去:"我也知道没脸在你这里说这些话。但是,洪尔林、徐方深之徒和金刚堡事件的余波,已经成为张公公最大的心病。近来,陛……陛下也对张公公施加了不小的压力。他亦如坐针毡,我看了也难受。清卓兄,你应该知道张公公在当今朝局中的作用——他一旦失去圣宠而倒下,日后内廷中还有谁会像他那样力挺申阁老和你呢?"

白清卓掌中捏紧了四象太白石,久久地静默着。终于,他开口了:"你觉得抛出一名高官为饵而诱捕徐方深之徒,真的可以解决问题吗? 真的要想一劳永逸断绝祸根,是朝廷应当改变重文轻武、以文抑武的错误方略,争取做到'文武并重、内外兼修'!"

何远徐徐而叹:"你所说的,我们何尝不知? 可这是要改变大明朝的祖制,只有陛下才能实行。而张公公只能曲为周旋,就像上一次建议陛下废除宦官监军之制那样。"

白清卓见他讲得十分恳切,心有不忍,便伸手拍了拍他的肩头:"你放心——你回去转告张公公,他的这条引蛇出洞之计,我会权衡思量的。徐方深和他幕后的那股势力,我一定会帮你们全力揪出来的。在此之前,你们还是要先守株待兔。我会让罗乞泰的弟兄们好好配合锦衣卫的。"

三十六

衣袂飘飘的白清卓,独自站在无边无垠的旷野上,负手在背后,仰望着漆黑的夜幕。他突然看到天空仿佛变成了一个巨大的玄色旋涡,正在缓缓旋转,又如同无形的巨兽之口,血腥与黑暗从中蔓延而出。

一向胆大心坚的白清卓,也不由得暗生寒意。

骤然之间,万千条血淋淋的刺藤从空泻下,在他未及反应之际,已被紧紧缚住。当他正一寸一寸被拖入头顶上的巨大玄色旋涡时,他大喝一声,猛地从这噩梦中醒了过来。

冷沁沁的汗水,湿透了他的衣衫。

他侧脸望去,身旁几架上一烛如豆,微微摇曳。

窗口处,传来了凌兰关切的呼唤声:"二师兄,你还好吧?"

白清卓抓起那块四象太白石,在自己掌中慢慢捏紧。他平复了心潮,向着窗外淡淡说道:"小兰,我知道你也一定为白天里的一些事情睡不着觉。你去喊来小顾,我们三个人谈一谈。"

"好的。"凌兰应了一声,飞身而去。

白清卓整理好了衣衫,掏出小瓷瓶喝了一口药汁,定了定神,然后走到桌几前静静坐下。

不多时,凌兰带着顾少伦进了他的卧室。顾少伦眉眼间还似有几分惺忪的睡意。

白清卓的容色在烛光映照之下显得庄肃之极。他目光莹莹地看向凌兰:"小兰,你昨天上午从吴承信的尸体上可发现了什么?"

凌兰听到这话,似遭电击般娇躯一颤。她瞧了瞧顾少伦,又看了看白清卓,微微低沉了声音:"二师兄,你看出来的,也就是我看出来的。但你非要我说出来不可吗?"

顾少伦打了一个哈欠,捂着嘴巴,诧然讲道:"你们师兄妹半夜让我过来听哑谜?"

"真相虽然很残酷,但不应该回避。"白清卓继续迎面正视着她,"少伦不是外人。他在喜峰口也曾见过我们南兵营兄弟操练刀法——"

"二师兄!"凌兰脱口叫了一声,"或许我俩都看错了呢?"

"没有看错。"白清卓定定地看着她,"吴承信身上有多处刀伤,凶手也看似用夹杂了几种不同的刀法砍杀了他。然而,最致命的几刀,你应该和那天在吞胡宴上一样是看出来的。"

"你可是要说那几刀正是我们南兵营的制胜之秘——割虏刀法?"凌兰一字一缓地说道,"但是,我们南兵营里没有这样的人!"

"什……什么?"顾少伦一听,顿时大吃一惊,所有的睡意不禁一飞而散。

白清卓面色静定如湖,继续直视着凌兰沉沉地说道:"这应该就是吞胡宴上那个刺杀萧虎臣的玄衣蒙面人在吴承信身上留下的。当时,他在和萧虎臣搏斗时,也曾经使出了几招割虏刀法!"

顾少伦双眼惊得圆睁睁如铜铃:"割虏刀法可是南兵营的不传之秘——会使用这套刀法的,就必是南兵营的人。难……难道这幕后真凶竟……竟真是来自南兵营?"

凌兰呆呆地坐在那里,双瞳的眼神变得有些虚虚的。

而白清卓脸上仍是无波无动,仍是静若渊海。

顾少伦想了又想,问道:"会不会是谁偷习了你们南兵营的几招割虏刀法后又栽赃给南兵营? 像倭国奸细用三眼神铳刺杀黄启祥后栽赃给辽东镇? 对、对、对——一定是这样的……"

"吴承信尸身上还有几招是辽东血刀营的独门刀法所割伤的——那几招才可能是新练而成的。"白清卓缓缓讲道,"据我昨天现场验查,那个玄衣蒙面人手上的割虏刀法至少已有近二十年的深厚功力。他不想在我们面前暴露这个底细,所以他在动手时故意夹杂了其他门路的刀法来扰乱我们的视线。只不过,他在割虏刀法上实是功力颇深,一直没能完全掩藏得住,所以才会泄了几招出来,让我和小兰察觉到了。"

顾少伦听罢,倒是镇静了下来,"所以,昨天下午你和何远单独交谈,谈的就是这件事儿?"

凌兰忽地鼻息一紧,也向白清卓直视而来。

白清卓摇了摇头:"他只辨认出了血刀营的辽东刀法,还没辨认出南兵营的割虏刀法。"

顾少伦和凌兰的神情都是一松。顾少伦又问:"那日在吞胡宴上,萧虎臣看出来了没有?"

"你又不是不知道,他虽是蓟镇的总兵,但极少前来喜峰口巡察我们南兵营的操练庶务。所以,像他这种高高在上、不亲下情的大将,又怎会辨认得出原来近在咫尺的割虏刀法?"白清卓唇角溢出了一丝苦苦的笑意。

顾少伦冷笑着说道:"他既不知道,也就不会乱往你们南兵营弟兄们身上泼'脏水'了。"

凌兰正视着白清卓:"二师兄,你真的准备一查到底?"

白清卓无声地点了点头，双眸中似星辰一般灼亮。

凌兰淡声又道："二师兄，在南兵营中具有二十年左右割虏刀法之功力者，只是寥寥数人而已。你、我，还有顾少伦，应该都是熟识的。"

白清卓剑眉轻扬："我稍后便会写信寄给庄驰。"

凌兰忧心忡忡地问道："如……如果真正查出了他，二师兄，你……你准备怎么办？"

白清卓又捏紧了掌中的四象太白石，悠悠一叹："你觉得这张'纸'可以包住这团'火'多长时间呢？"

顾少伦面露焦虑之色，插话道："白清卓，我认为，能包多久就尽量包多久。在南兵营自己内部解决，总比在南兵营外部解决更好一些。"

"二师兄，需不需要我回喜峰口一趟？"凌兰直问道。

"暂时还没到那一步。"白清卓摆了摆手，长长而叹，"可叹我在喜峰口苦心经营数年，对南兵营的掌控也不是万无一失啊！居然也有跳出我想象之外的泼猴儿啊！居然也另有高人渗透进来！"

顾少伦沉声讲道："这也怪不得你。南兵营被朝廷打压得太狠了，包天符、吴承信的那些嘴脸又太可恶……所以，他们才会跳出来对窃国乱军之徒大加挞伐……"

白清卓将灯台中有些微微发暗的灯头用竹签拨亮了一下，整个房间又变得亮堂堂的了："无论如何，南兵营万众一心、精忠报国的清誉，决不能折损在我手里。否则，我真的对不起长眠地下的戚大帅和谭尚书！"

几日不见，申时行的体貌清瘦了两三分，但精神却显得比先前更为健旺了。毕竟，有备防倭寇这样的大事要做，反倒激发了他体内潜藏的勃勃生气。

他此刻正坐在圈椅上休憩，左手掌心托着一块黑白分明、莹润凝亮的于阗玉佩，细细地欣赏着。那玉佩的正面洁白无瑕，雕刻着一尊宝相庄严、令人望而生敬的如来佛祖；它的背面乌亮似漆，却是一尊怒目竖眉、杀气腾腾的金刚法王之像。

白清卓坐在书案旁，认真地阅览着昨天琉球使臣送进来的倭情密报。原来，近期日本关白丰臣秀吉也向琉球国递过一份国书，其中有一段言辞颇具威胁之意——"生长万物者，日也；杜渴万物者，亦日也。仰日者必昌，背日者必亡"。然后，丰臣秀吉在国书中明确提出，琉球国必须向倭国称藩臣服，并在将来倭国入侵朝鲜、大明之际，必须给予倭国所需船粮器械上的贡献。琉球国君臣上下深感此事严峻至极，便乘着参加此番午门献俘大典之机，特意派出使臣把这些情况向明朝密报。

琉球国还在这份倭情密报中谈到，倭国贼军之中，亦有火铳队、刺刀队、长矛队、骑兵队之分。他们的火铳名为火绳枪,威力并不亚于明军的三眼神铳,因此明军千万不可等闲视之。

白清卓缓缓看罢,不禁在心底暗暗感叹:看来,这一次倭贼必是倾举国之力而渡海来犯,实在非同小可。稍后自己便去提醒兵部,务必尽快搜寻到几支倭国火绳枪的样品,从而提前研究其克制之法。

那边,申时行笑眯眯地将手中玉佩向白清卓递了过来:"清卓,这是天下第一巧手玉匠陆一诺为老夫精心雕琢的一块双面玉佛玉佩,你觉得如何?"

白清卓接在掌中,观赏片刻,称赞道:"陆先生巧艺无双、妙夺天工,这玉佩确是稀世珍品。"

"老夫还为这块玉佩作了一首短诗,取名《咏双面佛》,你且来评析评析。"申时行捋了捋须髯,便徐徐吟诵道:

> 身隐身灭化无双,翻脸佛陀变金刚。
>
> 痴迷通慧皆外象,一念成真定三江。

白清卓听罢,浅笑而答:"老师此诗,言浅而意深,词畅而理明,确是上乘佳作,脍炙人口。"

"我这诗自是大有深意的,你下去后可以细细品味。"申时行接回那块双面佛玉佩慢慢把玩着,却似无心又似有意地讲道:"石星今晨突然递进奏表,建议陛下借此番午门献俘大典之际广开弘恩,为蓟镇南兵营及时补薪补饷。难得啊!难得!看来,吴承信被杀一事,对他刺激不小。窃国乱军之名,他担不得了。"

白清卓的面庞隐隐掠过一丝波动,却是一言不发。

申时行将掌心中双面佛玉佩又轻轻一捏,若有所思地自问道:"老夫听闻包天符被杀现场出现了窃国乱军四个字,吴承信被杀现场也有窃国乱军四个字,而吞胡宴上那个蒙面杀手也对着萧虎臣喊出了窃国乱军四个字。这三件案子还会是孤立的吗?倭国奸细什么时候居然以斩杀'窃国乱军'之徒的名义帮助我大明朝来肃清纲纪了?"

白清卓张了张口,欲言又止。

申时行只是继续细细地摩挲着那块双面佛玉佩,沉沉郁郁地讲道:"清卓,你有所不知,近日为师实是愁云难消。现在各部有司对备倭防寇之事明面上叫得震耳欲聋,而实际上并不太上心。他们可能认为倭寇尚远在海疆之外,又有朝鲜藩国首当其冲,我们中原士民尽可安枕无忧。但为师是江浙人氏,在少年求学时曾经亲耳听闻过东南倭寇的厉害。那还是嘉靖年间,百十名倭寇仗刀行凶,便可纵横数州而官兵难挡。所以,备倭防寇事宜是一丝一毫也不能松懈的。"

白清卓轻叹一声:"借外寇而振士气,老师用心良苦。"

"外寇倒是无须去借了,而士气之振目前却未见奇效。大明朝的有司衙门,似乎应该再通一通气脉了——吴承信用他的人头,倒是刺醒了不少人氏呢!"申时行一抬双眼,直视着白清卓,"为师先前听你谈起过,制造黄启祥案件、李成梁假密函案件,是倭国奸细所为;而司礼监洪尔林刺杀案件、包天符遇刺案件,则又是另一股幕后势力所为。现在吴承信斩首案件,也应该是后一股势力做的吧?你究竟查出了多少,都给为师细细道来。"

白清卓正了正衣衫,微微垂下双目,肃然说道:"不错。吴承信斩首案件正是洪尔林一党的幕后势力所为。而且,弟子不敢欺瞒老师——我南兵营也有人牵涉其中!"

申时行全身微微一震,面色骤变,掌心中的双面佛玉佩被他一下捏得死紧。他片刻之后才平复过来,只沉沉说道:"你把你所知道的一切,都讲给为师吧。"

白清卓便将徐方深和那玄衣蒙面人的所有详情向申时行仔细讲了。

申时行听罢,松开了紧捏双面佛玉佩的右手五指,低声言道:"听你所言,关于那个玄衣蒙面杀手出自南兵营的情况,目前只有你自己一个人推测出来,其余人氏均未察觉。你不说,谁也不知道,为何今日却来为师这里自曝南兵营之家丑呢?"

白清卓正色讲道:"老师还不了解弟子的为人吗?弟子从来坚守如一的准则是,上不欺天,下不欺地,更不可欺君欺师。"

申时行听着他铿锵至极的言语,目光中流露出深深的赞许:"清卓,你这一番慎独慎隐的心法修为,确是为师平生所仅见。"

白清卓侃然又道:"南兵营有人涉入乱贼之中,其实令弟子一度十分为难。此事一旦坦白于众,南兵营一直以来万众一心、精忠报国的清誉就会受损,外人亦会视之为朝中党争的'工具'而唾之贬之;倘若不加坦白,将来一旦遭到第三方挑破之后,我们又会非常被动。所以,弟子纠结数日,觉得还是不能欺君欺师,故而今日特来禀告实情。"

申时行静静地听着,心底思绪翻涌。其实从包天符、吴承信接二连三被杀,他亦隐隐察觉了一些蹊跷。包天符、吴承信都是极力反对给南兵营补薪的死硬分子——最有动机给他俩扣上"窃国乱军"罪名而斩之杀之的人,其实最有可能来自南兵营。所以,今日初见白清卓之际,他便拿暗语对白清卓旁敲侧击。白清卓此刻向自己公然坦白了,说明他确是忠诚不欺。那么,他是否已经查出了南兵营的凶手是哪一个呢?

申时行一念敛定，便问道："如你所言，是洪尔林、徐方深幕后的势力网罗了你南兵营中的死士。那么，你在你自己的南兵营中可有什么线索？"

白清卓双眉一阵颤动，容色变得十分沉郁，闷闷然道来："老师，您可能有些不太清楚，我们南兵营一万多名兄弟，这七八年来过的是什么日子，平时里薪饷缺七少八，供给时断时续，饭食甚至也是有顿没顿；倘若战事来了，大家都还要勒紧了裤带上阵杀敌！

"在万般无奈之下，弟子身为南兵营主管，只得默许了几名得力干将，组建了暗影队伪装成流匪，让他们为南兵营筹饷筹粮而无所不用其极，或对不法商贩打劫，或绑架富商索取赎金，或收取来往商队的'保护费'，甚至还帮助一些商队去'走镖'……"

"为师明白了，你所说的那个玄衣蒙面人就出自这个暗影队。"申时行一抬手止住了他继续说下去。

白清卓清凌凌的目光投在申时行手中那块半黑半白的双面佛玉佩上，语调里透出一丝悲凉："事已至此，弟子甘领一切责罚。"

"责罚？你如此苦心孤诣，谁能责罚你呢？"申时行也拿起那块双面佛玉佩轻轻摩挲不已，娓娓讲道，"你看陆一诺所雕的这块玉佩，其实也是分为面子、里子两个内容。这玉佩的'面子'是正面的如来佛祖，他大慈大悲，专门施舍雨露甘霖，人人得而赞之；它的里子是背面的金刚法王，大枭大勇，铁腕无情，专门负责除魔清道，令人望而生畏。

"同样，在南兵营中，你这位忠君爱民、文武双全、智勇兼备的白清卓是面子，站在阳光之下，为兄弟们扬名立万；而在那暗影中劫财夺宝、刀头舔血的蒙面杀手们，则是南兵营的里子。面子掩饰着里子，里子也拼命地维护着面子。

"再往更高更深之处说去，而今倭寇当前，大敌临境，陛下不正需要蓟镇南兵营这张万众一心、精忠报国的面子吗？其实，天下士民也都需要！所以，陛下现在对你百般优容，就是要在午门献俘大典上通过你和南兵营而名实双收、利国利民。你可不能自己砸坏了南兵营的面子！'万众一心、精忠报国'这八个字不能掉到地上！"

白清卓深深点头："老师所言，弟子谨记。"

申时行徐徐放下那块双面佛玉佩，将如来佛祖那一面翻开朝上，又轻轻淡淡地说了几句："剩下的事情，你无须多虑。公开的敌人，以公开的手法反制；隐秘的事情，以隐秘的手法处置。分寸之间，你自己好好把握吧。"

白清卓站起身来，亲自为申时行杯中斟满了清茶："弟子明白了。"

申时行淡然一笑，呷了一口清茶润了润嗓子后，又徐徐问来："目前看来，倭国奸细是明面上的大敌,而网罗了血刀营、南兵营死士的这股势力才是暗底下的劲敌。这两股势力会不会同流合污?"

白清卓摇了摇头:"从目前的所有迹象来看,这两股势力是各行其是、互不呼应的。"

"何以见得?"申时行追问下来。

"包天符遇刺一案,就是一个明显的佐证。现在,包天符已被倭寇重金收买,这是确定无疑的了。那么,从倭国奸细这方面来看,包天符身居兵部要职,大有可用之处,不宜被轻易抛弃。所以,他们还在包天符身边专门配备了两名贴身护卫,可见对他之重视。但从洪尔林、徐方深幕后那股势力来看,包天符就是罪行昭彰的窃国乱军之徒,不除之无以警戒旁人!因此,包天符其实并非为倭国奸细所暗杀,而是被洪尔林、徐方深一派所刺死。"

申时行颔首而言:"你所言甚是在理。依你之见,洪尔林、徐方深一派的幕后势力究竟意欲何为?"

白清卓双眸精芒闪动:"曝君之过而扬丑于众,他们要么真是偏执不化,要么就是所图甚大,而且大到令人不可思议。"

申时行若有所悟地点了点头,又道:"你是说在这一场午门献俘大典上,他们可能还会制造出更加骇人听闻的事端?"

白清卓的语气十分肯定:"不仅是这一股势力,倭国奸细更会虎视眈眈、伺机而动。"

申时行又摩挲起那块双面佛玉佩来:"你提醒得对。既然如此,你可是已有对策了?"

白清卓缓声言道:"弟子准备将计就计,反以午门献俘大典为舞台,对各路妖魔鬼怪来个请君入瓮,诱使他们自动现形,然后一网打尽。"

申时行将掌心那块双面佛玉佩中怒目金刚的一面亮了出来,哈哈一笑:"不愧是'圣手狂生'!你这一招将计就计太破格太出奇太冒险,也真是当得起一个'狂'字!"

马车在南坊大街上一路疾驰,两队骑兵在旁随行护持。宽敞的车厢里,王一鹗和顾少伦对面而坐,正在促膝交谈。

王一鹗此时也没了兵部尚书的官架子,满脸显出身为长者的善意:"原来顾公子竟是出身姑苏顾氏。贤侄,你有所不知,老夫在青年时代也曾和令尊顾思义交游过。他不仅是一位儒商,更是一位义商……"

顾少伦这一次忽然被王一鹗召出来谈心,受宠若惊之余又显得很是紧张:"王尚书有何吩咐，下官自当从命。"

王一鹗一愣，瞧着他呵呵笑了起来："你何必拘谨！你不必称我官职，就喊我王伯父吧。"

顾少伦急忙恭敬答道："好的。伯父大人。"

王一鹗这才进了正题："老夫知道你们顾氏商庄在海外生意颇广。老夫想让'备倭司'的人隐潜到你们顾氏商庄的商队里，通过琉球、吕宋、爪哇、安南、朝鲜等渠道去刺探倭国的内情。"

"这个自然可以。"顾少伦立刻应承下来，"小侄会尽快去信向家父禀明。"

王一鹗双手按膝，正视着他："你倒真是一个爽快人！小顾啊，其实老夫也查访过你的情况。你也是文武双全的奇才，这一路走来，若不是你精心保护，清卓也难逃他人毒手！你于清卓、于兵部，都是有大功的。如今我兵部急需人才，你可愿调将过来？"

顾少伦沉吟了一下，没有即刻答话。先前，他初入京师之时，是何等热切地想进入这各部有司的一池春水而畅游不已；而今，和白清卓一起经历了这种种事变之后，他却有些迟疑了。

王一鹗何等老练，一眼便瞧出了他的顾虑，淡然又道："这样吧，你此时也不必急着答复老夫，等到这一场午门献俘大典结束后，咱们再谈，如何？"

他既然递出了台阶，顾少伦急忙答道："多谢王伯父垂青。小侄一定会郑重决定的。"

王一鹗为他斟满了一杯茶递过来："你这段时日在白清卓身边，有何感受？"

顾少伦捧杯在手，侃侃而谈："白参将虽是文武双绝、足智多谋之奇士，但他从来不和我高谈阔论，也从来不说什么豪言壮语。他只是一件实事一件实事地埋头去做，用行动感化人，用行动引导人，用行动改变人。他的每一颗汗珠子掉在地上，都是能砸出一个坑来的！我跟在他身边，浑身都是冲劲，浑身都是激情！如果是换成与另外的人为伍，我也不会是今天这个样子，早就混成吴承信、包天符那样八面玲珑、不干正事、推诿塞责的'琉璃蛋'了！"

王一鹗听得煞是认真，深深点头："看来，在合适的时候，老夫便应该推贤让能了。"

顾少伦大惊："王伯父，您何出此言？您端方持重、公正廉明，正是我和清卓兄的好上司、好前辈啊！"

王一鹗微一举手止住了他："小顾，老夫想问你一个问题，你是怎样看待'朝廷'二字的？"

"请王伯父不吝赐教。"顾少伦自然是明白的,有时候上官问你问题,并不是真的需要你回答,而是他要把自己的答案亮在明面上。

"小顾啊,在百姓庶民眼里,一谈到朝廷二字便显得极重极要,也极为神秘。但朝廷究竟是什么?有谁认真想过吗?其实,在老夫看来,朝廷就是一群人!这一群人里,当然是陛下居于北斗拱辰之位;除了陛下之外,就是各部大大小小的官员们组成的。其中,有吴承信这样的奸吏,有包天符这样的污吏,有高正思这样的巧宦,同时也有申阁老这样的好官,也有白清卓这样的能吏……"王一鹗平平缓缓地讲来,"像申阁老、白清卓这样的人在朝廷上站得越多,国家和百姓就越是有福;反过来,像吴承信、包天符这样的人在朝廷上站得越多,国家和百姓就越是难过。小顾啊,你一个人站上来,就能为朝廷上下多添一分浩然正气!你不可妄自菲薄呢!"

顾少伦郑重地点了点头:"伯父,您放心——我一定会尽忠尽职、有所作为的!"

他俩正说之间,突然听得车厢外面传来王七三响亮至极的一声断喝:"有刺客!是火铳!"

紧接着,便是"砰"的一声爆响凌空乍起!

顾少伦的耳目何等敏锐,朝车窗外飞快地一瞥,就见到上方似有火花一闪,情知不妙,大喊一声:"卧倒!"也顾不上许多,直接粗猛地将正自惊怔的王一鹗一下压倒在榻席上,用自己的身体覆盖住了他。

"笃笃笃",一阵密集的闷响,百十粒铳弹铁丸似雨点般打穿车厢顶盖,几乎都击在了顾少伦护住王一鹗的后背上面。他的衣衫一瞬间也绽开了一大片洞眼!

"小顾——"王一鹗撕心裂肺地叫了出来!

外面,王七三兀自厉声大呼着:"快向那酒楼二楼上放箭!刺客就在那里!"

三十七

京师北郊外村落的一个私宅茶舍，外观毫不起眼，周围树荫掩蔽，位置十分隐秘。其间一处密室里，一个青巾蒙面的紫袍中年人正在拿着一片片极薄极嫩的新鲜松木屑，为桌几上的红泥小炉添火，缓缓煮着清茶。腾腾的香气迷蒙了他的面容。

室门徐徐推开，同样是一个青布蒙面的红衫矮汉子走了进来。他目光似野狼般凌厉，举止也甚为傲慢。

但紫袍人似是比他更为高傲，睬也不睬他。

红衫汉子正要摘下面巾，紫袍人却一举手拦住了他："不用。"

红衫汉子一怔："本座来自三千里故国，阁下居然不见一面？"

紫袍人盯视着那炉上小银锅里渐渐沸腾的茶水："潜伏明国近二十年，我已养成了一个习惯：隐藏得越深，就越是安全。你我明白彼此的身份即可，不必以真面目相见。在你之前的几位使者到来时，我也是这样的。"

红衫汉子有些暗暗羞恼，却也只得答道："好好。一米赤草先生，久仰了。"

紫袍人的目光中泛起了微微的波动："一米赤草，好多年没有人这么呼唤过我的这个名字了。"

红衫汉子伏首说道："您的所有档案和送回本国的资料，织田信长大将军都亲手移交给了丰臣关白大人。关白大人一直对您非常重视。"

紫袍人右掌一翻，亮出半张白麻制成的印文纸笺。红衫汉子也从袖中取出了半张印文纸笺。两张纸笺在桌面上拼合在一起，正是外圆内方的一个马蹄形印纹——里边的方框阳文里，赫然写着"天下布武"四个气韵流畅而威势十足的篆字！

紫袍人抚摸着这张合二为一的完整印纹纸笺，深深感叹着："十七年了，整整十七年了。我还记得，这是日本天正元年七月底，也就是大明朝万历元年七月底，织田大将军亲手盖上他的'天下布武'大印而作为我的印鉴凭证！那时候，他意气冲天、挥洒风云的英姿，真是令人难忘啊！那时候的他，就决定在取代足利氏的室町幕府后统一全国、执掌天下了！"

那红衫汉子也庄肃而言："如今关白大人继承织田大将军的遗志，已经一统日本，接下来就要渡海夺朝、吞并大明、收揽天竺、扬威西洋了！"

紫袍人静静地听着，从银锅中舀起了两杯茶水，瞅了他一眼，向他突然问道："现在日本国内还是在用'天正'年号吧？你知道这'天正'二字的典故来历吗？"

红衫汉子一下变得结巴起来。

"我来告诉你吧。当年我和藤吉郎,也就是你们现在的关白大人丰臣秀吉,那时候他还刚刚改名叫羽柴秀吉,在一起陪侍织田大将军讨论王朝新年号的确立。是织田大将军引用了明国名典《道德经》里'清静以为天下正'这一句话,最终确立了'天正'年号的。现在你可懂了?"

红衫汉子顿时大惊失色:"卑职刚才失敬于阁下,还请恕罪。"

紫袍人摆了摆手,沉沉叹道:"有些话语,我实在是忍了很久,今天也很想一吐为快。想不到藤吉郎,哦,丰臣关白在掌握举国大权之后,竟仍是如此心浮气躁! 正如《孙子兵法》所讲:'藏于九地之下,动于九天之上。'朝鲜派人到日本是外为入贺,而实来刺探——丰臣关白就不能守口如瓶吗? 居然在国书里向朝鲜泄露了渡海侵朝、吞并大明的军国大略! 这给我们这些潜伏者造成了多么大的干扰!"

红衫汉子只得婉转说道:"丰臣关白这是意图以赫赫军威对朝鲜、琉球等小邦施行先声夺人、不战而胜之伟略! 说不定,大明国也已被惊得闻风畏服了吧!"

紫袍人冷笑道:"大明国仅一辽东藩镇所领之疆域就远远大于日本全国! 正如一头巨象岂会怕了一匹苍狼? 你们如此打草惊蛇,终是不太妥当。"

红衫汉子沉默有顷,粗声说道:"关白大人所向无敌,必能夺得最终胜利的。"

紫袍人将一杯温茶敬给了他:"罢了。日本大军尚在千里之外,而我们却近在大明之肘腋! 所谓擒贼必擒王,我们潜伏在中原的所有日本死士,必会在九月十九的大明午门献俘大典上一鸣惊人、一击必中! 只要我们除掉了大明朝的皇帝和阁臣,那么大明朝便成了无头之蛇。届时,还请丰臣关白火速发兵乘虚而入!"

红衫汉子拈起桌面上一片白嫩清香的松木,放到鼻底下嗅了一会儿,淡淡地说道:"我听闻一米先生您似乎还和大明国的某个大人物结成了内应? 他们能帮到您多少?"

"对大明朝这万里河山垂涎欲滴的,当然不仅是丰臣关白一人。"紫袍人森然言道,"但他们毕竟是大明人氏,非我族类,其心必异。我希望丰臣关白不要错过这大好时机,让其他人氏先入为主!"

那红衫汉子的面色一下变得十分凝重:"我会把您的所谋所行火速带回日本,向关白大人亲自禀报。"

抬头望去,凤鸣寺位于半山腰上,周围绿树环抱、碧霞掩映,只露出青灰之色的一角翘檐,透着几分清幽肃穆。

白清卓和顾少伦谈笑风生地沿着石梯朝上走去。他边行边道:"昨日打中你的铳弹来历,已经由备倭司分析出来了,应该就是倭贼制造出来的火绳枪。它的威力不在辽东镇的三眼神铳之下。"

“它再厉害，也没打穿你身上的这件‘金鳞软甲’。”顾少伦瞧了瞧他那白衣之下透射出的点点金光，“我这些时日幸好穿上了它，才安然逃过了昨天那一劫。”

“现在你把它给我穿，我实在是却之不恭啊！”白清卓笑眯眯地说道。

“凌兰说你现在是全京师抓谍防寇最重要的人，你一个顶我十个还不止。我不借给你，她也会抢来给你的。”顾少伦翻了翻白眼，悻悻地说道，“再加上你又不会武功，倭国奸细的伏击防不胜防，李井方、韦生晖个个都瞪着我，我这件金鳞软甲怎敢不让给你？”

白清卓拿手中折扇摇了一摇，轻轻笑道：“你若真是有心不借，凌兰还能从你一指回天的手底下抢得去？白某在此多谢你了。”

顾少伦陪护着他一路进了凤鸣寺的大门，终于憋不住问道：“清卓兄，这庙里的和尚很重要吗？居然还让你亲自动驾登山前来。备防倭寇、抓奸捕谍那么多的杂事，你为了来这里说抛下就抛下了……”

白清卓双眸精光闪闪灼灼，若有深思。他直盯向前面那座大雄宝殿，徐徐说道：“我有一种预感，这位洁柏上人颇不简单。我不能不来见他一面。”

说话之间，一个沙弥迎了上来：“两位施主有何贵干？”

白清卓还了一礼，含笑而问：“那位名动京师的洁柏上人此刻可在寺中？”

那沙弥转身向大雄宝殿上指了一指：“洁柏上人此刻正在里边诵经自悟。”

白清卓微微颔首，便领着顾少伦缓缓登上台阶，向那大雄宝殿里面走去。

不知为何，越是走近那殿门，白清卓越是感到一种莫名的悸动——仿佛里边真有一位神秘莫测的佛陀正在等着自己谒见！

推开虚掩的门，一派柔和而明亮的光华似银瓶乍破水浆迸溅一般流泻了进去，在朦朦胧胧、灿灿烂烂之中，映出一尊鹤立崖耸的挺拔身影，是那样的冷峻高华，又是那样的沉稳坚实。

刹那间，白清卓眼前浮现出了一幕久违的情景：在当年的京城苦雨巷中，大雨如幕，张鲸、张四维派来的刺客们踏着泥水似鬼魅般蜂拥而至——仍是眼前这尊熟悉得不能再熟悉的身影，单手撑伞，护持着当时伤病交加的自己，行于这黑天暗地之间，宛然一位浑身闪着亮光的星君仙客。他拂袖投足之际，那些刺客一个个似纸人般惨叫着飞散而开，显出了他仿佛是这世间永远不败的王者！

在旁边顾少伦骇异的目光中，白清卓怔怔地站着，脸颊上竟缓缓流下两行清泪。同时，他低声吟了起来：“烟络横林，山沉远照，迤逦黄昏钟鼓。……”

“清卓，别来无恙？”那尊身影缓缓移步前来。

“大师兄——”白清卓向他深施一礼，“我们终于又见面了。”

"大师兄——"白清卓向他深施
一礼，"我们终于又见面了。"

顾少伦一呆,看向那位不染丝毫烟火之气的青年高僧——原来他就是白清卓和凌兰的大师兄,当年名震江湖的天峰秀士林映夕!

然而,细看之下,他的容貌还是让顾少伦心头一震。这位洁柏上人林映夕右边的面颊明若冠玉、润似白莲,端的十分好看;左边的脸部却是伤痕累累、状若鬼面,令人望而生畏。

白清卓泪流满腮:"大师兄,这些年我和小兰一直都在找你……"

林映夕朝他淡淡一笑,毫无波澜地讲道:"当年张鲸、张四维买通了十八个武林绝顶高手追杀于我,将我打下万丈悬崖,令我脸部毁损,几乎气绝身亡。我能幸存于世,已是佛祖格外垂恩。想到你和小兰也甚为不易,我又何必前来令你们伤心?"

然后,他衣袖一拂,凛然说道:"你我多年不遇,今日一见面便如那凡夫俗子一般对面而泣乎?"

白清卓心头一动,就缓缓收泪而止。

林映夕给自己蒙上面巾,转头看向了顾少伦:"'一指回天周郎顾'——想不到顾师伯的孙子竟是如此得天独厚!你将来自是后生可畏。"

顾少伦急忙上前恭敬说道:"小侄顾少伦见过大师伯,敬问大师伯安好。"

"你也是和清卓有缘,他在喜峰口当参将,你在喜峰口当县令。"林映夕扫他一眼,带了他俩到大殿一角坐下,指着那里的漆亮茶几,对白清卓展颜说道:"这么多年没见,师兄还是依老规矩,请你一边喝茶一边谈事儿。"

白清卓此刻的心情已然完全平复,看着林映夕沉静凝思的眼神,他心底浮起了缕缕思绪。一瞬间,他察觉到眼前的这位大师兄既是极其熟悉,又似极其陌生,仿佛一尊云遮雾罩的佛陀,宛然一柄半隐半现的"神剑"。

林映夕右手一抬,莹绿透亮的茶水倒入瓷杯之中,缕缕白汽升腾而起,整间殿室里都弥漫开一片沁人心脾的清芳气息。

白清卓低头向茶杯里看去,一枚枚绿如翡翠的茶叶徐徐舒展在水中,散发出一阵阵浓郁的甜香,令人垂涎欲滴。

林映夕侧头看了一眼顾少伦,递过去一杯碧茶:"贤侄,你也喝一杯吧。"

顾少伦心情十分激动,连忙起身用双掌一接。不料,林映夕将那茶杯往他掌心上一放,竟如装有三山五岳之重量,压得他整个身躯往下蓦然一沉!他面色微变,急忙在双掌之中运足内劲向上一抬——两股浩浩真气似潜流一般在小小的茶杯里激烈碰撞着,激得杯中茶水泛起层层旋涡疯狂疾旋,但却不曾洒出来一滴水液!

林映夕仍是显得一脸的云淡风轻,而顾少伦的脸色却越来越涨红,全身骨节也发出了"咯咯咯"的一串脆响,双脚更是深深踩进了地板之中。

终于，白清卓喊了一声出来："大师兄，少伦他毕竟是晚辈。"

林映夕这才莞尔一笑，将手轻轻松开，淡声道："你喝不成茶水了，只能喝'茶汤'了。"

顾少伦顿时如释重压，浑身的汗水一下涌泻而出，打湿了他背心的衣衫。而他一看杯中，那片片茶叶早被双方的暗劲绞得粉碎，满杯都是绿糊糊的茶汤了。可是，过了片刻之后，他这一身热汗流完，体内体外竟是说不出的舒适清爽，仿佛百脉通泰、精神焕发。

他失声惊道："这……这……"

林映夕睨着他，颇有意味地讲道："好泥土嘛，就应该用铁块压一压、挤一挤，才能把里面的浊气杂质排出来，变得更结实一些。"

白清卓双眸亮光一闪，朝顾少伦轻叱道："你还傻站着干什么？还不快谢一谢你的林师伯！他刚才是用无上神功帮你易筋洗髓呢！"

顾少伦大喜过望，急忙向林映夕躬身一礼："小侄多谢师伯大人的助道玉成之大恩大德。"

林映夕若无其事地摆了摆袖，让他坐在一边，径自看向白清卓："师弟，你圣手狂生的大名，如今是响彻京师。你的事迹，三街六巷传颂不已。对此，为兄甚是欣慰。"

白清卓徐徐一叹："倘若天步顺遂、国事清明、贤良满朝，又何至让我这小小角色暴得虚名？"

林映夕端着一只茶杯在掌心中慢慢呷了一口："你倒还是这般自谦。对了，这京师城中得道的高僧成百上千，而你又陷于抓谍查案的杂务，为何竟会想到来找我这个云游野僧？"

顾少伦听到这里，心弦莫名地一紧，盯向了他俩的对话。

白清卓的目光忽然变得深如止渊："小弟前来，自有不得不来的缘法。"

林映夕的目光亦是幽深至极："你我旧交颇深，竟能通灵感应？如此，确是大有缘法。"

白清卓剑眉一动，直视着他："我与大师兄之间也想通灵感应，但更多的却应是机缘巧合。因为大师兄您的法号洁柏二字，让小弟想起了另外一位颇具神秘色彩的塞外高僧——他的法号则叫百劫。"

顾少伦闻言，不禁心头剧震。他在喜峰口时，便曾听得塞北朵颜部近来有一位镇国大法师百劫上人，亦是声名鹊起。而洁柏二字倒过来念诵，即为柏洁，恰与百劫二字同音！一瞬间，他瞧向林映夕的目光也不禁有些紧张起来。

林映夕面无波动，深深地呷了一口茶水，然后放下茶杯，双掌缓缓合十："二师弟果然还是这般胸怀四海、博闻强识,难得难得。依为兄之见,天下佛法本一体,塞内塞外无分别。"

白清卓静静听完,缓声说道:"大师兄在此坦然相待,也足见您之光明磊落,丝毫不减当年。"

林映夕目光中微微漾动:"那是本座有一些话语想和你交谈交谈。你若寻得来,我自然会等到你;你此时寻不来,我亦在他时他日等着你就是。"

白清卓浅然一笑,举起面前那只茶杯,若有所思地说道:"如此说来,也不过是大师兄故意留下蛛丝马迹,引导小弟前来相见。小弟愚钝,来得晚了。"

"不晚不晚,恰逢其时。"林映夕笑得比白清卓更深一些,"你我今天的'文斗'才刚刚开始呢!"

白清卓面色一凝,将手中茶杯向林映夕面前一迎:"大师兄请赐招。"

林映夕似是深吸了一口长气,徐徐吟出了唐代高僧德诚大师的一首短诗上半段:"千尺丝纶直下垂,一波才动万波随。"

白清卓举着茶杯的手缓缓收回,也吟出了德诚大师这首诗的下半段:"夜静水寒鱼不食,满船空载月明归。"

林映夕忽地举起了手中茶杯,面色变得咄咄逼人:"一年春尽又一春,野草山花几度新!"

他吟诵的正是宋代高僧云盖智本大师所作的《无题》之诗中的一段。

白清卓却是微微一笑,看着面前杯中茶水上面浮起的片片绿叶渐渐铺展开来:"散尽浮云落尽花,到头明月是生涯。"

他用来回应的正是宋代文悦禅师所作《寄道友》诗中的一段佳句。

林映夕的容色缓缓冷却,却又用唐代著名诗人齐己所作《片云》之诗中的一段佳句逼了过去:"何妨舒作从龙势,一雨吹销万里尘?"

白清卓眼底毫光一闪,徐徐举杯,肃然而答:"大师兄,小弟不才,在这里要借鉴南朝高丽定法师所著的《咏孤石》一诗来最后回答您了——

'单身独拔群峰外,一枝孤秀白云中'!"

只听"呼啦"一响,林映夕掌心瓷杯中突然升起一线水柱,冲上半空,又慢慢落入杯里,一星半滴也未泄洒。

但白清卓和顾少伦都明白,林映夕方才的心情显然经历了一番激烈无比的大起大伏。

过了半晌,他的声音才缓缓响起:"德不孤,可有邻?"

白清卓侧脸看了看顾少伦,毅然迎视着林映夕:"德不孤,必有邻。"

林映夕听罢，突然一阵哈哈大笑。笑罢之后，他才看着惊得目瞪口呆的顾少伦，悠悠说道："年轻人，记住我和你师叔刚才的每一句对话，回去后慢慢细想。我和你师叔的这一番'暗战'，决不会比你至今看到的最激烈的较量还逊色。"

顾少伦急忙拱手言道："师伯、师叔都是真正的高人，一言一语都是机锋暗藏、耐人寻味。少伦实是获益匪浅。"

林映夕这时又回头看向白清卓，凛凛说道："'清江碧壑钟千秀，叠嶂重峦立万骁。独揽风光依险处，百川一色江东潮。'这是你在丹池诗会上的压轴之作《观山海》一诗。它的气势是何等的铿锵激越！但是，小白，你心底真的还有这种指点江山、吞吐风云的大志向吗？你甘心如此一辈子吗？"

白清卓脸色一定，将自己杯中茶水猛地一饮而尽，沉沉答道："雄奇瑰丽不足夸，返璞归真最难及。"

顾少伦在旁边看见这师兄弟二人又是针锋相对，不禁变了脸色，正欲劝和，林映夕却向他淡然看了过来："贤侄，你去殿门外帮我和你师叔把守着，不许闲杂人士靠近——我和你师叔有几句要紧话想说。"

"好的，小侄遵命。"顾少伦应了一声，便出殿而去。

在深深的静默之中，林映夕又为白清卓面前的茶杯添满了茶水，不露声色地问道："师弟入京甚久，所见亦广，不知你心目中如何评论如今的大明王朝？"

"当今陛下乃是明君，当今首辅乃是大贤。"白清卓迎视着他，郑重而答。

林映夕缓缓转动着自己掌心中的茶杯，看着里边的茶水又无声无息地旋起了层层波纹："而今大明北有胡人不甘雌伏，东有倭寇虎视眈眈，举国上下所急需者——乃成祖朱棣之英明神武、名相张居正之雷厉风行。你认为当今陛下可比成祖皇帝？当今首辅可比张氏居正？"

白清卓容色一颤，没有回答。

"当然，你责任颇重，日常碌碌。不错，你现在是丹池诗会的诗魁、抓谍查案的神探、用兵出众的少将、当朝首辅的高徒、当今天子的宠臣，连一品要员左都御史方应龙对你都要掂量三分。"林映夕的语气平缓如一江秋水，"但你真的以为自己是站在巅峰绝顶之上吗？金峰铁峰，只怕皆是幻象——万一时势有变，你所凭借的一切都会化为必消必融的冰峰！"

白清卓的眼神徐徐波动起来——但他仍是一言不发。

林映夕的目光忽地扫了过来，利如刀锋："为兄就讲一些你未必爱听的话吧。你不要以为朱翊钧会对你们付出一丝一毫的真心，他的一切都是逐利而谋、逐利而算的。你想一想，一个敢硬起心肠对自己当年的恩师痛下狠手的人，会值得信任和尊敬？一个敢对功勋累累的戚家军苛刻打压的所谓主君，会值得效忠和奉献？你不要自己骗自己了！"

"大师兄，陛下不是那样的人。他当年也是为张鲸、张四维等奸党所裹挟……"白清卓低低地喝道。

"你居然还会为他辩解？"林映夕几乎要把掌中的茶杯一下捏爆开来，"过去的事情，我不废话了，就谈一谈眼下吧！当李成梁假密函之事初发时，朱翊钧在暗底下是怎么做的？你不知道吗？他绕过了内阁，绕过了申时行，直接给萧虎臣下密旨增兵扩防，并令他暗中监视李成梁和辽东镇！若不是朝鲜国王终于送来了日本企图入侵明朝的倭情密报，你认为你和你称为'大贤'的申时行真的能为李成梁他们洗白冤屈吗？像七年之前戚大帅遭谗南迁的悲剧不会重演吗？"

白清卓沉默片刻，目光炯炯地向他回视而来："倭寇诡计多端，以假乱真，我们毕竟是肉眼凡胎，难免会遭蒙蔽。陛下终究在案情清晰之后不曾妄动误国。"

林映夕摆了摆手，继续冷笑道："后来李成梁以李如松为人质而献忠，若非吞胡宴上一场刺杀，李如松只怕眼下还待在京师等着养老到死吧？白清卓你以为有一天你就不会成为第二个李如松？"

白清卓悠然叹道："大师兄，韩愈有言，'古之君子，其责己也重以周；其待人也轻以约。重以周，故不怠；轻以约，故人乐为善'。"

林映夕听了，沉思有顷，冷声道："他若是平常之人，你这样替他辩解，我无话可说。但他是天子之尊、万夫之望，一念可令政事兴，一念可令政事败！兴，则百姓安；败，则百姓危！岂不当如唐太宗李世民所言：'战战兢兢，若临深而御朽；日慎一日，思善始而令终'？"

白清卓十分坚定地答道："小弟相信，申师傅一定能约束好当今陛下的。"

林映夕慢慢饮下了那杯清茶，容色渐渐平静下来："既然你这么说，我们便拭目以待吧。"

隔了片刻，他才抬眼正视着白清卓："我知道你今天在我面前忧虑着什么——你放心，九月十九日，朵颜部特使会准时参加午门献俘大典，而我则不会在那场典会上露面的，虽然有很多人已经向你们的礼部推荐了我。"

白清卓的表情顿时凝住了，仿佛呆了许久。林映夕也静静地回视着他。

"大师兄！"白清卓一时有些哽咽了，"这些年小兰也很想见你，你见不见她？"

林映夕的目光往殿门顾少伦的身影一掠而去："她如今自有归宿。一切随缘吧。今天是我想见你，今后你就不必来找我了。"

"好的，我尊重大师兄。"白清卓敛颜答道。

林映夕似没听到他这答话一般，自顾自又拿起一杯清茶定在掌中，看着那缕缕水汽幻化出美女一般的婀娜身姿，蓦然开口了："申时行当了这几年首辅，其实也不是什么好事都没干，毕竟不同于方应龙那个'空心菜'。他最近一首诗写得不错，很有意味——

身隐身灭化无双，翻脸佛陀变金刚。

痴迷通慧皆外象，一念成真定三江。

说不定你还想在临走之前送给我是吧？其实……"

他讲到这里，语气忽地停顿了一下，目光幽幽亮亮地看向白清卓："其实，我倒觉得这首诗中'翻脸佛陀变金刚'这一句可以改一改——若是改成'翻脸嫦娥变雪裳'似乎更为动人一些。对吧？清卓？"

白清卓一听这话，正自缓缓寻味之际，突然一瞬间瞳孔骤缩，整个人僵在了原地。

三十八

一尊一尺二寸高的白玉美人雕像亭亭然立在梳妆台上，面目体态正是方宝芹的模样，其顾盼流连之姿仪、衣袂飘举之风采，栩栩如生、灵动若仙，令人爱不释手。

方宝芹一边细细欣赏着，一边十分诧异地问画雀："牟大掌柜派人送来时，可称这是陆一诺大师亲手雕刻的？这才几天的工夫啊！陆大师的手工竟是如此神速？"

画雀在旁含笑解释道："牟大掌柜说了实话，还请小姐你多多谅解——他早在几个月前就让陆一诺评出了'京中十大淑女'，然后让他一一雕出真人玉像，再待机相送。小姐你和上官雪衣都榜上有名，所以陆大师从那时起就为你俩雕好了玉像。"

"这个牟大掌柜……"方宝芹微微一笑，将目光从自己的真人玉像上徐徐移开，投向窗口之外，"这尊玉雕确也不错，好好收着吧——但白公子手中的那尊'嫦娥'玉像才是更有价值的。"

画雀双眸亮光闪闪："小姐你放心。我相信白公子一定会将那尊'嫦娥'玉像送给小姐你的。"

"希望一切如你所愿吧。"方宝芹慢慢垂下了明亮如星的目光，落在面前一张纸笺上，那上面写着自己娟秀的字迹，正是《诗经·郑风》里的佳句：

> 青青子佩，悠悠我思。纵我不往，子宁不来？
> 挑兮达兮，在城阙兮。一日不见，如三月兮！

她禁不住秀发轻扬，又慢慢吟起了白居易所作的那首《花非花》：

> 花非花，雾非雾，夜半来，天明去。
> 来如春梦几多时，去似朝云无觅处。

正在这时，方宝棠清清朗朗的声音忽地传了进来："小妹这'花非花，雾非雾'可指的是心间一团情丝萦绕不去？"

方宝芹急忙转过身来，出到外间，向方宝棠娇嗔道："兄长又来取笑我了！"

方宝棠托着一具礼盒，徐步前来，浅浅笑道："高正思苦苦求着为兄，要将他精心搜集到的紫晶钗、温玉环、贝叶集等奇珍异宝转赠给小妹你。你可愿接受？"

方宝芹连那礼盒瞧也不瞧，便一口答道："兄长，请代小妹退回去吧。从今而后，他们所送之礼物，小妹再也不会轻取分毫了。"

方宝棠缓缓放下礼盒，悠悠一叹："你为了白清卓竟是如此毅然决然？"

"不错。"方宝芹双眸凝亮如星，"我已选择了我所钟爱的。其余的奇珍异宝再好，我亦是寸心不改。"

方宝棠沉吟微顷，又道："父亲大人虽不会再逼迫你嫁与萧虎臣，但高正思是他的得意门生，父亲又觉得他甚为可靠，你可否再权衡一下？"

"兄长，我们一齐到园子里散一散心吧。"方宝芹将纤纤玉手往外一引，"这里边有些闷。"

方宝棠点了点头，随她而出。

他俩走到后花园，望着秋高气爽的湛蓝天空，漫步在落叶如金、飘飘扬扬的林荫小道上，彼此的心境变得空明澄澈起来。

方宝芹说道："兄长，您觉得似高正思、邬涤尘这般华而不实、言不顾行、追末弃本的清流之士，真的值得深交？真的值得为伍吗？您看这两三个月来，黄启祥案爆发，李成梁假密函案爆发，包天符被刺案爆发，哪一桩哪一件不牵扯着我大明的国运？本来正是他们献智献勇之大好时机，可是他们都干了什么？以私为念、党同伐异、吵吵嚷嚷、废话连篇、毫无建树！我都为他们感到脸红！"

方宝棠连咳数声，沉言道："父亲大人已经警告过他们了，在九月十九日午门献俘大典顺利举办之前，不许他们再发杂音了！"

"可是他们从根子骨儿上生出的虚荣、浮华、浅薄，着实让小妹看之不起。"方宝芹缓缓说着，一抬头望见后山顶上那一座醒目的圆顶小白亭，忽向方宝棠幽然讲道，"兄长，您还记得去年年初后山那座小白亭竣工之时，您请了邬涤尘、吴承信、高正思他们来取名斗艺一事吗？"

方宝棠也眯眼望着那座小白亭："记得，记得。那时你也在场嘛。邬涤尘第一个出来抢答，给小亭取名为'挺然'。"

方宝芹唇角微微挂笑："我记得他当时解释过取名'挺然'二字的寓意。他说，欧阳修有云：'刚劲独立，不袭前迹，挺然奇伟。'他又说，宋代词人严仁有'连州翼然亭'之赞，方府再多一个'挺然亭'，更见雄壮兀立之势。当时连兄长您也是拍掌叫好的！"

方宝棠瞅着她："小妹，你记得真清楚。"

方宝芹又答道："然后是吴承信第二个答题，取的是'莹玉'二字。"

"吴承信自己当时是这样解析的：此亭上下皆以白石砌成，通体明润，故而可称

'莹玉'。"方宝棠回忆道。

"不错。"方宝芹慢慢敛起了颜色,"高正思最后取名为'积雪亭',你和父亲当时称赞他这二字有'高洁秀逸'之意象,对吧?"

方宝棠点头道:"你记得不差。邬、吴、高三人虽不及白清卓之才艺超凡,但他们毕竟也是文士出身,才气还是自有几分的……"

方宝芹却微微红了脸颊:"兄长可知,这世间所有文字之意象,皆是作者人心之映射乎? 况且,我让画雀在暗中探察,却听得席间休息时他们三人私下里偷偷议论,俱是以浮华之词而掩饰内心之淫欲!"

方宝棠深深一怔:"他……他们私下里另有说法?"

"兄长请看,那亭浑圆之顶、白石为体,而仁者见仁、智者见智,同时色者亦见色、淫者亦见淫。小妹请问兄长:世间女子之身上,有何物可称'貌似挺然'? 有何物可称'温莹如玉'? 又有何物可称'状若积雪之丘'?"方宝芹目光灼灼如电,话语也来得甚是尖锐。

方宝棠闻言,微一思忖,立刻领悟过来,顿时满脸涨红,避开了宝芹的咄咄目光,不禁圆瞪双眼,叱道:"原来他三人竟怀有如此之秽念,居然以此等隐晦伪饰之词公然在府中戏弄我等!"

"文人好色而生欲,本也无可厚非。柳永的艳词还写得少了?"方宝芹悠悠道来,"只是他们自命清流,而如此小节不谨,又如何立得起什么大节?! 所以吴承信遭人暗杀,死地竟在风月场所,岂不是正应了他当时的莹玉(音同'淫欲')二字?!"

方宝棠长长一叹:"难怪你当时将他三人所取的亭名统统摒弃不用,自己取了'芳云'二字,取'白亭在山,飘逸如云'之意象。原来,你是不想这三人取名得逞后拿出去成为笑柄啊!"

方宝芹淡淡说道:"所以,从那以后,这些所谓的清流之士在小妹心目中便是一落千丈。而小妹遇见清卓公子之后,才识得他果是魁杰英特、伟岸不凡,言谈举止是铿锵豪迈、沉雄激越,真是奇男子大丈夫! 小妹确也是芳心暗许于他了。"

"是啊,白清卓的豪言壮举也深深地影响为兄了。"方宝棠慨然讲道,"明年我会参加科考,然后自请外放州县,去多历民情庶务,不再纸上谈兵。"

他讲到这里,忽又顿了一下:"可是,小妹,你也知道父亲大人对白公子的态度……你准备怎么办?"

方宝芹正视着他,一字一句坚定地答道:"古人有云'善不吾与,吾强与之附;不善不吾恶,吾强与之拒'!"

方宝棠听罢,他的眼圈一下红润了,许久方才微微哽咽着说道:"此事何至于此?

你不必这般果决。父亲那里，我会去帮你死命争取的。"

　　　　朱门碧户层层开，冠盖千乘叠叠来。
　　　　鹤舞鹿鸣诸贤载，紫陌青杨映瑞彩。
　　　　汉鼎唐樽升永泰，华夷归心万民拜。
　　　　大展威仪耀远塞，凤歌天籁圣德怀。

　　白清卓在一张洒金沉香檀丝纸笺上面工工整整地写完了这首长诗，喊来顾少伦和李井方，一边请他们观阅此诗，一边不无自得地问道："这首《咏午门大典》写得如何？"

　　顾少伦看罢，白眼一翻："歌君之功、颂君之德，情真词畅，文采斐然。怎么？你还准备到九月十九去午门上当众朗诵？"

　　白清卓笑一笑："这是我给礼部上官大人奉送的一件礼物。他应该会感到满意吧？"

　　李井方转了转眼珠，笑道："上官小姐那么亲近你，可这位上官大人对你却并不太上心啊……你准备和他主动交好？"

　　他们正谈之间，门仆来报："引凤堂大掌柜东方胜前来请见白参将。"

　　白清卓眼底的亮光微微闪动："请他进来。"

　　不多时，一身锦服的东方胜领着几个下人进了阁室，向白清卓行礼道："白参将安好？在下问礼了。"

　　"还好，还好。"白清卓笑意盈盈地迎了过去，"听闻东方掌柜近来在忙于协助礼部筹办午门献俘大典，为何会拨冗来东霖院见我？"

　　东方胜谦和地答道："白参将，上官尚书已经建议陛下将您列为大典上的要员席次，与许国尚书、王一鹗尚书、石星尚书等同座观礼。同时，上官尚书特命在下前来为您量身织造典会礼服，请您不要推辞。"

　　"哎呀！上官大人的这一番美意实在是令白某感激不尽啊！"白清卓听得喜笑颜开，回身取了那张洒金纸笺，双手捧着向东方胜递来，"正巧我近日构思拟写了一篇歌天之功、颂天之德的长诗《咏午门大典》，恰要呈给上官尚书以彰圣德呢！你今天来了，便代我将它带给上官尚书。"

　　东方胜接过那纸笺细细看罢，不禁喜极而呼："好诗！好诗！尚书大人见后必是万分满意！"

　　说着，他小心翼翼地卷好了纸笺，又向身后一招手，那几个下人过来，拿出尺带将白清卓的腰领身材量了个仔仔细细，还认认真真地记录下来。

看着白清卓竟能得到一件典雅华丽的钦定礼服，顾少伦和李井方都忍不住向他投来了羡慕的目光。

临别之际，东方胜还颇有意味地对白清卓讲道："上官大人谈起过，待他稍稍空闲时，会邀请白参将到府一聚。"

这一下，让顾少伦和李井方更是瞠目结舌：难道上官平芝见到白清卓近期如此春风得意，也要意欲延揽他为自家的东床快婿了？

而且，东方胜刚刚走后，上官雪衣的侍女小芸又提着一箱食盒入府来了。她亦毫不避嫌，当着闻声赶来的凌兰的面，喜滋滋地对白清卓说道："我家小姐为白公子做了几道您最爱吃的菜肴、点心，请白公子笑纳。"

白清卓这一次没再推辞，吩咐顾少伦接了下来。

同时，他从腰间摸出当日上官雪衣所送的温玉香囊，托在掌中，眼含期盼之色，向小芸说道："小芸姑娘，上官小姐送我的这只香囊有几处线头绽露开了，有劳你带回去请上官小姐缝好了再送回。她的香囊，白某一直是从不离身的。"

小芸听罢，神情竟然一呆，缓缓接过那只温玉香囊，忽地流下泪来，又急忙拭去泪水，眉开眼笑地讲道："好的！好的！小芸一定把这温玉香囊带将回去——白公子，您终于对我家小姐好起来了！也不负我家小姐对您的一片深心。"

凌兰、顾少伦面面相觑，简直不敢相信自己的耳朵。

待小芸欢天喜地地离开之后，凌兰实在是憋不住了，用手掌摸了一下白清卓的额门："二师兄！你是不是得了什么热症烧坏脑子了？怎么突然对上官家如此热络了？"

白清卓涩涩地笑了，正欲开口回答，突然间门仆又来禀报："何远大人和罗乞泰联袂登门请见白参将、李参军。"

这段时日，为了有助于捕谍查案，白清卓是把罗乞泰这条"暗线"借给了锦衣卫的。如今，他和何远居然联袂同来求见，必是在某一线索上取得了重大突破！白清卓一念至此，心头暗动，抬头向李井方使了个眼色。

李井方立刻会意，出去调了可靠人手，在阁室四周监控，不许闲杂人士靠近窃听。

安排结束后，白清卓才让顾少伦亲自去将何远、罗乞泰带了进来。

果然，他俩一进阁室，白清卓就见到了何远和罗乞泰眉眼间掩饰不住的浓浓喜色。

"今晨院子里喜鹊直叫，你俩可是带了什么'好宝贝'过来？"白清卓不动声色地问道。

"清卓兄,三才巷那边有大好消息!"何远虽是兴奋至极,但讲话却丝毫不乱,"三才巷那里,可能是我们此番抓奸捕谍的重要突破口!我太高兴了!"

白清卓闻言,双眸顿时精芒一亮,看向了罗乞泰:"乞泰,你们不是一直派人在那里蹲守吗?你来谈一谈。"

罗乞泰也是眉飞色舞,侃侃而道:"白参将,你是知道的。三才巷里,先前有包天符鬼鬼祟祟在那里出没过。这段时日,我们和锦衣卫联手查案,何大人又提到有一部分官绅为了购买升仙丸也曾在三才巷出没过。于是,我们追查倭国奸细的线索和锦衣卫追查升仙丸源头的线索都重合在了三才巷这个点位上。根据何大人和我们的共同研判,倭国奸细很可能就是利用升仙丸操控一部分官绅的幕后黑手。所以,我们应该抓住三才巷这个突破口,联合行动,顺藤摸瓜,一查到底。"

"你们研判得很对。看得出来,你们也确是下了一番苦功。"白清卓深深赞叹,"但是,要找准那根打入三才巷的楔子却很不容易——否则,乞泰他们那边早就下手了,也不必一直拖到今日。"

"那根楔子,我们锦衣卫那边已经找到了。"何远兴奋地搓着自己的双掌,"现在我们就是要集合各方面的精干力量,好好地打一场硬仗!"

白清卓和李井方对视了一眼,开口问道:"如此说来,何大人必是胸有成竹了?"

凌兰也睁着一双亮晶晶的大眼睛看着何远。

何远脸上一热,却装得平平静静,娓娓谈道:"不错。只要沿着三才巷挖下去,必是一条大鱼。但要捞捕这条大鱼,便须得准备好一张大网!'顺天府'的人,我们暂时不予动用。兵部暗卫队王七三那边,我锦衣卫去打招呼,让他们随时投入支援。只有东霖院这边,白参将,李参军,你们可要大力支持何某与锦衣卫啊!"

白清卓正欲答话,李井方却容色一凛,抢过了他的话头:"何大人,我们可以调动东霖院里最精干、最可靠的高手全力协助你们。但我们也有一个重要情况必须禀报给司礼监和锦衣卫。"

何远知道辽东镇东霖院一直对当初顺天府的打压猜疑有所不满,便笑着说道:"你们又是在指责顺天府唐鉴他们吧?你放心,唐鉴他们已被上面警告过了,不许他们再对东霖院有所妄动,违者革职严办!"

"我们不是针对顺天府,而是指向另外一个人。"李井方收起了平日的轻松诙谐之色,肃颜说道。

何远的面色也渐渐凝重了:"是谁?"

白清卓咳了一声,劝李井方道:"你下来后再向何君细细禀报。他不会忽视你的意见的。"

李井方却道："此时此刻若不当着何大人的面讲清楚,东霖院的兄弟们岂可带着怨气去打'硬仗'?"

何远只得正色道："你但讲无妨。"

李井方沉肃言道："当日吞胡宴上,李如松遭到刺杀,萧虎臣也遭到了刺杀。但萧虎臣的遭袭,与李如松将军相比,却颇为蹊跷。那日在宴会现场,出现了一前一后两个针对他的杀手。蓝袍蒙面人和玄衣蒙面人。蓝袍蒙面人表面上似在刺杀萧虎臣,但刀刀并不致命。而当后边的玄衣蒙面人出现来刺杀萧某人后,他居然还帮萧某人一齐抵挡!这不是让人匪夷所思吗?我们认为,那个蓝袍蒙面人分明是萧虎臣用来扮演苦肉计的幌子!如果再深思下去,萧虎臣就有可能是那日刺杀李如松将军的真正幕后主谋。希望司礼监和锦衣卫要掌握这个情况。"

何远听罢,踌躇了一下,郑重回答："你的这番揣测,我们可以接受,但必须以真凭实据为佐证。这事到此为止,你们查到了新的证据再来禀报吧。"

李井方显得面若渊潭："你们既已知晓,我们也会认真追查。一旦查出某些人竟是倭国奸细的内应,我们决不会轻饶,也希望朝廷不可姑息!"

"那是自然。"何远迎视着他,缓缓答道。

白清卓咳了几声,插话进来："井方兄,你的这个推测,我也有过。但是,我们都不能先入为主。万一倭国奸细在那日吞胡宴上就是要故意对李如松痛下杀着,而对萧虎臣则轻轻放过——这'一轻一重'之术,其目的就是要刻意挑起辽东镇与蓟镇之间的相互猜疑和内斗呢?"

李井方闻言,顿时一怔。

白清卓双目澄亮地正视着他："在推敲案情时,我们可以无所不用其极,但在真正定案时,我们必须有据可依、有证可明。当日李督帅假密函、李督帅假字条,那是何等的以假乱真?我们最后是如何破获的?井方兄,你难道忘了吗?"

李井方双眉一颤,敛去了激烈之色,向白清卓垂头说道："清卓,你提醒得对。"

场中的气氛这才又缓和了下来。

白清卓拿出瓷瓶慢慢呷了一口药汁,回到了正题："目前自然是查办三才巷的案子最为要紧。何远,亮出你的底牌吧——那根楔子究竟是怎么一回事儿?"

何远双目精光四射,滔滔讲道："近日,我们暗中查获了一个长期服食升仙丸的官员,他是工部员外郎屈从礼。他在狱中交代了到三才巷后会再去一个名叫丽影别院的地方购买服食升仙丸的情况。他还谈到自己有一次在丽影别院里听到隔壁房间传来包天符的声音。而在那丽影别院里,有一位绝世美姬非常厉害,总是能从他们嘴里套出各方面的军国庶务消息——"

他讲到这里时,白清卓的眉头微微一皱,却未发话,则是继续听何远讲下去:"所以,我们把屈从礼定为最好的'楔子'。现在,屈从礼被我们捕获的消息还没有对外泄露。我们需要找到一个合适的人士假扮成他打入三才巷内部,并顺势追查到'丽影别院'这个窝点。"

"假扮成他?为什么不让他亲自去打入?"李井方愕然问道。

白清卓摆了摆手,看着李井方讲道:"让屈从礼这种被升仙丸控制了大半心智的人亲自回去打入潜伏,谁敢对他放心呢?只能找人假扮成他——你们无须担心,锦衣卫的'易容换装'术也是非常高超的。"

何远听到他讲出了自己想要讲的话,也淡淡笑了。

然后,白清卓环顾了周围的诸人,向何远问去:"什么样的人士才是你们认为最合适的?"

"第一,这个人身材要与屈从礼相当;第二,这个人也一定是官宦出身,熟悉官场那一套举止言辞;第三,这个人还必须艺高胆大,能在高手如林的险境里游刃有余。"

白清卓轻笑了一声:"你就直接说出他的名字吧!"

何远灼亮的目光盯向了他身边站着的一个人:"我们认为顾少伦顾县令是最合适的人选。"

顾少伦一下跳了起来:"哎呀!我就知道你要这么说!你就是要公报私仇,把我一个人送进死地!"

不料,白清卓干脆利落的一句话截住了他:"何远,我也觉得他最为合适,你没有选错。"

"白清卓!你可是我师叔也!"顾少伦一怔,大叫起来。

"小顾,你听我说,追查倭国奸细,是钦案;追查升仙丸源头,也是钦案。你若能帮助何大人他们破了这两个钦案,一定算是立了大功。那个时候,朝廷奖赏你连升两级都不在话下。光大顾氏门楣,就在你这纵身一搏了!"白清卓十分认真地向他劝了过来。

顾少伦瞪了他一眼:"每到紧要关头,你总是推我出去做最艰苦最危险的事儿!上一次萧虎臣府门外我和郑北雄大战三百回合,真力都消耗了一小半,我调息了好几天才完全恢复过来……"

白清卓看了看李井方,板着脸孔对顾少伦说道:"李如松将军后来确是奖赏了你一百两黄金,可是我把它们送回南兵营去了。不过,你忘了我传授给你易筋洗髓的法门了吗?你到最后吃亏了吗?"

顾少伦把嘴巴张得比鸭蛋还大:"你……你……你真是我平生所见的脸皮最厚

之人！我不和你说了！"

　　白清卓把目光投向了已经笑得直不起腰来的凌兰："小兰，你和何远一起带他下去易容换装吧。他若再絮絮叨叨，你这个小师叔就代我狠狠教训他。"

三十九

在走进澄阳酒肆门口之际,顾少伦整了整衣衫,暗暗深吸了一口气,将所有应当注意的重要细节问题在脑海里掠过了一遍之后,定了定心神,方才迈步向前。

昨天,何远亲自给他易了容:先在他嘴角贴了两撇小胡子,又用药膏在他脸庞上涂涂抹抹了一番,弄出几道皱纹和两坨肥腮。眨眼之间,顾少伦就从一个风度翩翩的公子哥儿变成了一个颇具威仪的中年官员,和那个屈从礼的相貌相似至极,简直有如大变活人。

"从现在起,你就要把自己当成是工部员外郎屈从礼了。"何远又递给他几枚炮仗似的东西,"这是神机营特制的流星火炮,你只要到了丽影别院就找机会向天抛射——我们看见烟花后便会火速赶到!"

最后,他们还带顾少伦到锦衣卫狱中和屈从礼同处了一天时间,让他尽量熟悉屈从礼的言行习惯。直到顾少伦自己感觉七七八八差不多了,何远、白清卓才让他到三才巷这边展开了行动。

进了酒肆,里边人来人往,生意还比较红火。顾少伦手里握着那块"日"字纹圆铜牌,它是屈从礼用来交易升仙丸的信物,自己装出屈从礼平时大摇大摆的模样,大大咧咧地走到柜台前,向那掌柜问道:"今天你们店里的'乌鸡山参汤'没涨价吧?"

这一句暗语入耳,那掌柜颇为警觉地瞧了瞧他掌中的圆铜牌,又看了看他身后无人"咬尾",这才不慌不忙地翻开面前账册的后半部,找到那块壬字号"日"字纹铜牌标记对应的屈从礼体貌图像,对着眼前这个"中年人"上上下下打量了一番,觉得是同一个人,便喊来一个店小二:"带这个客官去乙字号单间。"

顾少伦心底暗喜,跟着店小二转身就走——突然,掌柜在他身后猛喝了一声:"且慢!"

顾少伦心弦一紧,暗暗提足了真劲,表面上却若无其事,冷冷地回过头来:"你又有何事?"

掌柜脸上不挂一丝表情:"今日过后,到九月十九日为止,店里将不再做这道'乌鸡山参汤'了。客官,您今天最好多喝一点儿。"

"好的,好的。"顾少伦心弦一松,满口应承着。

乙字号单间的房门被紧紧关上,那店小二一脸谄笑,凑近过来问道:"这位客官确是面熟。您不知道,今天掌柜堵了好几个人的来路,都是觉得他们有些面生。"

顾少伦把一块碎银丢给了他:"快快上菜!休要废话!本座已是心痒难耐了!"

那店小二接过碎银,笑嘻嘻地又问:"客官是吃'水菜'还是'旱菜'?"

顾少伦懂得这是江湖上的黑话——水菜是指走暗路,旱菜是指走明路。看来屈从礼交代得没错:澄阳酒肆只是客户"中转站",另有一明一暗两条途径通往那座神秘的丽影别院。

于是,他哼了一声,冷冷道:"你还不晓得我往日的规矩? 我是官身,当然要吃旱菜嘛!"

店小二却摇了摇头,附耳过来低声讲道:"客官,这几日最好不要吃旱菜,外面各个街巷盘查得紧,您又是官身,人多眼杂的。小人建议您为了安全起见,还是吃水菜。"

顾少伦脸上不露声色,只道:"你考虑得不错。外边大典召开在即,岗哨是添了不少。但水菜我平日吃得少,没问题吧?"

店小二嘻嘻一笑:"一吃水菜,包管您似神仙般云里来雾里去,谁也察觉不了。"

顾少伦瞧他不似设局做套的样子,这才点了点头。

店小二立刻将房间里的餐桌拉了开去,现出底下的地板来。他又俯下身去,抠住地板上一个拉环使劲往上一拉,两块柏木地板被他拉了起来,下边赫然露出一个地道的入口。

"您下去依老路到那边的棺材铺,他们会从暗路和往常一样带您去买乌鸡山参汤的。"店小二指了指那地道入口,"我记得您以前也似吃过一两次水菜的,无须担心。"

顾少伦这才明白,原来这地道是通往三才巷巷尾上的棺材铺!

他也不多言,钻入地道之后,便听得上边店小二将地板盖上。而这地道里不宽不窄,仅容两人并肩而过——两侧石壁上还点着灯烛,倒也不显黑暗。

顾少伦走到地道尽头,只见一段石梯往上通去,上面也是有地板扣盖着的。他抬手在地板上敲了几下,"笃笃"有声。

"吱呀"一响,地板随即从上边被人拉了起来——他眼前一亮,探出头去,果然是到了棺材铺的内堂。

一个力夫打扮的中年汉子上前,查验了他的日字纹圆铜牌后,便指着旁边一口空棺材,吩咐道:"去那里边躺着,我们马上抬你出去。"

一瞬间,顾少伦明白过来——难怪先前罗乞泰他们一跟踪到三才巷,无论是在澄阳酒肆,还是那家保生药店,或是陈记羊肉馆等,那个包天符都会凭空消失! 因为整条巷子里的店铺,可能都是幕后势力的暗哨! 而包天符也能在罗乞泰等人的眼皮底下神不知鬼不觉地遁身而出!

他心念一定，径自进了那口空棺材仰面躺下。棺盖合拢过来，顾少伦眼前一黑，在棺材里忽觉身躯一飘，然后连人带棺就被人抬了出去。

顾少伦也并不慌张。临来之前，何远已经让他做了万全之备——他给了顾少伦一小袋无色无味却含有淡淡异香的奇特药粉，它撒在地上普通人根本看不见，但锦衣卫中有一个外号为"神鼻子"的高手却能嗅到那药粉极淡的香味，并随之一路追踪而来。

于是，顾少伦在黑暗中竖起中指，运足内劲，在棺材底板上缓缓一戳，就像插进豆腐块一样，无声无息地贯穿出一个小孔来。然后，每隔半盏茶的工夫，他就从这小小的孔洞中往沿途地面上撒出一点儿药粉。

同时，他也没有失了戒备，一直暗暗用自己敏锐过人的耳力倾听着棺材外的声响动静。

大约过了两三刻钟，他所在的棺材又突然被搬放到了一辆马车上面。然后咣当咣当几声响过，又有几具棺材压在了自己所在的棺材上面。接着，马车就开始向前平平稳稳地行驶而去。

没多久，似乎是到了一处城门，一个守卒过来在询问什么。他在棺里听得那马车上的马夫头儿上前解释道："军爷，这些空棺材都是顺天府庶政署送到西郊乱石岗义庄那里去的。您看，这是庶政署的签押文牒。"

京师城门的规矩通常是"严进宽出"，又加上此事有官衙文笺为据，那守卒便随意掀开顾少伦上边的空棺盖看了几眼，没发现什么异常，也就放行了。

棺中的顾少伦听到外面的喧闹之声越来越稀、越来越低，显然是这马车离京师也越来越远了。他这时候再也撒不出那药粉，只得强忍住心底的焦虑之情，然后伺机而动。

又过了大半个时辰后，马车蓦然一停。身在棺内的顾少伦顿时已然明白，自己终于抵达那个传说中神秘异常的丽影别院了。

东霖院的阁室里，药香袅袅，白清卓和凌兰却未曾外出捕谍，而是居宅留守。

依着方窗，白清卓一边喝着药汤，一边观赏着掌中一块圆润润的辟邪木符。此符牌是由浅白色的新鲜松木雕刻而成，浑身散发着淡淡的馨香，材质甚是奇特。符牌正面的貔貅图像活灵活现，头角峥嵘，翼尾飞扬，气势十足。而符牌背面的"惟道独尊、符有金光、罩护吾身"十二个篆字更是写得龙盘虬舞，颇具雄豪之气。

凌兰在旁边向他介绍道："师兄，这是我昨日傍晚去天星观帮您求来的辟邪护身符。他们都说它是由泰山顶上的五大夫之松的松木制成的，上通神灵、下达幽冥，灵验得很！"

"看来这一次从礼部流到市面上的泰山松还真不少啊！"白清卓瞧着这辟邪松木符,看似自言自语,又像是在问凌兰,"小兰,这一块符牌怕是价值不菲吧？你真是太破费了。"

"半两银子买一块,确是价值不菲。"凌兰微一点头,又扬声说道,"不过,只要能够真的保得二师兄你平安无事,花再多的钱我也要给你买来！"

"我在你的近身保护之下,哪里用得着这辟邪护身符？"白清卓浅浅一笑,将这块松木符牌放到了桌上,"倒是少伦,他经常在外面赴汤蹈火、出生入死的——他才应该佩上这五大夫之松做的灵符！"

凌兰瞅着窗外,语气有些迷离:"也是,我也该给他买一块。而今他一个人深入虎穴,虽然武艺高强,但万一突发事变,他也是双拳难敌四脚啊……"

"你放心——我把护身至宝金鳞软甲还给了他,对方就是有火绳枪射击也不怕。"白清卓向她安慰道。

凌兰回过头来看着他:"二师兄,这一次你怎么不亲临一线去指挥他们捕谍查案啊？你从来都是身先士卒的……"

白清卓的眼色微微掠过一丝波动:"昨天我们讨论过了,何远、李井方、罗乞泰他们的谋划已经是十分周密了——我去不去前线,效果都是一样的。而且,如果遇到各方混战的场面,我一介羸弱病夫之身,还会拖累他们的。"

凌兰柳眉一竖:"现场有我保护你,你绝对安全。"

白清卓莞尔一笑:"你怕我没上前线就得不到功劳吗？罢了。这一次查找丽影别院还是交给何远、少伦他们去办吧。"他忽又顿了一顿,目光飘了开来,幽然说道:"有些真相,还是由他们带回来比较好。"

凌兰瞅了瞅他的神情,忽然觉得二师兄今天似乎是有些奇奇怪怪的。

白清卓又拿起了那块辟邪松木符在掌心里缓缓摩挲着:"要相信何远,相信罗乞泰,也要相信少伦。他们今夜一定能捕尽奸贼、建立奇功。"

凌兰微微笑道:"多谢二师兄宽慰。如果他们今夜能捕尽奸贼、建立奇功就太好了！"

"是啊！我们最多等到午门献俘大典一结束,就要回南兵营了。"白清卓也流露出一丝深深的兴奋,又向凌兰讲道,"不过,在离开京师之前,你的事情,我还放心不下。我希望你妥善解决。"

凌兰讶然道:"我有什么事情需要解决？"

白清卓直直地问她:"顾少伦、何远、方宝棠,你决定选哪一个？"

"师兄!"凌兰微微侧开了脸:"真的要回答吗?"

白清卓一字一缓地说道:"非回答不可。"

凌兰的眼神灰暗了一下:"我可以选择另外的人吗?"

白清卓的声音硬得就像铁石一般:"作为你的兄长,这三个人是我能给出建议的最好人选。"

凌兰也知道这是白清卓在向她做出最后的决断了。虽然明白这个结果不可逆转,但她还是感到了一阵莫名的伤心,两行清泪从腮边而下。直盯着白清卓掌中那块辟邪松木符,她沉静了下来。

而白清卓却只能硬起心肠,逼她放下最后一丝幻想。

许久过后,凌兰沉沉答道:"方公子和我完全不是同一个世界的人。他现今因报恩之心和我交往,将来终究会回归本心的。而且,我也不喜欢他。"

白清卓瞧着她发髻上那支水灵珠金钗,叹了一口气:"你若是嫁入方家,那便是踏进了高门华族。你将来会做诰命夫人的。你不好好考虑一下?"

"你和方家小姐很合适,但不等于我和方家公子也合适。"凌兰再次斩钉截铁地说道。

"那么,就是何远和顾少伦了。他俩都是武学奇才,只不过顾少伦外精明而内浑厚;何远外冷峻而内侠义。你想怎么选?"

凌兰双眉斜斜上扬:"他俩我都还比较中意,何可而顾亦可。"

"如果你非要选一个不可呢?"白清卓单刀直入。

"如果二师兄你留在喜峰口,我就和顾少伦结合;如果二师兄你进京任职,我就和何远在一起。"凌兰毅然答道。

"傻师妹!你可不能这么想——你要想他俩当中哪一个更适合你!"白清卓眼眶一热,但还是冷冷硬硬地说道,"你二师兄将来或许既不在喜峰口,也不会在京师,而是退隐江湖了呢!"

"那我也要和你做邻居保护你呀!"

"小兰,那时我身边可能已经有人替你守护我了呀!"

"方宝芹对武功一点儿不会。"凌兰摇了摇头,"你俩吟诗作赋就能代替煮饭炒菜、上山下海了?"

白清卓哈哈一笑:"我不是还有三眼神铳吗?你只说你最后选择哪一个吧!"

凌兰只好把目光投向了窗外的远方:"那我还是选顾少伦吧。他的脾性,我更了解一些,也容易压得住他。"

白清卓一听,愣住了。他想起了大师兄林映夕一直看向顾少伦的那两道特别的眼神和对他格外热络的善意——大师兄真乃神人也！原来他也早就料准了小师妹将来一定会选择顾少伦！

　　从空棺里起身出来，顾少伦游目四顾，发现自己来到了一所庄园的后花园里。

　　这所庄园位于山坳之内，周围皆有重重树荫笼罩萦绕，果然极是隐蔽。

　　一个家丁过来，让顾少伦戴上面巾，引领他来到了前厅。那里已然坐了二三十个和顾少伦一样的蒙面宾客，个个容貌难辨，而腰间都悬挂着和顾少伦所佩的一模一样的"日"字纹圆牌，只不过是金、银、铜、锡材质不同。

　　厅室四周，则有一队队家丁各守一角，监视全场。其中为首的是一个锦衫蒙面人，双目寒光凛凛，不时地在场中来回巡察着。顾少伦瞧着他们暗暗忖度，察觉他们中间大多数人的身手功力都只是悍夫之材，倒也不难对付。一念及此，他一直紧绷着的心弦终于难得地放松下来。

　　除开这些家丁守卫之外，厅堂里到处穿梭着容色照人的美女，个个风情万种，媚态撩人。顾少伦看在眼里，心底暗想：这个庄园号称丽影别院，确也名副其实，诚然是天下男子追香逐玉的销魂窟。

　　美女们各自端着一个放有升仙丸的托盘。她们身边的蒙面宾客若是感到满意，就会往所选美女的手上托盘里放上一块至少拳头般大小的银锭，然后连着美女一起揽入怀中玩耍。那美女则服侍着他一边服食升仙丸，一边任他为所欲为，宣泄情欲。

　　顾少伦也依着他们的规矩交出了五十两银子，这才获准到那些蒙面来宾的席间坐下。他左顾右盼，装出一副色眯眯的模样，看似在挑选自己中意的美女，而实则在细细观察场内的动静。

　　其间，一个胖得像一头肥猪的蒙面来宾忽然大喊道："时间差不多了，快请仙子出来献舞赐药吧！"

　　然后，其他宾客也纷纷哄然而呼。为首的那个锦衫蒙面人眉头皱了一下，却也并未多言。

　　终于，在一派笙箫之音中，厅堂最深处一幕珠帘徐徐拉开，一位顾盼流光、步步生莲的蒙面红衣女子飘然而出，轻轻笑道："有劳诸君久候了！"声音甜美至极，令人闻之如聆仙乐。

　　在来宾们贪婪迷乱的目光中，那红衣女子已是徐徐抬起纤纤玉手，用青葱般的手指，轻轻揭开了覆面的青纱，露出了如花似玉的娇容和一双秋水莹莹的瞳眸，那种亦喜亦嗔、似浅还深的悠悠风情，更是令人目眩垂涎。

　　顾少伦一见，隐隐辨出她的眼底神光湛然，显然是一个极高强的内家高手。他心头"咯噔"一动:莫非她就是那个传说中的千面仙子吗?

他自知不可久待,于是起身找了一个出恭的借口,离开了厅堂。走到回廊转角处,他一指伸出迅如闪电,一下点昏了前边引路的侍女,然后纵身跳到一座假山顶上。

乘着夜黑风高,他从胸口处掏出了那根炮仗,正是何远交给他的"流星火炮"。他又取出一个火折子,迎风一晃,燃了起来,顺手往火炮引线上点去。

只听"砰"的一声爆响,一道光焰直冲上天,在半空中散射成一串流星!光芒之盛,竟照得方圆数十丈内亮若白昼!而且,流星闪过,仍有一团焰云定在半空,闪闪亮亮,历久不逝,一直指引着人们追寻而来的视线。

流星火炮一爆开,丽影别院里里外外立刻便似炸了油锅一般沸腾起来。

顾少伦冷冷一笑,身形一掠,从假山顶上飞跃而下,反倒是冲进了厅堂,大声喊叫起来:"糟啦!糟啦!他们准备杀人灭口啦!大家快逃啊!"

一听到他这样的大呼小叫,在场的蒙面宾客们顿时就如捅了马蜂窝一般乱了起来。有脱口大骂的,有指指戳戳的,有爬到桌底躲闪的,有甩手便跑的,也有吓得滚作一团的……家丁们纷纷上前阻拦劝说,甚至拳脚相加,也依然控制不住局面。

在混乱之中,那锦衫蒙面人瞧见顾少伦这个始作俑者心头又气又恼,一跃之间便向他飞纵而至,当胸就是一掌劈去:"你是何人?为何捣乱?"

顾少伦身形一闪,巧妙地避了开去,也不与他多言,只嘻嘻笑道:"来啊!来啊!你们来抓我啊!"

锦衫蒙面人气得火冒三丈,马上双手向前一挥,他的那些家丁随即纷纷抽出长刀朝顾少伦杀了上来。

顾少伦身处重重包围之中,却是满面含笑,意态从容至极。他左手一拂,便打在某人脸上,那人立刻直跌而出;右手一拍,又击在另一人肩上,直把他拍入地底之下;右腿一伸,几个人被踢得飞滚开去;左腿一勾,又有几人号叫着跳出了圈外。

锦衫蒙面人见他处处占得上风,而自己的手下更是连他的衣角也挨不着分毫,不禁急得连连嘶啸。

千面仙子在一旁远远瞧着,见顾少伦似是江湖出身,心念一转,身形宛若一缕青烟翩然飞来,落在顾少伦面前。众家丁纷纷退开一边。

她看上去双眸凝霜,冷冷言道:"是哪一位江湖朋友?居然连我炎阳宫的生意也要捣乱?"

顾少伦为了拖延时间,只得将错就错,嘻嘻笑道:"果然是炎阳宫在这里装神弄鬼。你们在京师可不能独占升仙丸的生意!也分一碗油水给我们,如何?"

千面仙子听他是武林帮派人士,倒是微微放下心来,阴阴一笑:"这盘子碟子都在这里放着,就看你有没有本事抢得到了!"说着已是将长袖一卷,朝他隔空虚一拂。

只听得"嘶嘶"锐啸之声大作,千缕寒光从她袖底一泻而出,如同一支支无形的利箭一般向顾少伦攒射而来。

顾少伦大吃一惊,身形疾速向后悬空倒翻而出,同时双手前伸,运起独门"弹指神功",将一枚流星火炮弹射而出,震得那缕缕寒光四散飞开,钉在四下里柱梁墙壁之上——竟是一根根钢针。

"一指回天周郎顾?"千面仙子顿时反应过来,"你竟是苏州顾氏的人!"说着,她玉手一探,便要来抓顾少伦的面巾。

顾少伦脚下一溜,似幻影般闪了开去,口中仍是嘻嘻哈哈地说道:"原来你们打着炎阳宫的幌子,却做着卖国害人的勾当! 你们这鬼生意,我们不要也罢!"

千面仙子若有所悟,瞪向了锦衫蒙面人:"他是明国朝廷的人! 还不快撤!"

锦衫蒙面人正自犹豫,一个守门家丁跌了进来,大声叫道:"糟了! 外边有大队官兵和高手杀过来了!"

千面仙子又是"唰"地一袖甩出逼退了顾少伦,向锦衫蒙面人怒叱道:"马上放火! 把所有的库房都放烧了! 这里的所有武士都火速分散撤退!"

锦衫蒙面人冷哼道:"我们还有火绳枪,只要用三段射击法……"

"滚! 你想引来明军神机营的围攻吗?"千面仙子狠狠剜了他一眼,"我只说最后一次,放火烧起来后,所有的武士必须全部撤退!"

锦衫蒙面人不敢再有异议,只得领命照办而去。

顾少伦一见,便要去追他——不料千面仙子长袖一抖,似金龙交剪一般横扫而至,挟着呼呼劲风,硬是将他拦了下来。

顾少伦纵身而起,指掌连挥,快如闪电,疾若狂风,瞬间攻出了八九招。

而千面仙子衣袂飘飞,身如轻絮穿花一般,纵横于顾少伦的指风掌影之中,并不时施以种种还击。

他俩一交上手,立时看得旁人眼花缭乱。

就在此时,厅门处人声乍沸,又见一阵人影闪动,拼杀得浑身沥血的何远挥刀直砍进来,兀自大喊:

"顾少侠! 不要放走了这妖女! 要把他们一网打尽!"

九月十四深夜丽影别院之战,何远、顾少伦、李井方、王七三、罗乞泰等人大获全胜。捣毁倭国奸细窝点一处,现场缴获升仙丸二百余箱,三十三名通倭买毒的官绅及一批炎阳宫门徒当场被擒,只有贼首千面仙子携一部分余孽落荒而逃。

次日中午，朱翊钧获奏后龙颜大悦，即刻公开颁旨行赏：司礼监掌印太监张诚运筹有功，奖赏黄金五百两；锦衣卫何远破案有功，蓟镇官吏顾少伦协助擒贼有功，就地连升两级，奖白银三百两；蓟镇南兵营参将白清卓举贤有功，奖白银五百两；参与作战的辽东镇东霖院、兵部暗卫队人员，以及京师丐户罗乞泰等义民均从旁襄助有功，每人赏银一百两。

同时，丽影别院一案告破，也昭示着大明朝人才济济、恩威天纵，午门献俘大典必将顺利举行，一切情势皆在朝廷的有力掌控之中。

据说张诚公公显得比谁都更加高兴，直接将五百两黄金分给了锦衣卫十三个太保，也就是包括何远在内的十三个干儿子。

而白清卓则是其中表现得最为平静的一个，当他后来得知顾少伦、何远联手之下还是让千面仙子逃之夭夭了，不禁长叹了一声："天也！"

这两个字，令正在他面前吹嘘得天花乱坠的顾少伦、何远二人听得心头一跳，有些莫名其妙。

九月十七日一早，白清卓用朝廷奖赏的银两，破天荒第一次在东霖院对面的聚仙楼订了一个雅间，主动邀请上官雪衣、方宝芹、何远、卢光碧、李井方、韦生晖、顾少伦等人聚会。而且，这一次聚会，他居然没让凌兰陪护在侧。

四十

这个雅间很宽很大，白清卓还让人铺设了桌几榻席、笔墨箫笙，便于诸位一起喝酒饮茶、吟诗作舞。而他自己亦是白衫如银、装束整齐至极，如承大祭，如临大事。

今日的方宝芹可谓盛装而来。她款款走进室内，穿着一身沁碧的宫装，云鬓峨然，黛眉入鬓，唇角挂着一抹柔柔的笑意，温婉动人，而又不失端庄恭谨。李井方急忙上前迎了她入席坐下。而她的脉脉秋波则在白清卓身上流转不已。白清卓立在桌几之旁，也向她回眸示以笑意。

他和卢光碧、顾少伦正在欣赏何远刚刚带来的那副对联——那可是陛下朱翊钧的御笔，很简洁的两句诗：天青地白可狂放，水阔山高能舒卷。据何远转述，当时是朱翊钧在看过上官平芝献上的白清卓那首《咏午门大典》之诗后，喜笑颜开地为白清卓而题写的。而张诚听闻白清卓今日邀约了何远，就让他顺便带了出来。

卢光碧含笑称赞道："陛下这十四个字是在表彰清卓兄为人行事通情达理、舒卷自若，不似那些自命孤傲的伪清之士。"

大家交谈之间，却见珠帘一掀，则是侍女小芸陪着上官雪衣缓步而入。白清卓转头看去，脸色微微波动：一如七年之前，还是那一张美得无可挑剔的面庞，精心修饰的双眉若柳若烟，盈盈明眸恰似春水，樱桃般鲜红的双唇娇艳欲滴，粉颊红白细嫩，如新桃般吹弹可破。哪怕有方宝芹珠璧在侧，她的美艳也是无人能及的。

宾客俱已到齐，纷纷围席而坐。白清卓正了正衣襟，一开口却是吟诵了辛弃疾所作的一首名词《临江仙·钟鼎山林都是梦》：

> 钟鼎山林都是梦，人间宠辱休惊。
> 只消闲处过平生：
> 酒杯秋吸露，诗句夜裁冰。
> 记取小窗风雨夜，对床灯火多情。
> 问谁千里伴君行？
> 晓山眉样翠，秋水镜般明。

吟罢之后,在众人含意不一的目光之中,他面无一丝波纹,语无一丝起伏,悠悠说道:"诸君,而今丽影别院被毁,炎阳宫被破,倭国奸细遭到重创,午门献俘大典应该是会安然举行的了。白某决定于九月十九典会结束后,便将重返蓟镇南兵营,今日在此先行谢过大家近两个月来在京师款待白某的盛情美意了。"

闻听此言,在座诸人俱是面面相觑,感觉甚是突然。上官雪衣和方宝芹各个微皱眉头,瞧向了白清卓的表情变化。

卢光碧咳嗽了一声,开口说道:"清卓,你以为以你现在的身份,你可是想走就能走的? 卢某听闻许国尚书已从吏部行文,向朝廷建议让你在京师留任兵部侍郎,而且是和王一鹗联名同署的。你可能暂时还不会离京。"

"我确实应该早些离京。我得赶回喜峰关去,把南兵营弟兄们的鸳鸯阵、连环阵、藤牌阵训练好,并使他们和辽东铁骑营取长补短、互补合作,才能共同对付凶残诡诈的倭兵。所以,我还能在京师久待吗?"白清卓慢慢答道。

何远满面涨得通红,再也憋不住了,一下站了起来:"清卓兄,你现在怎么能走呢? 不错,丽影别院虽被捣毁,但那日在吞胡宴上刺杀你们的千面仙子、锦衫蒙面人、青衣蒙面人、蓝袍蒙面人,一个都没抓到! 你能说倭国奸细已被铲除净尽? 你真的可以安心离去?"

"何君,莫要激动。那青衣蒙面人中了小兰的寒铁簪刀,应该一直在躲着养伤;蓝袍蒙面人武功稍弱,不足为惧。而千面仙子、锦衫蒙面人已在丽影别院被你们打得狼狈逃窜,还能有何威胁?"白清卓脸腮的肌肉隐隐掠过一丝抽搐,微微避开了何远咄咄直视的目光,"不错,目前虽有一小撮的倭贼逃脱了,但凭着他们这点儿势力,在御林军重重围护的午门献俘大典上掀不起什么风浪的。"

何远怔怔地瞪视着他,语气里透出一股深深的哀伤:"清卓兄,我们并肩对敌,出生入死,那是何等的痛快淋漓! 但你现在就非得离开京师不可吗?"

白清卓眼底隐隐闪起一丝晶光:"你看,你们锦衣卫这一次不也是一举端掉了丽影别院这个倭贼窝点吗? 何君,你今后要对自己更有信心一些。"

正在这时,方宝芹轻轻开口了:"清卓公子,你可还是在担心那些清流之士的刁难? 你放心——我兄长已经严正警告过高正思、邬涤尘他们了。他们不会再对你胡言乱语了。"

卢光碧也急忙跟进:"对的,对的。今日不同往日,清卓兄你的真正舞台还是应该在京师……你看,陛下都为你亲笔题词了……"

白清卓双眉缓缓低下,款款然又吟起了一首宋代无名氏所著的名词——《瑞鹤仙·过重阳三九》：

> 过重阳三九,正日行析木,方移旦柳。
>
> 天公爱黔首,念整顿乾坤,须还大手。
>
> 蚌珠才剖,玉麒麟,世间希有。
>
> 想当年,玉燕投怀,瑞气应冲牛斗。非偶。
>
> 节逢庆会,华渚虹流,北枢电绕。
>
> 明良须偶。盈月第、分前后。
>
> 念元鸟生商,嵩神孕甫,两听管弦新奏。
>
> 愿年年,主圣臣贤,与天长久。

他刚刚吟毕,何远却失声吼了起来:"你不要再念这些弯弯绕绕的诗词了! 我听不下去! 白清卓,我不接受你今天的告辞! 今天这个聚会,我也没胃口了! 我走了!"

说着,他一脚踢开挡在前面的一个圆凳,真的气咻咻地径自走了。

韦生晖赶紧追了出去劝说他。

李井方也显得有些手足无措:"清卓兄,你……你今天太突然了……"

白清卓静静地坐在那里,表情坚定如磐石。

这时,上官雪衣银铃般清亮的笑声打破了沉闷:"清卓兄,家父今日特意让我给你带了一件礼物过来,你先看一看。"说着,她从小芸手上接过一柄带鞘宝剑,呈递在白清卓眼下。

白清卓缓缓点头,同时向李井方微一示意。

李井方一笑,接剑在手,"沙"地一下摘下那鲨鱼皮所制的剑鞘,亮出一柄式样古拙的长剑来。深灰色的剑身宛如一段枯枝,纹若龟甲而斑驳交错。李井方眉头一动,缓缓握紧剑柄,暗暗注入真气,乌沉沉的剑身随之似烛焰般亮了起来,直至通体光明,散发出满月般的清辉,令人看得目眩神迷。

在众人啧啧称叹之中,李井方向白清卓言道:"上官尚书真的是极为费心,竟给你找来了传说中千载难逢的神兵利器——天柏古剑。你姓'白',此剑名中又带有'柏',岂非有缘?"

白清卓展颜微笑:"非是人剑有缘,还是上官大人有心。"

顾少伦盯着上官雪衣:"怪了。上官大人明明知道白参将现在是手不能提剑、身不能跨马,却还送他一柄上古宝剑,莫非另有深意?"

上官雪衣婉约一笑:"家父还让我带了宋代著名诗人周端臣所写的一首《古剑》

之诗，与此剑一起赠予清卓君。"

卢光碧心中一忆，便随口念了出来：

籀文漫灭藓花残，胆怯旁人不敢看。
飞去暗防风雨夜，握来光射斗牛寒。
曾成歃血诸侯约，肯受无鱼下客弹。
宝匣秘藏英气在，提携终拟斩楼兰。

他吟完之后，瞥了顾少伦一眼，却向白清卓深深言道："清卓，看来上官尚书对你寄望极深啊！"

白清卓淡然一笑，向上官雪衣谢道："真是有劳令尊如此费心了。"便让李井方把那天柏古剑收下了。

恰在此刻，方宝芹那从容优雅、柔美动人的声音也悠悠传来："清卓公子，我今日也有一件礼物赠送于你，你可有意笑纳？"

上官雪衣一听，眸中寒芒一亮，和方宝芹清浅如溪的目光轻轻对视了一下，又无声地移了开去。

白清卓面带微笑："多谢宝芹小姐费心了。"

听到"宝芹小姐"四个字，方宝芹却是微微一怔，连忙又迅速定下心神，轻启朱唇徐徐说道："我送你的是自己所作的一首拙诗，题目为《营中吟》，你听好了——

轻取戎甲著与谁？双眸盈盈含秋水。
忽闻号角披朔风，愿驾青驴千里随。
琉杯醉尽抚剑穗，一视生死意如归。
战罢关河悬金戈，含烟暖香迎春回。"

她轻轻吟完之后，便目不转睛地注视着白清卓。

顾少伦眼波连闪，重重地咳嗽了起来："白参将，你刚才在自吟自诵'问谁千里伴君行'，现在就出现了'愿驾青驴千里随'的佳句。真是妙不可言啊！方小姐的诗真是绝了！"

上官雪衣也是玉面泛霜，显得极为紧张，两只粉拳死死捏着裙边，一双美目痴痴地盯着白清卓。

整个室内的空气一下绷紧到了几乎爆炸的边缘。

而白清卓端坐在那里,面色却深深地暗了下去,直到暗成一片无边的寒潭。他微微低头,终于开口了,涩涩地答道:"宝芹小姐的礼物确是绝妙,但……但白某小小狂生,却实在是受之不起啊!"

他这话一出,全场都山呼海啸地一震!

方宝芹的眼眸深处立刻泛起了莹莹水光。

白清卓仿佛不能直视她的深深眸光,而是徐徐转头看向上官雪衣:"既然上官大人也展示了如此美意,我也有一件礼物送给你。"

上官雪衣似乎还在梦中一般目光迷离,简直有些不敢相信自己的耳朵:"清……清卓,这……这是真的吗?"

她的声音也禁不住哽咽了起来。

白清卓将一方木匣送到她的面前徐徐开启:那尊当日在德润斋所得的嫦娥玉像赫然而出,正眉目含笑、灵动如生地迎视着她!

上官雪衣一下捂住了自己的嘴,不让自己狂喜得哭出声来。

白清卓此刻的眼睛里仿佛只装下了上官雪衣一个人:"雪衣,我还有一首自己所作的《咏玉人》之诗和这尊玉像一齐赠送给你。"

　　　　羞月羞花世无双,画间嫦娥舞雪裳。
　　　　仙来仙去浮天香,绾得青丝云影长。

方宝芹再也忍耐不下去了。她缓缓立起,凄凄然叫了一声:"清卓,你……"

白清卓面无表情,向她施以深深一礼:"我与上官小姐尚有一段凤缘未了,而你——宝芹小姐,应该在未来之中找到比我更好的才俊佳偶。我,祝福你。"

画雀大叫起来:"白公子,你可知道我家小姐在幕后为你付出了多少……她连方家门户都是可以为你而舍弃的呀!你仔细听一听她在那首诗里的心声……"

方宝芹缓缓迈步:"画雀,我们走。"

李井方满面不忍之色:"清卓,你可要慎重一些啊!"

白清卓咬住了嘴唇,声音却是坚定而不可逆转:"我现在比从前的任何时候都要慎重。"

方宝芹的身躯剧烈一颤,泪珠大颗大颗地掉了下来,在画雀的扶持下出了雅间,不再回头。

上官雪衣将那嫦娥玉像紧紧捧在手中,生怕它突然飞走了一样。她也很认真地对白清卓讲道:"我虽然不如方小姐的诗词歌赋作得好,但我亦可与你一同出生入死、赴汤蹈火！"

白清卓定定地看着她："想来上官大人现在也终于舍得让你和我在一起了。"

上官雪衣使劲地点了点头："你用你的才华和作为彻底改变了父亲大人的偏见。我为他先前对你的种种无礼而道歉。"

白清卓的目光忽然变得湿湿润润起来："那边有一具横琴。你去抚一下宋代词人周密所写的《声声慢·柳花咏》。你还记得吗？——我俩当年都非常喜欢这首词的……"

黄昏时分的东坊街道华灯初上，却更比先前热闹了几分。赶来京师观摩午门献俘大典的各地士民和藩国人氏早已订满了京城每一间客房和酒间，没订到的只有在路边摊位上吃喝玩乐。人们谈笑风生，一边欣赏着煌煌天朝的物华天宝，一边憧憬着午门献俘大典的赫赫威仪。

为了防寇备倭、务求安全，各个坊市大小路段均有卫兵把守，八步一岗、十步一哨，稍有风吹草动便能一举平息。虽然几日前三才巷、丽影别院等倭贼窝点已被捣毁，但顺天府衙的那根弦却丝毫没敢放松。

德润斋大掌柜牟万珍亦是极难得地出了门，在牟健和一批家丁的保护下，沿着青龙大道徐徐散步而来。他东看看，西瞧瞧，左问问，右拍拍，仿佛是巡览自家的后花园一般悠闲自在。

"牟健，你知道吗？今天早上，那个白清卓终于把那尊嫦娥玉像送出去了。你猜他送给了哪位小姐？"牟万珍似随意又若有心地提起了这个话题。

"他应该是送给了方大人家的宝芹小姐吧！"牟健答道，"方大人官居一品，素为清流之冠，在朝廷中势力甚大，白清卓当他的乘龙快婿绝不会吃亏。"

"那你可猜错了。实际上他是送给了上官家的雪衣小姐。"牟万珍唇角浮过一抹莫名的笑意，"上官尚书在朝中自成派系，是方应龙和申时行都要竭力拉拢的重臣——白清卓选上官雪衣，更不会吃亏。"

牟健蹙眉想了一下，道："说实话，上官小姐也比方家小姐更漂亮一些。照我看，白清卓身为男人，也终是未能免俗嘛——不光是以势取人，而且还以貌取人！"

牟万珍扫了他一眼："听人谈起过，他和上官小组曾经颇有夙缘。"

牟健又喋喋道："如果后天的午门献俘大典办得顺利的话，上官平芝和白清卓应该都会受到陛下的褒奖而升官发财吧？"

牟万珍微笑着点了点头："所以，上官平芝急着送出天柏古剑套住白清卓这个东床快婿，而白清卓也似乎急着要送出嫦娥玉像表明自己和上官小姐的爱意。他俩仿佛都想在九月十九前死死地敲定两家的关系。但不知道将来究竟是上官平芝赚了白清卓，还是白清卓赚了上官平芝，一时也难以说清楚……"

牟健觉得自家大掌柜这番话忽然讲得云遮雾罩的，却又不敢向他多问什么。

牟万珍蓦地停下脚步，看了看路边一个小书摊上摆放着的佛经书籍，若有所思地言道："这段时日没听洁柏上人的妙论清谈，我还有些耳荒了。"

牟健垂手答道："上人几天前就递话来说他去外地云游了。"

"他是不想出面去午门献俘大典上凑热闹。"牟万珍眼底的光芒忽然变得游移不定，"这倒是提醒了老夫——老夫该不该去凑一凑那个热闹呢？"

正在这时，一片树叶从半空中轻飘飘落下来，正落在他的肩头。

牟万珍一怔，从自己肩头上拿下那片半黄半绿的树叶，翻来覆去地看了起来。

牟健似是早已习惯了他这种举动，看在眼里，也不多言。

牟万珍最后瞧了瞧自己身上穿着的黄衫，徐徐叹道："'巽上坤下'，原来是个'观'卦。"

牟健忍不住问道："老爷，如何见得是'观'卦？"

"树叶为木之外体，所以是巽；黄衫有土之颜色，所以是坤。叶在衫上，岂非巽上坤下？此乃天启灵机，是邵伯雍当年传下的'梅花易数'。"牟万珍望着天际的灿灿斜晖，"既然天意令我只是袖手旁'观'，那我在午门大典上便袖手旁'观'吧！"

牟健低低地递进了一句："这个观，也可以是'静观其变'，还可以是'观时而动'。"

牟万珍不露声色，眉头隐隐一紧，只将那片树叶卷在掌心里，缓缓揉成了碎屑。

四十一

太阳缓缓升起，碧空如洗，万里无云。京城的朱雀大街早已热闹起来。民众成群结队地在各个里长耆老的引领下，过了端门，就在午门广场前围栏外驻足等待着献俘大典的开始。毕竟这是难得一见的盛事，人人眼里尽是憧憬期待之色。

天下士民能到午门外观礼赏典，是明成祖朱棣定下的制度。他在永乐十年春节和元宵节举办了"鳌山万岁灯展"大典，就特诏恩准百姓可以前赴午门共赏。他开此源头，自此而后，朝廷凡有大典盛礼活动在午门处举办，京城百姓均可到此观赏。

此时，在民众眼中，午门巍峨高耸，似是不可攀及。它素有"五凤楼"之称。正中的门楼上面有重檐黄瓦庑殿一字儿九间排开，俗称"九间殿"；左右两侧为东雁翅楼、西雁翅楼，各有十三厢房；而两列雁翅楼的前端，又分东凤角楼、西凤角楼。整个午门布局呈"凹"字状，形成了三峦环抱、中拱斗辰的恢宏气势，令人望之肃然起敬。

当前正是辰初时分，在京四品以上官员和各国藩国使臣已分别在午门广场东西两厢的彩棚连廊里恭然守候了。所有的文官都坐列在东厢彩棚，而所有的武官和藩国人氏则都坐列在西厢彩棚。

而广场西侧的阙亭之下，却是辽东镇进献而来的军乐伎工正在吹拉拍唱，笙竽铙钹之声四鸣而起，甚有章法，清越入云。

白清卓一身轻衫，手执紫玉箫，坐在东厢连廊首排座席之上，周围是方应龙、许国、王一鹗、上官平芝、石星等部院首脑。凌兰和李井方作为侍从，被特许站在他左右。

看到那边军乐齐奏、不亦乐乎，白清卓含笑看向李井方："真没想到宁远伯入京竟带了他们来！这些伎工恐怕都是你这个乐技高手挑选调教出来的吧？"

李井方摇着折扇，嘻嘻一笑："我很久没表演过自己的口技了！"

白清卓目光向午门正楼上的"九间殿"遥遥投去："说不定稍后还真有用得着你的地方。"

在旁边，许国抚须叹道："……此番献俘大典，上官尚书确有创新之功——荣添了'焚松燔雀以告天止戈'这一章节；焚泰山之松，隐喻封禅之美；燔太白之雀，彰显祭天之诚！此乃古典今籍所未载之创举！上官大人该当记一大功。"

上官平芝一边盯着午门广场上的动静声响，一边谦恭回答："许大人谬赞之言，本座实不敢当。"

许国仿佛又想起了什么似的,侧脸瞧向了白清卓:"白参将,还有你那首《咏午门大典》的诗写得真好——'汉鼎唐樽升永泰,华夷归心万民拜'！天朝的煌煌气象,溢然可感！你看,陛下已经让人将它写在那边的告示榜上让士民们广为传诵了。"

白清卓浅笑而答:"小生拙作,多凭列位大人推举。"

许国瞧了瞧他,又瞅了瞅上官平芝,故作神秘地笑道:"近日闻得白参将与上官小姐凤缘玉成,只怕过不了多久,我们就会向两位讨一杯喜酒了吧?"

在他左侧坐着的方应龙禁不住重重地咳嗽起来。

王一鹗也插话笑道:"那可真是郎才女貌,一对璧人！"

上官平芝似是微感尴尬,既不否认,也不承认,而是转移了话题:"东方掌柜,去取那西域吐鲁番藩国进贡来的'太白之雀'给诸位大人欣赏一下。"

东方胜如今是午门献俘大典的承办商绅,所以他被特许可在现场出入进退。听闻上官平芝如此吩咐,他便应声去了。

石星兴致勃勃地问许国:"许大人,您素来博学多才,石某请教了,这太白之雀自西而来,主何征兆? 有何吉凶?"

许国侃然讲道:"所谓'朱雀化白,兆应兵戈'。当年司马懿于关中获白鹿而易天下。此白雀亦是不祥之鸟,所以应当燔之祭之以应上苍好生止戈之德呀！"

石星听了,又瞅了瞅东方胜提来的竹笼里那只如同母鸡般大小的雀鸟,顿时连连摆手:"既是这等不祥之物,何须拿来传观? 稍后于广场之上焚之燔之即可！"

"石大人不可仓促。"上官平芝悠悠说道,"昔日周公姬旦辅佐成王,西夷有素雉之贡。太白之雀本乃兵戈之精所化,其实如果是由辽东镇、蓟镇得之,还能大壮军威呢！清卓,你说是也不是?"

白清卓双眸深处亮光一闪,缓缓而言:"诸位大人,上官尚书深通易数之学,已然取得泰山之松、大明之火而镇压之,区区一白雀入笼中,岂能作怪?"

坐在后席座位上的高正思突地面露阳色,发话道:"许大人刚才言道'朱雀化白,兆应兵戈'。而白参将姓氏之中的'白'字浓盛,又来自蓟辽,一手执掌南兵营,岂非正是应了'兵戈之精'的兆头?"

他这话一出,全场之中竟是吊诡而莫名地静默了下来。

片刻过后,方应龙咳了数声,向高正思叱道:"休得妄言！方才不是有人说了吗? 泱泱大国,自有泰山之松、大明之火,必能化干戈为玉帛！今日午门献俘大典不正是为此而设吗?"

众人皆是一惊:谁都没料到方应龙此时竟会出来发声为白清卓解围化窘。

凌兰和李井方都向方应龙投去了意味复杂的目光。

方应龙恍若未见，而是直视着王一鹗："王尚书，巳时一刻便将开典，你们兵部就不去那边营帐里瞧一瞧那些俘虏的情况？都只聚在这里说些废话？"

"紫玉博山炉"的香烟袅袅上升，在"九间殿"的正堂内自动幻化成奇姿异态，如山如峰，似龙似虎，若凤若鸾，缭缭绕绕，令人望之不穿。

朱翊钧头戴通天冠，身穿黄衮服，端坐龙椅上，看着特召进来的申时行、李成梁，徐徐问道："宁远伯看似神气健旺，先前何必多次向朕告老？你把朕也说动了。"

李成梁急忙俯身而道："启奏陛下，老臣自从单管辽东镇以来，肩上如释重负。老臣多谢陛下之垂恩优恤。"

"辽东镇的防寇备倭做得如何了？"朱翊钧话题一转。

"我铁骑营日日枕戈待旦，只等南兵营适时过来配合练兵，必能打得倭贼落花流水。"李成梁庄肃答道。

朱翊钧若有所忆地讲道："这一次朝廷分给蓟辽总督府共有九十八个献俘名额，朕记得宁远伯你原本上报的是辽东镇献五十三个，蓟镇南兵营献四十五个。后来，你又亲自来函和王一鹗商议，把南兵营的献俘名额增报了四个，与辽东镇的四十九个名额完全平齐。可见，宁远伯，你对南兵营确是非常重视。而将来南兵营感恩于辽东镇的极力优待，也会和你们精诚合作、一致对倭的。"

李成梁谦恭至极地答道："老臣只求'秉心平直，上不负天子，下不负将士，中不负职任'。"

朱翊钧缓缓颔首："下一任蓟辽总督，你好好物色了推荐上来。"

李成梁心底一震，异常激动地叩谢道："老臣恭谢陛下推心置腹之隆恩。"

朱翊钧侧头看了看申时行："萧虎臣可是称病没来参加今日的献俘大典？"

申时行答道："他是特意上了告病文书的，还附有多名军医的共同证明。他说，他本可以带病参加，但不想因一脸的病容损了大明天军的威仪。"

朱翊钧沉思有顷，吩咐张诚道："给他派两名御医过去，以示朝廷对他的关怀。"

张诚俯身应答："老奴稍后即办。"

李成梁为了缓和气氛，微笑着奏道："陛下，老臣方才入午门时观看今日大典之场景，相信我朝之煌煌天威，必能使得远近归心。敌寇也会为之丧魂落魄！"

朱翊钧抬了抬头，浅浅苦笑道："今天的献俘大典也办得外松内紧啊！你看，全紫禁城大半的内廷高手都守在朕的方圆二丈之内，一方面既是'如承大祭'，一方面亦是'如临大敌'啊！"

李成梁深深叩道："老臣自当效犬马之劳。"

"你和申阁老都陪朕稍后在这九间殿外阅看献俘大典吧。"朱翊钧看着他俩,平平和和地发话了。

已时刚到,午门西阙亭里的金钟悠悠响起,声音洪亮至极,直可远传数里。

钟声一停,门楼上上下下的御林军随即高喊:"御驾到!"一波波声浪恍若涛鸣。

紧接着,明黄色的盘龙祥云纹大伞盖从午门"九间殿"正中前楹下冉冉升起,一个魁梧而笔直的衮服身影在那里赫然而立。

顿时,广场内外绵延数里的所有官兵士民"呼啦啦"一片接一片地跪了下去,纷纷山呼:"万岁!万岁!万万岁!"喊声绵远而又广阔,仿佛天地间都在共鸣。

朱翊钧在灿灿阳光笼罩之中巍然站着,宛然一座高不可及的金像。他放眼往下看去,胸腔之中不禁涌起俯瞰山河、一揽六合的豪迈之感。在心底默默享受了这一番滋味之后,他才缓缓落座,将右袖向外一摆。

张诚立刻扬声呼道:"平身!"他的声音是借着内家功力传送出去的,清越异常,场上每一个人都听得清清楚楚。

李井方和凌兰相顾讶然:这个老太监竟有这等精纯的功力,倒真是令人大为意外!

众人礼毕起身之后,张诚又长呼道:"燔雀告天仪式开始!"

东厢连廊之中,当突然听到张诚喊出"燔雀告天仪式"六个字时,上官平芝不禁浑身一震,深为惊骇地看向了王一鹗:"不是应该先行押俘上场吗?"

王一鹗显得十分平静:"可能陛下认为先行'焚松燔雀'更为妥当吧?陛下难道还会有错吗?"

上官平芝不得已,只好向东方胜使了一个眼色。

只见东方胜抬臂做了一个手势,帐外四十五名引风堂的精悍仆役分三人一组,各抬着十五根水桶般粗细的泰山松木,缓缓走到广场御道中央,然后以五根松木合成一处的方式,在地面上堆成了三堆尖塔状的松木堆儿。

而东方胜和另外两个手下各自提着一个装着大白雀的竹笼,分别向那三堆松木走去。

就在这一刹那,白清卓陡然站起身来,清清朗朗地大喝了一声:"且慢!"

他这一声断喝,就似空中滚过一声炮响——全场内外几乎全被惊住了。

朱翊钧眉头一跳,正欲发声,却见侍立一旁的申时行向他递来一个深深的眼神。一瞬间,他明白了过来,只是俯望着门楼之下的事情发展。

连廊内,上官平芝一下拉住白清卓的衣袖:"清卓!你疯了吗?"

许国也低呼道:"白参将慎言啊!"

白清卓却只向上官平芝深深一笑。不知怎的,上官平芝手头竟是一软,不自觉地放开了他的袖角。他的目光从上官平芝的肩头越过,投向了连廊边站着的何远、王七三。

王七三这边立刻领着二十名武士过来,陪护着白清卓往东方胜他们那里奔去。

而何远却一步闪出,火速地向午门门楼上的张诚打了一个手势!

张诚立即会意,向身边的两个锦衣卫太保丢了个眼色。那二人飞步离去安排计划中的事宜。而张诚脚下一个暗移,竟已护在了朱翊钧御座之前。

广场上,东方胜看着白清卓疾步奔近,一脸的惊愕之色:"白、白大人,您……您这是要干什么?"

高正思大叫起来:"陛下,白清卓扰乱大典!其罪当诛!"

王一鹗朝他怒喝一声:"你住嘴!"

高正思心头剧震了一下:为什么午门门楼之上至今仍是一片沉寂?难道自己又骂错了?

在众人惊骇莫名的目光中,白清卓已冲到一堆泰山松木前面,正颜说道:"我们要检查一下这些……"

西厢连廊中的藩国使臣们也发出了惊惑之声——然而,就在这一瞬间,东方胜眸中突然凶光一闪,把那装有大白雀的竹笼脱手一掷,同时抽出腰间的带状软刀向白清卓急劈过来!

场内场外立时响起一片惊呼之声!

"当"的一声,凌兰飞纵上前,一剑挡住了东方胜的带状软刀,厉声喝道:"你果然是那个锦衫蒙面刺客!"

与此同时,另外一部分引凤堂仆役和东方胜一样,也纷纷抽出腰间的带状软刀向王七三的暗卫队武士们扑了上来!

东厢连廊内,王一鹗站到桌面上朗声说道:"大家不要慌!白清卓查出了引凤堂就是倭国奸细!羽林军,马上把所有引凤堂中人扣押下来!外围的禁军把民众安抚好!"

他看了看许国:"许大人,请您去外围坐镇一下?"

许国也缓过气来,答道:"好。"卢光碧急步上前,扶着他出去了。

王一鹗最后看向了呆若木鸡的上官平芝,喊来四个禁军:"送上官大人去东阙亭下歇息。"

上官平芝猛地恢复了正常:"王一鹗,你凭什么在这里指手画脚?"

就在这时，方应龙沉沉开口了："你礼部出了事情，你还不该去东阙亭待罪？"

上官平芝的面色立刻灰暗下来。

那边，广场上，另有一批引凤堂仆役则将面前一根根泰山松木使劲摔开——松木纷纷裂成两半，露出空心的腹腔来：里面竟然藏着一杆杆火绳枪！然后，他们疯狼一般扑上去抢起枪支来！

白清卓用尽全身力气大喝道："他们是倭国的火铳手！御林军弓箭手——"

张诚洪亮的声音也在半空中传了开来："圣上口谕，禁军全力配合白清卓消灭倭国奸细！"

东雁翅门楼上，一排御林军从堞垛处齐齐现身，弯弓搭箭，"嗖嗖"一阵暴响，射向了那些松木堆旁的引凤堂杀手。

转眼之间，就有三四个引凤堂杀手被射得仰面翻倒！

东方胜"呼"地一刀挡开凌兰，抬头朝天发出一声锐啸。

白清卓禁不住向弓箭手们大喊一声："小心！"——果然，御林军弓箭手刚刚射完两波箭矢，身后乍起喊杀之声。他们回过头来，竟是另一批杂役打扮的引凤堂杀手挥刀攻了过来！双方立刻缠斗在了一团。

这一下，广场上剩下的那三四十名引凤堂火铳手迅速抓住了空隙——"砰砰嘭嘭"，一阵乱响，几十支火绳枪火力全开，把王七三手下的暗卫队武士打得血溅衣甲、连连后退！

西厢连廊里的藩国使臣都惊呼起来——一个锦衣卫太保守在那边，大声劝导道："诸位不要慌张！倭国奸细就是这么一小撮，我大明须臾可除！"

"杀掉大明天子！"东方胜朝他的手下暴喝一声！

一批引凤堂火铳手掉转枪口，向着午门楼朱翊钧御座那里射击而去，一串串火舌疾冲而上！

不料，只听"唰啦"一响，一排足有一人多高的精钢巨盾似是平地冒起，严严实实地挡在了朱翊钧的御座之前。

"叮叮当当"一阵脆响，那些铳弹纷纷打在巨盾之上，却丝毫不能损伤朱翊钧。

那批引凤堂火铳手见状大惊，又急忙沿着御道狂跑起来，企图从午门口冲杀而进。

正在这时，已经掠到白清卓身旁为他挡落几柄飞刀的李井方也大呼一声："辽东火铳手！"

只见那西阙亭下的军乐伎工们齐齐呵斥出声，纷纷脱去花衣花裳，各自掏出三眼神铳，就"砰砰嘭嘭"地朝着引凤堂火铳手们打了过去。

一时之间，那些倭国火铳手当场倒毙了八九个。

而就在这同一时刻，何远、顾少伦掠身踏着城砖似飞豹般直纵而上，加入了东雁翅楼外墙上的战团之中。那些引凤堂杀手的惨叫声顿时此起彼伏！

东方胜目眦欲裂，顾不得被凌兰几剑削断了衣幅，突然疯了似的冲着西凤角楼那边大呼道："合击大明！合击大明！此刻不击，更待何时?!"

然而，西凤角楼那里却静若磐石、毫无回音。

东方胜恨恨地骂了一句："汉人果然靠不住！"心头绝望之下便和凌兰死拼起来。

白清卓捏着紫玉箫，朗声喊道："大家少安毋躁！倭贼败局已定，很快就可了结了！"

广场外围的万千民众立刻鼓舞喝彩起来，声震云端——只吓得东方胜也是面色发青！

东雁翅楼上，何远出手凌厉至极，一刀刺透一个蒙面杀手，反手抛将出去，砸在墙垛上另一个蒙面杀手身上；两个人号叫着一起向广场地面跌了下去。

而顾少伦则是屈指弹出一串铁丸，"噗噗"数声，分别打中了几个引凤堂杀手的穴道。他们有的痛得连连跳脚，有的半身酸麻翻倒在地，有的则口吐鲜血昏死过去。

这一下，御林军弓弩手们终于腾出手来，又回到城墙那边。一时弓翻弦响，千箭齐发，射向了广场上松木堆旁的那些引凤堂火铳手。

同时，广场上，周围守护大典现场的一千名羽林军力士也在其头领的安排下，分出了三百人的兵力援助兵部暗卫队、辽东神铳手们。

这样一来，包围圈渐渐收紧——东方胜和他那剩下还不到二十名的引凤堂火铳手便被团团包围在了一堆泰山松木的旁边。他们嘶吼着、挣扎着，犹做困兽之斗。

而东方胜在李井方、凌兰的联手进攻下，早已是筋疲力尽，左支右绌。激战之中，李井方一记铁骨折扇重重地敲在东方胜握刀的右腕之上，痛得他尖叫一声，刀柄险些脱手落地。凌兰则以迅疾如电的步法从他旁边擦肩而过，寒气逼人的剑花灿然一绽——东方胜腋下立时溅开了一片血光。

两个引凤堂火铳手高叫着挥舞火绳枪过来救他——"嗖嗖"数响过后，两支利箭分别深深插入了那二人的胸前！

东方胜气喘吁吁、狼狈至极地倚靠在一根泰山松木上，把手中带状软刀舞得不成章法，兀自还向剩下的倭国火铳手们厉声喝道："我们要拼到最后一人、最后一刻！决不能有负丰臣关白的期望！"

他话未说完，东雁翅楼上传来一声惨呼，那边最后一个引凤堂杀手也被何远砍翻在地。

白清卓上前吩咐道:"活捉他们!"

辽东神铳手们纷纷使开了三眼神铳,全朝他们下半身打去。

最后四五个倭国火铳手顿时被打得腿断骨折、倒地不起,一个个滚滚爬爬,不断地呻吟着。

东方胜自知大势已去,于是举刀横在颈前,犹有不甘地吼道:"我们骗过了你们的礼部,骗过了你们的内阁,一路隐潜到这里……你们太狡猾了!不过,丰臣关白将会率领大军很快杀进大明国为我们报仇的!"

白清卓冷冷地盯着他:"他来了,也和你现在同一个下场!你投降吧!"

东方胜狠狠地把软刀在咽喉上一拉,立刻血溅如箭——他缓缓倒了下去。

广场上的厮杀终于彻底结束了。一批禁军力士将负伤号叫的那几个倭国火铳手提溜了下去。

一切恢复了宁和平静。

白清卓带着诸人,面向午门门楼的九间殿御座处,屈膝而跪,大声奏道:"倭贼尽除,妖氛尽灭,臣等恭贺大明朝天威震耀!"

四周士民微微一静,随即不约而同地发出了海啸一般的欢呼喝彩!

在这潮水般的欢呼声中,御座上那个明黄色的人影徐徐灿然而现。

张诚清越有力的声音平平稳稳地传了下去:"陛下有旨,速速清理广场,继续焚松燔雀,王一鹗主持仪式,献俘大典照常举行!"

四十二

午门广场清理干净之后，三堆泰山松木熊熊燃烧起来，三头大白雀被禁军力士用长杆铁叉挑在火焰上炙烤着，竟向四周散发出淡淡的异香。

王一鹗衣冠整齐，面南而立，捧卷朗诵着告天止戈、祈福万民的祭文，音调抑扬顿挫甚有节奏，听来十分悦耳。

一队队铠甲鲜明的禁军从西边囚帐里将各地所献的俘虏押进了场尾，把他们全部架刀跪地，等待着圣谕发落。

在东厢连廊里坐回席位的白清卓此刻似是稍稍放下心来。李井方带了辽东神铳手们下去歇息。只有凌兰依然面不红气不喘地陪护在他身旁。

高正思、邬涤尘瞧他进来，都不禁垂下头去，不敢与他正视。

白清卓喝了一口药汁，回头问王七三："上官平芝哪里去啦？"

王七三近前答道："听闻刚才王尚书让人带他到东阙亭那里待罪了。"

"王尚书做得好！你再派几个弟兄去看住他。"白清卓向他意味深长地讲道，"你还要让他们一定寸步不离地照看着上官平芝，千万不能让他出了'意外'。"

王七三敛颜说道："王某亲自去督办。"

这时，何远、顾少伦也从东雁翅楼上下来，入得连廊，齐向白清卓走来："清卓，你还好吧？"

白清卓含笑致意，但他转眸之间，忽然发现同一排长席那边方应龙、石星的座位竟空空如也！

他心头暗暗一跳，急忙喊来驻守廊口的禁军侍卫问道："方大人、石大人怎么不在这里？"

那侍卫答道："我方才先看到方大人离席从东掖门那边去了，而石大人后来则去了西掖门……"

"不是近期调有专人侍卫随从他俩吗？"白清卓追问道。

"他俩方才都拒绝了侍卫随从。"那侍卫无奈地答道。

白清卓沉吟着一回头，想起了刚才广场上东方胜突然投目所望的西凤角楼方向，又忆起了他凭空喊出的"合击大明"四个字，顿时脸色一白，失声道："我们'百密一疏'了！顾少伦，你随我一起上西凤角楼；何远、凌兰，你俩快去东凤角楼！"

何远一愕："莫非还有残余的倭国奸细诱捕他俩？引凤堂所有的人都被我们抓走了……"

"不是引凤堂。"白清卓将他拉到一边,急声讲道:"你还记得洪尔林、徐方深这一拨人吗?"

何远面色大变:"他们潜伏到了两个角楼之上?"

"说不定已经绑架了方大人和石大人!"白清卓重重地一点头。

何远焦急起来:"那我立刻通知御林军上去抓捕⋯⋯"

白清卓看了看廊外,广场那边焚松燔雀仪式已完,东西两厢的文武百官、藩国使臣正准备列队出去参加观俘之礼。他只得一伸手压住何远:"此时大典已举,不可过于声张。他们潜来的人手应该不多,又在角楼之中,只宜缩小范围而暗加处置。"

"好。就依你所言,我们分头处置。"何远很干脆地回答着,拉了凌兰,便往东掖门飞步而去。

白清卓和顾少伦上了西雁翅楼这边,沿着十三厢房直奔过去。其间,一个锦衣卫力士过来问道:"白大人,可要帮助?"

白清卓郑重吩咐道:"我和顾大人去西凤角楼那里有事处置。你们在这里截断来往途径,不可让人通行。若无我的呼唤,你们也无须过来!"

锦衣卫力士知道他和张诚、何远的关系匪浅,又加上今日午门广场上已见识过白清卓的风采,便朗朗答道:"卑职一定照办。"

"我记得你了,到时候一定在张公公面前为你请赏。"白清卓向他莞尔一笑,带着顾少伦继续往前奔去。

果然,在城楼最南端的西凤角楼大门处,石星正在那里背负双手缓步徘徊着,似乎在等待什么人。

白清卓一见之下,脱口喊道:"石尚书!快离开那里!"

石星闻声抬头看向他来,右掌张开亮出一幅字条,满面惊愕地说道:"白参将!不是你传了张字条让我来这里先等你吗?你还在上边写了要当面告诉我户部里潜藏的倭国奸细是谁⋯⋯"

白清卓连连招手:"那字条不是我写的!你快到我这边来!"

石星大吃一惊:"这字迹简直和你在请示补薪的文函上一模一样⋯⋯"说着也便跑了起来。

白清卓没有答话,眼色一丢。身边的顾少伦轻功一展,瞬间就已扑到石星身前三尺之处,正欲伸手拉他过来——

"飒"的一声,一弧犀利至极的寒光斜刺里一闪而到,迅捷非凡,而又巧妙异常。以顾少伦的一流身手,竟也被逼得往后一缩,只得避开那道刀芒,不敢再去靠拢石星。

白清卓定睛一看,一道灰影从角楼檐影里疾掠而来,落地竟是一个玄衣劲装的蒙面人。他似鬼魅般闪现在石星身畔，手中一柄利刀已然架在了石星的颈侧之上。

顾少伦退回到白清卓身边，向他递了一个眼神："好精纯的割席刀法！"

白清卓微微一叹，面色顿显苍凉。

石星在那边却吓得浑身抖成了糠筛子一般："侠……侠士！好……好汉！您……您有何事？"

玄衣蒙面人望着白清卓和顾少伦，目光隐有波动，用沙哑而沉重的声音喝道："你们退远一些。我有几句话先和石尚书谈一谈。"

白清卓面色沉峻地看着他，无言地点了点头，和顾少伦退了开去。

另一边，东凤角楼阁室里，方应龙和陈矩也被一个灰衫蒙面人拿着一柄辽东猎刀挟持住了。

这灰衫蒙面人一手扣着方应龙的手腕脉门，一手执刀架着陈矩的脖子，对前边严阵以待的何远、凌兰和身后一队锦衣卫力士们喝道："你们让张诚那个老阉狗滚过来！还有朱翊钧那个狗皇帝也滚过来！我要替金刚堡血刀营枉死的弟兄们报这血海深仇！"

"徐方深？你就是徐方深！"何远也硬声喝道，"我们司礼监和锦衣卫已经安抚好了田文豹等人，张公公也托我转达了对血刀营的歉意，徐方深你为何还如此偏激？"

"你安抚了田文豹？你们把他暗杀灭口了！"徐方深厉声笑道，"罔顾他还劝我不要乱来——结果他不乱来，却死在了你们手上！"

"没有，我们没有！"何远急忙分辩，"我们没有杀田文豹。"

"我会信你们的'鬼话'？"徐方深双目血丝密布，话语间杀气腾腾，"我不管！我就是要杀了张诚和那个狗皇帝！"

何远渐渐瞧出他的神色不对劲，脑中灵光一闪，向凌兰低语道："他好像是吃了升仙丸的症状？"

凌兰微微颔首："他这个时候吃升仙丸，只是强行借助药性使自己短时间内功力暴增！你我此刻联手，还真是未必将他擒得住。"

何远突然有些后怕："他刚才一直隐藏在这角楼里……我们在十三厢房那边铲除引凤堂杀手的时候，幸好他没有跳出来发难……"

凌兰淡声说道："可能他们并不想弃祖叛国，不想和那些倭国奸细同流合污吧……"

"但他挟持了两位大人……"何远焦灼至极，不禁暗暗跺脚。这一刻，见到陈矩的颈侧已被徐方深的刀锋割破肌肤而沁出了一丝鲜血，他只得喊道："你放开他俩，我们放你走！"

徐方深"咯咯"怪笑,冷声道:"张诚和那狗皇帝肯定不敢来这里受死!也罢,我先把这两个废物杀了扔下这城楼去,再去找张诚他俩算账!"

说着,他右腕一收,刀刃便向陈矩颈部直划进去!

就在这千钧一发之际,凌兰身形一旋,秀发一甩,一缕金芒暴射而出,"叮"的一声,正中徐方深那柄辽东猎刀的刀身——原来竟是凌兰射出了她头上那支水灵珠金钗!那一钗劲道之大,震得徐方深手腕一麻,利刀也偏斜开去。

陈矩"啊呀"一声,拼命就地一滚,挣脱徐方深的控制,连滚带爬地逃了开去。

而这边,何远似与凌兰深有默契,同时一刀刺出,闪电般扎向徐方深扣着方应龙的左手!

徐方深见他俩来势凌厉,也只得松开左手放了方应龙——同时他身形如惊蛇般往右疾溜而去,忽地一个回旋,右手猎刀似寒电般倒劈过来,斜斜砍向何远的左肩。

在这电光石火之间,何远已是躲避不及,暗叫不妙,只得准备运气凝肌硬受他这一刀!却见眼前一花,一道银虹横飞过来,往中间一扫,"当"的一声,替他截下了徐方深刁狠至极的一刀。

原来是凌兰驭剑救他!

徐方深一击不中,戾气大发,身形又是一掠而前,竟追着方应龙一刀冲他后背直捅而出。

其间,有一名锦衣卫武士从中横身挺刀一挡!

不料,徐方深这一刀势若奔雷劲力沉厚,竟将那锦衣卫武士手中钢刀震得脱手飞出!同时他的刀势丝毫未减,一下捅在了武士的心口上。

"刺啦"一响,武士的胸甲被一破而开,随即胸膛也被刺了个透心凉,汩汩鲜血急泻而出。

然后,徐方深左掌一翻,"呼"地一下,又将另一边赶来拦截的锦衣卫武士打得倒栽而出。

方应龙回身看到这一幕情景,只吓得双腿发软,一下坐倒在地!

就在这生死攸关之际,凌兰飞身而至,挡护在了他的身前。只见她舞剑如虹,一道道剑光浮现而出,聚拢成一朵朵剑花,灿灿然竟相绽放,把徐方深裹在了当中。

徐方深此刻血脉偾张、力大无穷,把猎刀舞成团团光轮,"叮叮当当"连珠脆响,硬是将凌兰的剑阵一荡而开,又追向方应龙杀去。

但何远此时亦已赶到,刀刀如风似电,与凌兰的剑阵完美配合,左右交攻之下,终于将徐方深困了起来,不能再行暴伤人!

西凤角楼墙垛处,石星被玄衣蒙面人拿刀逼着哆哆嗦嗦地走了过来。从垛口望下去,献俘活动正进行得如火如荼。

王一鹗肃立御道东侧,各地将官和羽林军将俘虏们一排排押上前来,朝着门楼御座那里跪地认罪,一个个讲得声泪俱下,纷纷恳求饶命。然后,王一鹗又代君一一训斥,让禁军把他们押回场尾,直等朱翊钧最后的裁决。

玄衣蒙面人看着这一切情景,目光中微有波澜,却沉默不语。石星急忙向他喋喋地说道:"侠……侠士,有话好好说。我石某人可是不贪不污、清正廉洁的好官啊!从没做过一件坏事! 您放了我吧……"

"你是不贪不污的'清官'不假,但你更是一个无作无为的昏官!"玄衣蒙面人满是不屑地瞪视着他,"'但使雕戈销杀气,未妨白发老边才。勒名峰上吾谁与? 故老将军舞剑台!'戚大帅何等英雄,戚家军何等勇猛,竟遭你这等庸才、奸吏所欺压!"

"戚……戚家军? 你……你是南兵营的人?!"石星的脸色突然变得僵青。

"你手下的吴承信是我杀的!"玄衣蒙面人手中刀刃一翻,对准了他的心口,"稍后,我便让你这头对南兵营一毛不拔、苛刻压制的铁公鸡从这里当众跳下去,向戚家军以死谢罪! 也让那些奸臣、恶吏看一看陷害戚家军的下场! 也让皇帝老儿在天下四方面前大大地丢一个脸!"

石星这时候倒不再那么恐惧了,瞥了瞥站在那边远处的白清卓,讲话也有些硬气了:"国库紧缩,用度艰难,难以把戚家军的欠薪补齐,这难道是我石某人一个人的过错吗? 你是大侠,可不能枉自杀人!"

"你还敢狡辩?"玄衣蒙面人凛然讲道,"包天符已向我们交代过了——他在兵部那边故意卡压,你和吴承信在户部这边故意呼应,你们几个人一明一暗联手打压戚家军! 你还不承认?"

说着,他的刀锋在石星颈侧紧了一紧,森森杀气顿时刺得石星全身冒起了一层鸡皮疙瘩。

他忙忙说道:"包天符那个倭国奸细的鬼话,你也信得? 我……我为什么要打压戚家军?"

"只因你石星当年被张居正所压制,所以现在你翻身当了大官后就对戚家军进行疯狂报复呗!"

石星满面的苦不堪言:"包天符这是在诬陷我……你、你、你去问那边的白清卓参将,我石某究竟是不是那样的人?"

玄衣蒙面人眼中锐芒一闪:"我去问他干什么? 不为戚家军补薪,你们户部的责任最大! 我们就是要用你的项上人头去警告那些户部的后任者不要再怠慢了戚家军！"

然后,他取出一张字条塞在石星的手掌里,冷冰冰地喝道:"这是你的遗书,我们已经帮你写好了。你揣在身上,然后,你就从这里自己跳下去！"

石星两眼泪汪汪的,低头一看,只见那份遗书上写着:"石某奉旨刻剥南兵营等前线将士,不恤边卒之疾苦,罔顾军属之呼号,只求逢迎天子之欢心,使得军心不稳、四方不安,特此以死谢罪,死而不入祖茔！"

他战战兢兢地说道:"大……大侠,我没有你说的这样不堪呀……我真没有！吴承信死后,我马上就上书陛下建议给南兵营火速补薪……我也曾经料到你们会来找我的,可是我真的改正错误了呀……"

玄衣蒙面人像看着一个死人一样看着他,语气毫无波动地讲道:"你们都是窃国乱军的奸吏,各个该杀。司礼监洪尔林刺杀事件被你们捂了下来,吴承信、包天符被杀事件也被你们刻意淡化、转嫁给了倭国奸细。所以,我们必须在今天这场万众瞩目的午门献俘大典上,用一个二品尚书的当众谢罪自杀来轰动天下、震动四方！你认命吧！如果你不跳下去,那我只有推你下去了。"

说着,一举刀柄就要来敲他的脑勺。

石星哪里挣扎得过,被他一下敲晕了过去。玄衣蒙面人提着他的衣领,便要往墙头边走去。

那边,白清卓一直望着玄衣蒙面人和石星,神色极是紧张。

顾少伦安慰他道:"他只有一个人,我应该对付得了。但他怎么也会割房刀法？"

白清卓定了定容色,对他讲道:"少伦,稍后发生任何事,你都不要惊骇。"

"怎么回事？"顾少伦一怔,"莫非……莫非……"

"他可能是你我都熟识的人。"

顾少伦顿时明白过来:"他……他这不是捣乱吗？亏你已经为南兵营铺垫得这么好了……"

正说之间,白清卓见到石星被玄衣蒙面人突然一下打晕提了起来,大吃一惊,迈步便欲拦去——

恰在此刻,庄严肃静的九间殿御座那里,忽然响起了朱翊钧果决有力的裁决之声:"拉去西市！"

他这一声喝出,立时他身边有四名侍卫也随即喝道:"拿去！"接着又有十六名侍卫齐声大喝:"拿去！"如此一波接一波地传呼下去,直至广场上镇守着的八百执裁禁军也齐齐大喝:

"拿去——"

这声浪一层层直涌天际,气势非凡,响遏行云。

同时,那一队队俘虏则被禁军纷纷推上囚车,一辆接一辆驶出端门,送往西市斩首示众。

在这幕宏大情景的突然影响之下,玄衣蒙面人的动作也不禁缓了一缓,但他知道献俘章节至此已经结束,现在就是最后的"玉章圣训"章节了——自己必须尽快把这石星推下楼去轰动全场!

他提起石星刚一迈步,便听白清卓急喝一声:"慢着!"向他这边疾奔而到!

玄衣蒙面人停下脚步,回过头来,直视着白清卓,双眸竟有晶光转动。

"杨寒!到此为止吧!"白清卓沉沉地说道,"南兵营派人去过你老家了,你母亲早就去世了,所以你的'告假不归'一直是骗我的。"

"杨寒?"跟随而到的顾少伦一听,不禁惊得眼珠都弹出了眼眶:难怪他的割虏刀法如此了得,原来他就是南兵营中的首席刀手——杨寒!那个像闷葫芦一般沉静的杨寒!

玄衣蒙面人眼神一敛,却冷冷答道:"我听不懂你在说什么。"

"我知道,是朝廷拖欠你的薪饷,耽误了你母亲的治疗,以致你母亲病重而亡。这是我的错失。"白清卓哽咽了起来,"你……你应该早些告诉我的,也不该隐瞒我这一切的。"

"不是我隐瞒了你,而是家母也隐瞒了我——多好的母亲大人啊!"玄衣蒙面人喃喃地说道,"我不希望这样的悲剧再在南兵营弟兄们当中重演了!你那些婆婆妈妈的办法不行,我必须快刀斩乱麻!"

"但是,你这样的做法就正确吗?"白清卓双目精芒骤盛,向他深深言道,"我也不和你谈空话了。你有所不知,陛下已经准备宣布对天下所有欠薪欠饷的营兵一律补齐补足!而你在这个关头上逼死石尚书,妥当吗?你只会让南兵营坐实'骄兵悍将'的罪名!而且,目前倭国、朵颜都对大明虎视眈眈,你这是让亲者痛而仇者快!"

杨寒瞧了一眼九间殿那边,沉沉一哼:"朱翊钧会有这样大方?还是让我把石星这个浑蛋推下楼去,轰动一下四方,触动一下他的龙颜吧!你别拦我!"

然而,正在这时,九间殿御座那里,忽地传来了朱翊钧面向臣民训示的洪亮声音:

"……今日午门之上献远俘扬国威,足以彰明天下将士为国奉献之忠纯笃实!朕特此决定,对天下各镇所有欠薪欠饷之营兵一律于三月之内补齐补足,令天下将士再无后顾之忧!……"

顿时,广场上涌起了山呼海啸般的鼓掌喝彩之声,久久回荡不息。

玄衣蒙面人杨寒一时有些呆住了,手中提着的石星也不自觉滑落在了地上。

白清卓双目亦是泪光莹莹。许久，他缓缓叹了一口长气出来："你走吧。你这次告假出来要办的事情，终于完结了。"

顾少伦也道："你快走。后面的事情，我们来处置。"

杨寒平静下来，看了看脚边昏倒在地的石星，淡声道："我怎么走得了？"

白清卓正要发话，杨寒却向他肃言道："我和徐方深背后是谁，白参将你在凤鸣寺已见过了。还有那日我杀萧虎臣，不单是他窃国乱军，而是感觉到他幕后另有其人要搞乱蓟辽。但我还没查出来。德润斋和引凤堂一样有些神秘，你可留意着。"

说罢，他一转眼看到西雁翅楼十三厢房那边突然蜂拥而来的锦衣卫武士们，便向白清卓深深一笑："我是'倭国奸细'啊！你莫管我！"

他随手扯下面巾，回转刀尖，对着自己的面庞猛力划拉了七八下！登时，他满面流血，变得状如厉鬼，谁也辨不出他的真面目了。

然后，他跳上墙头纵身一跃，往下面已经人潮散去的广场上最近的那一堆松木焚成的大火里，倏地跳了进去。

白清卓一下扑到墙边，嘶喊了一声，望着熊熊烈焰吞没了杨寒的身影，顿时眼前一黑，几乎便要昏了过去。

顾少伦在旁一脸黯然地扶住了他。

这时候，石星却悠悠然醒转过来，瞧着似是悲痛欲绝的白清卓，茫茫然问顾少伦："怎……怎么了？"

"刚才绑架您的那个'倭国奸细'被白参将逼得向楼下跳火自焚了！"顾少伦有些哽咽着答道，"白参将为了救您，可是'伤'得不轻！"

"哦……原来他是'倭国奸细'呀！石某多谢白参将了！"石星表面上不露异色，一迭连声地感谢着白清卓。但谁也没察觉到——他右手笼在袖中，暗暗将那张"遗书"字条撕了个粉碎。

东凤角楼阁室之内，刀光闪闪，剑气森森，战势如波如澜。但徐方深在何远、凌兰的联手攻击之下，已是步步败退。

他体内升仙丸的效力也在渐渐衰退，全身的真劲如潮水般流失。

恰逢此刻，徐方深忽然听到对面西凤角楼传来激烈的呼喝之声，他忙从窗口望将出去，正见到杨寒从墙头一跃而入火堆的情景。他不禁心头一颤，眼中泪花四溅，手中刀势也有些凌乱起来。

趁着他这个空隙，何远、凌兰双目一交，立刻会意，一刀一剑化作两道电芒在空中交叉一剪——"铮"的一声，已将徐方深手中的辽东猎刀一绞两段，震飞开去！

白清卓一下扑到墙边，嘶喊了一声，
望着杨寒的身影，顿时眼前一黑，几
乎便要昏了过去。

　　他右手虎口迸裂，血流如注，身躯踉跄后退，撞在了柱上，连连喘息。

　　何远一刀指定他的胸口，厉声讲道："如今你失手而败，还不收敛妄念，退去深思！"

　　徐方深双目神光涣散，呆呆地望向阁顶喃喃地说道："罢了，我既不能为血刀营的弟兄们复仇，还留在这世上像个活死人吗？只希望朱家的大明朝日后再也不要重演金刚堡之役的惨剧！"

　　说着，他一头扑将上来，挺起前胸一撞，让何远锋利的刀尖"噗"地穿心而过！

四十三

大典已毕，朱翊钧仍然负手端立在九间殿大门处，遥望着下面渐空渐静的午门广场，面若止水，眉目之间却似深有所思。

其实，先前在午门献俘大典之时，东方胜、引凤堂等倭国奸细猝然发难，他心中是有所预料，也是有所准备的。当事变乍起之际，他亦有过一丝惊慌，甚至郑贵妃都派宫女来传讯劝他迅速中止大典以防不测，但他相信那只是小小的插曲，于是他还是坚持将献俘大典进行到底。这个时候，他赌的就是自己对白清卓、何远、李井方等人的完全相信。终于，他赌对了。白清卓他们很快消灭了广场上的倭贼，一切归于安宁。后面的大典活动更是办得风风光光、轰轰烈烈。

当然，在典会的后半段，东西凤角楼那里发生了一些异动，他也不是没察觉到。但他相信白清卓等人自能处置妥当，所以他才若无其事、镇之以静，终于把这一场暗潮涌动的大典顺顺利利举办结束了，只希望自己将来的平倭大业也能如此顺遂吧！

此时，恭候在他身旁的申时行仿佛看透了他的心思一般，插言奏道："幸得陛下与前线诸君同心同德，所以此番大典虽有小小波澜，却也一帆风顺了。"

李成梁也恳切说道："陛下，老臣先前也是从大风大浪中闯荡过来的——但今日陛下之镇静中正，实在让老臣衷心敬佩。"

朱翊钧望着他俩，淡然笑道："午门献俘大典只是朕向天下臣民所宣示的一种姿态。朕的这种姿态今天已向天下臣民表露无遗，而剩下的事务就真的要靠申阁老、宁远伯你们去勠力完成了。"

申时行、李成梁双双倒身下拜："臣等必当尽心尽力、尽职尽责。"

正在这时，张诚在殿门口禀道："陛下，诸位藩国使臣求见。"

朱翊钧回到殿中御座，缓缓坐下："宣他们进来。"

一列藩国使臣应旨鱼贯而入，个个脸上表情激动。朝鲜使臣柳梦鼎当先一头叩下："启奏陛下，倭贼胆大包天，竟敢在天朝大典上作乱逞凶，实乃螳臂当车！臣等恭请陛下大展龙威扫清妖氛！"

随后，暹罗国使臣柯力罗也出列跪奏道："倭国竟敢如此猖狂作恶！幸得天兵天将以天威而灭之！我暹罗国甘为大明之前驱，自负粮米，调发三百艘战船，直捣倭国之'巢穴'，扫平倭国之全境！"

其他藩国使臣也上前纷纷表态，要唯大明朝之马首是瞻。

朱翊钧闻言，甚是高兴，遂道："诸卿免礼。朕自有妙算，诸卿日后拭目以待即可。"

然后,他吩咐管事太监将藩国使臣们领了下去。

张诚近前又禀:"白清卓、何远等人在外恭候陛下您的宣慰。"

朱翊钧沉吟有顷,问道:"后边东、西凤角楼两处的动静平息了?"

"启奏陛下,两个'倭国奸细'皆已身亡。"张诚垂头而答,"有关详情,请容老奴稍后细细奏报。"

朱翊钧无声地点了点头。

待得白清卓、何远、李井方、顾少伦等人尽来驾前跪定之后,朱翊钧方才展颜问道:"古语有云'瓮中捉鳖'。诸位爱卿,你们把'鳖'都捉完了吗?"

顾少伦和李井方是初见朱翊钧,没料到他讲话竟是这般简短而又含蓄,都不禁暗暗叹服。

张诚在一旁轻笑道:"午门之'瓮',何'鳖'能逃?一切自是尽在陛下掌握中。"

朱翊钧还是直直地看着白清卓。

白清卓只得恭色答道:"启奏陛下,托陛下的洪福,所有明明暗暗的'倭国奸细',都被我们今天一网打尽了。"

朱翊钧面现微笑:"那好。诸卿也辛苦了,一齐陪朕回宫用膳吧。"

白清卓容色一缓,斟酌着字句奏道:"启奏陛下,微臣请旨要亲自去处置一个人。"

"朕也没料到他竟是这样一个人面兽心的'倭国奸细'。"朱翊钧仿佛与他心有灵犀一般,轻轻叹道,"你去吧。张诚,给他一柄尚方宝剑,可以先斩后奏。"

锦衣卫所的甲字第一号狱房里,烛光幽幽,冷气沉沉。上官平芝正伏于桌案之上,在一张纸笺上呜呜咽咽地写着什么——守卒走近去看,却见纸上是宋代诗人郑刚中《自讼》一诗中的四句话:

　　　　衔恩省咎到骨髓,万罪一愚难自恕。
　　　　山深坐觉困烟瘴,天阔日思沾雨露。

写罢之后,便听得牢门"吱呀"一开,只见白清卓腰悬长剑,缓步走了进来。他脸上无波无澜,瞧不出一丝喜怒哀乐。

他站在房中把眼色一丢,陪他进来的锦衣卫力士立刻会意地喝退了内外守卒,只剩下他和上官平芝待在此室。

上官平芝一见,却是满面焦灼地迎了上去:"清卓,你可来了!老夫这一次轻信引凤堂,遭了东方胜的蒙蔽,真是引狼入室!大典后来办得如何?圣躬可还安否?"

"献俘大典一切顺利,圣上龙体金安无虞。"白清卓正视着他,慢声而答。

"那就好,那就好!"上官平芝双目竟是泪光闪烁,将那张写有郑刚中诗句的纸笺递给白清卓,慨然言道,"这一次本座受倭国奸细的蒙骗,引得贼人入侵大典,惊扰圣驾,轰动天下。本座自知罪大莫及,甘愿伏法以谢四方。清卓,你也不必为我求情。"

白清卓只是低头看着他写的那四句诗,仍是一言不发。

上官平芝拭去泪水,平复了心情,又道:"本座别的没什么担心,只希望圣上格外开恩而罪不及家人——清卓,雪衣就拜托你好好照顾了。"

他讲到此处,竟又声泪俱下地哭将起来。

而白清卓仍似漠然不动,只是沉沉地看着他。

上官平芝亦似感觉到了白清卓有些异样,不禁止住了哭泣,红着眼圈问他:"清卓,你怎么了?"

白清卓的目光灼灼然直刺过来:"我在观察一个满口谎言的戏子,他的泪水究竟能流多久才演不下去。"

上官平芝闻言,缓缓变了面色,望了望囚室门口那里,他知道外面一定有锦衣卫的人在旁听。于是,他也硬硬地顶了回去:"白清卓,你这是什么话?申时行让你来落井下石了?"

"你不要往党争上扯。"白清卓淡声说道,"不过,申阁老还真让白清卓给您带了一件东西来。"

说着,他从衣袖中取出那枚天鹤奇石,递到上官平芝眼下,问道:"这件宝贝,您还记得?"

上官平芝的唇角隐隐扯动了一下:"他若不要此物,自行砸毁便是,又何必退回来羞辱本座!"

白清卓悠悠地说道:"锦衣卫的研毒高手已经查出这块天鹤奇石表面竟是浸染有暗毒的,和白某当年所中的缠丝销金散一模一样。只要申阁老经常拿在手里把玩它,便会遭到此毒无形无声的侵蚀而痼疾缠身、体衰气绝。"

上官平芝冷笑不已:"此乃稀世奇珍,本座如何能让它含有奇毒?况且,此石也是本座让引凤堂去寻觅而来的——本座也被蒙在鼓里啊!"

白清卓悠然一笑:"现在引凤堂倒是你极好的挡箭牌了。"

上官平芝故意又问:"既然锦衣卫早就替申阁老查出了石中含毒,他为何直到今天才借你之口说将出来?他何必如此在此时此势之下推波助澜?"

"申阁老正是不喜党争,所以才对你隐忍不发。"白清卓缓缓道来,"一则他欲擒故纵,且瞧你后面还有何动作;二则他遭到这样下毒的事情已经太多了,也不多你这一次;三则是他误以为你是方应龙指使而来,并未太过在意。直到近来他察觉你种种异样后,尤其是知晓你倭国奸细的身份后,才不得不将你的阴谋借我之口大白于天下。"

"倭国奸细?你们果然硬要给我头上扣这顶帽子!"上官平芝继续冷笑道,"其实还是引凤堂东方胜误我甚深,我甘领失察误国之罪。申阁老那里,我若有机会,自当解释。"

"失察误国?"白清卓淡淡而笑,"其实我先前还真希望你是失察误国,但可惜的是,事实证明你的罪行绝不是失察误国这么简单。"

"难道你还能将它扯得多么复杂?"上官平芝凝视着纸笺上郑刚中的那四句诗,"牵扯太广,于你我之间,并非幸事。"

"上官大人,我们派人去明州府调查过你的一切底细了。"白清卓冷不丁地说道。

上官平芝盯着他的瞳孔微微一缩:"看来,你们在我身上用心不少啊。"

"明州府那个真正的上官平芝是一个孤寒书生,家中亲戚极少。他带着一个十二岁的女儿一直在乡邑艰难求生。他亦曾参加过数次科考,均未及第。但是,在万历二年,他突然破天荒一举中第。然后,他就带着他的女儿奔赴京师,从此再没回过明州府。"

白清卓坐了下来,娓娓言道:"他到了京师之后,突然一改孤寒之风,变得财大气粗、长袖善舞,居然为自己很快运作到一个礼部主事之职。而后,他平步青云,渐渐由员外郎而郎中,由郎中而侍郎,由侍郎而尚书。并在万历七年起,开始和我们这些新晋进士结交,同时在伺机刺探着大明的情报送回倭国……"

上官平芝冷冷一哼:"仅凭三寸之舌就能把本座编造成倭国奸细?"

白清卓仍是自顾自地说将下去:"我们派去明州府的人在当地查访到,那个上官平芝老宅所在的街巷在万历三年左右突发了一场火灾,他家的左邻右舍几乎都在那一场火灾中或死或迁,真正还认得他真面目的人已是寥寥无几。而且这许多年过去了,正所谓居移体、养移气,那几个乡亲若是当面见了上官平芝,只怕也认不出来了。不过,有一个嫁到杭州的邻居大嫂倒是给我们提供了一个线索。她说上官平芝当年讲话的语速很快,口音也稍尖——如果是凭着听闻口音,她是辨认得出真正的上官平芝的。"

他讲到这里,顿了一下:"上官尚书,从万历六年我考入翰林院后第一次听到你讲话,你的语速似乎一直都是这般缓慢,而且口音也稍为低沉吧?苏州顾氏商庄的某些人曾经听过倭人语音,他们觉得你的口音似乎与倭人有些相近。"

上官平芝的额角立时隐隐见汗,却绷着脸皮,一言不答。

白清卓摸出那块四象太白石缓缓摩挲着:"上官尚书,你从倭国进入大明,上演的这一出改头换面的大戏真是精彩啊!白某推测,那个真正的上官平芝父女二人是在赴京半途被你和你女儿巧妙地取代了吧?他俩的路引籍册也都被你们据为己有,你们从而神不知鬼不觉地偷天换日了吧?"

上官平芝满脸的淡定之色:"白清卓,本座先前只知你精于诗词,今日才晓得你居然还会编得一手好话本!"

"这些底细都遭揭破了,你居然还能视若无事?我也佩服上官大人您厚若城墙的脸皮!"白清卓不动声色,而是发出一针见血的进逼,"实际上,真正能够钉牢你真实身份的证据是——你的女儿'上官雪衣'!所以,她为什么今天不能来午门大典现场,你自己心底很清楚。"

上官平芝双目微微一闭:"你非得把她也扯进来不可?"

白清卓拿四象太白石在桌面上轻轻一磕:"雪衣在江湖中的真实身份,还需要白某在这里当面给你说破吗?"

上官平芝缓缓睁开双眼,眸中厉芒一闪而隐。

在他眼皮底下,白清卓用手指蘸起了杯中的茶水,在桌面上徐徐画写了四个字。

上官平芝一见,脸上肌肉紧紧一绷:"看来……你早就知道了。"

白清卓抬起双目看向了他:"所以,你也不必再巧辩了吧?"

上官平芝眼观鼻、鼻观心,并不正视他:"你给雪衣送了嫦娥玉像,送了《咏玉人》的诗,又公开接受我的天柏古剑,公然向我示好,原来都是你设下的暗局?可惜我那痴女儿哪……"

"前两天,我们各自都在设局。"白清卓不急不慢地说道,"实际上,丽影别院、三才巷的暴露,也是你们的欲擒故纵之计!你们早已察觉锦衣卫在追查升仙丸,也明白罗乞泰到处撒长线的用意,迟早会波及丽影别院——所以,你们干脆来个断臂保身,用丽影别院的失陷换来我们自以为表面上的胜利而麻痹大意,以此掩藏你们今日在献俘大典上的猖狂一击!"

上官平芝再也不与他虚加言词,而是双目寒光一射:"罢了。如今看来,倒是你将计就计,高出了本座一筹。"

然后,他直盯着白清卓问道:"为今之计,白清卓,你真的舍得与雪衣最终白刃相见?你犹豫了这么多年,你真的狠得下这个心肠?你自欺欺人了这么久,现在自己真的要打破这个局面?"

　　白清卓深深倒吸一口长气，双眸变得澄亮："我必须为大明，也为我自己，还原一个全部的真相。"

　　上官平芝的脸色也渐渐阴沉下来："你究竟还知道多少？"

　　"你们的所作所为，我已然知晓十之八九。"白清卓的语气十分笃定。

　　上官平芝也不想再继续演戏了，倒是一副无所谓的样子，坐在那里："哦？那你说来听一听？"

　　"先从一切事件的源头——黄启祥案件谈起。"白清卓侃侃说来，"我其实一直在思索，黄启祥携有朝鲜秘宝的消息是如何泄露的？我揣测，他应该是泄露给了自己身边极熟悉的一个人物。我曾经怀疑过这个人是方宝棠，但方宝棠并没有潜入黄府作案的动机和能力。

　　"后来，你被证实是倭国奸细后，这件事情就完全说得通了。你当时是礼部左侍郎，主管外藩事务，黄启祥向内阁和皇上呈报倭情密报，不得不经过你这一关的。所以，黄启祥一定是向你或有意或无意地泄露了倭情密报的真相，被你知晓后才灭口的。"

　　"你猜得不错。黄启祥故作神秘，在倭情密报一事上，连对他的副使柳梦鼎都没有泄露半分。但他却经不起我的套问，终究还是说了出来。"上官平芝缓声道，"此事攸关我大日本国的东来大计，我不得不有所绸缪，虽然从私交上他是我难得的好友。"

　　"是啊。不过，你本人不会武功，所以你只能指使东方胜潜入黄府杀死黄启祥并盗走了那份朝鲜密报。"白清卓讲得十分流畅，"东方胜与你的关系如此密切，黄启祥自然也是熟识他的——所以，在他掏出三眼神铳之际，黄启祥都没有剧烈挣扎反抗的举动。你们也就十分顺利地嫁祸给了辽东镇李氏父子。"

　　上官平芝慢声道："我大日本国即将灭朝入明，辽东镇是我们的一大劲敌。"

　　"果然这一切和我先前所料分毫不差。"白清卓悠悠一叹，"你们从包天符处搞到三眼神铳，就是让三眼神铳成为诱导方应龙、高正思等清流派把矛头指向李成梁父子的导火索。即使不在黄启祥案件中刻意使用它，你们也会在其他事件上用它栽赃辽东镇。为了推波助澜，你们又在丹池诗会上制造了李井方刺杀方宝棠事件，进一步挑起清流派和辽东镇的剧斗——而你们则可坐收渔翁之利。

　　"至于李成梁假密函事件更是你们处心积虑制造出来的'撒手锏'。是你诱导柳梦鼎去七宝林当铺赎取黄启祥的遗物，又正巧东方胜也在七宝林当铺'偶遇'柳梦鼎、唐鉴，并装作无意中撞破了所谓双层锦囊的秘密。你们巧妙无痕地将李成梁推落到立嗣之争的陷阱里险些无法脱身！这样犀利的手法，这样周密的计策，也只有上官大人你这个身处朝局中心的重臣才能谋划得出来。东方胜一个外来商贾,是没有这一份韬略的。"

上官平芝紧盯着他:"如果没有你重返京师,本座的这些布局早已将李成梁父子置于万劫不复之境地了,你们大明朝也早就乱成一锅粥了。朱翊钧今天还能优哉游哉、志得意满地举办午门献俘大典?"

白清卓深深然一笑,从衣袖中拿出今天献俘大典上石星、方应龙所收到的那张冒名自己而仿写的字条,向上官平芝问道:"想不到上官尚书竟能网罗到如此一个似钟会般善于巧摹笔迹的高手,殊为难得。你可否告知他的姓名? 也让白某有机会去切磋切磋。"

"你觉得我会大方到告诉你尚不知道的事情吗?"上官平芝冷冷然一笑,"白清卓,或许前边还有许多黑幕等着你去揭开呢! 真相,有时候比你现在所知道的更为恐怖。"

白清卓只得收起了那两张字条,忽又赞叹道:"你们借午门献俘大典中焚松燔雀的章节而实施空木藏枪之计,其实是很高明的。"

"本座也很奇怪,白清卓,你是怎么预先识破本座这一妙计的?"

"识破这一计,大半还是出于巧合。"白清卓徐徐道来,"近来京师城中,泰山松木所制的物件颇为不少,也十分畅销。那么,据我调取资料来看,你们礼部从山东只运了十六根泰山大松木进京,而大典的安排上你们又注明了要燔烧十五根泰山大松木。也就是说,从你们这里流入市面的只能是一根泰山大松木。

"但是,京师市面上现今流通得如此之多的泰山松木物件又是从何而来呢? 它们岂止一树之量? 所以,我暗自推断,这些外溢的木料只能是从每一根大松木的腹腔之中挖空而来的! 那么,既然松木内部已被挖空,而你们的凶器不藏于其中,又能藏往何处?"

上官平芝听完,双目中异芒连闪,面色激烈地波动着,深深地看向白清卓:"'圣手狂生'不愧是'圣手狂生',果然有值得狂傲的底气! 你心思之灵巧缜密,朝野上下鲜有人及。唉……还是东方胜那小儿太贪心,非要去赚取这些松木余料的钱财……"

讲罢之后,他右掌在桌面上一按,冉冉站起身来,抬头望向那暗沉沉的屋顶,半深半浅地说道:"其实,方才看到你安然进得这屋来,本座就料到我们今天的确是一败涂地了。本来,在这场午门献俘大典里,我们伏下了三个暗招:空木藏枪,以铳奇攻,是为其一;东雁翅楼十三厢房布下暗影杀手队,是为其二;东、西凤角楼设有奇兵,是为其三。这三个暗招环环相扣,一旦发动,朱翊钧怎会逃脱得了? 结果,似乎都被你们化解掉了？除非，除非徐方深他们没有和东方胜联手呼应……"

"你猜得不错。"白清卓深深颔首，"徐方深他们虽然痛恨大明朝的失德之举，却还是从心底不愿和你们这些倭国奸贼为伍的。又或许是徐方深他们幕后的指使者对你们企图在献俘大典上一枝独大也有所忌惮吧……"

上官平芝冷冷一叹："看来，你也知道，对你们大明朝廷心怀异图的深藏之人实际上不止我们这一家吧？"

"白某相信自己一定能够将他们全都揪出来的。"白清卓毅然答道。

上官平芝的面色忽然变得深沉起来："白清卓，我最后和你谈一谈你在外边听不到的话。你先跳出君君臣臣的条框来看。试问，朱家王朝，于国于民，又有何功何德？就是张居正为他朱家鞠躬尽瘁、死而后已，去世之后尸骨未寒，便被万历小儿推落尘埃、家破人亡！而戚继光仅与张居正同心匡扶，亦遭南迁流放、郁郁而终！还有徐方深他们，只为万历小儿一念之虚荣，竟令辽东血刀营全员陪葬！

"而你一个小小的四品参将，一不是皇室宗亲，二不是国戚贵胄，三不是元老后裔，为他朱家又想拼到何地？你为南兵营之欠薪欠饷而奔走卖命，处处树敌，上怒下怨，却不知仅是山东衡王一家每年的邑户收入就可冲抵你南兵营一万精兵所有的欠薪！你说，这是何等的可笑！你的一切努力，又终归何处？"

白清卓静默有顷，缓缓吟道：

> 三峰——青如削，卓立千寻不可干。
> 正直相扶无倚傍，撑持天地与人看。

这首诗铿锵激昂，正是辛弃疾的名诗《江郎山和韵》。

上官平芝听罢，再无二话。他最后直视着白清卓，只是淡淡地一笑："白清卓，你真的要把我这个堂堂二品当朝尚书确定成倭国奸细？不知道这究竟会丢了你们大明朝的脸面，还是会扫了他朱翊钧的龙颜？"

白清卓长身而起，将自己腰间那柄尚方宝剑轻轻放在桌面上："这是陛下赐你谢罪自尽的宝剑。"

四十四

在幽幽绿荫掩映之下，上官雪衣的闺阁遥遥在望。白清卓的脚步却禁不住渐渐慢了下来。

陪他同行的方宝芹心中似有感应，朝他侧脸看来。

他的眼眸似是蒙着一层似有若无的阴影，仿佛烟笼雾罩、雨丝风缠。他深吸了一口气，像是对自己，又像是对方宝芹说道："我真的有些害怕，害怕走近最深的真相，害怕看到她的本来面目……"

"你不是对我说过吗？"方宝芹却是十分镇静。她放缓了语气，深深注视着他："该来的终究会来，逃不了的终究逃不了。你一定要坚强，因为——"

她伸出玉手，轻轻覆盖住他的掌背，声音平缓而有力："我始终在你身边。"

白清卓心潮涌动，不由自主地翻过手掌，将她的玉手紧紧握住："这件事情，我一定要做个最好的了断。"

推开阁门，顾少伦和方宝芹便自觉地站在了外面。白清卓一个人走了进去。

在阁室中央，仿佛焚烧着一团明艳的火焰，只见上官雪衣静静地坐在那里。平时她所穿的雪白衣裳全然不见，取而代之的是殷红胜血的一套华丽衣装。

而且，细看之下，她的打扮装饰完全像是桌面上放着的那尊嫦娥玉像——衣袂若火树繁花而艳不可及，容颜国色天香而颠倒众生。

她满脸都是灿烂夺目的笑容，迎视着款款走近的白清卓，甜甜地说道："清卓，我今天的打扮装束是不是很好看？"

白清卓确实觉得她今日美得不同往日，便点了点头。

"打扮装束倒也罢了，我的面容也稍有改观吧？"上官雪衣甜甜笑道，"在你来之前，我吃了一点儿引凤堂上好的砒霜。"

"何至于此？"白清卓几乎一惊而起。

"你关心我？你以为我会被毒死？"上官雪衣看到他很紧张的表情，有些开心地笑了，"你终究是舍不得我的。"

白清卓转过脸去："你又骗我？"

"我没骗你。砒霜确实是吃了，暂时还死不了。就像你要什么时候发病就能发病一样，我也能让它什么时候毒发就能毒发一样。"上官雪衣朝西墙上掩垂着的一幕白绫看了过去，"你也是久病成医的人了。砒霜能催人气血流动，能令你肌肤颜色鲜活。你看，现在，就是我一生中最美的时刻了——"

她顿了一顿，收回目光往门口处瞥了一下："方宝芹被人尊为'京中第一才女'，但她却从我这里永远抢不走'京中第一美女'的桂冠。"

然而，她还是向白清卓叹了口气："但你终究是喜欢她比喜欢我更多一些，因为她能陪你谈诗论赋、品茗赏菊。"

白清卓双目亮光隐隐一闪。

上官雪衣又柔柔地说道："可是，我喜欢你又比她喜欢你更多一些。怎么？你不相信？"

她笑了一笑，指着西墙那一幕白绫，向白清卓言道："你不是最喜欢探寻秘密吗？你不去看一看那垂绫背后藏着什么机密？"

白清卓若有所思，缓步过去，用手中紫玉箫撩起白绫一角，凝目望去，不禁一呆。

原来那白绫之后，竟是一个剑眉朗目、玉面丹唇、身着云白绸衫的翩翩佳公子，玉树临风，正是白清卓本人的一幅真人般大小的画像。

那画像画得如此逼真如此生动，几乎让白清卓看到了另一个年轻了好几岁的自己。

在画像的旁侧，题着"君是春闺梦中人，我是画外追思客"一行娟秀的楷书，下面是"雪衣绘清卓而念之"八个小字。

上官雪衣看着他震惊的表情，幽然说道："自从你万历十一年外放边关之后，清卓，我就天天对着这幅画像和你谈心交语——你可曾在那边也梦见过我？"

白清卓的神情平定下来，沉默地注视着那幅画像。半晌之后，他才缓缓说道："我在万历十一年外放喜峰关之际，便突然得了体虚咳血之症，从此缠绵病榻。外人都以为是那一场午门廷杖重击所致，但实际上，你应该清楚那究竟是怎样一回事儿。"

上官雪衣一听，顿时娇颜煞白，似遭针刺一般全身发颤："你所中的缠丝销金散并不足以致命。我……我也能将它解去。"

白清卓平平言道："你父亲和你终究是日本国潜伏在大明的暗棋，怎会放过我这样的人成为你们将来的威胁呢？甚至当年我们在京师的初次相识，就已是你们布下的暗局了。可惜，我没有像你父亲那样扶摇直上，而是冒着奇险竟为戚家军血谏上书。所以，从那以后，你们就决定舍弃我这枚不受控制的棋子而暗加陷害了。对也不对？"

"那是父亲大人的谋略。"上官雪衣凄然说道，"但我是不情愿的，也竭力阻止了他们对你下最后的毒手。"

白清卓淡淡一笑："是啊！你和他终究是不同的。如果我下半生从此在病床上起不来了,你说不定还会赶走凌兰来照顾我后半辈子吧?不过,你若如此,又怎能一分为二地去炎阳宫当你的千面仙子呢?"

"你……你说什么?我是千面仙子?"上官雪衣显得十分骇然,右手一抚发髻之下,将她的掌背亮了出来。那里还留着一片淡淡的伤痕,是中秋节那天被白清卓倾碗倒来的银耳莲子冰糖甜汤所烫出来的。

白清卓瞥了一眼她故意展露出的那片疤痕,仍是沉沉缓缓地说道:"你为了在我面前伪装身份,确实是不惜受伤破颜也挺了下来。我也一直在心底不敢承认你就是千面仙子。直到那夜何远、顾少伦突袭丽影别院的同时,我曾让凌兰潜入上官府去寻找你的踪迹——结果,一整晚你都没在上官府。是的,你让你的侍女小芸戴了你的人皮面具昏睡在这闺阁里做你的替身。但以凌兰的机敏聪慧,小芸她又怎能瞒得住凌兰?而真正的你,那时正以千面仙子的外貌在丽影别院和何远、顾少伦激烈交锋!"

上官雪衣的语调突然一下低沉了下来:"难怪从那夜以后,你突然像换了一个人似的对我莫名地好了起来。又是送这嫦娥玉像,又是送这《咏玉人》之诗,又当着方宝芹的面向我示爱……我还以为是你取得丽影别院、三才巷的胜利后高兴所致——却全然没料到竟是你演出来骗我的!清卓君,你骗我骗得好苦!"

她讲这些话时,眼圈竟是渐渐红润了。

"应该说,你也骗得我好苦。"白清卓的眉头缓缓拧紧,"那日丹池诗会上你亲自上演的一出活戏,不知骗过了多少人!"

上官雪衣沉吟着,一言不发。

白清卓双目精光如剑,向她迎面刺来:"在丹池诗会上刺杀方宝棠、嫁祸李井方的那个青衣侍女其实就是你。你先是假装与我和凌兰发生小小争执而回到癸字号彩棚里以泪洗面地伤心——流没流泪,我们自是看不到的,但你用这个借口顺势洗净了脸面的脂粉,然后施展画皮大法变换容貌,又以扶桑缩骨术改变身材,化身成一个谁也不认识的青衣侍女,就此实施了你的阴谋。在这个过程中,李井方确是分辨不出你的。而且你设的那个暗局,在当时也骗过了我们所有的人。"

听到白清卓讲得如此细致,上官雪衣面色微微而变,语气却平缓下来:"可是你们当时一直都是只看到我以青衣侍婢的身材相貌带李井方进了庚字号彩棚,谁也没看到我最后是怎么遁出庚字号彩棚的呀?这个谜底,你也来破一破?"

"这个谜底,我也是后来才想通了的。我想,当时真实的场景,应该是这样的。其实你暗算李井方后一直隐蔽在棚门的背面一侧,并换上了一件暗黄之衫,与庚字号彩棚的棚布颜色相似。然后,在方宝芹、高正思等人察觉异样而掀帘冲进来高呼凶手之际,你利用我们的注意力几乎全放在李井方身上的关头,再利用我们的视线盲区,以极快的身法一闪而出，挪移到门口边缘。别人只当你是一直在门帘之外看热闹跟着挤过来的'黄衫女'，而不会对你起疑。你再乘机混入人群之中，后又悄悄回到癸字号彩棚，处理好一切痕迹，重新变回上官雪衣的模样，自然是神不知鬼不觉的了。"白清卓缓缓道来，语气却显得笃定至极。

"好聪明的清卓君，你果然从来都没有让我失望过。"上官雪衣甜甜地笑了起来，"可惜，我千算万算却没算到方宝棠竟是天生异禀——他的心房位置恰巧偏右！我那一刀居然没能将他致命！这也是天意吧！清卓君，怎么样？你是一丝不苟、无懈可击的神探，而我布设的这个暗局也没让你失望吧？如果我俩的聪明才智配合在一起，整个大明还有谁是我俩的对手呢？"

白清卓垂下双目，沉沉一叹："炎阳宫的千面仙子，一人千面，媚惑众生，杀人如麻，血流成河。我应该是把你的名字叫作'血流成河'的'血衣'呢？还是'雪白无瑕'的'雪衣'？"

"我应该永远是你口中那个'雪白无瑕'的'雪衣'。"上官雪衣在脸上泛起一阵波澜之后平静了下来，"你以为凭我的功力，杀不了凌兰吗？杀不了方宝芹吗？只是念着凌兰多年如一日对你的照顾，只是念着方宝芹是你难得的红粉知音，我不忍下这个狠手！如果我不爱你，又何必顾忌这么多？"

白清卓闷了下来，避开了她这段话，又幽然讲道："或许是你父亲、你们对我有些轻敌了。我的师兄天峰秀士林映夕在午门廷杖之后，还一直被你们和张鲸所派出的各路高手追杀……而我白清卓，为何却仅仅是中了缠丝销金散就淡出京师了？也许在你们原本的谋划中，我并不值得你们如同重视我大师兄一样予以重视吧？"

上官雪衣直直地盯着他，突然像是听到了最大的笑话一样大笑起来，而笑声中透出一丝丝的凄然："你当然不知道，我父亲他们能够答应放过你，那是我答应了愿意到炎阳宫去当千面仙子！"

白清卓浑身一震，不由自主地往后倒退了几步，简直有些不敢相信自己的耳朵。

上官雪衣双眸隐有晶芒闪烁："炎阳宫到处悬赏千金要取你性命，你是不是觉得我很无情？"

白清卓深深一叹："看来，你早已知晓了顾少伦出于姑苏顾氏的隐秘身份。你们炎阳宫公开招募来的什么阿猫阿狗，其实都闯不过顾少伦那一关的。"

"所有关于你的事情，即使是远在千里之外，我自然会倍加留意。顾少伦以区区县令之职务掩蔽其身份，本也用心颇深，但如何经得起我的周览密察？毕竟，在这世间，或许只有我才是最在意你的一切。"上官雪衣拿起那尊嫦娥玉像在自己手掌中轻轻摩挲着，继续娓娓道来："你知道这些真相，也未尝不是一件好事。如今上官平芝、东方胜都败了,炎阳宫、引凤堂也毁了,日本国在大明国潜伏的势力基本上已连根拔起。我除你之外,一无所有了。我为日本国苦心孤诣了这十多年,也对得起他们了。我累了。我真的只想换一个活法——清卓,在你身边为奴为婢,我也心甘情愿。"

白清卓静静地看着西墙画像上那另外一个"自己":"雪衣,你太喜欢做梦了。你知道的——如今你的真面目一旦暴露,你哪有什么容身之地?"

"那也未必。"上官雪衣把那尊嫦娥玉像摩挲得润润亮亮的,"我如今活着留下来,对你和你的大明价值不小。明、倭双方即将开战,我既通晓倭情,又有一身的武功,你背后的申阁老、张公公恐怕都未必舍得杀我。不要忘了,今天午门献俘大典上还有一股强大的势力也在插手介入!杨寒、徐方深他们背后站着的是谁,你应该清楚。而且,你也明白那位洁柏上人、你的大师兄的实力有多么可怕!而他现在是朵颜部的国师。朵颜部近来可是不安得很哪!除了我,谁能帮你抗衡他们?"

白清卓凝视着她,久久没有答话。

正在这时,房门处传来轻轻叩响。他回身望去,竟是卢光碧赶了过来。

"什么事儿?"白清卓一愕。

卢光碧缓步而入,表情十分复杂地看了看上官雪衣,欲言又止,欲怒又静。

他隔了片刻才向白清卓定定地说道:"陛下让申阁老给你带了一道口谕过来。申阁老担心自己赶不及,让我先带来。"

一听此语,白清卓、上官雪衣都伏身跪下。

卢光碧站到南面墙边,异常庄肃地讲道:

"有旨,着将上官平芝之犯女上官雪衣发给白清卓为婢,钦此。"

清清浅浅的如水月华,在地面上浮映出一簇簇的云影檐态,看上去倒也空明澄澈。

午门城楼的通道上,朱翊钧负着双手,缓缓踱步而行。张诚率着一大队侍卫、宫女在后紧随。而陈矩则走在他们最前面,亦步亦趋地向朱翊钧奏报着白天东凤角楼阁室里发生的一切。

朱翊钧的脚步缓了下来:"原来东凤角楼里绑架你和方应龙的其实并不是倭国奸细?"

"张公公当时为了防备场中人多口杂,只得对外称是倭国奸细。"陈矩急忙解释道。

朱翊钧回过头来,看向了张诚。张诚垂着双手,恭然答道:"启奏陛下,他是当年金刚堡之役中辽东血刀营所剩的最后一员老兵,名叫徐方深。"

他把"最后一员"四个字说得特别响亮,言外之意便是:徐方深死了,金刚堡一事终于能够算是尘埃落定、彻底完结了。

"他和洪尔林给你们司礼监确实造成了不小的波动啊!"朱翊钧沉沉一叹,"你们这些日子也辛苦了。你们都是在替朕背这口黑锅啊!"

张诚深深跪了下来,满面的诚挚之色:"老奴一心只想让陛下永立尊荣圆满之地,如同佛祖金身一般,不可受到丝毫玷污。"

"尊荣圆满?"朱翊钧唇角轻扬,淡然而笑,"你也无须为朕掩饰了。如今徐方深都闹到这般地步了,朕若还不警醒,岂不是枉为人君了?金刚堡那件事儿,朕还是错了。朕一时贪求为自己的万寿节添喜,动了虚荣之念,害得一批像白清卓、顾少伦这样的热血义士在金刚堡葬身于无名之所。朕……朕很后悔。"

所有的人士都跪伏在地,不敢仰视朱翊钧泪光隐隐的双眼。

朱翊钧也抬起头来,仰望着夜空中高悬的那一轮皎月,沉肃言道:"将那个老兵的尸骸运出,在东鼎山上厚葬了吧。对他的家人也不要再追究了。金刚堡事件,到此为止。"

张诚、陈矩哽咽着答道:"陛下真是仁明无双、恩泽无方。"

朱翊钧摆袖让他们平身站起,又问:"朕今天应申阁老之请,将上官雪衣赐给白清卓为婢。朕还想把方宝芹也赐婚给白清卓。你们之意如何?"

陈矩笑道:"陛下这是要为白清卓成就一段'佳人配才子'的善缘?"

张诚却有些惊骇:"老奴却有些许异议。陛下若是真要荣宠白清卓,不如从宗室之中挑选一位公主或郡主赐婚给他即可。若是将宝芹小姐赐婚给他,而……而方应龙大人则腹有异同,未必是白清卓大人之幸事。"

朱翊钧横掠了他一眼:"申阁老的爱徒、方应龙的快婿,这双重身份的加持,不是更有助于他顺利入阁吗?"

张诚躬身言道:"老奴听闻何远来报,白清卓自己只想镇守边关,暂时无意入阁。"

朱翊钧一怔:"也是。倭寇即将来犯,南兵营在他手上必能建立奇功。他的入阁之事,就先缓一缓吧。"

他略一思忖,又道:"不过,朕还是要赐他一个兵部左侍郎的挂衔,有助于他在蓟镇地位超然,不受萧、李之争的波及。"

张诚一听,暗暗佩服朱翊钧:这位陛下驭人之道的手法当真是越来越圆融老到了。

精致明洁的水墨大理石小圆桌上，摆满了各色各样的菜肴、点心、水果，鲜艳香溢，当真是勾人食欲。

牟万珍埋头坐在桌边大吃大喝，仿佛对每一道菜品都不肯放过。直到啃完最后一个猪蹄，他才把手一拍，牟健慌忙让侍女上前为他擦脸洗手。

他突然面色一变，怒气勃发，猛地将圆桌往外一掀，"咣啷"一声，盘盘碟碟散落了一地。牟健、侍女们赶紧跪在一旁，大气也不敢出。

牟万珍捏紧了拳头，来来回回地飞快蹀步着："'观'卦！'观'卦！'观国之光，利用宾于王'！卦辞的意思难道是这样？我牟某人倒真成了他朱翊钧举办献俘大典以示国之荣光的一个看客了！直'观'得我心头滴血！

"可是我们在午门献俘大典上的布局设置得那么精巧，怎么会被白清卓一伙儿化解于无形了呢？让朱翊钧大丢脸面的事儿一件也没有发生！内阁要员也一个都没受损！反倒是上官平芝和引凤堂全军覆灭了！我牟某人就是'观'到了这样一个结局？"

长跪在餐厅门帘之外的那个青衣蒙面人喏喏地说道："白清卓等人竟以午门献俘大典为瓮，而施行请君入瓮之计，刻意引诱上官平芝等人入局，实在是狡诈至极。"

"上官平芝他们也蠢！只想在午门献俘大典上孤注一掷、出奇制胜，就如赌徒一般！"牟万珍停止了疾走，冷冷地骂道："他的主子，那个叫丰臣秀吉的疯子，恐怕更是一个赌徒！所以，倭人成不了大事！我本不该对他们寄望过高的。"

讲罢，他徐徐步出餐厅，睬也不睬那跪在地上的青衣蒙面人，而是望着客厅正壁上悬挂的那条"雾隐龙潜"四字长幅，不禁缓缓叹道："可惜了！可惜了！我本乐善好施，不愿与任何一位高明之士为敌。现在，时势所逼，芝兰挡道，我也只有不得已而除之了。"

青衣蒙面人在他身后伏地而道："大掌柜一手翻天、乾坤在握，区区白清卓何堪为敌？"

牟万珍回转了身，看了看他："这一次你受了重伤，元气未复，未能进临午门大典现场替我监控局势，这确是我算错了一着。"

青衣蒙面人恨恨说道："百劫上人那边的人也没有和上官平芝、东方胜等人及时联手呼应、合击大明……不然，朱翊钧怎会在这大典之上如此安然稳坐？"

牟万珍叹了一口气："朵颜部也不希望倭人的势力在中原一枝独大啊！"

青衣蒙面人不无忧虑地讲道："现在最要紧的是千面仙子上官雪衣已经落到了白清卓的手里……"

"她没自杀？她亦没被处死？"牟万珍十分讶异。

"我们在上官府的暗线来报,她被朱翊钧赐给白清卓为侍婢了。"

"白清卓把上官雪衣收为了侍婢? 这一手真是高明啊! 他这是在用上官雪衣为香饵钓大鱼呢……"牟万珍的目光幽幽一亮,"看来,白清卓并没有在午门献俘大典得胜之后迷了方向啊!"

青衣蒙面人咬了咬牙,说道:"上官平芝会不会把和我们交往接触的事情告诉了上官雪衣?"

牟万珍冷笑道:"上官雪衣从来没和我直接照面过,她是不知道我真实身份的。而且,倭人和我们对朱翊钧是共同敌视的。他们出卖我们,只会有利于朱翊钧——他们会干这种蠢事儿?"

青衣蒙面人沉沉地俯下了头:"但是,在下终究已经在上官雪衣的眼前暴露了……"

"没关系。你近期也不用在京师待了,带上我的信物,去朵颜部找百劫上人,让他在朱翊钧巡边阅视的关头做好准备——这一次,决不能再失手了。"

牟万珍讲完,递给了青衣蒙面人一个信物,那是一个奇特的手钏,上边只穿着三件宝贝——一枚小璧、一只实心小玉瓶、一颗赤色明珠,十分好看。

青衣蒙面人接过这个手钏,还是有些疑虑未定:"在下听闻百劫上人曾经是白清卓的大师兄——天峰秀士?"

牟万珍斜瞥了他一眼:"他确是白清卓的大师兄不假,可他现在更是朵颜部的镇国大法师! 他很清楚自己在这紧要关头应该怎样去做的。"

四十五

东霖院的后院厨房里,上官雪衣穿着一身粗布衣裳,在冰凉的水盆中小心翼翼地淘洗着青菜叶。她原本纤白如玉的手指早在这几日的辛苦劳作中磨破了皮肤,肿得似小胡萝卜一般。

而且,她的头上只用碧绦简简单单地束着发髻,再也无钗无环,完完全全便是下等婢女的打扮。汗水从她脸腮流下,没了脂粉的涂抹,她的容色倒是显出一种莫名的红润。

小芸在她身旁一边打着下手,一边感慨万分地说道:"小姐,您怎么吃得了这些苦头?白公子他们对您真是太狠心了……"

虽然目前有很多人在她耳边啰唆上官小姐是什么炎阳宫杀人不眨眼的女魔头,又是什么倭人的奸细,但小芸一直认为上官雪衣还是那个和自己相伴多年的娇贵小姐。今天她竟落到这般田地,小芸也实在是有些看不下去。

听着小芸的唠叨,上官雪衣默不作声地做着自己的杂务,并不回应她。

小芸愈发激动起来:"您对白公子究竟有多好,我平素都是看在眼里的。他真的忍心让你做这粗活、脏活?"

上官雪衣实在是忍不住了,回过头来看着她:"我现在是清卓君的御赐婢女!不干这些粗活、脏活,我去干什么?和他一起在厅堂上吟诗作赋、谈风论月?"说到这里,她心底忽然暗暗一酸,"我可没方小姐那样的好父亲、好家庭!我现在能帮他做好饭菜、熬好汤药,就已是心满意足了!"

小芸将她洗出来的菜叶一片片在瓷盘里整理好,噙着眼泪说道:"小姐您永远是我的小姐。您到哪里,我就跟到哪里。"

上官雪衣瞧着她叹了一口气:"清卓君可能是怕我一个人在他身边为奴为婢太孤单,所以便把你也买了来陪我吧。"

小芸又低低地向她说道:"我昨天听见别人谈起,凌姑娘还想给您戴上脚镣手铐,说您会出手暗害白公子。是白公子阻止了她……"

"他若要给我戴,我就戴。"上官雪衣怔了一下,却仍是爽爽朗朗地说道,"我当婢女,当得大大方方、磊磊落落!就是凌兰那么挑剔我,也对我的活儿说不出半个'差'字来!我煮饭比她好吃,我熬药比她好喝,她还不是得乖乖把这些活儿让出来?"

小芸双眼盛满了泪水:"小姐你变了,你真的变了。"

上官雪衣这时听得屋角陶罐里药汤熬起翻滚的"咕嘟"声响,急忙将湿淋淋的双手在围裙上擦了几下,飞快地跑了过去。她揭开锅盖,用小勺舀起一点儿药汁尝了一下,颇感满意地自语道:"这药汤的火候算是恰到好处了!"

小芸远远地看着她这番举动,泪珠儿直淌而下。

当上官雪衣端着汤药送进白清卓的阁室时,正见到他和顾少伦、凌兰在谈论事情。

顾少伦刚说到"引凤堂所有店铺都查抄过了,但似乎没有多少线索留下……",看见上官雪衣进来,便急忙闭上了口。

而凌兰则一直冷冰冰地注视着她的一举一动。

上官雪衣恍若未闻,径自将药碗捧到白清卓手里。

白清卓端起碗来,眼中对她视若无物,口中却道:"上官姑娘,你恰来此,白某正有几句话对你明说。你我二人之间,于私,你于我无害,我亦不会伤你;于公,你曾经身为倭人奸细,有损大明,我应该送你入锦衣卫严惩。但陛下而今命你为婢于我,我不可推拒。但你也仅为奴婢而已,你可切记。"

上官雪衣垂头应道:"雪衣明白。"

白清卓瞧着碗中的药汤泛起层层微澜:"你是上官平芝之独女、炎阳宫之原宫主,日后必有你的同党来寻觅你。我若以你为'饵',未免失之在酷。你自己可有办法处置掉这些枝枝蔓蔓?"

上官雪衣的面色平静至极:"我已为你之婢女,则甘心于此,再无他念。世间已无千面仙子,只有一介为奴为婢以了却残缘的上官雪衣。他人若来,与我何干?清卓君,你守株待兔也罢,请君入瓮也罢,只管尽情为之,我都无话可说。"

白清卓默然无语。

凌兰却冷笑道:"那我们将来就要看你这诡诈多变的千面仙子能不能言行如一了。如果你稍有异心,我可是毫不留情!"

上官雪衣忽地仰起脸来盯向白清卓:"不过,他们若是因上官平芝之败而迁怒于我、灭口于我,清卓君,你又何以待我?"

白清卓缓声道:"你是御赐之婢,我岂敢不救不护?"

上官雪衣粲然一笑:"如此甚好。"

白清卓拿起桌儿上石星、方应龙收到的那两张仿写自己笔迹的字条,递到她的眼前:"这仿写李成梁假密函和我的假字条的人究竟是谁,你应该是知道的。"

上官雪衣正视着他:"清卓君心中已有可疑之人,何必多问于我?"

"你既已甘心为我之婢女,难道不应该对我知无不言吗?"白清卓慢慢地转动着掌中的药碗，"你我坦诚相待，就从这件事情开始吧。"

"好的。"上官雪衣浅然一笑，"清卓君如此聪慧，应该不会犯视远不视近之弊吧？试问'京师四大才子'之中，谁人书法最佳？"

顾少伦一听，失声叫道："原来是他？玉笔判官崔波？"

白清卓缓缓点头："果然是他。"

上官雪衣又款款而道："我对清卓君自是毫无保留的。那日在萧虎臣吞胡宴上，刺杀李如松而反遭凌姑娘以寒铁簪刀所伤的青衣蒙面人，也正是他。"

凌兰一怔："他也是倭人奸细？"

"他只是我们的外援，如同徐方深、杨寒一样。"上官雪衣平静而言，"崔波的幕后另有主子。他的那个主子在大明朝颇有势力，但一直十分神秘，只与我父亲单线联络。实话实说，我也不知他是何人。"

白清卓冷冷地盯着她，一言不发。

上官雪衣迎着他犀利的目光，依然是淡淡笑道："我言尽于此，你们信或不信也只得随意。"

场中静默片刻，白清卓将碗中药汤忽地一饮而尽，肃声言道："我相信你这些话。你的药汤确实比凌兰熬得更好——看来，你非常懂得如何对症下药。"

凌兰向白清卓娇嗔道："二师兄！你又嫌我……"

白清卓徐徐说道："我先前让缠丝销金散之毒停留在我身上却一直不运功化解，你可知为何？"

上官雪衣慢慢侧过脸去："你是想用这中毒患症之表象迷惑我的父亲，还……还有我……"

白清卓轻轻摸出那只温玉香囊，轻轻又道："而你在我入京之初所赠的这件东西，却令我体内缠丝销金散的毒性被压制了不少……"

上官雪衣没有正面看他，声音却有些酸涩："我一直都想在你面前为奴为婢赎清当年的……"

凌兰怔怔地看着上官雪衣的侧影，忽然一下明白了什么。但她此刻也只能在心底暗暗叹了一口气。

白清卓却把话题引了回来："先前我只是用内家真气镇住了缠丝销金散，现在却要在全身筋脉中一处一处地拔除这种奇毒。"

上官雪衣擦去眼泪，回过身来："清卓君所言不错。谚语有云'病来如山倒，病去如抽丝'。实际上，要化解拔除缠丝销金散，也如剥茧抽丝一般，须得一处一处循序渐进。"

白清卓点了点头："我知道了。你退下吧。"

上官雪衣却未动身，而是闪亮着双眼："我有办法为清卓君舒筋活血渐渐拔毒。"

顾少伦禁不住喝道："你诡计多端，莫非又在想什么花样来暗害白参将？白参将——她可是千面仙子！曾经悬赏要你人头的千面仙子！"

"当初我是以炎阳宫名义悬出重赏要清卓君的人头，只想让你们退出京师！而且，清卓君的人头不是好好地长在他的脖子上吗？"上官雪衣朝顾少伦幽幽笑道，"顾少爷，我全身气脉都被你用顾氏独门回天指牢牢锁住。我的体质现在就是一个弱女子，又能在清卓君身上做出什么花样？"

白清卓放下药碗，淡声道："让她试一试。"

上官雪衣轻步来到白清卓身后，先是屏住了一口气息，而后伸出一双纤手，在他的肩膀处缓缓按摩起来。

她的指掌虽是已无内劲，但却灵巧敏捷，而且力度适中，对白清卓肩臂处每一块肌肉、每一道穴位的揉捏都十分到位。白清卓顿时感到自己原本僵硬麻痹的肩肌在她的指点掌摩之下终于慢慢变得松弛舒服起来。

接着，上官雪衣又转为用紧握的粉拳轻轻地敲击，每一下都巧妙至极地敲打在他血脉流转的节奏之上，促进他体内一波一波血液的加速奔流，仿佛冲走了血脉中的阻塞之物。

白清卓只觉浑身舒泰，躺在了靠椅之上，双目微微闭合，呼吸也变得越来越顺畅。

凌兰紧紧地盯着上官雪衣，看到她的手指腕掌只在白清卓肩臂间来回动作，而未伸到其他部位行挑逗之举，这才渐渐放了心。

而上官雪衣也毫不理会她那刺人的目光，仍是婷婷袅袅地站着，在一下一下按摩抚弄中仿佛使尽了全身所有的力气，很快就变得香汗淋漓、鼻息沉沉。但她硬是闭紧了樱唇，不让自己的娇喘脱口而出，免得引来凌兰更加凌厉的目光。

白清卓却感到自己肩颈穴处先前沉积多年的麻木感正在一丝一缕地慢慢消失，体内气血流到了这里也终于变得运转自如。他的唇角不禁飘出了一丝微笑。

一个时辰之后，上官雪衣宛若虚脱了一般坐倒在地，汗湿衣襟。她休息片刻才开口轻轻说道："清卓君，我今天只能帮你舒活到这里了。我就要下去准备晚饭了。"

说完，她有些摇摇晃晃地站了起来。

白清卓依然双目微闭，却忽地开口问道："或许我应该让人解开你的穴脉，这样你就不用像刚才那般辛苦了。"

上官雪衣毫不迟滞地答道："不用。何必让他们徒生猜疑？我现在就是一个平平常常的婢女——累死累活也是为了侍奉你。"

白清卓缓缓垂下了眼帘："好。你下去吧。"

当上官雪衣刚刚退出阁室，何远便飞步直闯进来，满脸的焦躁之色，一见白清卓就喊道："白参将，出大事了！朵颜部那边出大事了！"

白清卓和顾少伦听了，俱是心头蓦地一沉，二人对视一下，显得甚是惊骇。

红木托盘上放着一件轻轻薄薄的棉衣，撕开的口子处露出的棉絮更是泛黄发臭。张诚用手指一捻，那些棉絮便散成了细渣碎屑。

申时行、方应龙、许国、王一鹗、石星等人在御书房坐成一排，注视着这件烂絮棉衣，个个脸上表情复杂至极——大明朝今年真是多事之秋，一波未平一波又起！

朱翊钧面色还算镇静，手里拿着一份奏表，平平道来："诸卿看一看，这便是朵颜使臣呈递进来的棉衣样品——他们今年从引凤堂购进了八十万件棉衣以御寒过冬，居然到手的却是这等的劣品！现在，朵颜部认为是中原人氏故意以此谋害其民众，要求朕必须秉公处置，否则他们就要南下前来避寒、问罪！"

方应龙听罢，勃然怒道："岂有此理！小小朵颜，也敢如此不逊？"

申时行长叹一声："方大人勿要激动。换成我们若是从朵颜部也采购到了这八十万件劣质棉衣，您恐怕连吃了朵颜的心思都会冒出来的。"

王一鹗点破道："引凤堂当时故意卖给朵颜这八十万件劣质棉衣，只怕就是事先埋下了这个伏笔来离间我大明和朵颜的关系啊！"

"还是先就事论事吧。"申时行若有所思地讲道，"只要把这八十万件合格棉衣的'口子'堵上了，他们也就无从发力了。石尚书，目前从引凤堂里查抄到了多少资产？可否充作这八十万件棉衣的赔偿？"

石星闻言，向朱翊钧奏道："启奏陛下，这几日户部盘查下来，引凤堂外示繁荣，实则虚有其表。它的店铺物品几乎全是东方胜打着上官平芝和礼部的牌子坑蒙拐骗而来的，没一件能够落到实处——把他们真正的资产折算下来，还不到两万两白银！"

"什么？偌大的引凤堂还不值两万两银子？"张诚大吃一惊，"那上官平芝的府中呢？"

王一鹗答道："石尚书和我们兵部的人共同前去上官府查抄，也只拿到了二三万两白银。"

方应龙、许国等人不禁面面相觑。

申时行若有所忆，又问："你们去查问过那个上官雪衣了吗？"

王一鹗直言道："虽然她是白清卓的御赐侍婢，我们也拿了她来严刑逼问过，她一口咬定上官府、引凤堂的庶务都是由上官平芝和东方胜执掌，她什么都不清楚。"

朱翊钧缓缓一叹,微微垂下了眼帘。

张诚会意,开口讲道:"这三四万两银子怎么充作得了朵颜部的损失呢? 朵颜使臣进呈的奏报中说,他们是预付了四十万两白银购买的这八十万件棉衣! 现在这四十万两银子到哪里去了? 按照白清卓、何远他们的说法,倭贼奸细的窝点都已被我们扫荡无遗,那倭贼们搜刮的金银财宝又怎会不翼而飞?"

石星、王一鹗慌忙离座跪下:"臣等自当继续竭力追查,不可让倭贼阴谋得逞。"

张诚双眉一掀,冷然又道:"老奴以为,为了补充国库安抚朵颜,我们可以继续深挖上官平芝在朝中的'奸党',查抄他们的家产,以儆效尤!"

这时,方应龙却站了出来,正言道:"张公公此言不妥。既然朝廷对外宣称上官平芝是'谢罪自杀',又何必大兴党狱,闹得沸沸扬扬?"

"方大人言之有理。"申时行接过话头,瞅了瞅朱翊钧,缓声说道:"陛下,据老臣所知,引凤堂虽是空架子,但平素与它关系较为密切的德润斋却是富足有余——也不知引凤堂可与德润斋有什么暗底下的勾连否? 有司能否先从德润斋去旁敲侧击一下?"

张诚立刻闭口不敢多言,只是拿眼瞧着朱翊钧。

朱翊钧踌躇了一下:"有一部分宗室王爷和外戚公侯在德润斋投有股金,不好轻易去碰触它的。"

申时行正视着朱翊钧:"万历四年之时朝廷便有申诫,宗室犯法,必与庶民同罪!"

朱翊钧避开了他的锐利目光,沉默了下来。

阁室之中,顿时一片莫名的静寂。

良久,许国艰难地开口了:"依老臣之见,可否先由户部垫付这四十万两白银去山东、江南各地织造厂和衣装铺购买这八十万件棉衣?"

石星满脸愁云地说道:"哎呀! 户部正在紧急筹措补发各地营兵的欠薪欠饷,目前尚且缺口不小,哪有余钱去垫付购买八十万件棉衣呢? 况且突然要调购这么多的棉衣,还要赶在下个月入冬之前……陛下,老臣实是无能失职,您把我免官放逐了吧……"

张诚瞧了一眼朱翊钧,替他训斥石星道:"身为大臣,自当肝脑涂地为国效忠、为君分忧,哪有一遇难事便撂挑子不干的? 那是有负圣恩!"

石星只得灰溜溜地坐回了原位。

许国继续讲道:"可否由朝廷先派一位钦差特使去安抚住朵颜?"

申时行皱着眉头说道:"从朵颜部的奏章来看,他们来势汹汹、咄咄逼人,只怕非三寸之舌可以说动。"

王一鹗面露深忧之色，再次直言讲道："陛下，老臣有一些情况不得不在此奏明一下。此番午门献俘大典，朵颜也派了使臣参加——但他们起初报上来的名单里本有他们的王子柯义罗。结果到了正式参加大典之际，柯义罗却无故缺席，这本身就是朵颜对大明的不尊重！现在，献俘大典刚刚结束，他们便又掀起这场风波，岂非另有蹊跷？"

朱翊钧面有波澜，直视着他："你是兵部尚书，你把你关于朵颜部的所有疑虑今天都当着众卿的面讲出来吧。"

王一鹗肃然奏道："陛下，根据我们兵部从前线收集的情报来看，这几年朵颜部暗中厉兵秣马，实力暴增，似有蠢蠢欲动之异样。而且，他们新任的镇国大法师百劫上人更是神秘莫测，仿佛野心勃勃，在推进朵颜部收服四邻土蛮部众方面屡有斩获……"

朱翊钧目光一沉："你是说朵颜部可能在用'八十万劣质棉衣'事件借题发挥、猝然作乱？"

王一鹗深深奏道："老臣以为，为防万一之猝变，不可不未雨绸缪。"

"刚才关于朵颜部的那些情况可是白清卓告诉你的？"朱翊钧突然问了王一鹗一句。

王一鹗点了点头："圣明莫过于陛下。"

朱翊钧沉思了片刻，正颜道："这样吧，我们对朵颜双管齐下、两手准备。其一，由礼部左侍郎关国光为钦差特使，率队前去朵颜沟通，就八十万件棉衣补给的有关事宜进行协商；其二，让白清卓回归喜峰关南兵营以预防朵颜部众猝然生乱。他此番回去，可挂兵部左侍郎之职衔，并有进退自专之权。"

他讲完之后，目光扫向全场，只见众人表情不一，甚是复杂。

申时行咳嗽了一声，开口奏道："陛下，白清卓负有出将入相之才，可堪大用，不宜远出啊！"

"申阁老，正所谓'疾风知劲草，板荡识诚臣'。"朱翊钧淡淡笑道，"白清卓此番重回喜峰关必建奇功，让我们对他的出将入相之才拭目以待吧。"

说着，他亲自提笔在御案上"唰唰唰"地题写了一副字：

金戈铁衣耀社稷，侠骨丹心筑太平。

然后，他喊来张诚："你们去向白清卓传旨之时，把朕的这副对联也赐给他，让他高挂南兵营的正堂之上！"

四十六

听完何远关于朵颜部八十万件劣质棉衣一事来龙去脉的讲述之后,白清卓的眉尖不自觉地跳动了几下,神情十分沉郁。

他缓缓地低声吟起了申时行那首《咏双面佛》:

身隐身灭化无双,翻脸佛陀变金刚。

痴迷通慧皆外象,一念成真定三江。

顾少伦亦有所悟,坐在一旁默然不语。

白清卓吟罢,对门边的仆人唤道:"去喊井方兄前来。"

那门仆随即应声而去。

何远瞧着白清卓如此肃重,不禁转圜道:"清卓兄不必过虑。这朵颜虽然来势汹汹,但终归只是八十万件棉衣的补偿事情……不过,大明朝如今经费紧张,一时凑拢不齐罢了。"

待李井方进得屋来,顾少伦向他说明情况之后,白清卓才缓缓言道:"怎么会单单是'八十万件棉衣'的事情呢?这件事情极有可能是朵颜与大明之间爆发大战的导火索!"

何远、李井方、凌兰都吃了一惊:"怎会如此严重?朵颜可一直是大明朝的藩属部落……"

白清卓深深亮亮的目光投向了凌兰:"你们知道如今的朵颜部镇国大法师百劫上人是谁?他就是白某的大师兄、当年名动江湖的天峰秀士——林映夕!"

"什么?"何远、李井方都不禁惊呼失声。

凌兰更是显得十分骇然,一下跳了起来:"大师兄不是辞官归隐、杳然无踪了吗?他怎么会去朵颜当了国师?"

白清卓又看向了何远,认真说道:"而且,据白某推断,他还是洪尔林、徐方深那一股势力的幕后主谋。"

何远大为震惊:"我一直就有些怀疑,洪尔林、徐方深他们背后若无强大势力支持,怎会在京师闹出那么大的动静……"

白清卓继续讲道:"我前些日子和他还在凤鸣寺见过面,他虽然承诺他本人不会在午门献俘大典上露面生事,但回到朵颜后就发动了这场八十万件棉衣事件!我还是麻痹大意了。"

何远皱眉问道："你觉得这八十万件棉衣事件背后又藏着他的阴谋诡计？"

凌兰却呆呆地自语道："大……大师兄怎么会成了这样的人？他……他难道还要对付二师兄和我吗？"

顾少伦伸手过来握住她的玉掌，低声道："听你二师兄的，不要多虑。"

那边，白清卓缓缓道来："八十万件棉衣事件，必是我大师兄林映夕向大明借题发挥、猝然发难的一记狠招！正所谓师出有名，他已经借着八十万件劣质棉衣成功激起了大部分朵颜民众对大明朝的怨憎和愤怒，然后再以避寒、问罪两大借口南下杀来。我们在道义上还无法与之硬抗。所以，这一次我们大明这边是非常被动的。

"现在，我们要立即通知前线，不要心存任何侥幸，南兵营在喜峰口随时准备对付朵颜的突袭发难。"

何远诧异地问："局势居然严重到这个地步了？"

白清卓肃颜道："可能现实比我预料得更严重。我们在这里谈话的时候，百劫上人说不定已经率领朵颜大军往喜峰关直逼而来。"

何远变色道："我稍后回去司礼监，把你这些话带给张公公他们。"

白清卓笑了一下，吩咐凌兰道："小兰，你下去收拾一下。陛下让我们返回喜峰口关城的旨意应该很快就会送来了。"

顾少伦插话道："白参将你也无须太过焦虑。你我都知道，南兵营在喜峰关一直对朵颜部是严防密备。吴惟忠、庄驰他们不会对朵颜掉以轻心的。"

白清卓微微领首："你看——因为林映夕的缘故，居然让我今天也失了分寸。"

李井方试探着问道："清卓，你的大师兄真有那么厉害？居然令你如此忌惮？"

白清卓正视着他，轻轻叹道："我此番重回喜峰口，必是去打一场大仗、一场硬仗、一场苦仗。日后若能与你再见，就真的是幸会了。"

李井方很认真地讲道："需不需要李某一道前往喜峰口助你一臂之力？"

白清卓凝思有顷，答道："你还是迅速赶回宁远伯的身边。也许你回到锦州府，为宁远伯和如松将军提供正确的建议，便是你对我最大的帮助。"

李井方点头说道："好。我今晚便先行一步，火速赶回辽东镇去。"

永定门在晨光中还是那般巍峨雄壮，仿佛一座金灿灿的小山朝天耸立。

白清卓举头遥望，甚是慨然。两个多月里，他在这里纵横驰骋，虽然历经了种种坎坷，自己也终于算是得志而归了。看着后面那两辆装满了"献俘赏金"的马车，他的喜色不禁浮上眉梢。

此番离开京城，他并没有通知多少人。闻讯赶来的，只有方宝棠、方宝芹兄妹和王一鹗、卢光碧二人。

方宝棠一身清爽之气,满面欣容,向白清卓抱拳说道:"清卓君此去喜峰口,兼职兵部左侍郎,必能一展雄图、大放异彩!"

白清卓还礼笑道:"还望方公子在京师为我们南兵营多多鼓与呼。"

"那是自然。"方宝棠肃色言道,"大敌压境,京中清流若还不能团结对外,岂不是白读了多年的圣贤书?"

白清卓微微颔首。

方宝芹也笑盈盈地移步前来:"清卓,我今天也备了马车,要陪你去喜峰口游历一番。"

白清卓一愕:"这怎么使得? 方大人他……"

方宝棠瞧着他和自己妹妹,唇角带笑,欲语还休。自从父亲大人那日从宫内侍宦口中得知陛下将要把方宝芹赐婚给白清卓的风声之后,他也就默许了方宝芹和白清卓的交往。以方应龙的深厚阅历和老练目光,已然看出,只要这一次白清卓能够平息八十万件棉衣之乱而返回京师,必会入阁拜相无疑——自己的女儿也迟早会被圣上赐婚给他! 那么,自己又何苦再从中当个恶人? 而且,这段时日里白清卓表现出来的沉稳笃实、中正仁和,也让方应龙不由得抛除党派之见而对他渐有改观。所以,今天他也认可了方宝棠、方宝芹兄妹来见白清卓。

方宝芹刚才那番话一出口,凌兰自然是满脸的欢迎之色,而侍立在马车旁边的上官雪衣却平静得毫无波澜。

王一鹗呵呵笑道:"清卓老弟,方小姐既有如此盛意,你自然是不能推却的!"

只见方宝芹注视着白清卓,款款吟道:

千里渥洼种,名动帝王家。金銮当日奏草,落笔万龙蛇。带得无边春下,等待江山都老,教看鬓方鸦。莫管钱流地,且拟醉黄花。

唤双成,歌弄玉,舞绿华。一觞为饮千岁,江海吸流霞。闻道清都帝所,要挽银河仙浪,西北洗胡沙。回首日边去,云里认飞车。

白清卓听出她吟诵的正是辛弃疾的名词《水调歌头·寿赵漕介庵》。而且,"唤双成,歌弄玉,舞绿华"九个字和其中蕴含的董双成、秦弄玉、萼绿华三位仙子的芳名,更是让他心弦隐动:方宝芹不顾世俗之论而倾心自荐之意已是溢于言表。

于是,他心念一定,大大方方地答道:"承蒙宝芹小姐不弃,同往喜峰口一游即可。"

凌兰立刻眉开眼笑地拉了方宝芹下去安排同行事宜了。

王一鹗这时才靠近过来笑道:"清卓,你现在可是我兵部的左侍郎。我把王七三他们派来保护你?"

白清卓摇了摇头:"王大人,白某到了南兵营,只怕什么妖魔鬼怪也近不了身。"

王一鹗又道:"你去喜峰口处置好朵颜之事后,便赶紧回京。我兵部还等着你主持平倭防寇的大计呢!"

白清卓向王一鹗郑重言道:"朵颜八十万件棉衣事件非同小可,可能会有刀兵之患。蓟镇那边,兵部还须多加提醒。"

王一鹗眉头微皱:"我回去后再给萧虎臣去一封亲笔函。想来萧虎臣即使再有党派之歧念,应该也不会拿军国大事来坏了大局吧?"

白清卓低声说道:"那日吞胡宴上,萧虎臣不就演了一出极好看的双簧戏?"

王一鹗听得心头暗惊,将白清卓右手轻轻一捏:"你的这些话,我记住了。"

他俩谈罢,卢光碧又上得前来,开口便道:"申阁老有要务缠身,不能亲来相送。我代他来送你一程。你去喜峰口,一定要多加小心。申阁老还盼着你尽快回来一起共担国事呐。"

白清卓叹道:"申师傅自己也要当心哪!清流之党议,有时已是不择手段、巧立罪名、吹毛求疵!他亦要想得通泰一些才好。"

"方应龙近期倒是收敛了不少,但那些'小鬼'却依然是叽叽喳喳、啰啰唆唆,可是也无伤大局。"卢光碧一边淡淡说着,一边又瞧了瞧侍立在马车一旁的上官雪衣,点明说道,"申阁老将雪衣留在你身边是有深意的。不过,以我多年对她的观察——她毕竟和她父亲是不同的,对你也有真心。你……你若用她,也用得起来。"

白清卓沉沉静静地听着,瞥了瞥那边方宝芹亭亭玉立的身影,又看了看上官雪衣温婉恬和的举止,心中暗自波澜起伏。两个月前,自己返京之际,前来永定门迎接自己的有二人——一为方应龙,二为上官雪衣。而今自己离开京师,带走了方应龙的女儿方宝芹和上官雪衣二人。这可真是宿命里兜兜转转、回环起伏的奇妙之处啊!

喜峰关南兵营大门处,吴惟忠、庄驰正带着除去守城、斥候的士兵之外剩下的七千弟兄列好了队形,整整齐齐笔挺而立,欢迎白清卓的归来。

在静静的等待中,庄驰目望远方,不禁思绪翻跹。白清卓是庄驰平生最为敬重的人物之一。他是戚家军南兵营中资历甚深的高手,起初原本对白清卓这样的才子儒生出任本营参将是有些排斥的。

对于书生墨客,庄驰和大多数戚家军弟兄一样,心情很矛盾。一方面,他对这些人嘴里那些所谓天理人欲、三纲五常式的经典教条敬畏有加；另一方面，这些说起话来道理一大堆的人办起事儿来却往往让他诧异不已。这些人办正事迂腐庸沓，可是捞起钱来手段比猴都精，钻营起来脸皮比猪都厚。一个个遇到树名邀誉的机会便争先恐后，到了拿章程做决断的时候，却言不及义，纷纷推诿。庄驰以为，如果满朝官员多是此类人物，大明前景必将不妙。

万历十一年，白清卓被发到南兵营当参将，庄驰起初也是并不太看好他的。然而，这位新参将外表虽似十分文弱，可眼神中却透着一股澄澈宁静之气。那是一种胸中有丘壑、有操持、有担当、有作为的沉静。果然，这位文章学问名满京师的圣手狂生，并不是那种只能纸上谈兵的书呆子。他一到喜峰关，就稳住了大家因戚大帅南迁而纷纷惶乱的军心，然后以病弱之身带领指挥弟兄们扫清了纵横大漠为霸一方的边境游匪，恢复了喜峰关三百里内商道的井然流通，也重新把戚家军南兵营拧成了一股铁绳，更将喜峰关经营成了大明朔方的一座重镇。军中庶务，本是极为枯燥，却硬是被白清卓当作了万世之雄图、不朽之伟业来做。从白清卓的身上，庄驰仿佛见到了书传史册中西晋时羊祜、南宋朝岳飞等震世名将的影子。

所以，当先前杨寒私下里向庄驰非常隐晦地透露出他要去京师闹事讨薪时，庄驰表示出了强烈的反对：有白参将在，南兵营无难事；白参将办不到的，你杨寒更办不到。然而，杨寒不听自己的劝说，终究还是走上了绝路。

他正回忆之间，身边的弟兄们突然发出潮鸣般的欢呼声。他一抬眼，一行车队正从南而来，缓缓驶近。而领先的第一辆马车车厢拉开了车帘，里面赫然显出的正是白清卓那端重挺拔的身影。

庄驰和吴惟忠一道急忙迎了上来。

马车徐徐停下，方宝芹和凌兰一左一右陪着白清卓慢慢下得车来。他和吴惟忠四目对视，眼中俱是晶芒闪闪。

然后，白清卓转过身来，面向群情欢欣的战友们，扬声大喝："弟兄们！我回来了！"

众人齐呼道："白参将辛苦了！"

白清卓郑重地从方宝芹手中接过两只卷轴，双手一抖，"哗"的一声轻响，两条字幅垂了下来，正是朱翊钧颁赏的御笔对联：

　　　金戈铁衣耀社稷，侠骨丹心筑太平。

他举着这副对联，朗朗说道："这是当今陛下赏赐给我们南兵营的御笔箴言！这也是当今陛下对南兵营的最高褒扬！"

在场的所有人士都齐刷刷地跪了下去："万岁！万岁！万万岁！"

礼毕，白清卓收好字幅卷轴，让仆役们从后边那三辆马车上抬下了八口红木大箱，摆放在七千将士的队列之前，又高声讲道：

"这里面装着我们南兵营此番献俘所得的九千八百两黄金。顾县令和本将把自己协助朝廷查获谜案所得的赏金兑换成二百两黄金，终于凑齐了一万两黄金！庄驰！拿下去分给每位弟兄一两黄金！"

一两黄金对普通士卒而言，已算是天价的巨款了。各位士卒欣喜至极，齐齐欢呼："感谢陛下！感谢朝廷！感谢白参将！"

白清卓又苦口婆心地讲道："各位弟兄，陛下和朝廷既然没有忘记大家的劳苦功高，大家便要扎扎实实地为朝廷守护好大明的北大门！不能让敌寇前来生事！"

吴惟忠引领着七千将士齐齐响应道："为国尽忠，不负圣恩！为国尽忠，不负圣恩！"

他们的呼声直冲云霄，山鸣谷应，历久而不散。

进了议事厅，白清卓刚一落座，来不及与吴惟忠等叙情，开口问向庄驰："我前几日来信让你们对城中德润斋分店监控到位，此事落实下去了吗？"

"早就派人把他们盯起来了。"庄驰点了点头，答道，"我们昨天下午刚把先前存放在德润斋分店的款项和粮物都转移了出来……"

白清卓一听，不禁一拍膝盖，失声叫道："坏了！坏了！你这一举动，必是引起他们的警觉了！凌兰！你马上带一队弟兄去把德润斋分店径直接管了，把店中人员全部拿下！"

凌兰应了一声，飞步而去。

顾少伦在旁诧异地问："清卓，你怎么一回关城就盯上了德润斋呢？"

白清卓看了看吴惟忠等将领，觉得应该把有些话语说敞亮了，便娓娓说道："我们这么多年以来都在和德润斋打交道，关系颇为复杂。但目前来看，德润斋亦有颇多可疑之处。你们看一看这些数据：每年在喜峰口关城进出来往的互市生意，居然有四分之三的背后都有德润斋的影子！也就是说，这几年来朵颜部实力突飞猛进，离不开德润斋的暗中注入元气！而且这一次朵颜部八十万件棉衣生意，据查又是先前德润斋转让给引凤堂的——这不是让人联想到它就是德润斋故意塞在引凤堂这个倭贼窝点的手里伺机引爆吗？"

吴惟忠和顾少伦面面相觑：事情竟有白清卓说得这般严重了？！

白清卓继续一条一条地分析下来："在京城里，德润斋在表面上也故意宣称将引凤堂扶持成自己在商业领域的挡箭牌——可是,德润斋的背后是德王、晋王、蜀王等皇室宗亲的势力,又怎会忌惮谁呢?你们能相信身为宗室之首的德王朱坚会忌惮上官平芝这个礼部侍郎吗?所以,白某认定德润斋就是倭贼窝点引凤堂当初发迹的真正后台!而且,它极有可能还是朵颜部的内应!"

顾少伦大惊失色:"你……你为什么不在京师向朝廷奏报德润斋的问题?"

白清卓沉沉而道:"朵颜部八十万件劣品棉衣事件猝然爆发,我已来不及在京师彻底调查清楚。但是回了喜峰口,我有用兵自专之权,至少可以阻止德润斋之毒计不要波及我南兵营。"

顾少伦听罢,只得闭口无语。

吴惟忠也道:"我说德润斋今年为什么非要在喜峰口开设常驻分店,甚至动用了他们的牟二掌柜亲自前来活动,现在想来,甚是蹊跷。"

顾少伦喃喃说道:"他们给县衙明面上的理由是为十一月份陛下的巡边阅视增光添彩……"

白清卓意味深长地看了他一眼:"就怕他们用常驻分店作'藏污纳垢'的秘密窝点。"

顾少伦擦了擦额门上的汗珠:"凌兰他们猝然杀去,应该能把德润斋那些人逮个正着吧?"

恰在这时,一个士卒疾步跑进了厅内,急声禀道:"白参将,关城里的西半街失火了,火势蔓延了十几家商铺……"

白清卓"霍"地一下站了起来:"有没有德润斋的分店?"

那士卒连声答道:"有,有,有。听现场扑火救火的人们说,火势就是从德润斋分店烧起来的……"

白清卓立刻转头对顾少伦吩咐道:"少伦,你是县令,'西半街'失火之事该当由你去善后。我拨五百弟兄随你一同前去救火!"

顾少伦已是一边答应着,一边往厅门外飞奔出去。

白清卓深深吸了一口长气,对吴惟忠说道:"看来贼子们狗急跳墙,已经发动了攻势。吴将军,您留守南兵营,我去北城楼上观察内外形势。"

四十七

喜峰关北城楼在山色中高高耸峙,人立其上而耳畔风声如啸。

在城楼正中的帅座上,白清卓一身白裘,端然而坐。他往南俯瞰下去,城中情景尽收眼底。烟雾迷蒙之中,依稀可见顾少伦、凌兰等率领众人已经扑灭了大火,正在安抚民众。他见此情形,心情渐渐放松下来。却又忽听得几声怪啸,突然从几条暗巷中冲出一批蒙面杀手,见人便砍,又和顾少伦、凌兰等战成一团。

白清卓抬眼朝身侧侍立的庄驰使了一个眼色。庄驰立即举起小红旗向南兵营那边示意,调取一队精兵入城平乱。

他微微闭目:这些蒙面杀手自然是容易平定的。而德润斋此刻放出他们大肆行凶,就是要扰得城内鸡犬不宁,为自己增添压力。

在沉吟之中,白清卓转过身来,望向北边的城外情景。从这里遥望出去,外面的地形便如一个巨大的喇叭口,越往外越远则地势就越宽,越往里越近则地势就越窄,确是易守难攻之要塞。但是,朵颜部已有大师兄林映夕这样智计百出的人物做指挥,喜峰口这样的天险地利还挡得住他们吗?

这时,上官雪衣却跪坐在他身后的榻板上,以精妙绝伦的指法,揉捏按摩着白清卓背部的几处穴脉,在尽力帮他舒筋活血。

白清卓头也不回,任她尽心施为,缓声道:"若你真是奸细,此刻恐怕是你出手的最佳机会。"

"你这几条穴脉,我很快便能帮你完全疏通了。"上官雪衣手下指尖动作不停,口中却款款言道,"清卓君,你不必如此试探于我。那日午门献俘大典之上,我倭国势力可谓倾巢而出,但我却一直在上官府静待不出,却是为何?你可知否?"

白清卓沉沉地说道:"你当时也在赌?"

"不错。清卓君,你果然很了解我。"上官雪衣笑得十分甜美,让一边旁观的庄驰也暗暗心神一荡,"那是我和我父亲的最后一赌:如果我父亲在午门得胜,而你必败亦必亡,那时我便在府中自杀追随你于地下;如果你们在午门得胜,而我父亲必败亦必亡,那时我便洗心革面而追随你于世上。"

白清卓脸上毫无表情波动,只是呼吸间却微微紧了一下。

上官雪衣轻轻揉着他一块背肌,又道:"我还事先写了一封密函交给卢光碧,让他在你们午门大典顺利结束后交给申阁老。所以,申阁老见到信中我向你的投诚之意后,才会请旨将我钦赐你为婢。"

白清卓一声冷笑:"你果然是算无遗策。"

上官雪衣俏笑了一下:"清卓君,我说过了嘛——你我若是联手合作,必能纵横天下、所向无敌!"

白清卓徐徐闭上双眼,不再讲话。

一队明兵护持着方宝芹和画雀二人往北城楼上走来。方宝芹披着大红斗篷,迎着飒飒朔风,顾不得发髻都被吹得有些散乱了,仍是一步一步登上了城楼阶梯。

喜峰口这里的条件真艰苦啊!一想到白清卓这些年来在此出生入死而甘之若饴,方宝芹心底的钦佩之情不禁又浓了几分。

画雀在旁低声言道:"小姐,听说上官雪衣也跟着白公子上了城楼。这个上官雪衣似蛆虫一般跟随白公子,这样可不太好啊!"

方宝芹面无异色:"她是陛下御赐的奴婢,白公子只能将她带在身边。"

画雀又道:"我听闻她曾经执掌炎阳宫,化身什么千面仙子,是个十足的狐媚子,把那么多高官豪杰玩弄于股掌之上,又怎会是一个天真无邪的人?您相信她真的会甘于雌伏为婢?"

方宝芹侧脸看向了她:"她目前本本分分、毫无破绽,你能拿她如何?你看,凌姑娘先前对她那么苛刻,现在不仍是对她束手无策?"

画雀闷声道:"小姐,越是如此,她才越是可怕啊!"

方宝芹双目中渐渐透出坚毅之色:"有我在清卓身边,她能如何?不过,从今晚起,你就和她同住同起,对她的日常行为多加注意就是了。但你切不可无故挑衅于她。"

画雀点头答道:"画雀知道了。"

说话之间,她俩已到了城楼之上,只见白清卓端坐帅座,正往北远眺。他一回头,见到方宝芹款款走近,不禁讶然道:"你们上来干什么?这里危险。"

方宝芹莹莹然直视着他:"你守在关城上,我守在你身边。"

白清卓双眉微动,脉脉而视,竟是一时不能答话。

画雀看了一眼上官雪衣,只见她仍是若无其事、目不斜视地按摩着白清卓的背部。

方宝芹又望着关城内外的景色,盈盈说道:"你们这里的风光让我想起了诚意伯刘基的《燕歌行》里所描写的几句诗:

> 霜飞动地燕草凋,沙飞石走天萧条。
>
> 江河倒影陵谷摇,白日惨淡昼为宵。

你们真不愧是风里斗雪里战的铁汉子!"

白清卓淡声说道:"没办法,大义在前,只能是义无反顾。我们南兵营每一个人只能学会苦中作乐,视大漠孤烟为淮扬烟柳,视塞北沙碛为江南水乡。不然,顾少伦为什么曾经念念不忘调迁内地?"

方宝芹深深颔首,走到他座边亭然而立:"我想起了诚意伯《燕歌行》的下一段诗句是'美人迢迢隔云霄,青冥无梯海无桥'。这些南兵营的弟兄与妻子女眷两地分居、迢迢思望,也是可怜可叹吧……"

白清卓的目光中充满了温情:"对这一点,我倒是比较宽和:受得了苦吃得了风沙的女眷,可以迁居到关城来租住;受不了苦吃不了风沙的女眷,我就让弟兄们轮批休假回去相聚。"

方宝芹双眸澄澄亮亮地看着他:"你今后到哪里,我就随同你到哪里。"

白清卓往身后一直默不作声的上官雪衣瞅了一眼,淡淡说道:"宝芹,今夜过后,这里便会成为刀山火海,你害不害怕?"

"即使前面真是刀山火海,我也甘愿在这关城之上为你们鸣鼓助威!"方宝芹看了看不远处那一架牛皮大鼓,清清亮亮地答道。

"好,好,好。"白清卓唇角浮起缕缕笑意,"也不需要你经常擂鼓鸣威。我若累了乏了,你就念一念辛弃疾、苏东坡等人的诗词提一提我的精气神吧。"

"不一定都是慷慨激越的豪词壮语。有一些清新流丽的词句也甚是动听。"方宝芹遥望天边斜晖灿灿,悠然吟道,"辛弃疾的这首《青玉案·元夕》不就是绝妙好词吗?

> 东风夜放花千树,更吹落,星如雨。宝马雕车香满路。凤箫声动,玉壶光转,一夜鱼龙舞。
>
> 蛾儿雪柳黄金缕,笑语盈盈暗香去。众里寻他千百度,蓦然回首,那人却在,灯火阑珊处。"

她吟到后面,韵音飘飘柔柔,白清卓听到后面也是表情沉沉凝凝。

上官雪衣深深俯下脸去,让人看不到她的任何神情。

在一片静默之中,只能听到他们三人深浅不一的呼吸之声。

突然，庄驰右手一扬，指向城楼下那片旷野上疾驰而来的几个小黑点："白参将！有人来闯关了！"

白清卓心神一定，看将过去——竟是几骑人马飞奔到了城楼之下大门处，仰面大喊："开城门！开城门！"

方宝芹注目一视，诧然失声："好像是关国光大人和高正思他们。"

白清卓也想起来了：关国光是奉旨前往朵颜部说和的钦差正使，而高正思则是钦差副使。瞧见他们的狼狈样儿，白清卓顿时什么都明白了，一闭目："该来的，终究还是来了。庄驰，让下面放他们赶紧进来。"

然后，他又转头看向城头的士卒们："立刻燃起狼烟，升起我的'白'字旗，令周围各地迅速知晓朵颜已然来犯。"

在议事厅，关国光一见到白清卓进来，就大声喊道："不好了！不好了！白侍郎！白侍郎！朵颜五万骑兵已经在半路上了，说不定今夜便要逼临喜峰关了！"

"我知道了。"白清卓淡淡地说道，递过去一条毛巾让他擦汗。

关国光哪里顾得上仪态，又喋喋地道："关某和高御史是在半路遇到朵颜狼主兀尔赤和他们的国师百劫上人的。无论我俩如何苦口婆心、依情据理、委曲求全，他们都塞耳不听，非要为八十万件棉衣来南下避寒、问罪不可……最后，也是他俩下了驱逐令，把我俩逼了回来……"

说到这里，他紧紧拉住白清卓的手："白侍郎，真的不是我关某人口才不佳、议和失利，我可是把求爷爷告奶奶的劲儿都使上了——但这一次他们朵颜部真的是动了狼子野心啊！"

"我也知道了。议和失利，责任确不在你。"白清卓拍了拍关国光的手背，淡声言道，"白某稍后会向陛下写一份求援奏表，你替我带回京中上呈御前。你放心。我在这份奏表里会证明你确实在议和中尽职尽责、尽心尽力了，甚至差一点儿把性命都丢在了敌营，而朵颜部则是蓄谋而为。"

关国光"扑通"一下跪倒在地，热泪盈眶地说道："多谢白侍郎的仗义执言！多谢！多谢！关某终能免去遭人攻讦之厄了。"

白清卓转头看向一直是满脸呆滞的高正思："高大人，高大人，你是何见何闻何思何虑？"

高正思其实也被兀尔赤、百劫上人挟五万铁骑之赫赫声威吓坏了，这时还余悸未定。关国光又呼了他几声，他才回过神来，急忙答道："关大人对白侍郎方才之所言句句属实。高某也可在一切奏表上联名签署做证。"

白清卓毫不迟延,迅速在书案上写好了一道紧急求援奏表,郑重交到关国光手里:"事不宜迟,你俩立刻乘八百里加急快骑回京奏报朵颜来犯之事。我派一队精兵护送你俩。"

"好,好,好。"关国光这才抹了抹满脸的热汗,"我们就不打扰白侍郎你们调兵迎敌了。"

高正思转身之际,正看到方宝芹侍立在侧,急步上前劝道:"方小姐,你和我们一起回京吧! 这……这里太不安全了……"

方宝芹柳眉一耸,毅然言道:"高公子,你回去告诉家父——小女子在此愿与南兵营、与白公子同进退、共存亡!"

她这话一出,顾少伦、吴惟忠、凌兰等人都不禁慨然动容。

高正思顿足长叹:"宝芹,你这是何苦?"

方宝芹向他认真讲道:"正思,你若真想帮我,就回去发动清议,让萧虎臣尽快过来驰援喜峰关! 他是蓟镇总兵,他有不可推卸之重责!"

关国光忙道:"方小姐,你既是守在此处,莫说是我们,就是都察院也会连章累牍地逼他前来驰援!"

方宝芹朝着他俩盈盈一礼:"如此,小女子就代南兵营一万弟兄拜托关大人、高大人了。"

高正思和关国光急忙扶起方宝芹,连声称是,辞别而去。

白清卓坐在帅椅里,用手指揉了揉自己的太阳穴,招呼顾少伦近前,附在他耳边低低说了几句。顾少伦略显惊愕,但还是起身去了。

恰在这时,厅门外有人来报:"德润斋二掌柜牟万琛求见白参将。"

凌兰立时柳眉直竖:"他还有胆敢来? 我去把他拿了来。"

白清卓却微一摆头:"他是为他幕后的主子当说客来的。"

吴惟忠一怔:"朵颜兀尔赤是他的幕后主子?"

白清卓摇了摇头:"他真正的主子可未必乐意见到兀尔赤、百劫上人在这个关头上发动南下侵袭。"

"为……为什么?"吴惟忠和庄驰等人都是一头雾水。

白清卓笑道:"因为在眼下这个关头上,朵颜大军猝然南下,获利最大的并不是德润斋和它幕后的势力。所以,牟万琛是来游说我投降于他们的。而他们亦可借我们制衡一枝独大的朵颜部。"

吴惟忠将了将须髯,叹道:"白参将胸有丘壑,对此局势想得如此周密深远,难得、难得。"

白清卓向凌兰吩咐道："今夜我要部署如何对付朵颜大军,可没空听他牟万琛来舌灿莲花。你出去把他扣押在后营,等候我的发落。"

后院的军营厨房里,上官雪衣正在添柴加火地熬着白清卓的药汁。画雀、小芸都去了议事厅侍候,而唯有她寸步不离白清卓的药罐。

突然,一阵劲风刮过,门帘卷处,一位红衫蒙面的矮壮汉子闪身出现在上官雪衣身畔,向她凝目而视。

上官雪衣似是毫无惊容,继续拿竹筷翻搅着陶罐中的药汁。

"一米雪衣小姐,你在白清卓身边似乎沉溺太久了。"那红衫汉子语调生硬地说道,"你应该迅速回归日本母国这边,配合朵颜大军进攻喜峰口这一绝佳时机,对白清卓发动致命一击。"

上官雪衣背对着他,拿手掠了掠自己的发髻,正了正那支仅存的木钗,不慌不忙地转过了身,直视着红衫汉子:"一米雪衣? 你连我父亲的真名'一米赤草'都知道,看来你就是那位日本特使大人了。"

"一米赤草大人为国殉忠,我们也很痛惜。"红衫汉子沉声讲道,"你应当继承他的遗志重整旗鼓杀掉白清卓。"

"看来日本国在我父亲去世后真是再无大才了。"上官雪衣冷笑了几声,"在这个时候还只想着刺杀白清卓泄愤! 你们也成不了气候。"

红衫汉子目光一厉:"我们在大明国还有另外一股强大的助力。"

上官雪衣冷冰冰地言道:"我知道你所说的那股助力来自何处。但是,非常遗憾,白清卓他们已经盯上了那股势力。你们依靠不了他们。"

红衫汉子怒道:"难道你真的要放弃一米赤草大人生前的雄心壮志吗?"

"我父亲在九月十九日午门献俘大典上已经赌上了他苦心经营多年的一切。其实我也已经被他拿去赌输了。他把我输给了白清卓。"上官雪衣的表情淡淡漠漠的,口中仿佛在述说另外一个人的故事,"你们应该从听到我被发给白清卓为婢的消息时起,就不要来找我了。你这叫自投罗网。"

红衫汉子急忙游目四顾,面色也变得铁青:"一米雪衣,你竟敢叛国投敌、自甘堕落!"

上官雪衣缓缓闭上双目:"我现在不叫一米雪衣,我的名字是上官雪衣。"

红衫汉子低低怪吼一声,右手五指屈曲如鹰爪,向她咽喉处一抓而来!

上官雪衣全身穴道被封,此刻毫无武功,只得任他来抓。

正在这时,"嗖"的一声,旁边一点寒星斜射而至,正中红衫汉子手腕。他痛得一声尖叫,身形一个回旋,三柄飞刀脱袖而出,向寒星来处射去。同时,他本人脚下发力、上身不动,竟似纸鸢一般倒飞而起,穿出窗外,一边厉声高叫:"一米雪衣,我们还会来找你的!"一边逃得无影无踪。

出手救下上官雪衣的,正是顾少伦。他顺手打落红衫汉子的飞刀,飘身跃落在上官雪衣的身前。想着她方才的表现,他竟语塞了一下,片刻后才道:"清卓君找你有要事。"

卧室里的烛光浮浮亮亮。白清卓坐在桌边,手里摩挲着申时行所送的那块双面佛玉佩,静静地听完了顾少伦讲述方才那红衫蒙面汉子潜入来抓上官雪衣一事的经过。

上官雪衣半跪在他面前,捧着药碗轻轻地吹着药汤上的腾腾热气,脸上表情一如平常。

"明早朵颜来袭,今晚确实很不太平啊!德润斋的牟万琛冒出来了,你的倭国同伙找过来了。"白清卓一脸的风平浪静,"你看,他们都认为这是我白清卓最虚弱最彷徨的时刻,我也以为你一定会离去的……毕竟,这段时日里为奴为婢,尝尽冷暖甘苦,应该还是做千面仙子的日子更好一些吧?"

上官雪衣望着他的双眸莹莹生光:"我若要走,何待今日?你若疑我,何用此言?"

站在旁边的顾少伦轻轻一叹:"清卓兄,雪衣姑娘应该是可信的。"

白清卓面庞上掠过一层波澜,在桌几上慢慢搁下了那块双面佛玉佩,终于开门见山:"明日来袭的朵颜部百劫上人林映夕是我平生所仅见之大敌。我需要你的帮助。"

上官雪衣笑得灿然夺目:"你不疑我,一切皆有可为。"

"我只是觉得你有不得不帮我的理由——无论站在你的任何一个身份上去考虑。"白清卓依然说得冷硬如岩。

上官雪衣容色隐隐一滞,用瓷勺慢慢将陶碗中的药汁一下一下地调匀。

"其一,如果你是真心做我的奴婢,那你一定会保住我这个主子的性命,才会有你后面想要的日子。

"其二,如果你是潜伏在我身边的倭国奸细,你也只有帮我——因为百劫上人化名为洁柏上人在京师拨弄风云时,你曾经见识过他的手段。倘若以他之雄才大略扶持朵颜一族突破边关入侵中原,一旦大获其利——你们的倭国大军就甚是不妙了!连德润斋的幕后主子都害怕林映夕挟朵颜部坐大成势而派出了牟万琛与我勾连,何况你们倭人？所以，此时此刻，只有帮我挡退林映夕和朵颜大军，才是你唯一正确的选择。"

上官雪衣静静地听罢之后，却是嫣然一笑："我是你最忠心的婢女，所以我只是尽心尽力帮你更好而已。至于其他的事情，我可从来没想那么多。"

白清卓和她对视了片刻，缓缓转头看向顾少伦："解开她的穴道，恢复她的功力，让她动手帮我解除缠丝销金散，我才可以在明天和林映夕搏一搏。"

顾少伦点了点头，即刻依言而行，运足真气在上官雪衣后背上连拍数掌，解了自己先前留在她体内的"回天指"指劲。

随着穴脉解开，上官雪衣全身真力顿复，眉宇间又是锐气森森。她双眸精光一闪，内劲一运之下，双手捧着的陶碗里滚烫的药汁立刻热气散尽，温度迅速降了下来，变得不热不冷、口感恰好。

就连顾少伦也为她露出的这一手精纯内功而暗暗咋舌。

上官雪衣将药碗轻轻递在白清卓手里："现在你可以喝了。"

白清卓面无异色，把碗中药汤一饮而尽。

"清卓君，对你的病情，我其实一直以来多有关注。缠丝销金散侵入了你体内二十四处穴脉，原本十分严重。这些年来你运用内力，也将大部分的缠丝销金散毒气压制成你右胁期门穴上的一个肿块。可是余毒未清，终是伤了你的肺脉，所以你一直有咳喘之症。"上官雪衣走到他身前，纤纤玉指在他身上点点划划、揉揉捏捏，同时娓娓言道："这几天我用指法帮你解了五处穴脉的余毒，令你气血疏活。但还有十九处穴脉一时不好肃清，实非一朝一夕可成……"

"那……那如何是好？"顾少伦满面焦虑之色。

"我虽不能将这些余毒全部消除，却可用金针锁穴法封住它们，不让它们在三天之内阻碍你的气血运行。"上官雪衣从腰袋里取出一个小香盒，拈起了七枚黄澄澄的金针，"在这三天之内，清卓君你会恢复成圣手狂生当年的功力境界。这样一来，你和你大师兄对峙时也就有了底气。"

白清卓沉吟而问："也就是说，我只有三天时间可以和林映夕周旋？"

"不错。三天后金针势尽，气血受阻，你又会功力尽失，退回到现在的病体来。"

白清卓长叹一声："三天就三天吧！只希望这三天里我能将他打发过去。"

上官雪衣"嗯"了一声，柔柔说道："你如今解了我的穴道，我自然也可以助你一臂之力。你我联手，他未必能占上风。"

说着，她指尖连动，七枚金针纷纷扎没在白清卓后颈、后腰、天灵盖等七处穴道之中。然后，她屏住呼吸，玉掌一翻，直向白清卓的后心缓缓按去。

顾少伦在旁瞪大了两眼，双手紧握成拳，目不转睛地看着上官雪衣的一举一动。

白清卓外表看上去毫无异样，暗暗感觉一团浓烈的热气从丹田中膨胀而起，然后分散成一脉脉真气，宛若一条条细细的暗河，在自己全身穴道中流转游走，所经之处皆如茅塞顿开、气血充盈。

半个时辰之后，他体内功力真的竟已完全恢复如初。

白清卓大喜过望，仰天一声长啸，恰似龙吟九霄，清越之极，旋绕苍穹，余韵浑厚悠远，袅袅不绝——完全显出了他精湛非凡的内力修为。

他回首一瞧，只见上官雪衣软软地坐在身后，满额满脸都是晶莹的汗珠。她投来的热切目光里，既有深深的欣慰，又有甜甜的蜜意，还有一丝莫名的倦意……

白清卓忽然想到丹田里方才那突如其来的一团真气，顿时明白了：原来，终究是上官雪衣给自己注入了精纯内力，启动了自己体内真气气机的全面复苏，否则以自己的多病久病之身，今夜岂能一下子如同脱胎换骨般恢复如初？

她，确实为自己又付出了不小的牺牲。

喜峰口关城上的"白"字大旗在朔风中猎猎飞扬，仿佛永远不会向任何力量屈服。

四十八

铁木勒骑着高头黑马，慢慢走到朵颜大军阵前，冷冷地看着城墙上严阵以待的大明守卒。他鼓足了丹田之气，高声喝道："大明将士，我朵颜五万铁骑在此，还不快快开关来迎？"他的声音便似轰轰雷鸣一般传了开来，回响在喜峰关上空。

朵颜骑士们也应和着一起扬声呼喝，顿时有如万兽齐啸，声震山岳，令人几欲掩耳。

然而就在这滚滚狂潮似的咆哮声向着喜峰关冲击而来之时，那城楼之上一声接一声的鼓响忽然破空而起，宛若雷动九天，沉沉实实，雄雄浑浑——便似一颗卵石击碎了一个大瓦缸一般，那震天动地的咆哮声立刻就乱了，泄了，散了，低了，没了……

铁木勒循声望去，微微吃惊。他见到那擂鼓之人似是身形纤巧、姿态优美，竟为一位劲装女子，只是长发飘飘，难见真容。她正一槌一槌地敲击大鼓，激得城上城下的明军各个热血沸腾、气势如虹。

不久，喜峰关城门"轧轧"响着缓缓开启，一骑白影当先飞驰而出，左右两侧分别有一男一女骑马相随。在他们三人背后，南兵营战士们执盾握刀，整整齐齐，一队队依序而出。

那一骑白影似闪电般一掠而至，在铁木勒面前停下。骏马铁蹄一扬，尘沙腾起，马上之人却安坐如山，一股凛凛英气逼人而来！铁木勒定神一看，原来竟是一位银盔素甲、眉目俊秀的青年将士。他举手投足之间看起来竟那么的清逸、潇洒，仿佛是前来大漠边关游览风景的书生儒士。而这名儒生，在这呼呼朔风、纷扬黄沙之中驻马而立，又是那般的纤尘不染、洁净醒目，流露出一股鹤立鸡群的高华超然之气。

在这白衣少将的右侧，乘马立着一位锦衫青年男子，双目如电，丰神俊逸；左侧，则乘马立着一位红衫年轻女子，美目流光，丹唇吐芳，千娇百媚之中又带着隐隐英气，令人望之欲爱欲敬。

铁木勒到底是男子，一看到这红衣女子便只觉一股邪火从心头直往上冲：自己这一趟南下真是没有白来！稍后便拿下这女子好好享用！

白清卓一手勒住缰绳，轻蔑地扫了他一眼，朗声说道："我乃喜峰关南兵营将领白清卓。你们朵颜部众如此放肆而来，是何道理？还不速速退去！"

"原来你就是白清卓？"铁木勒眯起了眼睛，"百劫上人和柯义罗王子对你很是推崇。我看也不咋样嘛——一个白面书生而已,能干成何事?"

锦衫青年顾少伦在旁大喝一声:"大胆狂贼! 竟敢对白将军无礼!"

白清卓一摆手止住了他,向铁木勒冷冷说道:"白某知道你便是朵颜的前部将军铁木勒。听闻你如今拜投在百劫上人座下做亲传弟子——不过,你师父尚且不敢如此待我,你算何物? 乖乖退去,或许略可自保。"

铁木勒怒目一睁:"你们大明奸商给了我们朵颜人八十万件烂棉衣,我们上下十分愤怒! 现在,冬季将至,我们南下前来避寒,你们难道不应该放我们入关?"

白清卓淡然一笑:"入关可以。只要你们全部放下武器,我们马上敞开城门!"

铁木勒哈哈大笑:"你们若是翻脸无情,我们岂不是任由你们屠宰的羔羊?"

"你既无信任之意,便请退将回去。"白清卓冷然答道。

"你一个白面书生,还带着美娇娘们儿上战场,我瞧着就有些生气!"铁木勒突然面色一变,拍马上前,右手一扬,一柄重约五六十斤的金背大砍刀隐隐挟着风雷之声直向白清卓迎面劈来!

只听"唰"的一声,斜刺里一道白虹飞掠而到,在他的刀身上重重一击!"嗡"地一下,那异常厚重的大砍刀竟是震颤不已,向一旁甩了开去——铁木勒紧紧握着刀柄,连人带马也禁不住被那股猛劲拖着横跨了两三步!

他只觉刀身如遭千斤重锤所击,震得自己手臂隐隐发麻——他又一侧眼间,只见那红衣美娇娘面含浅笑,收回了那条银丝长带,正向自己傲然而视!

"原……原来这隔空一击居然是这小娘子发出来的?!"他顿时惊得目瞪口呆,"这……这莫不是什么妖女吧? 竟会使用这等雷霆一击的妖法?!"

"这位将军刚才说错了——我可不是什么娇娘子,我只是白将军的一个侍卫!"上官雪衣的声音在甜美中透着深深的冷峻,"你若有战意,我再陪你交交手?"

铁木勒正自惊魂未定之际,身后忽然响起"嗖"的一声尖厉刺耳之啸,一束黑光从他身畔一闪而过,刹那间已猛然射到了白清卓马头之前!

"谁? 谁不听我命令偷袭他的……"铁木勒大怒,吼了起来,并回过头去,见是己方阵列中一个神射手发箭而出,便狠狠地唾了他一口,瞪得他低下头去。

这一边,站在城头上坐镇的吴惟忠和方宝芹齐齐都是"啊"的一声惊叫,不禁捏紧了拳头!

但一瞬之间,却见那一束黑光在半空中戛然而止,猝然定住了一般! 竟是横闪过来的顾少伦凌空高举的右手用食中二指似钢钳一样紧紧夹住了那支黑铁铸成的利箭!

朵颜军中顿时涌起一片惊呼骇异之声。

白清卓神色从容至极,悠然笑道:"朵颜部众在百劫上人如此传教之下,居然还是这般粗鄙庸劣!你们有何资格逐鹿中原?"

"我回去自会剥了那放暗箭的皮!"铁木勒森然说道,"不过,你们既然不放我们入关,我们便只有硬闯了!"

白清卓凛然言道:"你敢?!放马过来试一试?"

铁木勒满面的傲气,正要将手中的金背大砍刀缓缓举到半空挥下——突然,一个厚实的声音从他身后徐徐响起:"不要再丢脸了!让为师来见一见这位白将军。"

几乎与此同时,遥远的大明皇宫内,朱翊钧在接到关国光、高正思紧急奏报的第一时间里,便急召申时行、方应龙、许国、王一鹗、石星等重臣进入金銮殿共议朵颜来犯之事。

"朵颜果然不甘议和,居然带兵南下前来闯关!"朱翊钧怒道,"他们这是借机生事、蓄谋作乱!白清卓也送来了紧急求援表,诸卿传阅吧。"

申时行带头看罢,眉宇间浮动着一丝忧色:"陛下,虽然白清卓已经提前回到南兵营有所防备,但他也未必料到朵颜在议和破裂之后居然调遣五万铁骑南下进犯。喜峰关守卒只有南兵营的一万人马。白清卓确实是以寡敌众,不可不发兵增援。"

这一次廷议,方应龙没有再唱反调了:"申阁老所言甚是。朝廷应该多派兵马迎头痛击,才能一举压平朵颜的勃勃野心。"

张诚在旁迟疑说道:"白清卓在南兵营训练多年,据传他手下的精兵足可以一当十。朝廷应该增兵多少为宜呢?"

朱翊钧询问的目光投向了王一鹗:"王爱卿,你是兵部尚书,你的意见应该是切合实际的。"

王一鹗也看完了白清卓的求援奏表,抬起双目,正视着朱翊钧道:"刚才张公公讲南兵营足可以一当十,那是不准确的。南兵营的主力大部分是步卒。若是步卒对步卒,南兵营确能以一当十,这是毫无异议。但朵颜此番杀来的,几乎全是骑兵!步卒的身手再厉害,也难以抵挡大队骑兵的冲击!所以,南兵营能和朵颜骑兵在正面战场上以一当一,已是十分难得。不然,朝廷为何会在蓟镇设立以骑兵为主的北兵营?南兵营再厉害,也离不开骑兵营的呼应配合。"

朱翊钧认真地注视着他:"你继续说。"

王一鹗起身离座,半跪在地,奏道:"启奏陛下,其实在近日白清卓离京之前,还有一桩机密曾经告知老臣——他说,如果朝廷和朵颜议和成功,此事暂缓不提;如果朝廷和朵颜议和破裂,此事便须告知圣上。如今,和议确已破裂,老臣便实言相告:朵颜部的那个新国师百劫上人,只怕是白清卓也难以对付啊……"

一听此言,申时行白眉微微掀动,似是暗为惊讶。

朱翊钧也是一怔:"他是何人?竟令白清卓也如此忌惮?"

"此人并非番邦异域人氏。他是万历十一年翰林院首席庶吉士、人称天峰秀士的林映夕,同时也是白清卓的大师兄。"

王一鹗讲完,又转头看向了在殿角旁听的关国光:"关大人,你是万历八年入仕的进士,曾经与林映夕有同朝同殿之交——难道你当时在议和中竟没认出那个百劫上人就是林映夕吗?"

关国光恍然顿悟:"哎呀!难怪微臣一直觉得那个朵颜国师十分眼熟……在朵颜将军铁木勒等人要求把我们扣押为人质时,也是那个百劫上人、那个林映夕力主遣返我们的……"

朱翊钧听完,沉默有顷,向申时行问道:"这林映夕之才能究竟如何?申阁老清楚吗?"

申时行抚了抚须髯,正容答道:"启奏陛下,据老臣所知,此人文武双绝,精通韬略,一身本领丝毫不在白清卓之下。而今白清卓已成病体,他则素来武功高强,只怕已是更胜白清卓一筹了。"

"那……那他是怎么投到朵颜去的?"朱翊钧的脸色凝重了起来。

申时行瞥了瞥已是显得有些坐立不安的张诚,沉沉讲道:"他在万历十一年因戚继光南迁之事,曾经和白清卓一起午门鸣冤、血书上谏,又一起身受廷杖之责。后来,白清卓外出边关,而他则辞官归隐。老臣当年也极力劝阻过他,但没能劝住。"

朱翊钧若有所忆:"朕想起来了,当年是有这么一个人。可惜了,太可惜了。"

王一鹗又道:"据白清卓告知,张四维、张鲸后来还派了很多厉害的刺客去暗杀过林映夕,他却一一化解,并遁入朵颜而隐忍至今。所……所以,他今日辅佐朵颜前来进犯……"

朱翊钧面色一僵,分明看出殿上众卿正目光灼灼地盯着自己的表态。他只得讲道:"张……张四维和张鲸居然把一个人间奇才逼到番邦变成了今日的国之大敌,他俩实在是误国匪浅!"

申时行长叹一声:"这样的蠢事,今后决不能再干了!"

张诚也只得出列向朱翊钧禀明:"启奏陛下,张四维的暴毙、张鲸到南京后的发疯而死,都死得十分蹊跷。锦衣卫一直怀疑是第三者蓄谋所为。如今看来,他俩亡于这位法号百劫上人的林映夕无疑。"

朱翊钧脸上微微变色:"此人手段果是如此厉害?那倒真不能小觑了。朕希望白清卓能处置好他。"

许国叹道："如果真是天峰秀士林映夕对峙上圣手狂生白清卓,那可真是将遇良才、兵逢对手! 我大明北疆之势,岌岌可危矣。"

方应龙心系方宝芹的安危,再次恳切说道："陛下,如今林映夕坐拥五万精锐铁骑,白清卓却仅有一万南兵营士卒! 他还是占了弱势呀……"

"方爱卿今日似乎对白清卓特别关心啊! 难得,难得。"朱翊钧含笑看了他一眼,"增援他肯定是要增援的。喜峰关为北疆门户,丢不得也丢不起。但辽东镇的骑兵营主力还要尽量保留着对付倭寇将来的大举进犯呢……不好顾此失彼啊……"

张诚在一旁听着朱翊钧这番话,神情若有所思。

王一鹗暗暗咬了咬牙,挺声建议道："陛下,辽东镇的骑兵营本来也要和白清卓的南兵营配合操练以联合对倭作战……此番,他们赶去喜峰关,难道不正是一个天赐良机吗? 陛下,当今大明,唯有辽东铁骑可与朵颜骑兵抗衡……"

"蓟镇北兵营呢?"朱翊钧问出了一个极尖锐的问题。

"萧……萧总兵这边自……自然也可驰援喜峰关。"王一鹗有些语塞起来,"但老臣只怕萧总兵与白侍郎的契合度未必尽如人意……还请陛下三思。"

朱翊钧静思片刻,凝颜说道："朕意已决,就以蓟镇北兵营为主力、辽东镇为偏师,让他们尽快发兵驰援喜峰关吧。"

他此语一出,殿上众卿只得齐齐称是。申时行和王一鹗深锁眉头,却也无可奈何。

朱翊钧向张诚递了一个眼色："兹事体大,张诚,你看该由谁前去传旨?"

张诚咳了一下,回奏道："老奴建议,由何远去萧虎臣处传旨、陈矩去李成梁处传旨。"

"可以。"朱翊钧微微合目,便让殿中诸人退了朝。

出得金銮殿,见到四下无人,张诚一把拉住陈矩,问道："你知道应该如何去辽东镇传旨吗?"

陈矩诧然地看着他："自然是催促李成梁、李如松父子快快调集大军火速驰援喜峰关啊!"

"你这样做,本也没错。"张诚的语气缓了一下,"可是辽东镇铁骑只有四万,而朵颜部却一下来了五万——你不要忘了倭寇即将大举入侵,而朝鲜送来的第二份倭情密报显示,丰臣秀吉已然集结了倭寇兵马达二三十万之众! 辽东镇若在喜峰关一役折损了太多的精锐之士,又如何去应付他日倭寇来犯?!"

陈矩大惊失色："您的意思是……"

"在辽东镇那边，他们只是偏师驰援。他们出五千人马也可，出一万人马也可，只需要对白清卓有个交代就行了。你也可以慢慢去催。"张诚的脸色阴沉沉的。

陈矩皱紧了双眉："白清卓以一万步卒抵挡朵颜五万铁骑，又加上是他的命中劲敌林映夕，也实在是危险至极！你知道的，连方应龙的女儿都在喜峰关与他同进同退……"

张诚容色一寒："我会让何远拼死逼迫萧虎臣就近支援他的。"

"萧虎臣对白清卓是什么态度，朝中谁人不知？"陈矩摇头而道，"万一何远逼不动萧虎臣呢？"

"白清卓不是被国人誉为'用兵如神'吗？喜峰关或许正是他一战成名之要地吧？"张诚森然讲道，"我们对他应该有足够的信心。"

陈矩沉默许久，才幽幽说道："你是司礼监主官，我可以先照张公公你的意见去办。但我曾经是被徐方深用尖刀架在脖子上从鬼门关走了一圈回来的，我只知道真的不能让当年的'金刚堡之事'重演于今了……"

张诚阴沉的目光立刻变得激荡起来："陈矩！你瞎说什么？本座这是在为朝廷的千秋基业而深谋远虑……大敌当前，我们左支右绌，只能是有取有舍！

"难道本座会以私意误国吗？你不要忘了——'以蓟镇北兵营为主力，以辽东镇为偏师'，是陛下的金口玉言！本座只是将他的这番谕旨向你传达得更清楚一些罢了！有些'丑话'只能由我这个掌印太监来说；有些个'恶人'，也只能由我来当！"

陈矩垂下了双眼，低低地叹了口气。

只见铁木勒如遭雷轰电击一般，浑身一震，面色剧变，然后拍马向右边乖乖退了开去。

他身后的骑兵方阵也齐刷刷地从中间往左右一分，让出一条宽宽的通道来。

杀气腾腾、威风八面的"紫府神君"郑北雄大步引领在前。后面是八个僧人抬着一座罩有青罗伞盖的漆金步辇，缓缓前行而来，气象庄严若佛陀临凡。

坐辇之上，百劫上人林映夕的坐姿极为端正，任凭阵阵朔风刮动，他的衣角竟也不飘一下。他微微闭眼，神情若思若定，眉宇间却有一股呼之欲出的威凛杀伐之气。

"恭迎国师法驾！"朵颜骑兵们齐齐高呼，声震行云。

喜峰关城楼之上，吴惟忠和方宝芹面面相觑，均为这一派先声夺人之气势震得心弦剧颤。

凌兰扶着垛口往下望去，不禁泪流满腮："大师兄！大师兄！……"

到达白清卓一行人等面前，林映夕方才缓缓睁开双目，一见竟有上官雪衣在场，便嗤笑道:"千面仙子,一人千面,能鬼能神,人尽可夫,人皆可叛——你把这样的残花败柳也收到麾下,不嫌丢了师门的脸面?!"

上官雪衣玉面骤寒,暗暗握紧了掌中的银丝带,银牙咬得"咯咯"有声。

白清卓向他昂然直视:"叛国投敌,作难于母邦,你还配提师门二字?"

林映夕毫不回避他的凛凛目光:"干大事者,何拘礼法? 旋天地者,何恤万物? 平世间者,何惧牺牲?"

"在凤鸣寺,我俩有些话都谈过了。"白清卓凝然直望着他,"大师兄,你想开启一个乱局,但你可知道一个乱局又要如何才能平息下去? 那是在多少白骨和血泪之上,杀出最后的也是最大的一个枭雄,才能镇住那一个世道,还天下一个清平! 而这期间,你舍得眼睁睁看着一个又一个亲朋好友化为飞灰而又挽留不住? 师父、师伯、凌兰、我……你都愿意把他们推入这无边的'火坑'?!"

"妇人之仁!"林映夕厉叱一声,"我当年最烦你的婆婆妈妈、左牵右绊,到现在我还是很烦你的婆婆妈妈、左牵右绊。"

顾少伦忍不住插上一句:"究竟是妇人之仁,还是慈悲之心,你身为佛门高僧,都分辨不清了吗?"

林映夕横扫了顾少伦一眼,双掌一合,猝有满身金光似巨莲般一绽一放,层层气浪狂涌而出,逼得顾少伦连人带马步步后退。

"上人且慢!"白清卓连忙叫道,"你与人辩道,便是如此拳脚相加?"

"本座是在教训晚辈之无礼。"林映夕敛去全身气劲,冷然逼视着白清卓,"如今我大军在此,你我无须辩道,该当论兵。"

白清卓回视着他:"百劫上人这一次师出有名,来得咄咄逼人,确是兵法中的一记高招。"

林映夕却森然笑道:"大明国如今东有倭寇之逼,西有蒙古土蛮之乱,不正是我朵颜部过来好好谈一谈生意的最佳时机吗?"

白清卓扬声问道:"八十万件棉衣还不足以称得上一笔绝大生意吗? 又或许你们还想与德润斋联手瓜分一笔巨利?"

林映夕冷冷而答:"我们只要我们自己所需要的东西。"

白清卓双手往前一拱:"那好。关外之事尽可千言万语,关内之事还请三缄其口。"

林映夕突然极难得地微笑了起来:"你以为你在本座的面前还有废话的余地?"

说罢,他双眼一抬,灼灼目光向白清卓迎面直罩而来,宛然一片金亮亮的天罗地网,挟着无穷无尽的慈悲缥缈之意,可暗底下又似包蓄着无边无际的威压之力——仿佛你一旦违逆他的意旨，这慈悲佛相便会立刻化作金刚怒目，将你轰于雷霆之下！

这种赫赫威势，连上官雪衣也望而生畏，不禁纵马向前，想要护住白清卓。

就在这时，白清卓从手上鲨皮鞘中缓缓抽出那柄天柏古剑，将浑身真气急速注入剑身。那乌沉沉的剑刃立时精芒四射，夺目生寒。剑身上的乌纹也渐渐消退，变得光润如秋水，直可倒映人影。

然后，白清卓只握住剑柄缓缓一翻，一束清凌凌的寒芒飞迸而起，划出一道银弧，迎着林映夕投射而来的灿灿目光一碰！

仿佛在这半空之中似有两柄无形的利剑在铿锵交击一般，连空气也仿佛被乍然撕裂开来，发出隐隐的锐啸之音。

上官雪衣和郑北雄都闪到了一边，各自紧盯着白、林二人，彼此的掌心里都捏满了一把冷汗。

片刻过去，只见林映夕将一双金亮刺眼的瞳眸终于缓缓闭上，面色有些铁青。

而白清卓亦是面色一白，手中天柏古剑的锐芒也迅速暗淡了下去，剑身上又泛起了那龟甲一般的纹路。

"看来，那个千面仙子还是有用的。"林映夕低沉说道，"很好，很好。想不到你这么快就功力已复。怎么？你想和本座在武学之道上再切磋一二？"

白清卓徐徐放下天柏古剑，缓慢而沉着地说道："你是朵颜国师，我是明军主将，岂可以匹夫之力而争衡？两军对垒，自然是各斗阵法和兵法。"

天色苍黄而悠茫，朔风凛寒而沉啸。

林映夕和白清卓选了一块不高不低的坡地来旁观战场。林映夕端坐在坐辇之上，八个僧人侍候在旁，而郑北雄则负责监视上官雪衣和顾少伦。

上官雪衣拎了一块方石过来，"嚓"的一声，一掌把它劈得平平整整的，当作石凳给白清卓坐下，与林映夕对面而视。

四十九

林映夕俯瞰四方，颇为自负地对白清卓讲道："今天，你我二人便以天地为幕室，以疆场为棋盘，以手下将士为黑白双子，在这里下一盘惊天动地的大棋局吧！"

白清卓却容色平实，向着他淡淡答道："南兵营的弟兄们都是与我并肩战斗的战友，我从不以他们为棋子。"

林映夕微微一怔："是啊！杨寒直到最后都顾全了你们南兵营的清誉……白清卓，你替朱翊钧笼络人心，朱翊钧将来又会如何待你呢？戚大帅的下场，历历在目啊！"

白清卓悠悠吟起了戚继光当年的挚友、镇边名将陈第所写的那首《奉送戚都护归田》之诗：

> 黄金散尽结英雄，不负行间尺寸功。
> 却愧十年鞍马下，捐躯空慕古人风。

林映夕听罢，深深地凝视了他一番，然后言入正题："长者为尊，以逊为让。你想如何与本座斗兵法，本座任你出招。"

白清卓望向坡下宽阔的疆场，庄色地说道："我俩斗阵法斗兵法，无须多伤士卒。正所谓兵在精而不在多，我这边拿出一千五百名戚家军，你那边拿出三千精锐骑兵，然后双方斗法，如何？"

林映夕面色一动："你我兵力相同，才算公平。"

白清卓似笑而非笑："百劫上人，你们以五万雄师逼临城下，到了此处又何必束手束脚？我俩既然各以兵甲相见，你怎可不扬长避短？否则你身后的大王、王子们还认为你以私废公而放我一马呢！"

林映夕略一沉吟，招来铁木勒吩咐道："你亲自带一千五百名骑兵和一千名步卒射手来。本座用二千五百名人马足可一鼓而胜之。"

铁木勒沉沉应了一声，领命照办而去。

顾少伦也向城门那边打了一个手势，发出一声响亮至极的长啸。

只见下面战场上，身披铠甲、头戴铜盔的凌兰和一身戎装的庄驰带领一千戚家军，组成方阵摆上前来。

对面空地上，铁木勒也领着二千五百人马，杀气腾腾地逼上前来。

林映夕目光凛凛地盯向白清卓："白清卓，你让你的南兵营先列阵吧。"

上官雪衣款步上前，朝白清卓递上了一支明润莹亮的紫玉箫。白清卓将它横在唇边，轻轻吹了起来。

箫音袅袅如丝，飘游于空，朔风虽大，却吹之不乱。

随着这舒缓而明晰的旋律，庄驰和凌兰各自带领五百士兵分东西双翼徐徐展开，摆下了一个"八字雁行阵"，人人一手持盾、一手握刀，步伐一致，进退有序，向对面的铁木勒及其兵马逼近。

林映夕却是非常短促地锐啸了一声，竟将白清卓的箫音击得散散乱乱。

果然，铁木勒等人应声而动。前边的一千五百骑兵列成"一字长蛇阵"，首尾呼应，左右相衔，威猛凶烈，直向戚家军布出的"八字雁行阵"气势汹汹地横卷过来。

见此情形，白清卓的箫声忽然高亢而起，激越如龙吟虎啸。

一听这箫声，只见那八字形排开的戚家军前部忽然连人带刀往下就地一滚，以盾牌护头胸，舞利刀成刃球，一波接一波地朝飞驰而来的朵颜骑兵马腿上狠狠砍去。

朵颜骑兵们叫的叫、嚷的嚷、停的停、倒的倒、退的退，顿时乱成了一团麻。

林映夕看得双眼一瞪："这是什么无赖的打法？"

白清卓哈哈笑道："这叫'滚地龙阵法'。虽然不好看，但是很实用。"

顾少伦和上官雪衣瞧见朵颜军队如此乱象，都不禁面露喜色。

林映夕却是一脸沉峻之容，又一声厉啸发了出去。

铁木勒马上带领骑兵们敛在一处，退了开去，结成一个"四象回环阵"团团流转，马蹄踏得满地尘土飞扬，让戚家军无法近前肉搏。

同时，后备的朵颜弓箭手和刀斧手则似一支巨大的尖锥穿插而来，竟将明军的"滚地龙"攻势压了回去。

凌兰和庄驰虽在现场指挥，也被逼得连连后退。

白清卓看在眼里，脸上微微变色，横起紫玉箫吹出了两短三长的音律。

明军闻声疾动，纷纷退到后面，组成了一个"五方五岳阵"，整整齐齐排队而立！他们的盾牌上下拼接、左右相连，竟然形成了一道足有一人多高的"铁墙"，东西长达十六七丈远。

　　铁木勒马上率领大队骑兵铺成"八字雁行阵",蹄声如雷,如浪如潮飞驰上前,准备以千骑冲击之力狠狠撞开这道铁墙!

　　就在这一刹那,在这堵铁墙的一道道缝口之间,伸出了明军的一杆杆火绳枪枪管,在"砰砰嘭嘭"炒豆似的脆响中,一串串火舌疾射而出!

　　"铳弹!小心!小心!"铁木勒急呼道,却被一枚铳弹"哐"地一下把头盔击得飞落开去!他慌忙趴在马背上指挥手下兵马躲闪避让——然而,弹速远远快于马速,冲在最前面的一批铁骑被打得血花飞溅,纷纷倒地。后边的骑兵赶紧远远退开,这才勉强逃离了明兵的火绳枪射程。

　　林映夕已经失去了平时的雍容沉静,目眦欲裂地看向了上官雪衣:"你们缴获的这一批倭人火铳果然不错!"

　　白清卓含笑说道:"承蒙上人谬赞。一百杆倭国火绳枪,一千袋铳弹,再采用他们倭人的'三段射击法',足可支撑你我之间一段长长的对峙了!"

　　林映夕慢慢缓和了脸色,冷声笑道:"一百杆火铳又能拖得多久?我朵颜部也有无坚不摧、一鸣惊人的攻城火炮。"

　　"那敢情好——等到辽东镇李如松将军他们赶过来,还会有虎蹲炮、红花炮、大将军炮、三眼神铳等国之利器投入战场,只怕比方才的场景更为壮观吧!"

　　林映夕容色沉沉,将右手往上缓缓一举。

　　白清卓也用紫玉箫清亮至极地吹响了一声。

　　双方的队伍各自渐渐聚拢,战事暂时停了下来。

　　林映夕道:"这阵法,我俩今天算是斗完了。清点一下各自人马的死伤情况吧。"

　　一刻钟过后,双方来报:明军南兵营这边死伤总共一百三十余人,朵颜军队这边总共死伤二百五十余人。

　　林映夕的眉头紧紧拧了起来。

　　白清卓抚摸着自己的紫玉箫,娓娓然说道:"上人,你看,在没有骑兵的呼应援助之下,我们双方的正面交锋情况是,我方若损失五千弟兄,你方必将牺牲一万铁骑。

　　"在守城对峙之战中,我方又占了地利之优势。我方若是牺牲五千将士,而你方就要相应地损失一万五千人马!

　　"如果你们想执意拿下喜峰关,我会用一万弟兄与你方二三万朵颜精兵同归于尽!你仔细掂量一下你们的损失究竟有多大。

　　"而且,我再特别说明一下,这还是以我戚家军一营之力与你们相对抗,若是中途再来了蓟镇和辽东镇的援兵,你们又将会是怎样的一个结局呢?"

　　林映夕的眼神显得幽深。他突然说道:"本座知道武林中有一种奇门心法,称为

'璇玑解体大法',可以在关键时刻使自己气血逆行、功力暴增、压倒敌手——但是其功效却只能维持一个时辰,而且对自己的体质反噬极大。白清卓你以衰病之身而疯狂自爆,又能在本座面前支撑多久? 喜峰关上下又能陪着你支撑多久?"

他讲得如此峻厉,上官雪衣不禁轻移莲步,似徐实疾地护持到了白清卓的身边。

而白清卓则是朗朗一笑,全身真气暗暗一提,双眸之中顿时神光逼人,闪闪灼灼,如电如炬,迎着林映夕夷然而视:"大师兄,您愿意对峙多久,我自信便能奉陪您多久。"

林映夕和他对视了半晌,终于缓缓放下手中的念珠:"今日之争,便暂到此处吧。"

　　　　掷地刘郎玉斗,挂帆西子扁舟。千古风流今在此,万里功名莫放休! 君王三百州。

　　　　燕雀岂知鸿鹄? 貂蝉元出兜鍪。却笑泸溪如斗大,肯把牛刀试手不? 寿君双玉瓯。

蓟镇总兵府的后花园里,萧虎臣云领箭袖、一身劲装,正在舞剑长吟。他所歌吟的,正是辛弃疾的一首名词——《破阵子》。

掌中的金背银刀被他舞成了磨盘般大小的一朵刀花,银光灿灿,风声飒飒,滴溜溜飞转如轮。

"好刀法! 好身手!"在一旁观看的青衣客崔波鼓掌笑道,"萧总兵,你这是'小试牛刀',便已'鸿鹄高飞、貂蝉高悬'了!"

萧虎臣没有答话,只是将手中银刀舞得更急更快了。他近段时间的心情实在是郁闷至极。那日吞胡宴上,李如松安然无恙并很快重返辽东,让他已是大为窝火。后来,在午门献俘大典上,李成梁更是成了与御座同在九间殿的嘉宾,辽东一派的地位不减反增。再后来,白清卓又被加封了兵部左侍郎出镇喜峰关——他如今蒸蒸日上,自己还能如何压制得住他?

而且,他亦通过这一系列事件探测出陛下果然对自己是"又拉又防"的实用性态度。陛下在明知自己与白清卓素有嫌隙的背景下依然故意加封白清卓,造成自己的蓟镇北兵营、白清卓的南兵营和辽东镇李家军"三足鼎立"之势,更是将群臣制衡之术发挥到了极致。自己再想在陛下那里借"左右逢源"而一枝独大,已是几无可能了。那么,彻底投向德润斋而成"从龙之臣",则是自己目前唯一最为有利的抉择。他想到这里,暗一咬牙,终于下定了最后的决心。

　　促成他下定这一决心的,还有一个因素:他其实一直十分担忧自己在吞胡宴那一系列幕后动作终会曝光。最关键的是吞胡宴那天刺杀行动的知情者与参与者——千面仙子上官雪衣居然成了白清卓的御赐奴婢!而听闻上官雪衣先前就是白清卓的情侣,天知道她会向白清卓泄露多少内情?——虽然崔波曾经向他反复解释,他和上官雪衣当时联手行动之际并未吐露萧虎臣的内应真实身份,而且只是各有分工——崔波自己负责刺杀李如松,蓝袍蒙面人牟万琛配合萧虎臣"演戏",而上官雪衣和东方胜专门对付白清卓、凌兰、李井方。虽然刺杀行动失败了,但他萧虎臣与崔波同为一派的内情却未曾暴露。尽管白清卓、何远有所怀疑,却也没有抓到自己的任何实证。但是萧虎臣却不这么看,毕竟崔波已在上官雪衣面前暴露,迟早有一天会把众人的目光引到自己这里来的。

　　也好,这一次朵颜大军南下喜峰关来"逼关",实际上也提供了自己顺势"浮出水面"的一大良机!一念及此,萧虎臣便慢慢收住了刀法,一边取来毛巾擦着汗水,一边向崔波问道:"崔公子,你不是去朵颜部和他们约定在十一月御驾巡边阅视之际再猝然发难,然后由我北兵营这边乘机螳螂捕蝉的吗,为什么兀尔赤和百劫上人会这么快就提前发动了南下攻势?"

　　崔波沉沉然叹道:"百劫上人他们有自己的谋算,我们也不可能完全掌控。"

　　萧虎臣腕上使劲,金背银刀一劈而出,"沙"的一声,竟将旁边大树上一根碗口般粗细的树枝斩断在地。同时,他森然冷笑:"看来百劫上人他们的野心也不小啊!难怪上一次在午门献俘大典上,他手下的那两个死士竟不呼应配合上官平芝、东方胜的暗袭行动——他不想让倭人一枝独大,自然也不想让我们独占其利。"

　　"你放心。朵颜之乱,只是大掌柜所需要的一个导火索,而导火索自身是燃不了多大的火焰的,离得开我们德润斋提供的重重干柴吗?"崔波抚弄着自己那一支青玉笔,幽然说道,"崔某现在是代表大掌柜来问你:现在百劫上人已经打到了喜峰关,我们应该如何应对这一局势而乱中取利?"

　　萧虎臣双眉一紧:"朝廷肯定会逼令我发兵驰援白清卓。"

　　崔波将掌中青玉笔轻轻一捏:"你若真去驰援,百劫上人何苦还会南下逼关?他就是算定了你不会发兵驰援。"

　　"大掌柜的具体方略是怎样的?"萧虎臣只能乖乖问道。

　　"大掌柜的方略是:你要在蓟镇这边以拖待变、伺机而动!先让白清卓和百劫上人打起来,让他们双方各自消耗力量,甚至也可引来辽东镇一起陷入那个乱战的旋涡之中;等到他们三方都被削弱之后,德润斋再支持你去坐收渔翁之利。"

　　萧虎臣沉吟道:"我明白了。朵颜部毕竟还是我们暗底下的同盟。大掌柜认为他们虽然目前甚是心高气傲,便只有借白清卓和辽东镇之手先来削弱他们。然后,我们才可乘隙而入,以主驭客,把朵颜部收为'客军',联手击溃白清卓、辽东镇,最后顺利入主京师改天换地。大掌柜想得甚是周全。"

崔波突然向他直问道:"蓟镇北兵营中,你能完全掌握的有多少兵马?"

"上个月从大同镇划拨过来的四万人马,目前还在萧某的消化之中。"萧虎臣沉吟道,"而剩下的这四万北兵营中,除去一万左右的保守观望之徒,可能只有三万人马敢于跟随萧某去施行破格之举。"

"三万人马?"崔波思忖着言道,"这一次朵颜出动了五万精锐,白清卓手头只有一万戚家军,而辽东镇过来的也差不多是一两万。他们至少会消耗朵颜部同等的兵力。一旦他们三方陷入僵持,你这三万人马恰好是最佳的砝码,完全可以打破均衡,左右喜峰关那里的整个局势。"

"大掌柜的谋算自然是周密至极的。"萧虎臣仍是心有余忧,"但朝廷不会让我以拖待变的,一定会严词逼令我火速赶去喜峰关……"

崔波森森然直视着他:"那你也只有千方百计地抗旨不遵了……你既已选择了德润斋,岂能还对京师那边抱有任何幻想?"

恰在此时,一名亲信侍卫站到门外禀道:"启禀萧将军,朝廷的钦差大臣到了,请您即刻接旨。"

何远风尘仆仆一路赶来,进了总兵府正厅连一口茶水都没喝,便向萧虎臣宣读完了诏令蓟镇北兵营火速驰援喜峰关的圣旨。

他见到萧虎臣捧着圣旨站在那里似是沉吟不动,就顾不得虚仪,开口催道:"萧总兵,军情十分紧急——您把军中七品校尉以上的将官速速召集过来,公布这道圣旨后就即刻出发吧!何某陪同你们一道赴喜峰关。"

萧虎臣捏着圣旨卷轴,眼珠飞快地转动着,说道:"何大人,将校军官们今日沉到各营去训练兵马了。本座一声令下,传递出去,他们自会闻风而动,又何必费时费力聚在一处宣旨?"

何远想了一想,说道:"也好。你赶紧传令,我们必须尽快出发。"

萧虎臣挥手喊来一个侍卫,贴耳向他吩咐了几句,便让他离厅去了。何远只当那侍卫传令去了,又取出一封信函,递向萧虎臣道:"萧总兵,这是左都御史方应龙方大人托我带给您的一封重要信函。他也要求您尽快发兵驰援喜峰关。他说他决不会让某些人在朝堂上埋没您的驰援破敌之功。"

萧虎臣拈起那封信函,拆开看了一遍,微微笑道:"这位方大人也真是的!只因为他女儿滞留在喜峰关,就如此大张旗鼓! 我萧某人最是秉心平正,即使喜峰关没有他方应龙的女儿,我也会奉旨赶去救援的……这是皇命之所在、职责之所在嘛!"

何远大笑说道:"萧总兵您真是高风亮节! 甚好! 咱们赶紧准备出发吧!"

萧虎臣去桌案上放下圣旨,又踱了过来,面露为难之色:"何大人,本座有些实话不得不事先说明。此番北兵营前去支援,最多只能带上一万劲卒步行前去增援。本座还要吩咐让他们带足干粮后再出发……"

"什……什么? 一万步卒?"何远一愕,"素闻北兵营有两万两千骑兵,你为何不赶紧动用?"同时,他的目光也渐渐变得峻厉起来:张诚临行前果然没说错——这个萧虎臣未必会积极驰援,自己必须加以非常手段而备之!

"何大人,你有所不知,我这北兵营大部分的战马患了疫疾,正在全力治疗之中。所以,本座也调拨不了多少骑兵。反正辽东镇那里会派大队骑兵过来,我们就用步卒增援吧。"

"萧总兵,刚才圣旨上明言了:以蓟镇北兵营为主力,以辽东镇为偏师,火速驰援喜峰关——你调动步卒上阵,这叫'主力'? 你让队伍步行前去,这叫'驰援'?"何远手按腰间佩刀,目光森寒如剑刺向他来。

萧虎臣一脸的愁云:"本座也很焦虑——本座也是因战马染疾而不得已而为之。"

"战马染疾?"何远的语气渐渐变硬,"北兵营内究竟有多少匹战马染疾,你我心知肚明。需不需要何某喊人上来一一核对? 萧总兵,你至少可以提取一万八千骑兵先行出发驰援!"

萧虎臣沉郁说道:"何大人是在怀疑本座的忠诚? 何大人,本座知道你们在北兵营中布有耳目。可是,我们的骑兵近日因疫疾流行也未曾进行足够的训练,骤然杀上战场,那不是给朵颜的虎狼之师送人头吗? ——本座的意见是,等待辽东镇的援军到达喜峰关后,我们这边再火速跟进!"

何远直逼上前,怒发冲冠:"可是白侍郎只凭一万南兵营的兵卒,没有大队骑兵的呼应支援,他再有韬略,如何抵挡得住朵颜的五万铁骑精兵? 倘若喜峰关因此失守,你将是最大的罪人! 你不要忘了你是蓟镇的主官!"

萧虎臣退开两步,目光闪烁不定,终于直视着何远,面有阴森之色:"难道到了最后的关头,喜峰关就不能成为当年的金刚堡吗? 南兵营如果能消耗掉朵颜部的一小半精锐主力,不也可以换来北塞朔边数十年的安宁吗? 他们不就是为今天而时刻准备着的吗? 从那以后,蓟镇和辽东也就可以真正放手对付倭寇入侵了吧?"

何远大吃一惊:"你……你也知道金刚堡事件?"他急忙又顿了一下,思忖之后才说道："金刚堡的例子不能拿来和今天的喜峰关相对比——喜峰关可是大明的首要屏障！必须全力保住！"

"本座知道的比你还多了去！"萧虎臣的脸色渐渐冷酷起来，"你以为在金刚堡事件中陛下真的会做错？'天地不仁，以万物为刍狗'。当年以三千血刀营将士消耗掉近万名蒙古土蛮匪兵，这不是赚大了吗？所有的将士都是拿来在关键时刻被牺牲的嘛……洪尔林、徐方深他们如此，白清卓、吴惟忠也是如此，本座又何尝不是如此？当年的血刀营是这样，现今的南兵营又何尝不是这样？你的义父张诚公公，还有当今圣上，难道不是这样想的？他们真要援救喜峰关，面对如此强猛的朵颜大军，最应该以最精锐的辽东铁骑营为主力，以我们北兵营为偏师！"

何远怔了一怔，思忖良久，终是钢牙一咬，硬声说道："何某可不像你一样揣测得这么多，喜峰关也不应该成为第二个金刚堡——萧总兵，你今天必须火速发兵前往喜峰关！否则，何某将用抗旨不遵之罪把你当场锁拿！"

说着，他身形一晃，迅若电光，一下扑近了萧虎臣身边，手腕一翻，亮闪闪一柄短刀已是架在萧虎臣的脖子下："萧总兵，请恕何某无礼了！去！马上喊你的传令兵过来！"

厅中萧虎臣的几个亲兵侍卫见状，纷纷拔刀欲前，与何远同来的几名锦衣卫武士厉叱一声，挺刀上前将他们挡住。

萧虎臣倒也没什么激烈的动作，只是挥了挥手让他的侍卫们退下。然后，他不慌不忙地对何远讲道："何大人，不是萧某抗旨不遵，而是此事确有不得已之处。你以为你拿下了我，其他将领就会乖乖随同你前去驰援南兵营？你以为北兵营对南兵营的疏离和排拒，是我萧虎臣一个人能够挑起的？你拿下我后去外面试一试——看哪一个北兵营将士会自告奋勇地领头前去驰援南兵营？！"

何远焦躁起来，向一个锦衣卫武士使了一个眼色。

那武士会意，立刻往正厅外厢的将校官署跑了出去。

过了好一会儿，那武士又匆匆奔回，向何远微一摇头。

何远只得将架在萧虎臣颈下的刀锋略略收了一收。

萧虎臣神情一松，才又慢慢说道："在北兵营将士心目中，南兵营的人拿了双薪双饷，那就应该拿出实际行动来证明他们比我们北兵营更骁勇善战才是！不能一遇到敌军就马上要我们去'驰援'吧？！那他们平日多拿的一份薪饷为何不推让给北兵营？所以，朝廷要北兵营即刻驰援他们肯定是口服心不服的！你何大人总不能在每一个将士脖子上架着钢刀去赶路吧？！"

何远的每一个字儿都咬得梆梆直响："你身为蓟镇总兵，却坐视并纵容军中南北之争扩大到如此严重的地步！你是何居心？倘若南兵营垮了，你以为北兵营又能抱残守缺多久？今日你们出于一己之私而不去驰援友军，他日你们倘若遭难也必是孤立无援！你若再不服从圣旨，何某这把刀可就不仅仅是架住你的脖子了！"

萧虎臣叹了一口长气，双手往上一摊："这样吧——你拿刀架着本座，本座出去一个营帐一个营帐地苦心说服他们克服困难、整装出发吧……至于能说服多少人、用时有多久，本座就难以保证了。"

何远缓缓收起了短刀，直盯着他："你是堂堂总兵，我不会拿刀架你脖子。不过，你既然愿意亲自去当传令兵，这也可以。我一路跟着你，你说服一个营帐的人马，就马上让这一个营帐的人马火速出发！"

五十

喜峰关的上空,夜幕如洗,星月如新,风轻云淡。

关城之内,将士民众皆是一片欢欣鼓舞之情,都为今天逼退朵颜大军而兴奋不已。

城楼的议事厅里,白清卓待大家兴高采烈地热议过后,才平平静静地讲道:"明天朵颜大军可能还会过来挑战。今晚大家就轮流分批休息吧。"

那些校尉军官退出之后,方宝芹才向白清卓浅笑说道:"清卓君,今天你和那个百劫上人在外面斗阵法斗兵法,可把我担心坏了!但今天百劫上人看起来还不太穷凶极恶……"

白清卓笑了一笑:"我大师兄曾经自诩为'盖世儒将',自然是效仿诸葛亮、羊祜等大贤的清华风采,不会似无知匪徒那般粗蛮暴烈的。"

顾少伦刬了他一眼:"幸好你及时恢复了功力,否则他还不将你一招立毙掌下!"

吴惟忠瞧了瞧上官雪衣,嗟叹道:"清卓,今天你这个婢女出力不小啊!"

场中顿时莫名地静默了下来。方宝芹、凌兰看向上官雪衣的眼神颇为复杂。顾少伦、庄驰也不好开口。

上官雪衣只是无言地侍立在白清卓身后,表情一如深潭。

白清卓唤了她上前,款款言道:"吴老将军说得没错。今日这一番'斗法',确要感谢雪衣姑娘鼎力相助。我们能够吓退百劫上人,有两个原因:

"一是他没有料到我今日竟然完全恢复了功力,也没有料到雪衣姑娘会加入我们的阵营。

"二是我们悄悄准备了'火绳枪',打了他们一个措手不及。

"可是,百劫上人的谋虑行事素以稳慎沉毅见长,所以他虽然暂时退却,但必有后招,仍然不可大意!"

上官雪衣悠然道:"清卓君如此冷静清醒,确是难能可贵。你的功力只能再维持两天;而我们所掌握的'火绳枪'实际上只有五十余把,铳弹也才四百余袋,如何能够持久作战? 若是外援助力还不及时赶到,我们又能虚张得了多久的声势?"

吴惟忠呵呵一笑:"上官姑娘不必过虑。今天过去了一天,希望明天上午蓟镇北兵营的援军到来,后天上午再是辽东镇的援兵到来,到那时候朵颜大军就自然知难而退了。"

白清卓双眉微皱:"白某担心的是:可能辽东援军比蓟镇北兵营先到。"

吴惟忠笑了起来："小白，你可是空担心了。蓟镇离我们这里最多只有两三百里路程，一夜之间便可赶到了——他们居然还会落后于辽东军?!"

白清卓手里摩挲着四象太白石，瞧向了上官雪衣："当日吞胡宴上所发生的事情，总让白某对萧虎臣不太信任。雪衣，你说呢?"

上官雪衣双眸波光一闪："当日吞胡宴上，我也是奉上官平芝之命行事。我和东方胜针对你、凌姑娘和李井方。而青衣蒙面人崔波负责刺杀李如松、蓝袍蒙面人负责对付萧虎臣，则是他们德润斋一派的自主行动。我也不好揣测内情。"

"你也看出崔波可能是德润斋一派的人了?"白清卓向她深深问来。

"崔波既不属于炎阳宫和引凤堂，又似乎不属于朵颜百劫上人一派，那他除了是德润斋的人还能是谁?"上官雪衣垂低双眉，柔柔地说道，"德润斋敢让牟万琛明目张胆地来向你喊话，他们必然所挟甚大。我觉得清卓君你应该见一见他。"

庄驰这时也想了起来，连忙向白清卓禀道："下午酉时，后营牢狱的卫兵过来报告，说牟万琛从昨天起一直在那里闹着要见你。"

吴惟忠、方宝芹对他和上官雪衣刚才那番对话甚是疑惑，听得云里雾里的，不禁面面相觑。

白清卓一时也不好和他们讲清，沉吟了一下，吩咐道："小兰，你送方小姐、吴老将军下去早些休息。庄驰你亲自去提牟万琛过来。"

方宝芹、吴惟忠退出后不久，牟万琛便被提溜了上来。他胖圆的脸庞上堆满了冷冷的笑意："怎么? 白侍郎白天吃了朵颜的败仗，晚上终于想起来见我了?"

白清卓淡淡一笑，并未即刻回答。

牟万琛目光在上官雪衣脸上一掠，又冷笑了一声："原来昨天你是自恃得到了炎阳宫的支持……"

顾少伦再也按捺不住，怒叱道："你个牟万琛，亏我这么多年信你用你，原来你竟是与朵颜里应外合的逆贼!"

牟万琛深深一笑："顾县令，你固然是信我用我，可是你从我这里捞去的油水也不少啊! 你们苏州顾氏商庄能够进军北方攻城略地，没了我德润斋在幕后力挺，你们做得到今天这般欣欣向荣吗?"

白清卓一摆手止住了顾少伦，直视着牟万琛："朵颜百劫上人今天和白某斗阵法斗兵法，他输了。"

听罢这话，牟万琛全身骤然一震，狂傲之色渐渐敛去。他思忖了一下，方才慢慢说道："大掌柜果然没有看错人——你确是一代奇才，值得德润斋不计一切延揽。白侍郎，时势大变在即，你和我们一起来做一番掀天揭地的大事业吧!"

"掀天揭地?"白清卓淡然而笑,"你们是哪来的底气撑得起这么大的'志向'?"

牟万琛一脸的认真:"白侍郎,我们既能送你那枚'猴钮金印',便一定能让你真正'封侯佩印'、出将入相、大展宏图,你又何必拒人美意于千里之外呢?"

上官雪衣在一旁听了,看了看白清卓,玉颊上有些微微动容。

白清卓手里摩挲着那枚四象太白石,身子往椅背上一靠:"你们大掌柜确实是胃口不小!白某送他'雾隐龙潜'四个字,想必他很是自鸣得意吧?可惜,我不是一个轻易抛弃自己信念的人。这些年来我在南兵营的所作所为,应该会让你和你背后的主子死心了吧。"

"不错。这些年牟某确实看到你如何苦心孤诣地经营、稳定、壮大南兵营,并到现今将南兵营推上了'天下第一镇'的荣耀巅峰!"牟万琛缓缓讲道,话锋却渐渐犀利起来,"朱翊钧眼下对你百般宠任,也是相信了你手下南兵营万众一心、精忠报国的清名!可是,一旦朱翊钧知晓你的得力助手、南兵营刀法教头杨寒也曾经潜入午门献俘大典和倭人一起行凶作乱,他又将如何看待你和南兵营呢?欺君误国之大罪,你们逃得了吗?即使他现在暂时不得已放过了南兵营,但彼此间的信任已有裂痕,你一个人又能护得了南兵营多久?倘若有一天南兵营终究被薄待、被拆分直至被解散——那时候你和戚继光的所有努力又有何意义呢?!"

"不要再说了!你这一派妖言!"庄驰在旁边再也忍不住了,大喊起来,两眼变得通红,转头直盯着白清卓,语调也凌乱了起来,"白参将,他说的都是谎话吧?杨……杨寒怎么会在午门做那样的事情呢?!这个牟老鬼是胡说八道……"

"庄驰,你冷静一些。杨寒只是死谏之士,他没欺君也没误国,没行凶也没作乱。"白清卓面容异常沉肃地回视着他,"况且他已以死谢过、焚身以灭、生无可咎了。"

庄驰蹲了下去,失声痛哭起来。

顾少伦和上官雪衣都侧开了脸,不忍直视这一幕情景。

"杨寒借吴承信的人头以震慑朝廷,其行为昭昭可见——他用割房刀法杀了吴承信,也是有据可查的。你说他是死谏就是死谏?"牟万琛阴阴地笑了起来,"你以为你能掩盖得了?顺天府里一直都有我们的暗线。"

"唐鉴?"白清卓微微一惊,继而恍然大悟,"难怪他对我们步步紧逼、借公而徇私!原来他已在暗中替你们搜集我们的'把柄'。"

牟万琛继续阴笑说道:"所以,你和南兵营还是好好权衡一下何去何从吧。"

白清卓也轻轻一笑:"所以,你胆敢孤身前来见我的底气,也就在这里?"

牟万琛把上半身伸向前来:"白侍郎,我们做生意打交道也有些年头了。你们南兵营暗影队的那些故事,牟某这里也知道不少呢!"

白清卓凛然说道:"我们因款饷窘迫而小节不谨,自是无话可说,但你们若想逼迫我们丢了大节,只怕是痴心妄想。"

"德润斋可以动用八位宗室王爷的名义状告你南兵营的种种劣迹——你以为申时行拦得下吗?你以为张诚捂得住吗?而朱翊钧又摆得平吗?"牟万琛森然笑道。

"如此说来,我和南兵营是不得不接受你们的摆布了?"白清卓淡淡地微笑着,"可如今刀把子还握在我们手上,我们自己能够决定把它砍向何处。"

"你有刀把子,我们就没有刀把子?"牟万琛傲然言道,"你以为你们南兵营在喜峰关还有周旋的余地吗?"

白清卓终于套住了他这段话,瞥了一眼上官雪衣和顾少伦,缓缓点了出来:"其实白某已经知道了你们手里的刀把子是谁——他应该就是萧虎臣萧总兵吧?"

"既然是刀把子,那他就是我们的底牌,牟某怎会轻易告诉你呢?!"牟万琛冷声说道,"当然,你说他是也可,你说他不是也可。我只提醒你,朵颜大军兵临城下,你与区区南兵营进退失据,又于事何济?不如就此归顺了我德润斋吧!"

白清卓脸上的笑容深如湖泊:"白某想起来了,那日吞胡宴上,那刺杀萧总兵而始终不能得手的蓝袍蒙面人的身材,似乎正与唐鉴有七八分相似呢,白某会让京师中的朋友帮我们查一查那天晚上唐鉴捕头的真实行踪,便可知真相如何了。"

牟万琛阴恻恻笑道:"白清卓,你还想那么多干什么?而今眼下这一关迫在眉睫,你先考虑一下怎样活着带领南兵营何去何从吧。"

白清卓缓缓立了起来,将掌中的四象太白石捏得隐隐作响,一步一步踱到他的面前,沉雄之气溢然而出:"可是我也有我的一张底牌,足够支撑我和南兵营不必在你们的刀把子面前俯首听令!"

上官雪衣看着白清卓这般英伟挺拔的姿态,双眸中不禁亮光闪烁,他果然是自己心目中顶天立地的铁汉子!他也真是值得自己一生去追随去奉献的奇男子!可是,目前喜峰关被朵颜重兵、百劫上人如此逼压,他真的能在最后脱困而出吗?

顾少伦在一旁更是大加振奋,向牟万琛叱骂道:"你这老贼,居然还敢如此威胁天朝大军……"

牟万琛怔了一下,立刻又反应过来,脸色一变,似笑非笑地看着白清卓:"你的底牌,其实也是朱翊钧的底牌——当今倭寇在前,他会为你而轻易动用这张底牌吗?"

白清卓顿时沉默了下来。

上官雪衣却插话道:"在黄启祥狙袭案件中,在方宝棠遇刺案件中,在李成梁通朝密函案件中,是谁对他们有重生再造之恩?他们自己心底不清楚吗?而今南兵营有难,白参将有难,他们就是插上翅膀也要飞过来相助!"

牟万琛似对上官雪衣的话语恍同未闻,而是继续盯视着白清卓:"你们真是不见棺材不落泪。那我们都拭目以待。我在后营牢房一直等你来找我。"

白清卓也深深地注视着他:"通过今晚和你的这番交谈,白某倒是越来越想在合适的时机,再去会一会你们的大掌柜了。"

"那就等你能够活到那一天再说吧。"牟万琛的眼帘闭了下去,不再抬起看他。

庄驰把他带下去后,顾少伦便向白清卓急道:"清卓兄,需不需要连夜派人赶去辽东镇告急催兵?"

白清卓缓缓垂下了双目:"牟万琛刚才讲得对。辽东军是我所寄望的底牌,但更是大明朝的底牌。一切交由圣意决定吧。我们南兵营,全力做好我们该做的事情就是了。"

顾少伦听罢,只得默然。

上官雪衣却向他款款而近,缓声问道:"我只关心你一个问题:为什么今天百劫上人会在你面前提起璇玑解体大法?"

顾少伦闷闷地说道:"你连这一点还没看懂?他猜到两天后如果援军不到,清卓兄就会用璇玑解体大法和他同归于尽,那么朵颜大军便会如丧考妣、士气大衰,自然会撤兵而回了。所以他今天是故意事先点破,让清卓兄不好那么激进。"

上官雪衣仰面凝视着他:"清卓君,你放心——我们都不会让你走到那一步的。"

白清卓抬起头来,望向窗外空空茫茫的夜空,像是对他俩,又像是对自己,喃喃地说道:"有些事情,只能由该背负的人来背负,别人终是代替不了的。"

陈矩也没有刻意放慢速度,仍是按照平常的马速、车速,终于在第三天早上到达了锦州宁远伯府第。

他一进大厅,就不禁怔住了:李成梁、李如松、李井方等人早已是一身戎装在那里恭候了。

李井方见到陈矩,便行礼笑道:"陈公公一定是来传旨让我们驰援喜峰关的吧?"

陈矩愕然而惊:"白清卓这么快就抢在本座的前面给你们来函求援了?"

"哪有这事儿?"李井方摇了摇头,"几天前,我和白侍郎在京师分手之际,他就向我预言:我们大明和朵颜的和谈必不能成,朵颜终究会兴兵来犯。我们回来后积极厉兵秣马,也已经做好了迎战朵颜的准备。您今天突然而来,肯定是调遣我们前去喜峰关支援啦!"

"原来如此。"陈矩微微一叹,"这个白清卓,真是神机妙算啊!宁远伯,你们接旨吧!"李成梁赶紧带着李如松、李井方等人恭恭敬敬跪下。

陈矩面南而立,庄肃至极,展诏宣道:

奉天承运,皇帝诏曰:

兹有外藩朵颜,不识大局,背信弃义,犯上作乱,逼关逞凶。着以蓟镇北兵营为主力,辽东镇兵马为偏师,火速驰援喜峰关,以靖朔边。

钦此!

李成梁接过诏书,起身便向陈矩言道:"陈公公,我们辽东镇万事俱备,马上就可以出发。"

陈矩沉吟而问:"宁远伯,你们准备带领多少兵马过去驰援?"

李成梁胸有成竹,抚须而道:"根据本帅对朵颜部内情的了解,朵颜一部成年男子可谓'尽人皆兵'。所以,他们至少有八万铁骑为精锐主力。此番朵颜兴兵南下,他们的先锋部队应该不会少于四五万人马。我们辽东镇可以调拨三万骑兵赶去驰援。"

"看来宁远伯也真是深谙军事的大才——朵颜这次确是派来了五万骑兵。"陈矩赞罢,却是话锋一转,"不过,您方才似是未曾认真阅看圣旨? 陛下明说了是以你们辽东军为偏师,圣意是不能带太多的兵马过去!"

李成梁和李如松、李井方等人面面相觑。片刻过去,李成梁才诧然问道:"那……那……我们该出多少兵马才行? 陈公公可否说个实数?"

陈矩转了转眼珠,只得抬出张诚来:"司礼监的意思是:你们派去的援军不能多于一万。"

"什么? 一万?"李井方叫了起来,"朵颜可有八万铁骑呀! 目前尽管他们有五万人马南下,喜峰关南兵营却只有一万守卒,其实加上我们原本议定的三万铁骑也不一定够用。朝廷居然还只让我们派一万兵马过去?"

"你们是偏师嘛!"陈矩咳了一下,"圣意已经定了是一万的人数。"

李井方又跳了起来:"白清卓在京师为保护我们辽东镇,曾经做出了多大的贡献,陈公公您也是很清楚的吧?! 黄启祥狙袭案、方宝棠遇刺案、李督帅假密函案,哪一桩哪一件不是险些让我们辽东镇陷入灭门之祸? 若非白侍郎一次次力挽狂澜、破关破局,我们一家子怎能安然站在此处! 他和南兵营今日遭难,我们不能不管! 只调拨一万兵马过去救援,实在是让辽东镇丢不起这个人!"

"我知道,我知道。"陈矩长叹一声,"可……可是圣意难违啊……"

李成梁毕竟稳重老练一些，将陈矩拉到一边，娓娓讲道："陈公公，我们是援军偏师，我们也明白我们自己的定位。我们发兵只要比蓟镇北兵营更少就行。蓟镇北兵营目前共有八九万人马，里边是添了大同镇过来的四万人马。但他们仓促之间操习未熟，萧虎臣不会从这批大同兵里调取太多。面对喜峰关危局，如果我是萧虎臣，我就会动用北兵营四万老兵老将过去驰援。但——这只是我的想法。萧虎臣本人脑海中究竟是什么样的念头，就不好说了。"

陈矩叹了一口气，对李成梁压低声音说明道："圣上之意以为喜峰关毕竟在蓟镇，由蓟镇北兵营主力去驰援是理所当然。而辽东镇的精锐部队却要尽量保留下来对付东面的倭寇，这可是重中之重！据朝鲜的第二次密报谈起，倭寇已经集结了近二十万贼军……陛下不得不深以为虑啊！"

"老臣自然是理解圣上的心意。你们也无须太过焦虑。朝鲜可是抗倭防寇第一关，他们还有数十万人马呢！我辽东镇对东面也自会加倍留意。"李成梁也不得不把有些实话摊开了说，"老臣觉得有两个问题，朝廷也不能忽视！一是萧虎臣对白清卓偏见甚深，他会不会真的调用精锐主力援救南兵营，谁也心中没底；二是我辽东铁骑营于平倭防寇很重要，蓟镇南兵营于平倭防寇也很重要！他们是戚大帅当年在江浙一带曾经倚以斗败过倭寇的精兵强将！我们将来得到南兵营之助，方能如虎添翼，更好地击溃倭贼。陈公公，我们赶去援救他们，就是在援救我们最好的战友啊！"

"可是朝廷不希望辽东铁骑营在喜峰关牺牲太大啊……"

"陈公公，您放心！白清卓的用兵之术，我也曾经见识过。他不是泛泛之辈，这六七年间也有大大小小几十场战绩。我相信他会以最小的付出而赢得最大的胜利。"

陈矩听完，不再多言，在厅中来来回回踱了四五圈，最后向李成梁问道："那你准备调拨多少兵马驰援喜峰关？"

"本座之意，原本是调遣三万铁骑劲旅过去支援。但考虑到您回去给司礼监张公公有所交代，本座就先调拨两万人马，由李如松、李井方带领着先行驰援，如何？"

陈矩思忖了片刻，终于一跺脚，定了下来："好吧，用两万辽东铁骑，再加上白清卓的一万南兵，萧虎臣那里至少会派三万人马吧。这样一来，我军足可压制朵颜大军了。"

李成梁大喜说道："老臣就知道陈公公最是通情达理，一定会秉公服人的。"

陈矩拿手摸了摸自己的面庞，悠悠长叹："本座只是不想当年的金刚堡之悲剧重演于今罢了。"

　　晚霞夕照,灿灿烂烂的斜阳余晖照射在了百劫上人林映夕的脸庞上。他抬起头来,眯缝着双眼看着那圆圆的落日。他把玩着那件由一"珠"、一"璧"、一"瓶"三种饰物穿成的"三宝手钏",神情若有所思。突然间,他心头一颤,关于白清卓的重重意象在脑海里浮现起来。

　　白清卓屹立塞上独迎风尘的形象如同巍巍山岳一般在他眼前凸现而出。他是那么的伟岸,那么的雄浑,压得林映夕的呼吸渐渐变紧。

　　侍立在旁的郑北雄见状,惊问:"上人……上人……"

　　林映夕摆了摆手,缓和了容色,悠然道:"郑前辈,本座为什么法号百劫? 您知道吗?"

　　郑北雄恭声道:"请上人示教。"

　　林映夕淡然道:"沙门之中,历尽万劫而不坏者,便成大乘佛祖;而本座自以为只历尽了百劫,所以当佛祖的徒孙还是合格的。故而,本座自号百劫。——但是,眼下在喜峰关的这一关、这一劫,本座恐怕未能过得去了。"

　　郑北雄也深深而叹:"自上人您以国师之尊主政朵颜而来,平素是何等的杀伐决断! 近日却似从未有过的犹豫……"

　　"是啊! 上人,为何我们还不趁热打铁一鼓作气拿下喜峰关呢? 我朵颜的十八门火炮已经运送到位,上人还在思量什么呢?"一个硬朗的声音从帐门处直传而来,原来是朵颜之王兀尔赤大步跨入,身后还跟着铁木勒等武将。

　　林映夕把掌中三宝手钏轻轻一捏:"蓟镇的萧虎臣还没到场,本座认为暂时不能轻举妄动。"

　　兀尔赤的面色层层波动:"萧虎臣延迟不来,这本就在我们事先的谋划之中。他一定会对我们和戚家军的战争来个坐山观虎斗,然后再渔翁得利。可您这时候为何又提起了他?"

　　林映夕瞧了瞧兀尔赤背后那跃跃欲试的铁木勒等武将,沉沉一叹:"在大王心目之中,贫僧究竟是什么人呢?"

　　兀尔赤、铁木勒等人都不禁容色一滞。兀尔赤低低说道:"上人,您……您这是何意?!"

　　林映夕徐徐捏紧了那串三宝手钏,望向帐窗外的落日余晖,缓缓吟出了唐末枭雄黄巢所写的《自题画像》之诗:

　　　　记得当年草上飞,铁衣着尽着僧衣。
　　　　天津桥上无人识,独倚阑干看落晖。

他此诗吟罢,兀尔赤、铁木勒隐隐明白了他的一些"言外之意",不禁都暗暗变了面色。

林映夕盯视着他们,双掌合十,法相庄严至极,凛然说道:"大王您要永远记住,贫僧首先是朵颜的镇国大法师,是您的辅政大臣,是佛门在朵颜的荣耀,然后才是百劫上人,是天峰秀士林映夕,最后才是白清卓的大师兄!"

兀尔赤听罢,如遭雷轰,全身震颤片刻,才深深低下头去:"请上人恕罪。本王不该怀疑您的任何举措。"

铁木勒等人更是赶紧退开,垂首而立。

林映夕渐渐敛起庄肃之色,开口说道:"大王,本座向您陈述一个事实。本座前日和白清卓一番斗法,输赢倒是无所谓,但结论却十分清楚:以我朵颜大军之赫赫神威,拿是拿得下喜峰关,但却会付出折损两三万儿郎的代价啊!"

"竟有这么重大的代价?"兀尔赤微微僵住了,"在我们事先的谋划之中,我们最多用一万左右铁骑便可击溃戚家军南兵营啊!"

林映夕又一下捏紧了三宝手钏,长长一叹:"本座前日与他斗法,测试出他功力已复,而且他如今又得到炎阳宫之势力相助,确是非同小可了。总之,拿下喜峰关,我朵颜的牺牲有些太大。

"本座一直在左右为难啊!如果我们付出如此代价方才取得喜峰关,必是后劲乏力。万一在我们全军虚弱之际,萧虎臣再强袭而来,便有了渔翁得利、反客为主之势!那时候,我们便只有屈居其下,杀进中原也终是为他人做嫁衣!大王,您甘心接受这样的结局吗?"

兀尔赤涨红了脸颊,狠狠地说道:"我堂堂朵颜儿郎,岂能成为他人手中的傀儡?!"

但他立刻又迟疑道:"上人,一旦我们此番不能拿下喜峰关,将来萧虎臣必被白清卓、李成梁父子联手排挤而去,那我们真的就再无南下之机了!"

林映夕直盯着掌中那串三宝手钏,冷笑了一下:"大王,您觉得似萧虎臣之流这般狼子野心、太过精明的阴人,堪配与我们为伍为伴吗?我们朵颜部总不能真拿万千族人的性命为他们火中取栗吧?"

"您说得不错,我们也没指望他萧虎臣。但我们如今箭已脱弦,逼关而到,岂能白来一趟?"兀尔赤粗声粗气地说道,"本王干脆让三万后备骑兵也火速南下全部投入,一鼓而下喜峰关,又将如何?"

林映夕双眸中精光流转:"您可以试一试。不过,您的三万后备军只要一动驾,依本座之见,李成梁和萧虎臣两边必会同步而来的!"

"这又为何?"兀尔赤一怔。

"萧虎臣和李成梁是互相制衡、互相算计、互相争斗的关系。您调来八万主力,李成梁父子必是不得不大力驰援白清卓。他们一到,若和白清卓南兵营联手,我们一时也难以取胜。在我们双方僵持之际,还是萧虎臣跑来'摘桃子'啊!我朵颜大军末了还是白白为他人作嫁衣!"林映夕正容肃颜,向他徐徐道来。

兀尔赤连连跺脚,用手掌摸着自己的后脑勺,诧异至极地问道:"上人,那我们这一次南下逼关的谋划,原本十分周密,可如今看来却究竟错在了哪一着棋上,您说一说。"

林映夕缓缓垂下了双眼:"我们都低估了白清卓和他的南兵营。"

兀尔赤一愣,长长一叹:"唉!在上人和本王的谋划之中,原本是想用一万骑兵轻轻松松拿下喜峰关的,没料到白清卓居然在这里训练出了一支虎狼之师!居然会让我军付出损耗两三万人马的代价!我们真的是低估了白清卓和南兵营!"

五十一

朔风飒飒,吹得城头军旗"哗哗"作响。

白清卓一身轻裘,披着斗篷,缓步巡走在关城城台的通道上,见得一队队士卒站南面北肃然挺立,严阵以待,他暗暗颔首。

顾少伦、庄驰、上官雪衣陪侍在旁。庄驰正向他禀道:"昨日朵颜的数十架火炮、抛石车已经运达。他们可能真的要攻城闯关了……"

白清卓向着城外几里处那连绵起伏的朵颜军帐遥遥望去:"看来,本座又要再唱一出空城计了……"

说罢,他捂着胸口又激烈地咳嗽起来。

上官雪衣急忙扶住了他,眼底一片暗淡。她知道,这三天时间已过,"金针锁穴法"已然失效,白清卓的全身功力又被缠丝销金散禁锢住了。他现在,又是那个弱不禁风的青年将军了。

此刻,方宝芹也从梯道下上来,一见白清卓这情形,上前关切地问:"清卓公子的隐疾又犯了?"

白清卓止住咳喘,微一摆手:"不碍事的。你今天去城中慰问民户的情况如何了?"

"大部分民户都还算情绪稳定,表示观望一两天后再做外迁的决定。有一小部分商民昨天已经搬走了。"方宝芹又瞧了瞧顾少伦,"顾公子的那位老县丞和县府衙役们还是很得力的。"

白清卓悠然一叹:"喜峰关之南,三百里内无险可守。他们纵是外迁搬走,这仓促之间又哪有朵颜的战马跑得快? 我们还是要尽力挡住朵颜,才是保境安民之本。"

正在这时,一个亲兵来禀:"启禀白参将,蓟镇副总兵章世彦率八千步卒赶到支援。吴惟忠将军正在下面接待。"

"蓟镇只来了八千步卒相援?"庄驰大为惊讶,"我们喜峰关最缺的是骑兵啊!"

白清卓问那亲兵:"他谈起蓟镇为何只派了八千步卒过来吗? 出了什么事情吗?"

"章副总兵向吴老将军谈起,萧总兵和锦衣卫何远何大人正在劝说北兵营中的骑兵队,后边定会赶将过来的。"

"劝说? 这个何远怎么搞的?"后面过来的凌兰听到这里,不禁怒容满面,"旨令已下,谁若不从就斩了谁! 喜峰关这边已经是火烧眉毛了,还要用劝说?!"

"北兵营骑兵队必是宣称战马患了疫疾，一时不好出兵吧。何远再强硬，能够把刀架在每一个骑兵脖子上逼着过来？"白清卓缓缓一叹，"萧虎臣的借口嘛，总是能找到的。不过，来了八千步卒也好，我们毕竟又多了一两成的胜算。"

他们正说之间，却见朵颜大帐那边有一拨人马正向城下徐徐行近。郑北雄那洪钟一般响亮的声音传了上来：

"朵颜国师百劫上人有请喜峰关守将白清卓于城外一见。"

众人听得清清楚楚，都变了容色。上官雪衣一下拉住白清卓的衣角："清卓君，你这一次怕是去不得了。"

白清卓握紧掌中的紫玉箫，默思片刻，看了看她、顾少伦和凌兰，正声道："有你们为伍为伴，我如何去不得？"

顾少伦说道："古有商鞅以会客为名而擒魏公子卬。敌国之间，讲不得信义！况且白清卓你目前功力尽失……"

"避而不见，才会令百劫上人疑虑成真。"白清卓淡然说道，"虚实难测，方能取得出奇之效。"

方宝芹柔柔说道："诸君，这一次百劫上人似乎并未带兵而来，应是私交会面，不会唐突劫持。清卓公子，我也陪你一道下去见他。"

还是在那片不高不低的平坡之上，百劫上人林映夕端坐在辇。他身边只带了郑北雄、铁木勒以及一队陪侍的僧人。

当他看到白清卓在顾少伦、上官雪衣、凌兰、方宝芹等人的簇拥之下缓步走近，倒是微微然一笑："你们这一大群人过来，莫不是早就想好了来本座这里讨酒讨茶喝？"

白清卓也微笑而答："上一次在凤鸣寺，上人的清茶，一直是余味留芳啊！"

林映夕也笑得宝光灿烂："本座是曾经请你和顾少伦喝过茶。今天，有凌兰在，有方小姐在，有上官仙子在，本座自然是不能单拿茶水出来了。"

说着，他把眼色一丢。几个僧人立刻异常快捷地在地下摆了一张长席和两条碧茵；又有一排小桌矮几端将上来，上边尽是瓜果糕点。

白清卓瞟了瞟四周，笑道："上人还准备在这里架锅生火焚香煮茶吗？"

"那倒不必。"林映夕把手一挥，两个沙弥各自捧着一红一白两只冬瓜般大小的玉壶走了上前，将它俩放在矮几之上。林映夕又道："这红玉壶里装的是美酒，这白玉壶里装的是茶。你们愿喝哪一样，自己招呼。"

白清卓瞟着那两只玉壶，颔首说道："原来是暖玉装温水，自然不会凉。上人身边果是奇宝多多。"

凌兰盛了一杯美酒拈在手中，朗声说道："大师兄，您何必作难于二师兄和我们南兵营呢……"

"这里没有什么大师兄、二师兄，也没有什么小师妹。"林映夕给自己倒了一杯清茶，"只有朵颜的国师和大明的将士。"

凌兰噙着眼泪，只得停住了口。

就在这时，白清卓终于憋不住，轻轻地咳了一声出来。

林映夕握着茶杯的右手在半空中微微一定："你的功力又消失啦？"

白清卓迎视着他的炯炯目光，平平实实地说道："我这一身顽疾就是这样时而好时而坏。而且何时好何时坏，我自己也把握不准。上人可真是神目如电。"

在旁边听到白清卓已是功力尽失，郑北雄向铁木勒对视一眼之后，突然一声沉啸，浑身暗一凝功：他满头白发根根立起，体内各处骨节一阵"咯咯"脆响，整个身躯似是增高半尺，一双虎目更是精光闪闪，令人不敢直视。

顾少伦见状，连忙跨上一步：他眉宇间青气隐隐，衣衫上下无风自动、真气鼓荡，亦有风聚雷屯之威势。

白清卓满面笑容依旧，只是慢慢喝着杯中清茶，眼神却是深湛难测。

上官雪衣暗暗紧张，一手扣住了腰间的银丝带。她侧眼一看，却见方宝芹竟也是安坐如亭亭玉柳，脸上平静极了。她心中暗道：这宝芹小姐果然是心性沉稳，非比寻常！难怪在那日丹池诗会中她亲见兄长遇袭重伤，居然硬是没有乱了方寸！

场中空气渐欲令人窒息之际，林映夕却乍然一举手，说道："郑先生且慢！这位白参将说了他的病情是时好时坏，也就是可好可坏。万一你和这位顾公子切磋了三百个回合后，他却突然好了呢？那时候，他岂不是坐收渔翁之利？"

一听他这话，郑北雄全身一震，顿时身形暴敛，杀气尽掩。

林映夕又侧目斜视着方才按刀欲发的铁木勒，口中缓声说道："不要以为谁身手超群就可以独占鳌头。你有内劲护体，但是真能硬得过一发铳弹？你能飞檐走壁，又真能飞得过一支弩箭？一场大战，是千人万众的扬长避短，而不是某一个人的恣意挥洒！你看西晋名将杜预，手无缚鸡之力，却能率千军万马破长江天堑！你看诸葛武侯，羽扇纶巾，体弱如病夫，却能七出祁山而过关斩将！"

铁木勒听到后来，不禁垂眉低目，右手渐渐松开了刀柄。林映夕这才和白清卓正面而视："白参将，你总不会以为你凭着一万戚家军南兵，就能让我朵颜五万雄师坐困城下吧？"

白清卓徐徐放下茶杯："我大明南兵营自然会得道者多助的。"

顾少伦哼了一声："百劫上人，我们蓟镇的援兵今天已经到了喜峰关。"

　　林映夕毫不理睬他，直盯着白清卓继续说道："你何必欺骗本座？萧虎臣若是到了，会让你一个人在本座面前出尽风头而不理不顾？"

　　白清卓正声道："蓟镇的援军确是到了，但不等于萧总兵到了。"

　　"兵来将不来，人来马不来，有趣有趣。"林映夕的目光变得渐渐深沉起来，"白清卓，你好好想一想，用你们戚家军南兵营在喜峰关专门消耗我朵颜大军的实力，让我们双方自相残杀，谁才是最大也是最后的获利者？"

　　听到林映夕这一番话，白清卓深吸了一口长气，觉得心口有些发闷。

　　林映夕继续缓缓逼问而来："你忘了辽东金刚堡之役了吗？你忘了洪尔林、徐方深等人的义愤了吗？有人想让喜峰关成为第二个金刚堡，有人想让南兵营成为第二个血刀营！他们在七年前不想让戚家军存在，而今也不想让你一手经营起来的白家军存在！"

　　白清卓只感觉他的每一个字、每一句话都似变成了一柄柄无形的利刃，插在自己的心口里慢慢搅动。他的气血变得乱窜起来——原来林映夕已是在用"传音入功"之术捣乱自己的气脉，令自己渐渐神智失控。

　　他猛一咬牙，沉声回答："守土有责，死而无悔。"

　　"虽是无悔，但却有憾。"林映夕继续直逼过来，双目中金光隐现，"你们岂可自己看轻自己——戚家军南兵营将来可是平倭灭寇的主力军！你们的价值怎可被如此轻视？若本座是朱翊钧，必会严令责成李成梁、萧虎臣拼命驰援！但是，你看，两三天过去了，才来了几个无用的援兵？！"

　　上官雪衣坐在白清卓右侧，见得他面色渐渐灰青、双目渐渐发红、呼吸渐渐变乱，立刻明白他已遭到林映夕传音入功之攻击。她急忙暗暗握住白清卓的右手，拼命输入一股真气，去尽量压平他体内的气血波动。

　　白清卓得她暗助之力，终于稳住了心弦，硬硬朗朗地答道："不求尽人皆知，但求无愧我心，足矣！"

　　林映夕转脸看向上官雪衣，朝着她重重地哼了一声。

　　上官雪衣顿觉胸口似被千斤铁锤狠狠地砸了一下，眼前阵阵发黑，痛彻心扉。遭这一震之下，她手腕一软，暂时无法再给白清卓注入真劲。

　　林映夕回过头来，轻轻转动着手中的茶杯，又向白清卓缓缓慢慢地说道："你真的就不怕成为第二个张居正、第二个戚继光？你现在为他俩而血谏鸣冤，真不知道将来谁又会为你而血谏鸣冤？你就不想跳出这个轮回吗？"

　　他这一句紧似一句，使得白清卓的气息又暗暗震荡起来。白清卓的舌头宛若挂上了千斤铁块，几近麻木一般。但他强忍着心绪波动，凛声说道："当今大明，圣君在上,贤臣为辅,必无你这危言耸听之患!"

林映夕冷冷地扫了他一眼:"太祖高皇帝(指朱元璋的庙号)为何要外放诚意伯刘基?汉高祖刘邦为何要剪除淮阴侯韩信?明太祖、汉高祖是昏君?诚意伯、淮阴侯是逆臣?势之所在,虽圣主贤臣也不得不反目!"

方宝芹在旁边听着,又见白清卓呼吸骤紧而难以吐字成句,她已看出,白清卓和林映夕之间的对话宛如在下一盘步步杀机、处处争锋的棋局,所有的较量表面上无声无息,暗底下却是风潮涌动。只要谁稍微松懈了一丝一毫,就是如坠深渊、万劫不复。相比起来,武功上的刀来剑往,完全成了不堪入目的儿戏!

她心窍玲珑,自觉虽不能以内功相助白清卓,却可在文辞机锋上帮他一臂之力。她沉思有顷,从旁接话道:"上人,你岂可因未来之变而锢目前之局也?!以唐代宗之阴深、唐德宗之轻躁,而仍有郭子仪之秉忠持诚、善始善终,并不尽如你之所言也!"

她这话一出,场中竟是泛起一阵无形的波动:白清卓面色微微一松,终于缓过气来;而林映夕则是脸色深深一变,欲言又止,盯着方宝芹好好看了一回。

半晌,林映夕抬起头来,冷沁沁的目光投向高高远远的苍穹,若深若浅地说道:

"在凤鸣寺中,你曾经说过,你要单身独拔群峰外,一枝孤秀白云中。你放弃了和本座一道联手改天换地,你真的知道你究竟放弃了什么吗?"

白清卓的心弦又剧烈地震颤了起来。

"你所追求的天步顺遂、国事清明、贤良满朝,你以为凭你一个小敲小打、修修补补的裱糊匠就能做到?"

白清卓胸中气血翻涌,难受至极,却仍是咬紧钢牙,沉沉毅毅地说道:"今日今时天地之变,在于振作,而不在于翻覆。"

林映夕深深盯了他一眼:"振作?你想让谁振作?你能让谁振作?你是臣,他是君,你能以下而振上?你又想把希望寄托在别人身上?海刚峰的结局如何?你又要重走他走过的路?!"

白清卓被他的话语搅得心神激荡、气息乱窜。他深深地呼吸着,终于顺过一口气来,唇边也缓缓沁出一丝鲜血:"我不是为我一个人而活。我不能让戚家军万众一心、精忠报国的清誉毁在我手里!"

凌兰在旁边哭了起来:"大……大师兄,国师上人,您不要再逼二师兄了!"

顾少伦和上官雪衣在一侧急得满脸通红,却有些束手无策。林映夕和白清卓这一番唇枪舌剑,本质上还是意念之战,全然未用真气内劲,他俩实在不好插手——况且,心魔还须心剑斩,林映夕在白清卓脑海中挑起的惊涛骇浪,也只能由白清卓自己以理智和意志去平息,任何外力都难有作用。

方宝芹却是玉容一正，双眸晶光如波，整个人显得异常的清灵静雅、淡定从容，宛若一尊活生生的白衣观音。她的声音清而不浅、细而不弱，一字一句如石击水，响在了众人的耳边："上人以一己之锐志而夺他人之心魄，符合'四大皆空'之佛门要旨吗？符合'普度众生'这个'度'字吗？佛家重'度'而不是重'驱'、重'悟'而不是重'逼'！金刚怒目本是辅，弥勒笑容才是主！"

她这一席话缓缓讲完，林映夕端坐在那里默而不言。他全身的彩绚袈裟突然间无风而自动，泛起了层层涟漪，"哗啦哗啦"作响。过得半刻，方才渐渐静定下来。

他慢慢垂下了一双明眸，浅浅一叹："罢了。或许你讲得对——'今日今时天地尚未大变'。连你的心境都未大变，本座可能确是操之过急了。"

白清卓顿时觉得四周挤压而来的无形巨力一瞬间便化为乌有。他这一次才真真正正地放松下来。

然后，百劫上人林映夕的笑容又鲜鲜活活地流动了起来："来，大家该喝酒的喝酒，该喝茶的喝茶。今日之后，咱们相聚已难了。"

就在这时，城门口处，一个明兵飞马过来，激起一溜尘烟。他手里托着一卷小小的纸件，口中兀自大喊："白将军，白将军，辽东镇的'飞鸽传书'送到了！送到了！"

顾少伦、上官雪衣、凌兰都露出了喜出望外的神色。白清卓和方宝芹对视了一眼，也如释重负一般莞尔而笑。

郑北雄和铁木勒却是暗暗变颜变色，一下沮丧了许多。

只有林映夕面色平静如常，若有心又似无意地说道："看来，明天中午左右，辽东的铁骑营就会赶到这里了。"

白清卓从那亲兵手中接过密函纸件，打开一看，长笑道："确是如此。他们说可以赶到喜峰关和我们一起吃个午饭。"

林映夕的笑容不深不浅，却仿佛变了一个人似的，满脸溢出商贾之气来："如今李如松、李井方即将率大队铁骑赶到，辽东军和戚家军双剑合璧，自然是天下无敌。我们朵颜大军也不得不退避三舍了——"

他这话一出，场中气氛顿时有些沸腾起来了。

林映夕又一摆手，容色凝峻："不过，'一时胜败在于力，千秋是非在于理'。八十万劣品棉衣事件，可不能不了了之，你们终究得有个说法。你有资格和我们谈一谈吗？"

白清卓敛颜说道："白某如今挂衔兵部左侍郎，圣旨授予了'进退自专之权'。"

林映夕面色微有波澜："朱翊钧也还算是知人善任，这一次终究是没用错你。"

白清卓正色言道："上人，您可以回去告诉兀尔赤大王，这八十万件劣品棉衣事件,就是倭国奸细引凤堂刻意制造出来挑起大明与朵颜交战的一条毒计!"

林映夕的目光直逼而来:"引凤堂的来历,我们不深究。但朵颜部八十万民众今年如何穿暖度冬,这个事情总要解决吧?"

"上人是否言之过虑了?朵颜部众久居塞外,哪一家没有几件压箱底的旧衣旧袍可以支撑着过冬度寒?"白清卓双目灵光流转,"不过,我会和苏州顾氏商庄联系,让他们调动江浙所有的织衣铺为你们赶制合格的棉衣,能做多少就送多少来,尽量满足你们的需要。"

林映夕斜扫了顾少伦一眼:"顾氏商庄恐怕是要被你和顾少伦拖垮了哟……顾思义倒是可以乘机从江浙进军到京师里来了……"

白清卓也向顾少伦看了一眼:"你放心——我一定会让这件事情真正的幕后黑手付出应有的代价的。"

林映夕双眉微微一跳,语气柔和了下来:"既然顾氏商庄如此大义大慧,本座倒须得代朵颜部众谢上一谢。这串珠、璧、瓶三宝手钏本是德润斋押在我朵颜的信物,是那位玉笔判官崔波亲手交给本座的。但本座如今已留它无用,就送给白侍郎你带回去替顾思义好好参详参详吧。"

白清卓立时怔住了,有些不敢相信自己的耳朵似的看着林映夕。还是上官雪衣赶紧从林映夕手中接过那串三宝手钏,呈在白清卓的眼下。

白清卓心中像是清水倾入沸油之中,剧烈翻滚个不停。他早已习惯了泰山崩于前而色不变,这会儿竟然眼角发涩,不知从何而来的温热眼泪,骤然聚向双眸之处,一时难以抑制:"大……大师兄……"

林映夕此时此刻的笑容慈和得让人如沐春风。

白清卓缓缓摩挲着那串三宝手钏,低低问道:"白某问上人一句题外之话,朵颜部此番借八十万劣品棉衣之事而叩关前来,似乎是选错了时机吧?以上人之睿智,恐怕本不至此。"

"你的意思,本座明白。"林映夕不动辞色地说道,"不过,我们若是乘陛下前来巡边阅视之际而发难,你们自是手足无措、难以招架。其实也有人来这样劝说过。说不定,我们朵颜亦真能顺势问鼎中原。但本座和大王终是慈悲为怀,只想叩关问罪,不愿化玉帛为干戈而殃及苍生。"

白清卓深深点头,对顾少伦说道:"听清了吧?记住了吧?百劫上人这一席话,我们是要写进联名奏表里的,是要呈给陛下亲览的。"

顾少伦虽然还没有全懂白清卓这番话的言外之意,但也明白林映夕必是有大大的暗助之力给了白清卓,便朗声应道:"好的。顾某听清了,也记住了。"

林映夕拿过白玉壶只给自己面前斟了一杯清茶,对白清卓言道:"你我之间,话已讲完。我要和他们谈一谈。"

白清卓并无多言,站起身来,让开到了一边。

林映夕招了招手,让顾少伦、凌兰坐近过来,脸上笑意盈盈:"此番退兵之后,本座回到朵颜,便将燃灯伴佛、讲经说法,不再过问尘世之事。今后我们也难得相见了。临别之际,小兰,我有几句话对你说。"

凌兰这时才真真切切感到先前那位热情友爱的大师兄终于又回来了。她双眸泪光流转:"大师兄!您何必离我们太远……您就和我们在一起吧……"

"傻话!大师兄现在已是出家之人了呀!"林映夕拍了拍她的掌背,款款言道,"这些年也辛苦你一直照顾你二师兄了。但有些话语,你二师兄不好对你说,只好由我这个大师兄来说了。"

凌兰热泪盈眶地看着他,似懂非懂。

林映夕将她的手拉了过来,和顾少伦的手握在了一起,含笑说道:"世间有一段俗话,不是佛理,却胜似佛理——叫作'若非冤家,不成亲家'。你俩的事情可以定下来了。"

"大……大师兄……"凌兰有些羞红了脸,却任由顾少伦紧紧握着她的手,唇瓣浮起了甜甜的笑意。

顾少伦也有些语无伦次:"……一切听……听从大师兄的……"

林映夕轻轻笑着让他俩自去一边私语,又唤了方宝芹、上官雪衣过来,先是看向了方宝芹,眼里依然是盛满了笑意:"方小姐,你看这位上官姑娘足智多谋、武功卓绝,你应该有些自愧不如吧?"

方宝芹脸现红霞,微微低头。

林映夕的笑容真诚得令人无疵可寻:"她帮着你心爱的白公子打打杀杀、出生入死,你自然是比不过她。但你也有你的长处啊!你帮着你心爱的白公子博古通今,她自然又比不过你。侠客名士,自有剑胆琴心。上官姑娘是他的那柄'剑',而你方小姐便是他的那具'琴'。"

方宝芹和上官雪衣相视一笑,齐向林映夕深施一礼。

"好了。今天的聚会,终究还是完了。"林映夕徐徐起身,把手往外一摆。

郑北雄立刻呼道:"起!"

当林映夕连人带辇披着灿灿日光转将过去之际,白清卓双目含泪,双掌合十,向他低低沉沉地吟道:

百劫成圣,万众归心。胡化为佛,八荒普度。

顾少伦、凌兰、方宝芹、上官雪衣也都向他深深然躬了下去。

林映夕却并未回头,而是抑扬顿挫步步有序地吟起了申时行所写的那首《咏双面佛》之诗:

身隐身灭化无双,翻脸佛陀变金刚。
痴迷通慧皆外象,一念成真定三江。

五十二

漆亮典雅的御案之上，一座玲珑剔透的美玉博山炉端然而立，通体紫光莹莹，明润至极。它于千窍百孔之中香烟袅袅，萦绕成一片云遮雾罩、缥缈玄幻的"仙岛奇景"。

朱翊钧此刻却已无心欣赏这样的奇宝美景了。他有些烦乱地放下了白清卓以八百里加急快骑呈进的那份密奏。静默有顷，他用手指徐徐揉着自己的太阳穴，沉沉郁郁地叹了一口长气："朵颜虽然是退去了，但白清卓奏报的德润斋这件事儿却是有些棘手。张诚，你这边东厂、西厂、锦衣卫耳目遍布天下，你会料到德润斋竟在暗底下干了这么多'脏事'?!"

张诚半躬着身，低眉垂目地答道："老奴原本也以为德王、晋王、蜀王他们只是借德润斋这个牌子在京城发一点儿小财就志得意满的……"

"发一点儿小财?!"朱翊钧"哗"地一下翻开白清卓的密奏，指着里边一些内容让张诚近前来看，"他们不仅仅已是富可敌国，更是快要富可吞国了!"

白清卓在密奏中指控德润斋的那些内容确是骇人听闻。原来，德润斋一直在与上官平芝、朵颜百劫上人暗中勾结，阴谋作乱! 倭贼窝点引凤堂是德润斋一手扶持起来的，而朵颜百劫上人在京师中活动的钱款和线索大部分也是德润斋在幕后提供的。德润斋蓄谋通过百劫上人操纵洪尔林、徐方深等血刀营复仇分子来扰乱午门献俘大典，并配合引凤堂东方胜等倭寇行凶，令大明朝在藩国、外邦人眼中国威尽丧! 然后，德王、晋王、蜀王等宗室元老便可乘机逼迫朱翊钧下诏罪己，退位交权。而且，此番朵颜之乱中，德润斋二掌柜牟万琛更是公然劝白清卓与朵颜合流而犯上作乱，共击大明!

这一切情况，如何不让朱翊钧震骇不已?!

最后，白清卓还呈进了一串德润斋幕后主子用以联盟朵颜的信物——由一颗玉珠、一块玉璧、一枚实心小玉瓶穿成的三宝手钏! 当见到这串三宝手钏时，朱翊钧虽有些许疑惑，也不得不恍然有悟。

他拿起那三宝手钏看了又看，缓缓问张诚："这件东西，你是不是有些眼熟?"

张诚看罢，面色微变，却小心翼翼地答道："此物雕工似是出自陆一诺之手，与御案上那座紫玉博山炉仿佛有异曲同工之妙。"

朱翊钧的表情显得莫名地深沉起来："张诚，你从这串三宝手钏上看出了什么玄机没有?"

张诚浑身一颤："老奴眼拙，不敢妄言。"

"你想到了什么，就给朕说什么。"朱翊钧的眼神变得愈发锐利起来。

张诚只能颤颤然讲道："老奴妄自揣测,这串三宝手钏或许隐喻了一个人的名字——'珠',即'朱'也;'璧',即'璧'也;'瓶',即'平'也。是朱、璧、平三字。"

朱翊钧沉沉点头,将三宝手钏抓在手中紧紧一捏："朕的堂叔、德王朱坚的表字不正巧是'璧平'二字吗? 而且,'德润斋'三字之中有一个'德'字,'润'字里正巧有一个'王'字。德润斋幕后真正的主子,就是德王!"

张诚"扑通"一下跪在地上："陛下,若是如此,则兹事体大,陛下定要慎重!"

朱翊钧讲得冷冷硬硬的："德王朱坚处心积虑,企图以叔夺侄,以逆谋顺,可惜朕不是朱允炆! 他也不是成祖皇帝! 朕必让他罪有应得!"

张诚缓缓叩头："陛下可否稍稍缓一缓?"

"此时不除,还要等他再次和倭寇里应外合吗?"朱翊钧浓眉一竖。

张诚只得恭然而言："陛下确应大行雷霆之威以震宵小。"

"但是——"朱翊钧话音一转,又拿出了一份密奏,却是德王、晋王、蜀王等八位亲王联名所署的。这自然是他们这些宗室元老对白清卓的暗算反击——他们亦"揭露"白清卓犯有欺君蔽上之罪:原来那日在西凤角楼上跳火自焚的所谓倭国奸细,竟是出自蓟镇戚家军南兵营的一个刀法教头,名叫杨寒! 他那日是准备在午门献俘大典上犯上作乱的。结果却被白清卓背着所有人士而灭口销迹了。这便是白清卓的不忠不诚,应当严惩不贷。

朱翊钧将这份密奏递在张诚眼下："你对德王等人递进的这一份联名密奏又怎么看?"

张诚细细看完,也就实话实说："那日西凤角楼上的那名刺客已是自焚而死、尸骨无存,八位王爷再怎么指控也是死无对证了。"

朱翊钧冷冷一笑："这八位王叔可是说了,他们把吴承信的尸体暗地里保留了下来,还在冰棺里存放着呢! 他们声称从吴承信尸体上能够查找出被杨寒所用的南兵营割房刀法砍中的伤痕。"

张诚悠然一叹："老奴只能说,德润斋为了扳倒白清卓,确实是苦心孤诣了。"

朱翊钧瞧了瞧那份联名密奏,深深叹息："其实,这份八王密奏也并不算得什么。朕只是有些失望——白清卓是朕很信任的能臣,可是他居然也欺骗朕! 朕理解,他或许是为了维护南兵营万众一心、精忠报国的清誉而为之。可是,一个杨寒犯上作乱,朕岂会迁怒于南兵营?! 他……他把朕看错了。"

张诚垂下了目光："陛下,老奴也能理解白侍郎——当初洪尔林狙袭事件爆发时,老奴一样也不好让陛下您分心劳神啊……"

朱翊钧拂了拂袖："罢了。朕知道了,天下没有完全无瑕的美玉,自然也就没有完全无错的完人。"

张诚低声言道："臣等有负圣恩。"

朱翊钧的目光凝注在半空中迷蒙的缕缕香烟之上："这份八王密奏你给朕收好了，却不许流失出去。那具吴承信的尸体，你下去也派人查验清楚，将他被南兵营割虏刀法所伤的情况记录在案、形成卷宗。朕要用这件东西时刻提醒白清卓不要有负朕的信任！"

张诚已然会意：朱翊钧这是要以杨寒犯上之事为把柄，以此监控住白清卓和南兵营。他接过那份八王密奏揣在怀里，深深答道："老奴一定遵旨。"

朱翊钧的目光最后落到了白清卓那份密奏上面："你看，派谁去查办德王和德润斋最为合适？"

张诚一怔，没有立刻回答。

朱翊钧本也不是真的要咨询他的意见，而是顺着自己的思路说下去："德润斋一事，涉及皇室颜面，朕不愿让都察院等外官介入。但东厂、西厂、锦衣卫又未必压得住德王。朕思来想去，还是只有派白清卓去处置此事为佳。"

张诚思虑片刻，反问而道："陛下觉得白清卓会去办理此事吗？申阁老又会让他去办理此事吗？"

朱翊钧微微一愕："你的意思是？"

"这两个问题，陛下到内阁一试便知答案。"张诚缓缓说道，"而且，陛下，您觉得白清卓如今的身份真的合适吗？"

朱翊钧冰霜般的眼波微微流转："感谢你不遗余力的提醒——白清卓现在是朵颜国师的师弟、辽东李氏的恩人、内阁首辅的高徒、左都御史未来的爱婿、兵部的左侍郎、蓟镇南兵营的主心骨、丹池诗会的诗魁、武林的圣手狂生……在这么多身份的加持下，他是多么强大的一个英才啊！在他面前，一向自命不凡的德王才会低头伏法吧？"

张诚深深叩下头来："老奴不是嫉贤妒能，老奴只是恭请陛下潜心深思，唐朝故事，灭李辅国者，元载也，而元载之奸又胜于李辅国；灭黄巢者，朱温也，而朱温之祸又胜于黄巢。白清卓一旦除去德王，挟功据势，今后谁不为之敬畏？"

朱翊钧浓眉一皱："难道你想亲自出马去除掉朱坚？"

张诚无奈说道："其实德王数十年来韬光养晦，非同小可，老奴也无十分把握。老奴身为宦官，似乎也不宜过于介入宗室之争。"

朱翊钧翻了一下白眼："你这不是废话吗？"

"白清卓一人不能去，老奴一人也不能去。但老奴和白清卓可以联手而去。"

朱翊钧双目亮光微微一闪:"不错。稍后去喊内阁及诸大臣过来,朕把这事儿定了。"

他讲完之后,目光一旋,正好在那座青烟缭绕的紫玉博山炉上面,皱了皱眉头:"这香炉是朱坚所献。白清卓那一日见到它便讲过'德王导君以奢,实非忠臣之所为'。不料,他竟一语成谶!那么,这只香炉,就转送给白清卓,让他自行处置。"

> 建牙吹角不闻喧,三十登坛众所尊。
>
> 家散万金酬士死,身留一剑答君恩。
>
> 渔阳老将多回席,鲁国诸生半在门。
>
> 白马翩翩春草细,邵陵西去猎平原。

朱翊钧缓缓念完了这首诗,脸上表情不见波动,向申时行问道:"申师傅,您学识渊博,知道这首诗是谁写的吧?"

"启奏陛下,此诗乃是唐代诗人刘长卿所作的《献淮宁军节度使李相公》。"申时行坐在机子上,恭然而答。

朱翊钧突然冒出了一句:"刘长卿这首诗放在如今的白清卓身上也很贴切。"

他此语一出,御书房中众人面面相觑,一时静默无言。

方应龙看了看申时行,又瞧了瞧朱翊钧,亦是微微惊诧:目前,白清卓在辽东铁骑营支持下逼退朵颜大军,已然威名大盛,但陛下似乎对他隐有复杂之意?

这边,心直口快的许国终于站出来说道:"陛下,朵颜之乱已平,白清卓兵不血刃而靖边安民,功劳甚大。他的兵部左侍郎之官可否转为实职并返回京师?王尚书这边亦可尽快得一臂助。"

朱翊钧的目光只盯着面前那厚厚一摞奏章,话锋却问向了申时行:"申师傅,您意下如何?"

申时行眉宇间暗暗一皱,面色却静若止渊:"启奏陛下,老臣以为,白清卓本有出将入相之才,他是内是外、是进是退,一任陛下之圣裁,只要能使他才符其位即可。"

朱翊钧听罢,抬起头来,沉沉一笑:"我们先来议一议对萧虎臣如何处置吧。张公公,你谈一谈他的有关情况。"

"启奏陛下,萧虎臣已献上德润斋奸细崔波的人头,认为是他在蓟镇北兵营中散布谣言挑起本镇'南兵、北兵之争',导致北兵营骑兵队不能及时驰援喜峰关。他自陈为奸人所蒙蔽而治军无方,请陛下处置。"张诚娓娓禀道。

"他仅仅是治军无方吗?"方应龙冷冷一哼,"他不能及时调遣北兵营全力驰援喜峰关,险些酿成城失民亡之祸! 他这是'抗旨不遵'!"

张诚瞟了方应龙一眼,继续奏道:"他还在奏章中辩解,他早就知道朵颜国师百劫上人真名为林映夕,是白清卓先前的同门师兄兼至交好友,所以他推测百劫上人会阻止朵颜大军对白清卓及南兵营痛下杀手。如今,朵颜大军果然在喜峰关下不战而退,证实了他的推测。所以他认为自己并未延误战机,而是徐徐布局而来……"

王一鹗听到这里,气得笑出了声来:"这萧虎臣巧舌如簧,竟能把太阳说成是从西边出来……他怎么推测都行,但不能不调北兵营骑兵队驰援喜峰关啊! 今后军中每一个将领都像他这样胡思乱想,自以为是而误了圣旨、误了大局,那还得了?"

朱翊钧目光一闪,又问张诚:"你的那个义子何远不是去向他当面传旨了吗? 他怎么说?"

张诚不敢隐瞒任何实情:"何远回京之后,谈起萧虎臣时甚是激愤,认为他有首鼠两端之嫌疑。"

场中的气氛突然一下变得凝滞了。朱翊钧陷入了沉思之中:在座的大臣们众口一词地支持白清卓、追究萧虎臣,岂不正是"渔阳老将多回席,鲁国诸生半在门"这两句诗的现实体现? 先前以方应龙为首的清流派还会针对白清卓唱几句"反调",而今却在"廷议"中对白清卓几乎是"一边倒"了。这可不是好兆头啊!

而且,朱翊钧在心底深处,有一个疑虑始终未能疏通。那日,百劫上人林映夕挟朵颜五万铁骑来犯,出场之汹汹声势,仿佛锐不可当。朱翊钧事先甚至做了让喜峰关成为第二个金刚堡的准备。但百劫上人一来关下,和白清卓似"演双簧"一般斗了几场小小的阵法、兵法之后,朵颜大军就突然戾了! 再后来,辽东军二万铁骑紧急赶到,白清卓却居然一刀未动、一箭未发就任由林映夕带着朵颜大军不战而退了! 是的,朕是给了他"进退自专"之权,但他用这个权力真的是在顾全大局还是在徇私纵敌? 这怎么让人说得清楚? 难道他暗底下在想"养寇以自重"?

事实的严峻还远不止此:而今,白清卓是朵颜国师的师弟、辽东李家军的大恩人——李成梁父子为了援助他,竟已是不顾圣旨约束了! 想到这儿,朱翊钧脑海中一下闪过"建牙吹角不闻喧,三十登坛众所尊"这句诗! 白清卓目前在文武两道俱有极高威望,再这样发展下去,满朝上下,还有谁制衡得了他? 所以,与白清卓已成水火之势的萧虎臣此时此刻更不能拿下,否则还有谁能在蓟镇牵制他和南兵营呢?

一念既定之后,朱翊钧沉缓地开口讲道:"萧虎臣的陈情表也写得有几分道理。他不是把德润斋奸细都挖了出来嘛! 传旨,着萧虎臣降官一级、罚俸一年,留职察看,以观后效。"

众人闻言,各个都吃了一惊。只有张诚眼底一线亮光隐隐掠过。

王一鹗终是按捺不住，失声嚷道："陛下，萧虎臣首鼠两端、阳奉阴违、误国误君，岂能再任藩镇之职？老臣万望陛下三思啊！"

朱翊钧直视着他，轻轻而又重重地说道："朕意已定，说一是一。"

此话一出，场中诸臣只得闭口。

半晌之后，申时行徐徐奏道："启奏陛下，京师德润斋包藏祸心、图谋不轨、兴风作浪、祸国殃民，非严惩重罚不足以明正法典！还请陛下乾纲独断！"

朱翊钧平和了语气，收敛了容色，淡淡讲道："德润斋一事牵连甚广，且又颇有背景，实非等闲臣僚可以肃清。朕意以为，可调白清卓回京与张公公共处此事。"

"老奴接旨。"张诚连忙躬身答道。

而场中其他大臣都露出了莫名而复杂的神色。

王一鹗在一旁听得更是暗暗心寒：德润斋幕后可是站着德王、晋王、蜀王等八位亲王啊！陛下把白清卓公开推出去处置德润斋，分明是把他推到宗室一派的对立面上去。他若与这些宗室元老进行鹬蚌相争，岂不是正由陛下来从中坐收渔翁之利？陛下这是在借刀伤人，暗暗削弱白清卓啊！

"白清卓？您……您调白……"申时行也是一愕，侧脸看向了方应龙，"老臣以为，都察院、锦衣卫才应该是查办德润斋的合适人选。"

方应龙也肃容言道："都察院请旨彻查德润斋，还天下士民一个公正。"

"引凤堂、炎阳宫、上官平芝、倭国奸细，都是白清卓查办出来的吧？"朱翊钧意味深长地扫了申时行一眼，"为什么他就不能再查德润斋了？况且他自己也掌握了德润斋不少的线索……朕相信他一定会查得很好的。"

申时行也毫不退让，向朱翊钧深深凝望而来："上一位查办楚王贪墨民田的人是谁，臣等不敢忘却。老臣请问，白清卓以新秀之身做下这等大事之后，还能见容于宗室，见容于宗勋，见容于诸侯吗？他现在还只是一个参将、一个侍郎！"

上一位查办楚王贪墨民田的人正是张居正，而张居正身后果然遭到宗室一派的反攻清算。朱翊钧唇角含笑，将目光慢慢移开，话语间却是寒气沁人："朕终于明白当年的张师傅是何等的艰苦卓绝了。让白清卓去吧，说不定这正是他的心愿。"

御书房内，顿时变成了一潭死水般的静默。

最后，还是朱翊钧先打破沉默开口了："先前户部为朕年底的巡边阅视预备了多少银两？"

石星苦着一张黄瓜脸答道："启奏陛下：还剩三四十万两……"

朱翊钧面色紧紧一绷，摆了摆手："那就取消朕的巡边阅视大典，省下这一笔开支吧。毕竟，倭寇正磨刀霍霍，很快就又要打仗了……"

一方紫檀木匣在牟健眼下缓缓打开，里边是一块鸡卵般大小的琥珀。通体透明如冰，莹莹生光。而那琥珀一眼便可看穿的腹身之中，却有一只小小的金蝉赫然入目，活灵活现。

"这……这是稀世奇宝啊！"牟健慌忙跪倒在地，"只怕皇宫大内也没有这般珍异的宝贝吧？！小人哪里受得起这份赏赐？"

"你自幼追随牟某多年，如今树倒猢狲散，牟某自是不会让你吃亏离去的。"牟万珍的言谈举止仍是洋溢着一股雍容宁和之气，"牟某一向是以德服人的。便是到了这穷途末路，牟某也决不能在你们心目中留个'缺德'二字呀！"

牟健捧着那"金蝉琥珀"，泪流满面："大掌柜一向深通数术，畅晓玄机，德润斋本是如日中天，何等规模？何等气象？为何一夕之间便落到了这般境地？"

"哎呀！我们德润斋遇上了克星呀！"牟万珍抬头望着那"雾隐龙潜"四字金匾，悠悠而道，"近日牟某推演卦象，以那白清卓的姓名起卦，才知一切皆是天数：'白'为金，金为'兑'卦；'清'为水，水为'坎'卦；上'兑'下'坎'合而为一，即为'困'卦。既是命中注定的一个'困'字，牟某和德润斋如何逃得此劫？罢了，你们去吧，不必与牟某同归于难。"

牟健见他说得如此果决，只得抱了那匣中的金蝉琥珀，一边哭哭啼啼，一边叩头辞别而去。

待他走后，雾隐堂中静了下来。牟万珍握着那只天妃灵玉壶深深呷了一口香茶，自言自语地说道："不过，虽是'困'卦，但象辞又曰'君子以致命遂志'。本王为改天换地之志而不惜一切，又何错之有？至于白清卓，本王至少要和他当面过上几招再说。"

他话音刚落，室门外便传来了白清卓那清朗至极的声音："牟大掌柜，在下与锦衣卫何远大人前来讨教，万望勿拒。"

牟万珍一听，不禁笑得风生水起："说曹操，曹操到。原来是白侍郎大驾光临，牟某有失远迎。"

室门渐开，白清卓和何远、上官雪衣缓步而入，瞧向了这位坐在书案后面依然显得稳如泰山的牟大掌柜。

他们还没开口，牟万珍便郑重说道："我知道这些年德润斋确是做了不少有负圣恩有负大明的事情。我们悔之晚矣！你们请放心——我会让牟万珍大掌柜认罪伏法、一了百了的。"

听了他这番话，何远和上官雪衣都惊得连眼珠也险些弹出了眼眶。但牟万珍那一份浓浓的清贵高华之气，又压得他俩隐生敬畏，不敢造次。

唯有白清卓岸然而立，目光凛凛地逼视着他："可是顶着'牟万珍'这一身'画皮'的德王殿下，你以为你真的就能'金蝉脱壳'了?"

牟万珍面色一凝，显出了一股莫名而深沉的威严来，慢慢抬起了头："大明祖制明文规定，藩王务必就国，非钦召而不得入京。本王若不借着'牟万珍'这一套伪装，又如何能在京师之中纵横捭阖? 而且——"他目光往上官雪衣那里瞟了一下，"本王也不似千面仙子那般会使什么'画皮大法'，本王只是长于易容而已。"

上官雪衣紧捏着手中的银丝带，一双柳眉不禁微微一颤。

然后，德王朱坚，也就是德润斋大掌柜"牟万珍"，用双手在自己脸上搓了几搓，再重新向下看将过来：他的面容大体上还是"牟万珍"的轮廓，但眉毛更浓，眼眶更深，腮颊更厚，多了几分不怒自威的霸气。

"果然是德王殿下。"白清卓淡然一笑，话锋却直逼上来，"所以，白某要的是你认罪伏法，而不是那'牟万珍'认罪伏法。"

朱坚双眸之中渐渐射出了异常犀利的寒光："清卓君，你知道张诚本是与你奉旨同来，为何事到临头他却只让他的义子何远和你一起进来对付本王吗? 那是因为，连他也晓得冒犯本王的后果是何等严重!"

白清卓将他凌厉的目光硬生生挡了回去："白某只知道，亲王犯法，与庶民同罪!"

朱坚第一次在白清卓面前肆无忌惮地狂笑起来："我朱家自己写的《大明律》，还会套弄到我朱家之人的头上吗? 你看朱翊钧胆敢给你发一道明诏来处置本王吗?"

白清卓挥了一下手中的紫玉箫："德王殿下，您应该清楚，陛下特意调派白某前来德润斋行旨执法，恐怕就是要借白某的手来明正典刑吧。"

朱坚听罢这段话，浑身微微一僵，默忖片刻，才缓缓言道："清卓君，你觉得本王真的做错了什么吗? 你知道当年是谁曾经支持张居正大刀阔斧改制革新的吗? 你知道当年是谁在幕后支持张居正严厉处置了侵占民田的楚王? 你知道张居正生前对本王的评价吗? 是'宗室贤者之冠'六个字! 当年不是只有张居正一个人在救国救民，本王也有过! 你知道吗?!"

这一次，白清卓深深地沉默了下来，面色波动如潮。他紧咬双唇，没有接话。

"你以为你大师兄百劫上人为什么会和本王联手? 因为，本王也曾经是张党一派的中坚! 但是，张四维和张鲸，还有朱翊钧的背恩弃义、大肆清算，让本王明白了一点，只有自己揽权在手，才能真正致命遂志，才能真正扭转乾坤! 所以，本王有错吗?"

　　朱坚从书案后面慢慢走了出来，一步一步继续向白清卓逼近而来："在你私交之中，你又觉得本王有什么可指摘之处吗？'雾隐龙潜'四个字是你亲笔题赠的；'沉雄厚实'四个字是你亲口称赞的。在本王没暴露身份之前，你也曾经以本王为最好的知音之士！你也说过本王是商界的无冕之王——你那时候就看出了本王的王者气象！是啊！本王能把一个德润斋经营成举国赫赫有名的绝大商庄，难道本王再经营一个国家还会逊色于任何人吗？"

　　他面色平和，但口中所说的每一字每一句都似裹挟着暴风骤雨而到，逼得白清卓深为动容，竟是微微退了开去，也被他这咄咄气势压了半截。

　　恰在此时，上官雪衣一拉白清卓的衣袖，清亮说道："清卓君！他这是巧言攻心之术！他当初也是用这些话语来蛊惑你大师兄、洪尔林、杨寒他们的！你一定要清醒啊！"

　　这一段话恍若天外飞石，一下将白清卓脸上的彷徨动摇之色顿时击得粉碎——他身形一定，双目一抬，眸中又是英华绽露。

　　而朱坚则是不禁往后一退，容色凝峻，寒森森的目光在上官雪衣的玉颊上狠狠地剜了一下。

　　白清卓略一沉吟，朝着朱坚徐徐言道："德王殿下，你确有过人之处，也确曾有莫大之功，但这一切不能掩盖你今日的罪行。你这些年为了揽权在手，做了多少脏事？又丢了多少初心？你也不必吹嘘你那'无冕之王'的虚誉——你以宗室豪门而经营商务，以权而牟利，以势而揽利，百业皆可垄断，万民皆可压榨，又有几分靠了你个人的聪明才智？一介市井匹夫，若能得你之积势，亦可轻轻松松坐收千金，这有何可赞可誉的？"

　　听得白清卓如此锐利的一番话语，朱坚满脸登时微微发青——他脸上的雍容镇静之色也渐渐有些挂不住了。

　　白清卓又道："白某再来问你，你所经营的德润斋几乎吸揽了京城四分之三的财富，却又有多少剩汤剩水分流到市场民间呢？你们八大王爷只是一堆寄生虫，只想食利于民，而从不反哺于民！为了拉拢萧虎臣，你们送上了多少钱财？为了买通倭人奸细，你们又送上了多少钱财？为了勾结朵颜部，你们又输送了多少钱财？你们从平民百姓身上压榨的每一文钱都用来纸醉金迷、追权逐势了！你和你先前支持张太师严厉打击的那个楚王还有什么两样？你今后若是当了这天下之主，你又能如何？"

　　朱坚被他问得微微发怔，过了片刻，才干笑了一下："天下之利，本王取之于民，而用之于士，古今皆是如此，又有何错？"

　　"何错？大错特错！你看，当我们查抄德润斋的时候，市坊间又有多少百姓为你们站出来呼与泣？所以，你的治商、治国之术也不过尔尔。"

朱坚紧紧捏住了掌中的天妃灵玉壶，面色变得忽青忽白："白清卓，你不也是士吗？你还是真正的国士！本王只要把你这样的'国士'选好用好，还愁民心不附？还愁天意不归?！"

白清卓缓缓抬头，望向高高的屋顶，朗朗言道："'出师一表真名世，千载谁堪伯仲间?'武侯岂为曹操顾，便抛刘氏心意迁?！"

何远听了这话，在旁边佩服得五体投地，直向白清卓竖起了大拇指："白清卓！你简直是比关二爷还关二爷！何某这一生只服你！其他那什么装模作样的王爷，可真是狗屁也不如！"

朱坚冷冷地横削了何远一眼，沉沉然言道："白清卓，你可知你今日之势非同小可，但你今日之危亦非同小可？如今你的南兵营和辽东李家军同心合力、呼应得力，对外自然是一柄无坚不摧的'神兵利器'。但是对内呢？你的皇帝朱翊钧会放心吗？他的京师驻军和羽林军压制得住你们吗？尤其是你——白清卓，朱翊钧已经借唐人刘长卿的诗在怀疑你是第二个为忠不终的跋扈节度使李忠臣了！你将来在大明朝廷中何以自处？"

这样的问题，上官雪衣向白清卓曾经问过，林映夕向白清卓曾经问过，牟万琛也向白清卓曾经问过，甚至卢光碧、方宝棠都曾经问过。白清卓自己也深思熟虑过，也绸缪考量过。此时此刻面对朱坚的咄咄逼问，他满面的风平浪静、湛然自若："非淡泊无以明志，非宁静无以致远。"

场中立刻沉静了下来，寂静得仿佛可以听到每一个人的心跳之声与呼吸之音。

朱坚凝视着白清卓，面色变了几变，终是暗淡了下来。他缓缓起身，低沉地说道："看来，本王确实是说服不了你了。人各有志，到此为止吧。现在，知道本王真实身份的牟万琛已在你那里自杀了，崔波又被萧虎臣砍了头颅——德润斋和牟万珍就此不复存在了。这个结果，你和张诚都可以回宫给朱翊钧一个很好的交代了。"

说着，他依然是大摇大摆地往外便走。

白清卓眼色一动，何远和上官雪衣会意，立即从两边跨近一步，拦住了他的去路。

朱坚侧头瞪向白清卓："怎么？你竟敢不放本王离去？"

白清卓凛然讲道："白某已在先前说过，白某要的是你真正伏法，而不是让那个'牟万珍'做替身顶罪。"

朱坚握着那只天妃灵玉壶，脸上露出极冷的笑意："白清卓，不知你有没有想过，你大师兄百劫上人和本王交往过，上官平芝也和本王交往过。上官平芝且不去说，你大师兄曾改名号'天峰秀士'，可是响当当的武林绝顶高手。他身为朵颜国师，自恃才略过人,恐怕对本王也是深怀忌惮,一有机会必欲除之而后快——但他为何竟然不敢动本王一根汗毛呢?"

白清卓幽然答道:"我大师兄慈悲为怀,不愿以武伤人。"

朱坚哈哈一笑:"在朵颜部中一路遇神杀神、遇佛杀佛,直冲到国师之位的林映夕,会是那么慈悲仁厚之人?"

他一边说着,一边将那天妃灵玉壶握在掌中猛地一捏,只听"咔嚓"一响,那异常坚润的天妃灵玉壶浑身上下顿时浮现出密如蛛网的缕缕裂纹。

上官雪衣、何远相顾骇然:原来这德王朱坚也是一位内力超群的武学高手。

然后,朱坚把手掌一张,那细细的玉屑立时飞散开来。他轻蔑地看了何远、上官雪衣一眼,旁若无人地继续往前走去。

何远再也忍耐不住,大喝一声,手中利刀似冷电般疾刺而出,截向了朱坚身前。

朱坚退开一步,双掌一翻,青气滚滚,数十年积淀的精纯内劲似江河决堤一般倾吐而出,顺着何远的刀锋绞了起来。

何远只觉掌心一麻,手中的利刀已在一瞬之间片片崩碎。他左掌一扬,一股劲风推出,破碎的刀片竟被他激得散射而出,"嗖嗖"连响,似骤雨一般向朱坚扑面罩去!

他这一招是如此之枭猛凄厉,连旁侧的上官雪衣见了也不禁失声喝彩!

五十三

在这般惊险的狙击中，朱坚却不闪不避，袍袖一拂，一团劲气如同旋涡般疾卷而上，将那纷纷射来的刀片全部一扫而光。

然后他左掌往前一递，何远立刻沉哼一声，似断线风筝一样倒飞了出去，"嘭"的一声，后背撞在墙壁之上，坐倒在那里，面如金纸，显然受伤不轻。

上官雪衣从旁赶紧将玉手一扬，银丝长带化作一道白虹，"唰"地向朱坚卷了过来。

朱坚左袖一拂，罡风如啸，哗然一响，居然将那银丝长带硬生生吹得倒射而回，"嚓"的一声，笔直钉入了堂中那根木柱柱身之中！

一见他内力如此深厚，上官雪衣惊得花容失色。

朱坚冷森森地瞥了她一眼："千面仙子，以色事人，朝秦暮楚，人尽可夫——白清卓，你居然不嫌其脏不嫌其臭，还对她如此放心？"

他这话说得尖锐至极，上官雪衣的眼圈也不禁红了起来。

白清卓手持紫玉箫，神色峻肃如岩，徐步上前："朱坚你野心勃勃、卖国求荣、勾结外寇、禽兽不如，还有资格去说别人？"

朱坚冷然一笑，直盯着白清卓："白清卓，你就没想过，引凤堂在京师崛起，所获之银两不下于二三百万之巨，怎会在一夜之间不翼而飞？而我德润斋既要扶持引凤堂成为臂助，又怎会贪图他们的区区小钱？只怕那些银两，终是某人倚以一朝翻身的资本。"

他在讲最后一段话时，目光瞟向了上官雪衣。

上官雪衣面若冰湖，不动一丝波澜，左手一拉一舞，银丝长带又化为一条白龙旋空而起，再次向朱坚横扫下来。

然而，朱坚周身裹挟着的无形真气宛如一泊深不见底的潭水，将他牢牢屏护在中间，"嘭"的一声，再次把上官雪衣的银丝长带震弹了开去。

但白清卓的紫玉箫却似悠然划过的船桨，悄然无声地掠进那深深的"潭水"，顺势搅动之间，"水波"也一重重地划了开来——那紫玉箫竟似有举重若轻之力，一寸一寸地逼近了朱坚的面门。

"不愧是'圣手狂生'啊！"朱坚森然而道，右手中指一抬便顶住了那支紫玉箫的箫口，一寸一寸又将它挡了回来。

白清卓的身形气势宛如一座大船，还是被朱坚掀起的惊涛骇浪逼得止也止不住地缓缓后退。

他灼灼然逼视着白清卓的双眼："你的姓名里有'白''清'二字,正是'金白水清'之异相;本王的姓名有'朱''坚'二字,'朱'为火,'坚'有土,亦是'明出地上'之异相。你我本该是'水火既济、土金相生'才是。结果却是'水来克火、金来泄土'!你我何至于此? 在当今朝局之中,你一定要明白,如果本王死了,你也不会好过!"

白清卓毫不退让,唇角抿出如铁的线条："当今大明升平之世,确是留你这个奸枭不得。"

朱坚阴恻恻地答道："本王已是金刚不坏之体,你们三人今天都奈何不了本王!"

"你休想逃走!"何远从那边墙角下挣扎着把手一甩,点点寒光如蜂似雨,向朱坚飞罩而来——那是他用尽全力,将身上所携带的暗器全部打了出来。

朱坚斜闪一步,双袖一展,翻翻卷卷,挡了过去。

只见那四面八方射来的飞镖、铁丸便如雨打芭蕉,在朱坚那坚如铁墙的袍袖上碰撞出"噼噼啪啪"的串串声响,然后到处飞迸而开,竟然伤不了他一分一毫。

何远一见,不禁骇然失色。

朱坚冷哼一声,又要准备向他狠下杀着——却听"沙"地一下,白影一闪,银丝长带飞掠而至,将他的右臂紧紧绞住!

他回头一看上官雪衣,暴怒至极,右腕猛一使劲,"嘣"的一声脆响,那异常坚韧的银丝长带顿时被他震得寸寸断裂! 同时,一股无形暗劲直袭而回,重重地激撞在上官雪衣的心口之上。她"哇"的一声,倒退开去,一口鲜血喷了出来,面色变得煞白难看。

白清卓身形一闪,似疾电般挡在她的身前,迎向了步步逼来的朱坚。

朱坚目光森寒如刀锋："虽然本王十分欣赏你的风采和才华,但也不介意粉碎掉你这个铁石脑袋! 你以为你真能挡住本王数十年如一日的苦心谋划?"

"白某知道德王殿下博学无涯,那你应该听闻过璇玑解体大法吧!"白清卓右掌一翻,几枚金针夹在指缝间,迅速扎在自己后脑勺几处穴道之上! 只见他身形一震,双眸缓缓睁开,竟有两道灼亮而逼人的神光直射而出,让朱坚不敢对视。

然后,他面庞之上,隐隐泛起一层如云似雾的紫气,紫紫绕绕,若浓若淡。

"清卓君! 不可!"上官雪衣见状,禁不住哭叫了起来。

白清卓吐了一口鲜血,眼角间缓缓裂开,血丝沁沁而下,流过双腮,滴在他雪白的衣襟之上。

朱坚微微变色,却故作镇静地看向他："怎么? 你想拼尽全力和本王同归于尽吗?"

白清卓身形宛若魅影般一闪一掠，便到了他的面前——然后，他用双手以迅雷不及掩耳之势牢牢扣住了朱坚的双腕，大声喝道："白某恭送德王殿下升天成仙！"

朱坚大惊失色，只觉体内真气几乎不受控制地倒灌入丹田穴脉，然后又如惊雷炸开一般窜散开来——他感到全身有若片片震碎，痛苦至极，大叫起来："不！不！不！"

而白清卓不管他如何挣扎，仍是定定地扭住他而毫不松手。

又听"嘭"的一声巨响，场中突然变得气浪滚滚、人影闪动、尘土飞扬，一时迷蒙住了上官雪衣和何远的视野，让人看不明切。他俩都禁不住失声大喊："清卓君！——"

许久过后，气浪散尽，尘埃落定，室内终于归为沉寂。

白清卓一屁股坐在地上，面如淡金，口角沁下两行瘀血。上官雪衣急忙爬到他的身前，用双手捧着他的面庞，哭得梨花带雨一般。

然而，朱坚居然还活着——他木然地站在原地，玉冠震落，披头散发，满面铁青，接着"哇哇哇"连喷了三四口瘀血！

他捂着胸口，复又长眉一挺，双目凶光毕露，直盯着白清卓厉声说道："本王既然没死，你们就拿命来吧！"

白清卓在上官雪衣搀扶下缓缓站起，面露毅然决然之色，仍是用自己的身体牢牢堵在了雾隐堂大门口处！

朱坚双掌箕张，也凝足了最后一股劲道，恶狠狠地一步一步踏了过来。

正在这时，"咣当"一声，白清卓、上官雪衣身后的堂门陡然一开，一队火铳手在张诚的率领下冲了进来，一柄柄三眼神铳直直地瞄准了朱坚浑身上下。

朱坚身形一停，与张诚四目相对，锋利的眼神破空交击——片刻之后，朱坚垂下了眼帘，冷冷一叹："想不到最后来摘得这个'桃子'的，居然是你个阉人！"

张诚负手而立，凛凛讲道："老奴也是奉旨行事，陛下才是独揽乾坤的胜利者。朱坚，你所有的布局都是从那柄打死黄启祥的三眼神铳开始的。今天，你所有的结局也都由这些三眼神铳来执行吧！"

他话音刚落，那一排瞄准了朱坚的三眼神铳立刻在一片爆竹似的脆响中，绽射出了一朵朵耀眼的火花！

白清卓和上官雪衣乘车回到了喜来客栈，那位顾掌柜和方宝芹早在那里等候了。

"清卓，你伤得重不重？"方宝芹扶他进房坐下后，极为关切地问着，同时为他端上了一碗滋补气血的龙胆汤。

白清卓在上官雪衣搀扶下缓缓站起，
面露毅然决然之色，仍用自己的身体
牢牢堵在了雾隐堂大门口处！

那碗龙胆汤在灯光映射下,浮现出淡淡的纯青琉璃色,一如白清卓的面容而平如静湖:"宝芹,如今我这一次确实功力耗尽,真的成了病夫废人了。"

方宝芹倒是脸色一松:"没关系,我照顾你一辈子。"

白清卓深深然注视着她:"你不后悔?"

方宝芹坚定而执着地点了点头。

白清卓又看了看上官雪衣:"你的伤势如何?"

上官雪衣的气色大不如前,隐隐透出一丝憔悴:"我还剩十年功力——今后当你的奴婢,还是做得了粗活的。"

白清卓将龙胆汤推给了她:"你喝吧。"然后,再次看向方宝芹,正颜道:"现在,一切黑幕的推手牟万珍也终于被除掉了,你觉得我们应该何去何从?"

"牟万珍已死,萧虎臣也被重重震慑,不会再与南兵营为难。而辽东镇和南兵营的精锐主力也丝毫未损,驱除倭寇已是绰绰有余。清卓君,你再无后顾之忧了。"方宝芹思忖片刻,娓娓答道。

白清卓却抬头望向屋顶,悠悠自语道:"可是如今我却已成了别人眼中的功高震主之士了! 天下之大,何处还能容我?"

方宝芹徐徐一叹,无言以答。

白清卓又看了看上官雪衣:"还有你,你真的还愿侍候在我身边吗? 我想你应该懂得申阁老特意请旨将你留在我身边之用意的。"

"我自是懂得的。因为只有你才能全始全终地看管住我呀!"上官雪衣灿灿一笑,"所以你也要记住,我是你的御赐婢女,不是你想赶就能赶走的。"

白清卓缓缓握紧了手中的紫玉箫,终于一锤定音:"既是如此,我就带你们一道隐退江湖吧。"

上官雪衣听了,面色先是一怔,回过了神,又暗暗欢喜起来,心头似乎涌出一股股甜泉,萦绕周身,连带着眉眼间都是丝丝蜜意。

方宝芹瞧了瞧他俩,也是柔柔一叹:"确实,这也是没有法子的法子了。"

朱翊钧入神地欣赏着御案案头上白清卓呈奉的那块"江山在握"玛瑙文石,用手指轻轻摩挲着玛瑙文石底部那一重重如波涛似的浮凸之纹,眼帘微垂,仿佛正在深深思虑一般。

张诚双手捧着一大堆奏本站在一侧,向他奏报着一些紧要的事件:"……高正思、邬涤尘等人联名上奏,认为白清卓、李如松让朵颜大军不战而退,实为失策,应该追出关外大加挞伐……"

　　朱翊钧听着,冷笑了一下,问道:"难道兵部就没有驳奏之文吗?"

　　"王一鹗驳奏朵颜既已退兵,短期之内必致安宁,又何必再行搅乱局势? 如今倭寇大举侵犯在即,不宜多线生事。"

　　"很好,就将王一鹗这道驳奏之文公示于众、明发天下,让他们这两批人自己打口水战去。"朱翊钧移开了目光,又看向了御案上那只金蛙蹲池玛瑙镇纸,"德润斋方面的后续事宜,你处置得如何了?"

　　张诚恭恭敬敬地答道:"老奴等从德润斋查抄出一千三百万余两白银,但有一千余万两被晋王、蜀王等七位王爷要了回去,他们声称这是他们的投资和股金。德王一脉将剩下的三百万两白银上交国库,恳求以此保住爵位传承。"

　　朱翊钧将手掌中那只金光闪闪的小金牛镇纸紧紧捏了一下:"这就是你查办此案下来所取得的最后结果?"

　　张诚深深低头而答:"老奴向陛下请罪。老奴无能,无力收缴德润斋的全部资产进入国库。"

　　朱翊钧深深地倒吸了一口气,让自己胸中的波涛翻涌尽量压抑下来:"罢了,朕知道了。"他转开了话题,"你还有什么大事、要事? 该奏的,还是奏上来。"

　　张诚踌躇了一下:"启奏陛下,许国、方应龙等百十名大臣联名奏请速定储位以正国本。"

　　朱翊钧看了一眼他手上捧着的那高高的一摞奏本,沉默少顷,悠悠而问:"申阁老也压不住?"

　　"申阁老也压不住。"张诚不敢正视朱翊钧。

　　朱翊钧又捏紧了手中的小金牛镇纸,沉沉自语:"如果连申阁老也压不住,这就麻烦了。"

　　他使劲地甩了甩袍袖,仿佛要把什么情绪一甩而光一般,又转换了一个话题:"昨日下午锦衣卫送来的一份密报倒也有些意思,张诚——是你故意让朕看到的?"

　　张诚的眼波暗暗一闪:"圣明莫过于陛下。"

　　"那份密报上讲,近来京中文坛人人都在传诵杜甫所写的那首《奉寄章十侍御》之诗,其中这四句最有意味——'淮海维扬一俊人,金章紫绶照青春。指麾能事回天地,训练强兵动鬼神。'朕想你也应该猜到了他们齐声赞扬的是哪个'俊人'了吧?"

　　张诚恭谨而答:"陛下既已烛照万里,老奴又岂敢妄议当世俊杰?"

　　朱翊钧的面色变得迷迷迭迭,宛如一座深不可测的八卦阵。他缓缓言道:"朕并不是一个嫉贤妒能的昏君,朕明白自己所需要的是哪种臣子。比如许国、方应龙等人纷纷上奏请立东宫,其实都是在害怕朕不顾礼法、弃长立幼。实际上,朕深通儒典,哪里会做出这样的事儿？朕想到当年晋武帝司马炎将其子司马衷过早立为皇太子，其后果又是如何情景？朕只是想缓一缓再看！朕有何错！结果满朝上下竟然对朕群起而攻之！朕岂是受人欺逼的庸君弱主也？"

张诚听得满头冒汗，喃喃说道："陛下……陛下，老奴不敢多话，唯陛下之圣意是从。"

朱翊钧又若轻若重地讲道："可是面对这样的暴风骤雨，又有谁愿意站出来为朕定风止雨呢？申阁老吗？他也是重道不重君的礼法之士。而白清卓呢？现在他确实是众望所归，但他一入内阁，就不得不面临这些风风雨雨！可是他太爱惜自己的羽毛了——为了南兵营的清誉，他竟然擅自压下了杨寒事件！那么在立嗣之争中，他又能为朕奉献出什么样的代价呢？朕对他是心中没底的。"

听到这儿，张诚心底立刻明白：如果白清卓入阁之后，一旦为舆论所裹挟，也站到许国、方应龙等人那边支持速立东宫之议，那么以他的声望和能力，确实是让朱翊钧也难以招架的。他在心头深深一叹，却在表面上不敢露出一丝异色。

朱翊钧凛凛然直盯着他："这些话，朕也只能和你说一说。你须得永远烂在肚子里。"

张诚弯腰一躬："老奴一定谨遵圣谕。"

正在这时，一名侍宦走到门口外奏报道："启奏陛下，申阁老在外边求见陛下。"

朱翊钧握着小金牛镇纸的右手不由得缓了一缓，斜眼瞥向了张诚："张公公，讨要说法的人来了。"

张诚脸上一平如潭："老奴明白。"

朱翊钧往外吩咐道："请申阁老进来。"

不多时，申时行缓步而入，满面沉痛之色，仿佛苍老了许多。他一见朱翊钧便跪地奏道："陛下，白清卓已向内阁提出辞官之请。他自陈如今伤病缠身，难理事务，请求归隐林泉，休养身心。老臣竟是劝他不住。"

朱翊钧故作幽默地笑了笑："白爱卿不一向都是病也病不垮、好也好不了的体质吗？在塞北那样的困境中，他似乎也没有请辞归隐吧？"

申时行双目晶光闪亮："启奏陛下，而今白清卓与那朱……牟万珍那一场激战之后，心力交瘁，武功尽失，隐毒发作，再也无法康复了。"说到后来，声音禁不住又哽咽了。

朱翊钧面色紧绷，把手一扬："张诚，尚方署那里有什么参王、灵芝、金丹等天材地宝，迅速挑选几件最好的，赐给白清卓好好调养。"

张诚低着头应声而答："老奴遵旨。"

申时行却是上身一挺，转过了头向张诚深深逼视而来："陛下昭昭在上，老臣有几件事儿需要请教张公公。圣旨是让你和白清卓共同处置德润斋之事。您明知牟万珍会大肆作难、穷凶极恶，您为何在现场却不与白清卓联手对付他？你为何要将白清卓独身一人推到险境之中？你为何拖到最后一刻才对白清卓出手相援？！老臣一直都很清楚，以您张公公的武功修为，其实并不低于任何高手！"

张诚没有抬头，目光死死盯着自己的鞋尖，幽幽说道："处置牟万珍之事，老奴确是有些不周不全，在此向申阁老和白侍郎致以歉意。老奴愿向白侍郎做出任何补偿。"

申时行两眼都要喷出火来，重重地哼了一声，异常尖锐地直言道："两虎相斗，一死一伤，死者不再作乱，伤者难以坐大——这岂不是张公公您当时心底最深的谋算吗？白清卓为除国贼而义不容辞、一马当先，你却利用他的一腔忠义之心在后边渔翁得利！张诚，你和你的司礼监对得起他吗？"

张诚"扑通"一声跪倒在地："陛下，老奴办事不力，累及白侍郎，令申阁老如此震怒，老奴甘愿领罚。"

朱翊钧眉头紧皱，脸色变了几变，把大袖一拂："罢了，申师傅，朕自会惩罚张诚的误国伤贤之咎。至于白爱卿，朕也自有抚慰，您下去劝他无须请辞。"

申时行抬起泪光朦胧的双眼，向朱翊钧痛切至极地问道："老臣请问陛下，您意欲如何处罚张诚？您又欲如何抚慰白清卓？"

朱翊钧顿时脸色一僵，竟没及时答上话来。

"老臣之意以为，陛下应当驱逐张诚出司礼监而为罚，应当重用白清卓为内阁次辅而为慰，可否？"申时行硬硬地向他逼了过来，目光中利如刀锋。

朱翊钧双眉一垂，避开了申时行的咄咄直视，闷闷地言道："兹事体大，须得容朕缓一缓再做定夺。"

他这段话一脱口，申时行听得清清楚楚，面色变得一片灰沉。他缓缓站起，双目虚虚地盯着朱翊钧身后御书房横匾上"日升月恒"四个大字，沉沉言道："既是如此，白清卓已无可留之地。您放他归隐林泉，或许便是对他最大的抚慰吧。老臣就此告退了。"

说着，他行过大礼，也不再拿正眼瞧向朱翊钧，径自往室门外告辞而去。

望着他悲伤而有些伛偻的身影，朱翊钧的心底不由得涌起了一阵阵狂烈的激荡。他正准备将有些话语脱口而出，却又被张诚连使眼色拼命堵了回去。

当申时行走到门槛之际，朱翊钧终于对着他的背影突然高声讲道：

"申师傅，白爱卿他受伤如此之重，朕也很关切。他辞官休养，朕也无话可说。

朕曾经给他讲过一段话,你去问他是否还记得,'白爱卿,你一定要好好的,就当是替朕在外面感受这个人间、阅历这个人间'!朕给他最大的赏赐,就是这一段话呀!"

申时行听罢,浑身隐隐一震,静立片刻,依然是面朝殿外没有回头,终是缓缓走了出去。

在明亮的灯光下,上官雪衣一个人正收拾着自己的衣物妆匣,她明天上午就要随白清卓、方宝芹一起南下苏州了。

那日白清卓送给她的真人玉像被她捧在手里,用光洁的绢帕擦拭得莹然发亮。她的面色始终静若深潭。

最后,她慢慢取下自己头顶发髻上一支由泰山松木雕成的凤头钗。那是她自己自九月十九以来在身上一直佩戴着的唯一首饰。那支凤头松木钗雕工精美而又不失简朴古雅,却并不十分显眼。

上官雪衣将木钗拿在手里,瞧了瞧房外四周无人,方用纤纤细指夹着那只"凤头"轻轻扭转——竟似绽开笔帽一般将它扭转下来:原来这支凤头钗居然是空心的。

她从木钗的空心腹腔中缓缓抽出一卷细细的白麻纸笺,然后慢慢展开,上面竟是一个半边的马蹄形印纹,内里的方框中赫然正是"天下"二字。

瞧着这殷红胜血的印鉴符文,上官雪衣的目光渐渐变得幽沉起来:"父亲大人,如今我在清卓君的身边,可能永远都用不到你遗留的这份绝密印鉴了。或许,织田大人和丰臣大人真的是在做一场自欺欺人、永难实现的春秋大梦吧……"

尾声

一年之后，万历二十年（公元 1592 年）四月上旬，丰臣秀吉征发十几万大军以宇喜多秀家为前线总指挥，以小西行长、加藤清正、黑田长政等人为方面军大将，乘舟渡海杀入朝鲜，直逼大明。

四月中旬，朝鲜釜山城陷落；五月，朝鲜王京汉城陷落；六月十五日，朝鲜平壤城陷落。短短三个月之内，朝鲜几乎全境失守。朝鲜国王李昖及诸大臣逃到中朝边境义州府，向大明朝发出紧急求援之呼号。

大明朝深知唇亡齿寒之理，廷议决定大举出兵平倭援朝。万历二十年底，刚从宁夏平定哱拜之乱而返师归镇的李如松即刻奉诏，率辽东铁骑营与以吴惟忠为首的五千名蓟镇南兵营将士及其他藩镇兵马，组成四万三千余人的平倭大军，雄赳赳跨过鸭绿江，对日寇展开迎头痛击。

万历二十一年正月，援朝大战中最著名的平壤之役爆发。吴惟忠率领戚家军一鼓作气拿下了日寇的牡丹峰要塞，最先将明军的战旗插上了日军的阵地。他们协助辽东大军连续从七星门、含毬门、南芦门等方位攻陷倭寇，夺下城池。其中南兵营名将骆尚志更是身先士卒，第一个登上日军城楼，砍落了日军的战旗。在此役之中，明军取得歼灭倭兵一万余人的大捷，奠定了明朝平倭大战取得最终胜局的关键。此后，蓟镇南兵营与辽东军在三千里朝鲜战场上屡建奇功，声威赫然。

《朝鲜王朝实录·宣祖实录》中深深叹服道："南兵轻勇敢战，故得捷赖此辈。""南兵不顾生死，一向直前，吴惟忠（等人）之功最高。"后来，朝鲜士民为吴惟忠、骆尚志等蓟镇南兵营将士在全国各地修建了多处"生人祠"及"清德碑"，以彰功德，以示崇敬，成为一段流芳百世的大明军魂佳话。

亦真亦幻楼外楼　水在青峰云在池

——《万历十八年之风起辽东》创作谈

　　非常感谢河南文艺出版社将我这部熔历史、悬疑、推理、权谋、军事、谍战、武侠、爱情等多种元素于一炉的《万历十八年之风起辽东》小说出版。我个人认为,这是一部在我写作生涯中堪称"里程碑"式的作品,而且也一定能为广大读者所欢迎和青睐。

　　为什么我会说《万历十八年之风起辽东》是"李浩白系列作品"中具有"里程碑"价值的一部精彩小说呢? 因为它是一部难得的"复合型"作品。我先前所写的《司马懿吃三国》,内容偏重于历史谋略和职场智慧;《大明帝国的荣光:抗日援朝1592》,内容偏重于军事战争型;《盐战》,内容偏重于谍战悬疑型。唯有这部《万历十八年之风起辽东》,是我在小说领域的一种全新探索,集历史、权谋、悬疑、推理、谍战、军事、武侠、爱情等多种色彩于一体,并在此基础上,细致入微地描绘出了一幅波澜壮阔而又灿烂夺目的晚明历史大画卷。而各种各样的读者,也都能在我这部《万历十八年之风起辽东》中寻找到自己喜欢的"闪光点"。

　　不过,这部作品尽管是"复合型"题材,但它所属的范畴终究是历史小说,终究写的是历史故事。我当时动笔创作之初,是借鉴了各类历史小说名家的精品,从中取长补短、精心融合而成的。这个借鉴和融合的过程,我在这里可以浅谈一下。

　　历史小说,是将历史长河中真实存在的典型环境里的典型人物通过典型情节而展现出来的。而历史小说家只有在历史的真实与艺术的真实之间做好适度的平衡,才能创作出优秀的作品。著名文艺理论家朱光潜先生讲过:"艺术作品不能不有几分历史的真实,因为它多少要有实际经验上的依据;也不能只有历史的真实,因为它是艺术,而艺术必于'自然'之上加以'人为',不仅如照相底片那样呆板地反映人物形象。"这是我们在创作历史小说时应当遵守的重要准则。

　　我所读过的第一部在类型小说中加入高浓度历史政治元素的作品,是武侠小说家温瑞安的"说英雄,谁是英雄"系列,即《温柔一刀》《一怒拔剑》《惊艳一枪》《伤心小箭》《群龙之首》等系列小说。他在塑造了王小石、苏梦枕等侠士的同时,也塑造了蔡京、宋徽宗等历史人物,甚至还塑造了雷纯、白愁飞等横跨武林与政坛之间的"双栖人物"。当然,他的"四大名捕"系列亦是如此:诸葛正我、无情、铁手、追命、冷血等人物其实都有北宋背景下"亦侠亦官"的特征。但很明显,温瑞安的"说英雄,谁是英雄"系列作品里整个世界和大部分人物都在相当程度上脱离了宋朝的"历史的真实"。换而言之,温瑞安实际上对宋朝的历史原貌始终是研究不足的。宋徽宗在历史真实中其主体人格不可能是温瑞安笔下那种"深谋多计、暗操独治、近似孙权"的君主。若他真有温瑞安笔下描写得那么厉害,又何来后面的"靖康之耻"?而蔡京几乎被温瑞安写成了李林甫那样的"权相",仿佛咳嗽一声就能让宋代的言官们噤若寒蝉——然而,这些细节却是很不可信的。温瑞安的这一系列作品,为什么在"宋史粉"中间得不到广泛的认可,就是因为他在写作中忽视了对"历史的真实"的尺度把握。

与温瑞安作品相对比,而跳到另一个极端的作家是唐浩明。唐浩明的《曾国藩》三部曲,则是将"历史的真实"完全压倒了"艺术的真实":"流水账"一样平铺直叙的笔法,"教科书"一样照搬照抄大段大段的历史知识内容,一大堆"平面化""空心化"的人物角色,几乎让人读来味同嚼蜡。

我也读过马伯庸的历史小说作品。在《长安十二时辰》《三国机密》等作品中,他是能够将"历史的真实"与"艺术的真实"把握得很好的。但他亦有"白璧微瑕"之处:他的作品在古风功底上稍弱,"用古人的嘴讲现代人的词句"现象比较严重,难以令人全身心沉浸到那种历史的氛围和韵味中去。在历史小说的语体打磨上缺乏技巧的,还有《李自成》的作者姚雪垠。他曾经讲过这样一段话:"最近,《文艺复兴》上刊载过一篇散文,是不自然的,头一句就是这样的写法:'瓶花已经把它的影子慢慢地拖在台布上了',这反而没有'黄昏来了'自然。"他的这个说法显然是不妥的。我们所写的是历史小说,而历史小说,也终归是小说。小说则是文学艺术的最高表达形式——它的内容里难道只能是枯燥的文字、乏味的语言和单一的技巧?就不能有诗意的文字、典雅的语言和丰富的技巧?小说绝不是枯燥无味的说明文,更不是呆板无趣的八股教材!例如,在我的小说里这样写"白清卓看到黄昏来了",这句话在读者眼中是何等的浅白!但是,我换成"白清卓看到瓶花已经把它的影子慢慢地拖在台布上了",一则颇具含蓄之美,二则让情景一下鲜活了起来,三则让读者的感官和思维迅速被调动了起来,在咂味寻味中深感"曲径通幽"之妙处。

在对这些作品的纵观横览、知微知彰的借鉴和学习中,我本人认为,于"历史的真实"与"艺术的真实"之间结合得最为出色的,就是二月河的小说《雍正王朝》和刘和平编剧的电视剧《大明王朝1566:嘉靖与海瑞》。我的《万历十八年之风起辽东》在"虚实结合""文理相济"等方面,便深受这两部作品的影响。

现在,我再来谈一谈《万历十八年之风起辽东》创作中的一些体会和看法。

首先,一部优秀的作品,必须树起深刻而崇高的立意和理念,才能让作品直击人心。《万历十八年之风起辽东》其实就写了三件事情——戚家军讨"薪"、白清卓破案、大明与倭寇的谍战。情节固然是跌宕起伏,但它的立意却是其中方宝芹、方宝棠等后来毅然和白清卓并肩站在一起的那个理由——"为众人抱薪者,不可使其冻毙于风雪"。这段箴言,其实是贯穿整部小说的主要理念。张居正、戚继光、南兵营等,是"为众人抱薪者";白清卓、林映夕、申时行,乃至金刚堡一役里奋战到死的所有血刀营将士又何尝不是"为众人抱薪者"? 白清卓、顾少伦、方宝芹、李井方等人在小说中的所作所为,又何尝不是在为这些"抱薪者"争取一个"公正"和"善待"? 这便是整部小说格调最为醒目的地方。

其次,在书中人物的塑造和打磨上,我即使称不上"匠心独运",也还算颇费苦心。朱光潜先生讲得极好:"在一个作品以内,所有的人物内心生活与外表行动都写得尽情尽理,首尾融贯整一,成为一种独立自足的世界,一种生命与形体和谐一致的有机体,那个作品和它里面所包括的一切就有了'诗的真实'。比如说,在《红楼梦》里,贾宝玉应该那样痴情,林黛玉应该那样心窄,薛宝钗应该那样圆通,在任何场合,他们一举一动、一言一笑都切合他们的身份,表现他们的性格,叫我们惊疑他们的'真实',虽然这一切在历史上都是子虚乌有。"当然,他这是针对所有题材的小说如何塑造人物而发的。而我们历史小说中如何塑造人物,其实更有"具体而微"的做法。

第一,历史上真实人物的塑造,其主体人格决不能随意突破历史已有的定论而进行"戏说"或"胡说",更不能为洗白而洗白、为翻案而翻案。例如宋高宗再会玩弄权术,我们也不可能将他塑造成一代英主明君;秦桧再有政治手腕,我们也不可能将他写成贤臣、良臣。如果我们这样做了,就是践踏了"历史的真实",我们的作品写得再好看也站不住脚。

第二,对历史人物的塑造,尽量要在符合历史真实的基础上进行深化和细化,而不是凭空捏造。我在《万历十八年之风起辽东》中,最是依照这一点去用心塑造内阁首辅申时行、明神宗朱翊钧的。《明史》记载申时行的性格和作风是"蕴藉不立崖异",执政时"务为宽大,以次收召老成,布列庶位,朝论多称之"。而且,在万历一朝,申时行亦是甚有作为的——"罢(张)居正时所行考成法,一切为简易,亦数有献纳。"

故而,史书评论:"世以此称(申)时行'长者'。"而申时行逝世后,朝廷给他的谥号是"文定"。"文"字是对高级文臣的通用谥号,这里暂不论它,但"定"这个谥号,却有大虑静民曰定、仁能一众曰定、审于事情曰定、静正无为曰定、义安中外曰定等多重含义。而大虑静民、仁能一众、静正无为、义安中外,不恰是申时行毕生的为官之道与为政之风吗?我在《万历十八年之风起辽东》一书中,对申时行这种宽大、简易、静正、长者的形象进行了鲜活还原,相信读者朋友们是完全读得出来的。而我描写的明神宗朱翊钧则要更复杂一些。明史学者黄仁宇在其《万历十五年》一书中讲述,朱翊钧在张居正死后前期(主要是万历二十年前)还是励精图治、奋发有为的,中后期因患严重足疾以及与文官集团在东宫立储上争执不下而逐渐变得怠政。我所写的万历十八年时的朱翊钧正处于由勤转怠、由贤转隐的这个转折点的前夜。《明神宗显皇帝实录》里评价朱翊钧"明习政事,乾纲独揽,予夺进退,莫可测识。晚颇厌言官章奏,概置不报,然每遇大事,未尝不折衷群议,归之圣裁"。就凭朱翊钧亲自部署而胜利完成"万历三大征"这一点上,他前期堪称一代雄主。基于此,我在书中对朱翊钧的形象进行了立体化还原,自信其鲜活度和多面性绝非其他描绘明神宗朱翊钧之同类书籍所能比拟。

再就是,《万历十八年之风起辽东》中的主人翁白清卓,其实也是有历史原型的。他就是当年戚继光的得力助手、蓟镇参将、集"狂生"与"儒将"于一身的陈第。史书称其"在蓟十年,调和文武,敦睦兵民,筑城创桥,兴学讲武,使边民乐业、行旅不惊,是名将而兼循吏。使上有明君,假之便宜,则先生(指陈第)勋业岂止于一游击将军哉?及其拂衣归里,杜门著书,大贤之龙隐,岂可匹乎"。明代名臣梁梦龙更是极为推崇陈第——"识达古今,忠廉尤为可敬;才兼文武,恬静独遭时流"。而我笔下的白清卓,其所言所行、所作所为,不正是对陈第形象最生动最切实的重塑和再现吗?读者从他身上,不正可以汲取他那种英逸、雄烈、崇高的人格魅力吗?

曾经有一些读者谈到:书中为什么要把白清卓的奋斗描写止步于"修修补补、调调和和"?他为什么不能成为第二个张居正?对此,我只能说:在晚明那样的政局背景下,白清卓其实已经做到了极致——他成为第二个张居正是绝对不可能也绝对不可信的,但他成为现在这样的白清卓却是脉络清晰、真实可信的。从这一点而言,他也符合了最大限度的"历史的真实"。

第三,在小说情节的构思上,我尽量做到了虚实相生、巧运匠心。我们要在小说中典型的环境里以典型的情节来塑造典型的人物、推动情节的发展,这就必须在历史的细节里精心选取或巧妙虚构,让故事情节更加集中,更加激烈,更加反复,把典型人物衬托得更加突出,更加丰满,把剧情发展推动得更加引人入胜,更加扣人心弦。例如《大明王朝1566：嘉靖与海瑞》这部历史大剧里，"改稻为桑"这个重大情节其实在真实的嘉靖一朝中是不存在的，是完全虚构出来的！但它却是刘和平编剧用以串联起前半部剧情的"神来之笔"！在该剧中，严嵩父子通过推行"改稻为桑"来兼并土地、压榨百姓、填补国库亏空，徐阶、高拱、张居正等清流派则通过阻挠"改稻为桑"来扳倒严党，而海瑞则在"改稻为桑"这个残局里拼命维护百姓的利益。它虽然是刘和平老师虚构出来的，却完全符合历史的逻辑、政争的逻辑、剧情的逻辑，完全达到了"历史的真实与艺术的真实相统一"。如果硬要追求纯粹的"历史的真实"而把"改稻为桑"这个绝佳的情节拿掉，那么《大明王朝1566：嘉靖与海瑞》前半部的剧情就永远不会有现在这样出色而精彩！

正是借鉴了刘和平编剧创作"改稻为桑"情节的这个笔法，我在《万历十八年之风起辽东》中也虚构了午门献俘大典这一情节。午门献俘大典在明朝万历年间举办过，但不是在万历十八年。我把它"移植"到这部小说中是经过深思熟虑的。第一，以小说的深刻度而论，没有比午门献俘大典上爆发南兵营讨薪事件、血刀营讨公平事件更能辅证大明朝军事体制的严重弊病了。试想一下：本是用以耀武于四方、扬威于八荒的午门献俘大典上，却接连爆发血刀营死士讨公道事件、南兵营义士讨薪等事件，形成一种情节上的强烈反差，是不是可以更为深刻地揭露和讽刺大明朝"重文轻武、不公不平"的官僚体制？是不是更为深刻地彰显了这一情节的典型性？又有哪一种情节可以替代它？第二，从小说剧情发展来看，只有午门献俘大典上来一次"总爆发"：血刀营的复仇将士徐方深要在大典上当着天下臣民的面给明神宗朱翊钧一个凌厉的教训，南兵营的讨薪将士杨寒要在大典上给大明一个激烈的警告，而上官平芝、东方胜等倭国奸细也要在大典上公开刺杀朱翊钧而给大明局势造成剧烈震荡，白清卓、顾少伦、李井方等忠臣义士则要在大典上拼命阻止这一切恶劣情况的发生……所以说，午门献俘大典就如同金庸武侠小说代表作《天龙八部》里的少室峰之战，把几乎所有的相关方聚拢来爆发出前所未有的剧情高潮，并展现出一种令人眼花缭乱而又步步惊心的非凡精彩。

再就是在小说中对人物角色的身份、官职等外在因素进行合理虚构，也是可以让人物更饱满、剧情更丰富的。《大明王朝1566：嘉靖与海瑞》中，为了凸显张居正在清流派中的重要作用，在嘉靖一朝历史上原本只是担任过侍讲学士之官的张居正，却被刘和平虚构成了严嵩时期的兵部侍郎兼内阁成员。而二月河为了彰显雍正帝的知人之明与用人之智，硬是把真实史书里来自富户之家的李卫改写成了乞儿出身！但几乎所有的观众和读者都觉得刘和平、二月河这样的虚构却是羚羊挂角、巧妙至极。我借鉴他俩的做法，将《万历十八年之风起辽东》中的宁远伯、辽东总兵李成梁，也虚构其担任了一段时间的蓟辽总督职务。我为什么要给李成梁加上蓟辽总督之职？在史书的记载中，李成梁确实是没有担任过这个职务的，但我让李成梁兼任"蓟辽总督"，就是为后面方应龙、高正思等清流派推出萧虎臣来刻意"架空"李成梁这个蓟辽总督而埋下伏笔，并以此揭露明朝官场内部的党争与暗斗是何等之激烈！另一方面，这也是对小说前期情节的一个隐性铺垫：在万历十八年之前，白清卓和南兵营没有遭到倒张派、清流派等势力的疯狂清算，是因为在内阁里有申时行、王一鹗等人的暗中维护，在地方上则有李成梁这个"蓟辽总督"的暗中维护。而书中白清卓与辽东李氏的交谊亦来源于此。这样的铺垫，纵然是虚构，却也大大增强了故事情节的合理性。

最后，清代学者金丰为《说岳全传》所写的序言中讲过："从来创说者，不宜尽出于虚，而亦不必尽由于实。苟事事皆虚，则过于诞妄，而无以服考古之心；事事皆实，则失于平庸，而无以动一时之听……实者虚之，虚者实之，娓娓乎有令人听之而忘倦矣。"这可以说是对历史小说创作写法很圆通而又很切实的精辟之见。我相信广大读者从这个观点出发，摒弃教条主义、八股主义的思维，对这部《万历十八年之风起辽东》展开深入而有趣的阅读，是一定会爱不释手而又开卷有益的。